JEFFERY DEAVER

Der Täuscher

Buch

Ein schockierender Anruf reißt den gelähmten Kriminalisten Lincoln Rhyme aus dem Schlaf: Sein Cousin Arthur Rhyme ist wegen Mordes verhaftet worden. Die Beweislage ist eindeutig – in Arthurs Auto wurde Blut des Opfers gefunden, und ein anonymer Anrufer hat einen Mann aus dem Wohnhaus der Getöteten flüchten sehen. Durch die Beschreibung des Fluchtautos kam die Polizei auf die Spur Arthur Rhymes, der kein Alibi hat. Doch ist er wirklich schuldig?

Nur widerwillig nimmt Lincoln Rhyme sich des Falls an. Doch schon bald stößt er gemeinsam mit seiner Partnerin Amelia Sachs auf weitere Fälle, die nach ähnlichem Muster abgelaufen sind. Wenn seine Theorie stimmt, sitzen für diese Taten Unschuldige im Gefängnis. Offenbar haben sie es mit einem skrupellosen Killer zu tun, der von Haushaltsmüll bis hin zu geheimen Kundendaten alles wie besessen sammelt und sich so die Identitäten seiner Opfer zu eigen macht, um damit eine tödliche Spur zu legen …

Autor

Jeffery Deaver gilt als einer der weltweit besten Autoren intelligenter psychologischer Thriller. Seit seinem ersten großen Erfolg als Schriftsteller hat der von seinen Fans und den Kritikern gleichermaßen geliebte Jeffery Deaver sich aus seinem Beruf als Rechtsanwalt zurückgezogen und lebt nun abwechselnd in Virginia und Kalifornien. Seine Bücher, die in 25 Sprachen übersetzt werden und in 150 Ländern erscheinen, haben ihm zahlreiche renommierte Auszeichnungen eingebracht.

Die Romane der Lincoln-Rhyme-Reihe:

Der Knochenjäger · Letzter Tanz · Der Insektensammler · Das Gesicht des Drachen · Der faule Henker · Das Teufelsspiel · Der gehetzte Uhrmacher · Der Täuscher · Opferlämmer · Todeszimmer · Der Giftzeichner · Der talentierte Mörder (gebundene Ausgabe) · Der Komponist (gebundene Ausgabe erscheint im November 2018)

Jeffery Deaver

Der Täuscher

Thriller

Deutsch von
Thomas Haufschild

blanvalet

Die Originalausgabe erschien 2008 unter dem Titel
»The Broken Window« bei Simon & Schuster, New York.

FSC
www.fsc.org
MIX
Papier aus verantwortungsvollen Quellen
FSC® C014496

Verlagsgruppe Random House FSC® N001967

1. Auflage

Umschlaggestaltung: www.buerosued.de
Umschlagmotiv: plainpicture/Millennium/David Curtis
AF · Herstellung: wag
Druck und Einband: GGP Media GmbH, Pößneck
Printed in Germany
ISBN: 978-3-7341-0634-7

www.blanvalet.de

Für einen lieben Freund,
das geschriebene Wort.

ERSTER TEIL

Gemeinsamkeiten

Donnerstag, 12. Mai

Die Privatsphäre wird zumeist nicht durch die Enthüllung großer persönlicher Geheimnisse verletzt werden, sondern durch die Bekanntgabe zahlreicher Kleinigkeiten. […] Es ist wie mit Killerbienen: Eine ist lästig, aber ein ganzer Schwarm kann tödlich sein.

Robert O'Harrow jr., *No Place to Hide*

... Eins

Irgendetwas stimmte nicht ganz, aber sie konnte es nicht genau benennen.

Wie ein Schmerz, der irgendwo in deinem Körper vage wieder aufflackert.

Oder ein Mann, der auf dem Heimweg hinter dir geht ... Etwa derselbe Kerl, der in der U-Bahn ständig zu dir herübergeschaut hat?

Oder ein dunkler Punkt, der sich deinem Bett nähert und plötzlich verschwunden ist. Eine giftige Spinne?

Doch dann sah der Besucher, der auf ihrem Wohnzimmersofa saß, sie lächelnd an, und Alice Sanderson vergaß ihre Sorge – falls man das überhaupt als eine Sorge hätte bezeichnen können. Arthur war nicht nur intelligent und ziemlich durchtrainiert. Er hatte vor allem ein großartiges Lächeln.

»Wie wär's mit einem Glas Wein?«, fragte sie und ging in die kleine Küche.

»Gern. Was immer du gerade im Haus hast.«

»Das macht echt Spaß – mitten in der Woche die Arbeit zu schwänzen. Man sollte meinen, wir seien zu alt für so was. Aber es gefällt mir.«

»Born to be wild«, scherzte er.

Das offene Fenster gab den Blick auf die Sandsteingebäude der anderen Straßenseite frei, manche davon mit Anstrich, andere naturbelassen. Auch ein Teil der Skyline Manhattans war zu sehen und ragte in den Dunst des schönen Frühlingstages auf. Ein Luftzug – recht frisch für New Yorker Verhältnisse – trug den Duft von Knoblauch und Oregano herein. Das kam von dem italienischen Restaurant ein paar Häuser weiter. Es war ihrer beider Lieblingsküche – eine der vielen Gemeinsamkeiten, die sie festgestellt hatten, seit sie sich vor einigen Wochen bei einer Weinprobe in SoHo begegnet waren. Alice hatte Ende April zusammen mit etwa vierzig anderen Leuten den Ausführungen eines Sommeliers über die Weine Europas gelauscht, als eine Männerstimme sich nach einem bestimmten spanischen Rotwein erkundigte.

Sie hatte unwillkürlich leise aufgelacht, denn zufälligerweise besaß sie einen Karton genau dieses Weines (nun ja, inzwischen war der Inhalt nicht mehr ganz vollständig). Das Weingut war eher unbekannt, und es mochte sich nicht um den besten Rioja aller Zeiten handeln, aber für Alice waren schöne Erinnerungen damit verbunden. Während eines einwöchigen Spanienaufenthaltes hatten sie und ihr französischer Geliebter nämlich jede Menge davon getrunken – eine perfekte Liaison, genau das Richtige für eine Frau Ende zwanzig, die sich kurz zuvor von ihrem Freund getrennt hatte. Die Urlaubsromanze verlief leidenschaftlich, intensiv und natürlich ohne die Gefahr einer längerfristigen Bindung, was sie nur umso besser machte.

Bei der Weinprobe hatte Alice sich vorgebeugt, um einen Blick auf den Fragesteller zu werfen: ein durchschnittlich aussehender Mann in Anzug und Krawatte. Nach einigen Gläsern der vorgestellten Weinkollektion war sie etwas mutiger geworden, hatte mit ihrem Häppchenteller in der Hand den Raum durchquert und sich bei dem Fremden nach dem Grund für sein Interesse an dem besagten Rioja erkundigt.

Er erzählte ihr von einer Spanienreise, die er ein paar Jahre zuvor mit einer Exfreundin unternommen und dabei Gefallen an dem Wein gefunden hatte. Sie nahmen an einem Tisch Platz und unterhielten sich eine Weile. Wie sich herausstellte, schien Arthur das gleiche Essen und dieselben Sportarten zu mögen wie Alice. Sie gingen beide joggen und brachten jeden Morgen eine Stunde in einem überteuerten Fitnesscenter zu. »Aber ich trage dabei bloß schlichte Shorts und ein einfaches T-Shirt vom Wühltisch«, sagte er. »Nicht so einen Designermüll…« Dann wurde er rot, weil er merkte, dass er Alice womöglich beleidigt hatte.

Doch sie lachte nur, denn sie selbst hielt es mit ihren Sportsachen genauso (und kaufte diese meistens in einem Billigladen in Jersey, wenn sie ihre Eltern besuchte). Allerdings widerstand sie dem Impuls, Arthur sogleich davon zu erzählen; sie wollte schließlich nicht übereifrig wirken. Und so spielten sie das beliebte Kennenlernspiel der Großstadtsingles: Was wir zwei gemeinsam haben. Sie vergaben Noten an Restaurants, verglichen Episoden einer bekannten Sitcom und klagten über ihre Psychotherapeuten.

Es folgte eine Verabredung, dann noch eine. Art war witzig und aufmerksam. Ein wenig formell und bisweilen schüchtern und zurückhaltend, aber das führte Alice auf die – wie er es nannte – »höllische Trennung« von seiner langjährigen Freundin aus der Modebranche zurück. Und auf seine enorme Arbeitsbelastung – typisch für einen Geschäftsmann in Manhattan. Er hatte nur wenig Freizeit.

Würde etwas aus ihnen beiden werden?

Noch war nichts Ernstes zwischen ihnen gelaufen. Aber es gab weitaus unangenehmere Menschen, mit denen man seine Zeit verbringen konnte. Und als sie sich beim letzten Treffen geküsst hatten, hatte Alice dieses sanfte Kribbeln gespürt, das ihr mitteilte, dass die Chemie stimmte. Der heutige Abend würde ihr eventuell genaueren Aufschluss darüber geben. Ihr war nicht entgangen, dass Arthur immer wieder – insgeheim, wie er glaubte – das enge rosafarbene Kleid musterte, das sie sich extra für diese Verabredung gekauft hatte. Für den Fall, dass es nicht beim Küssen bleiben würde, hatte Alice im Schlafzimmer zudem einige Vorkehrungen getroffen.

Dann meldete sich plötzlich wieder diese leichte Verunsicherung, die Sorge wegen der Spinne.

Was war denn nur los?

Alice nahm an, es müsse sich wohl um einen Rest des Unbehagens handeln, das sie empfunden hatte, als ihr früher an jenem Tag ein Paket zugestellt worden war, von einem Mann mit kahl geschorenem Kopf und buschigen Augenbrauen, der nach Zigaretten roch und mit starkem osteuropäischen Akzent sprach. Während sie den Empfang quittierte, hatte der Kerl sie von oben bis unten anzüglich begafft und dann um ein Glas Wasser gebeten. Widerwillig hatte sie ihm aus der Küche etwas zu trinken geholt und ihn bei ihrer Rückkehr mitten im Wohnzimmer vorgefunden, wo er ihre Stereoanlage anstarrte.

Sie hatte gesagt, sie erwarte Besuch, und er war mit finsterer Miene gegangen, als sei er beleidigt. Daraufhin hatte Alice aus dem Fenster gesehen und fast zehn Minuten warten müssen, bis der Mann unten zum Vorschein kam, in den in zweiter Reihe geparkten Lieferwagen stieg und wegfuhr.

Was hatte er die ganze Zeit in dem Apartmentgebäude gemacht? Die Sicherheitsvorkehrungen ausgekundschaftet …?

»Hallo, Erde an Alice …«

»Entschuldige.« Sie lachte, ging zum Sofa und setzte sich neben Arthur. Ihre Knie berührten einander. Die Gedanken an den Paketboten verschwanden. Alice und Arthur nahmen ihre Gläser und stießen an, diese zwei Menschen, die auf vielen wichtigen Gebieten harmonierten – Politik (sie spendeten nahezu den gleichen Betrag an die Demokratische Partei und zusätzlich etwas für die Wahlkampagnen), Filme, Essen, Reisen. Sie waren beide nicht praktizierende Protestanten.

Als ihre Knie einander erneut berührten, rieb Arthur sein Bein verführerisch an ihrem. Dann lächelte er und fragte: »Übrigens, was ist mit diesem Gemälde, dem Prescott? Hast du es bekommen?«

Sie nickte mit leuchtenden Augen. »Jawohl, ich bin jetzt stolze Besitzerin eines Harvey Prescott.«

Nach New Yorker Begriffen war Alice Sanderson keine reiche Frau, aber sie hatte ihr Geld gut investiert und frönte einer großen Leidenschaft. Prescott, ein Maler aus Oregon, dessen Karriere sie lange verfolgt hatte, war auf fotorealistische Familienbilder spezialisiert gewesen – nicht von echten Leuten, sondern von ausgedachten Personen. Manche der Werke fielen eher traditionell aus, andere weniger – sie zeigten Alleinerziehende, Eltern von unterschiedlicher Hautfarbe oder homosexuelle Paare. Was sich von Prescott überhaupt noch auf dem Markt befand, war für Alice meistens viel zu teuer, aber sie stand auf den Mailinglisten der Galerien, die gelegentlich neue Angebote hereinbekamen. Letzten Monat hatte sie aus dem Westen der USA die Nachricht erreicht, demnächst könne für einen Preis von hundertfünfzigtausend Dollar ein kleines frühes Ölgemälde erhältlich sein. Der Eigentümer entschied sich tatsächlich für den Verkauf, und Alice machte einen Teil ihrer Anlagen zu Geld, um die Summe aufzubringen.

Das war die Lieferung, die sie heute erhalten hatte. Doch der

Gedanke an den Zusteller ließ die Freude über den Neuerwerb schlagartig wieder verblassen. Sie erinnerte sich an den Geruch des Mannes, an seine lüsternen Blicke. Alice stand auf und ging zum Fenster, als wolle sie die Vorhänge ein Stück weiter aufziehen. Dabei sah sie nach draußen. Keine Lieferwagen, keine Glatzköpfe, die an der Straßenecke standen und zu ihrer Wohnung heraufstarrten. Sie überlegte, ob sie das Fenster schließen und verriegeln sollte, aber das würde gewiss etwas eigenartig wirken und eine Erklärung erfordern.

Sie kehrte zu Arthur zurück, wies auf die Zimmerwände und erzählte ihm, sie sei sich nicht sicher, wo in ihrem kleinen Apartment sie das Gemälde aufhängen solle. Vor ihrem inneren Auge lief ein kurzer Film ab: Arthur blieb eines Samstags über Nacht und half ihr am Sonntag nach dem Brunch dabei, den perfekten Platz für das Bild zu finden.

»Möchtest du es mal sehen?«, fragte sie fröhlich und voller Stolz.

»Unbedingt.«

Sie standen auf, und Alice ging voran zum Schlafzimmer. Ihr war so, als würde sie draußen auf dem Hausflur Schritte hören. Die anderen Mieter hätten um diese Tageszeit eigentlich bei der Arbeit sein müssen.

War das etwa der Paketbote?

Nun ja, wenigstens war sie nicht allein.

Sie erreichten die Schlafzimmertür.

In diesem Moment biss die Giftspinne zu.

Alice war urplötzlich klar, was sie die ganze Zeit gestört hatte, und es hatte nichts mit dem Paketzusteller zu tun gehabt. Nein, es ging um *Arthur*. Er hatte sie gestern gefragt, wann der Prescott eintreffen würde.

Zuvor hatte sie ihm zwar erzählt, dass sie sich ein Gemälde kaufen wolle, aber den Namen des Künstlers hatte sie nie erwähnt. Sie hielt an der Schlafzimmertür inne. Ihre Hände wurden feucht. Falls er von selbst etwas über das Bild herausgefunden hatte, dann vielleicht auch über andere Aspekte ihres Lebens. Was war, falls die vielen Gemeinsamkeiten gelogen wären? Falls er schon vorher gewusst hätte, dass sie diesen spanischen Wein mochte? Falls er nur deswegen bei der Weinprobe aufgetaucht wäre, weil er sich an sie heranmachen wollte? All die Restaurants, die sie beide kannten, die Reisen, die Fernsehserien…

Mein Gott, und jetzt führte sie einen Mann, den sie erst seit ein paar Wochen kannte, in ihr Schlafzimmer. Völlig schutzlos…

Das Atmen fiel ihr schwer… Sie zitterte.

»Oh, das Bild«, flüsterte er und schaute an ihr vorbei. »Wie wunderbar.«

Als sie seine ruhige, wohltönende Stimme hörte, lachte Alice innerlich auf. Bist du von allen guten Geistern verlassen? Sie *musste* Arthur irgendwann Prescotts Namen genannt haben. Ihre Verunsicherung schob sie beiseite. Beruhige dich. Du lebst schon zu lange allein. Denk an sein Lächeln, seine Witze. Er tickt so wie du.

Bleib locker.

Ein leises Lachen. Alice musterte das sechzig mal sechzig Zentimeter große Ölgemälde, die gedämpften Farben: ein halbes Dutzend Leute an einem Esstisch, die den Betrachter ansahen, einige belustigt, andere nachdenklich oder besorgt.

»Unglaublich«, sagte er.

»Der Bildaufbau ist großartig. Aber am besten hat Prescott die verschiedenen Gesichtsausdrücke eingefangen. Meinst du nicht auch?« Alice wandte sich zu ihm um.

Ihr Lächeln erstarb. »Was ist denn, Arthur? Was machst du da?« Er hatte sich beigefarbene Stoffhandschuhe übergestreift und griff soeben in die Tasche. Und dann sah Alice ihm in die Augen, die sich in dunkle kleine Punkte unter finsteren Brauen verwandelt hatten, in einem Gesicht, das sie kaum wiedererkannte.

ZWEITER TEIL

Transaktionen

Sonntag, 22. Mai

Fast jeder hat schon mal die Behauptung gehört, die Bestandteile eines menschlichen Körpers würden etwa vier Dollar fünfzig kosten. Unsere digitale Identität ist wesentlich wertvoller.

Robert O'Harrow jr., *No Place to Hide*

… Zwei

Die Spur hatte von Scottsdale nach San Antonio und weiter zu einem Rastplatz an der Interstate 95 in Delaware geführt, der von Fernfahrern und hektischen Familien nur so wimmelte. Von da aus, man glaubte es kaum, wies die Fährte letzten Endes nach London.

Und um wen ging es bei dieser Jagd? Um einen Auftragsmörder, dem Lincoln Rhyme seit geraumer Zeit nachsetzte, einen Mann, den er hatte davon abhalten können, ein schreckliches Verbrechen zu begehen, aber dem es gelungen war, der Polizei um Haaresbreite zu entkommen, indem er, wie Rhyme es verärgert ausgedrückt hatte, »seelenruhig abgereist ist, wie ein verdammter Tourist, der Montagmorgen wieder zur Arbeit muss.«

Die Spur verlor sich zunächst, und weder die Polizei noch das FBI konnten etwas darüber in Erfahrung bringen, wo der Mann sich verbarg oder was er als Nächstes vorhaben könnte. Vor ein paar Wochen hörte Rhyme jedoch von Gewährsleuten in Arizona, dass ebendieser Täter des Mordes an einem Soldaten in Scottsdale verdächtigt wurde. Es sah so aus, als sei er nach Osten geflohen – nach Texas und schließlich nach Delaware.

Der Mann hieß Richard Logan, wobei es sich auch um einen Decknamen handeln konnte. Er stammte vermutlich aus dem Westteil der Vereinigten Staaten oder aus Kanada. Die gründlichen Nachforschungen förderten eine ganze Reihe Richard Logans zutage, aber keiner von ihnen passte zu dem Profil des Täters.

Dann erfuhr Lincoln Rhyme zufällig (das Wort »Glück« würde er niemals benutzen) von Interpol, der europäischen Zentralstelle zur internationalen Koordination der kriminalpolizeilichen Ermittlungsarbeit, dass ein Profikiller aus Amerika für einen Auftrag in England angeheuert worden sei. Der Mann habe in Arizona einen Mord begangen, um sich militärische Ausweispapiere und Informationen zu verschaffen, sei zu einem konspirativen Treffen nach Texas gefahren und habe auf einem Rastplatz an der Ostküste einen Honorarvorschuss erhalten. Dann sei er über Heathrow nach England eingereist und halte sich nun irgendwo im Vereinigten Königreich auf.

Das Ziel von Richard Logans »finanziell großzügig ausgestattetem und auf höchster Ebene ersonnenem Anschlagsplan« – Rhyme musste unwillkürlich lächeln, als er die geschliffene Interpol-Formulierung las – war ein protestantischer Pfarrer aus Afrika, der ein Flüchtlingslager geleitet hatte und über einen groß angelegten Betrug gestolpert war, bei dem es um gestohlene Aids-Medikamente ging, von deren Verkaufserlös Waffen angeschafft werden sollten. Der Geistliche wurde von den Sicherheitsbehörden letztlich nach London verlegt; bislang hatte er drei Attentate in Nigeria und Liberia überlebt sowie einen Anschlag, der sogar in einem der Transitbereiche des Mailänder Flughafens Malpensa verübt worden war, wo den überaus aufmerksamen Beamten der Polizia di Stato mit ihren kompakten Maschinenpistolen normalerweise kaum etwas entgeht.

Nun wurde Reverend Samuel G. Goodlight (Rhyme konnte sich keinen besseren Namen für einen Gottesmann vorstellen) in einem sicheren Londoner Versteck durch Spezialisten von Scotland Yard beschützt, der Zentrale des Metropolitan Police Service, und half gegenwärtig den britischen und ausländischen Geheimdiensten dabei, die Einzelheiten der Verschwörung aufzudecken.

Mittels verschlüsselter Satellitentelefonate und E-Mails quer über mehrere Kontinente hatten Rhyme und Inspector Longhurst, eine Beamtin der Metropolitan Police, dem Täter inzwischen eine Falle gestellt, die es an Komplexität mit Logans eigenen ausgeklügelten Plänen aufnehmen konnte. Zum Ablauf gehörten diverse Doppelgänger und die unerlässliche Mitarbeit eines extravaganten ehemaligen Waffenhändlers aus Südafrika, der über ein Netzwerk aus eifrigen Informanten verfügte. Danny Krueger hatte Hunderttausende von Dollars damit verdient, Waffen so effizient und leidenschaftslos zu verkaufen, wie andere Geschäftsleute Klimaanlagen und Hustensaft an den Mann bringen. Eine Reise nach Darfur letztes Jahr hatte ihn jedoch nachhaltig erschüttert, denn er bekam zu sehen, was für Gemetzel mit seinen Spielzeugen angerichtet wurden. Daraufhin hatte er den Waffenhandel unverzüglich aufgegeben und sich in England niedergelassen. Zu der Einsatzgruppe gehörten außerdem Beamte des MI5, Mitarbeiter der Londoner FBI-Zweigstelle und ein Agent des französischen Gegenstücks zur CIA: La Direction Générale de la Sécurité Extérieure.

Niemand hatte auch nur die ungefähre Gegend Großbritanniens gekannt, in der Logan sich versteckt hielt und sein Vorgehen plante, aber der heißblütige Danny Krueger hatte gehört, der Killer wolle in den nächsten paar Tagen zuschlagen. Da der Südafrikaner noch immer zahlreiche Kontakte im internationalen Untergrund besaß, hatte er sogleich Hinweise über einen »geheimen« Ort gestreut, an dem die Treffen zwischen Goodlight und den Behörden angeblich stattfinden würden. Das besagte Gebäude besaß einen offenen Innenhof und würde dem Attentäter die perfekte Gelegenheit bieten, seine Zielperson zu ermorden.

Es war zudem der ideale Ort, um Logan zu entdecken und auszuschalten. Das Gebiet wurde weiträumig überwacht, und bewaffnete Kräfte von Polizei, MI5 und FBI standen rund um die Uhr bereit.

Logan war tatsächlich kurz in der Nähe aufgetaucht, dann aber gleich wieder spurlos von der Bildfläche verschwunden.

Rhyme saß derweil in seinem batteriebetriebenen roten Rollstuhl im Erdgeschoss seines Stadthauses am Central Park West. Das geräumige Zimmer war längst nicht mehr der anheimelnde viktorianische Salon von einst, sondern ein gut ausgestattetes forensisches Labor, größer als viele derartige Einrichtungen in mittelgroßen Städten. Der Kriminalist ertappte sich bei etwas, das er während der letzten Tage häufig getan hatte: Er starrte das Telefon an, auf dessen Kurzwahltaste Nummer zwei ein Anschluss in England gespeichert war, der mit den Ziffern 1212 endete. Die meisten Abteilungen der Kriminalpolizei von Scotland Yard besaßen Rufnummern mit diesen Endziffern, als Reminiszenz an die erste Telefonnummer des Yard: Whitehall 1212.

»Der Apparat funktioniert doch, oder?«, fragte Rhyme.

»Gibt es einen Grund, der dagegenspricht?«, erwiderte Thom, sein Betreuer, in einem gemessenen Tonfall, der für Rhyme einem gequälten Seufzen gleichkam.

»Keine Ahnung. Schaltkreise brennen durch. Telefonleitungen

werden vom Blitz getroffen. Es kann alles Mögliche schiefgehen.«

»Dann solltest du es vielleicht mal ausprobieren. Nur um sicherzugehen.«

»Kommando«, sagte Rhyme, um der Spracherkennung seines Computers einen Befehl anzukündigen. Das Steuermodul der Haustechnik ersetzte ihm in vielerlei Hinsicht die Körperfunktionen. Lincoln Rhyme war querschnittsgelähmt. Bei einem Unfall an einem Tatort hatte er sich vor Jahren die Wirbelsäule gebrochen – am vierten Halswirbel, fast an der Schädelbasis. Unterhalb dieser Stelle besaß er nur eine sehr eingeschränkte Beweglichkeit. »Telefon, Anrufen, Telefonauskunft.«

Aus den Lautsprechern ertönte das Amtszeichen, gefolgt von drei Wähltönen. Das ärgerte Rhyme noch mehr, als wenn das Gerät defekt gewesen wäre. Wieso hatte Inspector Longhurst sich nicht bei ihm gemeldet? »Kommando«, rief er barsch. »Telefon, Auflegen.«

»Scheint prima zu funktionieren.« Thom stellte einen Becher Kaffee in den Halter an Rhymes Rollstuhl, und der Kriminalist sog an dem Trinkhalm. Dann schaute er zu der Flasche Glenmorangie in einem der Regale. Der achtzehn Jahre alte Single Malt Whisky stand ganz in der Nähe, blieb für Rhyme aber natürlich stets unerreichbar.

»Es ist Vormittag«, sagte Thom.

»Ich *weiß*, dass Vormittag ist. Hab ich etwa was anderes behauptet? Ich will auch gar keinen Whisky … Es ist nur so, dass …« Er hatte auf eine Gelegenheit gewartet, dem jungen Mann diesbezüglich etwas Feuer unter dem Hintern zu machen. »Wenn ich mich recht entsinne, hast du mir gestern Abend ziemlich früh den Hahn zugedreht. Nach nur zwei Gläsern. Das ist doch so gut wie gar nichts.«

»Es waren drei.«

»Falls du den Inhalt zusammenrechnen würdest – ich rede hier von den Kubikzentimetern –, war es so viel wie zwei kleine Whiskys.« Man konnte sich immerhin nicht nur an Spirituosen berauschen, sondern auch an der eigenen Kleinlichkeit.

»Egal, vormittags gibt es keinen Scotch.«

»Er lässt mich aber klarer denken.«
»Nein, tut er nicht.«
»Doch. Und kreativer.«
»Auch das nicht.«

Thom trug ein tadellos gebügeltes Hemd, Krawatte und eine Stoffhose. Seine Kleidung war nicht mehr so zerknittert wie früher. Die Arbeit als Betreuer eines Querschnittsgelähmten verlangte viel Körpereinsatz. Aber Rhymes neuer Rollstuhl, ein Invacare TDX, konnte sich in eine waagerechte Liegefläche verwandeln und hatte Thoms Aufgabe sehr erleichtert. Der Stuhl schaffte es sogar, flache Stufen zu erklimmen, und fuhr etwa so schnell, wie ein Jogger mittleren Alters zu laufen vermochte.

»Ich sage, ich will einen Scotch. Da hast du's. Ich habe meinen Wunsch klar artikuliert. Was sagst du nun?«

»Nein.«

Rhyme schnaubte verächtlich und starrte erneut das Telefon an. »Falls er entwischt…« Er hielt inne. »Und, willst du denn nicht machen, was alle machen?«

»Wie meinst du das, Lincoln?« Der schlanke junge Mann arbeitete schon seit vielen Jahren für Rhyme. Im Laufe der Zeit war er einige Male gefeuert worden und hatte auch selbst schon gelegentlich gekündigt. Trotzdem war er immer noch da. Ein Beweis für die Beharrlichkeit (oder Unbelehrbarkeit) der beiden Beteiligten.

»Ich sage ›Falls er entwischt‹, und daraufhin sagst du ›Oh, aber das wird er nicht. Keine Sorge.‹ Und von mir wird erwartet, dass mich das beruhigt. Weißt du, das machen die Leute so: Sie reden dir gut zu, obwohl sie nicht die geringste Ahnung vom Thema haben.«

»Aber ich habe nichts dergleichen gesagt. Streiten wir uns jetzt über etwas, das ich hätte sagen *können*? Ist das nicht wie bei der Frau, die sauer auf ihren Mann wird, weil sie ein hübsches Mädchen auf der Straße gesehen und gedacht hat, er *hätte* hinterhergeschaut, falls er da gewesen wäre?«

»Ich weiß nicht, wie das ist«, sagte Rhyme zerstreut und war in Gedanken längst wieder bei dem Plan zur Ergreifung Logans. Hatten sie etwas übersehen? War das Areal ausreichend gesichert?

Konnte man sich darauf verlassen, dass die Informanten nichts durchsickern ließen, das den Killer gewarnt hätte?

Das Telefon klingelte, und auf dem Flachbildschirm neben Rhyme öffnete sich ein Fenster mit der Kennung des Anrufers. Enttäuscht stellte Rhyme fest, dass die Nummer nicht zu einem Anschluss in England, sondern zu einem Apparat in der näheren Umgebung gehörte – im Big Building, Polizeijargon für die Police Plaza Nummer eins in Downtown.

»Kommando, Telefon, Abheben.« *Klick*. Dann: »Was gibt's?«

»Schlechte Laune?«, fragte eine Stimme aus acht Kilometern Entfernung.

»Bislang keine Nachricht aus England.«

»Und du stehst auf Abruf bereit, oder was?«

»Logan ist verschwunden. Es könnte jeden Moment losgehen.«

»Wie beim Kinderkriegen«, sagte Sellitto.

»Wie du meinst. Was ist los? Ich will die Leitung frei haben.«

»All die moderne Ausrüstung, und dein Telefon hat keine Anklopffunktion?«

»Lon.«

»Okay. Es gibt etwas, das du wissen solltest. Letzte Woche Donnerstag hat sich im Village ein Raubmord ereignet. Das Opfer war eine Frau namens Alice Sanderson. Sie wurde erstochen, und dann hat der Täter aus ihrer Wohnung ein Gemälde entwendet. Wir haben den Kerl.«

Warum rief er deswegen an? Ein gewöhnliches Verbrechen und der Täter in Haft. »Gibt's Probleme mit den Spuren?«

»Nein.«

»Würdest du mir dann freundlicherweise den *Grund* dieses Anrufs verraten?«

»Vor einer halben Stunde hat jemand sich mit dem leitenden Detective in Verbindung gesetzt.«

»Die Jagd auf Logan, Lon. Die Jagd auf Logan.« Rhyme musterte die weiße Wandtafel, auf der sie die Schritte zur Ergreifung des Killers in England notiert hatten. Der Plan war überaus kompliziert.

Und heikel.

Sellitto riss ihn aus seinen Gedanken. »Hör mal, es tut mir leid, Linc, aber ich muss dir mitteilen, dass es sich bei dem Täter um deinen Cousin handelt, Arthur Rhyme. Es geht um vorsätzlichen Mord. Ihm drohen fünfundzwanzig Jahre, und die Staatsanwaltschaft sagt, der Fall sei hieb- und stichfest.«

... Drei

»Es ist eine Weile her.«

Judy Rhyme saß mit aschfahlem Gesicht in dem Labor. Sie hatte die Finger verschränkt und vermied es angestrengt, irgendwo anders hinzusehen als in die Augen des Kriminalisten.

Es gab zwei Reaktionen auf seine körperliche Verfassung, die Rhyme in Rage brachten: wenn Besucher zwanghaft so taten, als würde seine Behinderung nicht existieren, und wenn sie seinen Zustand zum Anlass nahmen, sich wie seine besten Freunde aufzuführen, Witze zu reißen und großspurig daherzureden, als wären sie alte Kriegskameraden. Judy fiel in die erste Kategorie. Sie wog jedes Wort sorgfältig ab, bevor sie es Rhyme schüchtern präsentierte. Dennoch gehörte sie irgendwie zur Familie, und er blieb ruhig, wenngleich er sich zwingen musste, nicht immer wieder das Telefon anzustarren.

»Ja, ganz schön lange«, stimmte er ihr zu.

Thom kümmerte sich um die gesellschaftlichen Höflichkeitsgesten, die Rhyme grundsätzlich vergaß. Er hatte Judy einen Kaffee angeboten, der nun als unberührtes Requisit vor ihr auf dem Tisch stand. Rhyme hatte ein weiteres Mal sehnsüchtig zu der Flasche Whisky geschaut, und Thom hatte ihn bedenkenlos ignoriert.

Die attraktive dunkelhaarige Frau wirkte kräftiger und sportlicher als beim letzten Treffen – das ungefähr zwei Jahre vor Rhymes Unfall stattgefunden hatte. Judy riskierte einen Blick auf das Gesicht des Kriminalisten. »Es tut mir leid, dass wir nie hergekommen sind. Ehrlich. Ich hatte es fest vor.«

Sie spielte damit nicht auf einen normalen Besuch vor dem Zeitpunkt seiner Verletzung an, sondern auf eine Beileidsbekundung danach. Wer eine Katastrophe überlebt hat, hört nicht nur die Worte eines Gesprächs, sondern ebenso deutlich das, was nicht gesagt wird.

»Hast du die Blumen bekommen?«

Damals, nach dem Unfall hatte Rhyme die erste Zeit wie in Trance verbracht – die Medikamente, die schwere Verletzung und der psychische Kampf mit der unfassbaren Tatsache, dass er nie wieder würde gehen können. Er konnte sich an keine Blumen erinnern, zweifelte aber nicht daran, dass die Familie welche geschickt hatte. Viele Leute hatten das. Blumen sind einfach, Besuche sind schwierig. »Ja. Danke.«

Schweigen. Ein unwillkürlicher, blitzschneller Blick auf seine Beine. Die Leute glauben, wenn du nicht laufen kannst, stimmt etwas mit deinen Beinen nicht. Nein, denen geht's bestens. Man kann ihnen bloß nicht mehr mitteilen, was sie tun sollen.

»Du siehst gut aus«, sagte sie.

Rhyme wusste nicht, ob das stimmte. Er hatte eigentlich noch nie darüber nachgedacht.

»Wie ich gehört habe, bist du geschieden.«

»Stimmt.«

»Das tut mir leid.«

Warum?, überlegte er. Aber das war ein zynischer Gedanke, und er quittierte ihr Mitgefühl mit einem Nicken.

»Was macht Blaine denn jetzt?«

»Sie hat wieder geheiratet und wohnt draußen auf Long Island. Wir haben kaum noch Kontakt. Das ist meistens so, wenn man keine Kinder hat.«

»Weißt du noch, als ihr damals übers Wochenende nach Boston gekommen seid? Das war schön.« Ein Lächeln, das kein Lächeln war. Aufgemalt, eine Maske.

»Ja, das war es.«

Ein Wochenende in Neuengland. Ein Einkaufsbummel, eine Fahrt zum südlich gelegenen Cape Cod, ein Picknick am Wasser. Rhyme wusste noch, wie sehr ihm der Ort gefallen hatte. Beim Anblick der grünen Felsen am Strand war ihm ein plötzlicher Einfall gekommen, und er hatte beschlossen, die Datenbank des Kriminallabors der New Yorker Polizei um eine Sammlung der einheimischen Algenarten zu erweitern. Später war er dann noch eine ganze Woche kreuz und quer durch das Stadtgebiet gefahren, um überall Proben zu nehmen.

Und auf der Fahrt zu Arthur und Judy hatten er und Blaine kein einziges Mal gestritten. Sogar die Rückfahrt, mit Übernachtung in Connecticut, war angenehm verlaufen. Er erinnerte sich daran, wie sie auf dem Balkon ihres Zimmers miteinander geschlafen hatten und der Duft des Geißblatts regelrecht überwältigend gewesen war.

Bei diesem Besuch hatte er seinen Cousin zum letzten Mal gesehen. Danach hatten sie nur noch einmal kurz am Telefon miteinander gesprochen. Dann kamen der Unfall und die lange Stille.

»Arthur hat viel Pech gehabt.« Sie lachte. Es klang verlegen. »Weißt du, dass wir nach New Jersey gezogen sind?«

»Ach ja?«

»Er war Dozent in Princeton. Aber man hat ihn entlassen.«

»Was ist passiert?«

»Er war wissenschaftlicher Mitarbeiter und hatte anfangs ein Forschungsstipendium. Man beschloss, ihm keine volle Professorenstelle anzubieten. Art sagt, dahinter habe Interessenpolitik gesteckt. Du weißt ja, wie es in den Fachbereichen zugeht.«

Henry Rhyme, Arts Vater, hatte als namhafter Physikprofessor an der Universität von Chicago gelehrt; dieser Zweig der Familie Rhyme fühlte sich in der akademischen Welt zu Hause. Arthur und Lincoln hatten als Halbwüchsige oft darüber diskutiert, ob die Arbeit in Forschung und Lehre einer Anstellung in der freien Wirtschaft vorzuziehen sei. »An der Uni kann man einen bedeutenden Beitrag für die Gesellschaft leisten«, hatte Arthur gesagt, während die Jungen jeder ein eigentlich illegales Bier tranken, und danach keine Miene verzogen, als Lincoln pflichtgemäß hinzufügte: »Außerdem können die weiblichen wissenschaftlichen Hilfskräfte ziemlich heiß sein.«

Es überraschte Rhyme nicht, dass Art sich letztlich für die Universität entschieden hatte.

»Er hätte weiter Assistent bleiben können, aber das wollte er nicht. Er war sehr wütend. Und er ging davon aus, dass er sofort eine neue Stelle finden würde, aber das ist ihm nicht gelungen. Er war eine Weile arbeitslos und landete schließlich bei einer Firma. Einem Hersteller von medizinischen Geräten.« Wieder ein automatischer Blick – diesmal auf den hoch entwickelten Rollstuhl. Sie wurde rot, als hätte sie sich einen groben Fauxpas geleistet.

»Es war nicht sein Traumjob, und er ist damit nicht allzu glücklich. Ich bin sicher, er wollte dich besuchen kommen, aber wahrscheinlich hat er sich dafür geschämt, dass es ihm nicht so gut ergangen ist. Ich meine, wo du doch eine solche Berühmtheit bist und so.«

Sie trank endlich einen Schluck Kaffee. »Ihr beide hattet so viel gemeinsam. Ihr wart wie Brüder. Ich weiß noch, wie ihr uns in Boston all die Geschichten erzählt habt. Wir waren die halbe Nacht auf und haben gelacht. So hatte ich ihn noch nie erlebt. Und mein Schwiegervater Henry hat zeit seines Lebens ständig von dir geredet.«

»Wirklich? Wir haben uns oft geschrieben. Noch ein paar Tage vor seinem Tod habe ich einen Brief von ihm bekommen.«

Rhyme verband mit seinem Onkel Dutzende von unauslöschlichen Erinnerungen, aber ein Moment hatte sich ihm besonders nachhaltig eingeprägt: Der hochgewachsene Mann mit dem schütteren Haar und dem roten Gesicht lehnt sich zurück und bricht in schallendes Gelächter aus. Alle zwölf oder fünfzehn Familienmitglieder an der weihnachtlichen Festtafel sind peinlich berührt – alle außer Henry Rhyme selbst, seiner nachsichtigen Frau und dem jungen Lincoln, der ebenfalls lauthals lacht. Rhyme hatte seinen Onkel sehr gemocht und war oft bei Art und seinen Eltern zu Besuch gewesen. Die Familie hatte etwa fünfzig Kilometer entfernt gewohnt, am Ufer des Lake Michigan in Evanston, Illinois.

Im Augenblick war Rhyme allerdings nicht nach Nostalgie zumute. Erleichtert hörte er, wie die Haustür sich öffnete und jemand von der Schwelle auf den Teppich trat. Rhyme erkannte an dem festen Schritt, um wen es sich handelte. Gleich darauf betrat eine große, schlanke rothaarige Frau das Labor. Sie trug Jeans, ein schwarzes T-Shirt und darüber eine weinrote Bluse. Die Bluse war nicht zugeknöpft, und man konnte sehen, dass hoch an der Hüfte der Frau eine schwarze Automatikpistole der Marke Glock im Holster steckte.

Als Amelia Sachs lächelte und Rhyme auf den Mund küsste, registrierte der Kriminalist aus dem Augenwinkel Judys Reaktion. Ihre Körpersprache war unmissverständlich, und Rhyme fragte sich, weshalb sie wohl so bestürzt schien: weil sie nicht daran gedacht hatte, sich nach seinem Privatleben zu erkundigen, oder weil sie davon ausgegangen war, ein Krüppel könne keine Liebesbeziehung haben? – Zumindest nicht mit einer so umwerfend attraktiven Frau wie Sachs, die als Mannequin gearbeitet hatte, bevor sie auf die Polizeiakademie gegangen war.

Er stellte die beiden einander vor und erzählte dann von Arthur Rhymes Verhaftung. Sachs hörte besorgt zu und fragte Judy, wie sie mit der Situation fertig werde. Dann: »Haben Sie Kinder?«

Rhyme wurde klar, dass nicht nur Judy, sondern auch er selbst einen Schnitzer begangen hatte. Er hatte es versäumt, nach ihrem Sohn zu fragen, dessen Name ihm entfallen war. Und wie sich herausstellte, war die Familie noch gewachsen. Neben Arthur junior, der auf die Highschool ging, gab es zwei weitere Kinder. »Henry ist neun, und unsere Tochter Meadow ist sechs.«

»Meadow?«, fragte Sachs überrascht. Der Grund ihres Erstaunens war Rhyme im ersten Moment schleierhaft.

Judy lachte verlegen auf. »*Und* wir wohnen in Jersey. Aber der Name hat nichts mit den *Sopranos* zu tun. Als unsere Kleine geboren wurde, kannte ich die Serie noch gar nicht.«

Ach so.

»Du fragst dich bestimmt, weshalb ich diesen Polizisten angerufen und ihn um deine Nummer gebeten habe«, fuhr Judy fort. »Zunächst aber Folgendes: Art weiß nicht, dass ich hier bin.«

»Nein?«

»Um die Wahrheit zu sagen, ich wäre von selbst auch gar nicht darauf gekommen. Ich bin so durcheinander, kann nicht mehr schlafen und kaum einen klaren Gedanken fassen. Doch als ich vor ein paar Tagen im Untersuchungsgefängnis mit Art gesprochen habe, hat er gesagt: ›Ich weiß, was du denkst, aber lass Lincoln aus dem Spiel. Das hier ist bestimmt eine Verwechslung oder so. Es wird sich alles regeln. Versprich mir, dass du ihn nicht anrufst.‹ Er wollte dich nicht damit belasten… Du weißt doch, wie Art ist. So liebenswürdig. An sich selbst denkt er stets zuletzt.«

Rhyme nickte.

»Aber je mehr ich darüber nachgedacht habe, desto sinnvoller schien es mir zu sein. Ich würde dich nicht darum bitten, deine

Beziehungen spielen zu lassen oder irgendetwas Unrechtes zu tun, aber ich dachte, du könntest vielleicht einfach nur ein oder zwei Leute anrufen. Und mir sagen, was du von der Sache hältst.«

Rhyme konnte sich die Reaktion im Big Building lebhaft vorstellen. Er war forensischer Berater des New York Police Department, und es gehörte zu seinen Aufgaben, die Wahrheit zu ergründen, wie auch immer sie aussehen mochte. Dennoch hatte die polizeiliche Führungsetage es eindeutig lieber, wenn er Verdächtige überführte, anstatt sie zu entlasten.

»Ich hab mir ein paar der Ausschnitte über dich angesehen und…«

»Ausschnitte?«

»Art hat ein Sammelalbum angelegt und Zeitungsartikel über deine Fälle darin eingeklebt. Dutzende. Du hast einige beachtliche Erfolge erzielt.«

»Ach, ich bin bloß ein einfacher Staatsdiener«, sagte Rhyme.

Judy ließ zum ersten Mal eine unverfälschte Gefühlsregung erkennen: Lächelnd sah sie ihm in die Augen. »Art hat gesagt, er habe dir deine Bescheidenheit sowieso noch nie abgekauft.«

»Ist das so?«

»Aber nur, weil du selbst auch nie daran geglaubt hättest.«

Sachs kicherte.

Rhyme gab ein Lachen von sich, das möglichst aufrichtig klingen sollte. Dann wurde er ernst. »Ich weiß nicht, wie viel ich erreichen kann. Aber erzähl mir, was passiert ist.«

»Es war am Donnerstag vor einer Woche, am Zwölften. Art macht donnerstags immer früher Schluss und geht auf dem Heimweg im State Park ausgiebig joggen. Er läuft für sein Leben gern.«

Rhyme dachte an früher, an die unzähligen Male, die sein bis auf wenige Monate gleichaltriger Cousin und er durch die Straßen oder grüngelben Felder ihrer Heimat im Mittelwesten gerannt waren. Grashüpfer ergriffen die Flucht, und Stechmücken klebten an ihrer schweißnassen Haut, wenn sie anhielten, um wieder zu Atem zu kommen. Art schien immer in besserer Form zu sein, aber Lincoln war in die Leichtathletikmannschaft seiner Schule aufgenommen worden; sein Cousin hatte kein Interesse daran gehabt, es ebenfalls zu versuchen.

Der Kriminalist schob die Erinnerungen beiseite und konzentrierte sich auf Judys Bericht.

»Gegen fünfzehn Uhr dreißig ist Arthur von der Arbeit aufgebrochen und laufen gegangen. Um sieben oder halb acht kam er nach Hause. Er schien so wie immer zu sein und hat sich nicht ungewöhnlich verhalten. Nachdem er geduscht hatte, haben wir zu Abend gegessen. Am nächsten Tag stand die Polizei vor der Tür, zwei Beamte aus New York und ein Staatspolizist aus New Jersey. Sie haben ihm Fragen gestellt und sich das Auto angesehen. Dort haben sie Blut gefunden. Ich weiß nicht…« Ihre Stimme ließ immer noch erkennen, wie entsetzt sie an jenem schwierigen Morgen gewesen war. »Dann haben sie das Haus durchsucht und einige Sachen mitgenommen. Und dann sind sie zurückgekommen und haben ihn verhaftet. Wegen Mordes.« Das letzte Wort kam ihr nur schwer über die Lippen.

»Was genau wirft man ihm vor?«, fragte Sachs.

»Es heißt, er habe eine Frau umgebracht und aus ihrer Wohnung ein seltenes Gemälde gestohlen.« Sie lachte verbittert auf. »Ein Gemälde gestohlen. Wozu, um Himmels willen? Und Mord? Arthur hat in seinem ganzen Leben noch niemandem ein Haar gekrümmt. Er ist dazu gar nicht fähig.«

»Dieses Blut, das gefunden wurde… Hat man einen DNS-Vergleich durchgeführt?«

»Äh, ja, hat man. Und es schien übereinzustimmen. Aber solche Tests können falsche Ergebnisse haben, nicht wahr?«

»Hin und wieder«, sagte Rhyme und dachte: Sehr, sehr selten.

»Oder der echte Täter könnte die Blutspur dort gelegt haben.«

»Dieses Gemälde«, sagte Sachs. »Hat Arthur sich je dafür interessiert?«

Judy spielte mit den breiten schwarzen und weißen Kunststoffarmreifen an ihrem linken Handgelenk herum. »Ja, die Sache ist die: Er hat mal ein Bild von demselben Maler besessen. Es hat ihm gefallen. Aber nachdem er seinen Job verloren hatte, musste er es verkaufen.«

»Wo wurde das Gemälde gefunden?«

»Das wurde es nicht.«

»Aber woher will man dann wissen, dass es gestohlen wurde?«

»Irgendein Zeuge behauptet, er habe ungefähr zu der Zeit, als die Frau getötet wurde, einen Mann gesehen, der das Bild aus der Wohnung zum Auto getragen habe. Ach, es ist alles nur eine schreckliche Verwechslung. Zufälle ... Das muss es sein; bloß eine verrückte Folge von Zufällen.« Ihre Stimme zitterte.

»Hat er die Frau gekannt?«

»Anfangs hat Art das verneint, aber dann, na ja, war ihm so, als könnten sie einander doch mal gesehen haben. In einer Kunstgalerie, die er gelegentlich besucht. Aber er sagt, er könne sich nicht entsinnen, je mit ihr gesprochen zu haben.« Ihr Blick wanderte nun über die Wandtafel, auf der skizziert war, wie Logan in England gefasst werden sollte.

Rhyme musste wieder daran denken, was er und Arthur zusammen erlebt hatten.

Wer als Erster bei dem Baum da ist ... nein, du Weichling, bei dem Ahornbaum da hinten ... und den Stamm berührt! Auf drei. Eins ... zwei ... los!

Du hast nicht drei gesagt!

»Da ist noch mehr, Judy, nicht wahr? Sagen Sie es uns.« Sachs hatte es der Frau wohl an den Augen angesehen, vermutete Rhyme.

»Ich bin nur völlig aus der Fassung. Auch wegen der Kinder. Das ist ein Albtraum für sie. Die Nachbarn behandeln uns, als wären wir Terroristen.«

»Verzeihen Sie, dass ich nachhaken muss, aber es ist wichtig, dass wir alle Fakten kennen. Bitte.«

Judy war wieder rot geworden und hielt nun beide Knie umklammert. Rhyme und Sachs waren mit einer Frau namens Kathryn Dance befreundet, die beim California Bureau of Investigation arbeitete und Expertin für Kinesik – Körpersprache – war. Rhyme hielt derartige Kenntnisse im Vergleich mit der forensischen Wissenschaft für zweitrangig, aber er respektierte Dance und hatte ein wenig über ihr Fachgebiet gelernt. Daher konnte er mühelos erkennen, dass Judy Rhyme unter gewaltigem Stress stand.

»Nur zu«, ermutigte Sachs sie.

»Ach, die Polizei hat noch andere Hinweise gefunden – also keine richtigen Spuren, keine Beweise. Aber ... es sieht für die Beamten so aus, als hätten Art und die Frau womöglich was miteinander gehabt.«

»Und was meinen Sie dazu?«, fragte Sachs.

»Ich glaube nicht, dass das so war.«

Rhyme entging nicht, dass sie eine vorsichtigere Formulierung wählte und die Möglichkeit nicht so entschieden abstritt wie die Frage nach dem Raubmord. Sie wollte unbedingt ihrem Mann Glauben schenken, war aber anscheinend zu der gleichen Schlussfolgerung gelangt wie nun auch Rhyme: dass es für Arthurs Fall vorteilhafter wäre, wenn er und das Opfer eine Affäre gehabt hätten. Man raubte eher eine Unbekannte aus als die Geliebte, mit der man schlief. Als Ehefrau und Mutter sehnte Judy sich dennoch nur nach einer einzigen Antwort auf diese Frage.

Dann hob sie den Kopf. Es fiel ihr nicht mehr so schwer, Rhyme anzusehen, die Vorrichtung, in der er saß, oder die anderen Geräte, die sein Leben bestimmten. »Was auch immer sonst noch geschehen sein mag, er hat diese Frau *nicht* ermordet. Das hätte er niemals gekonnt. Ich *weiß* es einfach … Kannst du irgendetwas für ihn tun?«

Rhyme und Sachs sahen sich an. »Es tut mir leid, Judy«, sagte er, »aber wir stecken gerade mitten in einem wichtigen Fall und sind kurz davor, einen sehr gefährlichen Täter zu schnappen. Ich kann da jetzt nicht einfach aussteigen.«

»Das sollst du ja gar nicht. Aber gibt es denn *gar nichts*? Ich weiß nicht, was ich machen soll.« Ihre Unterlippe bebte.

»Wir hören uns mal um«, sagte er. »Ich kann dir keine Informationen verschaffen, die du nicht auch durch deinen Anwalt bekommen würdest, aber ich werde dir ehrlich sagen, wie ich die Erfolgsaussichten der Staatsanwaltschaft einschätze.«

»Oh, vielen Dank, Lincoln.«

»Wer ist sein Anwalt?«

Sie nannte ihnen den Namen und die Telefonnummer eines bekannten und entsprechend teuren Strafverteidigers. Der Mann hatte vermutlich einen vollen Terminkalender und mehr Erfahrung mit Finanzdelikten als mit Gewaltverbrechen.

Sachs erkundigte sich nach dem Namen des zuständigen Staatsanwalts.

»Bernhard Grossman. Seine Nummer kann ich Ihnen besorgen.«

»Nicht nötig, die habe ich«, sagte Sachs. »Ich habe schon mit ihm zusammengearbeitet. Er ist vernünftig. Gehe ich recht in der Annahme, dass er Ihrem Mann bereits eine Verfahrensabsprache angeboten hat?«

»Ja, hat er, und unser Anwalt wollte darauf eingehen. Doch Art hat sich geweigert. Er beteuert andauernd, dass es sich um einen Irrtum handelt und sich alles aufklären wird. Aber das passiert nicht immer, oder? Auch Unschuldige gehen manchmal ins Gefängnis, nicht wahr?«

Ja, allerdings, dachte Rhyme und sagte: »Wir werden ein paar Leute anrufen.«

Sie stand auf. »Ich kann dir gar nicht sagen, wie leid es mir tut, dass wir den Kontakt haben einschlafen lassen. Das ist unverzeihlich.« Dann überraschte Judy Rhyme ihn, denn sie kam direkt auf den Rollstuhl zu, beugte sich vor und drückte ihre Wange gegen die des Kriminalisten. Rhyme roch den Schweiß der Nervosität und zwei unterschiedliche Düfte, vielleicht ein Deodorant und ein Haarspray. Kein Parfüm. Sie schien auch nicht der Typ dafür zu sein. »Danke, Lincoln.« Sie ging zur Tür und hielt inne. »Was auch immer ihr über diese Frau und Arthur herausfinden mögt, es ist in Ordnung«, sagte sie zu ihnen beiden. »Es geht mir nur darum, dass er nicht ins Gefängnis muss.«

»Ich tue, was ich kann. Wir melden uns bei dir, falls es etwas zu berichten gibt.«

Sachs begleitete sie hinaus.

»Lass uns mit den Anwälten anfangen«, sagte Rhyme, als sie zurückkam.

»Es tut mir leid, Rhyme.« Er sah sie fragend an, und sie fügte hinzu: »Ich meine, es muss auch für *dich* ziemlich schwierig sein.«

»Wie kommst du darauf?«

»Na ja, immerhin wurde ein naher Verwandter wegen Mordes verhaftet.«

Rhyme zuckte die Achseln, eine der wenigen Gesten, zu denen er fähig war. »Sogar Ted Bundy hatte Eltern. Eventuell auch einen Cousin.«

»Trotzdem.« Sachs nahm den Hörer ab, konnte den Verteidiger aber nicht erreichen, sondern nur seinen Auftragsdienst. Sie hinterließ eine Nachricht. Rhyme fragte sich, auf welchem Golfplatz der Mann wohl gerade auf welcher Bahn spielte.

Dann setzte Sachs sich mit dem stellvertretenden Bezirksstaatsanwalt in Verbindung. Grossman genoss nicht etwa die sonntägliche Ruhe, sondern saß in seinem Büro. Er war gar nicht auf die Idee gekommen, der Verdächtige und der Kriminalist könnten verwandt sein. »Oh, das tut mir wirklich leid, Lincoln«, versicherte er aufrichtig. »Doch ich muss Ihnen sagen, der Fall sieht gut für uns aus. Ganz ehrlich, ich würde es Ihnen verraten, falls es noch offene Fragen gäbe. Aber es gibt keine. Die Geschworenen werden ihn schuldig sprechen. Falls Sie ihn überzeugen könnten, unser Angebot anzunehmen, würden Sie ihm einen großen Gefallen tun. Ich wäre unter Umständen bereit, auf insgesamt zwölf Jahre herunterzugehen.«

Zwölf Jahre, ohne die Möglichkeit einer vorzeitigen Entlassung. Das käme für Arthur einem Todesurteil gleich, dachte Rhyme.

»Wir wissen das zu schätzen«, sagte Sachs.

Der Staatsanwalt fügte hinzu, ihm stehe am nächsten Tag ein komplizierter Prozess bevor, also könne er nicht länger mit Rhyme oder Sachs sprechen. Aber er würde im Laufe der Woche zurückrufen, falls sie das wünschten.

Dann nannte er ihnen noch den Namen des leitenden Ermittlers im Fall Arthur Rhyme: Bobby LaGrange.

»Ich kenne ihn«, sagte Sachs und wählte seine Privatnummer. Bei ihm zu Hause meldete sich nur der Anrufbeantworter, aber als sie es auf dem Mobiltelefon versuchte, hatte sie sofort Erfolg.

»LaGrange.«

Die Windgeräusche und das Plätschern des Wassers im Hintergrund verrieten, was der Detective an diesem schönen warmen Tag unternahm.

Sachs nannte ihren Namen.

»Ach, na klar. Wie geht's Ihnen, Amelia? Ich hatte mit dem Anruf eines Informanten gerechnet. Hier in Red Hook bahnt sich gerade eine große Sache an.«

Demnach war er doch nicht mit dem Boot zum Angeln rausgefahren.

»Ich muss unser Gespräch vielleicht abrupt beenden.«

»Geht in Ordnung. Ich habe Sie auf den Lautsprecher gelegt.«

»Detective, hier ist Lincoln Rhyme.«

Ein Zögern. »Oh. Ja.« Einem Anruf von Lincoln Rhyme widmeten die meisten Leute unverzüglich ihre volle Aufmerksamkeit.

Rhyme sprach ihn auf den Fall an und erklärte, der Verdächtige sei sein Cousin.

»Moment… ›Rhyme‹. Wissen Sie, der Name kam mir gleich irgendwie komisch vor. Ungewöhnlich, meine ich. Aber es hat nie bei mir geklingelt. Und er hat Sie auch nie erwähnt. Bei keinem einzigen der Verhöre. Ihr Cousin… Mann, das tut mir leid.«

»Detective, ich habe nicht vor, mich in den Fall einzumischen. Aber ich habe seiner Frau versprochen, dass ich anrufen und mich schlau machen würde. Es wurde bereits alles dem Staatsanwalt übergeben, ich weiß. Ich habe soeben mit ihm gesprochen.«

»Es war eine einwandfreie Festnahme, das muss ich schon sagen. Ich bin jetzt seit fünf Jahren beim Morddezernat, und abgesehen von einem Bandenmord, der direkt vor den Augen eines Streifenbeamten begangen wurde, war dies der eindeutigste Fall, der mir je untergekommen ist.«

»Was ist passiert? Arts Frau konnte mir keine Einzelheiten schildern.«

»Ihr Cousin hat sein Büro früh verlassen.« LaGranges Stimme nahm einen formellen, emotionslosen Tonfall an, wie es typisch für Cops war, wenn sie die Details einer Ermittlung aufzählten. »Er ist zu der Wohnung einer Frau namens Alice Sanderson gefahren, unten im Village. Auch sie hatte bei der Arbeit früher Schluss gemacht. Wir sind uns nicht sicher, wie lange er dort gewesen ist, aber irgendwann gegen achtzehn Uhr wurde die Frau erstochen und ein Gemälde aus der Wohnung gestohlen.«

»Teuer?«

»Ja, aber nicht wie van Gogh.«

»Wer war der Maler?«

»Ein Kerl namens Prescott. Ist vor nicht allzu langer Zeit gestorben.«

»Dann dürften seine Werke derzeit im Wert steigen.«

»Kann gut sein. Das fragliche Bild dürfte jedenfalls bei ungefähr hundertfünfzigtausend Dollar liegen. Ach, und wir haben ein paar Prospekte gefunden, Reklamezettel, Sie wissen schon, die Ihrem Cousin von einigen Galerien zugeschickt worden waren, und darin ging es um Prescott. Das sah nicht so gut aus.«

»Erzählen Sie mir noch mehr über den zwölften Mai«, bat Rhyme.

»Ein Zeuge hat um circa achtzehn Uhr Schreie gehört und einige Minuten später beobachtet, dass ein Mann ein Gemälde zu einem hellblauen Mercedes trug, der auf der Straße geparkt stand. Dann fuhr der Wagen schnell weg. Der Zeuge konnte nur die ersten drei Buchstaben des Nummernschilds erkennen und wusste auch nicht, aus welchem Staat die Zulassung stammte, aber wir haben uns die Stadt und das ganze Umland vorgenommen. Dann haben wir die Liste der Fahrzeuge eingegrenzt und die Eigentümer befragt. Einer davon war Ihr Cousin. Mein Partner und ich sind nach Jersey gefahren, um mit ihm zu reden. Ein Kollege von der Staatspolizei war auch dabei, wie es sich gehört. An der hinteren Tür und vor der Rückbank des Wagens haben wir etwas entdeckt, das wie Blut aussah. Unter dem Sitz lag ein blutiger Waschlappen. Er passte zu einem Set im Wäscheschrank des Opfers.«

»Und die DNS hat übereingestimmt?«

»Ja, es war das Blut der Frau.«

»Hat der Zeuge ihn bei einer Gegenüberstellung identifiziert?«

»Nein, der Anruf war anonym und kam von einem Münzfernsprecher. Der Zeuge wollte seinen Namen nicht nennen und nicht in die Sache verwickelt werden. Aber wir waren auch gar nicht auf seine Aussage angewiesen. Die Spurensicherung hatte ihren großen Tag. Vor der Tür des Opfers wurde ein Abdruck gefunden, der von genau dem Schuhmodell stammt, das Ihr Cousin getragen hat. Und es konnten ein paar gute Partikel gesichert werden.«

»Klassifizierbare Spuren?«

»Genau. Rasiercreme, Kartoffelchips und Rasendünger aus seiner Garage. Passten hundertprozentig zu den Spuren am Tatort.«

Nein, sie passten nicht *hundertprozentig*, dachte Rhyme. Spuren lassen sich in mehrere Kategorien einteilen. »Individuelle« Spuren wie DNS und Fingerabdrücke stammen von exakt einer einzigartigen Quelle. »Klassifizierbare« Spuren teilen gewisse Merkmale mit gleichartigem Material, stammen aber nicht zwangsläufig von derselben Quelle. Teppichfasern zum Beispiel. Der DNS-Test einer Blutspur an einem Tatort kann eine eindeutige Übereinstimmung mit dem Blut des Täters erbringen. Aber die an einem Tatort gefundene Teppichfaser kann allenfalls von gleicher Machart sein wie die Fasern aus dem Haus eines Verdächtigen. Die Geschworenen müssen dann eigenständig folgern, ob der Angeklagte sich am Tatort befunden hat.

»Was glauben Sie? Hat er die Frau gekannt oder nicht?«, fragte Sachs.

»Er hat behauptet, er kenne sie nicht, aber wir haben zwei Notizen in ihrer Handschrift sichergestellt, eine in ihrem Büro und eine bei ihr zu Hause. Eine besagte ›Art – Drinks‹, die andere bloß ›Arthur‹. Das war alles. Ach, und wir haben seinen Namen in ihrem Telefonverzeichnis gefunden.«

»Hat die Nummer gepasst?«, fragte Rhyme stirnrunzelnd.

»Nein. Sie gehört zu einem Prepaid-Mobiltelefon. Ohne Verbindungsnachweis.«

»Gehen Sie davon aus, dass die beiden mehr als nur Freunde gewesen sind?«

»Der Gedanke liegt nahe. Warum sonst hat er ihr nur die Nummer dieses Mobiltelefons genannt und nicht die Anschlüsse zu Hause oder im Büro?« Er lachte auf. »Offenbar hat es die Frau nicht gestört. Sie würden sich wundern, was die Leute alles hinnehmen, ohne Fragen zu stellen.«

Mich wundert gar nichts mehr, dachte Rhyme.

»Und das Telefon?«

»Ist weg. Wir haben's nie gefunden.«

»Glauben Sie, er hat diese Alice Sanderson ermordet, weil sie ihn gedrängt hat, seine Frau zu verlassen?«

»So wird der Staatsanwalt wohl argumentieren. Irgendwas in der Richtung.«

Rhyme hielt sich vor Augen, was er über seinen Cousin wusste, den er seit mehr als zehn Jahren nicht mehr gesehen hatte, und verglich es mit den neuen Informationen. Es reichte nicht aus, um zu beurteilen, ob die Vorwürfe stimmen könnten oder nicht.

»Hatte sonst noch jemand ein Motiv?«, fragte Sachs.

»Nein. Laut ihren Angehörigen und Freunden ist Miss Sanderson gelegentlich mit jemandem ausgegangen, aber das war noch nichts Festes. Den Namen kannten sie nicht. Es gab auch keine hässlichen Trennungen von eifersüchtigen Exfreunden. Ich habe mich sogar gefragt, ob die Ehefrau – Judy – es getan haben könnte, aber sie hat für die Tatzeit ein Alibi.«

»Und Arthur hat keines?«

»Richtig. Er behauptet, er sei joggen gewesen, aber es hat ihn niemand gesehen. Im Clinton State Park. Das ist ein verdammt großes Gebiet und ziemlich einsam.«

»Mich würde interessieren, wie er sich während der Verhöre verhalten hat«, sagte Sachs.

LaGrange lachte. »Komisch, dass Sie das erwähnen – das war nämlich wirklich seltsam. Er war wie betäubt. Als würde bereits unser Anblick ihm die Sprache verschlagen. Ich habe schon eine Menge Leute verhaftet, manche davon echte Profis. Berufsverbrecher, meine ich. Aber er war bei Weitem der Beste im Unschuldheucheln. Ein erstklassiger Schauspieler. War er das früher auch schon, Detective Rhyme?«

Der Kriminalist antwortete nicht darauf. »Was ist aus dem Gemälde geworden?«

Eine Pause. »Das ist verschwunden, genau wie das Telefon. Es war weder in seinem Haus noch in seiner Garage, aber die Spurensicherung hat auf der Rückbank des Wagens und in der Garage Erde gefunden. Sie stimmt mit der Erde des State Parks in der Nähe seines Hauses überein, wo er jeden Abend joggen gegangen ist. Wir nehmen an, er hat das Bild irgendwo vergraben.«

»Ich habe eine Bitte, Detective«, sagte Rhyme.

Am anderen Ende gab es eine kurze Verzögerung. Eine Stimme sagte irgendetwas, und der Wind heulte erneut. »Schießen Sie los.«

»Kann ich die Akte sehen?«

»Die Akte?« Es war nicht wirklich eine Frage, lediglich ein Manöver, um etwas Zeit zum Nachdenken zu schinden. »Es ist ein einwandfreier Fall. Wir sind streng nach Vorschrift vorgegangen.«

»Daran haben wir auch nicht den geringsten Zweifel«, sagte Sachs. »Die Sache ist die… Soweit wir wissen, hat der Verdächtige eine Verfahrensabsprache abgelehnt.«

»Ach, und Sie wollen ihn nun vom Gegenteil überzeugen? Ja, alles klar. Das wäre das Beste für ihn. Tja, ich habe aber bloß Kopien. Die Originale und die sichergestellten Spuren sind bei der Staatsanwaltschaft. Aber die Berichte kann ich Ihnen besorgen. In ein oder zwei Tagen, okay?«

Rhyme schüttelte den Kopf.

»Wie wär's, wenn Sie in der Registratur Bescheid geben würden?«, fragte Sachs. »Dann könnte ich hinfahren und mir die Akte selbst abholen.«

Man hörte abermals laut den Wind heulen. Dann brach das Geräusch plötzlich ab. LaGrange musste sich eine geschützte Stelle gesucht haben.

»Ja, meinetwegen. Ich rufe gleich dort an.«

»Danke.«

»Kein Problem. Viel Glück.«

Sie beendeten das Gespräch, und Rhyme lächelte kurz. »Das war eine gute Idee. Die Sache mit der Verfahrensabsprache.«

»Man muss eben wissen, mit wem man es zu tun hat«, sagte Sachs, schwang ihre Handtasche über die Schulter und machte sich auf den Weg.

... Vier

Sachs kehrte von ihrem Ausflug zur Police Plaza wesentlich schneller zurück, als es mit öffentlichen Verkehrsmitteln möglich gewesen wäre – oder falls sie an roten Ampeln gehalten hätte. Rhyme wusste, dass sie einfach das Signallicht auf dem Armaturenbrett ihres 1969er Camaro SS eingeschaltet hatte. Der Wagen war seit einigen Jahren feuerrot lackiert, damit er zu der Farbe passte, die Rhyme für seine Rollstühle bevorzugte. Wie ein Teenager suchte Sachs nach immer neuen Gelegenheiten, den leistungsstarken Motor aufheulen zu lassen und mit quietschenden Reifen davonzurasen.

»Ich habe alles kopiert«, sagte sie. Als sie den dicken Aktenordner auf einen der Tische legte, zuckte sie zusammen.

»Alles in Ordnung?«

Amelia Sachs litt schon seit frühester Jugend an Arthritis und schluckte Glukosamin, Chondroitin, Ibuprofen und Naproxen, als wären es Bonbons, aber sie ließ sich ihre Krankheit nur selten anmerken, weil sie fürchtete, ihre Vorgesetzten könnten Wind davon bekommen und ihr aus medizinischen Gründen einen Schreibtischjob zuweisen. Sogar wenn sie und Rhyme allein waren, spielte sie die Schmerzen herunter. Diesmal jedoch räumte sie ein: »Manchmal zwickt es ganz schön heftig.«

»Möchtest du dich setzen?«

Sie schüttelte den Kopf.

»Okay. Was haben wir?«

»Den Bericht, das Verzeichnis der Beweismittel und Kopien der Fotos. Keine Videos. Die sind beim Staatsanwalt.«

»Lass uns alles an die Tafel schreiben. Ich möchte den primären Tatort und Arthurs Haus sehen.«

Sie ging zu einer der vielen weißen Tafeln und legte eine Tabelle an, während Rhyme ihr dabei zusah.

MORD AN ALICE SANDERSON

Alice Sandersons Wohnung

- Spuren von Rasiercreme Marke Edge Advanced Gel mit Aloe.
- Chipskrümel wurden als Marke Pringles identifiziert, fettfrei, Geschmacksrichtung Barbecue.
- Messer Marke Chicago Cutlery (Mordwaffe).
- Dünger Marke TruGro.
- Abdruck von Schuhmodell Alton EZ-Walk, Größe 10½.
- Partikel von Latexhandschuh.
- Eintrag »Art« im Telefonverzeichnis, dazu die Nummer eines Prepaid-Mobiltelefons, das nicht länger genutzt wird; nicht zurückverfolgbar. (Mögliche Affäre?)
- Zwei Notizen: »Art – Drinks« (Büro) und »Arthur« (Wohnung).
- Zeuge hat hellblauen Mercedes gesehen; Kennzeichen beginnt mit NLP.

Arthur Rhymes Wagen

- Hellblaue Mercedes-Limousine, C-Klasse, Baujahr 2004. Kennzeichen: New Jersey NLP 745; zugelassen auf Arthur Rhyme.
- Blut an Tür und auf dem Boden vor der Rückbank; DNS stimmt mit der des Opfers überein.
- Blutiger Waschlappen, passend zu Set in der Wohnung des Opfers; DNS stimmt mit der des Opfers überein.
- Erde von gleicher Zusammensetzung wie im Clinton State Park.

Arthur Rhymes Haus

- Rasiercreme Marke Edge Advanced Gel mit Aloe; passt zur Spur am primären Tatort.
- Chips Marke Pringles, fettfrei, Geschmacksrichtung Barbecue.
- Dünger Marke TruGro (Garage).
- Spaten mit Erde von gleicher Zusammensetzung wie im Clinton State Park (Garage).

- Diverse Messer Marke Chicago Cutlery; gleicher Typ wie Mordwaffe.
- Schuhe Alton EZ-Walk, Größe 10½; Abdruck von gleicher Art wie am primären Tatort.
- Werbebroschüren der Wilcox Galerie, Boston, und von Anderson-Billings Fine Arts, Carmel, bzgl. Ausstellungen von Harvey-Prescott-Gemälden.
- Karton mit Latexhandschuhen Marke Safe-Hand; Gummimischung entspricht den Partikeln am primären Tatort (Garage).

»Mann, das sieht aber ziemlich belastend aus, Rhyme«, sagte Sachs, wich etwas zurück und stemmte die Hände in die Seiten.

»Und es deutet einiges auf eine Affäre hin: das Prepaid-Telefon, die Tatsache, dass sie ihn ›Art‹ genannt hat, das Fehlen jeglicher Adresse, ob privat oder beruflich … Gibt es noch mehr Einzelheiten?«

»Nein. Nur noch die Fotos.«

»Häng sie auf«, sagte Rhyme, während er die Tabelle noch einmal überflog und bedauerte, dass er die Schauplätze nicht selbst untersucht hatte – zumindest indirekt, wie sie es schon häufig getan hatten, nämlich mit Amelia Sachs als seiner Stellvertreterin, die von ihm per Headset angeleitet wurde und bisweilen auch eine hochauflösende Videokamera trug. Im vorliegenden Fall hatte die Spurensicherung zwar solide Arbeit geleistet, sich dabei aber nicht gerade selbst übertroffen. Es gab zum Beispiel keine Fotos der nicht unmittelbar zum Tatort gehörenden Zimmer. Und das Messer … Er sah die Aufnahme der blutigen Waffe, die unter dem Bett lag. Ein Beamter hielt ein Stück der Tagesdecke hochgeklappt, damit sein Kollege den Fundort fotografieren konnte. War das Messer bei heruntergeklappter Decke unsichtbar gewesen (was bedeutete, dass der Täter es in der Hektik des Geschehens durchaus vergessen haben könnte) oder nicht (was bedeutete, dass es womöglich absichtlich dort deponiert worden war)?

Auf einem anderen Bild lag Verpackungsmaterial am Boden. Offenbar war das Prescott-Gemälde darin eingewickelt gewesen.

»Hier stimmt was nicht«, flüsterte er.

Sachs, die immer noch vor der Tafel stand, schaute zu ihm herüber.

»Das Gemälde«, fuhr Rhyme fort.

»Was ist damit?«

»LaGrange hat zwei mögliche Motive angedeutet. Nummer eins, Arthur hat den Prescott gestohlen, um zu vertuschen, dass es ihm in erster Linie darum ging, Alice loszuwerden.«

»Richtig.«

»Aber wenn ein halbwegs intelligenter Täter einen Mord als bedauerliche Begleiterscheinung eines Diebstahls tarnen wollte, würde er doch nicht den einen Gegenstand aus der Wohnung klauen, der mit ihm in Verbindung gebracht werden könnte«, fuhr Rhyme fort. »Vergiss nicht, Art hat früher mal einen Prescott besessen. Und er hatte diese Galerie-Prospekte im Haus.«

»Stimmt, Rhyme, das ergibt keinen Sinn.«

»Und nun tun wir mal so, als wäre sein Motiv das Gemälde gewesen, das er unbedingt haben wollte und sich finanziell nicht leisten konnte. Tja, anstatt einen Mord zu begehen, wäre es dann doch sehr viel sicherer und einfacher gewesen, irgendwann tagsüber einzubrechen, wenn die Eigentümerin bei der Arbeit ist.« Auch das Verhalten seines Cousins gab Rhyme zu denken, wenngleich es für ihn bei der Beurteilung von Schuld oder Unschuld keinen allzu hohen Stellenwert besaß. »Vielleicht hat er ja gar nicht so getan, als sei er unschuldig. Vielleicht *war* er unschuldig… Ziemlich belastend, hast du gesagt? Nein. *Zu* belastend.«

Nur mal angenommen, er hat es nicht getan, überlegte Rhyme. Die Konsequenzen wären beachtlich. Denn dann wäre das hier nicht einfach eine Verwechslung; dafür passten die Spuren zu genau – darunter vor allem auch das Blut des Opfers in seinem Wagen. Nein, falls Art unschuldig war, hatte jemand anders sich große Mühe gegeben, ihm die Sache anzuhängen.

»Ich glaube, er wurde hereingelegt.«

»Aus welchem Grund?«

»Du willst ein Motiv?«, fragte er. »Das braucht uns vorläufig nicht zu interessieren. Es geht jetzt zunächst mal um das *Wie*. Sobald wir eine Antwort auf diese Frage haben, kann sie uns zu dem *Wer* führen. Auf das *Warum* stoßen wir eventuell nebenbei, aber das ist nicht unsere Priorität. Gehen wir also davon aus, dass jemand anders, ein Mr. X, Alice Sanderson ermordet, das Gemälde gestohlen und Arthur als den Schuldigen hingestellt hat. Na, Sachs, wie könnte er das wohl angestellt haben?«

Sie verzog das Gesicht – abermals wegen ihrer Arthritis – und setzte sich. »Mr. X ist sowohl Arthur als auch Alice gefolgt«, sagte sie nach kurzem Nachdenken. »Er wusste, dass sie sich beide für Kunst interessieren, hat sie zum gleichen Zeitpunkt in der besagten Galerie gesehen und dann ihren Alltag ausgespäht.«

»Mr. X weiß, dass sie einen Prescott besitzt. Er will auch einen haben, hat aber nicht genug Geld.«

»Richtig.« Sachs wies auf die Tafel. »Dann bricht er bei Arthur ein und sieht, dass es dort Pringles, Edge Rasiercreme, TruGro Dünger und Chicago Cutlery Messer gibt. Er nimmt jeweils etwas davon mit, um es später am Tatort zu platzieren. Er bringt in Erfahrung, welche Schuhe Arthur trägt, damit er einen entsprechenden Abdruck hinterlassen kann, und er besorgt sich etwas Erde aus dem State Park…

Nun zum zwölften Mai. Mr. X hat irgendwie herausgefunden, dass Art donnerstags stets früher Schluss macht und in einem menschenleeren Gebiet joggen geht – sodass er kein Alibi hat. X geht zur Wohnung des Opfers, ermordet die Frau, stiehlt das Bild und ruft von einem Münzfernsprecher die Polizei an, um die Schreie zu melden und zu behaupten, ein Mann habe ein Gemälde zu einem Auto getragen, das wie Arthurs Wagen aussieht, einschließlich dreier Buchstaben des Kennzeichens. Dann fährt er zu Arthurs Haus in New Jersey und hinterlässt die Blutspuren, die Erde, den Waschlappen, die Schaufel.«

Das Telefon klingelte. Der Anrufer war Arthurs Verteidiger. Mit gequälter Stimme wiederholte er alles, was sie bereits von dem Staatsanwalt erfahren hatten. Er konnte nichts Hilfreiches hinzufügen und regte sogar mehrmals an, sie sollten Arthur dazu drängen, sich auf die Verfahrensabsprache einzulassen. »Andernfalls wird man ihn fertigmachen«, sagte der Mann. »Tun Sie ihm einen Gefallen. Ich hole fünfzehn Jahre für ihn heraus.«

»Das würde ihn zugrunde richten«, sagte Rhyme.

»Nicht so sehr wie eine lebenslange Freiheitsstrafe.«

Rhyme verabschiedete sich frostig und unterbrach die Verbindung. Dann starrte er wieder die Tafel an.

Ihm fiel etwas anderes ein.

»Was ist denn, Rhyme?«, fragte Sachs, die bemerkt hatte, dass sein Blick sich nach oben richtete.

»Ob er das wohl schon mal gemacht hat?«

»Wie meinst du das?«

»Falls sein Ziel – sein *Motiv* – der Diebstahl des Gemäldes war, hat er damit nicht bis ans Lebensende ausgesorgt. Nicht wie bei einem Renoir, den man für zehn Millionen weiterverkauft und dann für immer von der Bildfläche verschwindet. Die ganze Sache riecht nach einer Art Geschäftsmasche. Der Täter hat eine schlaue Möglichkeit ersonnen, ungestraft ein Verbrechen zu begehen. Und das wird er weiterhin tun, bis ihn jemand aufhält.«

»Ja, da ist was dran. Wir sollten uns nach weiteren Gemäldediebstählen umschauen.«

»Nein. Wieso sollte er sich auf Gemälde beschränken? Es könnte alles Mögliche sein. Aber es gibt eine Gemeinsamkeit.«

Sachs runzelte die Stirn. Dann wusste sie, was er meinte. »Mord.«

»Genau. Da der Täter einen Sündenbock braucht, muss er die Opfer umbringen – weil sie ihn ansonsten identifizieren könnten. Ruf jemanden aus dem Morddezernat an. Zu Hause, falls nötig. Wir suchen nach folgendem Szenario: ein zugrunde liegendes Verbrechen – womöglich ein Diebstahl –, ein Mordopfer und starke Indizienbeweise.«

»Plus eventuell eine absichtlich gelegte DNS-Spur.«

»Gut.« Die Aussicht, dass sie auf eine größere Sache gestoßen sein könnten, elektrisierte ihn. »Und falls Mr. X sich an sein Schema hält, wird es außerdem einen anonymen Zeugen geben, der die Notrufzentrale verständigt und ein paar spezifische Angaben zur Person des vermeintlichen Täters gemacht hat.«

Sachs setzte sich an einen Schreibtisch in der Ecke des Labors und wählte eine Nummer.

Rhyme lehnte den Kopf zurück und beobachtete seine Partnerin beim Telefonieren. Ihm fiel getrocknetes Blut im Nagelbett ihres Daumens auf. Über ihrem Ohr, halb verdeckt durch das glatte rote Haar, war eine Schramme sichtbar. Sachs machte das häufig; sie kratzte sich die Kopfhaut blutig oder riss sich die Nagelhäute auf, fügte sich kleine Verletzungen zu – es war eine zwanghafte Angewohnheit, die erkennen ließ, wie angespannt sie war.

Nun nickte sie und notierte sich etwas mit konzentriertem Blick. Rhymes Herzschlag – obwohl der Kriminalist es nicht direkt fühlen konnte – beschleunigte sich. Sachs hatte etwas Wichtiges in Erfahrung gebracht. Ihr Kugelschreiber gab den Geist auf. Sie ließ ihn fallen und zückte sofort einen neuen, genauso schnell, als würde sie bei einem Schießwettbewerb ihre Waffe ziehen.

Nach zehn Minuten legte sie auf.

»He, Rhyme, das musst du dir anhören.« Sie setzte sich auf einen Korbsessel neben ihn. »Ich habe mit Flintlock gesprochen.«

»Ah, eine gute Wahl.«

Schon als Rhyme in den Polizeidienst eingetreten war, hatte Joseph Flintick, dessen Spitzname, ob nun absichtlich oder nicht, an eine historische Feuerwaffe denken ließ, als Detective bei der Mordkommission gearbeitet. Der zähe alte Knabe wusste über so gut wie jedes Tötungsdelikt Bescheid, das während der letzten Jahrzehnte in New York City begangen worden war – und oft auch über die Morde aus dem Umland. In einem Alter, in dem Flintlock sonntags eigentlich zu Besuch bei seinen Enkeln sein sollte, saß er stattdessen im Büro und arbeitete. Rhyme war nicht überrascht.

»Ich habe ihm alles erklärt, und ihm sind prompt zwei Fälle in den Sinn gekommen, die zu unserem Profil passen könnten. Das eine war der Diebstahl einer Sammlung seltener Münzen im Wert von ungefähr fünfzigtausend Dollar. Das andere war eine Vergewaltigung.«

»Eine Vergewaltigung?« Das erweiterte die Angelegenheit um einen tiefer gehenden und weitaus beunruhigenderen Faktor.

»Ja. In beiden Fällen wurde die Tat telefonisch von einem anonymen Zeugen gemeldet, der darüber hinaus einige Informationen liefern konnte, die wesentlich zur Identifizierung des Täters beigetragen haben – so wie in unserem Fall der Hinweis auf den Wagen deines Cousins.«

»Die Anrufer waren natürlich Männer.«

»Ja. Und obwohl die Stadt eine Belohnung ausgesetzt hat, hat keiner der beiden sich später noch einmal gemeldet.«

»Was für Beweise gab es?«

»Daran konnte Flintlock sich nicht mehr so gut erinnern. Aber er wusste noch, dass die Partikel und Indizien sofort hundertprozentig gepasst haben. Genau wie bei deinem Cousin. Es fanden sich fünf oder sechs verschiedene Arten von klassifizierbaren Spuren am Tatort und in den Häusern der Täter. Und bei beiden konnte man auf einem Lappen oder Kleidungsstück das Blut des Opfers nachweisen.«

»Ich wette, bei der Vergewaltigung wurden keine Körperflüssigkeiten hinterlassen.« Die meisten Vergewaltiger werden durch eines der drei S überführt – Sperma, Speichel oder Schweiß.

»Nein. Absolut nichts.«

»Haben die anonymen Anrufer jeweils nur ein *unvollständiges* Autokennzeichen angegeben?«

Sie warf einen Blick auf die Notizen. »Ja. Woher hast du das gewusst?«

»Weil unser Täter etwas Zeit schinden musste. Wenn er das ganze Kennzeichen genannt hätte, wäre die Polizei unverzüglich zum Haus des Sündenbocks gefahren, und Mr. X hätte keine Gelegenheit gehabt, dort die falschen Spuren zu legen.« Der Killer hatte an alles gedacht. »Haben die Verdächtigen jede Schuld abgestritten?«

»Ja. Total. Sie haben ihr Glück bei den Geschworenen versucht und verloren.«

»Nein, nein, nein, das sind zu viele Zufälle«, murmelte Rhyme. »Ich will die …«

»Ich habe schon darum gebeten, dass man uns die Akten aus dem Archiv holt.«

Er lachte. Wie so oft, war sie ihm einen Schritt voraus. Er musste daran denken, wie sie einander vor Jahren begegnet waren: Sachs, eine desillusionierte Streifenbeamtin, die ihren Job bei der Polizei hinschmeißen wollte, und Rhyme, der kurz davor stand, etwas noch viel Drastischeres zu tun. Wie viel sie doch seitdem erreicht hatten.

»Kommando, Telefon«, sagte Rhyme in sein Mikrofon. »Anrufen, Sellitto.« Er war ganz aufgeregt und verspürte dieses eigentümliche Kribbeln – den Nervenkitzel der bevorstehenden Jagd. Geh endlich dran, dachte er verärgert und vergaß zum ersten Mal England.

»Hallo, Linc«, hallte Sellittos gedehnter Brooklyner Akzent durch den Raum. »Was …?«

»Hör zu. Es gibt ein Problem.«

»Ich hab gerade viel um die Ohren.« Rhymes ehemaliger Partner, Lieutenant Detective Lon Sellitto, war seit Kurzem ebenfalls nicht sonderlich gut gelaunt. Ein großer Fall, für den unter Sellittos Mitwirkung extra eine Sonderkommission gebildet worden war, hatte sich plötzlich in Wohlgefallen aufgelöst. Wladimir Dienko, der Handlanger eines Bosses der Russenmafia von Brighton Beach, war letztes Jahr wegen der Mitgliedschaft in einer kriminellen Vereinigung sowie wegen Mordes vor Gericht gebracht worden. Rhyme hatte bei der Auswertung mancher der Spuren geholfen. Letzten Freitag war die Anklage gegen Dienko und die drei Mitbeschuldigten dann zur allgemeinen Bestürzung abgewiesen worden, nachdem mehrere Zeugen ihre Aussagen widerrufen hatten oder gar verschwunden zu sein schienen. Sellitto und Agenten des FBI saßen nun schon das ganze Wochenende daran, neue Zeugen und Informanten ausfindig zu machen.

»Ich fasse mich kurz.« Rhyme erläuterte, was er und Sachs über seinen Cousin, den Münzdiebstahl und die Vergewaltigung herausgefunden hatten.

»Noch *zwei* weitere Fälle? Verdammt seltsam. Was sagt dein Cousin dazu?«

»Ich habe noch nicht mit ihm gesprochen. Aber er bestreitet jegliche Schuld. Ich möchte, dass die Sache geprüft wird.«

»›Geprüft.‹ Was, zum Teufel, soll das denn heißen?«

»Ich glaube nicht, dass Arthur es getan hat.«

»Er ist dein Cousin. *Natürlich* hältst du ihn für unschuldig. Aber hast du etwas Konkretes in der Hand?«

»Noch nicht. Deshalb möchte ich ja deine Hilfe. Ich brauche ein paar Leute.«

»Ich stecke bis über beide Ohren in der Dienko-Sache in Brighton Beach. Eigentlich hatte ich ja darauf gehofft, du würdest uns dabei unterstützen, aber nein, du hältst lieber eine Teestunde mit den Briten ab.«

»Das hier könnte eine große Sache werden, Lon. Zwei weitere Fälle, die nach fingierten Beweisen riechen. Ich wette, das sind noch nicht alle. Ich weiß, wie sehr du deine Gemeinplätze liebst, Lon. Geht ›Der Gerechtigkeit zum Sieg verhelfen‹ dir nicht zu Herzen?«

»Du kannst Sprüche klopfen, so viel du willst, Linc. Ich hab zu tun.«

»Das war eine Phrase, Lon. Ein Spruch hat ein Subjekt und ein Prädikat.«

»Was auch immer. Ich versuche, noch irgendwie den Russenfall zu retten. Niemand im Rathaus oder bei Gericht ist glücklich darüber, was geschehen ist.«

»Und die Leute haben mein tiefstes Mitgefühl. Lass dich von dem Fall abziehen.«

»Wende dich ans Morddezernat. Ich bin bei der Abteilung für Kapitalverbrechen.«

Nominell wurde diese Abteilung des NYPD nicht mit Mordfällen betraut, aber Sellittos Ausrede ließ Rhyme nur zynisch auflachen. »Du bearbeitest Mordfälle wann immer du *willst.* Seit wann interessieren dich die internen Gepflogenheiten, verdammt noch mal?«

»Ich hab eine Idee«, sagte der Detective. »In Downtown hat heute ein Captain Dienst. Joe Malloy. Kennst du ihn?«

»Nein.«

»Aber ich«, sagte Sachs. »Er ist in Ordnung.«

»Hallo, Amelia. Haben Sie der Kaltfront bisher standgehalten?«

Sachs lachte.

»Sehr witzig, Lon«, knurrte Rhyme. »Wer ist dieser Kerl?«

»Er ist schlau. Kompromisslos. Und humorlos. Das wird dir gefallen.«

»Heute sind hier jede Menge Komiker unterwegs«, murmelte Rhyme.

»Er hat Rückgrat. Und er ist ein Kämpfer. Vor fünf, sechs Jahren ist seine Frau von einem Einbrecher getötet worden.«

Sachs verzog das Gesicht. »Das wusste ich nicht.«

»Ja, und er gibt bei der Arbeit hundertfünfzig Prozent. Es heißt, er werde irgendwann ein Eckbüro in den oberen Etagen beziehen. Vielleicht sogar nebenan.«

Damit war das Rathaus gemeint.

»Ruf ihn an, und frag ihn, ob er einige Leute für dich loseisen kann«, fuhr Sellitto fort.

»Ich will, dass *du* losgeeist wirst.«

»Diesmal nicht, Linc. Ich leite hier gerade eine Observation. Es ist ein verfluchter Albtraum. Aber halt mich auf dem Laufenden, und …«

»Ich muss los, Lon … Kommando, Telefon, Auflegen.«

»Du hast ihn einfach abgewürgt«, stellte Sachs fest.

Rhyme grunzte nur und rief Malloy an. Falls er bei einer Voicemail landete, würde er explodieren.

Aber der Mann hob beim zweiten Klingeln ab. Noch ein leitender Beamter, der am Sonntag arbeitete. Tja, auch Rhyme hatte das ziemlich oft getan und konnte als Resultat eine Scheidung vorweisen.

»Hier Malloy.«

Rhyme nannte seinen Namen.

Ein kurzes Zögern. Dann: »Nun, Lincoln … Ich glaube, wir sind uns noch nie begegnet. Aber ich weiß natürlich, wer Sie sind.«

»Ich bin hier mit einem Ihrer Detectives, Amelia Sachs. Sie hört das Gespräch über den Lautsprecher mit, Joe.«

»Guten Tag, Detective Sachs«, sagte die förmliche Stimme. »Was kann ich für Sie beide tun?« Rhyme schilderte ihm die Sachlage und seine Vermutung, dass man Arthur hereingelegt hatte.

»Ihr Cousin? Es tut mir leid, das zu hören.« Aber er klang nicht sonderlich bekümmert. Malloy befürchtete, dass Rhyme ihn darum bitten würde, sich in den Fall einzumischen und die Anklagepunkte zu mildern. Oje, das würde mindestens ungebührlich aussehen. Und falls es schlimm kam, drohten ein Verfahren der Dienstaufsicht und allgemeines Medieninteresse. Andererseits gehörte es sich nicht, einem Mann, der dem NYPD unschätzbare Dienste erwies, einfach die Unterstützung zu versagen. Außerdem war der Kerl ein Krüppel. Wo doch die Stadtverwaltung so viel Wert auf Political Correctness legte.

Rhymes Ansinnen war allerdings etwas komplizierter. »Ich glaube, es besteht die reelle Gefahr, dass ein und derselbe Täter bereits andere Straftaten begangen hat.« Er fasste die Umstände des Münzdiebstahls und der Vergewaltigung zusammen.

Somit wären sogar drei Personen zu Unrecht von Malloys NYPD verhaftet worden. Was bedeutete, dass man drei Verbrechen in Wahrheit gar nicht aufgeklärt hatte und der echte Täter sich noch auf freiem Fuß befand. Das konnte zu einer gewaltigen PR-Katastrophe ausarten.

»Tja, das klingt aber seltsam. Ungewöhnlich, Sie wissen schon. Ich verstehe, dass Sie sich Ihrem Cousin gegenüber loyal verhalten wollen…«

»Ich bin allein der Wahrheit verpflichtet, Joe«, sagte Rhyme und kümmerte sich nicht darum, ob das blasiert klang.

»Nun…«

»Wir benötigen lediglich einige weitere Beamte. Um die Fälle noch einmal durchzugehen und womöglich weitere Nachforschungen anzustellen.«

»Ach so… Ich bedauere, Lincoln. Wir haben einfach nicht die Mittel. Nicht für so etwas. Aber ich werde es morgen mit dem Deputy Commissioner erörtern.«

»Meinen Sie nicht, wir könnten ihn gleich anrufen?«

Wieder ein Zögern. »Nein. Er hat heute irgendwas vor.«

Ein Brunch. Ein Barbecue. Eine Sonntagsmatinee von *Frankenstein junior* oder *Spamalot*.

»Ich bringe das morgen beim Briefing zur Sprache. Es ist eine kuriose Situation. Doch Sie unternehmen bitte nichts, bis Sie von mir hören. Oder von jemand anders.«

»Natürlich nicht.«

Sie beendeten das Gespräch. Rhyme und Sachs schwiegen einige lange Sekunden.

Eine kuriose Situation…

Rhyme schaute auf die Tafel – auf der es den Leichnam einer Ermittlung zu besichtigen gab, die niedergestreckt worden war, kaum dass sie sich gerührt hatte.

»Was Ron heute wohl vorhat?«, fragte Sachs plötzlich in die Stille hinein.

»Lass es uns doch einfach herausfinden.« Er schenkte ihr ein von Herzen kommendes – und seltenes – Lächeln.

Sie nahm ihr Mobiltelefon, drückte eine der Kurzwahltasten und schaltete den Lautsprecher ein.

»Ja, Ma'am, Detective?«, meldete sich eine junge Stimme.

Sachs versuchte schon seit einer Ewigkeit, den Streifenbeamten Ron Pulaski dazu zu bewegen, sie Amelia zu nennen, aber meistens brachte er es einfach nicht fertig.

»Ich höre mit, Pulaski«, warnte Rhyme.

»Ja, Sir.«

Und der »Sir« störte Rhyme, aber ihm war gerade nicht danach, den jungen Mann zurechtzuweisen.

»Wie geht es Ihnen?«, fragte Pulaski.

»Spielt das eine Rolle?«, erwiderte Rhyme. »Was machen Sie? Jetzt. Und ist es wichtig?«

»Jetzt?«

»Ich glaube, das habe ich Sie soeben gefragt.«

»Ich spüle Geschirr. Jenny und ich hatten meinen Bruder und seine Frau zum Brunch hier. Und wir sind mit den Kindern auf den Bauernmarkt gegangen. Das war super. Sind Sie und Detective Sachs je …?«

»Demnach sind Sie zu Hause. Und machen gar nichts.«

»Na ja, den Abwasch.«

»Hören Sie auf. Und kommen Sie her.« Als Zivilist besaß Rhyme keinerlei Befehlsgewalt über einen Angehörigen des NYPD, und sei es ein Verkehrspolizist.

Sachs hingegen war ein Detective Third Grade; sie konnte Pulaski zwar nicht zur Mitwirkung verpflichten, aber sie konnte formell beantragen, dass er ihr zugewiesen wurde. »Wir brauchen Sie, Ron. Und morgen womöglich auch noch.«

Ron Pulaski arbeitete regelmäßig mit Rhyme, Sachs und Sellitto zusammen. Rhyme, der quasi als Berühmtheit galt, hatte irgendwann amüsiert erfahren, dass das Ansehen des jungen Beamten infolge dieser Tätigkeit beträchtlich gestiegen war. Er war sich sicher, dass Pulaskis direkter Vorgesetzter nichts dagegen haben würde, ihnen den Mann für ein paar Tage auszuleihen – sofern er nicht Malloy oder sonst jemanden in Downtown anrief und erfuhr, dass der vermeintliche Fall gar kein Fall sei.

Pulaski nannte Sachs den Namen des Revierleiters. »Ach, Sir?«, fragte er dann. »Ist Lieutenant Sellitto auch mit von der Partie? Soll ich ihn anrufen und mich mit ihm abstimmen?«

»Nein«, riefen Rhyme und Sachs wie aus einem Mund.

Es herrschte kurz Schweigen.

»Also gut«, sagte Pulaski verunsichert. »Ich schätze, ich komme so bald wie möglich vorbei. Aber kann ich vorher bitte noch die Gläser abtrocknen? Jenny hasst Wasserflecke.«

... Fünf

Die Sonntage sind am besten.

Denn an den meisten Sonntagen kann ich tun, was ich am liebsten mag.

Ich sammle Dinge.

Alles, was man sich vorstellen kann. Wenn es mir gefällt und in meinen Rucksack oder Kofferraum passt, sammle ich es ein. Von Tauschhandel halte ich gar nichts. Wenn ich etwas finde, gehört es mir. Ich gebe nichts wieder her. Niemals.

Der Sonntag ist mein Lieblingstag. Denn er ist der Ruhetag für die breite Masse, die Sechzehner, die in dieser erstaunlichen Stadt zu Hause sind. Väter, Mütter, Kinder, Anwälte, Künstler, Radfahrer, Köche, Diebe, Frauen und Liebhaber (DVDs sammle ich auch), Politiker, Jogger und Museumsdirektoren ... Es ist verblüffend, was für eine Vielzahl von Aktivitäten den Sechzehnern Vergnügen bereitet.

Sie streifen wie glückliche Antilopen durch New York sowie die Parks von New Jersey, Long Island und der umliegenden Provinz.

Und mir steht es frei, sie zu jagen.

So wie auch heute, nachdem es mir gelungen ist, all den anderen langweiligen Sonntagszerstreuungen aus dem Weg zu gehen – einem Brunch, einem Kinobesuch und sogar einer Einladung zum Golf. Ach, und dem Gottesdienst, der bei den Antilopen große Beliebtheit genießt, natürlich nur unter der Voraussetzung, dass dem Kirchenbesuch ein Brunch oder neun Löcher auf dem Golfplatz folgen.

Die Jagd ...

Da fällt mir meine letzte Transaktion ein; immerhin habe ich die entsprechende Erinnerung fein säuberlich in meine mentale Sammlung einsortiert – die Transaktion mit 3895-0967-7524-3630, die hübsch ausgesehen hat, sehr hübsch. Jedenfalls bis zu dem Messer.

Alice 3895 in diesem schicken rosafarbenen Kleid, das ihre Brüste betont und ihrer Hüfte geschmeichelt hat (ich nenne sie bisweilen auch 96-66-91, aber nur intern und zum Scherz). Wirklich attraktiv, und ihr Parfüm hat nach asiatischen Blumen geduftet.

Mein ursprünglicher Plan hatte nur zum Teil mit dem Harvey-Prescott-Gemälde zu tun, das sie mit viel Glück erwerben konnte (letzten Endes war es wohl doch eher Pech für sie). Sobald ich sicher war, dass sie die Lieferung erhalten hatte, wollte ich sie mit Isolierband fesseln und die nächsten paar Stunden mit ihr im Schlafzimmer verbringen. Aber sie hat alles verdorben. Gerade als ich sie von hinten packen wollte, hat sie sich umgedreht und diesen abartigen Schrei ausgestoßen. Mir blieb keine andere Wahl, als ihr kurzerhand die Kehle durchzuschneiden, mir meinen herrlichen Prescott zu schnappen und mich davonzuschleichen – gewissermaßen durchs Fenster.

Nein, ich muss immerzu an die wirklich attraktive Alice 3895 in dem engen rosafarbenen Kleid denken, deren Haut wie ein Teehaus nach Blumen geduftet hat. Kurzum, ich brauche eine Frau.

Ich schlendere den Bürgersteig entlang und beobachte die Sechzehner durch die Gläser meiner Sonnenbrille. Die Leute hingegen nehmen mich gar nicht richtig wahr. So soll es auch sein; ich möchte möglichst unsichtbar bleiben, und zu diesem Zweck gibt es keinen besseren Ort als Manhattan.

Ich biege um Ecken, husche durch eine Gasse, kaufe etwas ein – gegen Barzahlung, versteht sich – und erreiche in der Nähe von SoHo einen kaum bevölkerten Teil der Stadt, ein ehemaliges Industriegebiet, das derzeit zu einem Wohn- und Geschäftsviertel umgebaut wird. Ganz schön ruhig hier. Das ist gut. Es kommt meiner Transaktion mit Myra Weinburg, 9834-4452-6740-3418, sehr entgegen. Ich habe diese Sechzehnerin schon eine ganze Weile im Auge.

Myra 9834, ich kenne dich sehr gut. Die Daten haben mir alles verraten. (Ich hoffe nur, dass ich mich bloß nie vertue und jemanden laut als »Sechzehner« bezeichne. Die Sprache ist wie ein Fluss; sie fließt, wohin sie will, und falls man gegen die Strömung schwimmt, fällt man auf. Und das ist natürlich das Letzte, was ich möchte.)

Ach ja, die Daten zu Myra 9834: Sie wohnt an einer Straße namens Waverly Place, Greenwich Village, in einem Gebäude, dessen Besitzer alle Mieter loswerden und die Apartments in Eigentumswohnungen umwandeln will. (*Ich* weiß das, aber die armen Mieter haben noch keine Ahnung, und nach ihren Einkommens- und Vermögensverhältnissen zu schließen, sind die meisten von ihnen total im Arsch.)

Die wunderschöne exotische dunkelhaarige Myra 9834 ist Absolventin der New York University und arbeitet hier in der Stadt seit einigen Jahren für eine Werbeagentur. Ihre Mutter ist noch am Leben, aber ihr Vater ist schon vor vielen Jahren bei einem Unfall mit Fahrerflucht getötet worden; die Anzeige gegen Unbekannt besteht noch immer. Die Polizei reißt sich bei derartigen Delikten nicht gerade ein Bein aus.

Myra 9834 hat gegenwärtig keinen festen Partner und scheint generell nicht viele enge Freunde zu haben, denn sie hat sich kürzlich an ihrem zweiunddreißigsten Geburtstag bei Hunan Dynasty an der Vierten Straße West (keine schlechte Wahl) eine einzelne Portion Schweinefleisch Mu Shu geholt und sich dazu einen weißen Caymus Conundrum gegönnt (achtundzwanzig Dollar beim überteuerten Village Wines). Offenbar als Nachfeier und zum Ausgleich für den einsamen Abend folgte am Samstag ein Ausflug nach Long Island, wohin am selben Tag auch einige ihrer Angehörigen und Bekannten gefahren waren. Dafür spricht auch die stattliche Rechnung, unter anderem für reichlich Brunello, aus einem Restaurant in Garden City, von dem *Newsday* in höchsten Tönen schwärmt.

Myra 9834 schläft in einem T-Shirt von Victoria's Secret. Ich folgere das aus der Tatsache, dass sie fünf dieser Kleidungsstücke besitzt, aber alle in Übergröße, sodass sie sie nicht in der Öffentlichkeit tragen kann. Sie steht früh auf und beginnt den Tag mit Blätterteiggebäck von Entenmann's (niemals fettreduziert, ich bin richtig stolz auf sie) und einem frisch aufgebrühten Becher Kaffee. Obwohl sie dafür Bohnen der Marke Starbucks bevorzugt, trifft man Myra 9834 nur selten in den entsprechenden Cafés an.

Das ist schade, denn ich nehme die Antilopen, die ich mir ausgesucht habe, gern leibhaftig in Augenschein, und dafür eignet sich kaum ein Ort in der Savanne so gut wie Starbucks. Gegen acht Uhr zwanzig verlässt sie ihre Wohnung und fährt zur Arbeit nach Midtown – in die Agentur Maple, Reed & Summers, wo sie dem mittleren Management angehört.

Munteren Schrittes setze ich meinen Weg fort und trage dabei eine unauffällige Baseballmütze (wie 87,3 Prozent aller Männer im Stadtgebiet, die eine Kopfbedeckung tragen). Und der Kopf bleibt stets gesenkt. Falls Sie glauben, ein Satellit könne aus knapp fünfzig Kilometern Höhe kein lächelndes Gesicht aufzeichnen, liegen Sie falsch; irgendwo auf einem Dutzend Servern in aller Welt gibt es Hunderte von Luftaufnahmen, auf denen Sie zu sehen sind. Lassen Sie uns hoffen, dass Sie in diesen Momenten nichts Schlimmeres getan haben, als in die Sonne zu blinzeln, weil Sie zum Goodyear-Zeppelin oder zu einem Gesicht hinter irgendeinem Fenster hinaufgeschaut haben.

Meine Sammelleidenschaft umfasst nicht nur diese alltäglichen Fakten. Ich interessiere mich auch sehr dafür, was in den *Köpfen* der von mir ausgewählten Sechzehner vorgeht, und Myra 9834 stellt diesbezüglich keine Ausnahme dar. Sie geht nach der Arbeit häufig mit Freunden etwas trinken, und mir ist aufgefallen, dass sie dabei oft die Zeche übernimmt – zu oft für meinen Geschmack. Wie es aussieht, kauft sie sich die Zuneigung der anderen – nicht wahr, Dr. Phil? Wahrscheinlich hat sie in ihrer Jugend stark unter Akne gelitten, denn sie geht immer noch gelegentlich zum Hautarzt, wenngleich die Rechnungen niedrig ausfallen, als würde sie lediglich die Möglichkeit eines Peelings erörtern (völlig unnötigerweise, soweit ich das beurteilen kann) oder sich einer Kontrolle unterziehen, damit die Pickel nicht heimlich, still und leise wieder zurückkehren.

Dann, nach drei Runden Cosmopolitans mit den Mädels oder einem Abstecher in ein Fitnesscenter, geht es nach Hause ans Telefon, an den allgegenwärtigen Computer oder vor den Fernseher mit Kabelanschluss – das Basispaket, nicht die Premiumvariante. (Ich mag es, ihre Fernsehgewohnheiten zu verfolgen; sie zeugen von großer Loyalität. Sie hat gemeinsam mit

Seinfeld den Sender gewechselt, und sie hat zwei Verabredungen abgesagt, um die Abende lieber mit Jack Bauer zu verbringen.)

Danach geht sie zu Bett und verschafft sich mitunter ein wenig Entspannung. (Wozu sonst sollte sie so viele Batterien kaufen? Ihre Digitalkamera und ihr iPod haben wiederaufladbare Akkus.)

Diese Daten beziehen sich natürlich nur auf ihre Werktage. Heute jedoch ist Sonntag, und Sonntage sind anders. Sonntags schwingt Myra 9834 sich nämlich auf ihr geliebtes und sehr teures Fahrrad und unternimmt eine Tour durch die Straßen ihrer Stadt.

Die Strecken wechseln. Manchmal geht es zum Central Park, manchmal aber auch zum Riverside Park oder zum Prospect Park in Brooklyn. Doch wie auch immer sie sich entscheidet, gegen Ende ihrer Reise steuert Myra 9834 stets ein ganz bestimmtes Ziel an: Hudson's Gourmet Deli am Broadway. Dann locken das zum Mitnehmen gekaufte Essen und die Dusche, also fährt sie auf dem schnellsten Weg nach Hause – der wegen der unglaublichen Verkehrsdichte in Downtown an genau der Stelle vorbeiführt, an der ich jetzt stehe.

Ich befinde mich an einer Hofeinfahrt, die zu dem ebenerdigen Loft von Maury und Stella Griszinski führt (das muss man sich mal vorstellen – vor zehn Jahren gab es so etwas noch für 278 000 Dollar zu kaufen). Die Griszinskis sind allerdings nicht zu Hause, denn sie genießen zurzeit eine Frühlingskreuzfahrt in skandinavischen Gewässern. Sie haben die Post abbestellt und niemanden engagiert, der die Blumen gießen oder etwaige Haustiere füttern soll. Und es gibt keine Alarmanlage.

Bislang keine Spur von ihr. Hm. Ist etwas dazwischengekommen? Ich könnte mich irren.

Aber das kommt so gut wie nie vor.

Fünf quälend lange Minuten vergehen. Ich hole einige Details des Harvey-Prescott-Gemäldes aus meiner mentalen Sammlung, betrachte sie erfreut und verstaue sie wieder. Dann schaue ich mich um und muss mich zwingen, nicht den großen Müllcontainer zu durchwühlen, der ungeahnte Schätze bergen könnte. Schon der Gedanke daran lässt mir das Wasser im Mund zusammenlaufen.

Bleib im Schatten … Verhalt dich unauffällig. Vor allem in Zeiten wie diesen. Und sieh auf keinen Fall zu den Fenstern. Sie würden sich wundern, wie neugierig die Leute sind und wie viele Augenpaare Sie von der anderen Seite eines Fensters aus beobachten, während Sie nur ein Spiegelbild oder einen Lichtreflex wahrnehmen.

Wo bleibt sie bloß? Wo?

Falls ich nicht bald zu meiner Transaktion komme …

Und dann, ah, fällt mir ein Stein vom Herzen, denn ich sehe sie: Myra 9834.

Sie fährt in einem niedrigen Gang, und ihre schönen Beine bewegen sich langsam auf und ab. Ein Fahrrad für eintausendundzwanzig Dollar. Mehr als mein erstes Auto gekostet hat.

Ah, ihre Sportkleidung ist eng. Mein Atem beschleunigt sich. Ich brauche sie unbedingt.

Ein schneller Blick in die Runde. Die Straße ist leer, außer der sich nähernden Frau, die jetzt nur noch zehn Meter entfernt ist. Ich halte längst mein ausgeschaltetes Mobiltelefon am Ohr. In der anderen Hand trage ich eine Einkaufstüte. Ich schaue kurz zu Myra 9834. Gehe zum Bordstein und setze dabei mein angeregtes und frei erfundenes Telefonat fort. Ich bleibe stehen, um sie vorbeizulassen. Blicke kurz auf. Und lächle. »Myra?«

Sie wird langsamer. Ihre Sportkleidung ist so eng. Beherrsch dich, beherrsch dich. Bleib locker.

An den Fenstern zur Straße steht niemand. Kein Wagen ist zu sehen.

»Myra Weinburg?«

Die Bremsen ihres Fahrrades quietschen. Sie hält an. »Hallo.« Ihr Gruß und der Versuch, sich an mich zu erinnern, sind einzig der Tatsache zu verdanken, dass die Leute fast alles tun würden, um sich keine Blöße zu geben.

Ich befinde mich voll und ganz in der Rolle des erfahrenen Geschäftsmannes, und während ich auf Myra 9834 zugehe, sage ich zu meinem unsichtbaren Freund, ich würde ihn später zurückrufen, und klappe das Telefon zu.

»Tut mir leid«, sagt sie lächelnd und runzelt die Stirn. »Sie sind…?«

»Mike. Ich arbeite für Ogilvy. Wir beide kennen uns von… ja, genau… den National-Foods-Aufnahmen bei David. Wir waren in dem anderen Studio. Ich bin herübergekommen und habe Sie und Ihren Kollegen getroffen – wie war doch gleich sein Name? Richie. Ihr Catering war viel besser als unseres.«

Ihr Lächeln wird breiter. »Ah, na sicher.« Sie erinnert sich an David und National Foods und Richie und das Catering in dem Fotostudio. Aber sie erinnert sich nicht an mich, denn ich war niemals da. Und auch sonst niemand namens Mike, aber sie wird nicht darüber nachgrübeln, weil das zufällig der Vorname ihres verstorbenen Vaters ist.

»Wie schön, Sie zu sehen«, sage ich und setze mein bestes Na-das-ist-aber-ein-Zufall-Lächeln auf. »Wohnen Sie hier in der Gegend?«

»Im Village. Und Sie?«

Ein Nicken in Richtung der Griszinskis. »Da drüben.«

»Wow, ein Loft. Nett.«

Ich erkundige mich nach ihrem Job und sie sich nach meinem. Dann verziehe ich das Gesicht. »Ich sollte lieber wieder reingehen. Wollte nur ein paar Zitronen holen.« Ich halte die Einkaufstüte hoch. »Wir haben Besuch.« Meine Stimme erstirbt, denn mir kommt vermeintlich ein toller Einfall. »He, ich weiß ja nicht, ob Sie schon was vorhaben, aber wir veranstalten ein spätes Brunch. Möchten Sie nicht mitkommen?«

»Oh, danke, aber ich bin völlig verschwitzt.«

»Ach, kein Problem… Wir waren den ganzen Vormittag bei einem Wohltätigkeitslauf, mein Freund und ich.« Hübsche Idee, denke ich. Und völlig improvisiert. »Wir sind verschwitzter als Sie, glauben Sie mir. Es ist ein absolut zwangloses Treffen. Ein leitender Kollege von Thompson ist da. Und ein paar Jungs von Burston. Niedlich, aber hetero.« Ich zucke bedauernd die Achseln. »Und wir haben einen bekannten Schauspieler zu Gast. Aber ich verrate Ihnen nicht, wer es ist. Es soll eine Überraschung sein.«

»Tja…«

»Na los, geben Sie sich einen Ruck. Sie sehen aus, als könnten Sie einen Cosmo vertragen… Haben wir damals bei dem Fotoshooting nicht festgestellt, dass das unser beider Lieblingsdrink ist?«

… Sechs

The Tombs – die »Gruft«.

Okay, es war nicht mehr das originale Tombs aus dem neunzehnten Jahrhundert. Das ursprüngliche Gebäude existierte schon lange nicht mehr, aber alle benutzten immer noch den alten Namen für das in Downtown gelegene Untersuchungsgefängnis von Manhattan, in dem Arthur Rhyme derzeit saß und sein Herz vor lauter Verzweiflung bis zum Hals schlagen spürte, wie schon die ganze Zeit seit seiner Verhaftung.

Doch ob man den Ort nun Tombs nannte, MDC (für »Manhattan Detention Center«) oder den Bernard-B.-Kerik-Komplex (wie der Name vorübergehend gelautet hatte, bevor der einstige Leiter der New Yorker Strafvollzugsbehörde und spätere Polizeichef über einen spektakulären Skandal gestolpert war) – für Arthur war es einfach nur die Hölle.

Die reinste Hölle.

Er trug den gleichen orangefarbenen Overall wie alle Häftlinge, aber das war auch schon die einzige Gemeinsamkeit. Der einen Meter achtzig große und sechsundachtzig Kilo schwere Mann mit dem ordentlichen Seitenscheitel unterschied sich grundlegend von all den anderen Insassen, die hier auf ihren Prozess warteten. Nein, er war weder ausgesprochen muskulös noch tätowiert oder kahl geschoren oder dämlich oder schwarz oder ein Latino. Die Art von Kriminellen, denen Arthur äußerlich ähnelte – Geschäftsleute, denen Wirtschaftsvergehen zur Last gelegt wurden –, saßen nicht bis zur Verhandlung im Tombs ein, sondern waren auf Kaution draußen. Was für Sünden sie auch immer begangen haben mochten, keine davon war so schwerwiegend, dass man für eine vorläufige Freilassung der Täter eine Sicherheitsleistung von zwei Millionen Dollar verlangt hätte – wie in Arthurs Fall.

Aus diesem Grund war das Tombs seit dem 13. Mai sein Zuhause und hatte ihm den bisher längsten und schlimmsten Zeitabschnitt seines Lebens beschert.

Und den verwirrendsten.

Arthur war der Frau, die er angeblich getötet haben sollte, vielleicht mal begegnet, aber er konnte sich nicht an sie erinnern. Ja, er hatte die Galerie in SoHo besucht, in der auch sie sich offenbar umgesehen hatte, doch von einem Gespräch wusste er nichts. Und ja, er liebte Harvey Prescotts Arbeiten und hatte sehr darunter gelitten, dass er nach dem Verlust seiner Anstellung gezwungen gewesen war, sein Gemälde zu verkaufen. Aber eines stehlen? Jemanden umbringen? Waren die denn völlig verrückt geworden? Sehe ich etwa wie ein *Mörder* aus?

Das alles war ihm ein großes Rätsel – wie Fermats Theorem, die mathematische Vermutung, die Arthur sogar nach einer Erklärung immer noch nicht begriffen hatte. Das Blut der Frau in seinem Wagen? Das hatte jemand dort platziert, keine Frage. Womöglich sogar die Polizei selbst.

Nach zehn Tagen im Tombs kommt einem O. J. Simpsons Verteidigung nicht mehr ganz so sehr wie eine Episode von *Twilight Zone* vor.

Warum, warum, warum? Wer steckte dahinter? Er dachte an seine wütenden Briefe aus der Zeit, als Princeton ihn übergangen hatte. Manche davon waren dumme und kleinliche Drohbriefe gewesen. Na ja, es gab unter Akademikern eine ganze Reihe labiler Persönlichkeiten. Vielleicht wollte man sich an ihm rächen, weil er so viel Stunk gemacht hatte. Und dann war da noch diese Studentin gewesen, die sich ihm an den Hals geworfen hatte. Er hatte ihr gesagt, nein, er wolle kein Verhältnis mit ihr anfangen. Sie war völlig ausgerastet.

Wie in *Eine verhängnisvolle Affäre …*

Die Polizei hatte sie überprüft und beschlossen, dass sie nichts mit dem Mord zu tun hatte. Wie sehr hatten die Beamten sich wirklich angestrengt, um ihr Alibi zu durchleuchten?

Er sah sich in dem großen Gemeinschaftsbereich um und musterte die vielen Dutzend Häftlinge in seiner Nähe. Anfangs hatte man ihn als eine Art Kuriosum betrachtet. Als sich herumsprach, er habe einen Mord begangen, schien sein Ansehen zunächst zu steigen, aber dann wurde bekannt, dass das Opfer ihn weder betrogen noch versucht hatte, seine Drogen zu stehlen –

was zwei zulässige Gründe für den Mord an einer Frau gewesen wären.

Damit war klar, dass es sich bei Arthur bloß um einen ganz gewöhnlichen Weißen handelte, der Mist gebaut hatte. Das Leben wurde hässlich.

Man rempelte ihn an, verspottete ihn, nahm ihm die Milch weg – genau wie früher in der Schule. Die Sache mit dem Sex spielte noch keine Rolle. Nicht hier. Die Sträflinge hier saßen alle noch nicht lange hinter Gittern und konnten ihre Schwänze eine Weile in der Hose behalten. Doch ein paar seiner neuen »Freunde« hatten ihm bereits versichert, dass er sich seine Jungfräulichkeit nicht lange würde bewahren können, sobald man ihn erst einmal in ein Zuchthaus wie Attica verlegt hätte, vor allem nicht, falls er sich einen »Viertelpfünder« einfing – fünfundzwanzig Jahre bis lebenslänglich.

Der verrückte Aquilla Sanchez hatte ihn bis jetzt viermal ins Gesicht geschlagen sowie zweimal angesprungen und zu Boden gerissen, um dann über ihm zu knien, halb auf Spanisch und halb auf Englisch herumzubrüllen und Arthur seinen Schweiß ins Gesicht tropfen zu lassen, bis ein paar gelangweilte Wärter ihn schließlich wieder wegzerrten.

Zweimal hatte Arthur sich in die Hose gepinkelt, und ein Dutzend Mal hatte er sich übergeben. Er war ein Wurm, Abschaum, es nicht wert, gefickt zu werden.

Jedenfalls bis auf Weiteres.

Und so wie sein Herz raste, rechnete er jeden Moment mit einem Infarkt. Genau wie bei Henry Rhyme, seinem Vater, wenngleich der berühmte Professor natürlich nicht an einem schändlichen Ort wie dem Tombs gestorben war, sondern auf einem angemessen würdevollen Gehweg des Campus von Hyde Park, Illinois.

Wie hatte es nur hierzu kommen können? Ein Zeuge und all die Beweise … Das ergab keinen Sinn.

»Gehen Sie auf das Angebot ein, Mr. Rhyme«, hatte der stellvertretende Bezirksstaatsanwalt gesagt. »Ich würde Ihnen sehr dazu raten.«

Ebenso sein Verteidiger. »Ich weiß, was möglich ist, Art. Als würde ich eine hübsche Kristallkugel besitzen. Ich kann Ihnen exakt vorhersagen, was am Ende dieser Verhandlung steht – und es ist nicht die Nadel. Albany kriegt ums Verrecken kein Gesetz über die Einführung der Todesstrafe hin. Tut mir leid, schlechter Witz. Dennoch drohen Ihnen fünfundzwanzig Jahre. Ich kann fünfzehn für Sie herausholen. Greifen Sie zu.«

»Aber ich hab es nicht *getan*.«

»Ja, ja. Das interessiert genau genommen niemanden so richtig, Arthur.«

»Aber ich *bin es nicht gewesen*.«

»Okay.«

»Hören Sie, ich werde mich auf *keine* Absprache einlassen. Die Geschworenen werden mir glauben. Sie werden mich sehen. Sie werden erkennen, dass ich kein Mörder bin.«

Stille. Dann: »Gut.« Obwohl es überhaupt nicht gut war. Der Anwalt war eindeutig sauer, trotz der rund sechshundert Dollar, die er pro Stunde berechnete – und nebenbei, wo sollte all das Geld eigentlich herkommen? Er…

Dann registrierte Arthur plötzlich, dass zwei der Häftlinge ihn prüfend ansahen. Latinos. Ihre Mienen blieben reglos, waren weder freundlich noch herausfordernd oder aggressiv. Sie schienen neugierig zu sein.

Als sie auf ihn zukamen, überlegte er, ob er aufstehen oder sitzen bleiben sollte.

Bleib sitzen.

Aber schau nach unten.

Er senkte den Kopf. Einer der Männer stellte sich vor ihn hin; seine abgenutzten Joggingschuhe tauchten in Arthurs Sichtfeld auf.

Der andere ging hinter ihn.

Er würde sterben. Arthur Rhyme wusste es. Beeilt euch, und macht dem Elend ein Ende.

»Yo«, sagte der Mann hinter ihm mit hoher Stimme.

Arthur blickte zu dem anderen auf, der vor ihm stand. Der Mann hatte blutunterlaufene Augen, schlechte Zähne und trug einen großen Ohrring. Arthur bekam kein Wort heraus.

»Yo«, wiederholte die Stimme.

Arthur schluckte. Er wollte nicht, aber er konnte nicht anders.

»He, wir reden mit dir, mein Kumpel und ich. Hast du keine Manieren? Bist du ein Arschloch?«

»Verzeihung. Ich konnte bloß... Hallo.«

»Yo. Was arbeitest du, Mann?«, fragte Hohe Stimme seinen Rücken.

»Ich bin...« Er hielt inne. Was soll ich sagen? »Ich bin Wissenschaftler.«

Ohrringmann: »Scheiße. Wissenschaftler? Was machst du? Raketen bauen und so?«

Sie lachten beide.

»Nein, medizinische Geräte.«

»Wie diese Dinger, du weißt schon, wo die immer ›Achtung‹ rufen und dir einen Stromschlag verpassen? Bei *Emergency Room* und so?«

»Nein, es ist kompliziert.«

Ohrringmann runzelte die Stirn.

»So hab ich das nicht gemeint«, versicherte Arthur hastig. »Es ist nicht so, dass ihr das nicht verstehen könntet. Es lässt sich bloß schwer erklären. Systeme zur Qualitätskontrolle einer Dialyse. Und...«

Hohe Stimme: »Verdienst gutes Geld, was? Hab gehört, du hattest einen hübschen Anzug an, als man dich eingebuchtet hat.«

»Keine Ahnung. Ich hab ihn bei Nordstrom gekauft.«

»Nordstrom. Scheiße, was ist Nordstrom?«

»Ein Laden.«

Arthur sah wieder nach unten auf Ohrringmanns Schuhe.

»Gutes Geld, ja?«, fragte der Häftling. »Wie viel verdienst du?«

»Ich...«

»Willst du behaupten, du weißt es nicht?«

»Ich...« Ja, wollte er.

»Wie viel verdienst du?«

»Ich weiß... Knapp sechsstellig, schätze ich.«

»Scheiße.«

Arthur war ratlos: Hielten die beiden den Betrag nun für hoch oder für niedrig?

Dann lachte Hohe Stimme. »Hast du Familie?«

»Dazu werde ich mich nicht äußern.« Das klang trotzig.

»Hast du *Familie*?«

Arthur Rhyme richtete den Blick auf eine nahe Wand, wo ein Nagel aus dem Mörtel einer Fuge ragte. Vermutlich hatte einst ein Schild daran gehangen, das schon vor vielen Jahren abgenommen oder gestohlen worden war. »Lasst mich in Ruhe. Ich will nicht mit euch reden.« Er versuchte, möglichst entschieden zu klingen. Aber er hörte sich an wie ein Mädchen, das ausgerechnet vom Klassenstreber zum Tanz aufgefordert wird.

»Wir bemühen uns hier um ein höfliches Gespräch, Mann.«

Hat er das tatsächlich gesagt? *Höfliches Gespräch*?

Dann dachte Arthur: Was soll's, vielleicht wollen sie ja *wirklich* nur freundlich sein. Womöglich kann ich mich mit ihnen anfreunden, damit sie auf mich aufpassen. Herrje, er brauchte jeden Freund, den er kriegen konnte. Würde er die Situation noch retten können? »Es tut mir leid. Das alles ist nur so seltsam für mich. Ich habe bis jetzt noch nie in irgendwelchen Schwierigkeiten gesteckt. Ich bin bloß…«

»Was macht deine Frau? Ist sie auch Wissenschaftlerin? Hat sie was in der Birne?«

»Ich…« Seine Antwort löste sich in nichts auf.

»Hat sie große Titten?«

»Fickst du sie in den Arsch?«

»Hör zu, du Wissenschaftswichser, es wird folgendermaßen laufen. Deine schlaue Frau hebt etwas Geld von der Bank ab. Zehntausend. Dann fährt sie damit zu meinem Cousin in die Bronx. Und…«

Die Tenorstimme erstarb.

Ein schwarzer Häftling, knapp einen Meter neunzig groß, ein Berg aus Muskeln und Fett, kam mit hochgekrempelten Ärmeln auf das Trio zu. Er musterte die beiden Latinos und kniff wütend die Augen zusammen.

»Yo, Chihuahuas. Verpisst euch von hier.«

Arthur Rhyme war wie gelähmt. Er hätte sich nicht mal dann rühren können, falls jemand auf ihn geschossen hätte. Was ihn hier übrigens keineswegs gewundert hätte, trotz all der Metalldetektoren.

»Leck mich, Nigger«, sagte Ohrringmann.

»Drecksack.« Das kam von Hohe Stimme und ließ den schwarzen Kerl auflachen, während er Ohrringmann einen Arm um die Schultern legte und ihn beiseitenahm, um ihm etwas ins Ohr zu flüstern. Der Latino bekam große Augen und nickte seinem Kumpel zu. Dann zogen die beiden sich in eine entlegene Ecke des Gemeinschaftsbereiches zurück und taten beleidigt. Wenn Arthur nicht so viel Angst gehabt hätte, hätte er belustigt gelächelt – zwei Schulhofrüpel, die in die Schranken gewiesen wurden.

Der schwarze Mann streckte sich, und Arthur hörte ein Gelenk knacken. Sein Herz pochte noch schneller. Ein halb ausformuliertes Stoßgebet schoss ihm durch den Kopf: Möge der Herzinfarkt bitte jetzt kommen, jetzt in diesem Moment.

»Danke.«

»Leck mich«, sagte der Schwarze. »Die beiden da sind Arschlöcher und müssen sich an die Regeln halten. Verstehst du, was ich meine?«

Nein, nicht im Mindesten. Aber Arthur Rhyme sagte: »Trotzdem. Ich heiße Art.«

»Ich kenn deinen Scheißnamen. Jeder hier weiß über alles Bescheid. Nur du nicht. Du weißt einen Scheißdreck.«

Aber eines wusste Arthur Rhyme, und zwar mit absoluter Gewissheit: Er war tot. Daher sagte er: »Okay, dann verrat mir doch, wer zum Teufel du bist, du Penner.« Eine etwas offenkundigere Art, Selbstmord zu begehen, als lediglich mit seinem klopfenden Herzen zu reden.

Das riesige Gesicht wandte sich ihm zu. Er roch Schweiß und Zigarettenrauch. Arthur dachte an seine Familie, zuerst an die Kinder und dann an Judy. An seine Eltern, erst die Mutter, dann den Vater. Dann dachte er überraschenderweise an seinen Cousin Lincoln. An ein Wettrennen, das sie sich als Teenager eines heißen Sommertages auf einem Feld in Illinois geliefert hatten.

Wer als Erster bei der Eiche ist. Siehst du sie? Die dahinten. Auf drei. Fertig? Eins… zwei… drei… los!«

Der Mann wandte sich ab und ging quer durch den Saal zu einem anderen schwarzen Häftling. Die Fäuste der Männer berührten sich zum Gruß, und Arthur Rhyme war vergessen.

Er saß da, beobachtete die beiden Kumpane und kam sich immer einsamer und verzweifelter vor. Dann schloss er die Augen und ließ den Kopf hängen. Arthur Rhyme war Wissenschaftler. Er glaubte, dass das Leben sich durch den Prozess der natürlichen Auslese weiterentwickelte; göttliche Gerechtigkeit spielte dabei keine Rolle.

Nun jedoch, inmitten einer gnadenlosen Depression, fragte er sich unwillkürlich, ob es wohl eine Art übergeordnete Vergeltung gab, so real und unsichtbar wie die Gravitation, und ob er soeben am eigenen Leib erfuhr, wie es war, für all die Verfehlungen seines Lebens bestraft zu werden. Oh, er hatte viel Gutes getan. Hatte Kinder großgezogen, sie Aufgeschlossenheit und Toleranz gelehrt, war seiner Frau ein guter Gefährte gewesen, auch während ihrer Krebserkrankung, und hatte einen Beitrag auf dem großen Gebiet der Wissenschaft geleistet, durch den die Welt ein wenig besser geworden war.

Dennoch gab es auch Schlechtes. Wie bei jedem Menschen.

Und nun saß er hier in seinem stinkenden orangefarbenen Overall und versuchte, sich an die Hoffnung zu klammern, dass es ihm mittels der richtigen Gedanken und Vorsätze – und durch Vertrauen zu dem System, das er pflichtgetreu an jedem Wahltag unterstützte – gelingen würde, sich zurück in die andere Waagschale Justitias zu kämpfen, um wieder mit seiner Familie und seinem Leben vereint zu sein.

Dass er es mit dem richtigen Elan und Ziel schaffen würde, das Schicksal zu besiegen, falls er sich nur genug anstrengte. So wie er damals, auf jenem heißen, staubigen Feld, Lincoln bei dem Wettlauf zu der Eiche besiegt hatte.

Dass er vielleicht gerettet werden könnte. Unter Umständen …

»Verzieh dich.«

Arthur erschrak, obwohl die Stimme hinter ihm leise war. Sie gehörte zu einem anderen Häftling mit weißem, struppigem Haar, jeder Menge Tätowierungen, aber kaum noch Zähnen im Mund. Er stand unter Drogen und wirkte ziemlich fahrig. Es gab ausreichend freie Plätze im Saal, doch sein Blick war auf die Bank gerichtet, auf der Arthur saß. Der Mann war ein Weißer, und seine Augen funkelten bösartig.

Arthurs aufflackernde Hoffnung – auf ein messbares und exaktes System moralischer Gerechtigkeit – erlosch. Zwei Worte dieses schmächtigen, aber gestörten und gefährlichen Mannes erstickten sie im Keim.

Verzieh dich…

Arthur Rhyme stand auf und ging weg. Er hatte Tränen in den Augen.

... Sieben

Das Telefon klingelte, und Lincoln Rhyme ärgerte sich. Er dachte über ihren Mr. X und die Methode nach, mit der dieser die falschen Spuren gelegt hatte, sofern es tatsächlich so abgelaufen war, und wollte nicht gestört werden.

Dann holte die Wirklichkeit ihn ein; er sah die 44 in der Kennung des Anrufers, die Landesvorwahl von Großbritannien. »Kommando, Telefon, Abheben«, befahl er sofort.

Klick.

»Ja, Inspector Longhurst?« Er sprach sie nicht mit ihrem Vornamen an. Die Zusammenarbeit mit Scotland Yard erforderte gewisse Umgangsformen.

»Hallo, Detective Rhyme«, sagte sie. »Bei uns tut sich was.«

»Reden Sie weiter«, sagte Rhyme.

»Einer von Danny Kruegers ehemaligen Waffenschiebern hat sich bei ihm gemeldet. Wie es aussieht, ist Richard Logan aus London verschwunden, um etwas in Manchester abzuholen. Wir sind uns nicht sicher, worum es sich handelt, aber wir wissen, dass es in Manchester einen großen Schwarzmarkt für Waffen gibt.«

»Gibt es einen Hinweis darauf, wo er sich befindet?«

»Danny versucht immer noch, es herauszufinden. Es wäre schön, wenn wir ihn dort stellen könnten, anstatt hier in London einfach abzuwarten.«

»Geht Danny behutsam vor?« Rhyme hatte ihn bei der Videokonferenz erlebt: ein großer, braun gebrannter, lauter Südafrikaner mit dickem Bauch und einem protzigen goldenen Ring am kleinen Finger. Einer der früheren Fälle des Kriminalisten hatte mit Darfur zu tun gehabt, und er und Krueger hatten sich eine Weile über den tragischen Konflikt in dieser sudanesischen Provinz unterhalten.

»Ach, der weiß schon, was er tut. Falls nötig, kann er auch subtil sein. Und hartnäckig wie ein Jagdhund. Er wird alles herausfinden, was es in Erfahrung zu bringen gibt. Wir stehen mit unseren Kollegen in Manchester in Verbindung und halten ein Zugriffteam bereit. Sobald wir mehr wissen, geben wir Ihnen Bescheid.«

Er bedankte sich, und sie beendeten das Gespräch.

»Wir kriegen ihn, Rhyme«, sagte Sachs, auch um sich selbst in dieser Hoffnung zu bestärken, denn sie hatte großes Interesse daran, Logan zu finden; einer seiner Pläne hatte sie fast das Leben gekostet.

Sie erhielt einen Anruf. Nachdem sie kurz zugehört hatte, sagte sie, sie würde in zehn Minuten da sein. Dann unterbrach sie die Verbindung. »Die Akten der anderen Fälle, die Flintlock erwähnt hat, liegen bereit. Ich hole sie ab… Ach, und Pam kommt vielleicht vorbei.«

»Was macht sie so?«

»Sie lernt heute bei einem Freund in Manhattan – *ihrem* Freund.«

»Schön für sie. Wer ist er?«

»Ein Junge aus der Schule. Ich kann es kaum erwarten, ihn kennenzulernen. Sie redet über nichts anderes mehr und hat eine verlässliche Person in ihrem Leben nun wirklich verdient. Aber ich möchte nicht, dass sie sich vorschnell in etwas hineinstürzt. Erst möchte ich mir selbst einen Eindruck verschaffen und ihn ein wenig in die Mangel nehmen.«

Rhyme nickte, während Sachs das Zimmer verließ, war in Gedanken aber anderswo. Nach einem weiteren Blick auf die Tafel mit den Informationen zum Fall Alice Sanderson befahl er seinem Telefon, einen weiteren Anruf zu tätigen.

»Hallo?«, meldete sich eine sanfte Männerstimme. Im Hintergrund spielte ein Walzer. Laut.

»Mel, bist du das?«

»Lincoln?«

»Was soll die gottverdammte Musik? Wo steckst du?«

»Bei der New England Ballroom Competition«, antwortete Mel Cooper.

Rhyme seufzte. Schmutziges Geschirr, Theatermatineen, Tanzveranstaltungen. Er hasste Sonntage. »Tja, ich brauche dich. Ich habe einen Fall. Er ist einzigartig.«

»Bei dir sind alle Fälle einzigartig, Lincoln.«

»Dieser ist aber noch einzigartiger als die anderen, wenn du mir den grammatischen Lapsus verzeihst. Kannst du kommen? Du hast gerade Neuengland erwähnt. Sag jetzt nicht, du bist in Boston oder Maine.«

»In Midtown. Und ich schätze, ich bin verfügbar – Gretta und ich sind gerade rausgeflogen. Rosie Talbot und Bryan Marshall werden gewinnen. Das ist ein einziger Skandal.« Er atmete tief durch. »Wie bald?«

»Sofort.«

Cooper kicherte. »Wie lange wirst du mich brauchen?«

»Eine Weile vielleicht.«

»Eher bis achtzehn Uhr heute Abend? Oder eher bis Mittwoch?«

»Ruf lieber deinen Vorgesetzten an und sag ihm, dass man dir einen neuen Auftrag zugewiesen hat. Ich hoffe, es wird nicht länger als bis Mittwoch dauern.«

»Ich muss ihm einen Namen nennen. Wer leitet die Ermittlungen? Lon?«

»Lass es mich so ausdrücken: Bleib möglichst ungenau.«

»Tja, Lincoln, du weißt aber noch, wie das als Cop so ist, oder? ›Ungenau‹ läuft nicht. ›Überaus präzise‹ schon eher.«

»Es gibt streng genommen keinen leitenden Detective.«

»Bist du allein?« Er klang unschlüssig.

»Nicht ganz. Amelia und Ron sind auch dabei.«

»Das sind alle?«

»Und du.«

»Ich verstehe. Um welchen Täter geht es?«

»Es sind mehrere Täter, und sie sitzen bereits in Haft. Zwei wurden verurteilt, und der Dritte wartet auf sein Verfahren.«

»Und du bezweifelst, dass wir die Richtigen erwischt haben?«

»So was in der Art.«

Mel Cooper war Detective bei der Spurensicherung des NYPD und auf die Laborarbeit spezialisiert. Er zählte nicht nur zu den intelligentesten Beamten der Truppe, sondern auch zu den schlagfertigsten. »Aha. Ich soll dir also dabei behilflich sein, meinen Bossen nachzuweisen, dass sie Mist gebaut und die falschen Leute verhaftet haben, und sie dann dazu bringen, drei neue und teure

Ermittlungen gegen die wahren Täter zu veranlassen, die, nebenbei bemerkt, auch wenig begeistert davon sein dürften, dass sie nun doch nicht ungeschoren davonkommen werden. Das ist gewissermaßen eine Lose-lose-lose-Situation, nicht wahr, Lincoln?«

»Richte deiner Freundin von mir aus, dass es mir leidtut, Mel. Und beeil dich.«

Sachs war auf halbem Weg zu ihrem leuchtend roten Camaro SS, als jemand rief: »He, Amelia!«

Sie wandte sich um und sah ein hübsches junges Mädchen mit langem kastanienbraunem Haar und roten Strähnen sowie einigen geschmackvollen Piercings in beiden Ohren. Pam Willoughby hatte zwei schwere Leinentaschen dabei. Ihr Gesicht mit den vielen kleinen Sommersprossen strahlte vor Freude. »Willst du gerade los?«, fragte sie Sachs.

»Ein neuer großer Fall. Ich fahre nach Downtown. Soll ich dich mitnehmen?«

»Gern. Ich steige dann am Rathaus in die Bahn.« Pam setzte sich in den Wagen.

»Wie war das Lernen?«

»Du weißt schon.«

»Und wo ist dein Freund?« Sachs schaute sich um.

»Du hast ihn knapp verpasst.«

Stuart Everett besuchte dieselbe Highschool wie Pam. Die beiden gingen seit einigen Monaten miteinander. Sie hatten einander im Unterricht kennengelernt und sofort eine große Gemeinsamkeit festgestellt: Sie liebten Bücher und Musik. Da sie beide dem Poesieklub der Schule angehörten, war Sachs halbwegs beruhigt. Stuart schien wenigstens kein Biker oder primitiver Spinner zu sein.

Pam warf die Tasche mit den Schulbüchern auf die Rückbank und öffnete die andere. Der struppige Kopf eines kleinen Hundes kam zum Vorschein.

»Hallo, Jackson«, sagte Sachs und streichelte ihn.

Der winzige Havaneser schnappte sich den kleinen Kauknochen, den Amelia aus einem Becher in einem Getränkehalter nahm, der allein diesem Zweck diente. So wie sie beschleunigte und um Ecken bog, wäre keine Flüssigkeit in einem offenen Behältnis geblieben.

»Konnte Stuart dich nicht herbegleiten? Was für ein Gentleman ist das denn?«

»Er hat ein Fußballspiel. Sport ist ziemlich wichtig für ihn. Sind die meisten Jungs so drauf?«

Sachs reihte sich in den Verkehr ein und lachte gequält auf. »Ja.«

Es schien eine seltsame Frage für ein Mädchen dieses Alters zu sein, denn die meisten hätten alles über Jungen und Sport gewusst. Doch Pam Willoughby war nicht wie die meisten Mädchen. Als sie noch sehr klein gewesen war, hatte ihr Vater bei einer UN-Friedensmission sein Leben verloren. Ihre labile Mutter war daraufhin in den politisch und religiös rechtsgerichteten Untergrund abgetaucht und dabei immer militanter geworden. Mittlerweile verbüßte sie eine lebenslange Haftstrafe wegen Mordes (sie hatte vor Jahren einen Bombenanschlag auf die Vereinten Nationen verübt, bei dem sechs Menschen gestorben waren). Amelia Sachs und Pam kannten sich seit damals, als die Beamtin das Mädchen aus der Gewalt eines Serienentführers befreit hatte. Danach war Pam lange verschwunden geblieben, bis Sachs ihr vor nicht allzu langer Zeit und durch reinen Zufall ein weiteres Mal das Leben retten konnte.

Seit Pam von ihrer soziopathischen Mutter erlöst war, lebte sie bei Pflegeeltern in Brooklyn – aber erst nachdem Sachs das Paar durchleuchtet hatte, als würde sie für den Secret Service einen Besuch des Präsidenten vorbereiten. Pam gefiel es bei ihrer neuen Familie, doch sie und Sachs verbrachten weiterhin viel Zeit miteinander und standen sich sehr nahe. Da Pams Pflegemutter oft vollauf damit beschäftigt war, sich um die fünf jüngeren Kinder zu kümmern, übernahm Sachs die Rolle einer älteren Schwester.

Das funktionierte gut. Sachs hatte sich schon immer Kinder gewünscht. Doch es gab Komplikationen. Sie hatte mit ihrer ersten großen Liebe von einer Familie geträumt, aber der Mann, ebenfalls Polizist, stellte sich als die so ziemlich schlechteste Wahl der Welt heraus (zum Beispiel wegen seiner bewaffneten Raubüberfälle und der anschließenden Haftstrafe). Danach war Amelia zunächst Single geblieben, hatte Lincoln Rhyme getroffen und war seitdem mit ihm zusammen. Der Umgang mit Kindern fiel Rhyme schwer, aber er war ein guter Mensch, anständig und klug; wie so viele Männer konnte er allerdings seine harte Professionalität nicht aus seinem Privatleben heraushalten.

Zum gegenwärtigen Zeitpunkt wäre es für sie beide schwierig gewesen, eine Familie zu gründen; sie gingen einem riskanten und fordernden Beruf nach und wurden von permanenter Rastlosigkeit angetrieben – mal ganz abgesehen von Rhymes ungewisser zukünftiger Gesundheit. Außerdem galt es, ein bestimmtes körperliches Hindernis zu bewältigen, wenngleich das Problem, wie sie inzwischen wussten, bei Sachs lag, nicht bei Rhyme (er war in jeder Hinsicht fähig, Kinder zu zeugen).

Daher musste die Beziehung zu Pam vorläufig genügen. Sachs genoss ihre Rolle und nahm sie ernst; das Mädchen fasste allmählich wieder Vertrauen zu Erwachsenen. Und Rhyme hatte wirklich Freude an Pams Gesellschaft. Zurzeit half er ihr bei den Vorbereitungen zu einem Buch, das ihre Erfahrungen im rechten Untergrund schildern und *Gefangenschaft* heißen sollte. Thom hatte gesagt, sie würde damit womöglich zu *Oprah* eingeladen werden.

Sachs überholte ein Taxi. »Du hast noch nicht geantwortet. Wie war das Lernen?«

»Toll.«

»Bist du für die Klassenarbeit am Donnerstag vorbereitet?«

»Die hab ich im Griff. Kein Problem.«

Sachs lachte auf. »Ihr habt heute kein einziges Mal in die Bücher geschaut, nicht wahr?«

»Amelia, komm schon. Es ist so schönes Wetter. Die ganze Woche über war es mies. Wir *mussten* einfach vor die Tür gehen.«

Im ersten Moment wollte Sachs sie ermahnen, wie wichtig es war, dass sie im Abschlusszeugnis gute Noten bekam. Pam war gewitzt, sehr intelligent und ganz versessen auf Bücher, aber nach ihrer bizarren Schullaufbahn würde es für sie nicht einfach sein, an einem guten College aufgenommen zu werden. Das Mädchen sah jedoch so glücklich aus, dass Sachs sich erweichen ließ. »Und was habt ihr gemacht?«

»Wir sind einfach nur im Central Park spazieren gegangen. Bis hoch nach Harlem und um das Wasserreservoir herum. Ach, und am Bootshaus gab es ein Konzert. Weißt du, es war nur eine Coverband, aber sie hat *total* wie Coldplay geklungen …« Pam überlegte. »Die meiste Zeit haben Stuart und ich bloß geredet. Über nichts Besonderes. Das ist das Beste, wenn du mich fragst.«

Amelia Sachs konnte ihr nicht widersprechen. »Ist er süß?«

»O ja. Und wie.«

»Hast du ein Foto?«

»Amelia! Das wäre ja so uncool.«

»Wenn dieser Fall vorbei ist, wollen wir drei dann nicht mal zusammen zu Abend essen?«

»Ja? Du möchtest ihn wirklich kennenlernen?«

»Jeder Junge, der mit dir ausgeht, sollte wissen, dass jemand auf dich aufpasst. Jemand mit einer Pistole und Handschellen. Okay, halt den Hund fest; das geht mir hier alles zu langsam voran.«

Sachs schaltete herunter, trat aufs Gas, und die Reifen ihres Camaro hinterließen zwei kurze Streifen auf dem mattschwarzen Asphalt.

... Acht

Seit Amelia Sachs bisweilen über Nacht und übers Wochenende bei Rhyme blieb, hatten sich in dessen viktorianischem Stadthaus gewisse Änderungen vollzogen. Als er noch allein hier gewohnt hatte, nach dem Unfall und vor Sachs, war das Haus zwar mehr oder weniger aufgeräumt gewesen – abhängig davon, ob er gerade wieder einen Betreuer oder eine Haushälterin gefeuert hatte –, aber nicht unbedingt ein wirkliches Zuhause. Nichts Persönliches hatte die Wände geziert – keine der Urkunden, Abschlüsse, Auszeichnungen und Orden, die ihm während der erfolgreichen Amtszeit als Leiter der Spurensicherung des NYPD verliehen worden waren. Und auch keine Fotos seiner Eltern, Teddy und Anne, oder der Familie seines Onkels Henry.

Sachs war damit nicht einverstanden gewesen. »Deine Vergangenheit und deine Angehörigen sind wichtig«, hatte sie ihn getadelt. »Du löschst deine eigene Geschichte aus, Rhyme.«

Er hatte ihre Wohnung noch nie gesehen – das Haus war nicht behindertengerecht gebaut –, aber er wusste, dass die Zimmer voller Erinnerungen an *ihre* Geschichte steckten. Mittlerweile kannte er natürlich viele der Bilder: Amelia Sachs als hübsches junges Mädchen, das nicht viel lächelte (mit Sommersprossen, die schon lange wieder verschwunden waren); als halbwüchsige Schülerin mit Autowerkzeug in der Hand; als Tochter im Studentenalter, die an Feiertagen von einem strahlenden Polizistenvater und einer strengen Mutter flankiert wurde; als Fotomodell für Zeitschriften und Werbeanzeigen, dessen Blick so kühl war wie der all ihrer Kolleginnen (und von dem Rhyme inzwischen wusste, dass er eine verächtliche Reaktion auf die Tatsache darstellte, als reine Kleiderständer behandelt zu werden).

Und noch Hunderte weiterer Fotos, die meisten von ihrem Vater geknipst, dem Mann mit der allgegenwärtigen Kleinbildkamera.

Sachs hatte Rhymes leere Wände gemustert und war dorthin gegangen, wohin die Betreuer – sogar Thom – sich nicht wagten:

zu den Kisten im Keller, den zahllosen Kartons mit Zeugnissen aus Rhymes früherem Leben, dem Leben im Vorher; sorgsam versteckte Artefakte, die unerwähnt geblieben waren, so wie man niemals mit seiner zweiten Frau über die erste Ehe sprach. Nun füllten die Urkunden, Diplome und Familienfotos die Wände und den Kaminsims.

Darunter auch das Bild, das Rhyme im Augenblick betrachtete – darauf er selbst als schlanker Teenager im Sportdress seiner Schulmannschaft, aufgenommen unmittelbar nachdem er an einem Wettlauf teilgenommen hatte. Das Haar des Jungen war zerzaust, und seine vorstehende Nase erinnerte an die von Tom Cruise. Er stand vorgebeugt da und stützte sich auf den Knien ab, vermutlich nach einer Strecke von einer Meile. Rhyme war nie ein Sprinter gewesen; er mochte das Lyrische, das Elegante der längeren Distanzen. Das Laufen war für ihn »ein Prozess«.

Seine Angehörigen saßen für gewöhnlich auf der Tribüne. Sein Vater und sein Onkel wohnten in unterschiedlichen Vororten von Chicago. Lincoln war im Westen zu Hause, in der flachen, kargen Ausdehnung, die damals zum Teil noch aus Ackerland bestand und sowohl unter rücksichtslosen Stadtplanern als auch unter Furcht einflößenden Tornados litt. Henry Rhyme und seine Familie waren größtenteils vor beidem geschützt, denn sie lebten am Seeufer in Evanston.

Henry fuhr zweimal pro Woche an die Universität von Chicago, um dort seine Hauptseminare in Physik abzuhalten. Das bedeutete eine lange Zugfahrt mit Umsteigen, quer über die vielen sozialen Trennlinien der Stadt hinweg. Paula, seine Frau, lehrte an der Northwestern University. Das Paar hatte drei Kinder, Robert, Marie und Arthur, alle benannt nach Wissenschaftlern, von denen Oppenheimer und Curie am bekanntesten waren. Art verdankte seinen Vornamen Arthur Compton, der 1942 das berühmte metallurgische Labor der Universität Chicago geleitet hatte, das als Tarnung für die Entwicklung der weltweit ersten kontrollierten nuklearen Kettenreaktion diente. Alle drei Kinder hatten an guten Hochschulen studiert: Robert an der medizinischen Fakultät der Northwestern, Marie im kalifornischen Berkeley und Arthur am MIT, dem Massachusetts Institute of Technology.

Robert war vor Jahren bei einem Betriebsunfall in Europa ums Leben gekommen. Marie arbeitete in China an Umweltprojekten. Von den beiden Elternpaaren der Rhymes war nur noch Tante Paula übrig: Sie wohnte inzwischen in einem Pflegeheim und schwelgte in ihren lebhaften, zusammenhängenden Erinnerungen an die Zeit vor sechzig Jahren, während die Gegenwart ihr nur noch als eine Anhäufung verwirrender Fragmente erschien.

Rhyme starrte das Foto von sich an und schaffte es nicht, den Blick abzuwenden. Er konnte sich noch gut an all die Leichtathletikveranstaltungen erinnern … In seinen Seminaren brachte Professor Henry Rhyme Zustimmung oder Ermunterung durch eine subtil gehobene Augenbraue zum Ausdruck. Doch auf der offenen Tribüne des Sportplatzes sprang er stets von seinem Sitz auf, pfiff und brüllte Lincoln zu: *Los, los, los, du schaffst es!* Die Anfeuerungsrufe sollten ihn als Ersten über die Ziellinie treiben, und oft genug gelang das auch.

Nach der Veranstaltung hatten Lincoln und Arthur vermutlich gemeinsam etwas unternommen. Die Jungen verbrachten so viel Zeit wie möglich zusammen und ersetzten einander die Geschwister. Robert und Marie waren deutlich älter als Arthur, und Lincoln war ein Einzelkind.

Daher adoptierten Lincoln und Art sich gegenseitig. An den meisten Wochenenden und jeden Sommer brachen die Ersatzbrüder zu ihren Abenteuern auf, häufig in Arthurs Corvette (Onkel Henry verdiente sogar als Professor ein Mehrfaches von dem, was Rhymes Vater nach Hause brachte; Teddy war ebenfalls Wissenschaftler, aber er fühlte sich wohler, wenn er nicht im Rampenlicht stand). Die Ausflüge der Jungen waren typische Teenager-Eskapaden – Mädchen, Ballspiele, Kino, Diskussionen, Hamburger und Pizza, heimlich beschafftes Bier und Philosophieren über den Lauf der Welt. Und noch mehr Mädchen.

Nun saß Rhyme in seinem neuen TDX-Rollstuhl und grübelte, wohin genau er und Arthur nach dem besagten Wettkampf gegangen waren.

Arthur, sein Ersatzbruder …

Der ihn nie besucht hatte, seitdem seine Wirbelsäule wie ein morsches Stück Holz zerbrochen war.

Warum, Arthur? Verrate mir den Grund…

Aber dann klingelte es an der Tür, und Rhyme wurde aus seinen Gedanken gerissen. Thom ging hinaus auf den Flur, und gleich darauf betrat ein schmächtiger Mann mit schütterem Haar den Raum. Er trug einen Smoking. Mel Cooper schob seine dicke Brille ein Stück höher die Nase hinauf und nickte Rhyme zu. »Schönen guten Tag.«

»Warum so festlich?«, fragte Rhyme mit Blick auf den Anzug.

»Wegen des Tanzwettbewerbs. Hätten wir es ins Finale geschafft, wäre ich nicht hergekommen, das weißt du.« Er zog das Jackett aus, nahm die Fliege ab und krempelte die Ärmel des Rüschenhemds hoch. »Also, was hat es mit diesem *einzigartigen* Fall denn nun auf sich?«

Rhyme fasste die Umstände für ihn zusammen.

»Es tut mir leid wegen deines Cousins, Lincoln. Ich glaube, du hast ihn bisher noch nie erwähnt.«

»Was hältst du von der Vorgehensweise des Täters?«

»Falls du Recht hast, ist sie brillant.« Cooper las die Einträge an der Tafel.

MORD AN ALICE SANDERSON

Alice Sandersons Wohnung

- Spuren von Rasiercreme Marke Edge Advanced Gel mit Aloe.
- Chipskrümel wurden als Marke Pringles identifiziert, fettfrei, Geschmacksrichtung Barbecue.
- Messer Marke Chicago Cutlery (Mordwaffe).
- Dünger Marke TruGro.
- Abdruck von Schuhmodell Alton EZ-Walk, Größe 10½.
- Partikel von Latexhandschuh.
- Eintrag »Art« im Telefonverzeichnis, dazu die Nummer eines Prepaid-Mobiltelefons, das nicht länger genutzt wird; nicht zurückverfolgbar. (Mögliche Affäre?)
- Zwei Notizen: »Art – Drinks« (Büro) und »Arthur« (Wohnung).
- Zeuge hat hellblauen Mercedes gesehen; Kennzeichen beginnt mit NLP.

Arthur Rhymes Wagen

- Hellblaue Mercedes-Limousine, C-Klasse, Baujahr 2004. Kennzeichen: New Jersey NLP 745; zugelassen auf Arthur Rhyme.
- Blut an Tür und auf dem Boden vor der Rückbank; DNS stimmt mit der des Opfers überein.
- Blutiger Waschlappen, passend zu Set in der Wohnung des Opfers; DNS stimmt mit der des Opfers überein.
- Erde von gleicher Zusammensetzung wie im Clinton State Park.

Arthur Rhymes Haus

- Rasiercreme Marke Edge Advanced Gel mit Aloe; passt zur Spur am primären Tatort.
- Chips Marke Pringles, fettfrei, Geschmacksrichtung Barbecue.
- Dünger Marke TruGro (Garage).
- Spaten mit Erde von gleicher Zusammensetzung wie im Clinton State Park (Garage).
- Diverse Messer Marke Chicago Cutlery; gleicher Typ wie Mordwaffe.
- Schuhe Alton EZ-Walk, Größe 10½; Abdruck von gleicher Art wie am primären Tatort.
- Werbebroschüren der Wilcox Galerie, Boston, und von Anderson-Billings Fine Arts, Carmel, bzgl. Ausstellungen von Harvey-Prescott-Gemälden.
- Karton mit Latexhandschuhen Marke Safe-Hand; Gummimischung entspricht den Partikeln am primären Tatort (Garage).

»Was meinst du?«, fragte Rhyme.

»Tja, die Hälfte der Beweise gegen deinen Cousin wurde im Wagen oder in der Garage gefunden. Dort hätte man sie wesentlich einfacher deponieren können als im Haus.«

»Genau das habe ich mir auch gedacht.«

Es klingelte erneut an der Tür. Wenig später hörte Rhyme die Schritte seines Betreuers allein zurückkehren. Er fragte sich, ob jemand wohl ein Paket abgeliefert hatte. Doch dann fiel ihm ein: Es war Sonntag. Der Besucher trug womöglich legere Kleidung und Joggingschuhe, die auf dem Boden des Flurs kein Geräusch hervorrufen würden.

Bestimmt.

Der junge Ron Pulaski bog um die Ecke und nickte schüchtern. Er war schon seit mehreren Jahren Streifenpolizist und somit kein Neuling mehr, aber er sah weiterhin wie einer aus, und deswegen nannte Rhyme ihn insgeheim so. Das würde sich wahrscheinlich nie ändern.

Pulaskis Schuhe waren in der Tat leise Nikes, aber die Farben des Hawaiihemds über seiner Jeans schrien dafür umso lauter. Er trug sein blondes Haar in einer modischen Igelfrisur und hatte eine große Narbe auf der Stirn – das Andenken an einen fast tödlichen Angriff während seines ersten Falls mit Rhyme und Sachs. Der Überfall war so brutal gewesen, dass Pulaski eine Hirnverletzung erlitten hatte und beinahe aus dem Polizeidienst hätte ausscheiden müssen. Letzten Endes hatte der junge Mann jedoch beschlossen, sich durch die Rehabilitationsphase zu kämpfen und beim NYPD zu bleiben. Rhymes eigenes Durchhaltevermögen war Pulaski dabei ein großer Ansporn gewesen (aber das hatte er natürlich nur Sachs erzählt, nicht dem Kriminalisten persönlich; dank ihr wusste auch Rhyme mittlerweile darüber Bescheid).

Pulaski nahm erstaunt Coopers Smoking zur Kenntnis und nickte den beiden Männern grüßend zu.

»Ist Ihr Geschirr blitzblank, Pulaski? Die Blumen gegossen? Das übrig gebliebene Essen sorgfältig in Gefrierbeutel verpackt?«

»Ich bin sofort aufgebrochen, Sir.«

Die Männer gingen die Einzelheiten des Falls durch, als Sachs' Stimme aus Richtung der Tür ertönte. »Eine Kostümparty.« Sie wies auf Coopers Anzug und Pulaskis grelles Hemd. »Sie sehen ziemlich smart aus«, sagte sie zu dem Techniker. »Das ist doch der richtige Ausdruck für jemanden mit Smoking, oder? ›Smart‹?«

»Leider fällt mir dazu nur ›Halbfinalist‹ ein.«

»Hat Gretta es gut verkraftet?«

Seine bildhübsche skandinavische Freundin, so berichtete er, »treibt sich mit ihrer Clique herum und ertränkt ihren Kummer mit Aquavit. Das Zeug kommt aus ihrer Heimat. Aber wenn ihr mich fragt, es schmeckt furchtbar.«

»Was macht Ihre Mom?«

Cooper wohnte bei seiner Mutter, einer forschen älteren Dame, die schon seit Langem in Queens lebte.

»Der geht es gut. Sie ist zum Brunch im Boat House.«

Sachs erkundigte sich auch nach Pulaskis Frau und den beiden kleinen Kindern. »Und danke, dass Sie am Sonntag hergekommen sind«, fügte sie hinzu und sah Rhyme an. »Du hast ihm doch bestimmt versichert, wie sehr wir das zu schätzen wissen, nicht wahr?«

»Aber sicher«, murmelte er. »Könnten wir uns nun bitte an die Arbeit machen? ... Also, was hast du mitgebracht?« Er beäugte den großen braunen Umschlag, den sie bei sich trug.

»Das Verzeichnis der Beweismittel und Fotos von dem Münzdiebstahl und der Vergewaltigung.«

»Wo befindet sich das ganze Material?«

»Das wurde in unserem Spurenlagerhaus auf Long Island archiviert.«

»Nun, dann lass uns mal einen Blick darauf werfen.«

Sachs nahm einen Filzstift und legte auf einer freien Tafel eine Tabelle an wie zuvor für den Fall seines Cousins.

27. März.

Verbrechen: Mord; Diebstahl von sechs Etuis mit seltenen Münzen.
Todesursache: Blutverlust & Schock infolge mehrfacher Stichverletzungen.
Ort: Bay Ridge, Brooklyn.
Opfer: Howard Schwartz.
Tatverdächtiger: Randall Pemberton.

Beweismittel aus Haus des Opfers

- Schmierfett.
- Partikel von getrocknetem Haarspray.
- Polyesterfasern.

- Wollfasern.
- Abdruck von Halbschuh Marke Bass, Größe 9½.

Zeuge hat Mann in gelbbrauner Weste gemeldet, der zu einem schwarzen Honda Accord geflohen sein soll.

Beweismittel aus Haus und Wagen des Tatverdächtigen

- Schmierfett an Sonnenschirm auf der Veranda; passt zur entsprechenden Spur im Haus des Opfers.
- Ein Paar Halbschuhe Marke Bass, Größe 9½.
- Haarspray Marke Clairol; passt zu den Partikeln am Tatort.
- Messer – am Griff haftende Partikel:
  - Staub, der weder vom Tatort noch aus dem Haus des Verdächtigen stammt.
  - Alte Pappe.
- Messer – an der Klinge haftende Partikel:
  - Blut des Opfers; positiver DNS-Vergleich.
- Verdächtiger besaß schwarzen Honda Accord, Baujahr 2004.
- Eine Münze wurde als Bestandteil der Sammlung des Opfers identifiziert.
- Eine gelbbraune Weste, Marke Culberton Outdoor Company; passt zu Polyesterfasern vom Tatort.
- Eine Wolldecke im Wagen; passt zu Wollfasern vom Tatort.

Anmerkung: Vor dem Prozess wurden alle wichtigen Münzhändler im Stadtgebiet und im Internet überprüft. Niemand hat versucht, die besonderen gestohlenen Münzen zu verkaufen.

»Falls unser Täter die Münzen gestohlen hat, hat er sie demnach behalten. Und der Staub, der zu keinem der beiden Orte passt … der stammt vermutlich aus dem Haus des Täters. Aber was für eine Art von Staub ist es? Wurde er denn nicht analysiert?« Rhyme schüttelte den Kopf. »Okay, ich will die Bilder sehen.«

»Ich häng sie auf. Moment.«

Sachs holte sich Klebeband und befestigte die Fotos an einer dritten Tafel. Rhyme fuhr näher heran und nahm die mehreren

Dutzend Aufnahmen der Tatorte genauer in Augenschein. Bei dem Münzsammler war es sauber und aufgeräumt, bei dem Täter weniger. Die Küche, unter deren Spülbecken man die Münze und das Messer gefunden hatte, war sehr in Unordnung, der Tisch voller schmutzigem Geschirr und Verpackungen von Nahrungsmitteln. Außerdem türmte sich dort ein Stapel Post, offenbar hauptsächlich Werbung.

»Der Nächste«, verkündete Rhyme. »Los geht's.« Er bemühte sich, nicht allzu ungeduldig zu klingen.

18. April.

Verbrechen: Mord; Vergewaltigung.
Todesursache: Strangulation.
Ort: Brooklyn.
Opfer: Rita Moscone.
Tatverdächtiger: Joseph Knightly.

Beweismittel aus Haus des Opfers

- Spuren von Flüssigseife Marke Colgate-Palmolive.
- Kondom-Gleitmittel.
- Seilfasern.
- Staub an Isolierband; passt zu keiner anderen Probe aus der Wohnung.
- Isolierband mit Klebstoffbeschichtung aus amerikanischer Produktion.
- Latexpartikel.
- Schwarze Woll-/Polyesterfasern.
- Tabak an Opfer (siehe Anmerkung unten).

Beweismittel aus Haus des Tatverdächtigen

- Kondome Marke Durex; Gleitmittel identisch mit Spuren an Opfer.
- Seilrolle; passt zu den Fasern am Tatort.

- Sechzig Zentimeter langer Abschnitt desselben Seils; daran Blut des Opfers, außerdem eine fünf Zentimeter lange Strähne, Typ BASF B35 Nylon 6, höchstwahrscheinlich Puppenhaar.
- Flüssigseife Marke Colgate-Palmolive.
- Isolierband mit Klebstoffbeschichtung aus amerikanischer Produktion.
- Latexhandschuhe; passen zu den Partikeln am Tatort.
- Männersocken aus Woll-/Polyestergemisch; passen zu den Fasern am Tatort. Ein zweites, identisches Paar in der Garage, mit Blutspuren des Opfers daran.
- Tabak von Zigaretten Marke Tareyton (siehe Anmerkung unten).

»Der angebliche Täter hat seine Socken mit dem Blut daran *behalten* und nach Hause mitgenommen? Blödsinn. Das sind fingierte Beweise.« Rhyme las noch einmal die einzelnen Punkte. »Wie lautet die ›Anmerkung unten‹?«

Sachs suchte den kurzen Text heraus: Er war für die Staatsanwaltschaft gedacht und enthielt einige Hinweise des leitenden Detectives bezüglich eventueller Probleme mit diesem Fall. Sie zeigte ihn Rhyme.

Stan:
Hier ein paar potenzielle Einwände, die seitens der Verteidigung erhoben werden könnten:

- *Mögliche Kontamination: Es wurden sowohl am Tatort als auch im Haus des Täters gleichartige Tabakkrümel gefunden, aber weder das Opfer noch der Verdächtige waren Raucher. Die beteiligten Beamten von Polizei und Spurensicherung wurden befragt, haben dem leitenden Detective aber versichert, nicht die Quelle gewesen zu sein.*
- *Das Blut des Opfers ist die einzige verbindende DNS-Spur.*
- *Der Verdächtige hat ein Alibi; ein Augenzeuge will ihn zur Tatzeit vor seinem Haus gesehen haben, knapp sechseinhalb Kilometer vom Tatort entfernt. Der Alibizeuge ist ein Obdachloser, der von dem Verdächtigen gelegentlich Geld erhält.*

»Er hatte ein Alibi«, betonte Sachs. »Dem die Geschworenen offensichtlich keinen Glauben geschenkt haben.«

»Was meinst du, Mel?«, fragte Rhyme.

»Ich bleibe bei meiner Ansicht. Das alles passt zu gut zusammen.«

Pulaski nickte. »Das Haarspray, die Seife, die Fasern, das Gleitmittel … alles.«

»Es sind die naheliegenden Ansatzpunkte, um jemandem Beweise unterzuschieben«, fuhr Cooper fort. »Und seht euch die DNS an – es ist nicht die des *Verdächtigen* am Tatort, sondern die des *Opfers* im Heim des Verdächtigen. So herum lässt es sich viel einfacher arrangieren.«

Rhyme nahm sich die Tabellen ein weiteres Mal vor und las langsam Zeile für Zeile.

»Aber nicht alle Spuren lassen sich zuordnen«, fügte Sachs hinzu. »Die alte Pappe und der Staub – die hängen mit keinem der beiden Tatorte zusammen.«

»Und der Tabak. Weder das Opfer noch der vermeintliche Täter haben geraucht«, sagte Rhyme. »Demnach könnten diese drei Spuren von dem echten Täter stammen.«

»Was ist mit dem Puppenhaar?«, fragte Pulaski. »Heißt das, er hat Kinder?«

»Häng *diese* Fotos auch auf«, bat Rhyme. »Mal sehen.«

Wie bei den anderen Fällen hatte die Spurensicherung auch hier die Wohnung des Opfers sowie das Haus und die Garage des Täters ausführlich dokumentiert. Rhyme überflog die Bilder. »Keine Puppen. Überhaupt kein Spielzeug. Unter Umständen hat der echte Killer entweder Kinder oder kommt anderweitig mit Spielzeug in Berührung. Und er raucht oder hat zumindest Zugang zu Zigaretten oder Tabak. Gut. Oh, wir sind hier einer großen Sache auf der Spur. Lasst uns ein Profil anlegen. Bis jetzt haben wir ihn ›Mr. X‹ genannt, aber wir müssen uns etwas anderes für unseren Täter überlegen … Welches Datum ist heute?«

»Der zweiundzwanzigste Mai«, sagte Pulaski.

»Okay. Wir taufen ihn Täter Fünf Zweiundzwanzig. Sachs, wenn ich bitten darf …« Er nickte in Richtung einer Tafel. »Fangen wir mit dem Profil an.«

TÄTER 522

- Mann.
- Möglicherweise Raucher oder wohnt/arbeitet in der Nähe einer Tabakquelle bzw. mit jemandem, der raucht.
- Hat Kinder oder wohnt/arbeitet in deren Umfeld bzw. in der Nähe einer Spielzeugquelle.
- Interesse an Kunst, Münzen?

Hinterlassene echte Spuren

- Staub.
- Alte Pappe.
- Haar von Puppe, Typ BASF B35 Nylon 6.
- Tabak von Zigaretten Marke Tareyton.

Nun, es ist immerhin ein Anfang, wenngleich ein dürftiger, dachte Rhyme.

»Sollten wir nicht Lon und Malloy verständigen?«, fragte Sachs.

Rhyme schnaubte verächtlich. »Und was wollen wir ihnen erzählen?« Er wies mit einem Nicken auf die Tabelle. »Ich schätze, unsere kleine Geheimoperation würde ziemlich schnell unterbunden werden.«

»Soll das heißen, das hier ist nicht offiziell?«, fragte Pulaski.

»Willkommen im Untergrund«, sagte Sachs.

Diese Neuigkeit musste der junge Beamte erst mal verdauen.

»Deshalb unsere Verkleidung«, fügte Cooper hinzu und deutete auf den schwarzen Satinstreifen an seiner Smokinghose. Vielleicht zwinkerte er auch dabei, aber das war hinter seinen dicken Brillengläsern nicht zu erkennen. »Was sind unsere nächsten Schritte?«

»Sachs, ruf die Spurensicherung in Queens an. An die Beweise aus dem Fall meines Cousins kommen wir nicht heran. Angesichts des bevorstehenden Prozesses dürfte das gesamte Material im Büro der Staatsanwaltschaft liegen. Aber bring in Erfahrung, ob jemand aus dem Lagerhaus uns die Spuren der früheren beiden Fälle zuschicken kann – der Vergewaltigung und des Münzdiebstahls. Ich will den Staub, die Pappe und das Seil. Und Sie, Pulaski, fahren zum Big Building. Ich möchte, dass Sie sich die Mordfälle der letzten sechs Monate vornehmen.«

»*Alle* Mordfälle?«

»Unser Bürgermeister hat in der Stadt für Ruhe und Ordnung gesorgt, haben Sie es denn nicht gehört? Seien Sie froh, dass wir nicht in Detroit oder Washington sind. Flintlock ist auf diese *zwei* Fälle gekommen. Ich wette, es gibt noch mehr. Halten Sie nach einem ursprünglich zugrunde liegenden Verbrechen Ausschau, vielleicht Diebstahl, vielleicht Vergewaltigung, das zu einem Mord geführt hat. Weiterhin gibt es eindeutig klassifizierbare Spuren sowie einen anonymen Anruf unmittelbar nach der Tat. Ach, und einen Tatverdächtigen, der seine Unschuld beteuert.«

»Okay, Sir.«

»Und wir?«, fragte Mel Cooper.

»Wir warten«, murmelte Rhyme, als wäre das ein Schimpfwort.

… Neun

Eine wunderbare Transaktion.

Jetzt bin ich zufrieden. Fröhlich und beschwingt gehe ich die Straße entlang und blättere in Gedanken die Bilder durch, die ich soeben meiner Sammlung hinzugefügt habe. Bilder von Myra 9834. Die optischen Eindrücke sind in meinem Gedächtnis gespeichert. Den Ton habe ich mit einem digitalen Diktiergerät aufgezeichnet.

Ich schlendere durch die Gegend und beobachte die Sechzehner um mich herum.

Als steten Strom auf den Bürgersteigen. In Autos, Bussen, Taxis, Lastwagen.

Wie sie hinter Fensterscheiben ihren Beschäftigungen nachgehen, ohne mich zu bemerken.

Sechzehner … Oh, ich bin natürlich nicht der Einzige, der Menschen so bezeichnet. Bei Weitem nicht. In der Wirtschaft ist dieser Sammelbegriff allgemein üblich. Aber ich dürfte wohl der Einzige sein, der es *vorzieht,* sich Menschen als Sechzehner vorzustellen, und der diesen Gedanken als tröstlich empfindet.

Eine sechzehnstellige Nummer ist viel präziser und effizienter als ein Name. Namen machen mich kribbelig. Das mag ich nicht. Es tut weder mir noch anderen gut, wenn ich kribbelig bin. Namen … ach, *schrecklich*. Die Nachnamen Jones und Brown beispielsweise decken jeweils ungefähr 0,6 Prozent der Bevölkerung der Vereinigten Staaten ab. Moore liegt bei 0,3 Prozent und der allseits beliebte Smith erreicht enorme 1,0 Prozent. Das sind landesweit fast drei Millionen Leute. (Und falls Sie an Vornamen interessiert sind: John? Nein. Der steht mit 3,2 Prozent auf Platz zwei. Der Gewinner heißt James, mit 3,3 Prozent.)

Führen Sie sich vor Augen, was das bedeutet! Ich höre jemanden sagen: »James Smith.« Tja, *welcher* James Smith ist damit gemeint, wo es doch Hunderttausende gibt? Und das sind bloß die noch Lebenden. Zählen Sie mal sämtliche James Smiths der Geschichte zusammen.

O mein Gott.

Schon der Gedanke daran macht mich halb wahnsinnig.

Kribbelig …

Und Fehler können ernste Konsequenzen haben. Versetzen wir uns in das Jahr 1938 nach Berlin. Ist Herr Wilhelm Frankel der Jude Wilhelm Frankel oder der Nichtjude? Das hat einen ziemlich großen Unterschied bedeutet, und was auch immer man von den Braunhemden halten mag, sie waren absolute Genies, wenn es darum ging, Informationen über Personen zusammenzutragen (und sie haben dabei Computer benutzt!).

Namen führen zu Fehlern. Fehler erregen Aufsehen. Aufsehen ist eine Verunreinigung. Verunreinigungen müssen entfernt werden.

Es mochte Dutzende von Alice Sandersons geben, aber nur eine Alice 3895, die ihr Leben dafür gegeben hat, dass ich ein amerikanisches Familienporträt des geschätzten Mr. Prescott besitzen darf.

Myra Weinburgs? Na ja, sicherlich nicht allzu viele. Aber mehr als eine. Doch nur Myra 9834 hat sich geopfert, um mich zufriedenzustellen.

Ich möchte wetten, es gibt jede Menge Männer namens DeLeon Williams, aber nur 6832-5794-8891-0923 wird für die Vergewaltigung und Ermordung von Myra 9834 lebenslang im Gefängnis sitzen, während ich in Freiheit bleibe und es jederzeit wieder tun kann.

Ich bin gerade zu seinem Haus unterwegs (das eigentlich seiner Freundin gehört, wie ich erfahren habe) und trage genügend Beweise bei mir, um sicherzustellen, dass die Geschworenen den armen Kerl nach etwa einer Stunde Beratung wegen Vergewaltigung und Mordes schuldig sprechen werden.

DeLeon 6832 …

Ich habe bereits den Notruf gewählt und einen alten beigefarbenen Dodge – sein Automodell – gemeldet, der sich mit hoher Geschwindigkeit vom Tatort entfernt habe, mit einem Schwarzen am Steuer. »Ich konnte seine Hände sehen! Sie waren voller Blut!

Schicken Sie schnell jemanden her! Die Schreie waren furchtbar.«

Was für einen erstklassigen Verdächtigen du abgeben wirst, DeLeon 6832. Ungefähr die Hälfte aller Vergewaltiger ist während der Tat betrunken oder im Drogenrausch (er trinkt heutzutage maßvoll Bier, war noch vor ein paar Jahren aber bei den Anonymen Alkoholikern). Die Mehrheit der Opfer einer Vergewaltigung kennt den Täter (DeLeon 6832 hat in dem Lebensmittelladen, in dem die verstorbene Myra 9834 regelmäßig einkaufte, mal einige Zimmerarbeiten verrichtet, also liegt die Folgerung nahe, dass die beiden sich kannten, obwohl das vermutlich nicht der Fall war).

Vergewaltiger sind in der Regel höchstens dreißig Jahre alt (genau wie DeLeon 6832). Im Gegensatz zu Drogendealern und Junkies sind sie noch nicht häufig verhaftet worden, außer wegen häuslicher Gewaltanwendung – und mein Junge hat eine Vorstrafe wegen tätlicher Bedrohung seiner früheren Freundin; wie perfekt ist *das*? Die meisten Vergewaltiger stammen aus der Unterschicht und verfügen über wenig Geld (er ist seit mehreren Monaten arbeitslos).

Und nun, meine Damen und Herren Geschworenen, beachten Sie bitte, dass der Angeklagte zwei Tage vor der Vergewaltigung eine Schachtel Kondome der Marke Trojan Enz gekauft hat, genau wie die beiden Exemplare, die neben der Leiche des Opfers gefunden wurden. (Was die beiden von mir tatsächlich benutzten Präservative angeht – sie sind natürlich längst beseitigt. Dieses DNS-Zeug ist sehr gefährlich, vor allem seit in New York bei allen schweren Straftaten Proben genommen werden, nicht nur bei Vergewaltigungen. Und in Großbritannien dauert es nicht mehr lange und du musst deine DNS hinterlegen, weil dein Hund auf den Gehweg gekackt oder du verkehrswidrig mit dem Auto gewendet hast.)

Es gibt noch einen Umstand, den die Polizei in Erwägung ziehen dürfte, sofern sie ihre Arbeit richtig macht: DeLeon 6832 war als Soldat im Irak im Einsatz, und als er später aus dem Armeedienst ausschied, konnte er seine Dienstpistole, eine 45er Automatik, nicht ordnungsgemäß abliefern. Sie sei bei einem Gefecht »verloren gegangen«.

Merkwürdigerweise hat er vor einigen Jahren Munition dieses Kalibers gekauft.

Falls die Ermittler das in Erfahrung bringen, was mühelos möglich ist, könnten sie daraus folgern, ihr Verdächtiger sei bewaffnet. Und sobald sie ein wenig tiefer graben, werden sie herausfinden, dass er in einer Klinik der Veterans Administration behandelt wurde – wegen einer posttraumatischen Belastungsreaktion.

Ein labiler, bewaffneter Täter?

Welcher Polizeibeamte wäre da *nicht* geneigt, *zuerst* zu schießen?

Hoffen wir das Beste. Ich bin mir bei den Sechzehnern, die ich mir aussuche, nicht immer ganz sicher. Man weiß nie, ob es nicht doch ein unerwartetes Alibi gibt. Oder idiotische Geschworene. Vielleicht endet DeLeon 6832 noch heute in einem Leichensack. Wieso auch nicht? Verdiene ich es denn nicht, wenigstens ein *bisschen* Glück zu haben, als Entschädigung für die Nervosität, mit der Gott mich gestraft hat? Wissen Sie, das Leben ist oft gar nicht so einfach.

Bis zu seinem Haus hier in Brooklyn dürfte es zu Fuß etwa eine halbe Stunde dauern. Ich bin nach der Transaktion mit Myra 9834 immer noch sehr zufrieden und genieße den Spaziergang. Der Rucksack ist ganz schön schwer. Er enthält nicht nur die zu platzierenden Spuren und den Schuh, der einen verräterischen Abdruck von DeLeon 6832 hinterlassen hat, sondern außerdem einige Schätze, die ich heute bei meinem Streifzug durch die Straßen aufgelesen habe. In meiner Tasche steckt leider nur eine kleine Trophäe von Myra 9834, ein Stückchen von einem ihrer Fingernägel. Etwas Persönlicheres wäre mir lieber gewesen, aber in Manhattan wird um Todesfälle mächtig viel Wirbel gemacht, und wenn Teile fehlen, gibt es stets großes Geschrei.

Ich gehe etwas schneller und genieße das Gefühl des Rucksacks, der im Takt meiner Schritte gegen den Rücken schlägt. Genieße den schönen klaren Frühlingssonntag und die Erinnerungen an meine Transaktion mit Myra 9834.

Genieße das überaus behagliche Wissen, dass ich zwar die gefährlichste Person in New York City sein dürfte, aber mir keine Sorgen zu machen brauche, weil all die Sechzehner, die mir gefährlich werden könnten, mich praktisch nicht wahrnehmen.

Das Licht ließ ihn aufmerken.

Ein Blitzen aus Richtung der Straße.

Rot.

Noch ein Blitzen. Blau.

DeLeon Williams ließ beinahe den Hörer fallen. Er telefonierte gerade mit einem Freund, weil er nach dem Mann suchte, für den er früher gearbeitet hatte und der nach dem Bankrott seines Zimmermannsbetriebes aus der Stadt verschwunden war. Der Kerl hatte nur Schulden zurückgelassen, darunter mehr als viertausend Dollar, die seinem zuverlässigsten Angestellten, DeLeon Williams, zustanden.

»Leon«, sagte der Mann am anderen Ende der Leitung gerade, »ich hab keine Ahnung, wo der Wichser steckt. Der schuldet auch *mir* noch …«

»Ich ruf später noch mal an.«

Klick.

Die Hände des großen Mannes wurden feucht, als er durch einen Spalt der Gardine spähte, die er und Janeece erst am Samstag aufgehängt hatten (Williams fühlte sich mies, mies, mies, dass sie die ganzen Kosten dafür tragen musste – oh, wie er es hasste, arbeitslos zu sein). Er sah, dass die Lichter hinter den Kühlergrills von zwei zivilen Polizeiwagen aufblinkten. Mehrere Detectives stiegen aus und öffneten die Knöpfe ihrer Jacken, aber bestimmt nicht deshalb, weil der Frühlingstag so warm gewesen wäre. Die Wagen rasten davon, um die Kreuzung abzusperren.

Die Männer schauten sich vorsichtig um und zerstörten dann Williams' letzten Rest Hoffnung, es könne sich um irgendeinen seltsamen Zufall handeln: Sie gingen zu seinem beigefarbenen Dodge, überprüften das Kennzeichen und sahen hinein. Einer sprach in ein Funkgerät.

Williams schloss verzweifelt die Augen und seufzte angewidert auf.

Sie legte wieder los.

Sie …

Letztes Jahr hatte Williams sich mit einer Frau zusammengetan, die nicht nur sexy war, sondern auch klug und warmherzig. Zumindest hatte es anfangs so ausgesehen. Nicht lange nachdem die Sache zwischen ihnen ernst geworden war, verwandelte Leticia sich jedoch in eine jähzornige Hexe. Launisch, missgünstig, rachsüchtig. Labil… Die vier Monate mit ihr zählten zu den schlimmsten seines Lebens. Und den Großteil der Zeit musste er ihre Kinder vor der eigenen Mutter beschützen.

Seine guten Taten brachten ihn sogar ins Gefängnis. Eines Abends wollte Leticia mit der Faust nach ihrer Tochter schlagen, weil diese einen Kochtopf nicht gründlich genug geschrubbt hatte. Williams packte die Frau instinktiv am Arm, während das Mädchen schluchzend die Flucht ergriff. Dann beruhigte er die Mutter, und damit schien die Sache erledigt zu sein. Aber einige Stunden später, als er auf der Veranda saß und überlegte, wie er die Kinder von ihr weg und vielleicht zurück zum Vater bekommen würde, tauchte die Polizei auf und nahm ihn fest.

Leticia hatte ihn wegen Körperverletzung angezeigt und zum Beweis die Quetschung an ihrem Arm angeführt. Williams war entsetzt. Er erklärte, was passiert war, aber die Beamten hatten keine Wahl, sie mussten ihn verhaften. Der Fall kam vor Gericht. Williams wollte nicht, dass die Tochter in den Zeugenstand trat und zu seinen Gunsten aussagte, obwohl das Mädchen dazu bereit war. Man befand ihn einer minderschweren tätlichen Bedrohung für schuldig und erlegte ihm als Strafe gemeinnützige Arbeit auf.

Im Verlauf der Verhandlung war es ihm immerhin möglich gewesen, über Leticias Grausamkeit auszusagen. Der Staatsanwalt glaubte ihm und verständigte das Jugendamt. Eine Sozialarbeiterin besuchte die Familie zu Hause, um sich vom Wohlergehen der Kinder zu überzeugen. Am Ende wurden sie der Mutter entzogen und in die Obhut des Vaters gegeben.

Daraufhin fing Leticia an, Williams zu schikanieren. Das ging eine ganze Weile so, aber dann verschwand sie vor einigen Monaten plötzlich von der Bildfläche. Erst kürzlich hatte Williams gedacht, er habe nun endlich Ruhe vor ihr…

Und nun das. Er wusste, dass sie dafür verantwortlich war.

Mein Gott, wie viel kann man ertragen?

Er sah wieder nach draußen. Nein! Die Detectives hatten ihre Waffen gezogen!

Der Schreck ging ihm durch Mark und Bein. Hatte sie womöglich einem ihrer Kinder etwas angetan und behauptet, er sei es gewesen? Es hätte ihn nicht überrascht.

Williams' Hände zitterten, und große Tränen liefen ihm über das breite Gesicht. Er verspürte die gleiche Panik wie damals im Wüstenkrieg, als er sich zu seinem Kameraden umgedreht und im selben Moment mit angesehen hatte, wie der grinsende Mann aus Alabama zu rotem Brei zerplatzte, weil ihn eine Gewehrgranate der Iraker traf. Bis dahin war Williams halbwegs zurechtgekommen. Er hatte unter Beschuss gelegen, war vom Sand naher Einschläge bespritzt und vor lauter Hitze ohnmächtig geworden. Aber zu sehen, wie Jason sich in dieses *Ding* verwandelte, hatte ihn zutiefst in seinem Inneren getroffen. Die posttraumatische Belastungsreaktion, mit der er seitdem zu kämpfen hatte, kam nun erneut voll zum Ausbruch.

Hilflosigkeit, furchtbare Angst.

»Nein, nein, nein, nein«, keuchte er und bekam kaum noch Luft. Er nahm schon seit Monaten keine Medikamente mehr, weil er geglaubt hatte, es gehe ihm besser.

Die Detectives schwärmten zu beiden Seiten aus. DeLeon Williams konnte nur eines denken: Raus hier, bloß raus hier!

Er musste weg. Um zu beweisen, dass Janeece nicht mit ihm in Verbindung stand, um sie und ihren Sohn zu retten – zwei Menschen, die er aufrichtig liebte –, musste er verschwinden. Er ging zur Vordertür, legte die Kette vor und schloss den Riegel. Dann lief er nach oben und warf wahllos ein paar Sachen in eine Reisetasche. Nichts davon ergab einen Sinn: Rasiercreme, aber keine Rasierer; Unterwäsche, aber keine Hemden; Schuhe, aber keine Socken.

Und er nahm noch etwas aus dem Schrank.

Seine Militärpistole, eine 45er Colt Automatik. Die Waffe war nicht geladen – er wollte keineswegs auf jemanden schießen –, aber er konnte die Polizei damit bluffen oder notfalls ein Auto entführen.

In seinem Kopf gab es nur noch einen Gedanken: Lauf! Schnell!

Williams warf einen letzten Blick auf das Foto von Janeece, ihm und dem Jungen, aufgenommen während eines Ausflugs nach Six Flags. Er fing wieder an zu weinen. Dann wischte er sich die Tränen weg, schwang sich die Tasche über die Schulter und ging die Treppe hinunter. Seine Hand knetete nervös den Griff der schweren Pistole.

... Zehn

»Ist der vorgeschobene Scharfschütze in Stellung?«

Bo Haumann, der einstige Armeeausbilder, der inzwischen der Emergency Services Unit vorstand, dem Sondereinsatzkommando der New Yorker Polizei, wies auf ein Gebäude. Der winzige Garten des frei stehenden Hauses, in dem DeLeon Williams wohnte, ließ sich von dort aus vollständig überblicken.

»Jawohl, Sir«, sagte ein Beamter in der Nähe. »Und Johnny hat den ganzen hinteren Bereich im Blick.«

»Gut.«

Haumann, ein zäher alter Hase mit militärisch kurzem, angegrautem Haar, ließ die beiden Zugriffteams der ESU in Position gehen. »Und bleibt außer Sicht.«

Er war nicht weit von hier in seinem eigenen Garten gewesen und hatte versucht, die Holzkohle vom letzten Jahr in Brand zu setzen, als man ihn verständigte, es gebe nach einer Vergewaltigung samt Mord einen stichhaltigen Hinweis auf den Täter. Daraufhin übertrug Haumann die Grillmission an seinen Sohn, legte schnell seine Ausrüstung an und raste los. Dabei schickte er ein kurzes Dankgebet zum Himmel, weil er letztlich doch darauf verzichtet hatte, sich ein Bier zu genehmigen. Er hätte sich dann zwar immer noch ans Steuer gesetzt, fasste aber prinzipiell keine Waffe an, sobald er auch nur einen Schluck getrunken hatte.

Und mittlerweile sah es an diesem schönen Sonntag ganz danach aus, als würde es zu einem Schusswechsel kommen.

Sein Funkgerät erwachte knisternd zum Leben. »Überwachungsteam eins an Leitstelle. Kommen«, hörte er im Kopfhörer seines Headsets. Das Überwachungsteam befand sich mit dem zweiten Scharfschützen auf der anderen Straßenseite.

»Hier Leitstelle. Kommen.«

»Wir orten einige Wärmequellen. Es könnte jemand im Haus sein. Keine akustischen Signale.«

Es könnte, dachte Haumann verärgert. Er wusste, was die Geräte der Spezialisten kosteten. Für den Preis hätten die Dinger in der Lage sein müssen, mit Sicherheit festzustellen, ob jemand sich im Haus aufhielt – inklusive seiner Schuhgröße und der Antwort auf die Frage, ob er an jenem Morgen Zahnseide benutzt hatte.

»Nehmt eine zweite Messung vor.«

Es schien eine Ewigkeit zu dauern.

»Überwachungsteam eins«, hörte er dann. »Okay, es hält sich nur eine Person im Innern auf. Wir haben ihn außerdem kurz durch ein Fenster gesehen und mit dem uns vorliegenden Führerscheinfoto verglichen. Es handelt sich eindeutig um DeLeon Williams. Kommen.«

»Gut. Ende.«

Haumann verständigte die zwei Zugriffteams, die nun beidseits des Hauses vorrückten und dabei nahezu unsichtbar blieben. »Also, wir haben nicht viel Zeit für eine Lagebesprechung. Hört gut zu. Dieser Täter ist ein Vergewaltiger und Mörder. Wir wollen ihn lebendig, aber er ist zu gefährlich, um ihn entkommen zu lassen. Falls er gewaltsamen Widerstand leistet, habt ihr grünes Licht.«

»Teamführer B. Verstanden. Wir sind in Position und haben die Gasse sowie die nördlichen Straßen vor uns. Ebenso die Hintertür. Kommen.«

»Teamführer A an Leitstelle. Grünes Licht bestätigt. Wir sind an der Vordertür in Stellung und sichern alle Straßen nach Süden und Osten.«

»Scharfschützen«, sagte Haumann. »Seid ihr bereit?«

»Roger. Fertig geladen und entsichert.«

Haumann öffnete den Halteriemen am Holster seiner Glock und schlich sich in die Gasse hinter dem Haus, wo noch mehr Beamte warteten, deren Pläne sich an diesem idyllischen Frühlingssonntag ebenfalls so schnell und dramatisch geändert hatten wie seine.

In diesem Moment meldete sich eine Stimme in seinem Kopfhörer. »Überwachungsteam zwei an Leitstelle. Ich glaube, da tut sich was.«

DeLeon Williams kniete hinter der Tür und spähte vorsichtig durch einen Spalt – einen Riss im Holz, den er schon seit Längerem hatte reparieren wollen. Die Polizisten waren nicht mehr da.

Nein, berichtigte er sich, sie waren nicht mehr *zu sehen*. Großer Unterschied. Im Gebüsch funkelte ein Stück Metall oder Glas. Vielleicht von einer dieser verrückten Elfen- oder Rehfiguren, die auf dem Rasen der Nachbarn standen.

Oder von einem Cop mit einer Waffe.

Mit der Reisetasche im Schlepptau kroch Williams in den hinteren Teil des Hauses. Wieder ein schneller Blick. Diesmal riskierte er es, den Kopf zum Fenster zu heben, und musste dabei schwer gegen seine Panik ankämpfen.

Der Garten und die Gasse dahinter waren leer.

Doch erneut korrigierte er sich: *schienen* leer zu sein.

Der posttraumatische Stress packte ihn mit eisernem Griff. Williams verspürte den Drang, nach draußen zu stürmen, die Waffe zu ziehen und die Gasse hinunterzurennen. Falls ihm dabei jemand begegnete, würde er ihn mit der Pistole in Schach halten und ihn anbrüllen, er solle den Weg freigeben.

Die Gedanken wirbelten wie wild durch seinen Kopf. Er griff nach dem Türknauf.

Nein …

Sei nicht dumm.

Er lehnte sich zurück gegen die Wand und bemühte sich, langsamer zu atmen.

Nach einer Weile beruhigte er sich und beschloss, etwas anderes zu versuchen. Vom Keller aus führte ein Fenster zu dem schmalen, mit spärlichem Gras bewachsenen Durchgang zwischen den Häusern. Knapp zweieinhalb Meter gegenüber gab es ein ähnliches Fenster im Keller der Nachbarn. Die Wongs waren übers Wochenende verreist – er goss die Blumen für sie –, und Williams dachte sich, er könne sich drüben ins Haus schleichen, nach oben gehen und durch die Hintertür verschwinden. Mit etwas Glück würde die Polizei nicht auf den Durchgang achten. Dann könnte er über die Gasse zur Hauptstraße gelangen und zur U-Bahn-Station laufen.

Es war kein großartiger Plan, aber er erschien aussichtsreicher, als einfach hier abzuwarten. Wieder Tränen. Und Panik.

Reiß dich zusammen, Soldat. Na los.

Er stand auf und wankte die Kellertreppe nach unten.

Sieh zu, dass du hier rauskommst. Die Cops werden jeden Augenblick an der Vordertür sein und sie eintreten.

Er entriegelte das Fenster und kletterte nach draußen. Dann wollte er zum Kellerfenster der Wongs robben und schaute nach rechts. Er erstarrte.

O mein Gott…

In dem schmalen Durchgang kauerten zwei Detectives, ein Mann und eine Frau. Sie hatten ihre Waffen in der Hand und sahen nicht in seine Richtung, sondern nach hinten, zum Garten und der Gasse.

Wieder schlug die Panik erbarmungslos zu. Er würde die Automatik ziehen und die beiden bedrohen. Sie würden sich hinsetzen, sich mit den eigenen Handschellen fesseln und die Funkgeräte wegwerfen müssen. Er tat das nur äußerst ungern; es würde ein wirkliches Verbrechen sein. Aber ihm blieb keine Wahl. Die Polizei war offensichtlich überzeugt, er habe etwas Schreckliches getan. Ja, er würde sich ihre Waffen holen und fliehen. Vielleicht stand der Wagen der beiden irgendwo in der Nähe. Er würde ihnen die Schlüssel abnehmen.

Gab jemand ihnen Deckung, jemand, den er nicht sehen konnte? Womöglich ein Scharfschütze?

Tja, das Risiko würde er wohl eingehen müssen.

Er stellte leise die Tasche ab und wollte nach der Automatik greifen.

In diesem Moment wandte die Frau den Kopf. Williams hielt den Atem an. Ich bin tot, dachte er.

Janeece, ich liebe dich…

Aber die Polizistin schaute erst auf ein Stück Papier und nahm dann ihn genauer in Augenschein. »DeLeon Williams?«

»Ich…« Seine Stimme versagte ihm den Dienst. Er nickte, und seine Schultern sackten herab. Er sah bloß noch das hübsche Gesicht der Beamtin vor sich, ihren roten Pferdeschwanz, ihren kalten Blick.

Sie hob die Dienstmarke, die um ihren Hals hing. »Wir sind von der Polizei. Wie sind Sie aus dem Haus gekommen?« Dann bemerkte sie das Fenster und nickte. »Mr. Williams, wir stecken hier mitten in einem Zugriff. Könnten Sie wieder hineingehen? Dort ist es sicherer.«

»Ich …« Die Panik ließ seine Stimme zittern. »Ich …«

»Bitte«, drängte sie. »Wir kümmern uns um Sie, sobald die Lage sich geklärt hat. Bleiben Sie ruhig. Versuchen Sie nicht noch einmal, das Haus zu verlassen. Bitte.«

»Sicher. Ich … Natürlich.«

Er ließ die Tasche liegen und schob sich zurück durch das Fenster.

»Hier Sachs«, sagte die Frau in ihr Funkgerät. »Ich würde den Radius erweitern, Bo. Er wird sehr vorsichtig sein.«

Was, zum Teufel, ging hier vor? Williams hielt sich nicht lange mit Spekulationen auf. Er kletterte unbeholfen zurück in den Keller und ging nach oben. Dort steuerte er sofort das Badezimmer an, öffnete den Deckel des Spülkastens und ließ die Waffe hineinfallen. Dann wollte er einen Blick aus dem Fenster werfen, hielt jedoch inne und rannte zurück zur Toilette, gerade noch rechtzeitig, um sich heftig zu übergeben.

Es klingt merkwürdig, vor allem an diesem schönen Tag und nach meinem Erlebnis mit Myra 9834, aber ich vermisse das Büro.

Zunächst mal, ich gehe gern zur Arbeit, schon immer. Und mir gefällt die Atmosphäre, das kameradschaftliche Verhältnis zu den Sechzehnern um mich herum, fast wie in einer Familie.

Hinzu kommt das Gefühl, produktiv zu sein. Am hektischen New Yorker Geschäftsleben teilzuhaben. (»Ganz vorn dabei am Puls der Zeit«, so was in der Art hört man oft, und *das* hasse ich nun wirklich, diese affektierten Sprüche, einer hirnverbrannter als der andere. Nein, die großen Führer – Roosevelt, Truman, Cäsar, Hitler – hatten es nicht nötig, sich in einen Mantel aus hohlen Phrasen zu hüllen.)

Am wichtigsten ist sicherlich, wie sehr mir mein Job bei meinem Hobby hilft. Nein, es ist mehr als das. Mein Job ist dafür von entscheidender Bedeutung.

Ich arbeite unter ziemlich guten Bedingungen. Meistens kann ich kommen und gehen, wie es mir beliebt. Mit etwas Organisationstalent kann ich auch werktags gelegentlich Zeit freischaufeln, um meiner Leidenschaft zu frönen. Und in Anbetracht der Tatsache, wen ich in der Öffentlichkeit darstelle – meine professionelle Maske, könnte man sagen –, ist es höchst unwahrscheinlich, dass jemand den Verdacht hegen würde, ich sei insgeheim eine ganz andere Person. Gelinde ausgedrückt.

Oft arbeite ich auch am Wochenende, und das gehört zu meinen Lieblingszeiten – natürlich sofern ich nicht gerade damit beschäftigt bin, eine Transaktion mit einem hübschen Mädchen wie Myra 9834 zu vollziehen oder mir etwas Neues zu besorgen: ein Gemälde oder Comichefte oder Münzen oder ein seltenes Stück Porzellan. Auch wenn sich an einem Feiertag, Samstag oder Sonntag nur wenige andere Sechzehner im Büro aufhalten mögen, sind die Flure doch ständig vom weißen Rauschen jener Räder erfüllt, die unsere Gesellschaft langsam voranbringen – in eine prächtige neue Welt.

Ah, ein Andenkenladen. Ich bleibe stehen, um mir das Schaufenster anzusehen. Ein paar der Bilder, Souvenirteller, -tassen und -poster gefallen mir. Leider werde ich nicht hierher zurückkehren und etwas kaufen können, weil das Geschäft zu nahe am Haus von DeLeon 6832 liegt. Die Gefahr, dass jemand eine Verbindung zwischen mir und dem »Vergewaltiger« herstellen könnte, ist zwar äußerst gering, aber … weshalb es darauf ankommen lassen? (Ich kaufe nur in richtigen Läden ein oder lese etwas von der Straße auf. Ebay ist spaßig mit anzusehen, aber etwas online kaufen? Da müsste man ja verrückt sein.) Vorläufig stellt Bargeld noch ein probates Zahlungsmittel dar. Aber bald wird man es markieren, so wie alles andere. Banknoten werden mit einem winzigen Transponderchip versehen. In einigen Ländern ist das schon üblich. Die Bank wird wissen, welchen Zwanzigdollarschein man aus welchem Geldautomaten oder an welchem Schalter erhalten hat. Und sie wird erfahren, ob man damit Kokain gekauft hat, einen BH für die Geliebte oder die Dienste eines Auftragskillers. Manchmal denke ich, wir sollten zu Gold zurückkehren.

Anonym und nicht zurückverfolgbar.

Ach, der arme DeLeon 6832. Von seinem Führerscheinfoto, auf dem er gütig in die Behördenkamera schaut, weiß ich, wie er aussieht. Ich kann mir seine ungläubige Miene vorstellen, wenn die Polizei an die Tür klopft und ihm den Haftbefehl wegen Vergewaltigung und Mordes präsentiert. Und ich sehe den entsetzten Blick vor mir, den er seiner Freundin, Janeece 9810, und deren zehnjährigem Sohn zuwerfen wird, falls die beiden gerade zu Hause sind. Ich frage mich, ob er eine Heulsuse ist.

Noch drei Blocks. Und …

Ah, Moment … Hier stimmt was nicht.

Auf der von Bäumen gesäumten Nebenstraße parken zwei neue Ford Crown Victorias. Statistisch betrachtet ist es unwahrscheinlich, in einer solchen Gegend auf diese Art von Fahrzeug zu treffen, noch dazu in so tadellosem Zustand. Zwei identische Exemplare sind noch viel unwahrscheinlicher. Außerdem stehen sie unmittelbar hintereinander, ohne ein Blatt oder Blütenstaub darauf, wie bei all den anderen Autos. Folglich wurden sie erst vor Kurzem hier abgestellt.

Und ja, ein beiläufiger Blick ins Innere, wie von einem neugierigen Passanten, offenbart, dass es sich um Polizeiwagen handelt.

Das ist kein alltäglicher Einsatz wegen eines Ehekrachs oder Einbruchs. Ja, laut Statistik kommen derartige Vergehen in diesem Teil von Brooklyn ziemlich häufig vor, aber – wie die Daten zeigen – für gewöhnlich noch nicht zu dieser Tageszeit, bevor die ersten Biere geleert sind. Und dann würde man auf keinen Fall zivile Einsatzfahrzeuge schicken, sondern lediglich die weithin sichtbaren blau-weißen Streifenwagen. Mal nachdenken. Sie stehen drei Blocks von DeLeon 6832 entfernt … Das muss ich mir durch den Kopf gehen lassen. Es könnte durchaus sein, dass der Einsatzleiter zu seinen Beamten gesagt hat: »Er ist ein Vergewaltiger. Er ist gefährlich. In zehn Minuten gehen wir rein. Stellt die Wagen drei Blocks entfernt ab und kommt wieder her. Und zwar zackig.«

Ich schaue wie zufällig in die erstbeste Gasse. Okay, es wird noch schlimmer. Dort im Schatten steht ein Transporter des Sondereinsatzkommandos. Bei Verhaftungen von Leuten wie DeLeon

6832 wird oft auf die ESU zurückgegriffen. Aber wie konnten sie so schnell hier sein? Ich habe erst vor einer halben Stunde den Notruf gewählt. (Das stellt immer ein gewisses Risiko dar, aber falls man zu lange nach der Transaktion anruft, könnten die Cops sich fragen, wieso man erst jetzt meldet, dass man vorhin Schreie gehört oder einen verdächtigen Mann gesehen hat.)

Also, es gibt zwei Erklärungen für die Anwesenheit der Polizei. Am logischsten wäre, dass man im Anschluss an meinen anonymen Anruf eine Datenbankabfrage nach allen beigefarbenen und mindestens fünf Jahre alten Dodges im Stadtgebiet durchgeführt (gestriger Stand: 1357 Exemplare) und irgendwie einen Glückstreffer gelandet hat. Auch ohne die Spuren, die ich in seiner Garage legen wollte, ist man bereits davon überzeugt, dass DeLeon 6832 der Vergewaltiger und Mörder von Myra 9834 ist, und nimmt ihn gerade fest oder lauert ihm auf.

Die andere Erklärung ist wesentlich beunruhigender. Die Polizei ist zu dem Schluss gelangt, dass DeLeon 6832 als Sündenbock herhalten soll. Und lauert nun *mir* auf.

Ich schwitze. Das ist nicht gut, das ist nicht gut, nicht gut …

Aber keine Panik. Deine Schätze und dein Refugium sind sicher. Bleib locker.

Dennoch – was auch immer geschehen sein mag, ich *muss* es herausfinden. Falls die Polizeipräsenz hier bloß die Folge eines bizarren Zufalls ist und weder etwas mit DeLeon 6832 noch mit mir zu tun hat, lege ich die Spuren und kehre geradewegs zu meinem Refugium zurück.

Aber falls man von mir weiß, könnte man auch von den anderen erfahren. Randall 6794 und Rita 2907 und Arthur 3480 …

Ich ziehe mir die Mütze tiefer ins Gesicht, schiebe mir die Sonnenbrille höher die Nase hinauf und weiche von meiner ursprünglichen Route ab, um das Haus weiträumig durch Gassen, Gärten und Hinterhöfe zu umrunden. Dabei halte ich die drei Blocks Sicherheitsabstand ein, die man mir dankenswerterweise durch die geparkten Crown Victorias angezeigt hat.

Das führt mich in einem Halbkreis zu einer grasbewachsenen Böschung am Rand des Highways. Ich steige ein Stück hinauf und kann von hier aus die kleinen Gärten und Terrassen der Häuser in dem Block überblicken, in dem DeLeon 6832 wohnt. Ich will die Grundstücke abzählen, um seines zu finden.

Aber das ist gar nicht nötig. Auf dem Dach eines zweigeschossigen Hauses jenseits der Gasse hinter den fraglichen Gärten kann ich deutlich einen Polizisten erkennen. Er hat ein Gewehr. Ein Scharfschütze! Da ist noch einer, ebenfalls mit einem Fernglas. Und mehrere andere, teils mit Helmen und Schutzwesten, teils in Zivilkleidung, kauern hinter Sträuchern direkt neben dem Gebäude.

Dann zeigen zwei der Cops in meine Richtung. Auf einem Hausdach auf der anderen Straßenseite sehe ich *noch einen* Beamten. Auch er zeigt auf mich. Und da ich nicht einen Meter neunzig groß bin, keine hundertfünf Kilo wiege und meine Haut nicht dunkel wie Ebenholz ist, warten die *nicht* auf DeLeon 6832. Die warten auf *mich*.

Meine Hände fangen an zu zittern. Man muss sich nur vorstellen, ich wäre da mitten hineingestolpert, mit all den Beweisen in meinem Rucksack.

Ein Dutzend andere Polizisten laufen zu ihren Wagen oder rennen in meine Richtung. Wie hungrige Wölfe. Ich drehe mich um und klettere keuchend und panisch weiter die Böschung hinauf. Ich bin noch nicht mal oben, als ich schon die erste der Sirenen höre.

Nein, nein!

Meine Schätze, mein Refugium …

Auf den insgesamt vier Spuren des Highways herrscht dichter Verkehr, was gut ist, weil die Sechzehner langsam fahren müssen. Ich weiche den Wagen mühelos aus, sogar mit gesenktem Kopf; ich bin sicher, dass niemand einen längeren Blick auf mein Gesicht werfen kann. Dann steige ich über die Leitplanke und eile die andere Böschung hinunter. Meine Sammeltouren und anderen Aktivitäten halten mich in Form, und schon bald laufe ich schnell auf die nächstgelegene U-Bahn-Station zu. Ich halte nur einmal kurz inne, um mir Baumwollhandschuhe überzustreifen und die Plastiktüte mit dem Material für die falschen Spuren aus meinem Rucksack zu holen und in eine Mülltonne zu stopfen. Ich darf nicht damit erwischt werden. Ich *darf nicht*. Einen halben Block weiter husche ich in eine Gasse hinter einem Restaurant. Dort drehe ich meine Wendejacke um, setze eine andere Mütze auf und komme wieder zum Vorschein. Mein Rucksack steckt nun in einer großen Einkaufstüte.

Endlich erreiche ich die Station und – Gott sei Dank – spüre den modrigen Luftzug, der von der nahenden Bahn durch den Tunnel vorausgeschickt wird. Dann höre ich das Donnern der kantigen Wagen, das Kreischen von Metall auf Metall.

Doch noch bevor ich das Drehkreuz passiere, bleibe ich stehen. Der Schreck hat sich gelegt, aber dafür bin ich nun kribbelig. Mir wird klar, dass ich jetzt nicht einfach von hier verschwinden kann.

Schlagartig begreife ich das Ausmaß des Problems. Die Polizisten wissen vielleicht nicht, wer ich bin, aber sie haben herausbekommen, was ich getan habe.

Was bedeutet, dass sie mir etwas wegnehmen wollen. Meine Schätze, mein Refugium … alles.

Und das ist natürlich absolut inakzeptabel.

Ich achte darauf, nicht in den Erfassungsbereich der Überwachungskameras zu geraten, steige die Treppe beiläufig wieder nach oben und wühle in meiner Einkaufstüte herum, während ich die Station verlasse.

»Wo?«, dröhnte Rhymes Stimme in Amelia Sachs' Kopfhörer. »Wo, zum Teufel, steckt er?«

»Er hat uns bemerkt und ist geflohen.«

»Bist du sicher, dass es der Richtige war?«

»Ziemlich. Das Überwachungsteam hatte jemanden in mehreren Blocks Entfernung bemerkt. Anscheinend waren ihm einige der zivilen Dienstwagen aufgefallen, woraufhin er die Richtung geändert hat. Wir haben ihn dabei ertappt, wie er uns beobachten wollte, und er ist weggerannt. Unsere Leute sind hinter ihm her.«

Sie stand mit Pulaski, Bo Haumann und einem halben Dutzend anderer ESU-Beamter vor DeLeon Williams' Haus. Techniker der Spurensicherung und uniformierte Streifenpolizisten überprüften den Fluchtweg auf Spuren und suchten nach Augenzeugen.

»Wissen wir, ob er einen Wagen hat?«

»Nein. Als wir ihn gesehen haben, war er zu Fuß unterwegs.«

»Herrje. Gut, lass mich wissen, ob ihr etwas findet.«

»Ich …«

Klick.

Sie verzog das Gesicht und sah Pulaski an, der ein Walkie-Talkie am Ohr hielt und ebenso wie Haumann den Fortschritt der Fahndung verfolgte. Soweit Amelia hören konnte, sah es nicht allzu vielversprechend aus. Niemand auf dem Highway hatte den Mann gesehen oder war bereit, es zuzugeben. Sachs drehte sich zum Haus um und sah einen sehr besorgten und überaus verwirrten DeLeon Williams durch einen Gardinenspalt nach draußen blicken.

Dass sie den Mann davor bewahrt hatten, der nächste Sündenbock für Täter 522 zu werden, war sowohl einem Zufall als auch guter Polizeiarbeit zu verdanken. Und Ron Pulaski, der den Stein ins Rollen gebracht hatte.

Der junge Beamte mit dem grellen Hawaiihemd war Rhymes Aufforderung gefolgt und unverzüglich zur Police Plaza Nummer eins gefahren, um nach anderen Fällen zu suchen, die 522s Vorgehensweise entsprachen. Er konnte nichts finden, aber noch während er mit einem Detective der Mordkommission sprach, erhielt dieser aus der Zentrale eine Meldung: Ein anonymer Anrufer hatte behauptet, er habe aus einem Loft in der Nähe von SoHo Schreie gehört und dann beobachtet, dass ein Schwarzer zu einem alten beigefarbenen Dodge gelaufen und weggefahren sei. Ein Streifenbeamter war der Sache nachgegangen und hatte eine junge Frau namens Myra Weinburg gefunden, die offenbar vergewaltigt und ermordet worden war.

Pulaski erkannte sofort die Ähnlichkeit mit den früheren Fällen und benachrichtigte Rhyme. Der Kriminalist vermutete, dass 522, sofern er tatsächlich hinter dem Verbrechen steckte, sich wahrscheinlich an die bewährte Methode halten und einem Unschuldigen gefälschte Beweise unterschieben würde. Sie mussten herausfinden, welchen der mehr als eintausenddreihundert älteren beigefarbenen Dodges der Täter sich wohl ausgesucht hatte. Sicher, vielleicht war 522 gar nicht in diesen Fall verwickelt, aber dann hätten sie eben die Chance, einen anderen Vergewaltiger und Mörder aus dem Verkehr zu ziehen.

Auf Rhymes Anweisung hin glich Mel Cooper die Daten der Zulassungsstelle mit den Vorstrafenregistern der Dodge-Eigentümer ab und stieß so auf sieben Afroamerikaner, gegen die etwas Ernsteres als Verkehrsverstöße vorgelegen hatte. Einer von ihnen bot sich besonders an: Man hatte ihn wegen tätlicher Bedrohung einer Frau verurteilt. DeLeon Williams war der perfekte Sündenbock.

Zufall und Polizeiarbeit.

Um einen taktischen Zugriff anzuordnen, war mindestens der Rang eines Lieutenants erforderlich. Captain Joe Malloy hatte immer noch keine Ahnung von der geheimen 522-Ermittlung, daher setzte Rhyme sich mit Sellitto in Verbindung, der zwar murrte, aber letzten Endes einwilligte, Bo Haumann zu verständigen und einen ESU-Einsatz zu genehmigen.

Amelia Sachs gesellte sich zu Pulaski und dem Team bei Williams' Haus und erfuhr dort von den Überwachungsspezialisten, dass nur Williams sich im Innern aufhielt, nicht 522. Also legten sie sich auf die Lauer, um den Killer zu schnappen, sobald er die falschen Beweise deponieren wollte. Der Plan war heikel und hastig improvisiert – und schlug fehl. Wenigstens blieb es nun einem Unschuldigen erspart, wegen Vergewaltigung und Mordes verhaftet zu werden, und womöglich würden sie einige Spuren sichern können, die zu dem Täter führten.

»Gibt's was Neues?«, fragte sie Haumann, der mit einigen seiner Leute gesprochen hatte.

»Nein.« Dann erwachte sein Funkgerät zum Leben, und Sachs hörte die laute Meldung: »ESU eins, wir sind auf der anderen Seite des Highways. Wie es aussieht, ist er abgetaucht. Er muss es bis zur U-Bahn geschafft haben.«

»Scheiße«, flüsterte sie.

Haumann verzog das Gesicht, sagte jedoch nichts.

»Wir sind der Strecke gefolgt, die er vermutlich genommen hat«, fuhr die Stimme aus dem Funkgerät fort. »Es kann sein, dass er unterwegs etwas in einer Mülltonne entsorgt hat.«

»Na, das ist doch was«, sagte sie. »Wo?«

Sachs notierte sich die Adresse, die der Beamte ihr nannte. »Lassen Sie den Bereich absperren«, bat sie. »Ich bin in zehn Minuten da.« Dann stieg sie die Stufen hinauf und klopfte an die Tür. DeLeon Williams öffnete. »Verzeihen Sie, dass ich bis jetzt nicht dazu gekommen bin, Ihnen alles zu erklären«, sagte Amelia. »Ein Mann, hinter dem wir her sind, wollte zu Ihrem Haus.«

»Hierher?«

»Das vermuten wir. Aber er ist uns entwischt.« Sie erzählte ihm von Myra Weinburg.

»O nein – sie ist tot?«

»Leider ja.«

»Das tut mir wirklich leid.«

»Haben Sie die Frau gekannt?«

»Nein, ich hab noch nie von ihr gehört.«

»Wir glauben, dass der Täter versucht haben könnte, Ihnen die Tat anzuhängen.«

»Mir? Warum?«

»Das wissen wir nicht. Sobald wir weitere Ermittlungen angestellt haben, möchten wir vielleicht noch mal mit Ihnen reden.«

»Klar, gern.« Er nannte ihr die Nummern seines Mobiltelefons und des Festnetzanschlusses. Dann runzelte er die Stirn. »Darf ich Sie etwas fragen? Sie scheinen sich ziemlich sicher zu sein, dass ich es nicht gewesen bin. Woher haben Sie das gewusst?«

»Unsere Leute haben Ihren Wagen und Ihre Garage durchsucht und keinen Hinweis auf den Tatort gefunden. Wir nehmen an, dass der Killer entsprechende Spuren platzieren wollte, um Sie zu belasten. Falls wir *nach* ihm hier eingetroffen wären, hätten Sie allerdings ein Problem gehabt.«

Sie sah ihm in die Augen. »Eines noch, Mr. Williams.«

»Was denn, Detective?«

»Eine Kleinigkeit, die Sie interessieren könnte. Wissen Sie, dass der Besitz einer nicht registrierten Handfeuerwaffe in New York City als sehr ernste Straftat gilt?«

»Ich glaube, das hab ich schon irgendwo gehört.«

»Dann wird es Sie vielleicht freuen zu erfahren, dass es bei Ihrem zuständigen Polizeirevier ein Amnestieprogramm gibt. Falls Sie dort eine Waffe abgeben, wird man Ihnen keine weiteren Fragen stellen und Sie nicht dafür belangen… Also, passen Sie auf sich auf. Und genießen Sie den Rest Ihres Wochenendes.«

»Ich werd's versuchen.«

... Elf

Ich beobachte die Polizistin dabei, wie sie die Mülltonne durchsucht, in der ich die Beweise zurückgelassen habe. Im ersten Moment war ich bestürzt, aber dann wurde mir klar, dass dazu eigentlich kein Anlass bestand. Falls diese Leute schlau genug waren, mir auf die Schliche zu kommen, sind sie natürlich auch schlau genug, den Abfall zu finden.

Ich bezweifle, dass einer von denen mich deutlich genug gesehen hat, aber ich bleibe sehr vorsichtig. Selbstverständlich halte ich mich nicht direkt am Ort des Geschehens auf, sondern sitze in einem Restaurant auf der anderen Straßenseite, würge einen Hamburger hinunter und trinke dazu ein Glas Wasser. Bei der Polizei gibt es eine Abteilung, die sich »Verbrechensbekämpfung« nennt, was mir schon immer absurd vorgekommen ist. Als ob die anderen Abteilungen das Verbrechen begünstigen würden. Die Beamten der »Verbrechensbekämpfung« tragen Zivil und treiben sich in der Umgebung von Tatorten herum, um Zeugen ausfindig zu machen und gelegentlich sogar die Täter, die zurückgekehrt sind. Die meisten Kriminellen tun das, weil sie dumm sind oder irrational handeln. Ich hingegen bin aus zwei bestimmten Gründen hier: Erstens, weil mir bewusst geworden ist, dass ich ein Problem habe. Ich kann damit nicht leben, also brauche ich eine Lösung. Und man kann kein Problem lösen, ohne über Informationen zu verfügen. Ich habe bereits einige Dinge in Erfahrung gebracht.

Zum Beispiel kenne ich nun manche der Leute, die hinter mir her sind. Wie diese rothaarige Polizistin in dem weißen Kunststoffoverall, die sich so sehr auf ihre Arbeit konzentriert wie ich mich auf meine Daten.

Ich sehe, wie sie den mit gelbem Band abgesperrten Bereich verlässt und mehrere Tüten mitnimmt. Diese verstaut sie in grauen Plastikkisten und streift den weißen Anzug ab. Trotz des noch immer spürbaren Schrecks über den katastrophalen Fehlschlag des heutigen Nachmittags empfinde ich beim Anblick ihrer engen Jeans eine vertraute Regung. Die Befriedigung über meine zuvor erfolgte Transaktion mit Myra 9834 lässt allmählich nach.

Während die anderen Polizisten zurück zu ihren Fahrzeugen gehen, führt die Frau ein Telefonat.

Ich zahle die Rechnung und schlendere lässig zur Tür hinaus, als wäre ich genau wie all die anderen Gäste an diesem schönen Sonntagnachmittag.

Total unauffällig.

Ach, der zweite Grund, aus dem ich hier bin?

Ganz einfach. Um meine Schätze und mein Leben zu beschützen. Ich werde alles tun, was nötig ist, damit diese Leute mich wieder in Ruhe lassen.

»Was wollte Fünf Zweiundzwanzig in der Mülltonne loswerden?«, fragte Rhyme am anderen Ende der Leitung.

»Nicht viel. Immerhin sind wir sicher, dass es tatsächlich sein Zeug ist. Ein blutiges Papierhandtuch sowie etwas feuchtes Blut in Plastiktüten – um damit Spuren in Williams' Wagen oder Garage zu legen. Ich habe bereits eine Probe für einen vorläufigen DNS-Test ins Labor geschickt. Ein Computerausdruck mit dem Foto des Opfers. Eine Rolle Isolierband – die Hausmarke von Home Depot. Und ein Joggingschuh. Sieht neu aus.«

»Nur einer?«

»Ja. Der rechte.«

»Vielleicht hat er ihn von Williams gestohlen, um damit einen Abdruck am Tatort zu hinterlassen. Hat jemand den Kerl genauer gesehen?«

»Ein Scharfschütze und zwei Kollegen vom Überwachungsteam. Leider war er weit weg. Vermutlich ein Weißer, zumindest aber hellhäutig, von mittlerer Statur. Gelbbraune Baseballmütze, Sonnenbrille, Rucksack. Kein Alter, keine Haarfarbe.«

»Das ist alles?«

»Ja.«

»Gut, dann schick die Beweise gleich mal her. Danach möchte ich, dass du dir den Tatort Weinburg vornimmst. Man hat alles abgeriegelt und wartet auf dich.«

»Ich habe noch eine weitere Spur, Rhyme.«

»Wirklich? Welche denn?«

»Am Boden der Plastiktüte mit den Beweisen hat von außen ein Haftnotizzettel geklebt. Fünf Zweiundzwanzig wollte die Tüte wegwerfen; bei dem Zettel bin ich mir nicht so sicher.«

»Was steht drauf?«

»Der Name eines Hotels an der Upper East Side und eine Zimmernummer. Ich möchte das überprüfen.«

»Glaubst du, dass Fünf Zweiundzwanzig dort wohnt?«

»Nein, ich habe mit der Rezeption telefoniert. Der Gast hat das Zimmer den ganzen Tag nicht verlassen. Jemand namens Robert Jorgensen.«

»Tja, aber der Ort der Vergewaltigung muss untersucht werden, Sachs.«

»Schick Ron hin. Er kann das erledigen.«

»Mir wäre lieber, du würdest das übernehmen.«

»Ich glaube wirklich, wir sollten herausfinden, ob zwischen diesem Jorgensen und Fünf Zweiundzwanzig eine Verbindung besteht. Und zwar schnell.«

In diesem Punkt konnte er ihr nicht widersprechen. Außerdem hatten sie sich beide viel Mühe damit gegeben, Pulaski beizubringen, wie man das Gitternetz abschritt – womit Rhyme die Untersuchung eines Tatorts meinte. Indem man das betreffende Areal in senkrechten und waagerechten Bahnen durchmaß, maximierte man die Chance, Spuren zu entdecken.

Rhyme, der sich wie ein Vorgesetzter und Vater zugleich vorkam, wusste, dass der Junge früher oder später seinen ersten eigenen Mordschauplatz würde untersuchen müssen. »Also gut«, murrte er. »Hoffentlich zahlt diese Haftnotizspur sich aus.« Er konnte sich nicht verkneifen hinzuzufügen: »Und ist keine völlige Zeitverschwendung.«

Sie lachte. »Hoffen wir das nicht immer, Rhyme?«

»Und sag Pulaski, er soll es nicht vermasseln.«

Sie beendeten das Gespräch, und Rhyme teilte Cooper mit, die Beweismittel seien unterwegs.

Dann fiel sein Blick auf die Wandtafeln. »Der Kerl ist entwischt«, murmelte er.

Und er wies Thom an, die armselige Beschreibung von 522 in das Profil einzutragen.

Vermutlich ein Weißer, zumindest aber hellhäutig…

Wie unglaublich hilfreich.

Amelia Sachs saß bei offener Tür auf dem Fahrersitz ihres Camaro. Die nachmittägliche Frühlingsluft wehte herein und vermischte sich mit dem Geruch nach altem Leder und Öl. Sachs machte sich Notizen für ihren Tatortbericht. Das tat sie immer so bald wie möglich nach der Untersuchung des jeweiligen Schauplatzes. Es war erstaunlich, wie schnell dein Gedächtnis dir einen Streich spielen konnte. Farben änderten sich, aus links wurde rechts, Türen und Fenster wanderten von einer Wand zu einer anderen oder verschwanden sogar ganz.

Sie hielt inne und grübelte ein weiteres Mal über die merkwürdigen Einzelheiten des Falls nach. Wie war es dem Killer nur gelungen, die entsetzliche Vergewaltigung und den Mord beinahe einem Unschuldigen anzuhängen? Einen Täter wie diesen hatte sie noch nie erlebt. Dass jemand Spuren fälschte, um die Polizei in die Irre zu führen, kam des Öfteren vor, aber 522 war ein wahrer Meister auf diesem Gebiet.

Die Straße, in der Sachs parkte, lag zwei Blocks von der untersuchten Mülltonne entfernt, war schattig und menschenleer.

Sie registrierte irgendeine Bewegung. Der Gedanke an 522 ließ sie unbehaglich aufblicken. Im Rückspiegel sah sie jemanden auf sich zukommen. Sie kniff die Augen zusammen und schaute genauer hin, aber der Kerl schien harmlos zu sein. Er wirkte wie ein Geschäftsmann, trug in einer Hand die Tüte eines Imbisses und führte gerade lächelnd ein Telefonat. Ein typischer Anwohner dieser Gegend, der sich ein chinesisches oder mexikanisches Abendessen geholt hatte.

Sachs widmete sich wieder ihren Notizen.

Schließlich war sie fertig und verstaute die Unterlagen in ihrer Aktentasche. Doch dann kam ihr etwas seltsam vor. Der Mann auf dem Bürgersteig hätte längst an dem Camaro vorbeigegangen sein müssen. Aber das war er nicht. War er in eines der Häuser abgebogen? Sie sah über die Schulter.

Nein!

Dort links hinter dem Wagen stand die Imbisstüte auf dem Gehweg. Das war bloß ein Requisit!

Sie griff nach ihrer Glock. Aber noch bevor sie die Waffe ziehen konnte, wurde die Beifahrertür aufgerissen, und Sachs starrte in das Gesicht des Killers, der mit eisigem Blick eine Pistole auf ihren Kopf richtete.

Es klingelte an der Tür, und gleich darauf hörte Rhyme schwere Schritte, die ihm ebenfalls sehr vertraut waren.

»Komm rein, Lon.«

Detective Lon Sellitto nickte ihm grüßend zu. Sein stämmiger Leib steckte in Jeans, einem dunklen, lilafarbenen Hemd Marke Izod und Joggingschuhen, was Rhyme überraschte. Der Kriminalist sah ihn fast nie in legerer Kleidung. Und noch etwas anderes gab ihm zu denken: Sellitto schien keinen einzigen Anzug zu besitzen, der nicht heftig zerknittert war, aber die Sachen, die er jetzt trug, wirkten wie frisch gebügelt. Nur an zwei Stellen war der Stoff ausgebeult: über dem stattlichen Bauch und am Rücken, wo Sellittos Privatwaffe nicht sonderlich gut versteckt war.

»Er ist abgehauen, hab ich gehört.«

»Er hat sich in Luft aufgelöst«, bestätigte Rhyme verärgert.

Der massige Detective ging zu den Tafeln und überflog die Tabellen. Unter seinem Gewicht ächzten die Bodendielen. »So nennt ihr ihn? Fünf Zweiundzwanzig?«

»Nach dem heutigen Datum. Was ist aus dem Russenfall geworden?«

Sellitto antwortete nicht. »Hat Mr. Fünf Zweiundzwanzig etwas zurückgelassen?«

»Das werden wir bald herausfinden. Er hat eine Tüte mit Beweisen weggeworfen, die er ursprünglich jemandem unterschieben wollte. Das Material ist hierher unterwegs.«

»Das war aber nett von ihm.«

»Einen Eistee oder Kaffee?«

»Ja.« Der Detective sah Thom an. »Einen Kaffee, vielen Dank. Habt ihr entrahmte Milch?«

»Zwei Prozent.«

»Gut. Und sind noch welche von den Keksen übrig? Den mit den Schokoladenstückchen?«

»Nur noch Haferkekse.«

»Die gehen auch.«

»Mel?«, fragte Thom. »Möchten Sie etwas?«

»Falls ich in der Nähe eines Untersuchungstisches etwas esse oder trinke, werde ich angebrüllt.«

»Es ist doch wohl nicht meine Schuld, dass Verteidiger diese *Marotte* haben, verunreinigtes Beweismaterial aus der Verhandlung ausschließen zu lassen«, fuhr Rhyme ihn an. »Ich habe die Regeln nicht gemacht.«

»Wie ich sehe, hat deine Laune sich nicht gebessert«, stellte Sellitto fest. »Was gibt's Neues aus London?«

»Zu *diesem* Thema möchte ich mich ganz sicher nicht äußern.«

»Dann lass mich dich ein wenig aufheitern: Wir haben noch ein Problem.«

»Malloy?«

»Ja. Ihm ist zu Ohren gekommen, Amelia würde einen Tatort untersuchen und ich einen ESU-Einsatz genehmigen. Erst war er ganz glücklich, denn er dachte, es habe mit dem Fall Dienko zu tun, und dann wurde er sehr traurig, als er das Gegenteil herausfand. Er hat gefragt, ob du dahintersteckst. Ich lege jederzeit meine Hand für dich ins Feuer, Linc, aber nicht meinen Hals in die Schlinge. Also habe ich dich verpetzt… Oh, danke.« Er nickte Thom zu, der ihm Kaffee und Kekse brachte. Dann stellte der Betreuer ein zweites Gedeck unweit von Cooper auf einen Tisch. Der Techniker zog sich Latexhandschuhe über und nahm einen Keks.

»Für mich bitte einen Scotch«, versuchte Rhyme sein Glück.

»Nein.« Thom ging hinaus.

Der Kriminalist sah ihm finster hinterher. »Nachdem wir die ESU angefordert hatten, war es nur noch eine Frage der Zeit, bis Malloy uns auffliegen lassen würde. Aber da der Fall inzwischen akut geworden ist, brauchen wir die hohen Tiere auf unserer Seite. Was machen wir nun?«

»Lass dir lieber schnell etwas einfallen, denn wir sollen uns bei ihm melden. Und zwar schon vor ungefähr einer halben Stunde.«

Er trank noch einen Schluck Kaffee und legte mit einigem Widerstreben das letzte Viertel seines Kekses hin, anscheinend mit dem Vorsatz, es nicht aufzuessen.

»Tja, ich bin auf die Unterstützung der Chefetage angewiesen. Nach diesem Kerl muss gefahndet werden.«

»Dann lass uns anrufen. Fertig?«

»Ja, ja.«

Sellitto wählte eine Nummer und schaltete den Lautsprecher ein.

»Dreh das Ding lieber etwas leiser«, sagte Rhyme. »Das hier könnte heftig werden.«

»Malloy.« Im Hintergrund hörte Rhyme Windgeräusche, Stimmen und das Klirren von Geschirr oder Gläsern. Vielleicht war der Mann in einem Straßencafé.

»Captain, hier neben mir sitzt Lincoln Rhyme und hört mit.«

»Okay, was zum Teufel geht hier vor sich? Sie hätten mich darüber in Kenntnis setzen müssen, dass der ESU-Einsatz mit der Sache in Zusammenhang stand, wegen der Lincoln mich vorhin angerufen hat. Haben Sie gewusst, dass ich die Entscheidung über jedwedes weitere Vorgehen auf morgen verschoben hatte?«

»Nein, hat er nicht«, sagte Rhyme.

»Aber ich wusste genug, um es mir selbst auszurechnen«, warf der Detective ein.

»Ich bin gerührt, dass Sie sich gegenseitig in Schutz nehmen wollen, aber ich möchte dennoch wissen, warum Sie mich nicht benachrichtigt haben.«

»Weil die realistische Aussicht bestand, einen Vergewaltiger und Mörder zu erwischen«, sagte Sellitto. »Ich war überzeugt, dass wir uns keine Verzögerung leisten durften.«

»Seien Sie nicht kindisch, Lieutenant. *Sie* tragen mir Ihre Argumente vor, und *ich* treffe die Entscheidung. So funktioniert das.«

»Tut mir leid, Captain. Es schien mir unter den gegebenen Umständen die richtige Vorgehensweise zu sein.«

Schweigen. Dann: »Aber er ist entkommen.«

»Ja, leider«, sagte Rhyme.

»Wie konnte das passieren?«

»Wir haben so schnell wie möglich ein Team zusammengestellt, aber unsere Tarnung war nicht die Beste. Der Verdächtige war uns näher als gedacht. Ich vermute, er hat entweder eines der Fahrzeuge oder einige von unseren Leuten gesehen und ist geflohen. Aber er hat ein paar Gegenstände weggeworfen, die sich als hilfreich erweisen könnten.«

»Sind die Sachen zum Labor in Queens unterwegs? Oder zu Ihnen?«

Rhyme sah Sellitto an. Um in Institutionen wie dem NYPD im Rang befördert zu werden, muss man Erfahrung, Ehrgeiz und einen schnellen Verstand besitzen. Malloy war ihnen einen guten halben Schritt voraus.

»Ich habe darum gebeten, es herzuschicken, Joe«, sagte Rhyme.

Diesmal wurde es am anderen Ende nicht still. Aus dem Lautsprecher ertönte ein resigniertes Seufzen. »Lincoln, das Problem ist Ihnen bewusst, nicht wahr?«

Ein Interessenkonflikt, dachte Rhyme.

»Es besteht ein klarer Interessenkonflikt, wenn Sie als unser Berater tätig sind und gleichzeitig versuchen, Ihren Cousin zu entlasten. Sie implizieren damit außerdem, es habe eine unrechtmäßige Verhaftung stattgefunden.«

»Aber genau das ist geschehen. Plus zwei unrechtmäßige *Verurteilungen*.« Rhyme erinnerte Malloy an die Vergewaltigung und den Münzdiebstahl, auf die Flintlock sie gebracht hatte. »Und es würde mich nicht überraschen, wenn das nicht die einzigen Fälle wären … Haben Sie schon mal von Locards Prinzip gehört, Joe?«

»Darüber stand etwas in Ihrem Lehrbuch, nicht wahr?«

Der französische Kriminalist Edmond Locard hatte den Grundsatz formuliert, dass es bei einem Verbrechen stets zu einem Spurenaustausch zwischen dem Täter und dem Schauplatz oder dem Opfer kommt. Er dachte dabei vor allem an Staub, aber die Regel gilt für zahlreiche Substanzen. Ein derartiges Bindeglied mag schwierig zu finden sein, aber es existiert.

»Locards Prinzip ist die Richtschnur für unsere Arbeit, Joe. Aber hier haben wir einen Täter, der das als *Waffe* benutzt. Es ist der zentrale Bestandteil seiner Vorgehensweise. Er mordet und kommt ungeschoren davon, weil jemand anders für das Verbrechen zur Rechenschaft gezogen wird. Er weiß genau, wann er zuschlagen muss und welche Art von Spuren er zu welchem Zeitpunkt zu legen hat. Die Teams der Spurensicherung, die Detectives, die Laborleute, die Staatsanwälte und Richter – er hat sie *alle* benutzt und zu Komplizen gemacht. Es geht hier nicht um meinen Cousin, Joe, sondern darum, einem überaus gefährlichen Täter Einhalt zu gebieten.«

Nun wieder Schweigen ohne Seufzer.

»Okay, ich gebe grünes Licht.«

Sellitto zog eine Augenbraue hoch.

»Unter gewissen Bedingungen. Sie halten mich über jede Entwicklung des Falls auf dem Laufenden. Auch über Kleinigkeiten.«

»Natürlich.«

»Und Lon, falls Sie noch einmal versuchen, etwas vor mir zu verheimlichen, versetze ich Sie in die Buchhaltung. Verstanden?«

»Ja, Captain. Voll und ganz.«

»Da Sie bei Lincoln sind, Lon, nehme ich an, dass Sie vom Fall Wladimir Dienko abgezogen werden möchten.«

»Petey Jimenez weiß über alles Bescheid. Er ist noch tiefer in die Sache eingestiegen als ich und hat persönlich unseren Plan entworfen.«

»Dellray kümmert sich um die Spitzel, richtig? Und um den Zuständigkeitsbereich der Bundesbehörden?«

»Genau.«

»Gut, ich ziehe Sie ab. *Vorübergehend.* Legen Sie eine Akte über diesen Täter an – oder vielmehr, schicken Sie ein Memo über die Ermittlungen raus, die Sie bereits über den Kerl angestellt haben. Und hören Sie mir gut zu: Ich lasse mit keiner Silbe verlauten, hier könnte jemand unschuldig verurteilt worden sein. Niemandem gegenüber. Und das sollten Sie ebenfalls nicht. Dieses Thema steht nicht zur Debatte. Das einzige Verbrechen, das Sie untersuchen, ist die Vergewaltigung mit anschließendem Mord, die sich heute Nachmittag zugetragen hat. Punkt. Als Teil seines Modus Operandi könnte dieser Täter versucht haben, einer anderen Person belastende Beweise unterzuschieben, aber mehr können Sie nicht dazu sagen, und das auch *nur*, falls jemand Sie gezielt darauf anspricht. Erwähnen Sie diesen Punkt nicht von sich aus, und reden Sie um Gottes willen nicht mit der Presse.«

»Das tue ich nie«, sagte Rhyme. Niemand tat das, sofern es sich vermeiden ließ. »Aber wir müssen uns die anderen Fälle vornehmen, um uns einen besseren Eindruck von seiner Methode zu verschaffen.«

»Dagegen ist nichts einzuwenden«, sagte der Captain ernst, aber nicht verärgert. »Melden Sie sich bald wieder.« Er unterbrach die Verbindung.

»So, da haben wir unseren Fall«, sagte Sellitto, kapitulierte vor dem herrenlosen Keksviertel und spülte es mit einem Schluck Kaffee hinunter.

Amelia Sachs stand mit drei unauffällig gekleideten Männern auf dem Bürgersteig und sprach mit dem gedrungenen Fremden, der die Tür ihres Camaro aufgerissen und eine Waffe auf sie gerichtet hatte. Wie sich herausgestellt hatte, handelte es sich bei ihm nicht um Täter 522, sondern um einen Bundesbeamten im Dienst der Drug Enforcement Administration, der nationalen Drogenfahndungsbehörde.

»Wir versuchen immer noch, eine Erklärung zu finden«, sagte er und schaute zu seinem Vorgesetzten, einem Assistant Agent in Charge der DEA-Zweigstelle in Brooklyn.

»Bald wissen wir mehr«, sagte der ASAC.

Einige Minuten zuvor im Wagen hatte Sachs langsam die Hände gehoben und sich als Polizeibeamtin zu erkennen gegeben. Der Agent entwaffnete sie und überprüfte peinlich genau ihren Dienstausweis. Dann gab er ihr kopfschüttelnd die Pistole zurück. »Das kapiere ich nicht«, sagte er. Er entschuldigte sich, wirkte aber nicht sonderlich reumütig. Seine Miene verriet in erster Linie, dass er es tatsächlich nicht kapierte.

Kurz darauf trafen sein Chef und die anderen beiden Beamten ein.

Nun erhielt der ASAC einen Anruf und hörte eine Weile zu. Dann beendete er das Gespräch und erklärte, was geschehen zu sein schien. Von einem Münzfernsprecher hatte sich ein anonymer Anrufer gemeldet und behauptet, eine bewaffnete Frau, deren

Beschreibung auf Sachs passte, habe soeben jemanden niedergeschossen, offenbar bei einem Streit über Drogen.

»Wir führen hier in der Gegend gerade Ermittlungen durch«, sagte er. »Es geht um mehrere Morde an Dealern und Lieferanten.« Er wies auf den Agenten, der versucht hatte, Sachs zu verhaften. »Anthony wohnt einen Block entfernt. Der Einsatzleiter hat ihn zur Beurteilung der Lage hergeschickt und unterdessen uns andere verständigt.«

Anthony nickte. »Ich dachte, Sie wollten wegfahren, also habe ich mir diese alte Tüte geschnappt und bin losgestürmt. O Mann…« Ihm wurde bewusst, was er beinahe getan hätte. Er war aschfahl, und Sachs musste daran denken, dass Glocks einen geringen Abzugswiderstand haben. Sie fragte sich, wie knapp sie dem Tod wohl entronnen sein mochte.

»Was haben Sie hier gemacht?«, fragte der ASAC.

»Wir bearbeiten einen Vergewaltigungs- und Mordfall.« Sie verschwieg den Umstand, dass der Täter gern Unschuldige ins Verderben riss. »Ich schätze, unser Verdächtiger hat mich gesehen und diesen Anruf getätigt, um die Verfolgung zu behindern.«

Oder damit ich bei einem bedauerlichen Missgeschick erschossen werde.

Der Bundesagent schüttelte stirnrunzelnd den Kopf.

»Was ist denn?«, fragte Sachs.

»Ich denke nur gerade, dieser Kerl ist ziemlich gerissen. Falls er – wie die meisten Leute an seiner Stelle – die Polizei angerufen hätte, wäre man dort über Sie und Ihren Einsatz informiert gewesen. Stattdessen hat er uns verständigt. Wir würden Sie für eine Mordverdächtige halten, entsprechend vorsichtig handeln und notfalls das Feuer eröffnen, sollten Sie eine Waffe ziehen.« Er verzog das Gesicht. »Ganz schön clever.«

»Und verflucht beängstigend«, sagte Anthony, der immer noch leichenblass war.

Die Beamten verabschiedeten sich, und Sachs drückte eine Kurzwahltaste ihres Telefons.

Als Rhyme sich meldete, erzählte sie ihm von dem Zwischenfall.

Der Kriminalist dachte kurz nach. »Er hat die DEA angerufen?«, fragte er dann.

»Ja.«

»Fast als hätte er gewusst, dass man dort gerade in deiner Gegend ermittelt. Und dass der Agent, der dich festnehmen wollte, in der Nähe wohnt.«

»Das konnte er unmöglich wissen«, wandte sie ein.

»Vielleicht nicht. Aber eines hat er auf jeden Fall gewusst.«

»Was denn?«

»Er hat genau gewusst, wo du warst. Was bedeutet, dass er dich beobachtet hat. Sei vorsichtig, Sachs.«

Rhyme schilderte Sellitto, was Sachs in Brooklyn soeben zugestoßen war.

»Und unser Täter hat ihr diese Falle gestellt?«

»Es sieht ganz danach aus.«

Die beiden Männer erörterten, wie der Unbekannte wohl an die notwendigen Informationen gelangt sein mochte, fanden aber keine Erklärung. Da klingelte das Telefon. Rhyme warf einen Blick auf die Kennung des Anrufers und ließ den Computer sogleich die Verbindung herstellen. »Inspector.«

Aus dem Lautsprecher erklang Longhursts Stimme. »Detective Rhyme, wie geht es Ihnen?«

»Gut.«

»Hervorragend. Ich wollte Ihnen bloß mitteilen: Wir haben sein Versteck gefunden. Es liegt doch nicht in Manchester, sondern ein Stück weiter östlich in Oldham.« Sie erklärte, Danny Krueger habe von seinen Informanten erfahren, dass jemand – vermutlich Richard Logan – sich nach Ersatzteilen für Waffen erkundigt hatte. »Wohlgemerkt, nur nach Teilen. Aber falls man genügend Teile für eine Reparatur hat, kann man sie wahrscheinlich auch zu einem vollständigen Exemplar zusammensetzen.«

»Geht es um Gewehre?«

»Ja, großkalibrige.«

»Gibt es Näheres über seine Identität?«

»Nein, aber die Kontaktmänner glauben, dass Logan dem amerikanischen Militär angehören könnte. Wie es scheint, hat er versprochen, er könne in Kürze große Mengen preisgünstiger Munition liefern. Er hatte angeblich offizielle Armeedokumente dabei, aus denen Lagerbestände und genauere Spezifikationen hervorgegangen sind.«

»Unsere Londoner Falle ist demnach weiterhin im Spiel.«

»Würde ich sagen. Jetzt aber zu dem Versteck: Wir verfügen über vertrauenswürdige Gewährsleute in der Hindu-Gemeinde von Oldham. Sie haben von einem Amerikaner gehört, der ein altes Haus am Stadtrand gemietet haben soll. Es ist uns gelungen, das Gebäude ausfindig zu machen, aber wir haben es noch nicht durchsucht. Unser Team hätte vorrücken können, doch wir wollten zuerst mit Ihnen reden. Wissen Sie, Detective, ich glaube, er ahnt noch nicht, dass wir seinen Unterschlupf kennen. Und ich gehe davon aus, dass wir darin auf ziemlich hilfreiche Informationen stoßen werden. Ich habe mit ein paar Freunden vom MI5 telefoniert und mir ein teures Spielzeug ausgeliehen, eine hochauflösende Videokamera. Wir möchten einen unserer Beamten damit ausstatten und Sie bitten, ihn per Direktschaltung bei der Untersuchung des Schauplatzes anzuleiten und uns Ihre Meinung mitzuteilen. In etwa vierzig Minuten dürfte alles bereit sein.«

Um das Haus gründlich zu durchsuchen, einschließlich sämtlicher Zugänge, der Schubladen, Toiletten, Schränke, Matratzen … würden sie die halbe Nacht benötigen.

Warum passierte das ausgerechnet jetzt? Rhyme war überzeugt, dass Täter 522 eine echte Bedrohung darstellte. Wenn man den Zeitablauf berücksichtigte – die früheren Fälle, den Fall seines Cousins und den heutigen Mord –, schienen die Verbrechen sogar in immer kürzeren Abständen zu erfolgen. Und am meisten beunruhigte ihn der jüngste Vorfall: 522s direkter Angriff auf die Ermittler, der beinahe zu Sachs' Tod geführt hatte.

Ja? Nein?

Rhyme musste sehr mit sich ringen, doch schließlich sagte er: »Inspector, es tut mir leid, aber mir ist etwas dazwischengekommen. Es hat hier eine Reihe von Morden gegeben, und die erfordern meine volle Aufmerksamkeit.«

»Ich verstehe.« Briten ließen sich wirklich durch nichts erschüttern.

»Daher lege ich den Fall ganz in Ihre Hände.«

»Natürlich, Detective. Kein Problem.«

»Sie haben volle Entscheidungsgewalt.«

»Ich weiß Ihr Vertrauen zu schätzen. Wir bekommen das schon hin, und ich halte Sie auf dem Laufenden. Nun sollte ich mich aber auf den Weg machen.«

»Viel Glück.«

»Ihnen auch.«

Es fiel Lincoln Rhyme schwer, sich von einer Jagd zurückzuziehen, vor allem wenn die Beute dieser spezielle Täter war.

Aber die Entscheidung stand fest. Er würde sich nun einzig und allein 522 widmen.

»Mel, häng dich ans Telefon und finde heraus, wo zum Teufel das Beweismaterial aus Brooklyn bleibt.«

… Zwölf

Okay, das ist eine Überraschung.

Der Adresse an der Upper East Side und die Tatsache, dass Robert Jorgensen orthopädischer Chirurg war, hatten Amelia Sachs zu der Annahme verleitet, die Henderson House Residence – das Hotel auf dem Haftnotizzettel – sei eine eher vornehme Unterkunft.

Stattdessen fand sie hier eine widerliche Absteige vor, einen billigen Schuppen, wie er von Drogensüchtigen und Säufern bevorzugt wurde. Die schmierige Lobby, deren muffiges Mobiliar nicht mal zusammenpasste, stank nach Knoblauch, billigem Desinfektionsmittel, zwecklosem Lufterfrischer und säuerlichen menschlichen Ausdünstungen. Die meisten Obdachlosenheime wirkten behaglicher.

Sachs blieb in dem schmutzigen Eingang stehen und drehte sich um. Die Tatsache, dass 522 sie in Brooklyn beobachtet und ihr mit Leichtigkeit eine Falle gestellt hatte, machte ihr immer noch zu schaffen. Sorgfältig nahm sie die ganze Straße in Augenschein. Keiner der Passanten schien ihr viel Beachtung zu schenken, aber bei DeLeon Williams' Haus war der Killer auch ganz in der Nähe gewesen, und sie hatte ihn nicht bemerkt. Sie musterte ein verlassenes Gebäude auf der anderen Straßenseite. Stand hinter einem der völlig verdreckten Fenster jemand und starrte sie an?

Oder da! Im ersten Stock war eine große Scheibe zerbrochen, und Sachs war sich sicher, dort im Dunkeln eine Bewegung erkannt zu haben. War das ein Gesicht? Oder fiel von oben bloß Licht durch ein Loch im Dach?

Sachs ging näher heran und sah genauer hin. Aber da war niemand. Ihre Augen mussten ihr einen Streich gespielt haben. Sie wandte sich wieder dem Hotel zu und ging hinein, wobei sie möglichst flach atmete. An der Rezeption zeigte sie dem hoffnungslos übergewichtigen Portier ihre Dienstmarke vor. Er schien nicht im Mindesten überrascht oder beunruhigt zu sein, die Polizei im

Haus zu haben, und beschrieb Sachs bereitwillig die Lage des gesuchten Zimmers. Dann deutete er auf die Tür des Aufzugs. Als Sachs sie öffnete, wehte ihr aus der Kabine ein fauliger Gestank entgegen. Also gut, die Treppe.

Die Anstrengung ließ den Schmerz in ihren arthritischen Gelenken auflodern. Schließlich erreichte Amelia den fünften Stock und fand Zimmer 672. Sie klopfte an die Tür und wich zur Seite. »Polizei. Mr. Jorgensen? Bitte machen Sie auf.« Sie wusste nicht, welche Verbindung zwischen diesem Mann und dem Täter bestand, und daher behielt sie die Hand in der Nähe ihrer Glock, einer erstklassigen und überaus verlässlichen Waffe.

Niemand sagte etwas, aber Sachs glaubte zu hören, dass der Metalldeckel des Gucklochs sich bewegte.

»Polizei«, wiederholte sie.

»Schieben Sie Ihren Dienstausweis unter der Tür durch.«

Sie folgte der Aufforderung.

Es dauerte einen Moment, dann wurden mehrere Ketten zurückgeschoben. Und ein Riegel. Die Tür öffnete sich einen Spalt, wurde aber immer noch durch einen Sperrriegel gesichert. Die Lücke war größer als bei einer Kette, aber nicht groß genug, dass jemand hindurchgepasst hätte.

Der Kopf eines Mannes mittleren Alters wurde sichtbar. Er hatte langes, ungewaschenes Haar und einen struppigen Bart. Seine Augen zuckten beständig.

»Sie sind Robert Jorgensen?«

Er sah ihr forschend ins Gesicht, dann wieder auf ihren Ausweis, drehte ihn um und hielt ihn gegen das Licht, obwohl das in Plastik eingeschweißte Rechteck undurchsichtig war. Endlich gab er ihr die Kennkarte zurück und öffnete den Sperrriegel. Die Tür schwang auf. Er warf einen Blick auf den Korridor hinter Sachs und winkte sie hinein. Amelia trat zögernd vor, mit der Hand weiterhin am Griff der Pistole, und überprüfte das Zimmer und die Schränke. Es hielt sich niemand sonst hier auf, und der Mann war unbewaffnet. »Sie sind Robert Jorgensen?«, wiederholte sie.

Er nickte.

Dann sah sie sich die traurige Behausung etwas genauer an. Das Zimmer enthielt ein Bett, einen Schreibtisch mit Stuhl, einen Sessel und eine verschlissene Couch. Der dunkelgraue Teppich wies zahllose Flecke auf. Eine einzelne Stehlampe verbreitete trübes gelbes Licht, und die Rouleaus waren heruntergezogen. Wie es aussah, lebte Jorgensen aus vier großen Koffern und einer Sporttasche. Es gab hier zwar keine Kochnische, aber einen winzigen Kühlschrank und zwei Mikrowellengeräte. Und eine Kaffeekanne. Die Nahrung des Mannes bestand vorwiegend aus Suppen und Instantnudeln. Vor der Wand waren ungefähr hundert Schnellhefter aufgereiht.

Jorgensens Kleidung stammte aus einem anderen, besseren Abschnitt seines Lebens. Sie wirkte teuer, war aber abgenutzt und befleckt. Die Absätze der einst eleganten Schuhe waren schief. Sachs vermutete, dass der Mann infolge eines Drogen- oder Alkoholproblems seine Approbation verloren hatte.

Im Augenblick widmete er sich einer seltsamen Tätigkeit: Er sezierte ein großes gebundenes Lehrbuch. An der Schreibtischplatte war mit einem Klemmfuß der Schwanenhals einer beschädigten Lupe befestigt, und Jorgensen hatte Seiten aus dem Buch getrennt, um sie in Streifen zu schneiden.

Womöglich hatte ja eine Geisteskrankheit seinen Niedergang bewirkt.

»Sie sind wegen der Briefe hier? Das wird auch Zeit.«

»Briefe?«

Er beäugte sie argwöhnisch. »Etwa nicht?«

»Ich weiß nichts von irgendwelchen Briefen.«

»Ich habe sie nach Washington geschickt. Aber ihr *redet* doch, oder? All ihr Gesetzeshüter. Ihr Leute von der *öffentlichen Sicherheit*. Natürlich tut ihr das. Ihr müsst, jeder redet. Die Verbrecherdatenbanken und all das Zeug…«

»Ich weiß wirklich nicht, was Sie meinen.«

Er schien ihr zu glauben. »Nun, dann…« Seine Augen wurden groß. Sie starrten Amelias Hüfte an. »Warten Sie, ist Ihr Mobiltelefon etwa eingeschaltet?«

»Äh, ja.«

»Herr im Himmel! Sind Sie bescheuert?«

»Ich…«

»Wieso rennen Sie nicht gleich nackt die Straße entlang und

verraten jedem Fremden, der Ihnen begegnet, Ihre Adresse? Nehmen Sie den Akku raus. Nicht bloß ausschalten. Die Batterie!«

»Das werde ich nicht.«

»Nehmen Sie ihn raus. Oder Sie können sofort von hier verschwinden. Für Ihren PDA gilt das Gleiche. Und für Ihren Pager.«

Das schien eine verfahrene Situation zu sein. »Meinen Organizer werde ich nicht löschen«, verkündete Sachs mit fester Stimme. »Bei Telefon und Pager bin ich einverstanden.«

»Okay«, murrte er und beugte sich vor, während sie die Akkus der beiden Geräte herausnahm und den PDA ausschaltete.

Dann bat sie ihn, sich auszuweisen. Er überlegte kurz und kramte einen Führerschein hervor. Die Adresse darauf lag in Greenwich, Connecticut, einer der vornehmsten Städte im New Yorker Einzugsgebiet. »Ich bin nicht wegen irgendwelcher Briefe hier, Mr. Jorgensen. Ich habe lediglich einige Fragen. Es wird nicht viel von Ihrer Zeit in Anspruch nehmen.«

Er deutete auf die streng riechende Couch und setzte sich auf den wackligen Stuhl am Schreibtisch. Als könne er nicht anders, wandte er sich wieder seiner Beschäftigung zu und schnitt mit einer scharfen Klinge ein Stück des Buchrückens ab. Er führte das Messer mit geübter Hand, schnell und sicher. Sachs war froh, dass der Schreibtisch zwischen ihnen stand und sie bei Bedarf ungehindert an ihre Waffe herankommen würde.

»Mr. Jorgensen, ich bin wegen eines Verbrechens hier, das heute begangen wurde.«

»Ach so, na klar.« Er schürzte die Lippen und sah Sachs an. Seine Miene zeugte eindeutig von Resignation und Abscheu. »Und was soll ich *diesmal* gemacht haben?«

Diesmal?

»Es geht um Vergewaltigung und Mord. Aber wir wissen, dass Sie nicht daran beteiligt gewesen sind. Sie waren hier.«

Ein kaltes Grinsen. »Ah, Sie überwachen mich. Natürlich.« Dann verzog er das Gesicht. »Gottverdammt.« Das bezog sich auf etwas, das er in dem abgetrennten Stück des Buchrückens gefunden oder nicht gefunden hatte. Er warf es in den Abfalleimer. Sachs bemerkte halb offene Mülltüten mit den Überresten von Kleidungsstücken, Büchern, Zeitungen und kleinen Schachteln, die ebenfalls zerschnitten worden waren. Dann warf sie einen Blick auf die größere Mikrowelle und sah ein Buch darin liegen.

Eine Bazillenphobie, vermutete sie.

Er registrierte ihren Blick. »Mit Mikrowellen kriegt man sie am besten kaputt.«

»Bakterien? Viren?«

Er lachte, als habe sie einen Witz gemacht. Dann wies er auf das Buch, das vor ihm lag. »Manchmal sind sie wirklich schwierig zu finden. Aber was bleibt einem übrig? Man muss wissen, wie der Feind aussieht.« Nun ein Nicken in Richtung der Mikrowelle. »Und bald werden die welche herstellen, die man nicht mehr grillen kann, das dürfen Sie mir glauben.«

Die… sie… Sachs hatte einige Jahre als Streifenbeamtin gearbeitet – als »Plattfuß«, wie es im Polizeijargon hieß. Zu ihrem Bezirk hatte der Times Square gehört, als er, nun ja, der Times Square war und sich noch nicht in eine Filiale von Disneyland verwandelt hatte. Auf ihren Runden hatte Officer Sachs zahlreiche Erfahrungen mit Obdachlosen und Geistesgestörten sammeln können. Jorgensen kam ihr paranoid vor, vielleicht sogar schizophren.

»Kennen Sie einen gewissen DeLeon Williams?«

»Nein.«

Sie nannte ihm die Namen der anderen Opfer und Sündenböcke, einschließlich Rhymes Cousin.

»Nein, von denen sagt mir keiner was.« Er schien wahrheitsgemäß zu antworten. Das Buch nahm für lange dreißig Sekunden all seine Aufmerksamkeit in Anspruch. Er trennte eine Seite heraus, hielt sie hoch, verzog abermals das Gesicht und warf sie weg.

»Mr. Jorgensen, die Nummer dieses Zimmers stand auf einem Zettel, den wir in der Nähe des heutigen Tatorts gefunden haben.«

Die Hand mit dem Messer erstarrte. Jorgensens Blick war beängstigend, er durchbohrte Sachs geradezu. »*Wo*? Wo, zum Teufel, war das genau?«

»In einer Mülltonne in Brooklyn. Die Notiz hat an einem Beweisstück geklebt. Es ist möglich, dass sie von dem Täter stammt.«

»Wissen Sie seinen Namen?«, flüsterte er mit zitternder Stimme. »Wie sieht er aus? Reden Sie schon!« Er stand halb auf, und sein Gesicht lief leuchtend rot an. Seine Unterlippe bebte.

»Bitte beruhigen Sie sich, Mr. Jorgensen. Wir sind uns nicht hundertprozentig sicher, ob unser Täter den Zettel geschrieben hat.«

»Oh, das hat er. Er ist es, darauf können Sie wetten. Dieses Arschloch!« Er beugte sich vor. »Wissen Sie seinen *Namen*?«

»Nein.«

»Erzählen Sie es mir, verdammt noch mal! Tun Sie zur Abwechslung mal etwas *für* mich, statt mir immer nur etwas *anzutun*!«

»Ich werde Ihnen gern helfen, falls ich kann«, versicherte sie. »Aber Sie müssen ruhig bleiben. Von wem reden Sie?«

Er ließ das Messer fallen und setzte sich wieder hin. Seine Schultern sackten herab. Ein trauriges Lächeln legte sich auf seine Züge. »Von wem? Von wem? Na, von Gott natürlich.«

»Gott?«

»Und ich bin Hiob. Kennen Sie Hiob? Den Unschuldigen, der von Gott gequält wurde? All die Prüfungen, die Gott ihm auferlegt hat? Das ist nichts im Vergleich zu dem, was *ich* hinter mir habe… Oh, er ist es. Er hat herausgefunden, wo ich bin, und es sich auf diesem Zettel notiert. Ich dachte, ich wäre ihm entkommen. Aber er hat mich wieder aufgespürt.«

Sachs glaubte in seinen Augen Tränen zu sehen. »Was hat das alles zu bedeuten?«, fragte sie. »Bitte, erklären Sie es mir.«

Jorgensen rieb sich das Gesicht. »Okay… Noch vor ein paar Jahren habe ich als Arzt gearbeitet und in Connecticut gewohnt. Hatte eine Frau und zwei prächtige Kinder. Geld auf der Bank, Rentenversicherung, Ferienhaus. Ein sorgenfreies Leben. Ich war glücklich. Aber dann ist etwas Seltsames passiert. Nichts Gravierendes, jedenfalls nicht am Anfang. Ich habe eine neue Kreditkarte beantragt – um Meilen für mein Vielfliegerkonto gutgeschrieben zu bekommen. Ich habe dreihunderttausend Dollar im Jahr verdient. Ich habe in meinem ganzen Leben keine einzige Kreditkarten- oder Hypothekenzahlung versäumt. Aber mein Antrag wurde abgelehnt. Ein Irrtum, dachte ich. Doch die Firma teilte mir mit, ich stelle ein Kreditrisiko dar, weil ich innerhalb der letzten sechs Monate dreimal umgezogen sei. Nur war ich kein einziges Mal umgezogen. Jemand hatte sich meinen Namen, meine Sozialversicherungsnummer und meine Kreditdaten verschafft und unter meinem Namen Wohnungen angemietet. Dann war er schnell wieder verschwunden, ohne jemals Miete zu zahlen. Allerdings nicht bevor er für fast hunderttausend Dollar Waren gekauft hatte, die an die besagten Adressen geliefert wurden.«

»Ein Identitätsdiebstahl?«

»Oh, die Mutter aller Identitätsdiebstähle. Gott hat sich in meinem Namen Kreditkarten besorgt, gewaltige Beträge damit ausgegeben und die Rechnungen an unterschiedliche Adressen schicken lassen. Selbstverständlich ohne sie je zu begleichen. Kaum hatte ich eine Sache bereinigt, hatte er schon wieder etwas Neues angestellt. Und er wusste so viel über mich. Gott weiß alles! Den Mädchennamen meiner Mutter, ihren Geburtstag, den Namen meines ersten Hundes, mein erstes Auto – all die Dinge, die von Firmen als Sicherheitsabfragen für Passwörter vorgegeben werden. Er hat sich meine Telefonnummern besorgt – und unter meinen Nummern telefoniert. Auf diese Weise hat er mir eine Telefonrechnung von zehntausend Dollar beschert. Wie? Er hat die Zeit- oder Wetteransage in Moskau, Singapur oder Sydney angerufen und den Hörer stundenlang neben dem Apparat liegen gelassen.«

»Warum?«

»Warum? Weil er Gott ist. Und ich Hiob bin … Dieser Hurensohn hat ein Haus auf meinen Namen gekauft! Ein ganzes Haus! Und hat dann die ausstehenden Raten nicht bezahlt. Ich habe erst davon erfahren, als der Anwalt einer Inkassofirma mich in meiner Klinik in New York ausfindig gemacht und aufgefordert hat, die von mir geschuldeten dreihundertsiebzigtausend Dollar zu begleichen. Gott hat außerdem eine Viertelmillion in Onlinekasinos verspielt.

Er hat in meinem Namen falsche Versicherungsansprüche angemeldet, woraufhin mir meine Kunstfehlerpolice gekündigt wurde. Ohne diese Absicherung konnte ich nicht mehr in meiner Klinik arbeiten, und keine andere Versicherungsgesellschaft wollte mich aufnehmen. Wir mussten unser Haus verkaufen und natürlich jeden Cent für die Tilgung der Schulden verwenden, die *ich* angehäuft hatte – und die zum damaligen Zeitpunkt etwa zwei Millionen Dollar betragen haben.«

»Zwei *Millionen*?«

Jorgensen schloss kurz die Augen. »Und dann wurde es noch schlimmer. Meine Frau hatte mich während der ganzen Zeit nicht im Stich gelassen. Es war schwierig, aber sie hat zu mir gehalten … bis Gott in meinem Namen Geschenke – teure Geschenke – an einige ehemalige Krankenschwestern der Klinik geschickt hat, gekauft mit meiner Kreditkarte und versehen mit Einladungen und zweideutigen Kommentaren. Eine der Frauen hinterließ auf unserem Anrufbeantworter eine Nachricht, in der sie sich bei mir bedankte und sagte, sie würde liebend gern mit mir übers Wochenende verreisen. Meine Tochter hat die Nachricht als Erste abgehört und konnte gar nicht mehr aufhören zu weinen, als sie meiner Frau davon erzählt hat. Ich glaube, meine Frau hat nicht an meiner Unschuld gezweifelt. Trotzdem hat sie mich vor vier Monaten verlassen und ist zu ihrer Schwester nach Colorado gezogen.«

»Das tut mir leid.«

»Leid? Oh, tja, vielen herzlichen Dank. Aber ich bin noch nicht fertig. O nein. Gleich nachdem meine Frau abgereist war, fingen die Verhaftungen an. Wie es scheint, hat jemand mit einer Kreditkarte und einem gefälschten Führerschein auf meinen Namen Schusswaffen gekauft, die bei Raubüberfällen in East New York, New Haven und Yonkers benutzt worden sind. Dabei wurde ein Angestellter schwer verletzt. Ich wurde festgenommen. Am Ende ließ man mich wieder laufen, aber die Verhaftung steht nun in meinem Führungszeugnis. Und zwar für immer. Gleich neben der Festnahme durch die Drogenfahndung, weil einer meiner Schecks zu dem Kauf von illegal importierten verschreibungspflichtigen Medikamenten zurückverfolgt werden konnte.

Ach, und ich habe sogar eine Weile im Gefängnis gesessen – nun ja, nicht ich: jemand, dem *Gott* gefälschte Kreditkarten und einen Führerschein verkauft hat, auf denen mein Name stand. Der Häftling war natürlich eine völlig andere Person. Wer weiß schon, wie sein richtiger Name lautet? Soweit es den Rest der Welt betrifft, belegen die behördlichen Unterlagen, dass Robert Samuel Jorgensen, Sozialversicherungsnummer neun zwei drei sechs sieben vier eins acht zwei, ehemals wohnhaft in Greenwich, Connecticut, ein Strafgefangener gewesen ist. Auch das steht in meinem Führungszeugnis. Für *immer.*«

»Sie müssen doch etwas unternommen und die Polizei verständigt haben.«

Er schnaubte verächtlich. »O bitte. Sie sind doch selbst ein Cop. Wissen Sie, welche Priorität ein solcher Fall bei der Polizei genießt? Ungefähr die gleiche wie das verkehrswidrige Überqueren einer Straße.«

»Haben *Sie* denn etwas in Erfahrung gebracht, das uns weiterhelfen könnte? Irgendetwas über ihn? Alter, Hautfarbe, Schulbildung, Aufenthaltsort?«

»Nein, nichts. Wo auch immer ich hingesehen habe, war nur eine Person: ich. Er hat mich mir selbst weggenommen … Oh, es wird behauptet, es gebe Vorsichtsmaßnahmen und Schutzvorrichtungen. Schwachsinn! Ja, falls Sie Ihre Kreditkarte verlieren, mögen Sie bis zu einem gewissen Grad geschützt sein. Aber falls jemand Ihr Leben zerstören will, können Sie nichts dagegen tun. Die Leute glauben, was Computer ihnen erzählen. Falls dort steht, Sie schulden Geld, dann schulden Sie Geld. Falls Ihnen ein hohes Versicherungsrisiko bescheinigt wird, sind Sie eine Risikoperson. Falls ein Vermerk Sie als unsicheren Kreditnehmer einstuft, bekommen Sie keinen Kredit, nicht mal als Multimillionär. Wir glauben den *Daten*; die Wahrheit ist uns egal.

Möchten Sie mal sehen, was mein letzter Job war?« Er sprang auf, öffnete seinen Wandschrank und wies auf die Arbeitskleidung einer großen Fast-Food-Kette. Dann kehrte er an den Schreibtisch zurück und setzte seine Arbeit an dem Buch fort. »Ich finde dich, du Wichser«, murmelte er. Dann blickte er auf. »Und wollen Sie wissen, was das Schlimmste ist?«

Sie nickte.

»Gott ist in keines der Apartments eingezogen, die er in meinem Namen gemietet hat. Er hat sich nie illegale Medikamente besorgt. Oder irgendwelche der Waren mitgenommen, die er hat liefern lassen. Die Polizei hat alles sichergestellt. Und er hat nie in dem schönen Haus gewohnt, das er gekauft hat. Verstehen Sie? Es ging ihm nur darum, mich zu quälen. Er ist Gott, und ich bin Hiob.«

Sachs bemerkte ein Foto auf seinem Schreibtisch. Es zeigte Jorgensen und eine blonde Frau in seinem Alter, wie sie ein halbwüchsiges Mädchen und einen kleinen Jungen umarmten. Das Haus im Hintergrund war sehr hübsch. Sie fragte sich, weshalb jemand sich solche Mühe geben sollte, einen Menschen zugrunde zu richten, und ob überhaupt 522 hinter dieser Sache steckte. Probierte er aus, welche Möglichkeiten es gab, sich Informationen über seine Opfer zu beschaffen und Sündenböcke zu kreieren? War Robert Jorgensen ein Versuchskaninchen?

Oder war 522 ein grausamer Soziopath? Was er mit Jorgensen gemacht hatte, ließ sich als eine Art Vergewaltigung ohne sexuelle Komponente bezeichnen.

»Ich glaube, Sie sollten sich eine andere Bleibe suchen, Mr. Jorgensen.«

Er lächelte bekümmert. »Ich weiß. So ist es sicherer. Man darf nie leicht zu finden sein.«

Sachs musste unwillkürlich an eine Redewendung denken, die ihr Vater geprägt hatte und die auch ihrer eigenen Lebenseinstellung ziemlich gut entsprach. »Wenn du in Bewegung bleibst, kriegt dich keiner …«

Er deutete auf das Buch. »Wissen Sie, wie er mich hier aufgespürt hat? Durch dieses Ding, da bin ich mir irgendwie sicher. Gleich nachdem ich es gekauft hatte, ging alles den Bach runter. Ich muss ständig denken, dass es die Antwort in sich trägt. Die Mikrowelle hat jedenfalls nichts ausrichten können – das sehen Sie ja. Im Innern muss eine Antwort stecken. Es *muss* einfach!«

»Wonach genau suchen Sie denn?«

»Wissen Sie das denn nicht?«

»Nein.«

»Nun, natürlich nach einem Signalgeber. Die werden in Büchern versteckt. Und in Kleidungsstücken. Schon bald wird nahezu alles damit ausgestattet sein.«

Also keine Bazillen.

Sie beschloss mitzuspielen. »Mikrowellen zerstören Signalgeber?«, fragte sie.

»Die meisten. Man könnte auch die Antenne abbrechen, aber die Dinger sind heutzutage zu klein. Fast mikroskopisch.« Jorgensen verstummte abrupt, und Amelia bemerkte, dass er sie durchdringend ansah, als würde er über etwas nachdenken. »Sie nehmen es mit«, verkündete er.

»Was?«

»Das Buch.« Sein Blick huschte wirr durch den ganzen Raum. »Es trägt die Antwort in sich, die Antwort auf alles, was mir zugestoßen ist ... Bitte! Sie sind die Erste, die nicht die Augen verdreht hat, als ich ihr meine Geschichte erzählt habe, die Einzige, die mich nicht angesehen hat, als wäre ich verrückt.« Er beugte sich vor. »*Sie* wollen ihn genauso sehr erwischen wie ich. Ich möchte wetten, Ihnen stehen alle möglichen Geräte zur Verfügung. Rastermikroskope, Sensoren ... Sie können es finden! Und es wird Sie zu ihm führen. Ja!« Er schob ihr das Buch zu.

»Tja, ich weiß gar nicht, worauf wir achten müssen.«

Er nickte mitfühlend. »Oh, wem sagen Sie das? Das ist genau das Problem. Die verändern die Dinger ständig. Die sind uns immer einen Schritt voraus. Aber bitte ...«

Die ...

Sie nahm das Buch und überlegte, ob sie es in eine Beweismitteltüte stecken und eine offizielle Registrierkarte ausfüllen sollte. Und sie fragte sich, wie laut man sie in Rhymes Labor wohl verspotten würde. Vermutlich wäre es besser, das Buch einfach nur mitzunehmen.

Jorgensen packte ihre Hand und drückte sie fest. »Danke.« Er weinte wieder.

»Sie werden also umziehen?«, fragte sie.

Er nickte und nannte ihr den Namen eines anderen billigen Hotels, gelegen an der Lower East Side. »Schreiben Sie sich das nicht auf. Erzählen Sie niemandem davon. Erwähnen Sie mich nicht am Telefon. Die belauschen uns nämlich ständig, müssen Sie wissen.«

»Rufen Sie mich an, falls Ihnen noch etwas zu ... Gott einfällt.« Sie gab ihm ihre Visitenkarte.

Er prägte sich die Informationen darauf ein und zerriss die Karte in kleine Stücke. Dann ging er ins Badezimmer und spülte die Hälfte davon in der Toilette hinunter. Er bemerkte Sachs' fragenden Blick. »Den Rest spüle ich später weg. Alles auf einmal zu entsorgen, wäre genauso dumm, als würden Sie Rechnungen in Ihrem Briefkasten liegen lassen, wenn das rote Fähnchen hochgeklappt ist. Die Leute sind ja solche Narren.«

Er begleitete sie zur Tür und beugte sich vor. Der Gestank der ungewaschenen Kleidung traf sie wie ein Schlag. Seine rot umränderten Augen funkelten sie grimmig an. »Officer, hören Sie gut zu. Ich weiß, dass Sie diese große Kanone am Gürtel tragen. Aber die wird Ihnen gegen jemanden wie ihn nicht das Geringste nützen. Um auf ihn zu schießen, müssen Sie in seine Nähe gelangen. Er hingegen kann aus großer Entfernung zuschlagen. Er kann irgendwo in einem dunklen Zimmer sitzen, genüsslich ein Glas Wein trinken und Ihr Leben in Stücke schlagen.« Jorgensen zeigte auf das Buch in ihrer Hand. »Und da Sie nun das da haben, sind Sie ebenfalls infiziert.«

… Dreizehn

Ich habe die neuesten Nachrichten verfolgt – es gibt heutzutage ja so viele effiziente Möglichkeiten, Wissen zu erlangen – und nichts über eine rothaarige Polizistin gefunden, die von Beamten einer anderen Behörde in Brooklyn erschossen worden wäre.

Wenigstens dürften diese Leute nun Angst haben.

Jetzt sind *sie* kribbelig.

Gut. Warum soll ich der Einzige sein?

Während ich weitergehe, frage ich mich: Wie ist das passiert? Wie konnte es bloß dazu kommen?

Das ist nicht gut, das ist nicht gut, das ist …

Die schienen *genau* zu wissen, was ich gemacht hatte und wer mein Opfer war.

Und dass ich *exakt in jenem Moment* zum Haus von DeLeon 6832 unterwegs gewesen bin.

Wie war das möglich?

Ich gehe die Daten durch, ordne sie anders an, analysiere sie. Nein, ich verstehe nicht, wie diese Leute das angestellt haben.

Noch nicht. Ich muss noch etwas mehr nachdenken.

Und ich habe zu wenige Informationen. Wie soll ich etwas beurteilen, wenn ich nicht über die nötigen *Daten* verfüge? Wie?

Oh, langsamer, langsamer, ermahne ich mich. Wenn Sechzehner schnell gehen, verbreiten sie Daten und lassen alle möglichen Dinge erkennen – vorausgesetzt, man ist schlau genug, die richtigen Schlüsse daraus zu ziehen.

Ich folge dem Verlauf der grauen Straßen. Der Sonntag hat nichts Schönes mehr an sich. Ein schlimmer Tag, er wurde mir verdorben. Der Sonnenschein ist grell und besudelt. Die Stadt ist kalt, ihre Ränder ausgefranst. Die Sechzehner spotten, sind höhnisch und überheblich.

Ich hasse sie alle!

Aber behalt den Kopf unten, und tu so, als würdest du den Tag genießen.

Und vor allem: *Denk nach*. Geh es analytisch an. Wie würde ein Computer angesichts dieses Problems die Daten auswerten?

Denk nach. Also, wie können diese Leute dir auf die Schliche gekommen sein?

Ein Block, zwei Blocks, drei Blocks, vier …

Keine Antworten. Nur die Erkenntnis: Diese Leute sind gut. Und noch eine Frage: Wer genau sind diese Leute? Ich nehme an …

Da kommt mir auf einmal ein schrecklicher Gedanke. Bitte nicht … Ich bleibe stehen und durchwühle meinen Rucksack. Nein, nein, nein, er ist weg! Der Haftnotizzettel hat an der Tüte geklebt, und ich habe vergessen, ihn zu entfernen, bevor ich alles weggeworfen habe. Die Adresse meines Lieblingssechzehners: 3694-8938-5330-2498, mein Favorit – dem Rest der Welt als Dr. Robert Jorgensen bekannt. Ich hatte gerade erst herausgefunden, wohin er geflohen war, um sich zu verstecken, und es mir auf diesem Zettel notiert. Ich bin wütend, dass ich mir die Angaben nicht gleich eingeprägt und den Zettel vernichtet habe.

Ich *hasse* mich dafür, hasse alles und jeden. Wie konnte ich nur so nachlässig sein?

Ich will schreien, will in Tränen ausbrechen.

Mein Robert 3694! Zwei Jahre lang ist er mein Versuchskaninchen gewesen, mein Experiment am lebenden Objekt. Öffentliche Unterlagen, Identitätsdiebstahl, Kreditkarten …

Doch in erster Linie war es ein grandioses Gefühl, ihn zugrunde zu richten. Orgiastisch, unbeschreiblich. Wie Koks oder Heroin. Man nimmt einen ganz normalen, glücklichen Familienvater, einen guten, fürsorglichen Arzt und macht ihn fertig.

Tja, ich darf nichts riskieren. Ich muss davon ausgehen, dass jemand den Zettel findet und Robert 3694 verständigt. Er wird die Flucht ergreifen … Und ich muss ihn ziehen lassen.

Mir wurde heute noch etwas anderes geraubt. Ich kann kaum in Worte fassen, wie sich das anfühlt. Der Schmerz ist wie Feuer, die Angst ist wie blinde Panik. Als würde man fallen und wissen, dass man gleich auf dem verschwommenen Erdboden aufschlagen wird, in einem … kurzen … Moment.

Ich stolpere mitten durch die Antilopenherden, diese Sechzehner, die an ihrem Ruhetag umherstreifen. Mein Glücksgefühl ist zunichte, mein Behagen dahin. Noch vor wenigen Stunden fiel mein Blick mit gütiger Neugier oder Sinneslust auf meine Umgebung, und nun würde ich am liebsten jemanden packen und ihm mit einem meiner neunundachtzig Rasiermesser die bleiche Haut aufschneiden, dünn wie die Schale einer Tomate.

Vielleicht mit dem Modell der Gebrüder Krusius aus dem späten neunzehnten Jahrhundert. Es hat eine besonders lange Klinge sowie einen schönen Hirschhorngriff und ist der Stolz meiner Sammlung.

»Lass uns einen Blick auf die Beweise werfen, Mel.«

Rhyme meinte die Gegenstände, die aus der Mülltonne unweit von DeLeon Williams' Haus geborgen worden waren.

»Wie sieht's mit Fingerabdrücken aus?«

Cooper nahm sich zunächst die Plastiktüten vor – die eine, in der all das Material verstaut war, das 522 mutmaßlich bei Williams deponieren wollte, sowie die beiden aus dem Inneren, die etwas feuchtes Blut und ein blutiges Papierhandtuch enthielten. Aber es gab keine Abdrücke auf dem Kunststoff – eine Enttäuschung, da sie sich auf einem solchen Untergrund sehr gut halten. (Oft sind sie dort sogar deutlich sichtbar und können ohne spezielle Chemikalien oder Lampen gesichert werden.) Cooper fand allerdings Anzeichen dafür, dass der Täter die Tüten mit Baumwollhandschuhen angefasst hatte – was auf seine große Erfahrung schließen ließ, denn bei Latexhandschuhen hätte er zumindest auf deren Innenseite Abdrücke hinterlassen.

Unter Einsatz diverser Sprays und alternativer Lichtquellen untersuchte Mel Cooper den Rest der Gegenstände und konnte auch bei ihnen keine Abdrücke feststellen.

Rhyme dachte daran, dass dieser Fall – genau wie die anderen, hinter denen er 522 vermutete – sich von den meisten gewöhnlichen Fällen dadurch unterschied, dass es hier zwei Kategorien von Beweisen gab. Erstens gefälschte Spuren, mit denen der Killer den Verdacht auf DeLeon Williams hatte lenken wollen; er hatte zweifellos dafür gesorgt, dass nichts davon Rückschlüsse auf seine Person zulassen würde. Zweitens echte Spuren, die er unabsichtlich zurückgelassen hatte und die durchaus zu ihm führen konnten – zum Beispiel der Tabak und das Puppenhaar.

Das blutige Papierhandtuch und das feuchte Blut fielen in die erste Kategorie. Ebenso das Isolierband, das für Williams' Garage oder Wagen bestimmt gewesen war; es würde gewiss zu den Streifen passen, mit denen man Myra Weinburg gefesselt oder geknebelt hatte. Aber es würde auf keinen Fall ungeschützt in 522s Wohnung gelegen haben, sodass keine Partikel von dort daran haften geblieben sein konnten.

Der Joggingschuh Marke Sure-Track, Größe dreizehn, hatte zwar eher nicht in Williams Haus abgelegt werden sollen, zählte aber gleichwohl zu den »fingierten« Beweisen, weil 522 damit sicherlich einen Abdruck am Tatort gefälscht hatte und Williams identische Schuhe besaß. Mel Cooper testete den Schuh trotzdem und fand heraus, dass an der Sohle Bier klebte. Laut der Zutatendatenbank für fermentierte Getränke, die Rhyme vor Jahren für das NYPD angelegt hatte, handelte es sich höchstwahrscheinlich um die Marke Miller. Diese Spur konnte zu jeder der beiden Kategorien gehören – falsch oder echt. Sie würden abwarten müssen, was Pulaski am Tatort Myra Weinburg vorfand.

Die Tüte enthielt außerdem den Computerausdruck eines Fotos von Myra, womit offenbar der Verdacht nahegelegt werden sollte, Williams habe die Frau online ausspioniert; daher zählte dieser Beweis ebenfalls zu den Fälschungen. Rhyme und Cooper mussten ihn dennoch sorgfältig untersuchen, aber ein Ninhydrin-Test erbrachte keine Fingerabdrücke. Die mikroskopischen und chemischen Analysen ergaben, dass das Papier handelsüblich und der Lasertoner von Hewlett-Packard hergestellt worden war. Beides ließ sich nicht zurückverfolgen.

Doch eine andere Entdeckung würde sich vielleicht als hilfreich erweisen. Rhyme und Cooper fanden etwas in das Papier eingebettet vor: Sporen von *Stachybotrys Chartarum*, einem berüchtigten Schimmelpilz, der Gebäude befiel. Da die in dem Papier festgestellte Menge so gering war, hatte 522 sie wohl nicht absichtlich dort platziert. Ferner kam dieser Pilz fast ausschließlich in geschlossenen Räumen vor, hier also vermutlich in der Wohnung oder am Arbeitsplatz des Killers. Zumindest ein Teil des befallenen Hauses musste demnach dunkel und feucht sein, denn Schimmel gedeiht nicht im Trockenen.

Der Haftnotizzettel, auch eine anscheinend unabsichtlich hinterlassene Spur, war kein billiges Imitat, sondern ein original Post-it von 3M, ließ sich aber trotzdem nicht zurückverfolgen. Cooper konnte daran keine Partikel nachweisen, lediglich einige weitere Schimmelpilzsporen, was ihnen immerhin verriet, dass die Notiz voraussichtlich von 522 verfasst worden war. Die Tinte gehörte zu einem Wegwerfkugelschreiber, wie er in zahllosen Geschäften überall im Land verkauft wurde.

Und das war hinsichtlich dieser Spuren auch schon nahezu alles. Während Cooper sich noch die Ergebnisse notierte, rief das externe Labor an, in dem Rhyme medizinische Schnelltests durchführen ließ. Eine erste Analyse hatte ergeben, dass das Blut in den Plastiktüten von Myra Weinburg stammte.

Sellitto erhielt einen Anruf und führte ein kurzes Gespräch. »Nichts…«, teilte er dann den anderen mit. »Die DEA konnte den Anruf wegen Amelia zu einem Münzfernsprecher zurückverfolgen, aber niemand hat den Anrufer gesehen. Und niemand auf dem Highway kann etwas über die Person sagen, die zu Fuß die Fahrbahn überquert hat. In den zwei nächstgelegenen U-Bahn-Stationen hat sich zur ungefähren Zeit der Flucht nichts Verdächtiges ereignet.«

»Nun, er wird sich ja wohl auch kaum *verdächtig* verhalten, oder? Was haben eure Leute erwartet? Dass ein fliehender Mörder über das Drehkreuz springt, anstatt zu bezahlen? Oder dass er seine normale Kleidung abstreift, damit sein Superheldenkostüm besser zur Geltung kommt?«

»Ich gebe bloß weiter, was mir mitgeteilt wurde, Linc.«

Rhyme verzog das Gesicht und bat Thom, die neuesten Erkenntnisse an die Tafel zu schreiben.

STRASSE IN DER NÄHE VON DELEON WILLIAMS' HAUS

- Drei Plastiktüten; wiederverschließbare Gefrierbeutel, 4 Liter.
- Ein rechter Joggingschuh, Marke Sure-Track, Größe 13; eingetrocknetes Bier an der Sohle (vermutlich Marke Miller). Keine weiteren Partikel feststellbar. Gekauft, um Abdruck am Tatort zu hinterlassen?
- Papierhandtuch mit Blut in Plastiktüte. Vorläufiger Test ergibt Übereinstimmung mit Blut des Opfers.
- 2 cm^3 Blut in Plastiktüte. Vorläufiger Test ergibt Übereinstimmung mit Blut des Opfers.
- Post-it mit Adresse der Henderson House Residence, Zimmer 672, bewohnt von Robert Jorgensen. Zettel und Stift nicht zurückverfolgbar. Papier enthält Sporen von Schimmelpilz Stachybotrys Chartarum.
- Foto von Opfer, offenbar Computerausdruck, farbig. Lasertoner Marke Hewlett-Packard; nicht zurückverfolgbar, ebenso wie Papier. Papier enthält Sporen von Schimmelpilz Stachybotrys Chartarum.
- Isolierband, Hausmarke von Home Depot; nicht zu einer bestimmten Filiale zurückverfolgbar.
- Keine Fingerabdrücke.

Es klingelte an der Tür, und gleich darauf eilte Ron Pulaski herein. Er trug zwei Plastikkisten voller Beweismitteltüten, in denen die Spuren vom Schauplatz des Mordes an Myra Weinburg steckten.

Rhyme bemerkte sofort, dass die Miene des jungen Mannes sich verändert hatte und reglos wirkte. Pulaski schaute häufig verkniffen oder verblüfft drein, sah gelegentlich stolz aus und wurde sogar rot, aber nun schien sein Blick leer zu sein und keineswegs mehr so entschlossen wie zuvor. Er nickte Rhyme zu, ging zu den Untersuchungstischen, übergab die Beweismittel an Cooper und ließ die zugehörigen Registrierkarten von ihm unterzeichnen.

Der Neuling wich zurück und betrachtete die Tabelle, die Thom soeben angelegt hatte. Er hatte die Hände in den Taschen seiner

Jeans, das Hawaiihemd hing ihm über die Hose, und er las kein einziges Wort.

»Alles in Ordnung, Pulaski?«

»Sicher.«

»So sehen Sie aber nicht aus«, sagte Sellitto.

»Ach, es ist nichts.«

Aber das stimmte nicht. Irgendetwas bei der Untersuchung seines ersten eigenen Mordschauplatzes hatte ihn aus der Fassung gebracht.

»Sie lag einfach da«, sagte er schließlich. »Mit dem Gesicht nach oben und starrte an die Decke. Als wäre sie noch am Leben und würde nach etwas Ausschau halten, stirnrunzelnd, irgendwie neugierig, Sie wissen schon. Ich schätze, ich hatte damit gerechnet, sie würde zugedeckt sein.«

»Tja, nun, Sie wissen doch, dass wir das nicht machen«, warf Sellitto ein.

Pulaski sah aus dem Fenster. »Es ist nur … okay, das klingt verrückt. Es ist nur, dass sie ein bisschen wie Jenny ausgesehen hat.« Seine Frau. »Echt unheimlich.«

Lincoln Rhyme und Amelia Sachs stimmten im Hinblick auf ihre Arbeit weitgehend überein. Sie waren der Ansicht, dass man sich bei der Untersuchung von Tatorten in den Täter versetzen musste, damit man nachvollziehen konnte, was zwischen ihm und dem Opfer abgelaufen war. Dadurch konnte man den Schauplatz besser verstehen und Spuren finden, die einem andernfalls womöglich entgangen wären.

Nur wer diese Fähigkeit besaß, so qualvoll ihre Konsequenzen auch sein mochten, brachte es beim Abschreiten des Gitternetzes zu wahrer Meisterschaft.

In einem wichtigen Punkt blieben Rhyme und Sachs jedoch unterschiedlicher Meinung. Sachs glaubte, dass man angesichts der vielen schrecklichen Verbrechen dennoch nicht abstumpfen durfte. Man musste die eigenen Gefühle sowohl vor als auch nach der Untersuchung eines jeden Tatorts immer wieder von Neuem zulassen. Falls man das nicht tat, sagte sie, verhärtete sich das eigene Herz und man rückte der Finsternis im Innern jener Menschen näher, die man verfolgte. Rhyme hingegen war überzeugt, dass man so leidenschaftslos wie möglich arbeiten sollte. Nur indem man die Tragödie kalt außer Acht ließ, wurde man zum bestmöglichen Polizisten – und konnte dadurch wirksamer verhindern, dass zukünftige Tragödien sich überhaupt erst ereignen würden. (»Das ist kein menschlicher Körper mehr«, hatte er seinen neuen Mitarbeitern eingeschärft. »Es ist eine Spurenquelle. Und zwar eine verdammt gute.«)

Pulaski besaß das Potenzial, mehr wie Rhyme zu sein, glaubte der Kriminalist, aber in diesem frühen Stadium seiner Laufbahn gehörte er noch Amelia Sachs' Lager an. Und bei allem Mitgefühl für den jungen Mann hatten sie hier einen Fall zu lösen. Heute Abend würde Pulaski zu Hause seine Frau fest an sich drücken und still den Tod des Opfers betrauern können, dem sie ähnlich sah.

»Geht's wieder, Pulaski?«, fragte er schroff.

»Ja, Sir. Alles bestens.«

Das entsprach nicht ganz der Wahrheit, aber Rhyme bekam seinen Willen. »Haben Sie den Leichnam untersucht?«

Ein Nicken. »Zusammen mit dem diensthabenden Gerichtsmediziner. Ich habe darauf geachtet, dass er Gummiringe an den Schuhen getragen hat.«

Um Verwechslungen bei den Abdrücken zu vermeiden, bestand Rhyme darauf, dass seine Ermittler sich am Tatort Gummiringe über die Schuhe streiften, sogar wenn sie in den Kapuzenoveralls aus Kunststoff steckten, mit deren Hilfe sie es vermieden, den Schauplatz durch eigene Haare, Hautschuppen oder andere Partikel zu verunreinigen.

»Gut.« Rhyme sah gespannt zu den Plastikkisten. »Legen wir los. Wir haben einen seiner Pläne durchkreuzt. Vielleicht ist er deswegen wütend und sucht sich gerade eine neue Zielperson. Oder er kauft sich ein Ticket nach Mexiko. Ich möchte in jedem Fall keine Zeit verlieren.«

Der junge Beamte klappte seinen Notizblock auf. »Ich …«

»Thom, komm her ins Labor. Thom, wo, zum Teufel, steckst du?«

»Aber sicher, Lincoln«, sagte der Betreuer mit freundlichem Lächeln, als er den Raum betrat. »Ich lasse gern alles stehen und liegen, wenn man mich so nett bittet.«

»Wir brauchen dich mal wieder. Für eine weitere Tabelle.«

»Ach, wirklich?«

»Bitte.«

»Das kommt aber nicht von Herzen.«

»*Thom*.«

»Meinetwegen.«

»›Mord an Myra Weinburg‹.«

Der Betreuer schrieb die Überschrift und wartete mit dem Filzstift in der Hand. Rhyme wandte sich an Pulaski. »Also, soweit ich weiß, war es nicht die Wohnung des Opfers.«

»Richtig, Sir. Es ist ein Loft und gehört einem Ehepaar. Die beiden sind im Urlaub und machen eine Kreuzfahrt. Es ist mir gelungen, sie zu erreichen. Der Name Myra Weinburg sagt ihnen nichts. O Mann, Sie hätten die beiden hören sollen; sie waren furchtbar aufgeregt. Sie haben keine Ahnung, wer der Täter gewesen sein könnte. Er hat die Tür aufgebrochen.«

»Demnach wusste er, dass niemand zu Hause sein würde und dass es keine Alarmanlage gab«, sagte Cooper. »Interessant.«

»Was vermuten Sie?« Sellitto schüttelte den Kopf. »Dass er sich den Ort gezielt ausgesucht hat?«

»Es ist dort kaum etwas los«, warf Pulaski ein.

»Und was hat die Frau dann da gemacht?«

»Ich habe draußen ihr Fahrrad gefunden. Sie hatte einen Schlüssel in der Tasche, der hat zu dem Schloss gepasst.«

»Sie ist Rad gefahren. Vielleicht hat er ihre Route ausspioniert und gewusst, dass sie zu einem bestimmten Zeitpunkt dort vorbeikommen musste. Und er hatte irgendwie in Erfahrung gebracht, dass die Bewohner nicht da sind und niemand ihn stören würde ... Okay, Grünschnabel, gehen wir durch, was Sie gefunden haben. Thom, würdest du bitte so freundlich sein, alles aufzuschreiben?«

»Brich dir bloß keinen ab.«

»Ha.« Rhyme sah Pulaski an. »Todesursache?«

»Ich habe darum gebeten, dass die Autopsie möglichst zügig durchgeführt wird.«

Sellitto lachte spöttisch auf. »Und was hat der Gerichtsmediziner dazu gesagt?«

»So was wie ›Ja, klar‹. Und noch ein paar andere Dinge.«

»Sie müssen sich erst noch Ihre Sporen verdienen, bevor Sie solche Wünsche äußern dürfen. Aber ich weiß den Versuch zu würdigen. Wie lautet der *vorläufige* Befund?«

Pulaski zog seine Notizen zurate. »Sie wurde mehrfach gegen den Kopf geschlagen. Um sie gefügig zu machen, hat der Arzt vermutet.« Der junge Beamte hielt kurz inne, vielleicht weil er an seine eigene, ähnliche Verletzung denken musste, die er vor einigen Jahren erlitten hatte. »Die Todesursache war Strangulation«, fuhr er fort. »In ihren Augen und auf den Innenseiten der Lider gab es Petechien – das sind punktförmige Blutungen …«

»Ich weiß, was das ist, Grünschnabel.«

»Oh, ja, natürlich. Und Blutergüsse an Kopfhaut und Gesicht. Das hier dürfte die Mordwaffe sein.« Er hielt eine Tüte hoch. Darin lag ein Seilstück von etwa einem Meter zwanzig Länge.

»Mel?«

Cooper nahm die Tüte, öffnete sie vorsichtig über einem großen Bogen Zeitungspapier, nahm das Seil heraus und strich mit einem Pinsel darüber, um eventuelle Partikel zu lösen. Dann untersuchte er die Funde und nahm außerdem einige Proben der Seilfasern.

»Was ist?«, fragte Rhyme ungeduldig.

»Moment noch.«

Der Neuling nahm wieder Zuflucht zu seinen Notizen. »Was die Vergewaltigung angeht: sie war vaginal und anal. Post mortem, nach Ansicht des Gerichtsmediziners.«

»Lag die Leiche in irgendeiner speziellen Pose?«

»Nein … aber eines ist mir aufgefallen, Detective«, sagte Pulaski. »All ihre Fingernägel waren lang, nur einer nicht. Der war sogar sehr kurz abgeschnitten.«

»Blut?«

»Ja. Der Schnitt ging bis ins Fleisch.« Er zögerte. »Vermutlich ante mortem.«

522 ist also ein kleiner Sadist, dachte Rhyme. »Er mag Schmerz. Überprüfen Sie die Fotos von der früheren Vergewaltigung.«

Der junge Beamte eilte zu der entsprechenden Tafel und ging die Bilder durch. Dann nahm er eines davon ab und brachte es Rhyme.

»Sehen Sie sich das an, Detective. Ja, er hat auch hier einen Fingernagel abgeschnitten. Vom gleichen Finger.«

»Unser Freund mag Trophäen. Gut zu wissen.«

Pulaski nickte eifrig. »Und denken Sie nur – der Finger für den Ehering. Wahrscheinlich hat es etwas mit seiner Vergangenheit zu tun. Vielleicht hat seine Frau ihn verlassen oder er wurde von seiner Mutter oder einer Mutterfigur vernachlässigt …«

»Gute Idee, Pulaski. Da fällt mir ein – wir haben noch etwas vergessen.«

»Was denn, Sir?«

»Haben Sie heute Morgen Ihr Horoskop konsultiert, bevor wir mit den Ermittlungen angefangen haben?«

»Mein …?«

»Ach, und wer von uns übernimmt es, sich die Zukunft aus Teeblättern lesen zu lassen? Es ist mir entfallen.«

Sellitto kicherte. Pulaski wurde rot.

»Psychologische Diagnosen helfen uns nicht weiter«, herrschte Rhyme ihn an. »Aber der Fingernagel verrät uns, dass Fünf Zweiundzwanzig ein DNS-Bindeglied zu dem Verbrechen in seinem Besitz hat. Ganz zu schweigen von dem Umstand, dass wir ihn vielleicht sogar *aufspüren* können, wenn es uns gelingt, das Werkzeug herauszufinden, mit dem er die Trophäe entfernt hat. Beweise, Grünschnabel, kein Psychogeschwätz!«

»Alles klar, Detective. Hab's verstanden.«

»›Lincoln‹ reicht völlig aus.«

»Okay. Wenn Sie meinen.«

»Das Seil, Mel?«

Cooper scrollte durch die Faserdatenbank. »Aus gewöhnlichem Hanf. Wie es in Tausenden von Läden überall verkauft wird.« Er las das Ergebnis der chemischen Analyse ab. »Keine Partikel.«

Scheiße.

»Was noch, Pulaski?«, fragte Sellitto.

Er ging die Liste durch. Die Hände der Frau waren mit Angelschnur gefesselt, die in die Haut eingeschnitten und zu Blutungen geführt hatte. Ihr Mund war mit Isolierband zugeklebt, Hausmarke Home Depot, das natürlich von der Rolle stammte, die 522 weggeworfen hatte; die ausgefransten Enden passten perfekt zusammen. In der Nähe der Leiche hatten zwei Kondome der Marke Trojan Enz gelegen, die Einschweißfolie ungeöffnet – der junge Beamte hielt die entsprechende Tüte hoch.

»Und hier sind die Abstriche.«

Mel Cooper nahm die Plastiktüten und überprüfte die Vaginal- und Analabstriche. Die Analyse der Gerichtsmedizin würde detaillierter ausfallen, aber es war klar, dass zu den festgestellten Substanzen ein spermizides Gleitmittel zählte, das denen der Kondome entsprach. Nirgendwo am Tatort war Sperma gefunden worden.

Ein Bodenabstrich der Stelle, an der Pulaski den Abdruck eines Joggingschuhs gesichert hatte, erbrachte Bierreste der Marke Miller. Das elektrostatische Abbild der Spur passte erwartungsgemäß genau zu dem rechten Sure-Track-Schuh der Größe dreizehn, den 522 in der Mülltonne zurückgelassen hatte. »Und die Bewohner des Lofts hatten kein Bier, richtig? Haben Sie in Küche und Speisekammer nachgesehen?«

»Richtig, ja, Sir. Und ich habe kein Bier gefunden.«

Lon Sellitto nickte. »Ich wette zehn Dollar, dass DeLeon am liebsten Miller trinkt.«

»Ich halte nicht dagegen, Lon. Was haben wir noch?«

Pulaski hob eine Plastiktüte mit einem braunen Krümel hoch, den er unmittelbar oberhalb eines Ohrs des Opfers gefunden hatte. Wie sich herausstellte, war es Tabak. »Was kannst du uns dazu sagen, Mel?«

Die Untersuchung des Technikers ergab, dass es sich um Feinschnitt handelte, wie er für Zigaretten verwendet wurde, aber nicht um die gleiche Sorte wie bei der Tareyton-Probe in der Datenbank. Lincoln Rhyme zählte zu den wenigen Nichtrauchern des Landes, die sich offen gegen die umfassenden Rauchverbote aussprachen; Tabak und Asche waren hervorragende forensische Bindeglieder zwischen Täter und Tatort. Cooper konnte die Marke nicht ermitteln. Er kam jedoch zu dem Schluss, dass der Tabak aufgrund seiner starken Austrocknung vermutlich schon älter war.

»Hat Myra geraucht? Oder die Eigentümer des Lofts?«

»Es hat nichts darauf hingedeutet. Und ich habe gemacht, was

Sie uns immer einschärfen. Ich habe auf den Geruch des Tatorts geachtet. Es roch nicht nach Tabakrauch.«

»Gut.« Bis jetzt war Rhyme mit der Untersuchung zufrieden. »Was ist mit den Fingerabdrücken?«

»Ich habe Vergleichsproben der beiden Bewohner genommen – vom Arzneischrank und Gegenständen im Nachttisch.«

»Es war also kein blödes Gerede. Sie haben mein Buch tatsächlich gelesen.« Rhyme war darin in einigen Absätzen auf die Bedeutung von Vergleichsabdrücken eingegangen, verbunden mit Tipps, wo man bevorzugt danach suchen sollte.

»Ja, Sir.«

»Ich bin ganz gerührt. Habe ich Tantiemen daran verdient?«

»Ich hab mir Tonys Exemplar ausgeliehen.« Pulaskis Zwillingsbruder war Streifenbeamter beim Sechsten Revier in Greenwich Village.

»Na, hoffentlich hat wenigstens *er* dafür bezahlt.« Rhyme erklärte, dass die meisten der Abdrücke aus dem Loft wohl zu dem Ehepaar gehören würden – und sich anhand der Vergleichsproben ausschließen ließen. Die anderen stammten wahrscheinlich von Besuchern, aber es sei nicht unmöglich, dass 522 sich unvorsichtig verhalten habe. Cooper scannte alle Abdrücke ein und schickte sie an IAFIS, das Integrierte Automatische Fingerabdruck-Identifizierungs-System des FBI. Die Ergebnisse würden bald vorliegen.

»Okay, Pulaski, und nun schildern Sie mir Ihren Eindruck vom Tatort.«

Der junge Mann schien verwirrt zu sein. »Eindruck?«

»Das da sind die Bäume.« Rhyme nickte in Richtung der Beweismitteltüten. »Wie kam Ihnen der Wald vor?«

Pulaski überlegte. »Tja, mir ist *wirklich* etwas aufgefallen. Aber das ist bestimmt bloß so ein dummer Gedanke.«

»Sie wissen, dass ich der Erste bin, der Ihnen eine dumme Theorie um die Ohren hauen würde, Grünschnabel.«

»Es ist nur, dass … als ich vor Ort eingetroffen bin, kam mir der Kampf irgendwie seltsam vor.«

»Wie meinen Sie das?«

»Na ja, zunächst mal war Myras Fahrrad vor dem Loft an einen

Laternenpfahl gekettet. Als hätte sie es da abgestellt und nichts Böses geahnt.«

»Demnach hat er sie nicht einfach auf der Straße gepackt.«

»Richtig. Und um zur Eingangstür zu kommen, muss man durch ein Tor gehen und dann einem langen Korridor folgen. Der ist ziemlich schmal und voller Dinge, die das Ehepaar draußen lagert – Töpfe und Dosen, Sportsachen, Recyclingkram, Werkzeuge für den Garten. Aber nichts davon war durcheinander.« Er wies auf ein anderes Foto. »Und nun sehen Sie mal nach drinnen – dort hat der Kampf angefangen. Der Tisch und die Vasen. Gleich neben der Eingangstür.« Seine Stimme wurde wieder sanft. »Wie es aussieht, hat sie sich nach Kräften gewehrt.«

Rhyme nickte. »Na gut. Fünf Zweiundzwanzig lockt sie also hinein, indem er ihr irgendeine Geschichte erzählt. Sie schließt das Fahrrad ab, geht den Korridor hinunter, und die beiden betreten das Loft. Dort im Eingang merkt sie, dass er lügt, und versucht zu fliehen.«

Er dachte nach. »Demnach muss er genug über Myra gewusst haben, um sie in Sicherheit zu wiegen und ihr Vertrauen zu gewinnen … Na klar, vergesst nicht: Er verfügt über jede Menge Informationen – wer Leute sind, was Leute kaufen, wann sie in Urlaub fahren, ob sie Alarmanlagen haben, wo sie sein werden … Nicht schlecht, Grünschnabel. Jetzt wissen wir etwas Konkretes über ihn.«

Pulaski bemühte sich, nicht zu lächeln.

Coopers Computer gab einen Piepton von sich. Der Techniker sah auf den Monitor. »Kein Treffer bei den Fingerabdrücken. Zero.«

Rhyme zuckte die Achseln. Er war nicht überrascht. »Mich interessiert, woher er so viel weiß. Ruft bei DeLeon Williams an. Wären die falschen Spuren, die Fünf Zweiundzwanzig vorbereitet hat, alle korrekt gewesen?«

Sellittos kurzes Telefonat ergab die Bestätigung, dass Williams Sure-Track-Schuhe der Größe dreizehn trug, regelmäßig Kondome der Marke Trojan Enz kaufte, eine mit bis zu achtzehn Kilo belastbare Angelschnur besaß, Bier der Marke Miller trank und kürzlich bei Home Depot eine Rolle Isolierband und ein Hanfseil erworben hatte.

Beim Blick auf die Tabelle der früheren Vergewaltigung bemerkte Rhyme, dass 522 dort Durex-Kondome benutzt hatte. Offenbar weil das die Marke war, die Joseph Knightly verwendete.

»Fehlt einer Ihrer Schuhe?«, fragte er Williams über die Freisprechanlage.

»Nein.«

»Also hat er ein Paar gekauft«, sagte Sellitto. »Das gleiche Modell und die gleiche Größe wie Ihre. Woher hat er das gewusst?«

»Ist Ihnen in letzter Zeit jemand auf Ihrem Grundstück aufgefallen, womöglich in der Garage? Hat jemand Ihr Auto oder Ihren Abfall durchwühlt? Oder ist jemand bei Ihnen eingebrochen?«

»Nein, nichts von alldem. Ich bin arbeitslos und meistens hier zu Hause. Ich hätte es bemerkt. Und wir wohnen in keinem besonders guten Viertel, daher haben wir eine Alarmanlage. Wir schalten sie immer ein.«

Rhyme bedankte sich, und sie beendeten das Gespräch.

Dann lehnte er den Kopf zurück und sah an die Tafel, während er Thom die einzelnen Punkte der Tabelle diktierte.

MORD AN MYRA WEINBURG

- Todesursache: Strangulation. Abschlussbericht der Gerichtsmedizin steht noch aus.
- Keine Verstümmelung oder Positur der Leiche, aber der Nagel des linken Ringfingers wurde abgeschnitten. Mögliche Trophäe. Höchstwahrscheinlich ante mortem.
- Kondom-Gleitmittel, passend zu Marke Trojan Enz.
- Ungeöffnete Kondome (2), Marke Trojan Enz.
- Keine benutzten Kondome oder Körperflüssigkeiten.
- Reste von Bier der Marke Miller am Boden (Ursprung nicht am Tatort).
- Angelschnur, handelsüblich, 18 Kilo, Monofilament.
- Braunes Hanfseil von 1,20 Meter Länge (Mordwaffe).
- Isolierband auf Mund des Opfers.

- Tabakkrümel, alt, Marke unbekannt.
- Abdruck von Männer-Joggingschuh der Marke Sure-Track, Größe 13.
- Keine Fingerabdrücke.

»Unser Täter hat den Notruf gewählt, richtig?«, fragte Rhyme. »Um den Dodge zu melden.«

»Ja«, bestätigte Sellitto.

»Geh dem Anruf nach. Was er gesagt hat und wie seine Stimme klang.«

»Auch bei den früheren Fällen«, fügte der Detective hinzu. »Dem von deinem Cousin, dem Münzdiebstahl und der anderen Vergewaltigung.«

»Gut, sicher. Daran habe ich gar nicht gedacht.«

Notrufe werden aufgezeichnet und für eine gewisse Zeit aufbewahrt. Sellitto setzte sich mit der Zentrale in Verbindung und bat um die gewünschten Informationen. Zehn Minuten später erhielt er einen Rückruf. Die Anrufe von Arthurs Fall und dem heutigen Mord befänden sich noch im System und seien bereits als Klangdateien an Coopers E-Mail-Adresse geschickt worden, meldete ein Mitarbeiter. Die früheren Notrufe habe man auf CD archiviert. Es könne Tage dauern, sie zu finden, aber man würde sich auf die Suche machen.

Als die besagten Dateien eintrafen, spielte Cooper sie sogleich ab. Eine Männerstimme drängte die Polizei, umgehend zu einer Adresse zu fahren, an der jemand laut geschrien habe. Der Anrufer beschrieb die Fluchtfahrzeuge. Die Stimmen klangen identisch.

»Stimmabdruck?«, fragte Cooper. »Falls wir einen Verdächtigen haben, können wir einen Vergleich anstellen.«

Stimmabdrücke genossen in forensischen Fachkreisen höheres Ansehen als Lügendetektoren und waren vor manchen Gerichten zulässig, je nach Einstellung des Richters. Aber Rhyme schüttelte den Kopf. »Hör genau hin. Er spricht durch eine Box. Meinst du nicht auch?«

Eine »Box« ist ein Gerät, das die Stimme eines Anrufers moduliert. Dadurch entsteht keineswegs ein verzerrter, an Darth Vader erinnernder Klang, sondern das Timbre bleibt normal, wird allenfalls ein wenig hohl. Viele Telefonauskünfte und Kundendienstzentralen sorgen auf diese Weise dafür, dass die Stimmen der Angestellten einheitlich klingen.

In diesem Moment ging die Tür auf, und Amelia Sachs betrat das Labor. Sie trug einen großen Gegenstand unter dem Arm. Rhyme konnte nicht erkennen, was es war. Sachs nickte ihm zu, musterte die aktuelle Tabelle und sagte zu Pulaski: »Das sieht nach guter Arbeit aus.«

»Danke.«

Rhyme sah nun, dass das Ding unter ihrem Arm ein Buch war. Es schien halb in seine Einzelteile zerlegt worden zu sein. »Was, zum Teufel, ist das denn?«

»Ein Geschenk von unserem Freund, Dr. Robert Jorgensen.«

»Was ist das? Ein Beweisstück?«

»Schwer zu sagen. Die Unterredung mit ihm war wirklich eine merkwürdige Erfahrung.«

»Was meinen Sie mit ›merkwürdig‹, Amelia?«, fragte Sellitto.

»Stellen Sie sich vor, Bat Boy, Elvis und Außerirdische würden hinter dem Mord an Kennedy stecken. *Die* Art von merkwürdig.«

Pulaski lachte unwillkürlich auf, was ihm einen vernichtenden Blick von Lincoln Rhyme einbrachte.

... Vierzehn

Sachs erzählte die Geschichte eines gepeinigten Mannes, dem man die Identität gestohlen und das Leben ruiniert hatte. Eines Mannes, der seine Nemesis als Gott bezeichnete und sich selbst als Hiob.

Er war nervlich zerrüttet; »merkwürdig« ging nicht weit genug. Und auch wenn seine Geschichte nur zum Teil wahr sein mochte, so war sie doch bewegend und schwer zu ertragen. Ein vollkommen zerstörtes Leben, durch Verbrechen ohne Sinn und Zweck.

Aber dann wurde Rhyme plötzlich hellhörig, denn Sachs sagte: »Jorgensen behauptet, der Mann, der hinter allem steckt, malträtiere ihn, seit er vor zwei Jahren dieses Buch gekauft habe. Der Fremde scheine alles zu wissen, was Jorgensen tut.«

»Alles zu wissen«, wiederholte Rhyme und sah zu den Tabellen. »Genau darüber haben wir eben noch gesprochen. Dass er sich sämtliche gewünschten Informationen über die Opfer und die Sündenböcke besorgt.« Er fasste die neuesten Erkenntnisse für Sachs zusammen.

Sie reichte das Buch an Mel Cooper weiter und sagte, dass Jorgensen glaubte, es enthalte einen Signalgeber.

»Einen Signalgeber?«, spottete Rhyme. »Der Kerl hat zu viele Oliver-Stone-Filme gesehen ... Meinetwegen, geht der Sache nach, falls ihr wollt. Aber lasst uns darüber nicht die echten Spuren vergessen.«

Sachs' Telefonate mit den diversen Gerichtsbezirken, in denen Jorgensen zum Opfer geworden war, blieben unergiebig. Ja, es habe zweifellos ein Identitätsdiebstahl stattgefunden. »Aber wissen Sie eigentlich, wie oft so was vorkommt?«, fragte ein Beamter aus Florida. »Wir finden eine gefälschte Adresse und führen eine Razzia durch, doch es ist niemand mehr da. Die Täter haben all die Waren eingepackt, die sie auf Kosten des Opfers gekauft haben, und sind nach Texas oder Montana geflohen.«

Die meisten der Kollegen hatten von Jorgensen gehört (»Der

schreibt wirklich eine Menge Briefe«) und zeigten Verständnis. Aber niemand konnte mit konkreten Hinweisen auf eine bestimmte Person oder Bande dienen, die als Täter in Betracht gekommen wäre, und sie alle konnten den Fällen nicht mal annähernd so viel Zeit widmen, wie sie am liebsten wollten. »Wir könnten noch hundert Leute mehr sein und würden es trotzdem nicht schaffen, Fortschritte zu erzielen.«

Sachs legte auf. »Da Fünf Zweiundzwanzig Jorgensens Adresse kennt, habe ich den Portier des Hotels angewiesen, mich sofort zu verständigen, falls jemand sich nach ihm erkundigt«, erklärte sie. »Im Gegenzug habe ich darauf verzichtet, den Schuppen beim städtischen Bauaufsichtsamt zu melden.«

»Nicht schlecht«, sagte Rhyme. »Hast du von irgendwelchen Verstößen gewusst?«

»Nicht bis er sich mit ungefähr Lichtgeschwindigkeit einverstanden erklärt hat.« Sachs ging zu den Spuren, die Pulaski von dem Loft bei SoHo mitgebracht hatte, und nahm sie in Augenschein.

»Fällt Ihnen noch etwas dazu ein, Amelia?«, fragte Sellitto.

Sie stand da, starrte die Tafeln an und kratzte am Nagelbett ihres Daumens herum, während sie versuchte, aus der wirren Ansammlung von Hinweisen schlau zu werden.

»Woher hat er das hier?« Sie nahm die Tüte mit dem Computerausdruck von Myra Weinburgs Gesicht, das freundlich und leicht amüsiert genau in die Kamera blickte. »Wir sollten es herausfinden.«

Gute Idee. Rhyme hatte nicht näher über den Ursprung des Fotos nachgedacht, sondern lediglich angenommen, 522 habe es von irgendeiner Internetseite heruntergeladen. Das Papier des Ausdrucks hatte ihn mehr interessiert.

Auf dem Bild stand Myra Weinburg lächelnd neben einem blühenden Baum und hielt ein Martiniglas mit einem rosafarbenen Drink in der Hand.

Rhyme merkte, dass auch Pulaski die Aufnahme betrachtete und wieder ganz erschüttert wirkte.

Es ist nur, dass sie ein bisschen wie Jenny ausgesehen hat.

Dem Kriminalisten fiel der eigentümliche Rand des Bildes auf, und rechts davon waren einige abgeschnittene Buchstaben zu sehen. »Er muss sich das Foto online besorgt haben. Damit es so wirkt, als habe DeLeon Williams die Frau ausspioniert.«

»Vielleicht können wir ihn über die Seite aufspüren, von der er es heruntergeladen hat«, sagte Sellitto. »Aber wie finden wir die?«

»Wir geben Myras Namen bei Google ein«, schlug Rhyme vor.

Cooper versuchte es und erhielt ein Dutzend Treffer, von denen mehrere sich auf eine andere Myra Weinburg bezogen. Das Opfer tauchte ausschließlich auf den Seiten professioneller Organisationen auf. Aber keines der Fotos von ihr glich dem Bild, das 522 ausgedruckt hatte.

»Ich weiß was«, sagte Sachs. »Lasst mich meinen Experten anrufen.«

»Wen, den Kerl bei der Abteilung für Computerverbrechen?«, fragte Sellitto.

»Nein, eine sogar noch bessere Fachkraft.«

Sie nahm den Hörer ab und wählte eine Nummer. »Pammy, hallo. Wo bist du? …Gut. Ich habe einen Auftrag für dich. Geh online für einen Chat. Den Ton lassen wir über das Telefon laufen.«

Sachs wandte sich an Cooper. »Schalten Sie bitte Ihre Webcam ein, Mel?«

Der Techniker klickte ein Icon an, und gleich darauf öffnete sich auf seinem Monitor ein Fenster mit dem Abbild von Pams Zimmer im Haus ihrer Pflegeeltern in Brooklyn. Das hübsche Mädchen setzte sich. Sein Gesicht wirkte aufgrund der Weitwinkellinse leicht verzerrt.

»Hallo, Pam.«

»Hallo, Mr. Cooper«, antwortete die fröhliche Stimme aus dem Lautsprecher des Telefons.

»Ich übernehme«, sagte Sachs und tauschte ihren Platz mit Cooper. »Kleines, wir haben ein Foto gefunden und glauben, dass es aus dem Internet kommt. Könntest du einen Blick darauf werfen und uns verraten, ob dir etwas dazu einfällt?«

»Na klar.«

Sachs hielt das Blatt vor die Kamera.

»Das spiegelt ziemlich. Kannst du es aus der Tüte nehmen?«

Sachs zog sich Latexhandschuhe an, ließ das Papier vorsichtig aus der Hülle gleiten und hielt es erneut hoch.

»So ist es besser. Ach, sicher, das stammt von OurWorld.«

»Was ist das?«

»Du weißt schon, eine Internetgemeinschaft. Wie Facebook und MySpace. OurWorld ist neu und total angesagt. Jeder ist dort dabei.«

»Weißt du, worum es geht, Rhyme?«, fragte Sachs.

Er nickte. Zufälligerweise hatte er erst kürzlich darüber nachgedacht, weil er in der *New York Times* auf einen Artikel über Netzgemeinschaften und virtuelle Welten wie Second Life gestoßen war. Überrascht hatte Rhyme erfahren, dass die Leute immer weniger Zeit in der Außenwelt verbrachten und dafür immer häufiger ins Virtuelle abtauchten – ob nun in Form von Avataren, als Mitglieder einer dieser Internetgemeinschaften oder als Telearbeiter. Offenbar hielten Halbwüchsige sich inzwischen seltener im Freien auf als jemals zuvor in der Geschichte der Vereinigten Staaten. Rhyme hingegen hatte mit einem strikten Trainingsprogramm seinen körperlichen Zustand deutlich verbessert und zudem seine Ansichten überdacht. Als Folge lebte er immer *weniger* virtuell und wagte sich immer öfter nach draußen. Irgendwie paradox, aber die Trennlinie zwischen Behinderten und Nichtbehinderten verwischte allmählich.

»Bist du sicher, was den Ursprung des Fotos angeht?«, fragte Sachs nun noch einmal bei Pam nach.

»Ja. Es hat diesen besonderen Rand. Wenn man genau hinsieht, erkennt man, dass er aus vielen winzigen Weltkugeln besteht.«

Rhyme kniff die Augen zusammen. Stimmt, der Rand entsprach genau der Beschreibung. Er rief sich ins Gedächtnis, was über OurWorld in dem Artikel gestanden hatte. »Hallo, Pam … es gibt dort viele Mitglieder, nicht wahr?«

»Oh, hallo, Mr. Rhyme. Ja. So etwa dreißig oder vierzig Millionen. Aus wessen Bereich kommt das Bild?«

»Bereich?«, fragte Sachs.

»So nennt man dort deine Seite. Deinen ›Bereich‹. Wer ist die Frau?«

»Sie wurde heute ermordet«, sagte Sachs ruhig. »Das ist der Fall, von dem ich dir vorhin erzählt habe.«

Rhyme hätte einem Teenager gegenüber nichts von dem Mord erwähnt. Aber das hier war nicht seine Sache; Sachs würde schon wissen, was angebracht war und was nicht.

»Oh, das tut mir leid.« Pam wirkte teilnahmsvoll, aber nicht schockiert oder bestürzt.

»Pam, kann jeder beliebige Fremde auf deinen Bereich zugreifen?«, fragte Rhyme.

»Nun, eigentlich muss man Mitglied sein. Aber falls man keine Beiträge verfassen oder einen eigenen Bereich aufmachen möchte, kann man sich mit ein paar Tricks dennoch Zugang verschaffen und sich umsehen.«

»Du sagst also, dass der Mann, der dieses Bild ausgedruckt hat, sich mit Computern auskennt.«

»Ja, das dürfte wohl so sein, schätze ich. Nur dass er es nicht ausgedruckt hat.«

»Wie bitte?«

»Man kann von dort nichts ausdrucken oder herunterladen. Und man kann den aktuellen Bildschirminhalt auch nicht in einer Datei speichern. Das System ist mit entsprechenden Filtern ausgestattet – Sie wissen schon, um Stalking zu verhindern. Das lässt sich nicht knacken. Ähnlich wie der Mechanismus bei urheberrechtlich geschützten Texten im Netz.«

»Aber wie ist er denn dann an das Bild gelangt?«, fragte Rhyme.

Pam lachte. »Oh, er hat wahrscheinlich gemacht, was wir in der Schule auch alle machen, wenn wir das Foto eines süßen Jungen oder irgendeiner verrückten Gothic-Schnepfe haben wollen. Wir fotografieren den Bildschirm mit einer Digitalkamera. Ganz einfach.«

»Natürlich«, sagte Rhyme kopfschüttelnd. »Darauf hätte ich auch von selbst kommen können.«

»Ach, machen Sie sich keine Gedanken, Mr. Rhyme«, sagte das Mädchen. »Die Leute übersehen oft das Nächstliegende.«

Sachs schaute zu Rhyme, den der Trost des Mädchens lächeln ließ. »Okay, Pam. Vielen Dank. Bis später.«

»Tschüs!«

»Lasst uns das Profil unseres Freundes ergänzen.«

Sachs nahm den Filzstift und trat an die Tafel.

TÄTER 522

- Mann.
- Möglicherweise Raucher oder wohnt/arbeitet in der Nähe einer Tabakquelle bzw. mit jemandem, der raucht.
- Hat Kinder oder wohnt/arbeitet in deren Umfeld bzw. in der Nähe einer Spielzeugquelle.
- Interesse an Kunst, Münzen?
- Vermutlich ein Weißer, zumindest aber hellhäutig.
- Mittlere Statur.
- Stark; in der Lage, seine Opfer zu erdrosseln.
- Hat Zugriff auf ein Gerät zur Stimmmodulierung.
- Kennt sich vermutlich mit Computern aus; kennt OurWorld. Andere Internetgemeinschaften?
- Nimmt seinen Opfern Trophäen ab. Sadist?
- Wohnung/Arbeitsplatz ist stellenweise dunkel und feucht.

Hinterlassene echte Spuren

- Staub.
- Alte Pappe.
- Haar von Puppe, Typ BASF B35 Nylon 6.
- Tabak von Zigaretten Marke Tareyton.
- Alter Tabak, nicht Tareyton, aber Marke unbekannt.
- Sporen von Schimmelpilz Stachybotrys Chartarum.

Rhyme ging noch einmal die Details durch, als er Mel Cooper auflachen hörte. »Mann, Mann, Mann.«

»Was denn?«

»Das hier ist interessant.«

»Etwas präziser, bitte. Interessant nützt mir nichts. Ich brauche Fakten.«

»Es ist trotzdem interessant.« Der Techniker hatte mit einer hellen Lampe den aufgeschlitzten Rücken von Robert Jorgensens Buch beleuchtet. »Ihr habt den Doktor alle für verrückt gehalten, als er von Signalgebern gesprochen hat. Tja, wisst ihr was? Womöglich hat Oliver Stone hier *doch* Stoff für einen neuen Film – es *ist* nämlich etwas in diesem Buch versteckt. Im Leinenband des Buchrückens.«

»Ehrlich?«, fragte Sachs und schüttelte den Kopf. »Ich habe gedacht, er spinnt.«

»Lass mal sehen«, sagte Rhyme, dessen Neugier geweckt und dessen Skepsis vorübergehend zurückgestellt war.

Cooper rückte eine kleine hochauflösende Kamera näher an den Untersuchungstisch heran und schaltete eine Infrarotlampe ein. Unter dem Leinenstreifen wurde ein winziges Rechteck aus gekreuzten Linien sichtbar.

»Hol es heraus«, sagte Rhyme.

Cooper trennte behutsam den Buchrücken weiter auf und entfernte etwas, das wie ein rund zwei Zentimeter langes Stück Plastikfolie mit aufgedruckten Computerschaltkreisen aussah. Ferner standen dort eine Ziffernfolge sowie ein Herstellername: DMS, Inc.

»Scheiße, was ist das?«, fragte Sellitto. »Wirklich so eine Art Peilsender?«

»Ich wüsste nicht, wie«, sagte Cooper. »Ich kann hier keine Batterie oder andere Stromquelle feststellen.«

»Mel, schlag die Firma nach.«

Die Suche ergab, dass es sich um Data Management Systems handelte, mit Sitz in der Nähe von Boston. Einer Firmenbeschreibung entnahm Cooper, dass eine der Abteilungen diese kleinen Folien herstellte – sogenannte RFID-Etiketten. Die Abkürzung stand für »Radio Frequency Identification«.

»Davon hab ich schon gehört«, sagte Pulaski. »Es kam was auf CNN.«

»Oh, die maßgebliche Quelle forensischen Wissens«, sagte Rhyme zynisch.

»Nein, die heißt *CSI*«, sagte Sellitto, was Ron Pulaski erneut kurz auflachen ließ.

»Was machen diese Dinger?«, fragte Sachs.

»Das ist interessant.«

»Schon wieder dieses Wort.«

»Im Wesentlichen ist es ein programmierbarer Chip, der von einem Funkscanner ausgelesen werden kann. Er benötigt keine Batterie; die Antenne fängt die Funkwellen auf und gewinnt daraus den erforderlichen Betriebsstrom.«

»Jorgensen hat davon geredet, Antennen abzubrechen, um die Signalgeber außer Gefecht zu setzen«, sagte Sachs. »Er hat außerdem behauptet, man könne manche von den Teilen in einer Mikrowelle zerstören. Bei diesem da« – sie wies darauf – »ist es ihm nicht gelungen. Hat er jedenfalls gesagt.«

»Hersteller und Händler benutzen diese Chips zur Bestandskontrolle in ihren Warenwirtschaftssystemen«, fuhr Cooper fort. »Innerhalb der nächsten paar Jahre wird jedes in den Vereinigten Staaten verkaufte Produkt mit einem eigenen RFID-Etikett versehen sein. Manche großen Handelsketten bestehen bereits jetzt darauf, bevor sie eine neue Ware in ihr Sortiment aufnehmen.«

Sachs lachte. »Das ist genau das, was Jorgensen mir erzählt hat. Vielleicht war er gar nicht so paranoid, wie ich gedacht habe.«

»Jedes Produkt?«, fragte Rhyme.

»Ja. Damit die Läden wissen, wo das Zeug im Lager steht, wie groß der Vorrat ist, was sich schneller verkauft als andere Dinge, wann die Regale wieder aufgefüllt werden müssen und wann eine Nachbestellung fällig ist. Fluggesellschaften setzen diese Etiketten bei der Gepäckabfertigung ein, damit immer klar ist, wo dein Koffer sich befindet, ohne dass man den Strichcode einscannen muss. Und sie stecken in Kreditkarten, Führerscheinen oder Firmenausweisen. Die heißen dann ›Smartcards‹.«

»Jorgensen wollte meinen Dienstausweis sehen. Er hat ihn genau geprüft. Vielleicht war es das, wonach er gesucht hat.«

»Die Dinger sind überall«, erklärte Cooper. »In diesen Paybackkarten, die man im Supermarkt benutzt, in Vielfliegerkarten, in Mautboxen.«

Sachs deutete auf die Wandtafeln. »Überleg mal, Rhyme. Jorgensen hat davon geredet, dass dieser Mann, den er Gott nennt, alles über sein Leben weiß. Genug, um ihm die Identität zu stehlen, in seinem Namen Einkäufe zu tätigen, Anleihen aufzunehmen, sich Kreditkarten zu besorgen oder seinen Aufenthaltsort herauszufinden.«

Sie kamen bei ihrer Jagd einen Schritt weiter. Rhyme verspürte das vertraute Kribbeln. »Und Fünf Zweiundzwanzig weiß genug über seine Opfer, um nah an sie heranzukommen und ihnen die Scheu zu nehmen. Er weiß genug über die Sündenböcke, um falsche Spuren zu legen, die exakt zu ihren Habseligkeiten passen.«

»Und er wusste genau, wo sie sich zum Zeitpunkt der Verbrechen aufgehalten haben«, fügte Sellitto hinzu. »Sodass sie kein Alibi hatten.«

Sachs musterte das winzige Etikett. »Jorgensen hat gesagt, sein Unglück habe ungefähr mit dem Erwerb dieses Buches angefangen.«

»Wo hat er es gekauft? Gibt es einen Kassenbon oder Preisaufkleber, Mel?«

»Nein. Falls es welche gab, hat er sie entfernt.«

»Ruft Jorgensen an. Holen wir ihn her.«

Sachs nahm ihr Telefon und wählte die Nummer des Hotels, in dem sie ihn gerade erst besucht hatte. Sie runzelte die Stirn. »So schnell?«, fragte sie den Portier.

Das bedeutet nichts Gutes, dachte Rhyme.

»Er ist ausgezogen«, sagte sie, nachdem sie die Verbindung getrennt hatte. »Aber ich weiß, wohin er will.« Sie kramte einen Zettel hervor, wählte eine andere Nummer und führte ein kurzes Gespräch. Seufzend legte sie auf. Jorgensen sei auch nicht in dem anderen Hotel, sagte sie; er habe nicht mal angerufen, um sich ein Zimmer zu reservieren.

»Hast du die Nummer seines Mobiltelefons?«

»Er besitzt kein Telefon. Er traut den Dingern nicht. Aber er kennt meine Nummer. Mit etwas Glück meldet er sich.« Sachs ging näher an das kleine Etikett heran. »Mel. Kappen Sie die Leitung. Die Antenne.«

»Was?«

»Jorgensen hat gesagt, mit dem Besitz des Buches seien wir ebenfalls infiziert. Trennen Sie die Antenne ab.«

Cooper zuckte die Achseln und schaute zu Rhyme, der den Gedanken für absurd hielt. Andererseits ließ Amelia Sachs sich nicht so leicht einschüchtern. »Klar, meinetwegen. Aber trag es auf der Registrierkarte ein. ›Beweisstück unschädlich gemacht.‹«

Der Satz war normalerweise für Bomben und Handfeuerwaffen reserviert.

Dann verlor Rhyme das Interesse an dem RFID-Chip. Er blickte auf. »Also gut. Bis wir von Jorgensen hören, können wir ja ein paar Vermutungen anstellen… Na los, Leute. Traut euch. Ich brauche Anregungen! Wir haben einen Täter, der sich all diese verfluchten Informationen über andere Leute besorgen kann. Wie schafft er das? Er kennt *alles*, was die Sündenböcke gekauft haben. Angelschnur, Küchenmesser, Rasiercreme, Dünger, Kondome, Isolierband, Seil, Bier. Es hat bis jetzt mindestens vier Opfer und vier Beschuldigte gegeben. Er kann nicht allen gefolgt sein, und er bricht nicht in die Häuser ein.«

»Vielleicht arbeitet er in einem dieser großen Läden«, schlug Cooper vor.

»Aber DeLeon hat manche der Sachen bei Home Depot gekauft – und dort gibt es weder Kondome noch Knabbergebäck.«

»Fünf Zweiundzwanzig könnte bei einer Kreditkartengesellschaft angestellt sein«, sagte Pulaski. »Dort kann er nachsehen, was die Leute gekauft haben.«

»Nicht schlecht, Grünschnabel, aber die Opfer müssen einige Male bar bezahlt haben.«

Überraschenderweise hatte Thom darauf eine mögliche Antwort parat. Er nahm seine Schlüssel aus der Tasche. »Mel hat doch vorhin die Paybackkarten erwähnt.« Er zeigte ihnen zwei kleine Plastikkarten an seinem Schlüsselring. Eine für A&P, eine für Food Emporium. »Ich ziehe die Karte durch und erhalte später eine Rückvergütung, wenn mit der Zeit eine gewissse Summe zusammengekommen ist. Auch wenn ich bar zahle, weiß der Laden, was ich gekauft habe.«

»Gut«, sagte Rhyme. »Aber was machen wir damit? Wir haben trotzdem Dutzende von Geschäften vor uns, in denen die Opfer und Sündenböcke eingekauft haben.«

»Ah.«

Sachs stand vor den Tafeln und fing plötzlich an zu lächeln. »Ich glaube, ich hab's.«

»Was?«, fragte Rhyme und rechnete mit der cleveren Anwendung eines forensischen Prinzips.

»Schuhe«, sagte sie einfach. »Die Antwort lautet Schuhe.«

... Fünfzehn

»Er weiß nicht nur, was für Artikel die Leute gekauft haben«, erläuterte Sachs. »Er kennt auch zusätzliche Details. Sieh dir drei der Verbrechen an. Den Fall deines Cousins, den Fall Myra Weinburg und den Münzdiebstahl. Fünf Zweiundzwanzig hat nicht nur die Schuhmodelle der Sündenböcke gekannt, sondern auch die Größen.«

»Okay«, sagte Rhyme. »Lasst uns herausfinden, woher DeLeon Williams und Arthur ihre Schuhe haben.«

Ein kurzer Anruf bei Judy Rhyme und einer bei Williams ergaben, dass die Schuhe im Versandhandel gekauft worden waren – ein Paar durch einen Katalog, das andere über eine Internetseite, aber beide direkt vom jeweiligen Hersteller.

»Also gut«, sagte Rhyme. »Wir suchen uns einen aus, rufen dort an und lassen uns erklären, wie die Schuhbranche funktioniert. Werft eine Münze.«

Der Gewinner hieß Sure-Track. Und es waren nur vier Versuche nötig, um jemanden aus der Firma an den Apparat zu bekommen – keinen Geringeren als den leitenden Geschäftsführer.

Im Hintergrund hörte man Wasser aufspritzen und Kinder lachen. »Ein Verbrechen?«, fragte der Mann verunsichert.

»Es hat nichts direkt mit Ihnen zu tun«, beruhigte Rhyme ihn. »Eines Ihrer Produkte ist ein Beweisstück.«

»Doch hoffentlich nicht wie bei dem Kerl, der ein Flugzeug mit einer Bombe im Schuh in die Luft sprengen wollte.« Er hielt abrupt inne, als gefährde sogar die bloße Erwähnung dieses Umstands bereits die nationale Sicherheit.

Rhyme schilderte den Sachverhalt – dass der Killer sich persönliche Informationen über die Opfer beschafft hatte, darunter Einzelheiten über Schuhe der Marken Sure-Track beziehungsweise Alton bei seinem Cousin und Bass bei dem anderen Sündenbock. »Verkaufen Sie auch über den Einzelhandel?«

»Nein, nur online.«

»Tauschen Sie mit Ihrer Konkurrenz Daten aus? Daten über Kunden?«

Ein Zögern.

»Hallo?«, fragte Rhyme in die Stille.

»Oh, das dürfen wir gar nicht. Es wäre ein Verstoß gegen die Datenschutzbestimmungen.«

»Nun, wie könnte jemand Zugang zu Informationen erlangen, die Käufer von Sure-Track-Schuhen betreffen?«

»Das ist eine komplizierte Situation.«

Rhyme verzog das Gesicht.

»Sir«, meldete Sachs sich zu Wort. »Der Mann, den wir suchen, ist ein Mörder und Vergewaltiger. Können Sie sich *irgendwie* vorstellen, wie er von Ihren Kunden erfahren haben könnte?«

»Nicht wirklich.«

»Dann besorgen wir uns eben einen Gerichtsbeschluss und nehmen Ihre Unterlagen Zeile für Zeile auseinander«, herrschte Sellitto ihn an.

Mit der Tür ins Haus zu fallen, entsprach nicht unbedingt dem feinfühligen Ansatz, den Rhyme gewählt hätte, funktionierte aber prächtig.

»Halt, halt, halt«, rief der Mann. »Ich habe da eventuell eine Idee.«

»Nämlich?«, fragte Sellitto barsch.

»Vielleicht hat er … okay, falls er über Informationen von *verschiedenen* Firmen verfügt hat, könnten sie von einem Datensammler stammen.«

»Was ist das?«, fragte Rhyme.

Diesmal schien der Mann vor lauter Überraschung zu zögern. »Sie haben noch nie davon gehört?«

Rhyme verdrehte die Augen. »Nein. Was ist das?«

»Das, wonach es klingt. Informationsdienstleister – sie wühlen sich durch Daten über Kunden, ihre Einkäufe, Häuser und Karten, ihre Kreditvergangenheit, einfach alles. Dann werden die Daten analysiert und gegen ein Entgelt weitergegeben. Sie wissen schon, um anderen Firmen dabei zu helfen, Markttrends zu erkennen, neue Kunden zu finden, gezielte Werbesendungen zu verschicken und Kampagnen zu planen. So was in der Art.«

Einfach alles …

Daran könnte etwas sein, dachte Rhyme. »Beziehen die ihre Informationen auch aus RFID-Chips?«

»Aber sicher. Das ist eine der ganz großen Datenquellen.«

»Welchen Datensammler nutzt Ihre Firma?«

»Oh, ich weiß nicht. Mehrere.« Seine Stimme klang zurückhaltend.

»Wir müssen es wirklich wissen«, sagte Sachs in der Rolle des guten Cops, verglichen mit dem »bösen« Sellitto. »Wir möchten nicht, dass noch jemand verletzt wird. Dieser Täter ist sehr gefährlich.«

Der Mann überlegte seufzend hin und her. »Nun ja, wir arbeiten vor allem mit SSD zusammen. Die sind ziemlich groß. Aber falls Sie annehmen, dass jemand von dort in ein Verbrechen verwickelt gewesen sein könnte, vergessen Sie's. Diese Leute sind großartig. Und es gibt natürlich Sicherheitsvorkehrungen und …«

»Wo ist deren Firmensitz?«, fragte Sachs.

Wieder ein Zögern. Na los, verdammt, dachte Rhyme.

»In New York City.«

Dem Tummelplatz von 522. Rhyme und Sachs sahen sich an. Er lächelte. Das hier wirkte vielversprechend.

»Gibt es noch andere in dieser Gegend?«

»Nein. Axciom, Experian und Choicepoint, die anderen Großen, sitzen nicht hier. Aber glauben Sie mir, niemand von SSD hat mit der Sache zu tun. Ich schwöre.«

»Wofür steht SSD?«, fragte Rhyme.

»Strategic Systems Datacorp.«

»Haben Sie dort einen Ansprechpartner?«

»Nein, eigentlich niemanden im Speziellen«, versicherte er schnell. Zu schnell.

»Nein?«

»Na ja, wir haben mit deren Kundendienst zu tun. Aber die Namen der einzelnen Mitarbeiter weiß ich nicht auswendig. Ich könnte nachsehen und es herausfinden.«

»Wer leitet die Firma?«

Wieder eine Pause. »Das dürfte Andrew Sterling sein. Er ist der Gründer und Hauptgeschäftsführer. Hören Sie, ich garantiere Ihnen, dass niemand dort etwas Illegales tun würde. Unmöglich.«

Dann wurde Rhyme etwas klar. Der Mann hatte Angst. Nicht vor der Polizei. Vor SSD. »Weshalb machen Sie sich Sorgen?«

»Es ist nur… wir könnten ohne SSD nicht funktionieren«, gestand er. »Wir… wir sind eines von deren Partnerunternehmen.«

Nach seinem Tonfall zu folgern, meinte er in Wahrheit: »Wir sind völlig auf sie angewiesen.«

»Wir werden Ihren Namen nicht nennen«, sagte Sachs.

»Danke. Wirklich. Vielen Dank.« Seine Erleichterung war nicht zu überhören.

Sachs bedankte sich höflich für seine Mitwirkung. Sellitto verdrehte die Augen.

Rhyme trennte die Verbindung. »Datensammler? Weiß einer von euch etwas darüber?«

»SSD ist mir neu, aber von Datensammlern habe ich schon gehört«, sagte Thom. »Das ist *die* Branche des einundzwanzigsten Jahrhunderts.«

Rhyme warf einen Blick auf die Tabellen. »Falls Fünf Zweiundzwanzig also für SSD arbeitet oder einer ihrer Kunden ist, könnte er herausfinden, wer Rasiercreme, Seil, Kondome oder Angelschnur gekauft hat – und später entsprechende Spuren fingieren.« Dann kam ihm noch ein Gedanke. »Der Chef der Schuhfirma hat gesagt, dass die Daten auch für gezielte Werbesendungen genutzt werden. Arthur hat Prospekte über Prescott-Gemälde erhalten, wisst ihr noch? Fünf Zweiundzwanzig könnte über diese Mailinglisten von dem Bild erfahren haben. Vielleicht stand auch Alice Sanderson auf einer der Listen.«

»Und sieh mal… die Fotos.« Sachs ging zu einer der Tafeln und wies auf einige Bilder vom Tatort des Münzdiebstahls. Auf den Tischen und am Boden lagen eindeutig zahlreiche Werbebriefe.

»Und, Sir?«, meldete sich Pulaski. »Detective Cooper hat die Mautboxen erwähnt. Falls SSD auch an diese Daten herankommt, könnte der Killer herausgefunden haben, wann genau Ihr Cousin in der Stadt gewesen und wann er nach Hause gefahren ist.«

»Mein Gott«, murmelte Sellitto. »Wenn das stimmt, hat dieser Kerl eine erstklassige Tatmethode für sich entdeckt.«

»Überprüf dieses Datensammeln, Mel. Google danach. Ich will mit Sicherheit wissen, ob SSD die einzige Firma im näheren Umkreis ist.«

»Hmm«, machte Cooper nach ein paar Tastendrücken. »Ich erhalte hier mehr als zwanzig Millionen Treffer.«

»Zwanzig *Millionen*?«

Im Verlauf der nächsten Stunde verfolgte das Team, wie Cooper die Liste der führenden Datensammler des Landes (es gab etwa ein halbes Dutzend) immer weiter eingrenzte. Er lud ausführliches Material herunter, sowohl von den Firmenseiten als auch aus anderen Quellen. Dann verglich er die diversen Kundenlisten der Datensammler mit den Produkten, die in den Fällen von Täter 522 aufgetaucht waren. Wie es schien, war SSD nicht nur der wahrscheinlichste Ursprung all seiner Informationen, sondern zudem tatsächlich der einzige Anbieter im Großraum New York.

»Falls ihr möchtet, kann ich deren Verkaufsbroschüre herunterladen«, sagte Cooper.

»Und ob wir möchten, Mel. Her damit.«

Sachs saß neben Rhyme. Gemeinsam sahen sie die Internetseite von SSD auf dem Bildschirm erscheinen, gekrönt vom Logo der Firma: einem Wachturm mit einem Fenster, aus dem mehrere Lichtstrahlen fielen.

STRATEGIC SYSTEMS DATACORP

Ihr Fenster in die Zukunft℠

»Wissen ist Macht!« ... Informationen sind die wertvollste Ware des 21. Jahrhunderts, und SSD ist der führende Ansprechpartner, um daraus maßgeschneiderte Strategien für Sie zu entwerfen, Ihre Ziele neu zu definieren und Ihnen bei der Entwicklung von Lösungen behilflich zu sein, damit Sie den unzähligen Herausforderungen von heute gewachsen sind. Mit mehr als 4000 Kunden in den USA und im Ausland hat SSD sich als weltweit bedeutendster Wissensanbieter etabliert.

Die Datenbank

innerCircle® ist die größte private Datenbank der Welt und enthält

Schlüsselinformationen über 280 Millionen Amerikaner und 130 Millionen Bürger anderer Länder. innerCircle® läuft auf unserem eigens konzipierten Massively Parallel Computer Array Network (MPCAN®), dem leistungsstärksten Computersystem, das je für kommerzielle Zwecke entwickelt wurde.

innerCircle® hält gegenwärtig mehr als 500 Petabyte an Informationen bereit – was vielen Billionen Seiten von Daten entspricht –, und es steht zu erwarten, dass diese Menge bald auf ein Exabyte anwachsen wird. Zum Vergleich: Wollte man die Abschrift jedes einzelnen Wortes speichern, das alle bisher existierenden Menschen im Laufe ihres Lebens gesprochen haben, wären dafür nur fünf Exabyte erforderlich!

Wir sind im Besitz einer wahren Fundgrube an persönlichen und öffentlichen Informationen: Telefonnummern, Adressen, Fahrzeugzulassungen, Lizenzen und Konzessionen, Kaufgewohnheiten und -vorlieben, Reiseprofile, Behördenunterlagen und Bevölkerungsstatistiken, Kredit- und Einkommensvorgeschichten und noch vieles, vieles mehr. Diese Daten werden Ihnen umgehend zur Verfügung gestellt, und zwar in mühelos zugänglicher und sofort nutzbarer Form, die genau auf Ihre Bedürfnisse abgestimmt wurde.

innerCircle® wächst jeden Tag um Hunderttausende von Einträgen.

Die Werkzeuge

- Watchtower DBM®, das umfassendste Datenbank-Management-System der Welt, ist Ihr Partner bei Planung und Entwicklung. Mit Watchtower® definieren Sie Ihre Ziele, gewinnen aus innerCircle® alle relevanten Daten und erhalten so eine auf Ihren Erfolg hin ausgerichtete Strategie direkt frei Haus geliefert, rund um die Uhr, von unseren blitzschnellen und supersicheren Servern. SQL hat vor Jahren Maßstäbe gesetzt. Watchtower® bietet all das und noch mehr.
- Xpectation®, unsere Software zur Verhaltensanalyse, basiert auf einer hochmodernen künstlichen Intelligenz und Kombinatorik. Hersteller, Dienstanbieter, Groß- und Einzelhändler … Möchten Sie wissen, wohin Ihr Markt sich entwickelt und was Ihre

Kunden zukünftig wünschen werden? Dann ist dies das richtige Produkt für Sie. Und allen Gesetzeshütern sei gesagt: Mit Xpectation® können Sie im Voraus absehen, wo und wann Straftaten verübt werden, und vor allem, wer sie wahrscheinlich begehen wird.

- FORT® (Finding Obscure Relationship Tool) ist ein einzigartiges und revolutionäres Produkt, das Millionen scheinbar unabhängiger Fakten analysiert, um Verbindungen zu erkennen, die kein Mensch jemals von allein entdecken würde. Ob Sie eine Firma sind, die mehr über den Markt wissen möchte (oder über die Konkurrenz), oder eine Strafverfolgungsbehörde, die einen schwierigen Kriminalfall bearbeitet, FORT® wird Ihnen zu dem entscheidenden Vorteil verhelfen!
- ConsumerChoice®, unser Überwachungspaket, gestattet es Ihnen, die exakte Kundenreaktion auf Werbemaßnahmen, Marketingprogramme sowie neue oder geplante Produkte zu ermitteln. Vergessen Sie die subjektiven Meinungen einer ausgewählten Testgruppe. Dank biometrischer Überwachung können Sie die wahren Ansichten realer Personen sammeln und analysieren – und die Probanden wissen meistens nicht einmal, dass sie beobachtet werden!
- HubOvervue® dient zur Konsolidierung Ihrer Daten. Mit dieser einfach zu bedienenden Software kontrollieren Sie jede Datenbank Ihres Unternehmens – und unter den geeigneten Umständen auch den Datenbestand anderer Firmen.
- SafeGard® ist ein System zur Abschirmung und Identitätsverifikation. Ob Sie eine terroristische Bedrohung fürchten, die Entführung wichtiger Mitarbeiter, Industriespionage oder Diebstähle durch Angestellte oder Kunden, SafeGard® sorgt dafür, dass Ihre Einrichtungen geschützt sind und Sie sich auf Ihr Kerngeschäft konzentrieren können. Und ob es nun darum geht, die Vorgeschichte einzelner Personen zu durchleuchten, Sicherheitskonzepte zu entwickeln oder gefährliche Substanzen aufzuspüren, wir haben bei uns die führenden Spezialisten für Sie. Privatkunden und Behörden in aller Welt verlassen sich auf uns! Zur SafeGard®-Abteilung von SSD gehört außerdem der Marktführer für biometrische Hard- und Software, Bio-Chek®.

- NanoCure® heißt unser medizinisches Forschungsprogramm. Willkommen in der Welt der mikrobiologischen intelligenten Systeme zur Diagnose und Behandlung von Krankheiten. In Zusammenarbeit mit Ärzten entwerfen unsere Nanotechnologen Lösungen für die alltäglichen Gesundheitsprobleme der heutigen Bevölkerung. Von der Überwachung genetischer Defekte über die Warnung vor lebensbedrohlichen Erkrankungen bis zur Entwicklung injizierbarer Transponder, die bei der Heilung hartnäckiger, tödlicher Leiden helfen, arbeitet unsere NanoCure®-Abteilung an der Vision einer gesunden Gesellschaft.
- On-Trial® ist Ihr Begleiter bei allen Rechtsstreitigkeiten. Von Produkthaftung bis Kartellrecht – On-Trial® optimiert den Umgang mit Dokumenten, Zeugenaussagen und Beweisstücken.
- PublicSure® wurde für die Anforderungen der Strafverfolgungsbehörden entwickelt. Die Software gestattet Zusammenführung und Abgleich von Strafregistern sowie diversen anderen öffentlichen Unterlagen aus Datenbanken verschiedenster Herkunft – von der internationalen über die landesweite und bundesstaatliche bis hin zur regionalen Ebene. PublicSure® liefert die Suchergebnisse binnen weniger Sekunden – ganz gleich ob in ein Büro, den Computer eines Streifenwagens, einen PDA oder ein Mobiltelefon. So können Ermittlungen schnell zum Abschluss gebracht werden, und die Beamten im Einsatz sind besser vorbereitet und dadurch sicherer.
- EduServe® wendet sich an alle Schulen. Eine erfolgreiche Gesellschaft kann es sich nicht erlauben, die Ausbildung ihrer Kinder zu vernachlässigen! EduServe® unterstützt Schulbehörden und Lehrer dabei, die ihnen zur Verfügung stehenden Mittel so effizient wie möglich zu nutzen und jeden einzelnen Steuerdollar in ein hochwertiges Unterrichtsangebot zu verwandeln – vom Kindergarten bis zur Abschlussklasse.

Rhyme lachte ungläubig. »Falls Fünf Zweiundzwanzig Zugriff auf all diese Informationen hat … dann weiß er wirklich einfach alles.«

»Okay, hört euch das an«, sagte Mel Cooper. »Ich habe mir die Unternehmen angeschaut, die zu SSD gehören. Ratet mal, wer auf der Liste steht.«

»Ich tippe auf… wie war doch gleich das Kürzel? …DMS«, erwiderte Rhyme. »Der Hersteller des RFID-Etiketts aus dem Buch, richtig?«

»Ja. Du hast's erfasst.«

Einen Moment lang sagte niemand etwas. Rhyme bemerkte, dass jeder im Raum das SSD-Logo auf dem Computermonitor ansah, das leuchtende Fenster.

»Also gut«, murmelte Sellitto und wandte sich der Tabelle zu. »Was machen wir nun?«

»Eine Observation?«, schlug Pulaski vor.

»Das wäre sinnvoll«, sagte Sellitto. »Ich fordere einige Teams an.«

Rhyme warf ihm einen spöttischen Blick zu. »Du willst eine ganze Firma überwachen? Wie viele Angestellte haben die? Tausend?« Er schüttelte den Kopf. »Kennst du Ockhams Rasiermesser, Lon?«

»Wer, zum Teufel, ist Ockham? Ein Friseur?«

»Ein Philosoph. Das Rasiermesser ist eine Metapher für das Wegschneiden unnötiger Erklärungen bei der Analyse eines Phänomens. Falls es mehrere Möglichkeiten gibt, so Ockhams Theorie, ist die einfachste fast immer auch die richtige.«

»Und wie lautet dein unkomplizierter Vorschlag, Rhyme?«, fragte Sachs.

Der Kriminalist wandte sich wieder der Broschüre zu. »Ich bin der Meinung, du und Pulaski solltet SSD morgen früh einen Besuch abstatten.«

»Und dann?«

Er zuckte die Achseln. »Dann fragt ihr, ob jemand, der dort arbeitet, unser Killer sein könnte.«

… Sechzehn

Ah, endlich zu Hause.

Ich mache die Tür zu.

Und schließe die Welt aus.

Ich atme tief durch, lege meinen Rucksack auf die Couch und gehe in die makellos saubere Küche, um ein Glas Wasser zu trinken. Im Augenblick möchte ich keinen Alkohol.

Weil ich so kribbelig bin.

Das Haus ist hübsch. Aus der Vorkriegszeit und riesengroß (das muss es auch sein, wenn man so wie ich lebt, mit all meinen Sammlungen). Es war gar nicht so einfach, einen geeigneten Ort zu finden. Hat eine ganze Weile gedauert. Aber hier bin ich nun und falle kaum auf. Es ist in New York unglaublich einfach, quasi anonym zu bleiben. Was für eine fabelhafte Stadt! Man ist hier automatisch unsichtbar. Um Aufsehen zu erregen, muss man sich anstrengen. Genau das ist es, was viele Sechzehner machen. Aber es hat auf der Welt schon immer mehr als genug Dummköpfe gegeben.

Trotzdem muss man natürlich den Schein wahren. Die vorderen Räume meines Hauses sind schlicht und geschmackvoll eingerichtet (danke, Skandinavien). Ich habe nur selten Besuch, aber man braucht eine Fassade, um normal zu wirken. Man muss in der Außenwelt funktionieren. Ansonsten fragen die Sechzehner sich nämlich, ob alles mit rechten Dingen zugeht und ob man womöglich jemand anders ist als vermutet.

Und von da aus fehlt nicht mehr viel, bis jemand kommt und in deinem Refugium herumschnüffelt und dir alles wegnimmt. Alles, wofür du so schwer gearbeitet hast.

Alles.

Und das wäre unsagbar schlimm.

Also sorgst du dafür, dass dein Refugium geheim bleibt. Du achtest darauf, dass deine Schätze hinter Vorhängen oder abgedunkelten Fenstern versteckt sind, während du den anderen Teil deines Lebens in aller Öffentlichkeit verbringst, auf der sonnenbeschienenen Seite des Mondes. Um nicht aufzufallen, legt man sich am besten eine geeignete Kulisse zu. Man macht, was ich gemacht habe: hält diese moderne schwedische Patina der Normalität sauber und ordentlich, auch wenn es beständig an deinen Nerven zehrt, sich dort aufzuhalten.

Du hast ein normales Zuhause. Denn das hat jeder.

Und du hältst freundlichen Kontakt zu Mitarbeitern und Freunden. Denn das tut jeder.

Und du gehst gelegentlich mit einer Frau aus und verführst sie, über Nacht zu bleiben, wo du dann das gängige Programm absolvierst.

Denn auch das tut jeder. Es spielt keine Rolle, dass deine Erektion nicht annähernd so hart ausfällt, als hättest du dich in ihr Schlafzimmer geschmeichelt, lächelnd – sind wir nicht Seelenverwandte? Sieh doch, wie viel wir gemeinsam haben! – mit einem Diktiergerät und einem Messer in deiner Jackentasche.

Nun ziehe ich die Vorhänge der Fensternische zu und gehe in den hinteren Teil des Wohnzimmers.

»Wow, ist das hübsch hier… Von draußen sieht es aber größer aus.«

»Ja, komisch, wie man sich manchmal täuscht.«

»He, dahinten ist ja eine Tür. Wohin führt die?«

»Ach, das ist bloß Stauraum. Ein Wandschrank. Nichts Besonderes. Möchtest du ein Glas Wein?«

Nun, Debby, Sandra, Susan, Brenda, ich gehe jetzt durch diese Tür. In mein *richtiges* Zuhause. Mein Refugium, wie ich es nenne. Es ist wie ein Burgfried, das letzte Bollwerk einer mittelalterlichen Festung, die Zuflucht im Zentrum. Wenn keine andere Möglichkeit mehr blieb, zogen der König und seine Familie sich in den Burgfried zurück.

Meinen betrete ich durch jenes magische Portal. Es handelt sich *tatsächlich* um einen begehbaren Wandschrank, in dem Kleidung hängt und Schuhkartons stehen. Aber dahinter gibt es eine zweite Tür, und hinter ihr liegt der Rest des Hauses, der viel, viel größer ist als der entsetzliche schwedenblonde Minimalismus der Fassade.

Mein Refugium …

Ich gehe hindurch, verriegle die Tür hinter mir und schalte das Licht ein.

Versuche, mich zu entspannen. Aber nach dem heutigen Tag, nach der Katastrophe, fällt es mir schwer, das kribbelige Gefühl abzuschütteln.

Das ist nicht gut, das ist nicht gut, das …

Ich setze mich an meinen Schreibtisch und fahre den Computer hoch. Währenddessen betrachte ich das Prescott-Gemälde vor mir, das Souvenir von Alice 3895. Was für einen Pinselstrich er hatte! Die Augen der Familienmitglieder sind faszinierend. Es ist Prescott gelungen, jedem einen anderen Blick zu verleihen. Die Verwandtschaft der Personen ist nicht zu übersehen; ihre Gesichtszüge ähneln sich. Und doch sind sie alle verschieden, als denke jeder in diesem Moment an einen anderen Aspekt des Familienlebens: fröhlich, sorgenvoll, verärgert, verwirrt, beherrschend, beherrscht.

All das, was sich in einer Familie abspielt.

Nehme ich an.

Ich öffne den Rucksack und hole die Schätze hervor, die ich heute gefunden habe. Einen Blechkanister, ein Bleistiftset, eine alte Käsereibe. Warum landet so etwas im Abfall? Ich nehme außerdem die praktischen Dinge heraus, die ich im Laufe der nächsten Wochen verwenden werde: einige im Voraus bewilligte und achtlos weggeworfene Kreditanträge, Kreditkartenbelege, Telefonrechnungen … Dummköpfe, wie schon gesagt.

Es gibt natürlich noch ein weiteres Stück für meine Sammlung, aber zu dem Diktiergerät komme ich später. Das Resultat hätte besser ausfallen können, doch ich musste die kehligen Schreie, die Myra 9834 ausstieß, mit Isolierband dämpfen, bevor ich den Fingernagel abgetrennt habe; ich war besorgt wegen etwaiger Passanten. Wie dem auch sei, eine Sammlung kann nicht nur aus Kronjuwelen bestehen; man braucht das Durchschnittliche, damit das Besondere sich umso deutlicher abhebt.

Ich schlendere durch mein Refugium und lege die Schätze an den zugehörigen Stellen ab.

Von draußen sieht es größer aus …

Zum gegenwärtigen Zeitpunkt besitze ich 7403 Zeitungs- und 3234 Zeitschriftenexemplare (selbstverständlich mit *National Geographic* als Eckpfeiler), 4235 Streichholzbriefchen… sowie, unter Auslassung der Anzahl: Kleiderbügel, Küchengeräte, Lunchboxen, Limonadenflaschen, leere Cornflakes-Kartons, Scheren, Rasierzeug, Schuhlöffel und Leisten, Knöpfe, Manschettenknopfschachteln, Kämme, Armbanduhren, Kleidungsstücke, nützliche Werkzeuge, längst veraltete Werkzeuge, bunte Grammophonplatten, schwarze Schallplatten, Flaschen, Spielzeuge, Marmeladengläser, Kerzen und Kerzenhalter, Bonbonnieren, Waffen. Das geht weiter und weiter und immer so weiter.

Mein Refugium besteht aus – was sonst? – *sechzehn* Galerien, wie in einem Museum, von Räumen mit fröhlichen Spielzeugen (obwohl dieser Howdy Doody ganz schön gruselig aussieht) zu Zimmern mit Dingen, die *ich* sehr schätze, wenngleich die meisten anderen Leute sie eher, äh, unerfreulich finden würden. Haare und Fingernägel und manch runzliges Andenken an diverse Transaktionen. Wie das von heute Nachmittag. Ich platziere den Fingernagel, den Myra 9834 mir nicht ganz freiwillig überlassen hat, an einem Ehrenplatz. Und während ich dabei normalerweise vor lauter Vergnügen wieder eine Erektion bekommen würde, ist der Moment finster und ruiniert.

Ich hasse diese Leute ja so sehr…

Mit zitternden Händen schließe ich die Zigarrenkiste. Meine Schätze bereiten mir im Augenblick keine Freude.

Hass, Hass, Hass…

Ich setze mich wieder an den Computer und denke: Vielleicht droht gar keine Gefahr. Vielleicht sind diese Leute nur durch eine merkwürdige Reihe von Zufällen auf das Haus von DeLeon 6832 gestoßen.

Aber ich darf nichts riskieren.

Das Problem: Ich kann an nichts anderes mehr denken, als dass man mir meine Schätze wegnehmen könnte.

Die Lösung: Tun, womit ich in Brooklyn angefangen habe. Mich zur Wehr setzen. Jegliche Bedrohung ausschalten.

Die meisten Sechzehner, einschließlich meiner Verfolger, begreifen eines nicht, wodurch diese Leute gewaltig ins Hintertreffen geraten: Ich glaube an die unerschütterliche Wahrheit, dass es in keiner Weise moralisch falsch ist, jemandem das Leben zu nehmen. Denn ich weiß, dass unser Dasein ewig währt und vollkommen unabhängig von diesen Hüllen aus Haut und Organen ist, die wir vorübergehend mit uns herumschleppen. Ich kann das beweisen: Man muss sich nur die zahllosen persönlichen Daten ansehen, die sich vom Moment unserer Geburt an ein Leben lang sammeln. Die sind alle von Dauer, an Tausenden von Orten gespeichert, kopiert, gesichert, unsichtbar und unauslöschlich. Der Leib mag vergehen, und irgendwann muss er das, aber die Daten bleiben für immer.

Und wenn das nicht die Definition einer unsterblichen Seele ist, dann weiß ich auch nicht.

... Siebzehn

Im Schlafzimmer war es still.

Rhyme hatte Thom nach Hause geschickt, damit dieser den Abend mit Peter Hoddins verbringen konnte, seinem langjährigen Lebensgefährten. Der Betreuer hatte hier eine Menge auszustehen. Rhyme konnte einfach nicht aus seiner Haut, und manchmal tat es ihm leid. Aber er versuchte, es wiedergutzumachen, und wenn Amelia Sachs, wie heute, über Nacht blieb, gab er Thom frei. Der junge Mann musste häufiger vor die Tür kommen, anstatt sich hier drinnen immer nur um einen reizbaren alten Krüppel zu kümmern.

Aus dem Badezimmer drangen leise Geräusche an Rhymes Ohren. Die Geräusche einer Frau, die gleich zu Bett gehen wollte. Glas klimperte, Plastikdeckel klappten auf und zu, ein Spray zischte, Wasser lief, ein Hauch der feuchten Badezimmerluft wehte heran und duftete angenehm.

Rhyme mochte Momente wie diese. Sie erinnerten ihn an sein Leben im Vorher.

Was ihn wiederum an die gerahmten Fotos unten im Labor denken ließ. Neben dem von Lincoln im Sportdress gab es ein anderes, schwarzweißes. Darauf waren zwei schlaksige Männer Mitte zwanzig zu sehen, die Anzüge trugen und kerzengerade nebeneinander standen, als überlegten sie, ob sie sich umarmen sollten.

Rhymes Vater und Onkel.

Er dachte oft an Onkel Henry. An seinen Vater nicht so häufig. Das war schon immer so gewesen. Oh, es gab an Teddy Rhyme nichts zu beanstanden. Der jüngere der beiden Brüder war einfach nur zurückhaltend, zumeist sogar schüchtern. Er liebte es, tagein, tagaus in einem Labor zu sitzen und Berechnungen anzustellen, und er las sehr gern, was er jeden Abend in einem dicken, abgewetzten Lehnsessel tat, während seine Frau Anne nähte oder fernsah. Teddy bevorzugte Geschichtsbücher, besonders über den amerikanischen Bürgerkrieg, eine Vorliebe, die, so vermutete

Rhyme, auch zum Tragen gekommen war, als er einen Vornamen für seinen Sohn ausgewählt hatte.

Der Junge und sein Vater kamen gut miteinander aus, obwohl Rhyme sich an viele peinliche Momente der Stille entsinnen konnte, wenn Vater und Sohn allein waren. Was Umstände bereitet, verlangt nach Engagement. Wer mit einer Herausforderung konfrontiert wird, fühlt sich lebendig. Und Teddy bereitete niemals Umstände oder forderte heraus.

Onkel Henry hingegen schon. Andauernd.

Du konntest keine fünf Minuten mit ihm im selben Raum sein, ohne dass seine Aufmerksamkeit sich wie ein Suchscheinwerfer auf dich richtete. Dann kamen die Witze, die Anekdoten, der neueste Familienklatsch. Und immer die Fragen – manche aus aufrichtiger Neugier. Die meisten jedoch waren als Aufforderung zur Diskussion gedacht. Oh, wie sehr Henry Rhyme es genoss, ein Streitgespräch zu führen. Du mochtest dich winden, du mochtest erröten, du mochtest wütend werden. Aber du würdest auch fast platzen vor Stolz, wenn er dir eines seiner seltenen Komplimente machte, denn du wusstest, dass du es dir verdient hattest. Nie kam ein falsches Lob oder eine ungerechtfertigte Ermunterung über Onkel Henrys Lippen.

»Du bist nah dran. Denk schärfer nach! Du kannst es. Als Einstein all seine wichtigen Arbeiten zustande gebracht hatte, war er kaum älter als du.«

Wenn du es hinbekamst, wurdest du mit einer beifällig gehobenen Augenbraue gesegnet, was ungefähr so viel wert war, als hättest du den Westinghouse Wissenschaftspreis gewonnen. Doch allzu oft waren deine Argumente irrig, deine Prämissen wertlos, deine Fakten dubios … Es ging ihm allerdings nicht darum, dich zu besiegen; er wollte einzig und allein zur Wahrheit vordringen und sicherstellen, dass du den Weg dahin begriffen hattest. Sobald er deine Beweisführung zu Hackfleisch verarbeitet und sich vergewissert hatte, dass dir der Grund klar war, hatte die Angelegenheit sich erledigt.

Du verstehst also, was dein Fehler war, ja? Du hast deiner Temperaturberechnung falsche Annahmen zugrunde gelegt. Genau! So, und jetzt lass uns herumtelefonieren und ein paar Leute auf-

treiben, mit denen wir am Samstag zu den White Sox gehen. Ich brauche unbedingt mal wieder einen Stadion-Hotdog.

Lincoln hatte viel Spaß an den intellektuellen Wortgefechten gehabt und war oft den ganzen Weg bis zur Universität in Hyde Park gefahren, um sich in eines von Henry Rhymes Seminaren zu setzen oder an einer seiner zwanglosen Diskussionsrunden teilzunehmen. Er hatte sich sogar häufiger dort blicken lassen als Arthur, der meistens anderweitig beschäftigt gewesen war.

Wenn sein Onkel noch am Leben wäre, würde er nun zweifellos in Rhymes Labor schlendern, seinen reglosen Körper keines Blickes würdigen und stattdessen auf den Gaschromatographen deuten. »Was denn?«, würde er rufen. »Benutzt du dieses alte Mistding etwa immer noch?« Dann würde er sich vor die Tafeln setzen und Rhymes Arbeit am Fall 522 hinterfragen.

Ja, aber ist es logisch, *dass dieser Täter sich so verhält? Nenn mir doch bitte noch einmal deine Hypothesen.*

Rhyme dachte wieder an den Tag zurück, der ihm zuvor schon in den Sinn gekommen war: der Heiligabend seines letzten Highschooljahrs, im Haus seines Onkels in Evanston. Anwesend waren Henry und Paula mit ihren Kindern Robert, Arthur und Marie; Teddy und Anne mit Lincoln; einige Tanten und Onkel, andere Cousins sowie ein oder zwei Nachbarn.

Lincoln und Arthur hatten den größten Teil des Nachmittags damit verbracht, im Untergeschoss Poolbillard zu spielen und über ihre Pläne für den nächsten Herbst und das College zu reden. Lincolns Herz hing am MIT, und auch Arthur wollte dorthin. Sie waren beide zuversichtlich, die Zulassung zu schaffen, und erörterten die Frage, ob sie sich gemeinsam ein Zimmer im Studentenwohnheim nehmen oder sich eine Wohnung außerhalb des Campus suchen sollten (männliches Zusammengehörigkeitsgefühl contra Lasterhöhle).

Dann versammelte die Familie sich rund um den großen Tisch im Esszimmer seines Onkels. Der nahe Lake Michigan war aufgewühlt, und im Garten hinter dem Haus pfiff der Wind durch die kahlen grauen Äste. Henry saß der Tafel vor, als würde er eines seiner Seminare leiten, tonangebend und aufmerksam, lächelnd und mit flinken Augen, stets auf alle anderen Gespräche gleichzeitig konzentriert. Er erzählte Witze und Anekdoten und erkundigte sich nach dem Befinden seiner Gäste. Er war interessiert, neugierig – und bisweilen manipulativ. »Also, Marie, nun, da wir alle hier sind, erzähl uns doch mal von dem Stipendium in Georgetown. Ich glaube, wir sind uns einig, dass es eine hervorragende Wahl für dich wäre. Und Jerry kann dich dann jedes Wochenende mit seinem schicken neuen Auto besuchen kommen. Übrigens, wann läuft die Bewerbungsfrist ab? Irgendwann demnächst, wenn ich mich recht entsinne.«

Und seine Tochter mit dem dünnen Haar wich seinem Blick aus und sagte, wegen Weihnachten und der Abschlussprüfungen habe sie den Papierkram noch nicht erledigen können. Aber das würde sie noch. Ganz bestimmt.

In Wahrheit wollte Henry natürlich nur erreichen, dass seine Tochter sich vor Zeugen zu der Bewerbung verpflichtete, obwohl das bedeutete, dass sie und ihr Verlobter weitere sechs Monate voneinander getrennt sein würden.

Rhyme war schon immer überzeugt gewesen, dass sein Onkel einen erstklassigen Rechtsanwalt oder Politiker abgegeben hätte.

Nachdem die Reste des Truthahns und der Pastete abgeräumt waren und Grand Marnier, Kaffee und Tee auf dem Tisch standen, führte Henry alle Anwesenden ins Wohnzimmer, in dem vor allem der riesige Weihnachtsbaum, das prasselnde Kaminfeuer und das Gemälde von Lincolns streng dreinblickendem Großvater auffielen, einem Mann mit drei Doktortiteln und einer Professur in Harvard. Es war Zeit für das Quiz.

Henry würde eine Reihe von Wissenschaftsfragen stellen, und für jede richtige Antwort gab es einen Punkt. Die drei besten Spieler bekamen Preise, die Henry ausgewählt und Paula sorgfältig eingepackt hatte.

Die Anspannung war fast greifbar – wie immer, wenn Henry das Sagen hatte –, und die Teilnehmer gaben sich aufrichtig Mühe. Lincolns Vater konnte stets die meisten Chemiefragen für sich entscheiden. Sobald es um Zahlen ging, hatte seine Mutter, die auf Teilzeitbasis als Mathematiklehrerin arbeitete, manchmal schon die Antwort parat, bevor Henry auch nur die Frage beenden konnte.

Die diesjährigen Spitzenreiter waren jedoch die Kinder – Robert, Marie, Lincoln, Arthur und Maries Verlobter.

Gegen Ende, kurz vor zwanzig Uhr, hielt es die Wettbewerber kaum noch auf ihren Stühlen. Mit jeder Frage änderte sich die Rangliste. Alle hatten feuchte Hände. Als nur noch wenige Minuten auf Zeitnehmerin Paulas Uhr blieben, gelang es Lincoln, drei Fragen in Folge zu beantworten, was ihm den entscheidenden Vorsprung für den Sieg verschaffte. Marie erreichte den zweiten Platz, Arthur den dritten.

Unter dem Beifall der anderen verneigte Lincoln sich theatralisch und nahm aus der Hand seines Onkels den ersten Preis entgegen. Nie würde er seine Überraschung vergessen, als unter dem dunkelgrünen Papier ein Kästchen aus durchsichtigem Plastik zum Vorschein kam, das einen Betonwürfel von etwa zweieinhalb Zentimetern Kantenlänge enthielt. Es handelte sich aber nicht etwa um einen Scherz, sondern um ein Stück des Stagg-Field-Stadions der Universität von Chicago, wo unter der Leitung von Enrico Fermi und Arthur Compton, dem Namensvetter von Lincolns Cousin, die erste nukleare Kettenreaktion eingeleitet worden war. Beim Abriss des Stadions in den Fünfzigerjahren hatte Henry offenbar eines der Stücke erworben. Lincoln war über dieses historisch bedeutsame Geschenk sehr gerührt und plötzlich froh, dass er sich bei dem Quiz so angestrengt hatte. Er besaß den Stein immer noch, in einem der Kartons unten im Keller.

Doch anfangs hatte Lincoln gar keine Zeit, seinen Preis gebührend zu bewundern.

Denn er war später an jenem Abend noch mit Adrianna verabredet gewesen.

Und ebenso wie seine Familie sich heute unerwartet in seine Gedanken gedrängt hatte, trat nun auch die schöne rothaarige Kunstturnerin aus den Schatten der Erinnerung hervor.

Adrianna Waleska – mit weichem *W*, das von der Herkunft ihrer Großeltern aus Danzig zeugte – arbeitete im Büro der Studienberatung von Lincolns Highschool. Als er zu Anfang seines letzten Schuljahrs einige Bewerbungen bei ihr abgegeben hatte, war ihm auf ihrem Schreibtisch ein zerlesenes Exemplar von Heinleins *Ein Mann in einer fremden Welt* aufgefallen. Daraufhin hatte er mit ihr ausführlich über den Roman diskutiert, war sich in vielem mit ihr einig und in manchem uneinig gewesen und hatte erst am Ende festgestellt, dass unterdessen seine Chemiestunde verstrichen war. Egal. Man musste Prioritäten setzen.

Sie war groß, schlank, trug eine unsichtbare Zahnspange und konnte unter ihren flauschigen Pullovern und Schlaghosen eine reizvolle Figur vorweisen. Ihr Lächeln reichte von überschwänglich bis verführerisch. Schon bald darauf gingen Lincoln und sie miteinander aus, was für beide der erste Vorstoß auf das Gebiet einer ernsthaften Liebesbeziehung war. Sie begleiteten einander zu ihren jeweiligen Sportwettkämpfen, besuchten die Thorne Rooms im Art Institute, die Jazzclubs in Old Town und gelegentlich auch die Rückbank von Adriannas Chevy Monza, wo es so eng war, dass ohnehin kaum etwas passieren konnte. Adrianna wohnte nicht weit von Lincolns Haus entfernt, zumindest für einen Langstreckenläufer, aber natürlich konnte er nicht einfach zu ihr rennen und völlig verschwitzt dort auftauchen, also lieh er sich so oft wie möglich den Wagen der Familie aus.

Die beiden führten stundenlange Gespräche. Und so wie mit Onkel Henry kreuzte er auch mit Adie verbal die Klingen.

Es gab Hindernisse, ja. Er würde nächstes Jahr in Boston aufs College gehen, sie in San Diego, um dort Biologie zu studieren und nebenher im Zoo zu arbeiten. Aber das waren bloß ein paar Komplikationen und somit damals wie heute keine akzeptablen Ausreden für jemanden wie Lincoln Rhyme.

Später – nach dem Unfall und der Scheidung von Blaine – fragte Rhyme sich häufig, was wohl gewesen wäre, wenn er und Adrianna zusammengeblieben wären und ihre Beziehung weiter vertieft hätten. An jenem Heiligabend hätte er ihr jedenfalls fast einen Antrag gemacht. Er hatte sich sogar überlegt, ihr keinen Ring, sondern, so sein schlauer Spruch, »eine andere Art Stein« zu schenken – nämlich den Preis, den er beim Wissenschaftsquiz seines Onkels gewonnen hatte.

Doch es kam nicht dazu, und zwar wegen des Wetters. Als sie eng umschlungen auf einer Bank saßen, setzte aus dem windstillen mittelwestlichen Himmel plötzlich starker Schneefall ein und hüllte ihre Haare und Mäntel innerhalb von wenigen Minuten in eine feuchte weiße Decke. Lincoln begleitete Adrianna zurück und schaffte es dann selbst gerade noch nach Hause, bevor die Straßen unpassierbar waren. In jener Nacht lag er wach, das Plastikkästchen neben sich im Bett, und übte in Gedanken den Wortlaut seines Heiratsantrags.

Aber er hielt nie um ihre Hand an. Diverse Ereignisse in ihrer beider Leben schickten sie in unterschiedliche Richtungen. Obwohl es scheinbar nur Kleinigkeiten waren, hatten sie letztlich gewaltige Auswirkungen, so wie die unsichtbaren Atome, die in einem eisigen Sportstadion zur Spaltung gebracht wurden und auf ewig die Welt veränderten.

Alles wäre anders gekommen …

Durch den Türspalt erhaschte Rhyme einen Blick auf Sachs, die sich das lange rote Haar bürstete. Er sah ihr ein paar Sekunden lang zu und war froh, dass sie über Nacht blieb – froher als üblich. Rhyme und Sachs waren nicht unzertrennlich. Sie legten beide ausgesprochen viel Wert auf ihre Unabhängigkeit und zogen es häufig vor, ihre Zeit ohne den anderen zu verbringen. Aber heute Nacht wollte er sie hierhaben. Wollte die Nähe ihres Körpers spüren – an den wenigen Stellen, an denen ihm das möglich war – und dieses seltene Ereignis umso intensiver genießen.

Seine Liebe zu ihr war eine der Kraftquellen für das harte Training mit dem computergesteuerten Laufapparat und dem elektrisch angetriebenen Fahrradergometer. Falls die Medizin ihm jemals ermöglichte, wieder gehen zu können, würde seine Muskulatur bereit sein. Er dachte außerdem über eine neuartige Operation nach, die seinen Zustand bis zu jenem Zeitpunkt verbessern könnte. Der experimentelle – und umstrittene – Eingriff wurde als periphere Nervenumleitung bezeichnet, eine Technik, die schon seit Jahren diskutiert und vereinzelt ausprobiert worden war, ohne sonderlich viele positive Resultate zu erzielen. In letzter Zeit war ausländischen Chirurgen jedoch offenbar ein Durchbruch geglückt, ungeachtet der Vorbehalte der amerikanischen Ärzteschaft. Das Verfahren beinhaltete die operative Verbindung von Nerven oberhalb der Verletzung mit Nerven unterhalb. Wie eine Verkehrsumleitung um eine unterspülte Brücke.

Die Erfolge waren hauptsächlich bei weniger schwer geschädigten Patienten als Rhyme gelungen, fielen aber beachtlich aus: Die betroffenen Personen erlangten die Kontrolle über ihre Blasenfunktion zurück, konnten ihre Glieder wieder bewegen und zum Teil sogar wieder gehen. Bei Rhyme war an Letzteres nicht zu denken, aber die Gespräche mit dem japanischen Wegbereiter der Methode und einem seiner Kollegen vom Lehrkrankenhaus einer Ivy-League-Universität ließen hoffen, dass es zumindest einige Verbesserungen geben würde, was Gefühl und Bewegungsfähigkeit von Armen, Händen und Blase anging.

Oder Sex.

Gelähmte – auch querschnittsgelähmte – Männer sind durchaus in der Lage, Sex zu haben. Falls der Reiz nur mental ausfällt – wie der Anblick eines attraktiven Gegenübers –, schafft die Botschaft es nicht über die Stelle der Rückenmarksschädigung hinweg. Aber der Körper ist ein brillanter Mechanismus und besitzt unterhalb der Verletzung einen magischen Nervenkreislauf, der eigenständig funktioniert. Ein wenig lokale Stimulierung, und der Geschlechtsverkehr ist oftmals sogar den am schwersten beeinträchtigten Männern möglich.

Das Badezimmerlicht ging aus, und Rhyme beobachtete, wie Sachs' Silhouette sich zu ihm gesellte und in das – wie sie vor langer Zeit mal verkündet hatte – bequemste Bett der Welt stieg.

»Ich…«, setzte er an, wurde aber sofort zum Schweigen gebracht, weil sie ihn leidenschaftlich auf den Mund küsste.

»Was wolltest du sagen?«, flüsterte sie und fuhr dabei mit ihren Lippen über sein Kinn und weiter zu seinem Hals.

Das wusste er nicht mehr. »Ich hab's vergessen.«

Er zupfte mit seinem Mund an ihrem Ohr und bemerkte, dass sie die Decke nach unten zog. Das erforderte ziemliche Anstrengung; Thom bevorzugte einen streng militärischen Bettenbau und klemmte die Ränder stets unter die Matratze, wie ein Soldat, der seinen Ausbilder fürchtete. Doch wenig später sah Rhyme, dass die Decke sich am Fußende türmte. Sachs' T-Shirt gesellte sich hinzu.

Sie küsste ihn erneut. Er erwiderte den Kuss.

In diesem Moment klingelte ihr Telefon.

»Nein, nein«, flüsterte sie. »Ich habe nichts gehört.« Nach dem vierten Klingeln meldete sich zum Glück die Mailbox. Aber gleich darauf klingelte es schon wieder.

»Das könnte deine Mutter sein«, gab Rhyme zu bedenken.

Rose Sachs war wegen einiger Herzprobleme behandelt worden. Die Prognose sah gut aus, aber kürzlich hatte es ein paar Rückschläge gegeben.

Ächzend klappte Sachs das Telefon auf. Sie wurden beide in einen bläulichen Schimmer getaucht. Im Display stand die Kennung des Anrufers. »Das ist Pam«, sagte sie. »Ich geh lieber ran.«

»Na klar.«

»Hallo. Was gibt's?«

Rhyme hörte nur eine Hälfte des Gesprächs, aber er schloss daraus, dass etwas nicht in Ordnung war.

»Okay … Sicher … Aber ich bin bei Lincoln. Möchtest du herkommen?« Sie sah Rhyme an. Er nickte zustimmend. »Okay, Kleines. Wir sind noch wach, kein Problem.« Sie klappte das Telefon zu.

»Was ist denn?«

»Keine Ahnung, das hat sie mir nicht verraten. Sie hat nur gesagt, Dan und Enid hätten heute Abend zwei Notunterbringungen hereinbekommen, sodass alle älteren Kinder in einem Zimmer zusammenrücken mussten. Sie hält es dort nicht aus. Und sie möchte nicht allein in meiner Wohnung sein.«

»Ich habe nichts dagegen. Das weißt du.«

Sachs legte sich wieder hin und ging mit dem Mund auf Wanderschaft. »Ich habe kurz mal nachgerechnet«, flüsterte sie. »Sie muss ihre Tasche packen, ihren Wagen aus der Garage holen … es dauert bestimmt eine Dreiviertelstunde, bis sie hier ist. Uns bleibt also noch etwas Zeit.«

Gerade als sie ihn ein weiteres Mal küsste, schrillte die Türklingel. »Mr. Rhyme? Amelia?«, ertönte eine Stimme aus der Gegensprechanlage. »Hallo, hier ist Pam. Könntet ihr mich bitte ins Haus lassen?«

Rhyme lachte. »Es sei denn, sie hat dich von unten auf der Straße angerufen.«

Pam und Sachs saßen in einem der Gästezimmer im ersten Stock.

Der Raum stand dem Mädchen zur Verfügung, wann immer

es das wünschte. Im Regal saßen ein oder zwei einsame Stofftiere (wenn deine Mutter und dein Vater auf der Flucht vor dem FBI sind, kommen in deiner Kindheit kaum Spielzeuge vor), aber Pam besaß mehrere Hundert Bücher und CDs. Dank Thom gab es hier stets ausreichend saubere Sportkleidung, T-Shirts und Socken. Ein Satellitenradio und einen CD-Player. Außerdem ihre Joggingschuhe; Pam liebte es, den zweieinhalb Kilometer langen Weg rund um das Wasserreservoir im Central Park zu laufen. Es war mehr als nur Spaß für sie; das Laufen war ihr ein tiefes Bedürfnis.

Das Mädchen saß nun auf dem Bett, hatte Wattebäusche zwischen den Zehen und lackierte sich sorgfältig mit goldener Farbe die Nägel. Ihre Mutter hatte ihr das seinerzeit verboten, ebenso wie Make-up (»aus Respekt vor Christus«, wo auch immer da ein Zusammenhang bestehen sollte). Sobald Pam dem rechtsgerichteten Untergrund entflohen war, hatte sie sich einige kleine, tröstliche Eigenarten zugelegt, darunter die lackierten Nägel, rötlich getönte Haarsträhnen und die drei Ohrlöcher. Sachs war erleichtert, dass das Mädchen nicht über die Stränge schlug; falls nämlich jemals jemand Anlass dazu gehabt hätte, dann Pamela Willoughby.

Amelia saß auf einem Sessel und hatte die ebenfalls nackten Füße hochgelegt. Durch das offene Fenster wehte eine Brise herein und trug vom Central Park eine eigenwillige Mischung aus Frühlingsdüften mit sich: Mulch, Erde, taufeuchtes Laub, Autoabgase. Sachs nippte an ihrem Kakao. »Autsch. Erst pusten.«

Pam folgte dem Ratschlag und trank einen Schluck. »Der ist gut. Ja, und heiß.« Sie widmete sich wieder ihren Nägeln. Im Gegensatz zu ihrer vorherigen Begegnung mit Sachs an jenem Tag wirkte sie nicht mehr fröhlich, sondern beunruhigt.

»Weißt du, wie das heißt?« Sachs zeigte auf etwas.

»Fuß? Zeh?«

»Nein, die Unterseite.«

»Klar. Die Unterseite von Füßen und die Unterseite von Zehen.« Sie lachten beide.

»Planta. Sie hat ein einzigartiges Linienmuster, genau wie bei Fingerabdrücken. Lincoln hat mal einen Täter überführt, der sein Opfer mit bloßen Füßen bewusstlos getreten hatte. Einer der Tritte war danebengegangen, hatte eine Tür getroffen und auf ihr einen Abdruck hinterlassen.«

»Cool. Er sollte noch ein Buch schreiben.«

»Das sage ich ihm auch ständig.« Sachs hielt kurz inne. »Also, worum geht's?«

»Stuart.«

»Red weiter.«

»Vielleicht hätte ich nicht herkommen sollen. Es ist blöd.«

»Na los. Vergiss nicht, ich bin Cop. Ich quetsche es aus dir heraus.«

»Es ist nur… Emily hat angerufen, und das ist an einem Sonntag irgendwie komisch, weil sie das sonst nie macht, und ich denke sofort, okay, irgendwas stimmt nicht. Und erst will sie nicht so richtig damit rausrücken, aber dann macht sie's doch. Sie sagt, sie hat Stuart heute mit jemandem gesehen. Mit einem Mädchen aus unserer Schule. Nach dem Fußballspiel. Nur dass er mir erzählt hat, er würde danach gleich nach Hause fahren.«

»Tja, wie lauten die Fakten? Haben die beiden bloß miteinander geredet? Das wäre nichts Schlimmes.«

»Sie hat gesagt, sie ist sich nicht sicher, aber, du weißt schon, es hat irgendwie ausgesehen, als würde er sie im Arm halten. Und als er gemerkt hat, dass jemand ihn beobachtet, ist er total schnell mit ihr abgehauen. Als hätte er etwas zu verbergen.« Das Zehnagelprojekt kam auf halbem Wege zum Stillstand. »Ich mag ihn wirklich, wirklich gern. Es wäre echt beschissen, wenn er mich nicht mehr würde sehen wollen.«

Sachs und Pam waren gemeinsam zu einer Therapeutin gegangen – und mit Pams Einverständnis hatte Amelia auch allein mit der Frau gesprochen. Pam würde noch für lange Zeit mit posttraumatischem Stress zu kämpfen haben, nicht nur als Folge ihrer unaufhörlichen Beeinflussung durch die soziopathische Mutter, sondern auch wegen eines Vorfalls, bei dem ihr Stiefvater sie beinahe umgebracht hatte, während er versuchte, Polizisten zu ermorden. Begebenheiten wie die mit Stuart Everett, die den meisten Menschen unerheblich erscheinen mochten, nahmen in der Vorstellung des Mädchens immer größere Ausmaße an und konnten sich verheerend auswirken. Sachs hatte die Anweisung erhalten, Pam in ihren Befürchtungen weder zu bestärken noch diese herunterzuspielen. Stattdessen sollte sie jeden Einzelfall behutsam ergründen und möglichst analysieren.

»Habt ihr beiden darüber gesprochen, ob ihr auch mit anderen ausgeht?«

»Er hat gesagt… nun ja, noch vor einem Monat hat er jedenfalls behauptet, da wäre niemand. Und bei mir gibt es auch niemanden. Das weiß er.«

»Gibt es weitere Erkenntnisse?«

»Erkenntnisse?«

»Ich meine, haben eure Freunde irgendwas erzählt?«

»Nein.«

»Kennst du welche von *seinen* Freunden?«

»Schon. Aber nicht so gut, dass ich sie nach irgendwas fragen möchte. Das wäre viel zu uncool.«

Sachs lächelte. »Spione scheiden demnach aus. Tja, du solltest ihn einfach fragen. Direkt ins Gesicht.«

»Meinst du?«

»Meine ich.«

»Und wenn er nun sagt, er *geht* mit ihr aus?«

»Dann solltest du dankbar sein, dass er so ehrlich zu dir ist. Das ist nämlich ein gutes Zeichen. Und dann überzeugst du ihn, ihr den Laufpass zu geben.« Sie lachten. »Du sagst ihm, dass du nur mit einer Person ausgehen willst.« Die jüngst erwachte Mutter in Sachs fügte hinzu: »Wir reden hier nicht vom Heiraten oder Zusammenziehen. Nur vom Ausgehen.«

Pam nickte eifrig. »Oh, absolut.«

Sachs atmete erleichtert auf. »Und dass er derjenige ist, mit dem du ausgehen willst. Aber du erwartest von ihm dasselbe. Ihr habt wichtige Dinge gemeinsam, ihr könnt reden, habt einen guten Draht zueinander… So was ist selten.«

»Wie bei dir und Mr. Rhyme.«

»Ja, so ähnlich. Und falls er nicht will, ist es okay.«

»Nein, ist es nicht.« Pam runzelte die Stirn.

»Richtig. Ich gebe hier doch bloß wieder, was du zu ihm sagen sollst. Aber dann sagst du ihm, dass auch *du* mit anderen ausgehen wirst. Er kann nicht beides haben.«

»Mag sein. Aber was mache ich, wenn er einverstanden ist?« Ihre Miene verfinsterte sich bei dem Gedanken.

Sachs musste unwillkürlich lachen. Sie schüttelte den Kopf. »Ja, es ist ziemlich ungünstig, wenn dein Bluff auffliegt. Aber ich glaube nicht, dass Stuart so reagieren wird.«

»Also gut. Wir sind morgen nach der Schule verabredet. Dann rede ich mit ihm.«

»Ruf mich an. Gib mir Bescheid, wie es gelaufen ist.« Sachs stand auf, nahm das Nagellackfläschchen und schraubte es zu. »Geh jetzt ins Bett. Es ist schon spät.«

»Aber meine Zehen. Ich bin noch nicht fertig.«

»Trag morgen keine offenen Schuhe.«

»Amelia?«

Sie war schon draußen auf dem Flur.

»Du und Mr. Rhyme – werdet ihr heiraten?«

Sachs lächelte und schloss die Tür hinter sich.

DRITTER TEIL

Weissagungen

Montag, 23. Mai

Computer sind heutzutage mit beklemmender Genauigkeit in der Lage, Vorhersagen über das Käuferverhalten zu treffen, indem sie Berge von Daten durchsieben, die Firmen über ihre Kunden gesammelt haben. Dieser automatisierte Blick in die Kristallkugel nennt sich prädiktive Analytik und ist in den Vereinigten Staaten bereits zu einer 2,3-Milliarden-Dollar-Branche angewachsen. Für 2008 werden 3 Milliarden Dollar erwartet.

Chicago Tribune

… Achtzehn

Die sind ganz schön groß …

Amelia Sachs saß in der Dachgeschosslobby von Strategic Systems Datacorp und musste daran denken, dass der Generaldirektor des Schuhherstellers bei seiner Beschreibung der Datensammelfirma SSD, nun ja, *ein wenig* untertrieben hatte.

Das Gebäude in Midtown war dreißig Stockwerke hoch, ein grauer, spitzer Monolith, dessen glatte Granitfassade mit glitzerndem Glimmer durchsetzt war. Man hatte von hier aus – und erst recht in dieser Höhe – einen phänomenalen Ausblick auf die Stadt. Umso mehr überraschte es, dass die Fenster nur schmale Schlitze waren. Amelia kannte das Gebäude, das im Volksmund der Graue Felsen genannt wurde, hatte aber nie gewusst, wem es gehörte.

Sie und Ron Pulaski – nicht länger in Freizeitkleidung, sondern in dunkelblauem Kostüm beziehungsweise dunkelblauer Uniform – saßen vor einer riesigen Wand, auf der die Filialen von SSD überall in der Welt verzeichnet waren, darunter London, Buenos Aires, Mumbai, Singapur, Peking, Dubai, Sydney und Tokio.

Ganz schön groß …

Über der Städteliste thronte das Firmenlogo: das Fenster in dem Wachturm.

Amelias Magen zog sich ein Stück zusammen, als sie an die Fenster in dem verlassenen Gebäude gegenüber von Robert Jorgensens Hotel dachte. Ihr fiel wieder ein, was Lincoln Rhyme nach dem Vorfall mit dem Bundesagenten in Brooklyn zu ihr gesagt hatte.

Er hat genau gewusst, wo du warst. Was bedeutet, dass er dich beobachtet hat. Sei vorsichtig, Sachs …

Beim Blick in die Runde sah sie ein halbes Dutzend Geschäftsleute hier warten. Die meisten schienen nervös zu sein, und Sachs erinnerte sich an den Schuhfabrikanten und seine Sorge, er könnte die Dienste von SSD verlieren. Plötzlich ruckten die Köpfe der Wartenden fast wie auf Kommando herum und sahen an der Empfangsdame vorbei. Das Interesse galt einem klein gewachsenen, jugendlich und fit wirkenden Mann, der die Lobby betrat und quer über die schwarz-weißen Teppiche direkt auf Sachs und Pulaski zusteuerte. Seine Haltung war kerzengerade, sein Schritt ausgreifend. Der rotblonde Mann nickte lächelnd und begrüßte nahezu alle Anwesenden kurz nacheinander mit Namen.

Ein Präsidentschaftskandidat. So lautete Sachs' erster Eindruck.

Aber er blieb nicht stehen, bis er die beiden Beamten erreichte. »Guten Morgen. Ich bin Andrew Sterling.«

»Detective Sachs. Das ist Officer Pulaski.«

Sterling war deutlich kleiner als Sachs, schien aber gut in Form zu sein und hatte breite Schultern. Kragen und Manschetten seines makellos weißen Hemdes waren gestärkt. Seine Arme wirkten muskulös; das Jackett war eng geschnitten. Kein Schmuck. Sein unbeschwertes Lächeln ließ Fältchen in den Winkeln seiner grünen Augen auftauchen.

»Gehen wir in mein Büro.«

Der Kopf einer so großen Firma … und doch war er persönlich hergekommen, anstatt sie von einem Untergebenen in seinen Thronsaal geleiten zu lassen.

Sterling ging beschwingt die breiten, stillen Flure entlang. Er grüßte jeden einzelnen Angestellten, manchmal verbunden mit Fragen zum vergangenen Wochenende. Die Leute hingen an seinem Antlitz, wenn er positive Rückmeldungen mit einem Lächeln quittierte und die Stirn runzelte, sobald von kranken Angehörigen oder abgesagten Sportveranstaltungen die Rede war. Es waren Dutzende von Mitarbeitern, und er hatte für jeden von ihnen ein persönliches Wort übrig.

»Hallo, Tony«, sagte er zu einem Hausmeister, der zerkleinertes Papier aus einem Aktenvernichter in einen großen Plastiksack umfüllte. »Haben Sie das Spiel gesehen?«

»Nein, Andrew, ich hab's verpasst. Hatte zu viel zu tun.«

»Vielleicht sollten wir unsere Wochenenden auf drei Tage erweitern«, scherzte Sterling.

»Gute Idee, Andrew.«

Und sie gingen weiter den Korridor hinunter.

Sachs dachte im Stillen, dass sie beim ganzen NYPD kaum so

viele Leute *kannte,* wie Sterling auf ihrer fünfminütigen Tour begrüßte.

Das Dekor der Firma war minimalistisch: einige kleine, geschmackvolle Fotografien und Skizzen – keine davon in Farbe – an ansonsten fleckenlos weißen Wänden. Das Mobiliar, ebenfalls schwarz oder weiß, war schlicht – teures IKEA. Es sollte wohl irgendeine Art von Aussage damit verknüpft sein, aber Sachs fand es trostlos.

Unterwegs ließ sie noch einmal Revue passieren, was sie am Vorabend in Erfahrung gebracht hatte, nachdem Pam zu Bett gegangen war. Die aus dem Internet zusammengesammelten biografischen Angaben zu Sterling fielen wenig ergiebig aus. Er war ein äußerst zurückgezogen lebender Mann – ein Howard Hughes, kein Bill Gates. Seine Jugend blieb ein Geheimnis. Sachs hatte keinerlei Hinweise auf seine Kindheit oder Eltern gefunden. In den wenigen, oberflächlichen Zeitungsartikeln tauchte er zumeist als Siebzehnjähriger auf, der seine ersten Jobs verrichtete, vornehmlich im Verkauf, sowohl bei Haustürgeschäften als auch per Telemarketing, und mit immer größeren und teureren Produkten. Am Ende Computer. Für einen Jungen mit »einem Sieben-Achtel-Abschluss von der Abendschule«, so Sterling zu einem Journalisten, habe er einen recht erfolgreichen Verkäufer abgegeben. Dann war er ans College zurückgekehrt, um das letzte Achtel seines Bachelors abzuschließen und sogleich einen Master in Informatik und Nachrichtentechnik folgen zu lassen. Das alles klang wie eine typische Erfolgsgeschichte aus der Feder von Horatio Alger und enthielt nur Einzelheiten, die von Sterlings Weitblick und Status als Geschäftsmann zeugten.

Dann, mit Mitte zwanzig, sei für ihn das »große Erwachen« gekommen, hatte er gesagt und dabei für Sachs wie ein kommunistischer Diktator in China geklungen. Sterling verkaufte eine Menge Computer, war aber trotzdem nicht zufrieden. Warum hatte er nicht noch mehr Erfolg? Er war nicht faul. Er war nicht dumm.

Dann erkannte er das Problem: Er war ineffizient.

Und so wie ihm erging es auch vielen anderen Verkäufern.

Also eignete Sterling sich Programmierkenntnisse an und saß wochenlang täglich achtzehn Stunden in einem dunklen Zimmer, um Software zu schreiben. Er machte all seine Habe zu Geld und gründete eine Firma, basierend auf einem Konzept, das entweder töricht oder brillant war: Sein wertvollster Aktivposten würde nicht seinem Unternehmen gehören, sondern Millionen von anderen Leuten, und größtenteils frei zur Verfügung stehen – Informationen über die Person selbst. Sterling fing an, eine Datenbank zu erstellen, die potenzielle Kunden einer Reihe von Dienstleistungs- und Produktionsbranchen umfasste; die demografischen Gegebenheiten ihrer Wohnviertel, die Einkommenshöhe, den Familienstand, die guten oder schlechten Neuigkeiten über ihre finanzielle, juristische und steuerliche Situation und so viele weitere Angaben – persönlich und beruflich –, wie er nur kaufen, stehlen oder anderweitig auftreiben konnte. »Falls es etwas zu erfahren gibt, will ich es wissen«, soll er gesagt haben.

Die von ihm geschriebene Software, eine frühe Version des Datenbank-Management-Systems Watchtower, war damals revolutionär und weitaus fortschrittlicher als das berühmte SQL – was für »Structured Query Language« stand und »Sequel« ausgesprochen wurde, wie Sachs gelernt hatte. Watchtower stellte innerhalb von Minuten fest, bei welchen Kunden sich ein Anruf als lohnend erweisen und womit man sie ködern konnte – und wer die ganze Mühe nicht wert war (aber wessen Namen man an andere Interessenten für deren Marketingprogramme verkaufen könnte).

Die Firma wuchs wie ein Ungeheuer in einem Science-Fiction-Film. Sterling änderte den Namen zu SSD, verlegte den Sitz nach Manhattan und fing an, kleinere Betriebe der Informationsbranche zu kaufen, um sein Imperium zu vergrößern. Obwohl SSD bei Datenschutzorganisationen überaus unbeliebt war, hatte es noch keinen einzigen Skandal à la Enron gegeben. Die Angestellten mussten sich ihre Gehälter verdienen – niemand bekam obszön hohe Wall-Street-Prämien –, aber wenn es der Firma gut ging, dann auch ihnen. SSD bot den Mitarbeitern Fortbildungsprogramme, günstige Immobilienkredite, Praktika für den Nachwuchs und ein Jahr Mutter- beziehungsweise Vaterschaftsurlaub. Das Unternehmen war bekannt für sein familiäres Betriebsklima, und Sterling stellte bevorzugt auch Ehepartner sowie Eltern und deren Kinder ein. Zur Förderung von Motivation und Teamgeist spendierte er jeden Monat entsprechende Veranstaltungen in luxuriöser Umgebung.

Was sein Privatleben anging, hielt der Firmenchef sich sehr bedeckt, wenngleich Sachs herausgefunden hatte, dass er weder trank noch rauchte und dass niemand ihn je hatte fluchen hören. Er lebte maßvoll, zahlte sich ein überraschend kleines Gehalt, und sein Vermögen bestand in erster Linie aus SSD-Anteilen. Den Festen der New Yorker High Society blieb er fern. Keine schnellen Autos, keine Privatjets. Ungeachtet seines Respekts vor den familiären Belangen der SSD-Angestellten war Sterling zweimal geschieden und derzeit unverheiratet. Einige Berichte besagten, er sei in jungen Jahren mehrmals Vater geworden, aber die Angaben waren widersprüchlich. Er besaß mehrere Wohnsitze, hatte ihre genaue Lage aber aus den öffentlichen Unterlagen streichen lassen. Andrew Sterling wusste um die Macht der Daten. Vielleicht konnte er deswegen auch ihre Gefahren richtig einschätzen.

Sterling, Sachs und Pulaski erreichten nun das Ende eines langen Korridors und betraten ein Vorzimmer. Auf den Schreibtischen zweier Assistenten türmten sich Papiere, Schnellhefter und Ausdrucke in tadellos geordneten Stapeln. Gegenwärtig war nur einer der Mitarbeiter anwesend, ein junger, gut aussehender Mann in einem konservativen Anzug. Auf seinem Namensschild stand *Martin Coyle*. Sein Arbeitsbereich war der ordentlichste – sogar die vielen Bücher hinter ihm standen absteigend nach Größe aufgereiht, stellte Sachs belustigt fest.

»Andrew.« Er nickte seinem Boss grüßend zu und übersah geflissentlich die beiden ihm unbekannten Beamten in dessen Begleitung. »Ihre Telefonnachrichten sind auf Ihrem Computer.«

»Danke.« Sterling schaute zu dem anderen Tisch. »Sieht Jeremy sich das Restaurant für die Presseparty an?«

»Das hat er vorhin schon erledigt. Er bringt ein paar Unterlagen hinüber in die Kanzlei. Wegen dieser anderen Sache.«

Sachs staunte, dass Sterling gleich *zwei* persönliche Assistenten beschäftigte – offenbar je einen für interne und externe Belange. Beim NYPD mussten die Detectives sich jede Hilfskraft teilen, sofern es überhaupt Hilfskräfte gab.

Sie gingen weiter in Sterlings Büro, das nicht viel größer als alle anderen war, die Amelia in dieser Firma gesehen hatte. Und die Wände waren ohne jede Dekoration, abgesehen vom SSD-Logo. Dieses mochte zwar ein voyeuristisches Fenster in einem Wachturm darstellen, aber Andrew Sterlings Scheiben lagen hinter Vorhängen verborgen, die einen andernfalls herrlichen Ausblick über die Stadt verhinderten. Einen Moment lang musste Sachs gegen ein Gefühl von Klaustrophobie ankämpfen.

Sterling nahm auf einem schlichten Holzstuhl Platz, keinem ledernen Drehthron, und wies auf zwei ähnliche, allerdings gepolsterte Exemplare. Hinter ihm standen niedrige Regale mit Büchern, deren Rücken seltsamerweise nach oben wiesen, nicht nach vorn. Ein Besucher konnte die Titel nicht ablesen, ohne hinter den Mann zu treten und nach unten zu blicken oder einen Band herauszuziehen.

Der Firmenchef deutete auf einen Krug und ein halbes Dutzend umgedrehter Gläser. »Das ist Wasser. Aber falls Sie Kaffee oder Tee möchten, kann ich welchen kredenzen lassen.«

Kredenzen? Sachs konnte sich nicht entsinnen, je mit angehört zu haben, dass jemand dieses Wort tatsächlich benutzte.

»Nein danke.«

Pulaski schüttelte den Kopf.

»Bitte entschuldigen Sie mich kurz.« Sterling nahm den Telefonhörer ab und wählte eine Nummer. »Andy? Du hast angerufen?«

Der vertraulichen Anrede entnahm Sachs, dass die Person ihm nahestand, obwohl es sich eindeutig um ein geschäftliches Gespräch über irgendein Problem handelte. Sterlings Stimme blieb sachlich. »Aha. Tja, das musst du wohl, schätze ich. Wir brauchen diese Zahlen. Du weißt doch, *die* bleiben bestimmt nicht untätig. Sie werden sich ziemlich bald rühren ... Gut.«

Er legte auf und bemerkte, dass Sachs ihn fragend musterte. »Mein Sohn arbeitet für die Firma.« Ein Nicken in Richtung einer Fotografie auf seinem Schreibtisch, auf der Sterling neben einem stattlichen, schlanken jungen Mann stand, der ihm ähnlich sah. Beide trugen SSD-T-Shirts bei irgendeinem Betriebsausflug, vielleicht anlässlich einer der motivationsfördernden Veranstaltungen. Die zwei Männer berührten einander nicht. Keiner von ihnen lächelte.

Eine der Fragen zu seinem Privatleben durfte damit als beantwortet gelten.

»So«, sagte er und richtete seine grünen Augen auf Sachs. »Was genau ist der Anlass für dieses Treffen? Sie haben irgendein Verbrechen erwähnt.«

»Im Verlauf der letzten paar Monate wurden im Stadtgebiet mehrere Morde begangen«, erklärte Sachs. »Wir glauben, dass jemand Informationen aus Ihren Computern benutzt haben könnte, um die Opfer auszuspionieren, sie umzubringen und dann diese und weitere Fakten zu dem Zweck einzusetzen, die Taten einem Unschuldigen anzuhängen.«

Der Mann, der alles weiß…

»Informationen?« Er wirkte aufrichtig besorgt. Allerdings auch verblüfft. »Ich habe keine Vorstellung, wie das abgelaufen sein sollte, aber reden Sie weiter.«

»Nun, der Killer wusste genau, welche Produkte des persönlichen Bedarfs die Opfer benutzt haben, und hat Spuren davon als fingierte Beweise in den Wohnungen der Unschuldigen platziert, um diese mit den Taten in Verbindung zu bringen.«

Sachs schilderte ihm die Einzelheiten des Gemälde- und des Münzdiebstahls sowie der beiden Vergewaltigungen. Sterling schien wirklich beunruhigt zu sein und legte immer wieder die Stirn in Falten.

»Wie schrecklich…« Er wandte bestürzt den Blick ab. »Vergewaltigungen?«

Sachs nickte grimmig und erläuterte dann, dass SSD die einzige Quelle der Stadt zu sein schien, die Zugriff auf alle von dem Täter benutzten Informationen hatte.

Er rieb sich das Gesicht und nickte langsam.

»Ich verstehe, wie Sie auf uns gekommen sind… Aber wäre es für diesen Täter nicht einfacher, die potenziellen Sündenböcke zu verfolgen, um herauszufinden, was sie kaufen? Oder sich sogar in ihre Computer einzuhacken, ihre Briefkästen aufzubrechen, sich Zutritt zu ihren Häusern zu verschaffen oder sich auf der Straße ihre Nummernschilder zu notieren?«

»Tja, sehen Sie, genau das ist das Problem. Es wäre denkbar. Aber er hätte *all* diese Dinge tun müssen, um sich die benötigten

Informationen zu verschaffen. Er hat mindestens vier dieser Verbrechen verübt – wir glauben, es könnte noch mehr geben –, und das bedeutet aktuelle Kenntnisse über vier Opfer und vier Männer, denen er die Taten unterschiebt. Der effizienteste Weg zu diesen Fakten führt über einen Datensammler.«

Sterling lächelte, aber es sah ein wenig verkniffen aus.

Sachs runzelte die Stirn und neigte den Kopf.

»An dem Begriff ›Datensammler‹ ist eigentlich nichts auszusetzen«, sagte er. »Die Medien haben ihn aufgegriffen, und jetzt hört man ihn überall.«

Zwanzig Millionen Treffer in der Suchmaschine …

»Ich hingegen ziehe es vor, SSD als einen Wissensanbieter zu bezeichnen. Wie einen Internetanbieter.«

Sachs' Worte schienen den Mann fast gekränkt zu haben. Sie empfand eine merkwürdige Regung; sie wollte ihm versichern, es werde nicht wieder vorkommen.

Sterling glättete einen Stapel Papiere auf seinem ordentlichen Schreibtisch. Im ersten Moment dachte Sachs, die Blätter seien leer, aber dann erkannte sie, dass sie mit der beschriebenen Seite nach unten lagen.

»Nun, Sie dürfen mir glauben – falls jemand bei SSD darin verwickelt ist, möchte ich das ebenso gern herausfinden wie Sie«, sagte Sterling. »Diese Sache könnte sich zu unserem Nachteil auswirken – Wissensanbieter haben in letzter Zeit weder in der Presse noch im Kongress sonderlich hohes Ansehen genossen.«

»Zunächst mal dürfte der Täter die meisten Gegenstände bar bezahlt haben, da sind wir uns ziemlich sicher«, sagte Sachs.

Sterling nickte. »Er würde keine eigenen Spuren hinterlassen wollen.«

»Richtig. Aber die Schuhe hat er per Versandkatalog oder online gekauft. Können Sie die Personen im Großraum New York ermitteln, die folgende Schuhe in den angegebenen Größen erworben haben?« Sie reichte ihm eine Liste der Alton-, Bass- und SureTrack-Modelle. »Es muss sich um ein und denselben Käufer handeln.«

»In welchem Zeitraum?«

»Während der letzten drei Monate.«

Sterling wählte eine Nummer, führte ein kurzes Telefonat und schaute etwa sechzig Sekunden später auf seinen Computerbildschirm. Er drehte ihn, sodass auch Sachs den Inhalt erkennen konnte, wenngleich sie sich nicht sicher war, was sie da sah – eine Folge von Produktinformationen und Codes.

Der Firmenchef schüttelte den Kopf. »Es wurden etwa achthundert Paar Altons verkauft, zwölfhundert Bass und zweihundert Sure-Tracks. Aber keine einzige Person hat alle drei Modelle erworben. Oder auch nur zwei.«

Rhyme hatte schon vermutet, dass der Killer, falls er SSD-Informationen nutzte, seine eigenen Spuren verwischen würde, aber sie hatten gehofft, ihn über die Schuhe eventuell doch noch zu kriegen. Sachs fragte sich, ob der Täter bei der Bestellung womöglich mit den Methoden vorgegangen war, die er bei dem Identitätsdiebstahl von Robert Jorgensen vervollkommnet hatte.

»Tut mir leid.«

Sie nickte.

Sterling zog die Kappe eines abgenutzten silbernen Kugelschreibers ab und nahm einen Notizblock zur Hand. Mit klarer Schrift schrieb er mehrere Punkte auf, die Sachs nicht entziffern konnte, las die Liste noch einmal durch und nickte. »Ich nehme an, Sie gehen davon aus, dass das Problem ein Eindringling ist, ein Angestellter, einer unserer Kunden oder ein Hacker, richtig?«

Ron Pulaski sah Sachs an und sagte: »Genau.«

»Also gut. Gehen wir der Sache auf den Grund.« Er sah auf seine Seiko-Armbanduhr. »Ich möchte einige Personen hinzuziehen. Es könnte ein paar Minuten dauern. Um diese Zeit finden montags immer unsere Inspirationskreise statt.«

»Inspirationskreise?«, fragte Pulaski.

»Motivationssitzungen unter Leitung der Gruppenführer. Sie dürften bald zu Ende sein. Beginn war um Punkt acht Uhr. Aber manche dauern etwas länger als andere. Das hängt vom jeweiligen Leiter ab.« Er wandte den Kopf. »Kommando, Interkom, Martin.«

Sachs musste sich ein Lachen verkneifen. Er benutzte die gleiche Art von Spracherkennung wie Lincoln Rhyme.

»Ja, Andrew?« Die Stimme ertönte aus einem winzigen Kästchen auf dem Schreibtisch.

»Tom – Sicherheits-Tom – und Sam sollen herkommen. Nehmen sie an den Inspirationskreisen teil?«

»Nein, Andrew, aber Sam wird wohl die ganze Woche in Washington sein. Er kommt erst Freitag wieder. Sein Assistent Mark ist da.«

»Dann nehmen wir den.«

»Jawohl, Sir.«

»Kommando, Interkom, Trennen.« Er sah Sachs an. »Nur einen Moment, bitte.«

Wenn Andrew Sterling dich herbeizitierte, nahmst du besser die Beine in die Hand, das konnte sie sich gut vorstellen. Er machte sich noch ein paar Notizen. Sachs betrachtete derweil das Firmenlogo an der Wand. Als er fertig war, sagte sie: »Ich bin neugierig. Der Turm und das Fenster. Welche Bedeutung haben die?«

»In einer Hinsicht stehen sie einfach für die Beobachtung von Daten. Aber es gibt noch eine zweite Ebene.« Er lächelte. Die Erklärung machte ihm Spaß. »Kennen Sie das Konzept des zerbrochenen Fensters in der Sozialphilosophie?«

»Nein.«

»Ich habe vor vielen Jahren davon gehört und es nie wieder vergessen. Die Theorie lautet, um die Gesellschaft zu verbessern, müsse man sich auf die kleinen Dinge konzentrieren. Wenn man die kontrolliert – oder in Ordnung bringt –, folgen daraus die größeren Veränderungen. Nehmen wir zum Beispiel Wohnsiedlungen mit einer hohen Kriminalitätsrate. Man kann Millionen für mehr Polizeistreifen und Überwachungskameras ausgeben, aber solange die Gegend weiterhin heruntergekommen und gefährlich aussieht, bleibt sie auch heruntergekommen und gefährlich. Statt diese Millionen zu verschleudern, sollte man lieber ein paar Tausend Dollar für die Reparaturen von Fensterscheiben, neue Anstriche und saubere Hausflure ausgeben. Es mag wie Kosmetik wirken, aber die Menschen werden es bemerken. Und sie werden stolz auf ihr Zuhause sein. Dann werden sie anfangen, all diejenigen zu melden, die eine Bedrohung darstellen und sich nicht um das Gemeingut kümmern.

Wie Sie sicherlich wissen, war das auch der Ansatz, den New York in den Neunzigern bei der Verbrechensvorbeugung verfolgt hat. Und es hat funktioniert.«

»Andrew?«, meldete Martins Stimme sich aus der Gegensprechanlage. »Tom und Mark sind hier.«

»Schicken Sie sie herein«, befahl Sterling. Er legte das Blatt mit den Notizen direkt vor sich hin und lächelte Sachs grimmig zu. »Mal sehen, ob jemand durch unser Fenster geschaut hat.«

… Neunzehn

Es klingelte an der Tür, und Thom führte einen Mann Anfang dreißig herein, mit zerzaustem braunem Haar, einer Jeans und einem Weird-Al-Yankovic-T-Shirt unter einem schäbigen braunen Sakko.

Man konnte heutzutage nicht als Tatortermittler arbeiten, ohne sich mit Computern auszukennen, aber sowohl Rhyme als auch Cooper wussten um ihre Grenzen. Als klar geworden war, dass der Fall 522 in dieser Hinsicht besonderes Fachwissen erforderte, hatte Sellitto um Unterstützung durch die NYPD-Abteilung für Computerkriminalität gebeten, eine Elitegruppe aus zweiunddreißig Detectives plus Hilfspersonal.

Rodney Szarnek betrat das Labor, sah den nächstbesten Monitor an und sagte: »He«, als würde er mit dem Gerät sprechen. Und als sein Blick auf Rhyme fiel, interessierte er sich nicht im Mindesten für dessen körperliche Verfassung, sondern nur für das drahtlose Steuermodul der Haustechnik, das an der Armlehne befestigt war. Er schien beeindruckt zu sein.

»Ist heute Ihr freier Tag?«, fragte Sellitto missbilligend und musterte die Kleidung des schlanken jungen Mannes. Rhyme wusste, dass der Lieutenant ein Cop der alten Schule war; Polizeibeamte hatten angemessen gekleidet zu sein.

»Freier Tag?«, erwiderte Szarnek, dem die Kritik entging. »Nein. Wie kommen Sie darauf?«

»Nur so ein Gedanke.«

»Aha. Also, worum geht's?«

»Wir brauchen eine Falle.«

Lincoln Rhymes Vorschlag, zu SSD zu gehen und einfach nach dem Killer zu fragen, war nicht so naiv, wie er klang. Als er im Informationsmaterial der Firma gelesen hatte, dass deren Softwaremodul PublicSure für Strafverfolgungsbehörden entwickelt worden war, hatte er so eine Ahnung gehabt, dass auch das NYPD zu den Kunden zählen könnte. Falls das zutraf, könnte der Täter

Zugriff auf die Unterlagen des Departments haben. Ein schneller Anruf ergab, dass Rhyme richtig vermutete. Die PublicSure-Software und Berater von SSD leisteten für die Stadt Datenverwaltungsdienste, darunter auch die Konsolidierung von Fallinformationen, Berichten und Protokollen. Falls ein Streifenbeamter im Einsatz einen Vollstreckungsbefehl überprüfen lassen wollte oder ein neuer Detective die Vorgeschichte eines Mordfalls benötigte, half PublicSure dabei, die Informationen innerhalb von wenigen Minuten an seinen Büro- oder Streifenwagencomputer oder sogar an seinen PDA oder sein Mobiltelefon zu übermitteln.

Wenn nun Sachs und Pulaski die Firma besuchten und sich erkundigten, wer sich die Daten der Opfer und Sündenböcke verschafft haben könnte, würde 522 vielleicht davon erfahren und versuchen, mittels PublicSure auf das NYPD-System zuzugreifen, um die Berichte zu lesen. Falls er das tat, würden sie den Zugriff eventuell zu ihm zurückverfolgen können.

Rhyme schilderte Szarnek die Situation. Der junge Mann nickte wissend, als würde er jeden Tag Fallen dieser Art stellen. Er war jedoch ziemlich verblüfft, als er den Namen der Firma erfuhr, um die es ging. »SSD? Der größte Datensammler der Welt? Die haben praktisch alles über jeden.«

»Ist das ein Problem?«

Szarneks sorglose Freakhaltung verschwand. »Das will ich nicht hoffen«, antwortete er leise.

Während er die Falle vorbereitete, erläuterte er jeden seiner geplanten Schritte. Zunächst sicherte er die ursprünglichen Dateien von Hand auf einem Computer ohne Internetzugang. Dann strich er aus den Berichten auf dem NYPD-Server sämtliche Details über den Fall, die 522 nicht erfahren sollte, und versah die Akte »Myra Weinburg, Sexueller Übergriff/Mord« mit einem automatischen Überwachungsprogramm. Außerdem fügte er einige untergeordnete Dateien hinzu, um den Killer in Versuchung zu führen. Sie erhielten Namen wie »Verbleib der Verdächtigen«, »Forensische Analysen« und »Zeugen«, waren aber allesamt nur mit allgemeinen Anmerkungen über Ermittlungsverfahren gefüllt. Sobald jemand darauf zugriff, ob nun unbefugt oder auf reguläre Weise, würde Szarnek sofort über den betreffenden Internetanbieter und den Standort des Zugreifenden benachrichtigt werden. Er hätte sofort die Möglichkeit zu erkennen, ob die Person ein Beamter mit einer legitimen Anfrage oder jemand von außen war. Im letzteren Fall würde Szarnek umgehend Rhyme oder Sellitto verständigen, die wiederum ein ESU-Team an den fraglichen Ort schicken konnten. Darüber hinaus hinterlegte Szarnek auf dem Server eine große Menge von Unterlagen und Hintergrundinformationen, zum Beispiel öffentlich zugängliche Texte über SSD, und verschlüsselte sie, um sicherzustellen, dass der Killer bei der Entzifferung der Daten viel Zeit im System verbringen müsste, wodurch sich ihre Chancen erhöhten, ihn zu finden.

»Wie lange wird das dauern?«

»Fünfzehn, zwanzig Minuten.«

»Gut. Und wenn Sie damit fertig sind, möchte ich überprüfen, ob jemand sich von außen in deren System gehackt haben könnte.«

»Ins System von SSD?«

»Ja.«

»Ha. Die dürften Firewalls für die Firewalls ihrer Firewalls haben.«

»Wir müssen es trotzdem wissen.«

»Da aber einer von deren Angestellten der Täter sein könnte, soll ich vermutlich nicht dort anrufen und mich mit den Leuten absprechen, richtig?«

»Richtig.«

Szarneks Miene umwölkte sich. »Dann versuche ich einfach mal selbst, dort einzudringen, schätze ich.«

»Ist das legal möglich?«

»Ja und nein. Ich werde die Firewalls bloß testen. Das ist keine Straftat, solange ich nicht tatsächlich in das System einbreche und einen Absturz verursache, der uns ein ausgesprochen peinliches Medieninteresse sichern und uns alle hinter Gitter bringen würde.« Er fügte unheilvoll hinzu: »Oder Schlimmeres.«

»Okay, aber ich möchte zuerst die Falle. So schnell wie möglich.« Rhyme sah auf die Uhr. Sachs und Pulaski waren bereits unten im Grauen Felsen und machten den Fall publik.

Szarnek holte einen schweren tragbaren Computer aus seiner

Aktentasche und stellte ihn auf einen der Tische. »Könnte ich vielleicht… Oh, danke.«

Thom brachte eine Kanne Kaffee und Tassen.

»Genau darum wollte ich gerade bitten. Viel Zucker, keine Milch. Freak bleibt Freak, auch als Cop. Ich hab mir nie angewöhnen können, ausreichend zu schlafen.« Er schaufelte Zucker in die Tasse, rührte um und trank die Hälfte, während Thom abwartete und sogleich nachschenkte. »Vielen Dank. So, was haben wir hier?« Er musterte den Computer, an dem Cooper saß. »Autsch.«

»Autsch?«

»Sie arbeiten noch mit einem Kabelmodem und eins Komma fünf MBpS? Wissen Sie, Computermonitore sind inzwischen farbig, und es gibt so ein Ding namens Internet.«

»Wie witzig«, murmelte Rhyme.

»Geben Sie mir Bescheid, wenn der Fall vorbei ist. Wir verlegen dann ein paar neue Kabel und modifizieren das LAN entsprechend. Richten Ihnen FE ein.«

Weird Al, FE, LAN…

Szarnek setzte eine getönte Brille auf, stöpselte seinen Laptop in eine Anschlussbuchse von Coopers Computer ein und fing an zu arbeiten. Rhyme registrierte, dass manche der Buchstaben auf den Tasten stark abgenutzt waren und das seitliche Touchpad deutliche Schweißflecke aufwies. Auf der Tastatur klebten zahlreiche Krümel.

Der Blick, den Sellitto ihm zuwarf, schien zu besagen: Jeder so, wie er mag.

Der erste der beiden Männer, die Andrew Sterlings Büro betraten, war schmächtig, mittleren Alters und hatte eine gleichmütige Miene. Er wirkte wie ein ehemaliger Cop. Der andere war jünger und vorsichtiger, ganz die beflissene Nachwuchskraft für eine leitende Funktion. Er sah wie der blonde Bruder des Titelhelden der Sitcom *Frasier* aus.

Was den ersten Mann anging, hatte Sachs fast richtig vermutet; Tom O'Day war nicht bei der Polizei, sondern beim FBI gewesen und stand nun der Sicherheitsabteilung von SSD vor. Der andere war Mark Whitcomb, der Assistent des Leiters der Richtlinienabteilung des Unternehmens.

»Tom und seine Leute sorgen dafür, dass niemand von außen uns Schaden zufügt«, erklärte Sterling. »Marks Abteilung stellt sicher, dass *wir* der breiten Öffentlichkeit keinen Schaden zufügen. Wir bewegen uns auf einem Minenfeld. Wie Sie dank Ihrer Nachforschungen über SSD sicherlich wissen, sind wir im Hinblick auf die Persönlichkeitsrechte unzähligen Gesetzen unterworfen – zum Beispiel dem Gramm-Leach-Bliley Act über den Missbrauch persönlicher Informationen sowie die Vorspiegelung falscher Tatsachen, dem Fair Credit Reporting Act, dem Health Insurance Portability and Accountability Act und dem Drivers Privacy Protection Act. Dazu noch jede Menge Verordnungen auf Bundesstaatsebene. Die Richtlinienabteilung achtet darauf, dass wir die Regeln kennen und nicht übertreten.«

Gut, dachte Sachs. Diese beiden Männer waren genau die Richtigen, um die Nachricht von den 522-Ermittlungen zu verbreiten und den Killer dadurch zu ermutigen, die Falle auszukundschaften.

»Wir möchten sicher sein, nicht im Rampenlicht zu stehen, falls Michael Moore mal einen Film über Datenanbieter dreht«, sagte Mark Whitcomb und kritzelte dabei auf einem Notizblock vor sich hin.

»Darüber sollten Sie nicht mal scherzen«, sagte Sterling und lachte, obwohl die Sorge ihm deutlich anzusehen war. Dann fragte er Sachs: »Darf ich erzählen, was Sie mir mitgeteilt haben?«

»Natürlich, bitte.«

Sterling fasste die Sachlage prägnant zusammen. Er hatte alle Einzelheiten im Gedächtnis behalten, sogar die jeweiligen Markennamen der Beweisstücke.

Whitcomb lauschte ihm mit gerunzelter Stirn. O'Day hörte sich ernst und wortlos alles an. Sachs war überzeugt, dass er diese Haltung nicht beim FBI gelernt hatte, sondern schon damit geboren worden war.

»So«, sagte Sterling entschlossen. »Das ist das Problem, vor dem wir stehen. Falls SSD in irgendeiner Form darin verwickelt ist, möchte ich es erfahren und gleichzeitig Lösungen parat haben. Wir haben vier mögliche Arten der Bedrohung ausgemacht: Hacker, Eindringlinge, Angestellte und Kunden. Was meinen Sie?«

»Nun, lassen Sie mich zunächst auf die Hacker eingehen«, wandte der frühere Agent O'Day sich an Sachs. »Wir haben die besten Firewalls der Branche. Besser als die von Microsoft und Sun. Um unsere Internetsicherheit kümmert sich ICS in Boston. Glauben Sie mir, wir sind wie die Zielscheibe in einer Schießbude – jeder Hacker der Welt würde uns gern knacken. Und seit wir vor fünf Jahren nach New York gezogen sind, hat noch kein Einziger es geschafft. Einigen Leuten ist es gelungen, für zehn, fünfzehn Minuten in unsere Verwaltungsserver einzudringen, aber innerCircle wurde noch nie angetastet, und genau das hätte Ihr Täter tun müssen, um die beschriebenen Informationen für seine Verbrechen zu erlangen. Außerdem hätte ein einzelner Zugriff nicht ausgereicht; es wäre nötig gewesen, mindestens drei oder vier verschiedene Server zu attackieren.«

»Und einen Eindringling von außen können wir auch ausschließen«, fügte Sterling hinzu. »Unsere Räumlichkeiten sind durch das gleiche System gesichert, das auch die National Security Agency benutzt. Es gibt hier fünfzehn Vollzeit- und zwanzig Teilzeitwachleute. Überdies lassen wir ohnehin keinen Besucher in die Nähe der innerCircle-Server. Über jede Person wird Buch geführt, und niemand darf unbeaufsichtigt herumlaufen, nicht einmal unsere Kunden.« Sachs und Pulaski waren von einer dieser Wachen in die Dachgeschosslobby begleitet worden – einem humorlosen jungen Mann, dessen Aufmerksamkeit keine Sekunde nachgelassen hatte, obwohl es sich bei ihnen um Polizisten handelte.

»Vor etwa drei Jahren gab es mal einen Zwischenfall. Seitdem aber nichts mehr«, sagte O'Day und sah Sterling an. »Der Reporter.«

Der Firmenchef nickte. »Irgendein angesagter Journalist von einer der hiesigen Tageszeitungen. Er hat an einem Artikel über Identitätsdiebstahl gearbeitet und beschlossen, wir seien der leibhaftige Teufel. Axciom und Choicepoint waren so vernünftig gewesen, ihn nicht in ihre Zentralen zu lassen. Ich glaube an die Pressefreiheit, daher habe ich mit ihm geredet… Er ist auf die Toilette gegangen und hat behauptet, er habe sich verlaufen. Irgendwann kam er fröhlich wieder hier an. Aber ich hatte ein ungutes Gefühl bei der Sache. Unsere Sicherheitsleute haben seine Aktentasche durchsucht und eine Kamera gefunden. Darin waren Fotos von internen Dokumenten, die unter das Geschäftsgeheimnis fielen, und sogar von Passwörtern.«

»Der Reporter hat nicht nur seinen Job verloren, sondern wurde wegen unbefugten Betretens angeklagt«, erklärte O'Day. »Er musste sechs Monate im Staatsgefängnis absitzen. Und soweit ich weiß, hat er seitdem keine feste Anstellung als Journalist mehr erhalten.«

Sterling senkte leicht den Kopf. »Wir nehmen die Sicherheit sehr, sehr ernst«, sagte er zu Sachs.

Ein junger Mann öffnete die Tür. Im ersten Moment dachte sie, es sei Martin, der Assistent, aber dann wurde ihr bewusst, dass dieser Eindruck nur von der ähnlichen Statur und dem schwarzen Anzug herrührte. »Andrew, bitte verzeihen Sie die Störung.«

»Ah, Jeremy.«

Dies also war der zweite Assistent. Er warf einen Blick auf den uniformierten Pulaski und dann auf Sachs. Als er erkannte, dass man ihm die beiden nicht vorstellen würde, ignorierte er, genau wie zuvor Martin, alle Anwesenden außer seinem Boss.

»Carpenter«, sagte Sterling. »Ich muss ihn heute noch sehen.«

»Jawohl, Andrew.«

»Die Angestellten?«, fragte Sachs, nachdem er gegangen war. »Gab es mit irgendwem disziplinarische Probleme?«

»Wir überprüfen die Vorgeschichte unserer Leute sehr gründlich«, sagte Sterling. »Falls jemand etwas Schlimmeres als ein Verkehrsdelikt auf dem Kerbholz hat, wird er nicht eingestellt. Und diese Art von Überprüfungen sind eines unserer Spezialgebiete. Aber sogar falls ein Mitarbeiter auf innerCircle zugreifen wollte, wäre es ihm nicht möglich, Daten zu stehlen. Mark, erzählen Sie ihr von den Arealen.«

»Sehr gern, Andrew.« Und an Sachs gewandt: »Wir haben Firewalls aus Beton.«

»Ich verstehe nicht viel von Technik«, sagte Sachs.

Whitcomb lachte. »Nein, nein, das ist alles andere als kompliziert. Ich meine echten Beton. Wie in Wänden und Böden. Wenn wir Daten erhalten, teilen wir sie auf und speichern sie an physisch voneinander getrennten Orten. Sie werden es besser verstehen, wenn ich Ihnen erkläre, wie SSD arbeitet. Unsere Voraussetzung lautet, dass Daten unser wichtigster Aktivposten sind. Falls jemand innerCircle duplizieren würde, wären wir innerhalb einer Woche nicht mehr im Geschäft. An vorderster Stelle steht deshalb der Schutz unserer Arbeitsgrundlage. Und woher kommen all diese Daten? Aus Tausenden von Quellen: Von Kreditkartengesellschaften, Banken, Behördenarchiven, Läden, Onlinediensten, Urkundsbeamten, Zulassungsstellen, Krankenhäusern, Versicherungen. Wir betrachten jeden Vorgang, der Daten verursacht, als eine Transaktion; das könnte der kostenlose Anruf bei einer entsprechenden Telefonnummer sein, die Zulassung eines Wagens, die Einreichung eines Antrags bei der Krankenversicherung oder einer Klage bei Gericht, eine Geburt, eine Eheschließung, ein Kauf, die Reklamation einer Ware, eine Beschwerde … In Ihrem Arbeitsbereich könnte eine Transaktion aus einer Vergewaltigung bestehen, einem Einbruch, einem Mord – aus jedem denkbaren Verbrechen. Auch aus der Eröffnung einer Fallakte, der Auswahl eines Geschworenen, einem Strafprozess, einer Verurteilung.« Whitcomb hielt kurz inne.

»Wenn Daten über eine Transaktion bei SSD eintreffen, landen sie zunächst im Annahmezentrum und werden bewertet. Aus Sicherheitsgründen werden die Daten auch gleichzeitig maskiert, indem wir den Namen der Person durch einen Code ersetzen.«

»Die Sozialversicherungsnummer?«

Sachs glaubte bei Sterling zum ersten Mal so etwas wie Erheiterung wahrzunehmen. »Äh, nein«, antwortete er. »Diese Nummern waren ausschließlich für die staatliche Rentenkasse gedacht. Vor einer halben Ewigkeit. Nur durch Zufall ist aus ihnen ein verbreitetes Identifikationsmerkmal geworden. Sie sind ungenau und einfach zu stehlen oder zu kaufen. Daher sind sie gefährlich – wie eine geladene Waffe, die offen im Haus herumliegt. Unser Code ist eine sechzehnstellige Nummer. Achtundneunzig Prozent aller erwachsenen Amerikaner haben SSD-Codes. Inzwischen erhält jedes Kind, dessen Geburt irgendwo in Nordamerika registriert wird, automatisch einen Code zugewiesen.«

»Warum die sechzehn Stellen?«, fragte Pulaski.

»Sie lassen uns ausreichend Platz zur Expansion«, sagte Sterling. »Wir brauchen uns keine Sorgen zu machen, dass uns irgendwann die Nummern ausgehen werden, denn wir können fast eine Trillion Codes zuweisen. Eher hat die Menschheit keinen Lebensraum mehr, als dass SSD ohne Nummern dasteht. Die Codes machen unser System viel sicherer und schneller, als wenn die Datenverarbeitung an einen Namen oder die Sozialversicherungsnummer geknüpft wäre. Außerdem hebt ein Code das menschliche Element auf und entfernt die Voreingenommenheit aus der Gleichung. Wir haben unwillkürlich eine Meinung zu Adolf, Britney, Shaquilla oder Diego, auch ohne die Leute zu kennen, einfach nur wegen ihres Namens. Eine Nummer schaltet diese Befangenheit aus. Und steigert die Effizienz. Bitte fahren Sie fort, Mark.«

»Gern, Andrew. Sobald der Name gegen den Code ausgetauscht wurde, bewertet das Annahmezentrum die Transaktion, entscheidet über ihre Zugehörigkeit und schickt sie an einen oder mehrere von drei getrennten Bereichen – unsere Datenareale. In Areal A speichern wir Daten über den persönlichen Lebensstil. Areal B ist für die Finanzen. Dazu gehören Gehaltszahlungen, Bankdaten, Kreditberichte und Versicherungen. Areal C umfasst öffentliche und behördliche Akten und Aufzeichnungen.«

»Dann werden die Daten gereinigt«, übernahm wieder Sterling. »Wir sondern die Fremdkörper aus und vereinheitlichen die Form. In manchen Formularen wird Ihr Geschlecht zum Beispiel mit ›W‹ bezeichnet, in anderen mit ›Weiblich‹. In wieder anderen Fällen steht da eine Eins oder Null. Wir gleichen das an.

Und wir entfernen Verunreinigungen – unsaubere Daten. Das können fehlerhafte Angaben sein, zu viele oder auch zu wenige Einzelheiten. Das alles sind Störfaktoren, und Störfaktoren müssen beseitigt werden.« Er klang sehr entschlossen. »Die gereinigten Daten liegen dann in einem unserer Areale, bis ein Kunde eine Weissagung benötigt.«

»Wie meinen Sie das?«, fragte Pulaski.

»In den Siebzigerjahren des zwanzigsten Jahrhunderts haben

Computerdatenbanken den Firmen nur eine Analyse vergangener Ereignisse gestattet«, erklärte Sterling. »In den Neunzigern wurde es möglich, zu jedem beliebigen Zeitpunkt den aktuellen Stand abzufragen. Das war schon hilfreicher. Heutzutage können wir prophezeien, was die Verbraucher tun *werden*, und unsere Kunden dabei anleiten, dieses Wissen zu ihrem Vorteil zu nutzen.«

»Dann sagen Sie die Zukunft aber nicht nur voraus«, sagte Sachs. »Sie versuchen, sie zu beeinflussen.«

»Genau. Aber welchen Grund gäbe es sonst, zu einem Wahrsager zu gehen?«

Sein Blick war ruhig, beinahe belustigt. Dennoch fühlte Sachs sich unbehaglich und musste an den gestrigen Zwischenfall mit dem Bundesagenten in Brooklyn denken. Es war, als habe 522 genau das getan, was Sterling hier beschrieb: eine mögliche Schießerei heraufbeschworen.

Der Firmenchef wies auf Whitcomb, der daraufhin fortfuhr. »Okay, die Daten, die keine Namen, sondern nur Nummern enthalten, landen also in diesen drei getrennten Arealen auf verschiedenen Etagen in unterschiedlichen Sicherheitsbereichen. Ein Angestellter im Areal für öffentliche Akten kann auf die Daten im Lebensstil- oder Finanzareal nicht zugreifen. Und niemand in irgendeinem der drei Areale hat Zugang zu den Informationen im Annahmezentrum und kann den Namen und die Adresse mit dem sechzehnstelligen Code in Verbindung bringen.«

»Das hat Tom gemeint, als er sagte, ein Hacker würde in alle Datenareale auf einmal eindringen müssen«, warf Sterling ein.

»Und unsere Überwachung läuft rund um die Uhr«, fügte O'Day hinzu. »Wir würden sofort wissen, ob jemand unerlaubt versucht hat, eine der Abteilungen zu betreten. Die Person würde sofort entlassen und vermutlich in Haft genommen. Außerdem kann man von den Computern in den Arealen nichts herunterladen – sie haben keine zugänglichen Schnittstellen –, und auch wenn es jemandem gelänge, ein Gehäuse aufzubrechen und ein eigenes Gerät anzuhängen, könnte er es nicht herausschmuggeln. Jeder hier wird durchsucht – jeder Angestellte, Manager, Wachmann, Brandschutzbeauftragte, Hausmeister. Sogar Andrew. Jeder Zugang zu den Datenarealen und dem Annahmezentrum ist mit einem Detektor für Metall und andere Materialien hoher Dichte ausgestattet – auch die Notausgänge.«

Whitcomb übernahm. »Und man geht zwangsläufig an einem Magnetfeldgenerator vorbei. Er löscht sämtliche digitalen Datenträger, die man mit sich führt, ob iPod, Mobiltelefon oder Festplatte. Nein, niemand verlässt diese Abteilungen und hat auch nur ein Kilobyte an Informationen dabei.«

»Demnach wäre ein Datendiebstahl aus diesen Arealen – ob nun durch Hacker von außen oder durch Eindringlinge oder Angestellte von innen – nahezu unmöglich«, sagte Sachs.

Sterling nickte. »Daten sind unsere einzige Geschäftsgrundlage. Wir bewachen sie peinlich genau.«

»Was ist mit der vierten Möglichkeit – dem Mitarbeiter eines Ihrer Kunden?«

»Wie Tom schon sagte, der Täter hätte auf die innerCircle-Dossiers jedes einzelnen Opfers und der entsprechenden Sündenböcke zugreifen müssen.«

»Richtig.«

Sterling hob beide Hände, wie ein Professor. »Aber Kunden haben keinerlei Zugang zu Dossiers. Sie würden sie auch gar nicht wollen, denn innerCircle enthält Rohdaten, mit denen sie nichts anfangen können. Was sie wollen, ist unsere *Analyse* der Daten. Die Kunden loggen sich in unser Datenbank-Management-System namens Watchtower ein – oder in andere Programme wie Xpectation oder FORT. Die jeweilige Software durchsucht innerCircle, findet die relevanten Daten und bereitet sie zu einer nutzbaren Form auf. Um ein Sinnbild zu bemühen: Watchtower durchsiebt Tonnen von Erde und Gestein und findet Nuggets.«

Sachs überlegte kurz. »Nehmen wir mal an, ein Kunde erwirbt eine Anzahl von Mailinglisten. Könnte er daraus nicht genügend Daten über eines unserer Opfer entnehmen, um das Verbrechen zu begehen?« Sie deutete auf die Beweisliste, die sie Sterling gezeigt hatte. »Unser Täter könnte sich beispielsweise Listen von jedem besorgen, der diese Art Rasiercreme, Kondome, Isolierband, Joggingschuhe und so weiter gekauft hat.«

Sterling hob eine Augenbraue. »Hm. Das würde einen ungeheuren Aufwand erfordern, aber es ist theoretisch möglich … Also gut. Ich lasse eine Liste aller Kunden erstellen, die Daten erworben haben, in denen die Namen Ihrer Opfer auftauchen. Im Verlauf der letzten drei Monate? Nein, lieber sechs.«

»Das dürfte genügen.« Sachs wühlte in ihrer Aktentasche – die nicht annähernd so aufgeräumt war wie Sterlings Schreibtisch – und gab ihm eine Aufstellung der Opfer und Sündenböcke.

»Unser Kundenvertrag gestattet es uns, Informationen über unsere Geschäftspartner weiterzugeben. Es bestehen daher keine juristischen Einwände, aber es dürfte ein paar Stunden dauern, die Angaben zusammenzustellen.«

»Danke. Noch eine letzte Frage zu den Angestellten… Auch wenn sie keinen Zutritt zu den Arealen haben, könnten sie sich ein Dossier in ihrem Büro herunterladen?«

Sterling nickte. Die Frage schien ihm zu imponieren, obwohl sie beinhaltete, dass der Killer ein SSD-Mitarbeiter sein könnte. »Den meisten Angestellten ist das nicht möglich – noch einmal, wir müssen unsere Daten schützen. Aber einige von uns verfügen über eine sogenannte ›uneingeschränkte Freigabe‹.«

Whitcomb lächelte. »Na ja, aber bedenken Sie, um wen es sich dabei handelt, Andrew.«

»Falls es hier ein Problem gibt, dürfen wir keine Möglichkeit außer Acht lassen.«

»Die Sache ist die«, sagte Whitcomb zu Sachs und Pulaski. »Alle Angestellten mit uneingeschränkter Freigabe haben eine leitende Funktion inne und gehören der Firma schon seit Jahren an. Wir sind hier wie eine Familie. Wir feiern zusammen Feste, wir haben unsere Gemeinschaftsveranstaltungen…«

Sterling hob die Hand und schnitt ihm das Wort ab. »Wir müssen der Sache nachgehen, Mark. Ich will das hier aufgeklärt wissen, was auch immer dazu nötig ist. Ich will Antworten.«

»Wer besitzt eine solche Freigabe?«, fragte Sachs.

Sterling zuckte die Achseln. »Ich natürlich. Unser Vertriebschef und der technische Leiter. Auch der Kopf der Personalabteilung könnte ein Dossier zusammenstellen, nehme ich an, aber ich bin mir sicher, dass er das noch nie getan hat. Und Marks Boss, der Leiter unserer Richtlinienabteilung.« Er nannte ihr die Namen.

Sachs sah Whitcomb an. Er schüttelte den Kopf. »Ich habe keinen Zugang.«

O'Day ebenfalls nicht.

»Was ist mit Ihren Assistenten Jeremy und Martin?«, wandte Sachs sich an Sterling.

»Nein… Übrigens, auch unsere Techniker können kein Dossier anfordern, abgesehen von ihren beiden Vorgesetzten, einer bei der Tagschicht, der andere nachts.« Er gab ihr auch diese zwei Namen.

Sachs überflog die Liste. »Es lässt sich schnell feststellen, ob sie unschuldig sind oder nicht.«

»Wie?«

»Wir wissen, wo der Täter gestern Nachmittag gewesen ist. Falls die Leute Alibis haben, sind sie aus dem Schneider. Ich möchte mit ihnen sprechen. Jetzt gleich, falls möglich.«

»Gut«, sagte Sterling und nickte beifällig; ihr Vorschlag bedeutete eine einfache »Lösung« für eines seiner »Probleme«. Dann wurde ihr etwas klar: Sterling hatte ihr im Verlauf des Gesprächs immer nur ins Gesicht gesehen, nie auf den Körper – im Gegensatz zu den meisten, wenn nicht gar allen anderen Männern, mit denen Sachs zusammentraf. Und geflirtet hatte er auch nicht. Sie fragte sich, ob es einen bestimmten Grund dafür gab. »Darf ich mir die Sicherheitsvorkehrungen der Datenareale mal persönlich ansehen?«

»Gern. Aber lassen Sie Ihren Pager, Ihr Telefon und Ihren PDA draußen. Und eventuelle Speicherkarten oder USB-Sticks. Falls nicht, werden alle Daten darauf gelöscht. Und man wird Sie durchsuchen, wenn Sie wieder gehen.«

»Okay.«

Sterling nickte O'Day zu, der hinaus auf den Flur ging und mit dem ernsten Wachmann zurückkehrte, der Sachs und Pulaski aus dem riesigen Empfangsbereich im Erdgeschoss nach oben begleitet hatte.

Der Firmenchef druckte einen Passierschein für Sachs aus, unterschrieb ihn und reichte ihn dem Wachmann, der sie bat, ihm zu folgen.

Sachs war erfreut, dass Sterling ihrer Bitte entsprochen hatte.

Sie verfolgte mit dem Besuch in den Datenarealen gleich mehrere Ziele. Es würde ihr nicht nur möglich sein, weitere Personen über die Ermittlungen in Kenntnis zu setzen – in der Hoffnung, diese würden den Köder schlucken –, sondern sie konnte auch den Wachmann über die Sicherheitsmaßnahmen befragen und verifizieren, was O'Day, Sterling und Whitcomb ihr erzählt hatten.

Aber der Mann blieb praktisch stumm, wie ein Kind, dem die Eltern verboten hatten, mit Fremden zu reden.

Sie kamen durch mehrere Türen und Korridore, ein Treppenhaus hinunter und ein anderes wieder hinauf. Schon bald war Sachs völlig desorientiert. Ihre Muskeln zitterten. Die Räumlichkeiten wurden immer begrenzter, schmaler und dunkler. Amelias Klaustrophobie kam voll zum Tragen; die Fenster im Grauen Felsen waren schon klein genug, aber hier, in der Nähe der Datenareale, gab es gar keine. Sie atmete tief durch. Es half nichts.

Sachs warf einen Blick auf das Namensschild des Wachmanns. »John?«

»Ja, Ma'am?«

»Was hat es mit den Fenstern auf sich? Sie sind entweder klein – oder überhaupt nicht vorhanden.«

»Andrew befürchtet, man könnte versuchen, von draußen Informationen zu fotografieren. Zum Beispiel Passwörter oder Geschäftspläne.«

»Wirklich? Wäre so etwas denn möglich?«

»Keine Ahnung. Wir werden manchmal angewiesen, die umliegenden Dächer und Fenster zu überprüfen. Bis jetzt hat noch nie jemand etwas Verdächtiges entdeckt. Aber Andrew möchte, dass wir es trotzdem tun.«

Die Datenareale waren unheimliche Orte und allesamt farblich gekennzeichnet. Blau für den persönlichen Lebensstil, Rot für die Finanzen, Grün für die Behördenakten. Es handelte sich um riesige Abteilungen, aber dieser Umstand linderte Amelias Beklemmung kein bisschen. Die Decken waren sehr niedrig, das Licht trüb und die Gänge zwischen den Computerreihen schmal. Es hing beständig ein Geräusch in der Luft, eine Art tiefes Brummen. Die Klimaanlage lief angesichts der unzähligen Geräte und deren Abwärme auf Hochtouren, aber die Luft war schwül und stickig.

Sachs hatte noch nie dermaßen viele Computer auf einem Haufen gesehen. Es waren große weiße Kästen, und man hatte sie seltsamerweise nicht mit Ziffern oder Buchstaben gekennzeichnet, sondern mit Abziehbildern von Comicfiguren wie Spider-Man, Batman, Barney, dem Roadrunner oder Micky Maus.

»SpongeBob?«, fragte sie und deutete auf eines der Bilder.

Zum ersten Mal lächelte John. »Das ist eine weitere Sicherheitsvorkehrung, die Andrew sich ausgedacht hat. Wir lassen online nach allen Texten suchen, die mit SSD und innerCircle zu tun haben. Falls dabei der Name unserer Firma *und* eine Comicfigur wie Karl der Kojote oder Superman genannt werden, könnte das darauf hindeuten, dass jemand sich etwas zu sehr für die eigentlichen Computer interessiert. Diese Namen stechen deutlicher hervor, als hätten wir die Geräte einfach nur durchnummeriert.«

»Schlau«, sagte sie und fand es irgendwie paradox, dass Sterling es verzog, Menschen zu nummerieren und seinen Computern Namen zu geben.

Sie betraten das Annahmezentrum, gestrichen in trostlosem Grau. Es war kleiner als die Datenareale und verstärkte Amelias Klaustrophobie noch zusätzlich. Genau wie in den anderen Bereichen bestand auch hier der einzige Wandschmuck aus dem Wachturm-Logo mit dem beleuchteten Fenster sowie aus einem großen Foto von Andrew Sterling, der gekünstelt lächelte. Die Bildunterschrift lautete: »Ihr seid die Nummer eins.«

Das bezog sich vielleicht auf den Marktanteil oder auf einen Preis, den die Firma gewonnen hatte. Oder es sollte die Bedeutung der Angestellten betonen. Sachs kam es dennoch irgendwie bedrohlich vor, als stünde man oben auf einer Liste, auf der man gar nicht sein wollte.

Je enger es wurde, desto schneller atmete sie.

»Man fühlt sich hier ganz schön merkwürdig, nicht wahr?«, fragte der Wachmann.

Sie lächelte. »Ein wenig.«

»Wir drehen unsere Runden, aber niemand verbringt mehr Zeit in den Arealen, als er muss.«

Nun, da sie das Eis gebrochen und Johns Zunge gelöst hatte,

fragte sie ihn nach den Sicherheitsmaßnahmen, um zu überprüfen, ob Sterling und die anderen aufrichtig gewesen waren.

Es sah ganz danach aus. John bestätigte, was der Firmenchef behauptet hatte: Keiner der Computer in den Arealen verfügte über ein Laufwerk oder eine Schnittstelle, über die man Daten herunterladen konnte; es gab hier nur Tastaturen und Monitore. Und die Räume seien abgeschirmt, sagte der Wachmann; kein Funksignal könne nach draußen gelangen. Außerdem erklärte er, genau wie zuvor Sterling und Whitcomb, dass die Daten der einzelnen Areale nutzlos seien, solange man nicht auch auf die anderen Areale und das Annahmezentrum zugreifen könne. Die Bildschirme schienen nicht zusätzlich gesichert zu sein, aber um die Bereiche zu betreten, benötigte man einen Firmenausweis, einen Code und einen biometrischen Scan – oder eben einen breitschultrigen Wachmann, der jede Bewegung eines Besuchers genau im Auge behielt (was John die ganze Zeit getan hatte, und zwar keineswegs subtil).

Die Maßnahmen außerhalb der Areale fielen ebenfalls streng aus, wie bereits angekündigt. Sowohl Amelia als auch der Wachmann wurden nach dem Verlassen eines jeden Bereichs sorgfältig durchsucht und mussten sowohl einen Metalldetektor als auch einen dicken Rahmen passieren, der als Data-Clear Einheit bezeichnet war. Ein Schild warnte: »*Das Magnetfeld löscht dauerhaft alle digitalen Daten in Computern, Festplatten, Mobiltelefonen und anderen Geräten.*«

Auf dem Rückweg zu Sterlings Büro erzählte John, dass seines Wissens noch nie jemand bei SSD eingebrochen sei. Trotzdem ließ O'Day regelmäßig Übungen abhalten, um Sicherheitsübertretungen zu verhindern. Wie die meisten seiner Kollegen trug John keine Schusswaffe, aber Sterling hatte angeordnet, dass rund um die Uhr mindestens zwei bewaffnete Posten zugegen sein mussten.

Pulaski saß im Vorzimmer des Firmenchefs auf einem gewaltigen Ledersofa in der Nähe von Martins Schreibtisch. Er war kein kleiner Mann, wirkte auf dem Möbelstück aber winzig, wie ein Schüler, den man in das Büro des Rektors beordert hatte. In Amelias Abwesenheit hatte der junge Beamte von sich aus bereits

Samuel Brockton überprüft – Whitcombs Vorgesetzten, der eine uneingeschränkte Freigabe besaß. Der Mann hielt sich zurzeit in Washington D.C. auf; laut den Hotelunterlagen hatte er gestern zum Zeitpunkt des Mordes einen Brunch im Speisesaal eingenommen. Sachs machte sich eine entsprechende Notiz und nahm die Liste der sieben Freigabe-Kandidaten in Augenschein.

- *Andrew Sterling, Generaldirektor, Hauptgeschäftsführer.*
- *Sean Cassel, Vertriebs- und Marketingleiter.*
- *Wayne Gillespie, Technischer Leiter.*
- *Samuel Brockton, Leiter der Richtlinienabteilung.*
  Alibi: Hotelunterlagen bestätigen Aufenthalt in Washington.
- *Peter Arlonzo-Kemper, Personalchef.*
- *Steven Shraeder, Cheftechniker, Tagschicht.*
- *Faruk Mameda, Cheftechniker, Nachtschicht.*

»Ich würde gern so bald wie möglich mit den Leuten sprechen«, sagte Sachs zu Sterling.

Der Firmenchef fragte bei seinem Assistenten nach und erfuhr, dass alle außer Brockton in der Stadt waren. Allerdings kümmerte Shraeder sich gerade um ein Hardwareproblem im Annahmezentrum, und Mameda würde erst um fünfzehn Uhr seinen Dienst antreten. Sterling wies Martin an, einen leeren Konferenzraum zu suchen und die Männer nacheinander zur Besprechung zu bitten.

Dann trennte er die Verbindung der Gegensprechanlage. »Also gut, Detective«, sagte er. »Jetzt liegt es bei Ihnen. Gehen Sie, und befreien Sie uns von dem Verdacht … oder finden Sie Ihren Killer.«

… Zwanzig

Rodney Szarnek hatte die Falle installiert, und nun versuchte der junge Mann mit dem struppigen Haar fröhlich, sich in den Hauptserver von SSD einzuhacken. Sein Knie wippte auf und ab, und er pfiff gelegentlich vor sich hin. Rhyme fand das irritierend, aber er ließ den Jungen gewähren. Der Kriminalist war dafür bekannt gewesen, Selbstgespräche zu führen, wenn er Tatorte untersuchte und über mögliche Ermittlungsansätze nachdachte.

Jeder so, wie er mag…

Die Türglocke ertönte; es war ein Beamter vom Labor der Spurensicherung in Queens mit einem Geschenk, einem Beweisstück von einem der früheren Verbrechen: das Messer, das als Mordwaffe bei dem Münzdiebstahl zum Einsatz gekommen war. Der Rest der Spuren sei »irgendwo eingelagert«. Man habe eine Anforderung rausgeschickt, aber niemand könne sagen, wann – und ob überhaupt – man das Material finden würde.

Rhyme ließ Cooper die Registrierkarte unterzeichnen – auch nach dem Prozess mussten die Vorschriften befolgt werden. »Komisch, dass der Großteil des Beweismaterials verschwunden ist«, merkte Rhyme an, obwohl ihm klar war, dass ein solches Messer, genau wie jede andere Waffe, nicht mit dem Rest der Spuren archiviert werden, sondern im Labor unter Verschluss bleiben würde.

Rhyme warf einen Blick auf die Tabelle des zugehörigen Verbrechens. »Man hat am Griff des Messers irgendwelchen Staub gefunden. Mal sehen, ob wir herausbekommen können, worum es sich handelt. Aber was kannst du mir zunächst mal über das Messer selbst erzählen?«

Cooper glich die Herstellerangabe mit der Waffendatenbank des NYPD ab. »Es wird in China gefertigt und massenweise an Tausende von Läden verkauft. Und es ist billig, also können wir davon ausgehen, dass er bar bezahlt hat.«

»Nun ja, ich hatte sowieso nicht viel erwartet. Machen wir mit dem Staub weiter.«

Cooper streifte Handschuhe über und öffnete die Tüte. Dann strich er behutsam mit einem Pinsel über den Griff des Messers, an dessen Klinge das dunkelbraune getrocknete Blut des Opfers klebte. Etwas weißer Staub rieselte auf das Untersuchungspapier.

Rhyme war von Staub fasziniert. In der forensischen Wissenschaft bezeichnet dieser Begriff feste Partikel von weniger als fünfhundert Mikrometern Größe, die aus Kleidungs- oder Polsterfasern bestehen, aus menschlichen oder tierischen Hautschuppen, Pflanzen- und Insektenteilen, getrockneten Exkrementen, Erde oder einer beliebigen Vielzahl von Chemikalien. Manche Arten sind Aerosole, andere lagern sich schnell auf Oberflächen ab. Staub kann Gesundheitsprobleme wie die Staublunge verursachen, hochexplosiv sein (zum Beispiel Mehlstaub in Getreidesilos) und sich sogar auf das Klima auswirken.

Bei einem Verbrechen findet als Folge von elektrostatischer Aufladung und anderen Anhaftungsvorgängen oftmals eine Übertragung von Staubpartikeln statt, sowohl vom Täter auf den Tatort als auch umgekehrt. Aus diesem Grund kann Staub sich für die Polizei als äußerst hilfreich erweisen. Als Rhyme noch Leiter der New Yorker Spurensicherung gewesen war, hatte er eine große Staubdatenbank angelegt und Proben in allen fünf Stadtbezirken sowie in Teilen von New Jersey und Connecticut gesammelt.

An dem Messergriff klebte nur eine sehr geringe Menge, aber Mel Cooper fand genug, um eine Probe durch den Gaschromatographen und das Massenspektrometer zu schicken. In dem Kombiinstrument werden Substanzen in ihre Bestandteile aufgespalten und diese dann identifiziert. Das dauerte eine Weile. Cooper konnte nichts dafür. Seine Hände, die für einen so schmalen Mann überraschend groß und kräftig waren, bewegten sich schnell und effizient. Die Maschine brauchte einfach einige Zeit für ihren magischen Analysevorgang. Während sie auf das Ergebnis warteten, führte Cooper an einer anderen Staubprobe zusätzliche chemische Tests auf Materialien durch, die das GC/MS womöglich nicht feststellen konnte.

Schließlich lagen die Resultate vor, und Mel Cooper erläuterte die kombinierte Analyse, während er die Einzelheiten an die Tafel schrieb. »Okay, Lincoln. Wir haben hier Vermiculit, Mörtel, Synthetikschaum, Glasfragmente, Farbpartikel, Mineralwollfasern, Glasfasern, Kalzitkörnchen, Papierfasern, Quarzkörner, Verbrennungsrückstände, Metallspäne, Chrysotil-Asbest und einige Chemikalien, nämlich: polyzyklische aromatische Kohlenwasserstoffe, Paraffin, Olefin, Naphtene, Oktane, polychlorierte Biphenyle, Dibenzodioxine – die sieht man nicht sehr oft – und Dibenzofurane. Ach, und ein paar bromierte Diphenyläther.«

»Das World Trade Center«, sagte Rhyme.

»Ist es das?«

»Ja.«

Der Staub der 2001 eingestürzten Hochhaustürme hatte bei den Arbeitern rund um Ground Zero zu Gesundheitsproblemen geführt, und in den Nachrichten der letzten Zeit war auf manche der Inhaltsstoffe eingegangen worden. Rhyme hatte die Zusammensetzung des Staubs ziemlich gut im Kopf.

»Demnach hält er sich in Downtown auf?«

»Eventuell«, sagte Rhyme. »Aber der Staub hat sich im gesamten Stadtgebiet abgelagert. Wir versehen den Eintrag vorläufig mit einem Fragezeichen …« Er verzog das Gesicht. »Das ist also bisher unser Profil: ein Mann, der weiß oder hellhäutig sein *könnte*. Der Münzen sammeln und sich für Kunst interessieren *könnte*. Und dessen Wohnung oder Arbeitsplatz in Downtown liegen *könnte*. Er *könnte* Kinder haben und *könnte* Raucher sein.« Rhymes Blick fiel auf das Messer. »Lass mich das mal aus der Nähe sehen.« Cooper brachte ihm die Waffe, und Rhyme nahm jeden Millimeter des Griffs in Augenschein. Sein Körper mochte stark beeinträchtigt sein, aber seine Sehkraft war so gut wie die eines Teenagers. »Da. Was ist das?«

»Wo?«

»In dem Spalt zwischen Griffschale und Metall.«

Es war ein winziges helles Teilchen. »Das konntest du mit bloßem Auge erkennen?«, flüsterte der Techniker. »Ich hab es völlig übersehen.« Mit einer nadelspitzen Sonde holte er den Partikel heraus, legte ihn auf einen Objektträger und betrachtete ihn bei vier- bis vierundzwanzigfacher Vergrößerung durch ein

Mikroskop. Das reicht meistens aus, sofern man nicht von vornherein auf schwere Geschütze wie das Rasterelektronenmikroskop angewiesen ist. »Ein Krümel von irgendwas Essbarem, wie es scheint. Etwas Gebackenes. Orange Färbung. Das Spektrum deutet auf Öl hin. Vielleicht Junkfood. Wie Doritos. Oder Kartoffelchips.«

»Für das GC/MS reicht die Menge nicht aus.«

»Auf keinen Fall«, bestätigte Cooper.

»Der Täter hatte bestimmt nicht vor, etwas dermaßen Kleines im Haus des Sündenbocks zu platzieren. Es handelt sich um eine weitere echte Spur von Fünf Zweiundzwanzig.«

Was, zum Teufel, war das? Etwas von seinem Mittagessen am Tag des Mordes?

»Ich will eine Geschmacksprobe versuchen.«

»Was? An dem Ding klebt Blut.«

»Vom Griff, nicht von der Klinge. Genau an der Stelle, wo der Krümel gesteckt hat. Ich will herausfinden, was das ist.«

»Es ist nicht genug davon da. Dieser kleine Rest? Man kann ihn kaum sehen. Ich *habe* ihn nicht gesehen.«

»Nein, von dem Messer selbst. Vielleicht kann ich ein Aroma oder Gewürz herausschmecken, das uns mehr verrät.«

»Du kannst doch nicht einfach eine Mordwaffe ablecken, Lincoln.«

»Wo steht das geschrieben, Mel? Ich kann mich nicht erinnern, es je gelesen zu haben. Wir brauchen Informationen über diesen Kerl!«

»Na gut … meinetwegen.« Der Techniker hielt ihm das Messer dicht vor das Gesicht. Rhyme beugte sich vor und berührte mit der Zungenspitze die Stelle, an der sie den Partikel gefunden hatten.

»Um Gottes willen!« Sein Kopf ruckte zurück.

»Was ist?«, fragte Cooper erschrocken.

»Schnell, ein Glas Wasser!«

Cooper warf das Messer auf den Untersuchungstisch und rief nach Thom, während Rhyme auf den Boden spuckte. Sein Mund brannte höllisch.

Thom kam angerannt. »Was ist los?«

»Mann ... das tut weh. Ich brauche Wasser! Ich habe irgendeine scharfe Soße gegessen.«

»Scharfe Soße ... wie Tabasco?«

»Ich weiß nicht genau, was es war!«

»Dann brauchst du kein Wasser, sondern Milch oder Joghurt.«

»Dann hol mir welchen!«

Thom kam mit einem Becher Joghurt zurück und gab Rhyme mehrere Löffel davon zu essen. Zu seiner Überraschung legte der Schmerz sich sofort. »Puh. Das war heftig ... Okay, Mel, wir haben unter Umständen etwas Neues erfahren. Unser Täter steht auf Tortillachips und Salsa. Nun ja, sagen wir einfach, Knabbergebäck und scharfe Soße. Trag es in die Tabelle ein.«

Während Cooper schrieb, sah Rhyme auf die Uhr. »Wo bleibt denn Sachs, verdammt noch mal?«, schimpfte er.

»Die ist doch bei SSD.« Cooper wirkte verwirrt.

»Das weiß ich. Aber warum ist sie nicht schon längst wieder hier? ... Und Thom, ich will noch mehr Joghurt!«

TÄTER 522

- Mann.
- Möglicherweise Raucher oder wohnt/arbeitet in der Nähe einer Tabakquelle bzw. mit jemandem, der raucht.
- Hat Kinder oder wohnt/arbeitet in deren Umfeld bzw. in der Nähe einer Spielzeugquelle.
- Interesse an Kunst, Münzen?
- Vermutlich ein Weißer, zumindest aber hellhäutig.
- Mittlere Statur.
- Stark; in der Lage, seine Opfer zu erdrosseln.
- Hat Zugriff auf ein Gerät zur Stimmmodulierung.
- Kennt sich vermutlich mit Computern aus; kennt OurWorld. Andere Internetgemeinschaften?
- Nimmt seinen Opfern Trophäen ab. Sadist?
- Wohnung/Arbeitsplatz ist stellenweise dunkel und feucht.
- Wohnt in/nahe Downtown?
- Isst Knabbergebäck/scharfe Soße.

Hinterlassene echte Spuren

- Alte Pappe.
- Haar von Puppe, Typ BASF B35 Nylon 6.
- Tabak von Zigaretten Marke Tareyton.
- Alter Tabak, nicht Tareyton, aber Marke unbekannt.
- Sporen von Schimmelpilz Stachybotrys Chartarum.
- Staub vom Anschlag auf das World Trade Center; deutet eventuell auf Wohnung/Job in Downtown hin.
- Knabbergebäck mit scharfer Soße.

... Einundzwanzig

Der Konferenzraum, zu dem man Sachs und Pulaski führte, war so spartanisch eingerichtet wie Sterlings Büro. Es schien in der ganzen Firma keine einzige behagliche Ecke zu geben.

Sterling begleitete sie höchstpersönlich her und wies auf zwei Stühle, hinter denen an der Wand mal wieder das Logo des Fensters hoch oben im Wachturm abgebildet war. »Ich erwarte keine Sonderbehandlung«, sagte er. »Da ich über eine uneingeschränkte Freigabe verfüge, bin auch ich verdächtig. Aber ich habe für gestern ein Alibi – ich war den ganzen Tag auf Long Island. Ich mache das oft – fahre zu einigen der großen Discountläden und Einkaufszentren, um mir anzusehen, was die Leute kaufen, wie sie es kaufen und zu welchen Zeiten. Ich bemühe mich ständig, unsere Arbeit effizienter zu gestalten, und das kann man nur, wenn man die Bedürfnisse seiner Kunden kennt.«

»Mit wem haben Sie sich getroffen?«

»Mit niemandem. Ich verrate nie jemandem, wer ich bin. Ich möchte die Abläufe so zu sehen bekommen, wie sie tatsächlich stattfinden. Mit allen Fehlern und Missgeschicken. Aber die Daten der Mautbox meines Wagens dürften ergeben, dass ich gegen neun Uhr morgens durch den Midtown Tunnel nach Osten gefahren und gegen siebzehn Uhr dreißig zurückgekommen bin. Sie können in der Mautzentrale nachfragen.« Er nannte ihr das Kennzeichen seines Wagens. »Ach, und ich habe mit meinem Sohn telefoniert. Er war mit dem Zug nach Westchester gefahren, um dort im Wald wandern zu gehen. Da er ohne Begleitung unterwegs war, wollte ich mich vergewissern, ob alles in Ordnung ist. Ich habe ihn ungefähr um vierzehn Uhr angerufen. Die Verbindungsdaten meines Hauses in den Hamptons werden das beweisen. Oder Sie überprüfen die Liste der eingegangenen Anrufe in seinem Mobiltelefon. Dort dürften Datum und Uhrzeit verzeichnet sein. Seine Durchwahl hier ist sieben eins acht sieben.«

Sachs notierte sich alles, auch die Telefonnummer von Sterlings

Landhaus, und bedankte sich. Da betrat Jeremy, der »externe« Assistent, den Raum und flüsterte seinem Boss etwas zu.

»Ich muss mich um eine dringende Angelegenheit kümmern. Falls Sie etwas brauchen, geben Sie mir einfach Bescheid, ganz egal, was es ist.«

Einige Minuten später traf der erste ihrer Verdächtigen ein. Sean Cassel, der Vertriebs- und Marketingleiter. Er kam Sachs ziemlich jung vor, allenfalls Mitte dreißig, aber sie hatte hier bei SSD ohnehin kaum jemanden gesehen, der älter als vierzig war. Die Datenbranche war vielleicht so etwas wie das neue Silicon Valley, eine Welt voller jugendlicher Unternehmer.

Cassel sah mit seinem langen Gesicht auf klassische Weise gut aus und schien sehr sportlich zu sein: kräftige Arme, breite Schultern. Er trug die SSD-»Uniform«, in seinem Fall ein marineblauer Anzug. Das weiße Hemd war makellos und wurde an den Handgelenken von schweren goldenen Manschettenknöpfen zusammengehalten. Die gelbe Krawatte bestand aus dickem Seidenstoff. Der Mann hatte lockiges Haar und eine rosige Haut, und er musterte Sachs ruhig durch die Gläser seiner Brille. Sie hatte gar nicht gewusst, dass es von Dolce & Gabbana auch Brillengestelle gab.

»Hallo.«

»Hallo. Ich bin Detective Sachs, und das ist Officer Pulaski. Bitte nehmen Sie Platz.« Sie gab ihm die Hand. Sein Händedruck war fest und dauerte bei ihr länger als bei Pulaski.

»Sie sind also Detective?« Den Streifenbeamten würdigte der Vertriebsleiter keines zweiten Blickes.

»Ja. Möchten Sie meinen Dienstausweis sehen?«

»Nein, schon in Ordnung.«

»Gut, wir ziehen lediglich ein paar Erkundigungen über manche der Angestellten hier ein. Kennen Sie eine gewisse Myra Weinburg?«

»Nein. Sollte ich?«

»Sie wurde ermordet.«

»Oh.« Die glatte Fassade bekam für einen Moment Risse, und er wirkte zerknirscht. »Ich habe etwas von einer Straftat gehört, aber ich wusste nicht, dass es um Mord geht. Das tut mir leid. Hat die Frau bei uns gearbeitet?«

»Nein. Aber der Täter ist vielleicht an Informationen aus Ihren Firmencomputern gelangt. Ich weiß, dass Sie in vollem Umfang auf innerCircle zugreifen können. Besteht irgendeine Möglichkeit, dass einer Ihrer Mitarbeiter ein Dossier über eine bestimmte Person zusammenstellen könnte?«

Er schüttelte den Kopf. »Nein, um in mein Refugium zu gelangen, sind drei Passwörter erforderlich. Oder ein biometrischer Scan plus ein Passwort.«

»Refugium?«

Er zögerte. »Ach, so nennen wir die individuell gesicherten Bereiche unserer Computer. Wir benutzen hier im Haus jede Menge eigener Begriffe.«

Das ist mir auch schon aufgefallen, dachte sie.

»Aber mein Passwort kennt sonst niemand. Jeder hier achtet sorgfältig darauf, derartige Angaben geheim zu halten. Auf strikte Anweisung von Andrew.« Cassel nahm die Brille ab und putzte sie mit einem schwarzen Tuch, das wie durch Zauberei in seiner Hand aufgetaucht war. »Er hat bereits Mitarbeiter entlassen, nachdem sie die Passwörter von anderen benutzt hatten, sogar mit deren Erlaubnis. Hat sie fristlos entlassen.« Er konzentrierte sich auf die Reinigung seiner Brillengläser. Dann hob er den Kopf. »Aber seien Sie ehrlich. Wonach Sie hier *wirklich* fragen, sind nicht Passwörter, sondern Alibis. Habe ich Recht?«

»Auch das würde uns interessieren. Wo waren Sie gestern zwischen zwölf und sechzehn Uhr?«

»Beim Laufen. Ich trainiere für einen Mini-Triathlon … Sie sehen aus, als würden Sie auch laufen. Ziemlich athletisch.«

Falls athletisch bedeutet, auf einer Stelle zu stehen und Löcher in siebeneinhalb und fünfzehn Meter entfernte Zielscheiben zu ballern, dann ja, dachte sie. »Könnte das jemand bestätigen?«

»Dass Sie athletisch sind? Ich halte das für recht offensichtlich.«

Lächle. Manchmal war es am besten, einfach mitzuspielen. Pulaski rührte sich – was Cassel belustigt registrierte –, aber Sachs sagte nichts. Sie brauchte niemanden, der ihre Ehre verteidigte.

Mit einem Seitenblick auf den uniformierten Beamten fuhr Cassel fort. »Nein, wohl nicht. Über Nacht war eine Freundin bei mir zu Besuch. Aber sie ist gegen halb zehn gegangen. Bin ich etwa ein Verdächtiger?«

»Zurzeit sammeln wir lediglich Informationen«, sagte Pulaski.

»Ach ja?« Er klang herablassend, als würde er mit einem Kind reden. »Nur die Fakten, Ma'am. Nur die Fakten.«

Ein Zitat aus einer alten Fernsehserie. Sachs konnte sich nicht erinnern, welche genau.

Sie erkundigte sich, wo er zu den Zeitpunkten der anderen Mordfälle gewesen war – der Münzsammler, die frühere Vergewaltigung und die Frau, der das Prescott-Gemälde gehört hatte. Er setzte die Brille wieder auf und sagte, das wisse er nicht mehr. Er schien vollkommen ruhig zu sein.

»Wie oft suchen Sie die Datenareale auf?«

»Vielleicht einmal pro Woche.«

»Nehmen Sie von dort irgendwelches Material mit?«

Er runzelte die Stirn. »Nun … das geht gar nicht. Unser Sicherheitssystem lässt das nicht zu.«

»Und wie oft haben Sie schon Dossiers heruntergeladen?«

»Ich weiß nicht, ob überhaupt schon mal. Das sind bloß Rohdaten. Viel zu unstrukturiert, um mir bei meinen Aufgaben behilflich zu sein.«

»Gut. Vielen Dank, dass Sie sich Zeit genommen haben. Ich glaube, das reicht fürs Erste.«

Das Lächeln und Flirten hörte auf. »Gibt es ein Problem? Sollte ich mir wegen irgendwas Sorgen machen?«

»Wir führen hier nur eine vorläufige Untersuchung durch.«

»Ah, bloß nichts verraten.« Ein Blick zu Pulaski. »Sich immer schön bedeckt halten, richtig, Sergeant Friday?«

Ach, daher kam das, erkannte Sachs. *Polizeibericht.* Die alte Krimiserie, deren Wiederholung sie und ihr Vater sich vor vielen Jahren angesehen hatten.

Nachdem Cassel gegangen war, betrat ein anderer Angestellter den Raum. Wayne Gillespie, der den technischen Bereich der Firma beaufsichtigte – die Hard- und Software. Er sah nicht ganz so aus, wie Sachs sich einen Computerfreak vorstellte. Nicht auf Anhieb. Er war braun gebrannt, in guter Form und hatte ein teures Silber- oder Platinarmband. Sein Händedruck war fest. Aber bei näherem Hinsehen kam Sachs dann doch zu dem Ergebnis, dass er ein klassischer Sonderling zu sein schien, jemand, den seine Mutter für Klassenfotos fein machte. Der kleine, dünne Mann trug einen zerknitterten Anzug und eine nachlässig geknotete Krawatte. Seine Schuhe waren abgenutzt, die Fingernägel rissig und nicht ganz sauber. Er könnte mal wieder zum Friseur gehen. Es war, als spiele er zwar die Rolle eines leitenden Angestellten, wäre aber unendlich viel lieber allein in einem dunklen Zimmer bei seinem Computer.

Im Gegensatz zu Cassel war Gillespie nervös und konnte die Hände nicht still halten; sie spielten ständig an drei Geräten herum, die an seinem Gürtel hingen – ein BlackBerry, ein PDA und ein kompliziertes Mobiltelefon. Er vermied direkten Augenkontakt – ein Flirt war das Letzte, woran er denken würde, obwohl er, genau wie der Vertriebsleiter, keinen Ehering trug. Vielleicht zog Sterling es vor, die wichtigsten Schaltstellen seiner Firma mit Junggesellen zu besetzen. Mit loyalen Prinzen anstatt mit ehrgeizigen Herzögen.

Sachs hatte den Eindruck, dass Gillespie über ihre Anwesenheit weniger wusste als Cassel, und er lauschte ihr aufmerksam, als sie die Verbrechen schilderte. »Interessant. Ja, interessant. Das ist gerissen. Er baldowert Daten aus, um Verbrechen zu begehen.«

»Er was?«

Gillespies Fingerspitzen trommelten hektisch aufeinander. »Ich meine, er sucht sich Daten. Sammelt sie.«

Keine Silbe zu dem Umstand, dass Menschen ermordet worden waren. War das gespielt? Der echte Killer würde womöglich Entsetzen und Anteilnahme vortäuschen.

Sachs erkundigte sich nach seinem Aufenthaltsort am Sonntag, und auch er hatte kein Alibi, wenngleich er ausführlich von Korrekturen an einer Software und der Teilnahme an irgendeinem Rollenspiel berichtete.

»Es lässt sich also nachprüfen, wann Sie gestern online gewesen sind?«

Ein Zögern. »Oh, ich hab bloß geübt, Sie wissen schon. Ich war nicht online. Irgendwann habe ich auf die Uhr gesehen, und da ist es schon so spät gewesen. Man ist so weggetreten, dass alles andere irgendwie verschwindet.«

»Weggetreten?«

Er begriff, dass er sich klarer ausdrücken musste. »Oh, ich meine, man nimmt nichts anderes mehr wahr. Weil man so in das Spiel vertieft ist. Als würde der Rest des Lebens einfach verblassen.«

Auch er behauptete, Myra Weinburg nicht zu kennen. Und es könne sich auch niemand seine Passwörter angeeignet haben, versicherte er. »Falls jemand die knacken will, dann viel Glück – sie setzen sich aus jeweils sechzehn zufällig ausgewählten Zahlen und Buchstaben zusammen. Ich habe sie nie irgendwo notiert. Zum Glück hab ich ein gutes Gedächtnis.«

Gillespie war ständig »im System«. »Das ist schließlich mein Job«, verteidigte er sich. Dann aber runzelte er verwirrt die Stirn, als Sachs ihn fragte, ob er je individuelle Dossiers heruntergeladen habe. »Dazu besteht gar kein Anlass. Wieso sollte ich mir durchlesen, was John Doe letzte Woche in seinem Lebensmittelladen gekauft hat? Hallo… ich habe Wichtigeres zu tun.«

Er räumte außerdem ein, dass er viel Zeit in den Datenarealen zubrachte, »um die Kisten zu tunen«. Anscheinend gefiel es ihm dort und er fühlte sich wohl – an genau dem Ort, den Amelia gar nicht schnell genug wieder verlassen konnte.

Auch Gillespie konnte sich nicht mehr entsinnen, wo er während der anderen Morde gewesen war. Sachs bedankte sich, und er ging. Noch bevor er den Raum verließ, hatte er bereits seinen PDA in der Hand und tippte mit beiden Daumen dermaßen schnell eine Nachricht, wie Amelia es nicht mal mit allen Fingern geschafft hätte.

»Was meinen Sie?«, fragte sie Pulaski, während sie auf den nächsten Freigabe-Kandidaten warteten.

»Na ja, ich mag Cassel nicht.«

»Das geht mir genauso.«

»Aber er kommt mir zu penetrant vor, um Fünf Zweiundzwanzig sein zu können. Zu yuppiemäßig, wenn Sie verstehen, was ich meine. Falls er jemanden allein durch sein Ego töten könnte, dann ja. Sofort… Und Gillespie? Ich bin mir nicht sicher. Er hat sich bemüht, wegen Myras Tod überrascht zu wirken, aber war er das auch wirklich? Und dann sein hektisches Getue und die komische Wortwahl. Vielleicht war er gestern im wahrsten Sinne des Wortes ›weggetreten‹.«

»Glauben Sie, er nimmt Drogen?«

»Tja, er war schon ziemlich zappelig. Aber wissen Sie, welchen Eindruck ich habe?«

»Danach hab ich ja gefragt.«

»Er ist nicht von Drogen abhängig, sondern hiervon …« Der junge Beamte vollführte eine ausholende Geste. »Von den Daten.«

Sachs dachte darüber nach und kam zu dem gleichen Schluss. Die Stimmung bei SSD hatte etwas Berauschendes an sich, aber nicht auf angenehme Weise. Sie war beklemmend und desorientierend. Als hätte man zu viele Schmerztabletten geschluckt.

Ein weiterer Mann kam herein. Er war der Personalchef, ein junger, adretter, hellhäutiger Afroamerikaner. Peter Arlonzo-Kemper erklärte, er halte sich nur selten in den Datenarealen auf, sei aber dazu befugt, damit er die Mitarbeiter an ihren Arbeitsplätzen aufsuchen könne. Er habe außerdem gelegentlich auf innerCircle zugegriffen, wenn es um Personalfragen ging – aber nur auf die Daten der SSD-Angestellten, nie auf den Rest.

Demnach *hatte* er Dossiers in sein »Refugium« heruntergeladen, trotz Sterlings gegenteiliger Behauptung.

Der sichtlich angespannte Mann hatte ein Lächeln aufgesetzt und antwortete in gleichförmigem Tonfall, wobei er häufig das Thema wechselte und im Wesentlichen erzählte, dass Sterling – stets »Andrew«, hatte Sachs bemerkt – der »netteste, rücksichtsvollste Boss« sei, den man sich nur wünschen könne. Niemand würde je daran denken, ihn oder die »Ideale« von SSD zu hintergehen, wie auch immer die lauten mochten. Er könne sich nicht vorstellen, dass in den heiligen Hallen der Firma ein Verbrecher wandelte.

Seine Bewunderung war ermüdend.

Nachdem Sachs die ehrerbietige Litanei unterbrochen hatte, sagte er aus, er habe den ganzen Sonntag in Gesellschaft seiner Frau verbracht (womit er der bisher einzige verheiratete Angestellte war, mit dem sie gesprochen hatte). Am Tag des Mordes an Alice Sanderson habe er in der Bronx den Haushalt seiner kürzlich verstorbenen Mutter aufgelöst. Dabei sei er zwar allein gewesen, könne aber bestimmt jemanden auftreiben, der ihn gesehen hatte. Was die Daten der anderen Morde anging, konnte Arlonzo-Kemper sich nicht mehr erinnern, wo er gewesen war.

Nach dem Ende der Befragung wurden Sachs und Pulaski von dem Wachmann zurück zu Sterlings Vorzimmer gebracht. Der Firmenchef sprach gerade mit einem ungefähr gleichaltrigen Mann, stämmig und mit dunkelblondem Haar, das er seitlich über die Glatze gekämmt hatte. Er saß vornübergebeugt auf einem der harten Holzstühle und war kein SSD-Angestellter, sondern trug ein Polohemd und einen Blouson. Sterling blickte hoch und sah Sachs. Daraufhin beendete er die Besprechung, stand auf und begleitete den Mann hinaus.

Sachs musterte den Stapel Papiere, den der Besucher in der Hand hielt. Auf dem obersten Blatt stand »Associated Warehousing«, was offenbar der Name seiner Firma war.

»Martin, könnten Sie Mr. Carpenter einen Wagen rufen?«

»Ja, Andrew.«

»Wir sind uns doch einig, nicht wahr, Bob?«

»Ja, Andrew.« Carpenter, der Sterling weit überragte, schüttelte dem Firmenchef bekümmert die Hand, drehte sich um und ging. Ein Wachmann führte ihn den Flur hinunter.

Die beiden Beamten gingen mit Sterling zurück in dessen Büro.

»Was haben Sie herausgefunden?«, fragte er.

»Nichts Schlüssiges. Manche der Leute haben Alibis, andere nicht. Wir werden in dem Fall weiterermitteln. Mal sehen, ob sich durch die Spuren oder Zeugen etwas ergibt. Ich habe noch eine Bitte. Könnte ich eines dieser Dossiers haben? Das von Arthur Rhyme.«

»Von wem?«

»Er ist einer der Männer auf der Liste – einer, von dem wir glauben, dass er zu Unrecht verhaftet wurde.«

»Natürlich.« Sterling setzte sich an den Schreibtisch, hielt seinen Daumen auf ein Lesegerät neben der Tastatur und tippte etwas ein. Dann wartete er kurz ab, ohne den Bildschirm aus den Augen zu lassen. Danach folgten weitere Eingaben, und der Drucker erwachte zum Leben. Schließlich überreichte der Firmenchef ihr die ungefähr dreißig Seiten – Arthur Rhymes Dossier, frisch aus Sterlings »Refugium«.

Na, das war ja einfach, dachte Sachs. Dann deutete sie auf den Computer. »Wurde das protokolliert?«

»Protokolliert? Oh, nein. Wir führen über unsere internen Downloads nicht Buch.« Er überflog noch einmal seine Aufzeichnungen. »Ich lasse Martin die Kundenliste zusammenstellen. Das dürfte zwei oder drei Stunden dauern.«

Als sie das Vorzimmer betraten, kam Sean Cassel herein. Er lächelte nicht. »Was hat diese Kundenliste zu bedeuten, Andrew? Willst du sie der Polizei überlassen?«

»Ganz recht, Sean.«

»Wieso unsere Kunden?«

»Wir haben uns überlegt, dass jemand, der für einen Kunden von SSD arbeitet, sich die Informationen besorgt haben könnte, die für die Verbrechen relevant gewesen sind«, sagte Pulaski.

Der junge Mann schnaubte verächtlich. »So, so, das haben Sie sich also *überlegt* … Aber wie kommen Sie darauf? Keiner der Kunden kann direkt auf innerCircle zugreifen und Dossiers herunterladen.«

»Sie könnten Mailinglisten gekauft haben, in denen die Informationen standen«, erklärte Pulaski.

»Mailinglisten? Wissen Sie, wie oft ein Kunde im System sein müsste, um all die Informationen zusammenzutragen, von denen Sie hier reden? Das wäre ein Fulltime-Job. Denken Sie mal darüber nach.«

Pulaski wurde rot und senkte den Kopf. »Nun ja …«

Mark Whitcomb aus der Richtlinienabteilung stand neben Martins Schreibtisch. »Sean, er weiß nicht, wie unsere Branche funktioniert.«

»Tja, Mark, ich würde sagen, das hat eher etwas mit Logik zu tun. Meinen Sie nicht auch? Jeder der Kunden würde Hunderte von Mailinglisten kaufen müssen. Und in den Dossiers der Sechzehner, um die es hier geht, dürften jeweils drei- oder vierhundert Kunden vertreten sein.«

»Sechzehner?«, fragte Sachs.

»Das bedeutet ›Leute‹.« Er wies beiläufig in Richtung der schmalen Fenster und meinte damit vermutlich den Rest der Menschheit außerhalb des Grauen Felsens. »Es zielt auf den Code ab, den wir benutzen.«

Noch mehr Fachjargon. Refugien, Sechzehner … Diese Begriffe hatten etwas Selbstgefälliges, wenn nicht sogar Geringschätziges an sich. Aber vielleicht war das auch nur Cassels Einstellung.

»Wir müssen alles in unserer Macht Stehende tun, um die Wahrheit herauszufinden«, sagte Sterling kühl.

Cassel schüttelte den Kopf. »Es ist keiner unserer Kunden, Andrew. Niemand würde es wagen, unsere Daten für ein Verbrechen zu benutzen. Das wäre Selbstmord.«

»Sean, falls SSD darin verwickelt ist, müssen wir es wissen.«

»Also gut, Andrew. Ganz wie du meinst.« Sean Cassel ignorierte Pulaski, lächelte Sachs kalt und alles andere als flirtend zu und ging.

Sachs wandte sich an Sterling. »Wir holen die Kundenliste ab, wenn wir zurückkommen, um mit den Cheftechnikern zu sprechen.«

Während der Firmenchef seinem Assistenten Martin einige Anweisungen erteilte, hörte Sachs, dass Mark Whitcomb leise etwas zu Ron Pulaski sagte: »Achten Sie gar nicht auf Cassel. Er und Gillespie sind die Goldjungen dieser Branche. Junge Wilde, Sie wissen schon. Jemand wie ich oder Sie ist für die bloß eine lästige Notwendigkeit.«

»Kein Problem«, winkte der junge Polizist ab, doch Sachs konnte sehen, wie dankbar er war. Er muss unbedingt an seinem Selbstbewusstsein arbeiten, dachte sie.

Whitcomb ging, und die beiden Beamten verabschiedeten sich von Sterling.

Da berührte der Firmenchef sanft Amelias Arm. »Ich möchte noch etwas sagen, Detective.«

Sie wandte sich dem Mann zu, der breitbeinig und mit verschränkten Armen dastand und aus seinen leuchtend grünen Augen zu ihr aufblickte. Es war unmöglich, sich diesem eindringlichen, faszinierenden Blick zu entziehen.

»Ich werde nicht abstreiten, dass ich als Wissensanbieter arbeite, um Geld zu verdienen. Aber ich bin auch in dieser Branche, um unsere Gesellschaft zu verbessern. Denken Sie darüber nach, was wir tun. Denken Sie an die Kinder, die zum ersten Mal anständige Kleidung und schöne Weihnachtsgeschenke bekommen, weil ihre Eltern dank SSD Geld sparen. Oder an die jungen Ehepaare, die nun eine Bank finden und einen Immobilienkredit für ihr erstes Haus erhalten können, weil SSD vorhersagt, dass bei ihnen tatsächlich nur ein moderates Kreditrisiko besteht. Oder an die Identitätsdiebe, die erwischt werden, weil unsere Algorithmen anhand ihrer Kreditkartennutzung eine Unregelmäßigkeit in ihrem Ausgabeverhalten feststellen. Oder an das RFID-Etikett im Uhrenarmband eines Kindes, das den Eltern ermöglicht, jederzeit den Aufenthaltsort zu ermitteln. Die intelligenten Toiletten, die einen Diabetes feststellen, während Sie nicht mal gewusst haben, dass ein Risiko besteht.

Oder nehmen wir Ihr Arbeitsgebiet, Detective. Sagen wir, Sie ermitteln in einem Mordfall. Auf der Mordwaffe, einem Messer, gibt es Reste von Kokain. Unser PublicSure-Programm kann Ihnen mitteilen, wer schon einmal wegen Kokainbesitzes verhaftet wurde und bei der Ausübung einer Straftat ein Messer benutzt hat, irgendwann während der letzten zwanzig Jahre, in jeder beliebigen geographischen Region, und ob er Rechts- oder Linkshänder ist und welche Schuhgröße er hat. Ohne dass Sie sich darum kümmern müssen, erscheinen sofort die Fingerabdrücke und Fotos der betreffenden Personen auf Ihrem Bildschirm, dazu Einzelheiten über die Tatmethoden, Besonderheiten und Verkleidungen, die von den Verdächtigen in der Vergangenheit benutzt wurden, spezifische Stimmmuster und ein Dutzend weiterer Attribute.

Außerdem können wir Ihnen sagen, wer die Messer der jeweiligen Marke gekauft hat – oder sogar dieses eine Messer. Und eventuell wissen wir, wo der Käufer sich zur Tatzeit aufgehalten hat und wo er gegenwärtig steckt. Falls das System ihn nicht finden kann, kann es Ihnen die prozentuale Wahrscheinlichkeit seines

Aufenthalts im Haus eines aktenkundigen Komplizen mitteilen und *dessen* Fingerabdrücke und charakteristischen Merkmale auflisten. Und dieses ganze Datenpaket erreicht Sie nach insgesamt ungefähr zwanzig Sekunden.

Unsere Gesellschaft braucht Hilfe, Detective. Erinnern Sie sich an die zerbrochenen Fenster? Nun, SSD ist hier, um Hilfe zu leisten…« Er lächelte. »Das war alles. Nun noch eine Bitte. Ich möchte Sie ersuchen, bei den Ermittlungen diskret vorzugehen. Ich werde tun, was ich kann – vor allem falls es danach aussieht, dass jemand von SSD dahintersteckt. Aber sollten Gerüchte über undichte Stellen oder nachlässige Sicherheitsvorkehrungen laut werden, würden unsere Konkurrenten und Kritiker sich sofort darauf stürzen. Und zwar mit gewetzten Messern. Das könnte sich überaus nachteilig auf unsere vordringliche Aufgabe auswirken, so viele Fenster wie möglich zu reparieren und die Welt besser zu machen. Verstehen wir uns?«

Amelia Sachs verspürte plötzlich Gewissensbisse wegen des geheimen Zwecks ihrer Mission, nämlich den Täter zu ermutigen, sich in die Falle auf dem NYPD-Server zu wagen, ohne dass Sterling davon wusste. Es fiel ihr schwer, ihm in die Augen zu sehen. »Ja, ich glaube, wir verstehen uns voll und ganz.«

»Hervorragend. Martin, bitte begleiten Sie unsere Gäste nun hinaus.«

... Zweiundzwanzig

»Zerbrochene Fenster?«

Sachs hatte Rhyme die Bedeutung des SSD-Logos erklärt.

»Das gefällt mir.«

»Wirklich?«

»Ja. Denk doch mal nach. Es ist eine Metapher für das, was wir hier tun. Wir finden die vielen kleinen Spuren, die uns zu der großen Antwort führen.«

Sellitto wies auf Rodney Szarnek, der in der Ecke saß, nur Augen für seinen Computer hatte und immer noch vor sich hin pfiff. »Der Junge im T-Shirt hat die Falle installiert und versucht gerade, sich einzuhacken.« Er rief: »Wie sieht's aus, Officer?«

»Ha – diese Leute wissen, was sie tun. Aber ich hab noch ein paar Tricks auf Lager.«

Sachs warf ein, dass der Sicherheitschef nicht glaubte, ein Hacker könne bis zu innerCircle vordringen.

»Das macht die Sache nur umso reizvoller«, sagte Szarnek, trank erneut seinen Kaffee aus und pfiff leise weiter.

Sachs erzählte daraufhin von Sterling, der Firma und dem Ablauf des Datensammelvorgangs. Trotz Thoms Anmerkungen vom Vortag und ungeachtet ihrer vorbereitenden Recherchen hatte Rhyme sich bislang nicht bewusst gemacht, wie groß diese Branche war.

»Hat er sich verdächtig verhalten?«, fragte Sellitto. »Dieser Sterling?«

Rhyme quittierte die Frage mit einem Grunzen.

»Nein. Er ist hilfsbereit. Und zum Glück für uns ist er aus voller Überzeugung bei der Sache. Die Daten sind sein Gott. Was auch immer seine Firma gefährden könnte, soll ausgemerzt werden.« Sachs berichtete, dass Sterling sogar überprüft hatte, ob jemand als Käufer aller Beweisstücke in Betracht kam, allerdings mit negativem Resultat. Rhyme war nicht überrascht. 522 würde so vorsichtig sein, seine Einkäufe entweder bar zu bezahlen oder unter mehreren fremden Namen zu tätigen.

Dann schilderte Sachs die strengen Sicherheitsvorkehrungen bei SSD, dass nur wenige Leute Zugang zu allen drei Datenarealen hatten und dass es unmöglich sei, Daten zu entwenden, auch wenn man sich Zutritt verschaffen könnte. »Einmal gab es einen Eindringling – einen Reporter –, der es nur auf eine Story abgesehen hatte, nicht mal auf den Diebstahl von Geschäftsgeheimnissen. Er kam ins Gefängnis, und seine Karriere ist vorbei.«

»Die sind rachsüchtig, ja?«

Sachs überlegte. »Nein, ich würde eher sagen, sie sind sehr auf ihren Schutz bedacht… Nun zu den Angestellten: Ich habe die meisten derjenigen befragt, die Zugriff auf individuelle Dossiers nehmen können. Manche haben für gestern Nachmittag kein Alibi. Oh, und ich habe gefragt, ob die Downloads verzeichnet werden; sie werden es nicht. Und wir bekommen eine Liste der Kunden, die Daten gekauft haben, in denen die Opfer und Sündenböcke auftauchen.«

»Aber vor allem hast du die Leute wissen lassen, dass wir eine Ermittlung durchführen und dass das Opfer Myra Weinburg heißt.«

»Richtig.«

Dann holte Sachs ein Dokument aus ihrer Aktentasche. »Arthurs Dossier«, sagte sie. »Ich dachte, das könnte ganz hilfreich sein. Und falls nicht für den Fall, dann womöglich wenigstens für dich. Damit du sehen kannst, was dein Cousin so gemacht hat.« Sachs entfernte die Heftklammer und legte die Seiten auf das Umblättergerät neben Rhyme.

Er warf einen Blick auf das Dossier. Dann schaute er wieder zu den Tabellen.

»Möchtest du es denn nicht durchsehen?«, fragte Sachs.

»Später vielleicht.«

Sie kehrte zu ihrer Aktentasche zurück. »Das ist die Liste der SSD-Angestellten, die Zugriff auf die Dossiers haben. Pulaski ist unterwegs und überprüft die Alibis. Wir müssen noch mal dorthin und mit den beiden Cheftechnikern reden, aber hier ist das, was wir bis jetzt wissen.« Sie schrieb die Namen und kurzen Anmerkungen auf eine der Tafeln.

- *Andrew Sterling, Generaldirektor, Hauptgeschäftsführer.*
  Alibi: auf Long Island; noch nicht überprüft.
- *Sean Cassel, Vertriebs- und Marketingleiter.*
  Kein Alibi.
- *Wayne Gillespie, Technischer Leiter.*
  Kein Alibi.
- *Samuel Brockton, Leiter der Richtlinienabteilung.*
  Alibi: Hotelunterlagen bestätigen Aufenthalt in Washington.
- *Peter Arlonzo-Kemper, Personalchef.*
  Alibi: bei Ehefrau; noch nicht überprüft.
- *Steven Shraeder, Cheftechniker, Tagschicht.*
  Noch nicht befragt.
- *Faruk Mameda, Cheftechniker, Nachtschicht.*
  Noch nicht befragt.
- *Kunde von SSD (?).*
  Erwarten Liste von Sterling.

»Mel?«, rief Rhyme. »Sieh mal beim NCIC und dem Department nach.«

Cooper schickte die Namen an die Datenbanken des National Crime Information Center und des NYPD sowie an das Violent Criminal Apprehension Program des Justizministeriums.

»Moment … das hier könnte ein Treffer sein.«

»Was denn?«, fragte Sachs und trat vor.

»Arlonzo Kemper. Eine Jugendstrafe in Pennsylvania wegen Körperverletzung. Die Akte ist immer noch unter Verschluss.«

»Das Alter könnte stimmen. Er ist ungefähr fünfunddreißig. Und er ist hellhäutig.«

»Gut, lass die Akte entsiegeln. Oder finde zumindest heraus, ob es derselbe Kerl ist.«

»Mal sehen, was ich tun kann.« Cooper gab weitere Befehle ein.

»Gibt es irgendwo Einträge zu den anderen?«, fragte Rhyme mit Blick auf die Liste der Verdächtigen.

»Nein, nur zu ihm.«

Cooper fragte bei diversen Datenbanken auf Staats- und Bundesebene sowie bei einigen professionellen Organisationen an. Der

Techniker zuckte die Achseln. »Er hat in Kalifornien das Hastings College besucht. Zu Pennsylvania kann ich hier keine Verbindung feststellen. Er scheint ein Einzelgänger zu sein: Außer seinem Studium findet sich hier lediglich die Mitgliedschaft im Bundesverband für das Personalwesen. Vor zwei Jahren hat er dort der Projektgruppe Technologie angehört, seitdem aber nicht viel getan.

So, hier sind die Einzelheiten zu der Jugendstrafe. Er ist im Arrest auf einen anderen Jungen losgegangen ... Oh.«

»Oh, was?«

»Das ist er nicht. Kein Bindestrich. Der Name ist anders. Der Jugendliche hieß mit Vornamen ›Arlonzo‹, mit Nachnamen ›Kemper‹.« Er sah auf die Tafel. »Der hier heißt ›Peter‹ und mit Nachnamen ›Arlonzo-Kemper‹. Ich habe mich vertippt. Falls ich den Bindestrich eingegeben hätte, wäre der Name gar nicht aufgetaucht. Tut mir leid.«

»Nicht weiter schlimm.« Rhyme zuckte die Achseln. Es war eine gute Lektion über die Macht der Daten. Sie hatten vermeintlich einen Verdächtigen gefunden, und sogar Coopers Charakterisierung hatte darauf abgezielt – *Er scheint ein Einzelgänger zu sein.* Doch sie lagen völlig daneben, und das nur, weil ein einziger Tastendruck gefehlt hatte. Sie hätten den Mann unter Umständen schwer in die Mangel genommen und ihre Kräfte auf das falsche Ziel konzentriert, falls Cooper der Fehler nicht noch rechtzeitig aufgefallen wäre.

Sachs setzte sich neben Rhyme. Er bemerkte ihren Blick. »Was ist los?«

»Komisch, aber jetzt, da ich wieder hier bin, fühle ich mich, als sei eine Art Bann gebrochen. Ich glaube, ich möchte eine zweite Meinung hören. Über SSD. Als ich da war, habe ich irgendwie den klaren Blick verloren ... Es ist ein verwirrender Ort.«

»Inwiefern?«, fragte Sellitto.

»Sind Sie schon mal in Vegas gewesen?«

Sellitto und seine Ex hatten tatsächlich mal eine Reise nach Las Vegas unternommen. Rhyme lachte auf. »Die Stadt, in der die einzige Frage lautet, *wie weit* man im Nachteil ist. Und wieso sollte ich Geld verschleudern wollen?«

»Nun, es war wie in einem Spielkasino«, fuhr Sachs fort. »Die

Außenwelt existiert nicht mehr. Es gibt nur kleine – oder gar keine – Fenster. Niemand plaudert an der Kaffeemaschine, niemand lacht. Alle sind vollständig auf ihre Arbeit konzentriert. Es ist, als wäre man in einer anderen Welt.«

»Und Sie möchten eine zweite Meinung über den Laden hören«, sagte Sellitto.

»Richtig.«

»Von einem Journalisten?«, schlug Rhyme vor. Thoms Lebensgefährte, Peter Hoddins, hatte früher als Reporter für die *New York Times* gearbeitet und schrieb inzwischen Sachbücher über politische und gesellschaftliche Themen. Er würde ihnen vermutlich jemanden aus der Wirtschaftsredaktion nennen können, der sich mit der Datensammelbranche auskannte.

Aber Sachs schüttelte den Kopf. »Nein, von jemandem, der SSD aus erster Hand kennt. Vielleicht ein ehemaliger Angestellter.«

»Gut. Lon, kannst du dich bitte mal erkundigen?«

»Klar.« Sellitto rief im New Yorker Arbeitsamt an. Nachdem man ihn zehn Minuten lang von einem Büro ins nächste durchgestellt hatte, stieß er auf den Namen eines einstigen stellvertretenden technischen Leiters von SSD. Der Mann hatte einige Jahre für den Datensammler gearbeitet, war aber vor anderthalb Jahren entlassen worden. Er hieß Calvin Geddes und wohnte in Manhattan. Sellitto notierte sich alle Einzelheiten und reichte den Zettel an Sachs weiter. Sie rief bei Geddes an und vereinbarte mit ihm, ihn in etwa einer Stunde aufzusuchen.

Rhyme hatte keine besondere Meinung zu ihrem Vorhaben. Man musste bei jeder Ermittlung alle Eventualitäten im Auge behalten. Aber Ansätze wie Geddes oder Pulaskis Überprüfung der Alibis waren für Rhyme wie Bilder, die sich in einer undurchsichtigen Scheibe spiegelten – Annäherungen an die Wahrheit, aber nicht die Wahrheit selbst. Nur die harten Fakten, mochten sie auch spärlich sein, enthielten die wahre Antwort auf die Frage nach der Identität des Killers. Und daher wandte Rhyme sich wieder den Tafeln zu.

Verzieh dich …

Arthur Rhyme hatte es aufgegeben, sich vor den Latinos zu

fürchten, die ohnehin keine Notiz mehr von ihm nahmen. Und er wusste, dass der große Leck-mich-Schwarze keine Gefahr darstellte.

Der tätowierte Weiße machte ihm Sorgen. Der Blinzler – wie man die Meth-Süchtigen anscheinend nannte – jagte Arthur eine Heidenangst ein. Er hieß Mick. Seine Hände zuckten, er kratzte sich ständig die wunde Haut, und seine schaurigen weißen Augen hüpften umher wie Blasen in kochendem Wasser. Er flüsterte immerzu vor sich hin.

Arthur hatte den ganzen Sonntag über versucht, dem Mann aus dem Weg zu gehen, und letzte Nacht hatte er wach gelegen und zwischen Anfällen von Depression eine Menge Zeit darauf verwandt, Mick wegzuwünschen und zu hoffen, dass dessen Verhandlung an diesem Tag beginnen und er für immer aus Arthurs Leben verschwinden würde.

Aber er hatte Pech. Mick war immer noch da und schien zudem seine Nähe zu suchen. Er warf Arthur andauernd Blicke zu. »Du und ich«, murmelte er bei einer Gelegenheit in einem Ton, der Arthur bis ins Mark erschaudern ließ.

Sogar die Latinos schienen Mick nicht in die Quere kommen zu wollen. Vielleicht musste man sich hier im Gefängnis an gewisse Regeln halten. An irgendwelche ungeschriebenen Gesetze über Richtig und Falsch. Leute wie dieser dürre tätowierte Junkie spielten womöglich nicht nach diesen Regeln, und jeder hier schien das zu wissen.

Jeder hier weiß über alles Bescheid. Nur du nicht. Du weißt einen Scheißdreck…

Einmal lachte Mick, sah Arthur an, als würde er ihn erkennen, und wollte aufstehen, aber dann schien er seine Absicht zu vergessen, setzte sich wieder und zupfte an seinem Daumen herum.

»Yo, Jersey-Mann.« Eine Stimme an seinem Ohr. Arthur zuckte zusammen.

Der große Schwarze war hinter ihm aufgetaucht. Er setzte sich neben Arthur. Die Bank ächzte.

»Antwon. Antwon Johnson.«

Sollte er eine Faust machen und die des anderen damit berühren? Sei kein kompletter Idiot, ermahnte er sich und nickte nur. »Arthur …«

»Ich weiß.« Johnson warf einen Blick auf Mick und sagte zu Arthur: »Dieser Blinzler ist total im Arsch. Fang bloß nicht mit Meth an. Das Scheißzeug macht dich völlig fertig.« Er hielt kurz inne. »So. Du hast was in der Birne?«

»Gewissermaßen.«

»Scheiße, was heißt'n das?«

Spiel keine Spielchen. »Ich habe einen Abschluss in Physik. Und einen in Chemie. Ich war am MIT.«

»Emmaitie?«

»Das ist eine Schule.«

»Eine gute?«

»Ziemlich gut.«

»Also kennst du dich mit Wissenschaftskacke aus? Chemie und Physik und so?«

Das hier war anders als bei den beiden Latinos, die versucht hatten, ihn zu erpressen. Johnson schien wirklich interessiert zu sein. »Ich weiß so manches. Ja.«

»Weißt du, wie man Bomben macht?«, fragte der große Kerl. »Eine, die stark genug ist, um diese beschissene Mauer einzureißen?«

»Ich …« Sein Herz klopfte ihm wieder bis zum Hals. Noch schlimmer als vorher. »Nun …«

Antwon Johnson lachte. »Hab dich verarscht, Mann.«

»Ich …«

»Hab … dich … verarscht.«

»Oh.« Arthur lachte und fragte sich, ob sein Herz jetzt gleich explodieren würde. Er hatte nicht alles von seinem Vater geerbt, aber sollte das anfällige Herz ein Teil davon gewesen sein?

Mick sagte etwas zu sich selbst und interessierte sich plötzlich sehr für seinen rechten Ellbogen, den er sich sogleich blutig kratzte.

Johnson und Arthur sahen ihm dabei zu.

Blinzler …

»Yo, yo, Jersey-Mann«, sagte Johnson dann. »Lass mich dich was fragen.«

»Klar.«

»Meine Mama ist sehr religiös, verstehst du? Und sie erzählt mir andauernd, dass die Bibel Recht hat. Ich meine, der ganze Scheiß soll so passiert sein, wie er da drinsteht. Okay, aber jetzt hör zu: Ich denke, wo in der Bibel steht was von Dinosauriern? Gott hat Mann und Frau erschaffen und Erde und Flüsse und Esel und Schlangen und all das Zeug. Warum steht da nicht, Gott hat die Dinosaurier gemacht? Ich meine, ich hab deren Skelette gesehen, weißt du? Also hat es die Viecher gegeben. Wie lautet denn nun die Scheißwahrheit, Mann?«

Arthur Rhyme musterte Mick, den Blinzler. Dann den Nagel, der aus der Wand ragte. Seine Hände waren feucht, und er dachte, dass von allen Dingen, die ihm in der Haft zustoßen konnten, er nun ausgerechnet deswegen umgebracht werden würde, weil er sich für den Standpunkt eines Wissenschaftlers und gegen intelligentes Design aussprach.

Ach, scheiß drauf.

»Es widerspricht allen bekannten Gesetzen der Wissenschaft – Gesetzen, die von jeder fortgeschrittenen Zivilisation der Welt anerkannt werden –, dass die Erde nur sechstausend Jahre alt sein soll«, sagte er. »Das wäre so, als würden dir auf einmal Flügel wachsen, und du könntest zu dem Fenster da hinausfliegen.«

Der Mann runzelte die Stirn.

Ich bin tot.

Johnson sah ihn durchdringend an. Dann nickte er. »Scheiße, ich hab's gewusst. Das mit den sechstausend Jahren hat überhaupt keinen Sinn ergeben. Mist!«

»Ich kann dir ein Buch nennen, in dem mehr zu dem Thema steht. Der Autor heißt Richard Dawkins, und er …«

»Ich will kein Scheißbuch lesen. Ich glaub dir auch so, Mr. Jersey-Mann.«

Nun hätte Arthur wirklich gern die Faust des Mannes mit seiner Faust berührt. Aber er verkniff es sich. Stattdessen fragte er: »Was wird deine Mutter sagen, wenn du es ihr erzählst?«

Das runde schwarze Gesicht verzog sich erstaunt. »Ich werd's ihr nicht erzählen. Das wäre totaler Schwachsinn. Du kannst gegen deine Mutter keinen Streit gewinnen.«

Oder gegen deinen Vater, dachte Arthur im Stillen.

Dann wurde Johnson ernst. »Yo, jetzt mal ehrlich«, sagte er. »Hast du wirklich nicht gemacht, weswegen du eingebuchtet wurdest?«

»Natürlich nicht.«

»Und trotzdem hat man dich am Arsch?«

»Ja.«

»Scheiße, wie kommt denn so was?«

»Ich wünschte, ich wüsste es. Ich denke schon die ganze Zeit darüber nach. Es ist *alles*, worüber ich nachdenke. Wie er es geschafft hat.«

»Wer ist ›er‹?«

»Der echte Killer.«

»Yo, wie in *Auf der Flucht*. Oder bei O. J.«

»Die Polizei hat jede Menge Beweise gefunden, die mich mit dem Verbrechen in Verbindung bringen. Aus irgendeinem Grund hat der echte Täter alles Mögliche über mich gewusst. Mein Auto, meine Adresse, meine Gewohnheiten. Er hat sogar Sachen gekannt, die ich gekauft habe – und er hat damit falsche Spuren gelegt. Ich bin sicher, so muss es gewesen sein.«

Antwon Johnson grübelte eine Weile darüber nach. Dann lachte er. »Mann. Ich weiß, was dein größter Fehler war.«

»Was denn?«

»Du hast all die Sachen *gekauft*. Du hättest sie einfach klauen sollen, Mann. Dann hätte niemand einen Scheiß über dich wissen können.«

... Dreiundzwanzig

Wieder eine Lobby.

Aber eine völlig andere als bei SSD.

Amelia Sachs hatte noch nie ein solches Durcheinander gesehen. Vielleicht früher als Streifenpolizistin, wenn sie zu einem häuslichen Streit zweier Junkies in Hell's Kitchen gerufen wurde. Aber sogar viele der Leute dort hatten einen Rest Würde besessen und sich wenigstens bemüht. Dieser Ort hier ließ sie schaudern. Die gemeinnützige Organisation Privacy Now, gelegen in einer alten Klavierfabrik im Bezirk Chelsea, war ein sicherer Kandidat für den ersten Preis in der Kategorie Schlampigkeit.

Stapelweise Computerausdrucke, Bücher – viele davon Gesetzestexte und vergilbte Verwaltungsbestimmungen –, Zeitungen und Zeitschriften. Dann unzählige Kartons mit noch mehr von dem Zeug. Auch Telefonbücher. Behördenverzeichnisse.

Und Staub. Eine Tonne Staub.

Eine Empfangsdame in Jeans und einem schäbigen Pullover hämmerte wie wild auf einer alten Computertastatur herum und sprach gedämpft in das Mikrofon ihres Headsets. Gehetzt wirkende Leute in Jeans und T-Shirts oder Kordhosen und zerknitterten Flanellhemden kamen aus dem Korridor zum Vorschein, tauschten Akten aus oder holten sich Zettel mit Telefonnachrichten ab und verschwanden wieder.

Die Wände waren mit billig gedruckten Schildern und Postern bedeckt.

BUCHHÄNDLER!

VERBRENNT DIE KASSENBONS EURER KUNDEN,
BEVOR DIE REGIERUNG IHRE BÜCHER VERBRENNT!!!

Auf einem gewellten Stück Pappe stand das berühmte Zitat aus George Orwells Roman *1984* über eine totalitäre Gesellschaft:

Der Große Bruder sieht dich.

Und an prominenter Stelle der dreckigen Wand gegenüber von Sachs hing eine Liste:

Guerillataktiken im Krieg um die Privatsphäre

- **Gib niemals deine Sozialversicherungsnummer preis.**
- **Gib niemals deine Telefonnummer preis.**
- **Tausche vor jedem Einkauf deine Paybackkarte mit der einer vertrauenswürdigen Person.**
- **Nimm niemals freiwillig an Umfragen teil.**
- **Nutze jede mögliche Ausschlussklausel.**
- **Fülle keine Produktregistrierkarten aus.**
- **Fülle keine »Garantiekarten« aus. Zur Wahrnehmung einer Garantie sind sie nicht erforderlich. Sie dienen der Sammlung von Informationen!**
- **Vergiss nicht – die gefährlichste Waffe der Nazis waren Informationen.**
- **Verhalte dich stets so unauffällig wie möglich.**

Sachs ließ die Punkte noch auf sich wirken, als eine verschrammte Tür sich öffnete und ein kleiner Mann mit eindringlichem Blick und blasser Haut zu ihr kam, ihr die Hand gab und sie dann zurück in sein Büro führte, das sogar noch unaufgeräumter als die Lobby war.

Calvin Geddes, der ehemalige Angestellte von SSD, arbeitete mittlerweile für diese Organisation zur Wahrung der Persönlichkeitsrechte. »Ich bin zur dunklen Seite übergelaufen«, sagte er lächelnd. Außerdem hatte er die konservativen Kleidungsvorschriften von SSD über Bord geworfen und trug ein gelbes Hemd ohne Krawatte, dazu Jeans und Joggingschuhe.

Das freundliche Lächeln schwand allerdings schnell, als Sachs ihm von den Morden erzählte.

»Ja«, flüsterte er mit nunmehr grimmiger Miene. »Ich *wusste*, dass so etwas passieren würde. Ich war mir hundertprozentig sicher.«

Geddes erklärte, er habe eine technische Ausbildung genossen und sei zunächst als Programmierer für Sterlings erste Firma tätig gewesen, die Vorgängerin von SSD im Silicon Valley. Dann sei er mit nach New York gezogen und habe dank der rasanten Erfolgsgeschichte der Firma ein gutes Leben führen können.

Doch die schöne Fassade bekam Risse.

»Es gab Schwierigkeiten. Unsere Daten waren damals noch nicht verschlüsselt und führten zu einigen ernsten Fällen von Identitätsdiebstahl. Mehrere Leute begingen Selbstmord. Und ein paarmal meldeten Stalker sich bei uns als Kunden an – aber nur, um an Informationen aus innerCircle heranzukommen. Zwei der Frauen, auf die sie es abgesehen hatten, wurden überfallen, eine fast umgebracht. Dann benutzten Eltern unsere Daten bei Sorgerechtsstreitigkeiten, um ihre Expartner zu finden und die Kinder zu entführen. Es war schlimm. Ich kam mir vor wie der Kerl, der bei der Entwicklung der Atombombe geholfen und es später bedauert hat. Ich versuchte, schärfere Kontrollmechanismen durchzusetzen. Und das bedeutete, dass ich nicht an die sogenannte SSD-Vision geglaubt habe, jedenfalls laut meinem Boss.«

»Sterling?«

»Letztendlich ja. Aber nicht er hat mich gefeuert. Andrew macht sich nie selbst die Hände schmutzig. Alles Unangenehme wird von ihm delegiert. Auf diese Weise kann er wie der wunderbarste, netteste Chef der Welt auftreten … Und es liegt praktischerweise weniger gegen ihn persönlich vor, solange andere Leute sein blutiges Geschäft erledigen … Nun ja, nach meinem Abschied habe ich mich Privacy Now angeschlossen.«

Die Organisation sei ähnlich aufgebaut wie EPIC, das Electronic Privacy Information Center, erklärte er. PN ging gegen Gefährdungen der individuellen Privatsphäre an, ob nun seitens der Regierung, irgendwelcher Firmen und Finanzinstitute, Internetanbieter, Telefongesellschaften oder kommerzieller Datenhändler und -sammler. Die Organisation betrieb Lobbyarbeit in Washington, verklagte Behörden gemäß dem Freedom of Information Act auf Bekanntgabe etwaiger Überwachungsprogramme und belangte Unternehmen der Privatwirtschaft für Verstöße gegen Datenschutzbestimmungen.

Sachs verschwieg die Datenfalle, die Rodney Szarnek installiert hatte, erläuterte jedoch in groben Zügen, dass sie nach SSD-Kunden und -Angestellten suchten, die in der Lage sein könnten, individuelle Dossiers zu erstellen. »Die Sicherheitsmaßnahmen scheinen sehr streng zu sein. Zumindest haben Sterling und seine Leute das behauptet. Ich wollte eine andere Meinung dazu hören.«

»Ich bin Ihnen gern behilflich.«

»Mark Whitcomb hat uns von den Firewalls aus Beton und der getrennten Aufbewahrung der Daten erzählt.«

»Wer ist Whitcomb?«

»Er gehört zur Richtlinienabteilung.«

»Von der habe ich noch nie gehört. Die ist neu.«

»Er ist eine Art Verbraucheranwalt innerhalb der Firma«, erklärte Sachs. »Um sicherzustellen, dass nicht gegen Gesetze und Bestimmungen verstoßen wird.«

Geddes schien darüber erfreut zu sein, fügte aber hinzu: »Diese Abteilung wurde bestimmt nicht eingerichtet, weil Andrew Sterling ein so gutes Herz hat. SSD ist wahrscheinlich einmal zu oft verklagt worden und wollte in der Öffentlichkeit und vor dem Kongress eine gute Figur machen. Sterling wird niemals auch nur einen Millimeter nachgeben, sofern er nicht muss… Aber was die Datenareale angeht, hat man Ihnen die Wahrheit gesagt. Sterling behandelt Daten wie den Heiligen Gral. Und ein erfolgreicher Hacker-Angriff dürfte ausgeschlossen sein. Auch gibt es keine Möglichkeit, dass jemand sich Zutritt verschaffen und die Daten stehlen könnte.«

»Er hat mir erzählt, nur sehr wenige Angestellte könnten sich einloggen und Dossiers aus innerCircle anfordern. Ist das Ihres Wissens wahr?«

»O ja. Ein paar der Leute müssen uneingeschränkten Zugriff besitzen, aber niemand sonst. *Ich* zum Beispiel habe nie zu dieser Gruppe gehört. Und ich war von Anfang an dabei.«

»Fällt Ihnen irgendetwas ein? Gibt es vielleicht Angestellte mit Flecken auf der weißen Weste? Ist jemand als gewalttätig bekannt?«

»Ich bin schon eine ganze Weile nicht mehr dabei. Und ich habe nie jemanden für besonders gefährlich gehalten. Allerdings muss ich gestehen, dass ich dort auch niemanden so richtig kennengelernt habe, trotz der Fassade einer großen glücklichen Familie, die Sterling so gern präsentiert.«

»Was ist mit diesen Leuten?« Sie zeigte ihm die Liste der Verdächtigen.

Geddes überflog die Namen. »Mit Gillespie habe ich zusammengearbeitet, und Cassel habe ich gekannt. Aber ich mag keinen der beiden. Die haben sich bis über beide Ohren der Datensammelbranche verschrieben. Echte Erfolgstypen, als wären wir immer noch in den Neunzigern im Silicon Valley. Die anderen kenne ich nicht. Tut mir leid.« Dann sah er sie prüfend an. »So, Sie sind also dort gewesen«, stellte er mit kühlem Lächeln fest. »Was halten Sie von Andrew?«

Im ersten Moment fehlten ihr die Worte, um ihre Eindrücke kurz und bündig zusammenzufassen. »Entschlossen, höflich, wissbegierig, intelligent, aber…«, setzte sie schließlich an, bevor ihre Stimme wieder erstarb.

»Aber eigentlich haben Sie ihn gar nicht kennengelernt.«

»Richtig.«

»Weil er immer nur dieselbe Maske zur Schau stellt. In all den Jahren, die ich für ihn gearbeitet habe, ist es mir nie gelungen, mit ihm warm zu werden. *Niemand* kennt ihn. Unergründlich. Ich mag dieses Wort. Das ist Andrew. Ich habe stets nach irgendwelchen Anzeichen Ausschau gehalten… Ist Ihnen an seinen Bücherregalen etwas ungewöhnlich vorgekommen?«

»Man konnte die Buchrücken nicht sehen.«

»Genau. Mir ist es bei einer Gelegenheit geglückt, einen Blick darauf zu werfen. Raten Sie mal! Die Titel hatten nichts mit Computern, Privatsphäre, Daten oder dem Geschäftsleben zu tun, sondern drehten sich in erster Linie um Geschichte, Philosophie und Politik: das Römische Reich, chinesische Kaiser, Franklin Roosevelt, John F. Kennedy, Stalin, Idi Amin, Chruschtschow. Und er hat viel über die Nazis gelesen. Vor denen hat niemand Informationen dermaßen effizient genutzt, und Sterling schreckt nicht davor zurück, es offen zu bewundern. Auf das Konto der Nazis geht der erste nennenswerte Einsatz von Computern, um einen Überblick über die diversen Volksgruppen zu behalten und so die eigene Macht zu festigen. Sterling tut das Gleiche in der heutigen Geschäftswelt. Denken Sie nur mal an den Firmennamen SSD. Es heißt, er habe ihn absichtlich so gewählt: SS – für die Schutzstaffel, die Elitetruppe der Nazis, SD – für deren Sicherheitsdienst, den Geheimdienst. Wissen Sie, wie die Konkurrenz die Abkürzung deutet? ›Seelen-Schacher für Dollars‹.« Geddes lachte humorlos auf.

»Oh, verstehen Sie mich nicht falsch. Andrew hat nichts gegen Juden. Oder gegen irgendeine andere Gruppe. Politik, Staatsangehörigkeit, Religion und Rasse bedeuten ihm gar nichts. Ich habe ihn mal sagen gehört: ›Daten kennen keine Grenzen.‹ Im einundzwanzigsten Jahrhundert basiert wahre Macht auf Informationen, nicht auf Öl oder der geographischen Lage. Und Andrew Sterling will der mächtigste Mann der Welt sein … Ich bin sicher, er hat Ihnen seine ›Datensammeln-ist-gut-für-alle‹-Rede gehalten.«

»Rettet uns vor dem Diabetes, verhilft uns zu mehr Weihnachtsgeschenken und Häusern und löst Fälle für die Polizei?«

»Genau die. Und das alles stimmt. Aber verraten Sie mir, ob diese Vorteile es wert sind, dass jemand jede Einzelheit über Ihr Leben kennt. Vielleicht ist es Ihnen egal, solange Sie ein paar Dollar sparen können. Aber möchten Sie wirklich, dass die Laser von ConsumerChoice in einem Kino Ihre Augen scannen und Ihre Reaktionen auf die Werbespots festhalten, die vor dem Film laufen? Möchten Sie, dass die Polizei Zugriff auf den RFID-Chip in Ihrem Autoschlüssel hat und erfährt, dass Sie letzte Woche hundertsechzig Kilometer pro Stunde gefahren sind, obwohl auf der von Ihnen gewählten Strecke nur achtzig erlaubt waren? Möchten Sie, dass Fremde wissen, was für Unterwäsche Ihre Tochter trägt? Oder wann genau Sie Sex haben?«

»*Was?*«

»Nun, innerCircle weiß, dass Sie heute Nachmittag Kondome und Gleitcreme gekauft haben und Ihr Ehemann um achtzehn Uhr fünfzehn mit der Linie E nach Hause gefahren ist. Es weiß, dass Sie den Abend frei haben, weil Ihr Sohn das Spiel der Mets besucht und Ihre Tochter im Village Kleidung bei The Gap kauft. Es weiß, dass Sie um neunzehn Uhr achtzehn einen Porno im Kabelfernsehen eingeschaltet haben. Und dass Sie um einundzwanzig Uhr fünfundvierzig ein leckeres postkoitales Essen beim chinesischen Bringdienst bestellen. Diese Informationen sind alle da.

Oh, SSD weiß auch, ob Ihre Kinder Schulprobleme haben und wann man Ihnen Prospekte über Nachhilfeangebote und Familientherapeuten ins Haus schicken sollte. Ob Ihr Mann im Schlafzimmer versagt und wann man ihm diskretes Werbematerial über die Behandlung von Erektionsstörungen zukommen lassen muss. Wenn Ihre Familiengeschichte, Ihr Kaufverhalten und Ihre Fehlzeiten bei der Arbeit darauf hindeuten, dass Selbstmordgefahr besteht …«

»Aber das ist doch gut. Dann kann rechtzeitig ein Psychologe eingeschaltet werden.«

Geddes lachte verächtlich. »Falsch. Denn die Therapierung potenzieller Selbstmordkandidaten ist nicht profitabel. SSD schickt den Namen an die örtlichen Bestattungsunternehmen und Trauerbegleiter – die sich gleich die *ganze* Familie als Kunden sichern können, nicht bloß eine einzige depressive Person. Dieser Geschäftszweig war bei SSD übrigens sehr lukrativ.«

Sachs war schockiert.

»Haben Sie schon mal den Begriff des ›Anbindens‹ gehört?«

»Nein.«

»SSD hat ein Netzwerk definiert, das ganz allein auf Ihnen basiert. Nennen wir es die ›Detective-Sachs-Welt‹. Sie sind die Nabe des Rades, und die Speichen verlaufen zu Ihren Partnern, Lebensgefährten, Eltern, Nachbarn, Kollegen, zu jedem, dessen Existenz für SSD einen gewinnbringenden Nutzen darstellen könnte. All diese Leute sind an Sie ›angebunden‹. Und jeder Einzelne ist die Nabe seines eigenen Rades mit Dutzenden von angebundenen Personen.«

Ihm kam noch ein Gedanke, und seine Augen blitzten auf. »Kennen Sie Metadaten?«

»Was ist das?«

»Daten über Daten. Jedes Dokument, das mit einem Computer

erstellt oder auf ihm gespeichert wird – Briefe, Akten, Berichte, juristische Schriftsätze, Berechnungen, Einkaufslisten – ist voller versteckter Daten. Wer es erstellt hat, wohin es geschickt wurde, welche Änderungen daran vorgenommen wurden, von wem und zu welchem Zeitpunkt – das ist alles dort verzeichnet, sekundengenau. Sie schreiben ein Memo an Ihren Chef und fangen aus Spaß mit den Worten ›Lieber blöder Arsch‹ an. Dann löschen Sie das und schreiben den korrekten Text. Tja, der Teil mit dem ›blöden Arsch‹ steckt immer noch da drin.«

»Ernsthaft?«

»O ja. Eine typische Dokumentdatei ist viel größer als der darin enthaltene Text. Und was ist der Rest? Metadaten. Watchtower, das Datenbank-Management-Programm, verfügt über spezielle Bots – Software-Roboter –, die nichts anderes tun, als aus jeder eingesammelten Datei die Metadaten auszulesen und zu speichern. Wir haben das die Schattenabteilung genannt, weil Metadaten wie ein Schatten der Hauptdaten sind – und für gewöhnlich sehr viel aufschlussreicher.«

Schatten, Sechzehner, Areale, Refugien… Das alles war für Amelia Sachs eine völlig neue Welt.

Geddes gefiel es, eine so empfängliche Zuhörerin zu haben. Er beugte sich vor. »Wissen Sie, dass SSD eine Bildungsabteilung hat?«

Sie erinnerte sich an die Aufstellung in der Broschüre, die Mel Cooper heruntergeladen hatte. »Ja, EduServe.«

»Aber Sterling hat Ihnen nichts davon erzählt, nicht wahr?«

»Nein.«

»Weil er nicht gern zugibt, dass der Hauptzweck dieser Abteilung darin besteht, so viele Daten wie nur irgend möglich über Kinder zu sammeln. Angefangen im Kindergarten. Was sie kaufen, was sie sich ansehen, welche Internetseiten sie besuchen, wie ihre Noten sind, die medizinischen Unterlagen der Schulen… Das sind sehr, sehr wertvolle Informationen für den Einzelhandel. Aber wenn Sie mich fragen, ist etwas anderes an EduServe noch viel beängstigender: dass eine Schulbehörde zu SSD kommen, eine prädiktive Software auf ihre Schüler ansetzen und dann Ausbildungsprogramme auf sie zuschneiden kann, und zwar unter der Maßgabe, was am besten für die Allgemeinheit ist – oder die Gesellschaft, falls man es im orwellschen Sinne betrachtet. Angesichts von Billys Vorgeschichte meinen wir, er sollte Facharbeiter werden. Suzy sollte als Ärztin tätig sein, aber nur beim staatlichen Gesundheitsdienst … Wer die Kinder kontrolliert, kontrolliert die Zukunft. Noch ein Element von Adolf Hitlers Weltanschauung, nebenbei bemerkt.« Er lachte. »Okay, keine Vorträge mehr … Aber verstehen Sie, warum ich es dort nicht mehr ausgehalten habe?«

Doch dann runzelte Geddes die Stirn. »Ich muss gerade an das denken, was Sie mir erzählt haben – es gab mal einen Zwischenfall bei SSD. Vor Jahren. Bevor die Firma nach New York umgezogen ist. Einen Todesfall. Wahrscheinlich nur ein zufälliges Zusammentreffen. Aber …«

»Nein, erzählen Sie mir davon.«

»Zu Anfang haben wir einen Großteil des eigentlichen Datensammelns an Klinkenputzer delegiert.«

»An wen?«

»Das sind Firmen oder Personen, die Daten besorgen. Ein seltsames Volk. Sie sind gewissermaßen wie früher die kleinen Goldgräber – Prospektoren, könnte man sagen. Sehen Sie, Daten üben diesen merkwürdigen Reiz aus. Man kann regelrechtes Jagdfieber entwickeln. Man kriegt nie genug. Wie viel diese Leute auch zusammentragen mögen, sie wollen immer noch mehr. Und sie denken sich immer neue Wege aus, ihr Ziel zu erreichen. Sie sind knallhart und skrupellos. So hat auch Sean Cassel in der Branche angefangen. Er war ein Klinkenputzer.

Wie dem auch sei, einer dieser Leute war erstaunlich. Er hat für eine kleine Firma in Colorado gearbeitet. Ich glaube, sie hieß Rocky Mountain Data … Wie war doch gleich sein Name?« Geddes kniff die Augen zusammen. »Ich glaube Gordon Sowieso. Gordon könnte auch sein Nachname gewesen sein. Egal, wir hörten jedenfalls, er sei nicht allzu glücklich darüber, dass SSD seine Firma übernehmen wollte. Es hieß, er habe daraufhin alle greifbaren Daten über uns und Sterling gesammelt – um den Spieß umzudrehen. Wir dachten, er wolle eventuell irgendwelchen Schmutz zutage fördern und Sterling nötigen, die Übernahme zu stoppen.

Wissen Sie, dass Andy – Andrew junior – für die Firma arbeitet?«

Sie nickte.

»Es ging das Gerücht, Sterling habe ihn und seine Mutter vor vielen Jahren verlassen, und der Junge habe ihn aufgespürt. Aber dann hörten wir auch, es sei womöglich ein *anderer* Sohn gewesen, den er verlassen hatte. Vielleicht von seiner ersten Frau oder einer Freundin. Etwas, das er geheim halten wollte.

Wie auch immer, während Sterling und ein paar andere Leute noch über den Kauf von Rocky Mountain verhandelt haben, ist dieser Gordon ums Leben gekommen – durch irgendeinen Unfall, glaube ich. Mehr weiß ich nicht. Ich war nicht dabei. Ich habe im Valley gesessen und Programme geschrieben.«

»Und die Firmenübernahme fand statt?«

»Ja. Was Andrew will, bekommt er auch… Lassen Sie mich einen Gedanken über Ihren Täter in den Raum stellen: Andrew Sterling höchstpersönlich.«

»Er hat ein Alibi.«

»Hat er? Tja, Sie sollten nicht vergessen, er *ist* der König der Informationen. Wer die Daten *kontrolliert*, kann die Daten *verändern*. Haben Sie dieses Alibi auch wirklich gründlich überprüft?«

»Wir sind gerade dabei.«

»Nun, sogar falls es bestätigt wird, hat er Leute, die für ihn arbeiten und tun würden, was immer er will, egal, was es auch sein mag. Denken Sie daran – die Drecksarbeit erledigen andere für ihn.«

»Aber er ist Multimillionär. Was hätte er davon, Münzen oder ein Gemälde zu stehlen und die Eigentümer zu ermorden?«

»Sein Interesse?« Geddes' Stimme wurde lauter, als wäre er ein Professor, dessen Studentin sich gerade besonders begriffsstutzig anstellte. »Sein Interesse ist es, der mächtigste Mensch der Welt zu werden. Er will, dass seine kleine Datensammlung jede Person auf diesem Erdball einbezieht. Und vor allem interessiert er sich dafür, Strafverfolgungsbehörden und Regierungsstellen als Kunden zu gewinnen. Je mehr Verbrechen erfolgreich durch den Einsatz von innerCircle aufgeklärt werden, desto mehr Polizeidienststellen, hier und im Ausland, werden das System übernehmen. Eine von Hitlers ersten Maßnahmen nach seiner Machtergreifung war es, alle deutschen Polizeibehörden zusammenzulegen. Was war unser großer Fehler im Irak? Wir haben Armee und Polizei aufgelöst, anstatt sie zu benutzen. Andrew unterlaufen keine derartigen Patzer.«

Geddes lachte. »Sie halten mich für einen Spinner, nicht wahr? Aber ich habe den ganzen Tag mit diesem Zeug zu tun. Denken Sie daran, es ist keine Paranoia, wenn es tatsächlich jemanden gibt, der rund um die Uhr jeden Ihrer Schritte beobachtet. Und SSD *ist* dieser Jemand.«

... Vierundzwanzig

Lincoln Rhyme wartete auf Sachs' Rückkehr und hörte nur mit halbem Ohr zu, als Lon Sellitto ihm mitteilte, dass keines der anderen Beweisstücke aus den früheren Fällen – der Vergewaltigung und dem Münzdiebstahl – ausfindig gemacht werden konnte.

»Das ist verflucht sonderbar.«

Rhyme war der gleichen Meinung. Aber seine Aufmerksamkeit richtete sich von der mürrischen Feststellung des Detectives auf das SSD-Dossier seines Cousins, das neben ihm auf dem Umblättergerät lag. Er versuchte, es zu ignorieren.

Doch das Dokument zog ihn an wie ein Magnet eine Nadel. Beim Blick auf das steife Papier, die schwarze Schrift auf weißem Grund, sagte er sich, dass Sachs vielleicht Recht hatte und sich womöglich etwas Hilfreiches darin finden ließ. Dann gestand er sich ein, dass er einfach nur neugierig war.

STRATEGIC SYSTEMS DATACORP, INC.
INNERCIRCLE DOSSIERS

Arthur Robert Rhyme
SSD Personenkennziffer 3480-9021-4966-2083

Lebensstil
Dossier 1A. Bevorzugte Konsumgüter
Dossier 1B. Bevorzugte Dienstleistungen
Dossier 1C. Reisen
Dossier 1D. Medizinische Vorgeschichte
Dossier 1E. Freizeitgestaltung

Finanzen / Ausbildung / Beruflicher Werdegang
Dossier 2A. Ausbildung

Dossier 2B. Tätigkeiten, inkl. Einkünfte
Dossier 2C. Kreditvergangenheit, inkl. aktuellem Stand und Rating
Dossier 2D. Bevorzugte Wirtschaftsgüter und Dienstleistungen

Behördliche Eintragungen
Dossier 3A. Angaben zur Person
Dossier 3B. Wählerregistrierung
Dossier 3C. Justizielle Vorgeschichte
Dossier 3D. Strafregister
Dossier 3E. Richtlinien
Dossier 3F. Einwanderung und Einbürgerung

Die hierin enthaltenen Informationen sind Eigentum der Strategic Systems Datacorp, Inc. (SSD). Jedwede Nutzung unterliegt der im Grundlagenvertrag getroffenen Lizenzvereinbarung zwischen SSD und dem Kunden. © Strategic Systems Datacorp, Inc. Alle Rechte vorbehalten.

Rhyme ließ das Umblättergerät den Betrieb aufnehmen und überflog die dreißig eng beschriebenen Seiten. Manche Kategorien boten ausführliche Informationen, andere nicht. Die Wählerregistrierung war nachträglich wieder entfernt worden, und der Abschnitt über Vertragstreue sowie Teile der Kreditvergangenheit verwiesen auf getrennte Dateien. Wahrscheinlich war der Zugriff auf derartige Informationen gesetzlich eingeschränkt.

Er musterte die umfangreiche Liste der Konsumgüter, die von Arthur und seiner Familie gekauft wurden. (Judy und die beiden Kinder waren mit dem gespenstischen Begriff »angebundene Individuen« bezeichnet.) Jeder Leser dieses Dossiers hätte zweifellos genug über Arthurs Kaufgewohnheiten und bevorzugte Läden erfahren können, um ihn mit dem Mord an Alice Sanderson in Verbindung zu bringen.

Rhyme erfuhr von dem Country Club, dem Arthur lange Zeit angehört hatte, bis er vor einigen Jahren ausgetreten war, vermutlich wegen des Verlustes seiner Anstellung. Er sah die gebuchten Pauschalreisen und war überrascht, dass sein Cousin inzwischen

Ski fuhr. Außerdem schienen er oder eines der Kinder ein Gewichtsproblem zu haben, denn jemand hatte an einem Diätkurs teilgenommen. Und er zahlte für die Familienmitgliedschaft in einem Fitnesscenter. Der Kriminalist stieß auf eine Anzahlung für Schmuck, geleistet bei der Filiale einer Juwelierkette in einem Einkaufszentrum in New Jersey; der Rest des Kaufes sollte kurz vor Weihnachten abgewickelt werden. Rhyme spekulierte: kleine Steine in einer großen Metallfassung – ein Behelfsgeschenk, bis bessere Zeiten kamen.

Bei einem der Einträge lachte er auf. Genau wie er schien Arthur Single Malt Whisky zu bevorzugen – sogar Rhymes neue Lieblingsmarke, Glenmorangie.

Seine Autos waren ein Mercedes und ein Cherokee.

Als Rhyme das las, schwand sein Lächeln, denn ihm fiel ein anderer Wagen ein, Arthurs rote Corvette, die dessen Eltern ihm zu seinem siebzehnten Geburtstag geschenkt hatten – das Auto, mit dem Arthur nach Boston ans MIT gefahren war.

Rhyme erinnerte sich an ihrer beider Abreisen zum Studium. Es war ein bedeutender Moment für Arthur – und für seinen Vater ebenfalls; Henry Rhyme war begeistert, dass sein Sohn die Zusage einer so guten Universität erhalten hatte. Aber die Pläne der Cousins – zusammenwohnen, um Mädchen wetteifern, die anderen Eierköpfe in den Schatten stellen – erfüllten sich nicht. Lincoln hatte es nicht auf das MIT geschafft und ging stattdessen auf die University of Illinois-Champagne/Urbana, die ihm ein umfassendes Stipendium bot (und die damals in aller Munde war, denn sie lag in der Stadt, in der HAL, der narzisstische Computer aus Stanley Kubricks *2001: Odyssee im Weltraum*, das Licht der Welt erblickt hatte).

Teddy und Anne freuten sich, dass ihr Sohn den Bundesstaat nicht verlassen würde. Sein Onkel freute sich auch. Henry hatte zu seinem Neffen gesagt, er hoffe, der Junge würde häufig nach Chicago zurückkommen und ihm auch weiterhin bei seinen Forschungen behilflich sein, vielleicht sogar gelegentlich in seinen Seminaren assistieren.

»Tut mir leid, dass ihr beiden euch kein Zimmer teilen könnt«, sagte Henry. »Aber ihr werdet euch jeden Sommer und an Feiertagen sehen. Und ich bin sicher, dein Vater und ich können den einen oder anderen Besuch in Boston spendieren.«

»Klingt nicht schlecht«, sagte Lincoln. Und behielt für sich, dass er zwar am Boden zerstört war, weil das MIT ihn abgelehnt hatte, diese Tatsache aber auch eine gute Seite besaß – denn er wollte seinen verfluchten Cousin niemals wiedersehen.

Alles wegen der roten Corvette.

Der Zwischenfall trug sich nicht lange nach der Weihnachtsfeier zu, bei der Lincoln das geschichtlich bedeutende Stück Beton gewonnen hatte. Es war an einem bitterkalten Tag im Februar, der, ob sonnig oder bewölkt, Chicagos unangenehmster Monat ist. Lincoln nahm an einem Wissenschaftswettbewerb der Northwestern University in Evanston teil. Er fragte Adrianna, ob sie ihn begleiten wolle, und dachte sich, er könne ihr hinterher ja den Heiratsantrag machen.

Aber sie hatte keine Zeit; sie würde nicht rechtzeitig von einem Einkaufsbummel mit ihrer Mutter zurückkehren, denn Marshall Field's warb mit vielen verlockenden Sonderangeboten. Lincoln war enttäuscht, dachte sich aber nichts dabei und konzentrierte sich auf den Wettbewerb. Er gewann den ersten Preis seiner Altersklasse. Dann packten er und seine Freunde die Ausstellungsstücke zusammen und brachten alles nach draußen. Mit blauen Fingern und inmitten dampfender Atemwolken standen sie in der stechenden Kälte und luden alles in das Gepäckfach des Busses. Danach liefen sie zur Tür.

In diesem Moment rief jemand: »He, seht euch das an. *Toller* Schlitten.«

Eine rote Corvette fuhr zügig über den Campus.

Am Steuer saß Lincolns Cousin Arthur. Das war nichts Außergewöhnliches; die Familie wohnte in der Nähe. Was Lincoln jedoch überraschte, war das Mädchen, das neben Arthur saß. Es schien sich um Adrianna zu handeln.

Ja? Nein?

Er war sich nicht sicher.

Die Kleidung hätte gepasst: eine braune Lederjacke und eine Fellmütze, die genau wie die aussah, die Lincoln ihr zu Weihnachten geschenkt hatte.

»Linc, herrje, schwing deinen Hintern hier rein. Wir müssen die Tür zumachen.«

Aber Lincoln blieb stehen und starrte dem Wagen hinterher, der auf der grau-weißen Straße um eine Ecke bog.

Hatte sie ihn angelogen? Die Frau, die er heiraten wollte? Das konnte er sich nicht vorstellen. Und würde sie ihn dann ausgerechnet mit *Arthur* hintergehen? Lincoln war wissenschaftlich geschult, daher nahm er die Fakten sachlich in Augenschein.

Fakt eins. Arthur und Adrianna kannten sich. Sein Cousin hatte sie vor einigen Monaten im Büro der Studienberatung von Lincolns Highschool kennengelernt, wo sie nach dem Unterricht arbeitete. Die beiden hätten mühelos ihre Telefonnummern austauschen können.

Fakt zwei. Arthur hatte aufgehört, sich nach ihr zu erkundigen. Das wurde Lincoln erst jetzt bewusst, und es war seltsam. Die Jungen redeten häufig über Mädchen, aber in letzter Zeit hatte Art sie kein einziges Mal erwähnt.

Verdächtig.

Fakt drei. Bei genauerem Nachdenken kam Lincoln zu dem Schluss, dass Adie ausweichend geklungen hatte, als sie zögerte, ihn heute zu begleiten. (Und er hatte nicht erwähnt, dass der Wettbewerb in Evanston stattfand, also würde sie sich nichts dabei denken, hier mit Art durch die Gegend zu fahren.) Lincoln wurde von Eifersucht gepackt. Ich wollte ihr ein Stück von Stagg Field schenken, um Gottes willen! Einen Splitter des wahren Kreuzes der modernen Wissenschaft! Er dachte an die drei oder vier anderen Gelegenheiten, bei denen sie ein Treffen mit ihm vermieden hatte, und rückblickend kamen die Umstände ihm merkwürdig vor.

Dennoch weigerte er sich, daran zu glauben. Er lief durch den Schnee zu einem Münzfernsprecher, rief bei Adrianna zu Hause an und bat darum, mit ihr zu sprechen.

»Das tut mir leid, Lincoln, aber sie ist mit Freunden unterwegs«, sagte ihre Mutter.

Mit Freunden …

»Oh. Dann versuche ich es später noch mal … Sagen Sie, Mrs. Waleska, sind Sie und Adrianna heute eigentlich bei Field's gewesen, wegen des Schlussverkaufs?«

»Nein, der ist erst nächste Woche … Ich muss mich jetzt um das Abendessen kümmern, Lincoln. Zieh dich warm an. Draußen ist es eiskalt.«

»Allerdings.« Lincoln wusste es genau. Er stand im Freien vor einem überdachten Telefon, sein Unterkiefer zitterte, und er verspürte keine Lust, nach den 60 Cents zu suchen, die ihm aus den klammen Fingern in den Schnee gefallen waren, bis endlich das erste Geldstück im Münzschlitz des Apparats landete.

»Verdammt, Lincoln, steig endlich ein!«

Später an jenem Abend rief er sie an und schaffte es, eine Zeit lang ein normales Gespräch mit ihr zu führen, bis er sie fragte, wie ihr Tag gewesen sei. Sie erklärte, der Einkaufsbummel mit Mom habe Spaß gemacht, aber es sei in dem Laden so schrecklich voll gewesen. Plappernd, weitschweifig, umständlich. Sie klang mehr als schuldig.

Trotzdem konnte er nicht einfach auf seinen Eindruck vertrauen.

Also wahrte er vorerst den Schein. Als Arthur das nächste Mal bei ihm zu Besuch war, entschuldigte Lincoln sich kurz, schlich sich mit einem Hundehaarroller – von genau der Art, die heutzutage bei der Spurensicherung in Gebrauch war – nach draußen und nahm Partikel vom Beifahrersitz der Corvette.

Er verstaute den Kleberoller in einer Plastiktüte, und bei seinem nächsten Treffen mit Adrianna besorgte er sich einige Proben von ihrer Mütze und der Jacke. Er kam sich schäbig vor, war zutiefst beschämt und verlegen, aber das hielt ihn nicht davon ab, die Fasern unter einem der Mikroskope seiner Schule zu vergleichen. Sie stimmten überein – sowohl die Fellhaare der Mütze als auch die Kunstfasern der Jacke.

Die Freundin, die er eigentlich heiraten wollte, hatte ihn betrogen. Und nach der Menge der Fasern in Arthurs Wagen zu schließen, hatte Adrianna mehr als einmal dort gesessen.

Eine Woche später sah er die beiden dann schließlich noch einmal zusammen in der Corvette. Nun bestand kein Zweifel mehr.

Lincoln zog sich weder freundlich noch wütend zurück. Er zog sich einfach zurück. Ihm stand nicht der Sinn nach einem Streit, und so ließ er die Beziehung einschlafen. Die wenigen Male, die er und Adrianna noch miteinander ausgingen, verliefen gezwungen und waren immer wieder von peinlichem Schweigen erfüllt. Lincoln musste bestürzt feststellen, dass sie sich sogar allen Ernstes über seine wachsende Distanz zu ärgern schien. Verdammt. Dachte sie etwa, sie könnte beides haben? *Sie* schien sauer auf *ihn* zu sein … obwohl sie es war, die fremdging.

Zu seinem Cousin ging er ebenfalls auf Abstand. Lincolns Ausreden waren die letzten Schulprüfungen, die Leichtathletikveranstaltungen und die Ablehnung durch das MIT, die sich im Nachhinein als Segen herausstellte.

Die beiden Jungen sahen sich gelegentlich bei Familien- oder Abschlussfeiern, aber ihr Verhältnis hatte sich grundlegend geändert. Und keiner von ihnen erwähnte auch nur mit einer Silbe Adrianna. Zumindest nicht für viele lange Jahre.

Mein ganzes Leben wurde verändert. Wenn du nicht gewesen wärst, wäre alles anders gekommen …

Sogar jetzt noch fühlte Rhyme das Blut in seinen Schläfen pochen. Seine Handflächen waren ohne Gefühl, aber er nahm an, dass sie schwitzten. Dann jedoch kam Amelia Sachs zur Tür herein und riss ihn aus seinen finsteren Gedanken.

»Gibt's was Neues?«, fragte sie.

Ein schlechtes Zeichen. Falls Calvin Geddes einen Durchbruch bedeutet hätte, wäre sie sofort darauf zu sprechen gekommen.

»Nein«, sagte er. »Wir warten immer noch, dass Ron uns wegen der Alibis Bescheid gibt. Und Rodneys Falle ist bislang nicht zugeschnappt.«

Sachs bedankte sich für den Kaffee, den Thom ihr anbot, und nahm sich von einem Tablett ein halbes Truthahnsandwich.

»Der Thunfischsalat ist besser«, sagte Lon Sellitto. »Den hat er selbst gemacht.«

»Das hier reicht mir.« Sie setzte sich neben Rhyme und bot ihm einen Bissen an. Er hatte keinen Appetit und schüttelte den Kopf. »Wie geht es deinem Cousin?«, fragte sie und warf einen Blick in das offene Dossier auf dem Umblättergerät.

»Meinem Cousin?«

»Wie kommt er mit der Untersuchungshaft zurecht? Das muss schlimm für ihn sein.«

»Ich hatte noch keine Gelegenheit, mit ihm zu sprechen.«

»Es ist ihm vermutlich zu peinlich, dich um Hilfe zu bitten. Du solltest ihn anrufen.«

»Werde ich noch. Was hast du von Geddes erfahren?«

Sie räumte ein, dass das Treffen keine großen Enthüllungen gebracht hatte. »Es war hauptsächlich ein Vortrag über die Aushöhlung der Privatsphäre.« Sie nannte ihm einige der Eckpunkte: die täglich gesammelten persönlichen Informationen, die Bespitzelungen, die Gefahr von EduServe, die langfristige Speicherung der Daten, die Metadaten innerhalb von Computerdateien.

»Irgendwas, das *uns* nützen könnte?«, fragte er spöttisch.

»Zwei Dinge. Erstens, er ist nicht von Sterlings Unschuld überzeugt.«

»Sie haben doch gesagt, der hat ein Alibi«, warf Sellitto ein und nahm sich noch ein Sandwich.

»Vielleicht war er es nicht persönlich. Er könnte jemanden damit beauftragt haben.«

»Warum? Er ist Chef einer großen Firma. Was hätte er für einen Vorteil davon?«

»Je mehr Verbrechen es gibt, desto mehr ist die Gesellschaft auf den Schutz durch SSD angewiesen. Geddes behauptet, Sterling wolle Macht. Er hat ihn als eine Art Napoleon der Daten beschrieben.«

»Und zu diesem Zweck lässt er Fenster einwerfen, damit er vortreten und sie reparieren kann.« Rhyme nickte. Die Idee gefiel ihm. »Aber der Schuss ging nach hinten los. Sterling hat nicht damit gerechnet, dass wir einen Zusammenhang zwischen der SSD-Datenbank und den Taten erkennen könnten. Okay. Schreibt es auf die Liste der Verdächtigen. Ein unbekannter Täter, der für Sterling arbeitet.«

»Geddes hat mir außerdem erzählt, SSD habe vor einigen Jahren eine Datenfirma aus Colorado gekauft. Deren bester Klinkenputzer – das ist ein Datensammler – wurde getötet.«

»Stand Sterling mit dem Todesfall irgendwie in Verbindung?«

»Keine Ahnung. Aber wir sollten es überprüfen. Ich häng mich mal ans Telefon.«

Es klingelte an der Tür, und Thom öffnete. Ron Pulaski kam herein. Er sah grimmig und verschwitzt aus. Manchmal hätte Rhyme am liebsten zu ihm gesagt, er solle es lockerer angehen, aber da der Kriminalist selbst nicht dazu in der Lage war, hätte ein solcher Vorschlag wohl scheinheilig gewirkt.

Der Neuling erklärte, die meisten der Alibis für Sonntag hielten stand. »Ich habe mich bei den Leuten von der Mautzentrale erkundigt, und sie bestätigen, dass Sterling zu den von ihm genannten Zeiten durch den Midtown Tunnel gefahren ist. Nur um sicherzugehen, wollte ich danach den Sohn anrufen und fragen, ob sein Vater sich von Long Island aus bei ihm gemeldet hat. Aber er war nicht im Büro.

Ach so, und dann der Personalchef. Sein einziges Alibi war seine Frau. Sie hat seine Angaben bestätigt, aber sie wirkte wie eine verängstigte Maus. Und sie klang genau wie ihr Mann: ›SSD ist der wunderbarste Ort der Welt. Bla, bla, bla …‹«

Rhyme, der Zeugen grundsätzlich misstraute, blieb skeptisch. Von Kathryn Dance, der Expertin für Körpersprache und Kinesik, die bei California Bureau of Investigation arbeitete, hatte er gelernt, dass die Leute häufig auch dann schuldig wirken, wenn sie der Polizei nichts als die reine Wahrheit sagen.

Sachs ging zu der Verdächtigenliste und aktualisierte sie.

- *Andrew Sterling, Generaldirektor, Hauptgeschäftsführer.*
  Alibi: auf Long Island; überprüft. Bestätigung durch Sohn steht noch aus.
- *Sean Cassel, Vertriebs- und Marketingleiter.*
  Kein Alibi.
- *Wayne Gillespie, Technischer Leiter.*
  Kein Alibi.
- *Samuel Brockton, Leiter der Richtlinienabteilung.*
  Alibi: Hotelunterlagen bestätigen Aufenthalt in Washington.
- *Peter Arlonzo-Kemper, Personalchef.*
  Alibi: bei Ehefrau; von ihr bestätigt (befangen?).
- *Steven Shraeder, Cheftechniker, Tagschicht.*
  Noch nicht befragt.
- *Faruk Mameda, Cheftechniker, Nachtschicht.*
  Noch nicht befragt.

- *Kunde von SSD (?).*
  Erwarten Liste von Sterling.
- *Unbekannter Täter von Andrew Sterling rekrutiert (?).*

Sachs sah auf die Uhr. »Ron, Mameda dürfte inzwischen eingetroffen sein. Könnten Sie hinfahren und mit ihm und Shraeder sprechen? Finden Sie heraus, wo die beiden gestern zum Zeitpunkt des Mordes an Myra Weinburg gewesen sind. Und Sterlings Assistent müsste mit der Kundenliste fertig sein. Falls nicht, warten Sie in seinem Büro, bis er sie Ihnen aushändigt. Wirken Sie wichtig. Noch besser, wirken Sie ungeduldig.«

»Ich soll zurück zu SSD?«

»Genau.«

Aus irgendeinem Grund wollte er nicht, das konnte Rhyme sehen.

»Sicher. Lassen Sie mich nur kurz mit Jenny sprechen, ob zu Hause alles in Ordnung ist.« Er zog sein Telefon aus der Tasche und drückte eine Kurzwahltaste.

Rhyme entnahm dem Gespräch, dass Pulaski erst mit seinem kleinen Sohn und dann mit der Tochter redete, denn die war ein Baby, und der junge Beamte klang plötzlich noch kindischer. Den Rest blendete Rhyme aus.

Sein eigenes Telefon klingelte; die Kennung des Anrufers fing mit 44 an.

Ah, gut.

»Kommando, Telefon, Abheben.«

»Detective Rhyme?«

»Inspector Longhurst.«

»Ich weiß, dass Sie mit Ihrem anderen Fall beschäftigt sind, aber ich dachte, Sie würden vielleicht gern auf den neuesten Stand gebracht werden.«

»Natürlich. Bitte, fahren Sie fort. Wie geht es Reverend Goodlight?«

»Gut, aber er hat ein wenig Angst. Er besteht darauf, dass keine neuen Sicherheitsbeamten oder Polizisten sein Versteck betreten. Er traut nur denen, die er schon seit Wochen kennt.«

»Ich kann es ihm kaum verdenken.«

»Einer unserer Leute behält ständig die nähere Umgebung im Auge. Ein ehemaliger SAS-Mann. Die sind die Besten … So, wir haben das Haus in Oldham von oben bis unten durchsucht. Ich wollte Ihnen mitteilen, was wir gefunden haben. Kupfer- und Bleispäne, als hätte jemand Patronen abgeschliffen oder etwas in sie eingefräst. Einige Körnchen Schießpulver. Und eine sehr geringe Menge Quecksilber. Mein Ballistikexperte sagt, er könnte Dumdumgeschosse hergestellt haben.«

»Ja, das stimmt. Der Kern des Projektils besteht aus flüssigem Quecksilber. Das richtet furchtbaren Schaden an.«

»Unsere Leute haben ferner etwas Waffenöl gefunden. Und im Waschbecken gab es Reste eines Haarbleichmittels. Außerdem mehrere dunkelgraue Fasern – Baumwolle, durchtränkt von Wäschestärke. Laut unserer Datenbank passen sie zu dem Stoff, der für Uniformen verwendet wird.«

»Glauben Sie, diese Spuren wurden absichtlich gelegt?«

»Unsere Spezialisten sagen Nein. Die gefundenen Mengen waren ziemlich winzig.«

Blond, Scharfschütze, Uniform …

»Dann hat ein anderer Zwischenfall hier die Alarmglocken schrillen lassen: ein versuchter Einbruch bei einer NRO – das steht für Nichtregierungsorganisation. Gemeinnützig. Es ging um die East African Relief Agency, Reverend Goodlights Verein. Es kamen Wachleute vorbei, und der Täter ist geflohen. Seinen Dietrich hat er in einen Gully geworfen. Aber wir hatten Glück, denn ein Passant hat ihn dabei gesehen. Nun, um es kurz zu machen, unsere Leute haben das Werkzeug gefunden und etwas Erde daran festgestellt. Die wiederum enthielt Spuren einer Hopfenart, die ausschließlich in Warwickshire wächst. Dieser spezielle Hopfen wurde gezüchtet, um Bitter herzustellen.«

»Bitter? Das Bier?«

»Ale, ja. Wie es sich gerade trifft, haben wir hier bei der Met eine Datenbank alkoholischer Getränke. Und ihrer Inhaltsstoffe.«

Genau wie meine, dachte Rhyme. »Ach, wirklich?«, sagte er.

»Ich habe sie selbst angelegt«, sagte sie.

»Hervorragend. Und?«

»Die einzige Brauerei, die diesen Hopfen verwendet, steht in der Nähe von Birmingham. Eine der Kameras unserer Verkehrsüberwachung hat den NRO-Einbrecher aufgenommen. Wegen des Hopfens dachte ich mir, wir sollten mal einen Blick auf die Überwachungsbänder von Birmingham werfen. Und tatsächlich, derselbe Mann ist einige Stunden später am Bahnhof New Street mit einem großen Rucksack aus dem Zug gestiegen. Dann haben wir ihn leider in der Menge verloren.«

Rhyme dachte nach. Die große Frage lautete: War der Hopfen absichtlich an dem Werkzeug hinterlassen worden, um sie in die Irre zu führen? Um das mit einiger Sicherheit beurteilen zu können, hätte er den Fundort und das Beweisstück selbst untersuchen müssen. So aber musste er sich auf seinen Instinkt verlassen.

Fingiert oder nicht?

»Inspector, ich glaube nicht daran«, entschied Rhyme. »Ich vermute, Logan schlägt hier einen doppelten Haken. Das hat er zuvor schon gemacht. Er will, dass wir uns auf Birmingham konzentrieren, während er weiterhin den Anschlag in London vorbereitet.«

»Ich bin froh, dass Sie das sagen, Detective, denn ich habe den gleichen Eindruck.«

»Wir sollten mitspielen. Wo halten die Mitglieder der Einsatzgruppe sich derzeit auf?«

»Danny Krueger ist bei seinen Leuten in London. Ihr FBI-Mann ebenfalls. Der französische Agent und der Interpol-Kollege sind Anhaltspunkten in Oxford und Surrey nachgegangen. Allerdings hat sich nichts daraus ergeben.«

»Ich möchte, dass sie alle nach Birmingham fahren. Unverzüglich. Unauffällig und offensichtlich zugleich.«

Die Beamtin lachte. »Damit er glaubt, wir hätten den Köder geschluckt.«

»Genau. Er soll denken, wir würden uns ausrechnen, ihn dort fangen zu können. Und schicken Sie auch ein Sondereinsatzkommando. Veranstalten Sie etwas Lärm, lassen Sie es aussehen, als würden die Leute von der Londoner Sperrzone abgezogen.«

»Doch in Wahrheit verstärken wir unsere Kräfte dort.«

»Richtig. Und geben Sie durch, dass er aus größerer Entfernung mit einem Präzisionsgewehr zuschlagen wird. Er dürfte blond sein und eine graue Uniform tragen.«

»Vortrefflich, Detective. Ich mache mich gleich an die Arbeit.«

»Lassen Sie von sich hören.«

»Bis bald.«

Rhyme befahl seinem Telefon, die Verbindung zu trennen. Im selben Moment meldete sich eine Stimme von der anderen Seite des Raumes. »He, ich muss wirklich zugeben, Ihre Freunde bei SSD sind gut. Ich habe keine Chance, in ihr System einzudringen.« Es war Rodney Szarnek. Rhyme hatte ihn ganz vergessen.

Der junge Mann stand auf und kam zu ihnen herüber. »InnerCircle ist besser gesichert als Fort Knox. Genauso deren Datenbank-Management-System, Watchtower. Ich bezweifle, dass jemand die Schutzmechanismen überwinden kann, solange er nicht eine ganze Phalanx von Supercomputern aufbietet. Und die bekommt man nicht an jeder Ecke.«

»Aber?« Rhyme war seine Beunruhigung nicht entgangen.

»Nun, SSD hat Sicherheitsprogramme, wie ich sie noch nie gesehen habe. Die sind ziemlich robust. Und, wie ich feststellen muss, beängstigend. Ich bin mit einer anonymen ID dort vorgestoßen und habe meinen Rückweg getarnt. Und was ist passiert? Deren Security-Bot ist in *mein* System eingebrochen und hat versucht, mich anhand der Daten im freien Festplattenbereich zu identifizieren.«

»Und was genau heißt das, Rodney?«

Er erklärte, dass der als frei eingestufte Bereich einer Festplatte in Wahrheit Datenfragmente und sogar ganze Dateien enthielt. Mit der geeigneten Software ließen diese Reste sich häufig wieder zu einer lesbaren Form zusammensetzen. Das SSD-Sicherheitssystem wusste, dass Szarnek seine Spuren verwischt hatte, also hatte es sich in seinen Computer geschlichen, um die Daten des freien Festplattenbereichs auszulesen und so herauszufinden, wer er war. »Das ist echt schräg. Ich habe das Ding nur zufällig erwischt. Andernfalls …« Er zuckte die Achseln und tröstete sich mit einem Schluck Kaffee.

Rhyme hatte eine Idee. Je länger er darüber nachdachte, desto besser gefiel sie ihm. Er musterte den dürren Szarnek. »He, Rodney, wie würde es Ihnen gefallen, zur Abwechslung mal einen richtigen Cop zu spielen?«

Die unbekümmerte Freakmiene verschwand. »Wissen Sie, ich glaube wirklich nicht, dass ich der Typ dafür bin.«

Sellitto schluckte den letzten Bissen seines Sandwichs herunter. »Sie haben erst dann richtig *gelebt*, wenn direkt neben Ihrem Ohr eine Kugel die Schallmauer durchbricht.«

»Halt, halt, halt … Ich schieße nur in irgendwelchen Rollenspielen und …«

»Oh, nicht Sie wären derjenige, der sich in Gefahr begibt«, sagte Rhyme zu dem Computermann und schaute belustigt zu Ron Pulaski, der gerade sein Telefon zuklappte.

»Was denn?«, fragte der Neuling stirnrunzelnd.

... Fünfundzwanzig

»Brauchen Sie sonst noch etwas, Officer?«

Ron Pulaski, der in dem Konferenzraum von SSD saß, hob den Kopf und blickte in das kühle Antlitz von Jeremy Mills, Sterlings zweitem Assistenten. Das war der »externe« Assistent, erinnerte sich der junge Beamte. »Nein, alles klar, vielen Dank. Aber ich wäre Ihnen sehr verbunden, wenn Sie sich bei Mr. Sterling nach einigen Unterlagen erkundigen könnten, die er für uns zusammenstellen lassen wollte. Eine Kundenliste. Ich glaube, Martin sollte sich darum kümmern.«

»Ich werde Andrew gern danach fragen, sobald er aus seiner Besprechung kommt.« Dann drehte der breitschultrige Mann eine kleine Runde durch den Raum und wies auf die Schalter für das Licht und die Klimaanlage hin, genau wie damals der Hotelpage, der Jenny und Pulaski auf ihrer Hochzeitsreise das schicke Zimmer gezeigt hatte.

Was Pulaski wieder daran denken ließ, wie ähnlich Jenny und die gestern vergewaltigte und ermordete Myra einander sahen. Wie ihr Haar fiel, das leicht schiefe Lächeln, das er so liebte, die ...

»Officer?«

Pulaski schaute auf und erkannte, dass er in Gedanken abgeschweift war. »Verzeihung.«

Der Assistent sah ihn durchdringend an und zeigte auf einen kleinen Kühlschrank. »Da drinnen finden Sie Wasser mit und ohne Kohlensäure.«

»Danke. Sehr aufmerksam.«

Reiß dich zusammen, ermahnte er sich. Vergiss Jenny. Vergiss die Kinder. Hier stehen Menschenleben auf dem Spiel. Amelia glaubt, dass du diese Befragungen durchführen kannst. Also mach das gefälligst.

Kriegen Sie das hin, Grünschnabel? Sie müssen sich konzentrieren.

»Falls Sie telefonieren möchten, können Sie diesen Apparat benutzen. Für eine Amtsleitung wählen Sie die Neun. Sie können auch einfach diesen Knopf drücken und die gewünschte Nummer sagen. Das Gerät verfügt über eine Spracherkennung.« Er deutete auf Pulaskis Mobiltelefon. »Das wird hier vermutlich nicht besonders gut funktionieren. Wir sind nämlich ziemlich gründlich abgeschirmt. Aus Sicherheitsgründen.«

»Wirklich? Okay.« Pulaski überlegte, ob er hier nicht schon jemanden mit einem Mobiltelefon oder PDA gesehen hatte. Er konnte sich nicht erinnern.

»Ich schicke Ihnen dann die beiden Angestellten. Falls Sie bereit sind.«

»Das wäre nett.«

Der junge Mann ging den Korridor hinunter. Pulaski nahm seinen Notizblock aus der Aktentasche und warf einen Blick auf die Namen der beiden Männer, die er nun befragen würde.

Steven Shraeder, Cheftechniker, Tagschicht.

Faruk Mameda, Cheftechniker, Nachtschicht.

Er stand auf und schaute auf den Flur hinaus. In der Nähe leerte ein Hausmeister mehrere Papierkörbe. Pulaski hatte den Mann zuvor schon gesehen; es war, als würde Sterling befürchten, ein voller Abfalleimer könnte einen schlechten Eindruck hinterlassen. Der stämmige Mann warf einen beiläufigen Blick auf Pulaskis Uniform und widmete sich weiter seiner Aufgabe, die er in gleichmäßigem Rhythmus erledigte. Weiter hinten in dem makellos sauberen Korridor stand ein Wachmann. Pulaski konnte nicht einmal die Toilette erreichen, ohne an ihm vorbeizumüssen. Er setzte sich wieder hin und wartete auf die beiden Männer von der Verdächtigenliste.

Zuerst kam Faruk Mameda, ein junger Mann mittelöstlicher Herkunft, schätzte Pulaski. Er sah sehr gut aus und wirkte mit seiner ernsten Miene überaus selbstsicher. Pulaskis Blick hielt er mühelos stand. Der junge Mann erklärte, er habe ursprünglich für eine kleine Firma gearbeitet, die vor fünf oder sechs Jahren von SSD aufgekauft worden sei. Seine Aufgabe bestehe darin, das technische Personal anzuleiten. Er sei alleinstehend und ohne Familie und ziehe es vor, nachts zu arbeiten.

Der Cop war überrascht, dass der Mann ohne den Hauch eines ausländischen Akzents sprach. Pulaski fragte, ob Mameda von ihren Ermittlungen gehört habe. Der behauptete, er kenne keine Einzelheiten – was durchaus stimmen konnte, denn er war erst vor kurzem zum Dienst erschienen. Er wisse lediglich, dass Andrew Sterling ihn angerufen und angeordnet habe, er möge der Polizei wegen eines unlängst begangenen Verbrechens ein paar Fragen beantworten.

»Es hat in letzter Zeit mehrere Morde gegeben«, erklärte Pulaski. »Wir glauben, dass bei deren Vorbereitung Informationen von SSD genutzt worden sind.«

Mameda runzelte die Stirn. »Informationen?«

»Über die Aufenthaltsorte der Opfer und bestimmte Gegenstände, die sie gekauft haben.«

Mamedas nächste Frage überraschte ihn. »Sprechen Sie mit allen Angestellten?«

Was durfte er verraten und was nicht? Pulaski war sich dessen nie sicher. Amelia sagte immer, es sei wichtig, das Gespräch in Schwung zu halten, aber man dürfe niemals zu viel preisgeben. Seit seiner Kopfverletzung kam es ihm so vor, als habe sein Urteilsvermögen sich verschlechtert. Daher wurde er nervös, sobald er mit Zeugen und Verdächtigen sprach. »Nein, nicht mit allen.«

»Nur mit denen, die verdächtig sind. Oder die Sie im Voraus für verdächtig *befunden* haben.« Der Mann klang verärgert. Seine Züge verhärteten sich. »Ich verstehe. Sicher. Das passiert heutzutage oft.«

»Die Person, für die wir uns interessieren, ist ein Mann und verfügt über vollen Zugriff auf innerCircle und Watchtower. Wir sprechen mit jedem, auf den diese Kriterien zutreffen.« Pulaski hatte den Grund für Mamedas Verstimmung erkannt. »Es hat nichts mit Ihrer Staatsangehörigkeit zu tun.«

Der Beruhigungsversuch misslang. »Tja, wissen Sie was? Das glaube ich Ihnen sogar«, sagte Mameda barsch. »Ich bin nämlich amerikanischer Staatsbürger. Wie Sie. Das heißt, ich *nehme an*, dass Sie Amerikaner sind. Vielleicht auch nicht. Immerhin sind nur sehr wenige Bürger dieses Landes schon immer hier gewesen.«

»Es tut mir leid.«

Mameda zuckte die Achseln. »An manches im Leben muss man sich eben gewöhnen. Das ist leider so. Das Land der Freiheit ist auch das Land der Vorurteile. Ich …« Er verstummte, und sein Blick richtete sich auf einen Punkt hinter Pulaski, als stünde dort jemand. Der Cop wandte den Kopf. Es war niemand da. »Andrew wünscht meine volle Unterstützung«, sagte Mameda. »Also bekommen Sie die auch. Könnten Sie nun bitte Ihre Fragen stellen? Ich habe viel zu tun.«

»Die Dossiers einzelner Leute …«

»Ja?«

»Haben Sie sich schon mal eines in Ihr – wie heißt das? Refugium? – heruntergeladen?«

»Ja, Refugium. Wieso sollte ich ein Dossier herunterladen? Andrew würde das nicht tolerieren.«

Interessant: Der Zorn von Andrew Sterling hielt ihn davon ab. Nicht die Polizei oder die Gerichte.

»Demnach haben Sie nicht?«

»Noch nie. Falls irgendein Softwarefehler auftritt oder Daten verfälscht sind oder es ein Interface-Problem gibt, kommt es vor, dass ich mir Teile der Einträge oder Kopfzeilen ansehe, aber das ist auch schon alles. Nur so viel, wie zur Erkennung des Problems und zur Erstellung eines Patches oder für die Korrektur des Programmcodes erforderlich ist.«

»Könnte jemand Ihre Passwörter gestohlen haben und in innerCircle eingedrungen sein? Um auf diese Weise Dossiers herunterzuladen?«

Er überlegte. »Nein, das ist nicht möglich. Ich habe mir die Passwörter nirgendwo notiert.«

»Suchen Sie häufig die drei Datenareale auf? Und das Annahmezentrum?«

»Ja, natürlich. Das ist mein Job. Die Computer zu reparieren. Dafür zu sorgen, dass der Datenstrom ungehindert fließt.«

»Würden Sie mir bitte sagen, wo Sie am Sonntag zwischen zwölf und sechzehn Uhr gewesen sind?«

»Ah.« Er nickte. »Also darum geht es in Wahrheit. Ob ich am Tatort gewesen bin?«

Pulaski hatte Mühe, dem Mann in die dunklen, wütenden Augen zu sehen.

Mameda legte die Hände flach auf den Tisch, als wolle er jeden Moment aufspringen und zornig hinausstürmen. Aber er lehnte sich zurück. »Ich war mit einigen Freunden zum Frühstück verabredet…«, sagte er. »Die kenne ich aus der Moschee – das möchten Sie vermutlich wissen.«

»Ich…«

»Danach habe ich den Rest des Tages allein verbracht. Ich bin ins Kino gegangen.«

»Ganz allein?«

»Man wird nicht abgelenkt. Ich gehe meistens allein. Es war ein Film von Jafar Panahi – dem iranischen Regisseur. Kennen Sie den Film…« Er hielt inne. »Ach, nichts. Schon gut.«

»Haben Sie das Ticket noch?«

»Nein… Nach dem Kino bin ich bei einigen Geschäften vorbeigegangen und so gegen achtzehn Uhr nach Hause gekommen. Ich habe hier angerufen, ob ich benötigt werde, aber die Kisten liefen ohne Probleme. Ich habe dann mit einem Freund zu Abend gegessen.«

»Haben Sie am Nachmittag eine Ihrer Kreditkarten benutzt?«

Er fuhr hoch. »Es war bloß ein Schaufensterbummel. Ich habe einen Kaffee und ein Sandwich gekauft. Und *bar* bezahlt…« Er beugte sich vor. »Ich glaube kaum, dass Sie jedem all diese Fragen gestellt haben«, flüsterte er schroff. »Ich weiß, was Sie von uns denken. Sie glauben, wir würden Frauen wie Tiere behandeln. Ich kann es nicht fassen, dass Sie mir allen Ernstes unterstellen, ich hätte jemanden vergewaltigt. Das ist barbarisch. Und Sie sind beleidigend!«

Pulaski senkte beschämt den Blick. »Nun, Sir, wir fragen *tatsächlich* jeden, der Zugriff auf innerCircle hat, wo er gestern gewesen ist. Einschließlich Mr. Sterling. Wir machen nur unsere Arbeit.«

Mameda beruhigte sich ein wenig, geriet aber sofort wieder in Wut, als Pulaski sich nach seinem Aufenthalt während der anderen Morde erkundigte. »Ich habe keine Ahnung.« Dann verweigerte er jede weitere Aussage, nickte grimmig, stand auf und ging hinaus.

Pulaski versuchte zu begreifen, was gerade geschehen war. Verhielt Mameda sich nun, als sei er schuldig, oder nicht? Er war sich nicht sicher. Vor allem aber fühlte er sich überrumpelt.

Streng dich mehr an, schalt er sich innerlich.

Der zweite Angestellte, Shraeder, war das genaue Gegenteil von Mameda: ein reiner Computerfreak. Er wirkte zerstreut, mit schlecht sitzender, zerknitterter Kleidung und Tintenflecken an den Händen. Seine Brille war eulenhaft groß, die Gläser verschmiert. Ganz eindeutig nicht der typische SSD-Mitarbeiter. Während Mameda sich angegriffen gefühlt hatte, schien Shraeder lediglich nicht ganz bei der Sache zu sein. Er entschuldigte sich für seine Verspätung – obwohl er pünktlich war – und erklärte, er habe mitten in der Arbeit an einem Patch gesteckt. Dann fing er an, die Einzelheiten zu schildern, als hätte der Cop einen Abschluss in Informatik. Pulaski unterbrach ihn und kam auf das eigentliche Thema zu sprechen.

Als Shraeder von den Morden hörte, schien er überrascht zu sein – oder täuschte es zumindest vor. Seine Finger zuckten die ganze Zeit, als würde er auf einer imaginären Tastatur tippen. Er brachte sein Mitgefühl zum Ausdruck und erwiderte dann auf die Fragen des jungen Beamten, dass er sich oft in den Datenarealen aufhalte und Dossiers herunterladen *könne*, es aber niemals getan habe. Und auch er war überzeugt, dass niemand sich Zugang zu seinen Passwörtern verschafft haben könnte.

Was den Sonntag anging, habe er ein Alibi – er sei gegen dreizehn Uhr ins Büro gekommen, um an den Folgen eines großen Problems vom Freitag zu arbeiten. Auch diesmal setzte er zu einer technischen Erklärung an, aber Pulaski schnitt ihm das Wort ab. Shraeder ging zu dem Computer in der Ecke des Konferenzraums, tippte etwas ein und drehte den Bildschirm, sodass Pulaski einen Blick darauf werfen konnte. Es handelte sich um die Erfassung von Shraeders Arbeitszeiten. Der Mann hatte sich am Sonntag tatsächlich um zwölf Uhr achtundfünfzig eingestempelt und war bis nach siebzehn Uhr geblieben.

Da Shraeder zum Zeitpunkt von Myras Ermordung hier gewesen war, verzichtete Pulaski darauf, ihn nach den anderen Verbrechen zu fragen. »Ich schätze, das dürfte alles sein. Danke.«

Der nervöse Mann ging. Pulaski lehnte sich zurück und sah zu einem der schmalen Fenster hinaus. Seine Hände waren feucht, sein Magen zu einem Knoten verkrampft. Er nahm sein Mobiltelefon. Jeremy, der mürrische Assistent, hatte recht. Kein Empfang. Verdammt!

»Hallo.«

Pulaski zuckte zusammen und fuhr erschrocken herum. Im Eingang stand Mark Whitcomb mit mehreren gelben Notizblöcken unter dem Arm und zwei Tassen Kaffee in den Händen. Er hob eine Augenbraue. Neben ihm wartete ein etwas älterer Mann mit frühzeitig angegrautem Haar. Pulaski nahm an, dass es sich um einen SSD-Angestellten handelte, denn er trug die hier übliche Uniform aus weißem Hemd und dunklem Anzug.

Was hatte das zu bedeuten? Er rang sich ein möglichst zwangloses Lächeln ab und winkte die beiden herein.

»Ron, ich möchte Sie mit meinem Chef bekannt machen, Sam Brockton.«

Sie gaben einander die Hand. Brockton musterte Pulaski sorgfältig und lächelte gequält. »Also Sie waren das, der mir im Watergate Hotel in D.C. die Zimmermädchen auf den Hals geschickt hat?«

»Leider, ja.«

»Wenigstens bin ich nicht mehr verdächtig«, sagte Brockton. »Falls wir von der Richtlinienabteilung noch etwas für Sie tun können, lassen Sie es Mark wissen. Er hat mich über Ihren Fall in Kenntnis gesetzt.«

»Danke, sehr freundlich.«

»Viel Glück.« Brockton ließ Whitcomb allein, der Pulaski einen Kaffee anbot.

»Für mich? Danke.«

»Wie läuft's?«, fragte Whitcomb.

»Es geht.«

Der SSD-Mann lachte und strich sich das blonde Haar aus der Stirn. »Ihr von der Polizei seid genauso ausweichend wie wir.«

»Mag sein. Aber ich muss sagen, es sind alle sehr hilfsbereit gewesen.«

»Gut. Sind Sie fertig?«

»Ich warte nur noch auf etwas von Mr. Sterling.«

Er schüttete sich Zucker in den Kaffee und rührte vor lauter Nervosität viel zu lange um, bis es ihm endlich auffiel.

Whitcomb hob seine Tasse, als wolle er Pulaski zuprosten. Er schaute hinaus in den klaren Tag, den blauen Himmel, auf die leuchtend grüne und braune Stadt. »Mit diesen kleinen Fenstern habe ich mich noch nie anfreunden können. Da ist man mitten in New York und hat keinen Ausblick.«

»Das ist mir auch schon aufgefallen. Hat es einen besonderen Grund?«

»Andrew hat Sicherheitsbedenken. Er fürchtet, jemand könne von draußen Fotos schießen.«

»Wirklich?«

»Das ist gar nicht so weit hergeholt«, sagte Whitcomb. »In der Datensammelbranche gibt es viel Geld zu verdienen. Gewaltige Summen.«

»Das kann ich mir denken.« Pulaski fragte sich, was für Geheimnisse jemand aus vier oder fünf Blocks Entfernung hinter einem Fenster überhaupt noch erkennen konnte – denn so weit stand das nächstgelegene Bürogebäude entfernt, das hoch genug gewesen wäre.

»Wohnen Sie in der Stadt?«, fragte Whitcomb.

»Ja, in Queens.«

»Ich wohne mittlerweile auf Long Island, aber aufgewachsen bin ich in Astoria. In der Nähe des Ditmars Boulevard. Beim Bahnhof.«

»He, ich wohne bloß drei Blocks von dort entfernt.«

»Ehrlich? Besuchen Sie St. Tim's?«

»St. Agnes. Ich war ein paarmal in St. Tim's, aber Jenny haben die Gottesdienste nicht gefallen. Man bekommt dort jedes Mal eine Moralpredigt gehalten.«

Whitcomb lachte. »Pater Albright.«

»Ooooh ja, genau der.«

»Mein Bruder ist Polizist in Philadelphia. Er hat gesagt, wenn man einen Mörder zum Reden bringen will, muss man ihn bloß mit Pater Albright in ein Zimmer sperren. Fünf Minuten und er gesteht alles.«

»Ihr Bruder ist ein Cop?«, fragte Pulaski lachend.
»Bei der Drogenfahndung.«
»Detective?«.
»Ja.«
»Mein Bruder ist Streifenbeamter«, sagte Pulaski. »Beim Sechsten Revier, unten im Village.«
»Wie witzig. Unsere beiden Brüder… Sind Sie gemeinsam zur Polizei gegangen?«
»Ja, wir haben praktisch alles gemeinsam gemacht. Wir sind Zwillinge.«
»Interessant. Mein Bruder ist drei Jahre älter als ich. Aber er ist deutlich kräftiger. Ich könnte vielleicht den sportlichen Eingangstest schaffen, aber ich würde mir nicht zutrauen, einen Straßenräuber anzuspringen.«
»Das kommt nicht besonders oft vor. Meistens reden wir den bösen Jungs nur ins Gewissen. Vermutlich so ähnlich wie Ihre Arbeit in der Richtlinienabteilung.«
Whitcomb lachte. »Ja, stimmt so ziemlich.«
»Ich schätze, dass…«
»He, wen haben wir denn da? Sergeant Friday.«
Pulaskis Magen verkrampfte sich wieder. Er hob den Kopf und erblickte den aalglatten, gut aussehenden Sean Cassel und seinen Kumpel, den bemüht auf hip getrimmten Leiter Wayne Gillespie, der das Stichwort sofort aufgriff: »Könnten wir wieder zurück auf die Fakten kommen, Ma'am? Nur die Fakten.« Er salutierte.
Da Pulaski mit Whitcomb gerade erst über die Kirche gesprochen hatte, fühlte er sich in diesem Moment wieder an die katholische Highschool zurückversetzt, auf der er und sein Bruder sich ständig mit den Jungen aus Forest Hills herumgeärgert hatten. Reicher, besser gekleidet, gewitzter. Und stets mit einem gehässigen Spruch auf den Lippen (»He, da sind die Mutantenbrüder!«). Ein Albtraum. Pulaski fragte sich manchmal, ob er nur deswegen zur Polizei gegangen war, weil Uniform und Waffe ihm Respekt verschaffen würden.
Whitcombs Lippen wurden schmal.
»Hallo, Mark«, sagte Gillespie.
»Wie läuft's, Sergeant?«, fragte Cassel.

Pulaski war im Dienst schon wütend angestarrt, beschimpft, bespuckt und mit Steinen beworfen worden, und nicht immer war es ihm gelungen, rechtzeitig auszuweichen. Dennoch hatte keiner jener Zwischenfälle ihn so sehr aus der Fassung gebracht wie diese hingeworfene, vermeintlich harmlose Bemerkung. Lächelnd und spielerisch. Aber spielerisch auf die Art, auf die ein Hai seine Beute anstößt, bevor er sie verschlingt. Auf seinem BlackBerry hatte Pulaski »Sergeant Friday« bei Google eingegeben und erfahren, dass es die Hauptfigur einer alten Fernsehserie namens *Polizeibericht* war. Obwohl es sich bei Friday um den Helden handelte, galt er als unflexibler und äußerst uncooler Spießer.

Als Pulaski das auf dem winzigen Bildschirm las, waren seine Ohren ganz heiß geworden, denn erst da wurde ihm klar, dass Cassel ihn beleidigt hatte.

»Bitte sehr.« Cassel reichte Pulaski eine CD in einer Plastikhülle. »Ich hoffe, es hilft, Sarge.«

»Was ist das?«

»Die Liste der Kunden, die Informationen über Ihre Opfer heruntergeladen haben. Die wollten Sie doch haben, wissen Sie nicht mehr?«

»Oh. Ich hatte mit Mr. Sterling gerechnet.«

»Nun, Andrew ist ein viel beschäftigter Mann. Er hat mich gebeten, Ihnen die Liste zu geben.«

»Tja, danke.«

»Sie werden schwer zu tun haben«, sagte Gillespie. »Mehr als dreihundert Kunden im näheren Umkreis. Und keiner von denen hat weniger als zweihundert Mailinglisten erworben.«

»Das hab ich doch gleich gesagt«, betonte Cassel. »Nun müssen Sie sich die Nacht um die Ohren schlagen. Werden wir jetzt ehrenhalber zu Hilfspolizisten ernannt?«

Die Leute, mit denen Sergeant Friday sprach, machten sich oft über ihn lustig…

Pulaski grinste, obwohl er das gar nicht wollte.

»Kommt schon, Jungs.«

»Bleib locker, Whitcomb«, sagte Cassel. »Wir machen doch nur Spaß. Herrje. Sei nicht so verklemmt.«

»Was hast du überhaupt hier verloren, Mark?«, fragte Gillespie.

»Solltest du nicht nach weiteren Gesetzen suchen, die wir brechen?«

Whitcomb verdrehte die Augen und lächelte säuerlich. Pulaski sah ihm an, dass auch er verlegen war – und gekränkt.

»Darf ich gleich mal einen Blick auf die Liste werfen?«, fragte er. »Nur für den Fall, dass mir etwas unklar ist?«

»Nur zu.« Cassel begleitete ihn zu dem Computer in der Ecke und loggte sich ein. Dann legte er die CD in das Laufwerk, schloss die Lade und ließ Pulaski Platz nehmen. Auf dem Bildschirm erschien ein Fenster mit mehreren Auswahlmöglichkeiten. Pulaski wurde nervös; nichts davon sagte ihm etwas.

Cassel sah ihm über die Schulter. »Wollen Sie die Liste nicht öffnen?«

»Doch. Ich überlege nur, welches Programm ich nehmen soll.«

»Da bleiben nicht viele Möglichkeiten.« Cassel lachte, als wäre das ganz offensichtlich. »Excel.«

»Wer?«, fragte Pulaski. Er wusste, dass seine Ohren rot waren. Verdammt. So ein verdammter Mist.

»Die Tabellenkalkulation«, warf Whitcomb hilfsbereit ein, obwohl Pulaski dadurch kein bisschen schlauer war.

»Sie kennen Excel nicht?« Gillespie beugte sich vor und tippte so schnell etwas ein, dass seine Finger kaum noch zu erkennen waren.

Das Programm wurde geladen, und ein Gitternetz war zu sehen. Darin standen Namen, Adressen, Daten und Uhrzeiten.

»Sie hatten schon mal mit einer Tabellenkalkulation zu tun, oder?«

»Klar.«

»Aber nicht mit Excel?« Gillespie zog überrascht beide Augenbrauen hoch.

»Nein. Mit ein paar anderen.« Pulaski hasste sich dafür, dass er ihnen auch noch genau in die Hände spielte. Halt einfach die Klappe, und fang an zu arbeiten.

»Mit ein paar anderen? Ach, wirklich?«, fragte Cassel. »Wie interessant.« Er wies auf den Monitor. »Die Liste gehört ganz Ihnen, Sergeant Friday. Viel Glück.«

»Ach, das schreibt sich übrigens E-X-C-E-L«, buchstabierte

Gillespie. »Steht ja auch da auf dem Bildschirm. Machen Sie sich ruhig damit vertraut. Es lässt sich leicht lernen. Ich meine, sogar ein Schuljunge käme damit klar.«

»Ich schaue es mir mal an.«

Die zwei Männer verließen den Raum.

»Wie ich schon sagte – niemand hier kann die beiden sonderlich gut leiden«, erklärte Whitcomb. »Aber ohne sie würde die Firma nicht funktionieren. Die Kerle sind Genies.«

»Was sie bestimmt jedem auf die Nase binden.«

»Allerdings. Okay, ich lasse Sie jetzt in Ruhe. Kommen Sie hier zurecht?«

»Ich werd's schon schaffen.«

»Falls es Sie noch mal in diese Schlangengrube verschlägt, schauen Sie ruhig bei mir herein«, sagte Whitcomb.

»Mach ich.«

»Oder wir treffen uns mal in Astoria. Auf einen Kaffee. Mögen Sie griechisches Essen?«

»Sehr sogar.«

Pulaski fragte sich, wann er zum letzten Mal mit einem Freund weggegangen war. Nach der Kopfverletzung hatte er einige Bekanntschaften einschlafen lassen, weil er unsicher war, ob die Leute sich in seiner Gesellschaft wohlfühlten. Er würde gern mal wieder mit einem anderen Kerl rumhängen, ein Bier trinken und vielleicht einen Actionfilm ansehen, woran Jenny größtenteils keinen Spaß hatte.

Nun ja, er würde später darüber nachdenken – natürlich erst nach dem Abschluss der Ermittlungen.

Als Whitcomb gegangen war, schaute Pulaski sich um. Es schien niemand in der Nähe zu sein. Aber er wusste noch, dass Mameda nervös zu einer Stelle hinter ihm geblickt hatte. Ihm fiel eine Dokumentation ein, die kürzlich im Fernsehen gelaufen war. Darin war es um ein Spielkasino in Las Vegas gegangen – und um die Überwachungskameras in praktisch jedem Winkel. Er erinnerte sich außerdem an den Wachmann auf dem Gang und den Reporter, dessen Leben ruiniert war, weil er bei SSD herumgeschnüffelt hatte.

Tja, Ron Pulaski hoffte wirklich, dass es hier drinnen keine

Kameras gab. Denn sein heutiger Auftrag beinhaltete sehr viel mehr als nur die Abholung der CD und die Befragung der Verdächtigen; Lincoln Rhyme hatte ihn hergeschickt, damit er in die wahrscheinlich sicherste Computeranlage von New York City einbrach.

… Sechsundzwanzig

Der neununddreißigjährige Miguel Abrera saß in dem Café gegenüber dem Grauen Felsen, nippte an seinem starken, süßen Kaffee und blätterte in einer Broschüre, die man ihm kürzlich zugeschickt hatte. Es handelte sich um den jüngsten einer Reihe ungewöhnlicher Vorfälle in seinem Leben. Die meisten davon waren lediglich seltsam oder lästig; dieser hier war beunruhigend.

Miguel überflog den Text ein weiteres Mal. Dann klappte er das Faltblatt zu, lehnte sich zurück und sah auf die Uhr. Ihm blieben noch zehn Minuten, bis er weiterarbeiten musste.

Miguel war ein Wartungsmonteur, wie SSD das nannte, aber er selbst sagte stets, er sei Hausmeister. Wie auch immer die Bezeichnung lauten mochte, seine Aufgaben waren nun mal die eines Hausmeisters. Er leistete gute Arbeit, und er mochte seinen Job. Warum sollte er sich dafür schämen, auch so genannt zu werden?

Er hätte seine Pause im Gebäude verbringen können, aber der kostenlose Kaffee, den SSD anbot, war miserabel, und es gab nicht mal richtige Milch oder Sahne dazu. Außerdem plauderte Miguel nicht gern, sondern hatte zum Kaffee lieber seine Ruhe, um Zeitung zu lesen. (Allerdings fehlte ihm das Rauchen. Er hatte den Zigaretten in der Notaufnahme abgeschworen, und obwohl Gott ihm seinen Teil der Übereinkunft schuldig geblieben war, hatte Miguel nicht wieder angefangen.)

Ein Kollege betrat das Café, Tony Petron, ein dienstälterer Hausmeister, der in der Chefetage arbeitete. Die Männer nickten einander zu, und Miguel befürchtete schon, der andere wolle sich zu ihm gesellen. Aber Petron setzte sich allein in eine Ecke und las E-Mails oder andere Nachrichten in seinem Mobiltelefon. Miguel nahm sich schon wieder die Broschüre vor, die an ihn persönlich adressiert war. Dann trank er noch einen Schluck von dem süßen Kaffee und dachte an die anderen außergewöhnlichen Dinge, die sich in letzter Zeit zugetragen hatten.

Zum Beispiel seine Arbeitszeiten. Bei SSD ging man einfach

durch das Drehkreuz, und der Firmenausweis verriet dem Computer, wann man kam und wann man ging. Doch im Verlauf der letzten Monate hatte es einige Abweichungen gegeben. Miguel arbeitete stets vierzig Stunden pro Woche und wurde auch stets für vierzig Stunden bezahlt. Aber als er zufällig mal einen Blick auf seine Abrechnung geworfen hatte, waren ihm Fehler aufgefallen. Dort stand, er sei früher gekommen und gegangen, als es tatsächlich der Fall gewesen war. Oder er habe an einem Werktag gefehlt und dafür an einem Samstag gearbeitet. Aber das hatte er noch nie. Als er seinen Vorgesetzten auf die Irrtümer hinwies, hatte der bloß die Achseln gezuckt. »Vielleicht ein Softwarefehler. Solange die Anzahl der Stunden stimmt, ist es doch egal.«

Dann die Sache mit seinem Girokonto. Vor einem Monat hatte Miguel erschrocken festgestellt, dass der Kontoauszug zehntausend Dollar mehr auswies, als es eigentlich sein dürften. Aber als er daraufhin die Bankfiliale aufsuchte, um den Fehler korrigieren zu lassen, stimmte alles wieder. Und das war mittlerweile schon dreimal passiert. Eine der fälschlich erfolgten Buchungen hatte siebzigtausend Dollar betragen.

Das war noch nicht alles. Vor kurzem hatte eine Firma ihn wegen seines beantragten Immobilienkredits angerufen. Dabei hatte er gar keinen Kredit beantragt. Er wohnte zur Miete. Seine Frau und er hatten *gehofft*, etwas kaufen zu können, aber seit sie und sein kleiner Sohn bei einem Verkehrsunfall ums Leben gekommen waren, hatte er es nicht übers Herz gebracht, an ein Eigenheim zu denken.

Besorgt hatte er seine Kreditdaten überprüft, aber es wurde kein beantragtes Immobiliendarlehen aufgeführt. Alles sah normal aus, bis auf die Tatsache, dass sein Rating sich gebessert hatte – und zwar beträchtlich. Das allein war schon seltsam. Obwohl er gegen diesen speziellen Irrtum natürlich keinen Einwand erhob.

Aber nichts von alldem beunruhigte ihn so sehr wie dieses Faltblatt.

Lieber Mr. Abrera,
wie Sie wissen, müssen wir alle in unserem Leben traumatische Erfahrungen durchmachen und große Verluste verkraften.

Es ist verständlich, dass die Menschen es in solchen Momenten schwierig finden, ihr Leben weiterzuführen. Manchmal beschleicht sie sogar der Gedanke, die Last sei zu groß, und sie erwägen, unreflektierte und verhängnisvolle Maßnahmen zu ergreifen.

Wir vom Beratungsdienst für Hinterbliebene kennen die großen Herausforderungen, denen Menschen wie Sie sich stellen müssen, nachdem sie einen so schmerzhaften Verlust erlitten haben. Unser ausgebildetes Personal kann Ihnen durch die problematische Zeit helfen. Wir bieten Ihnen eine Kombination aus medizinischer Behandlung und Einzel- sowie Gruppensitzungen, damit Sie wieder Zuversicht gewinnen und erkennen, wie lebenswert das Leben ist.

Doch Miguel Abrera hatte noch nie an Selbstmord gedacht, nicht einmal in den schlimmsten Stunden kurz nach dem Unfall vor achtzehn Monaten; sich das eigene Leben zu nehmen, war für ihn unvorstellbar.

Dass er dieses Faltblatt bekommen hatte, war schon bedenklich genug. Aber zwei Aspekte der Situation machten ihm wirklich zu schaffen. Zunächst mal war die Broschüre direkt an seine neue Adresse geschickt und nicht von der alten an ihn weitergeleitet worden. Dabei wussten seine Therapeuten nicht, dass er vor einem Monat umgezogen war. Und die Leute aus dem Krankenhaus, in dem seine Frau und sein Kind gestorben waren, hatten ebenfalls keine Ahnung davon.

Das Zweite war der letzte Absatz: *Da Sie nun den wichtigen ersten Schritt getan und sich an uns gewandt haben, Miguel, würden wir mit Ihnen gern ein kostenloses Beratungsgespräch vereinbaren. Bitten teilen Sie uns Ihren Terminwunsch mit. Und zögern Sie nicht. Wir können helfen!*

Er hatte sich aber nicht an diesen Beratungsdienst gewandt.

Woher kannten die seinen Namen?

Na ja, vermutlich handelte es sich bloß um einen merkwürdigen Zufall. Er würde sich später darum kümmern müssen. Es war höchste Zeit, zurück an die Arbeit zu gehen. Andrew Sterling war der netteste und rücksichtsvollste Chef, den man sich nur wünschen konnte. Aber Miguel zweifelte nicht daran, dass das Gerücht stimmte: Sterling überprüfte höchstpersönlich den Stundenzettel eines jeden Angestellten.

Ron Pulaski war allein in dem Konferenzraum von SSD und schaute auf das Display seines Mobiltelefons, während er hektisch umherlief – in einem Gitternetzmuster, fiel ihm irgendwann auf; fast als würde er einen Tatort untersuchen. Aber er bekam einfach keinen Empfang, genau wie Jeremy prophezeit hatte. Er würde das Festnetztelefon benutzen müssen. Wurde es überwacht?

Plötzlich begriff er, dass er ein ernstes Risiko einging, auch wenn er Lincoln Rhyme versprochen hatte, ihm hierbei zu helfen. Er könnte verlieren, was ihm nach seiner Familie im Leben am wichtigsten war: die Anstellung als Polizist des NYPD. Er dachte daran, wie einflussreich Andrew Sterling war. Wenn der Mann es geschafft hatte, das Leben eines Reporters von einer der großen Tageszeitungen zu ruinieren, würde ein junger Streifenbeamter nicht den Hauch einer Chance gegen ihn haben. Falls man ihn erwischte, würde man ihn festnehmen. Seine Laufbahn wäre vorbei. Was sollte er seinem Bruder sagen, was seinen Eltern?

Er war wütend auf Lincoln Rhyme. Warum, zum Teufel, hatte er sich nicht gegen den Plan gewehrt, die Daten zu stehlen? Er *musste* das hier nicht tun. *Oh, aber sicher, Detective… alles, was Sie wünschen…*

Das war total verrückt.

Aber dann dachte er an die tote Myra Weinburg, deren Augen nach oben blickten und deren Haar ihr in die Stirn fiel, genau wie bei Jenny. Und er beugte sich vor, klemmte sich den Hörer zwischen Schulter und Kinn und drückte die Neun für eine Amtsleitung.

»Hier Rhyme.«

»Detective. Ich bin's.«

»Pulaski«, rief Rhyme. »Wo, zum Teufel, haben Sie gesteckt? Und von wo rufen Sie an? Die Nummer wird nicht angezeigt.«

»Ich war bislang nicht allein«, verteidigte er sich. »Und mein Mobiltelefon funktioniert hier drinnen nicht.«

»Gut, fangen wir an.«

»Ich sitze hier an einem Computer.«

»Okay. Ich schalte Rodney Szarnek hinzu.«

Das beabsichtigte Diebesgut war etwas, wovon Lincoln Rhyme ihren Computerguru hatte erzählen hören: der freie Platz auf einer Festplatte. Sterling hatte behauptet, wenn einer der Angestellten ein Dossier herunterlud, würde dieser Zugriff nicht protokolliert. Aber als Szarnek von den Informationen gesprochen hatte, die im Äther von SSDs Computern herumschwirrten, war Rhyme auf die Idee gekommen, es könnten sich darunter auch Hinweise auf die Personen finden, die Dateien heruntergeladen hatten.

Szarnek hielt das für eine berechtigte Hoffnung. Er sagte, sie würden es auf keinen Fall schaffen, in innerCircle vorzudringen, aber es gäbe einen deutlich kleineren Server für Verwaltungsaufgaben wie Downloads oder die Erfassung der Arbeitszeiten. Falls Pulaski Zugriff auf das System erlangte, könnte Szarnek ihn eventuell dazu anleiten, Daten aus dem freien Festplattenbereich zu extrahieren. Diese würde der Profi später wieder zusammenfügen und nachsehen können, ob einer der Angestellten die Dossiers der Opfer und Sündenböcke heruntergeladen hatte.

»Okay«, meldete Szarnek sich nun am anderen Ende der Telefonleitung. »Sie sind im System?«

»Ich lese eine CD, die man mir gegeben hat.«

»Ha. Das bedeutet, man hat Ihnen bloß passiven Zugriff gestattet. Das müssen wir ändern.« Der Technikspezialist nannte ihm einige undurchschaubare Befehle, die er eintippen sollte.

»Hier steht, ich habe nicht die Erlaubnis, das zu tun.«

»Ich werde versuchen, Sie auf die Betriebssystemebene zu bringen.« Szarnek forderte den jungen Beamten auf, eine Folge sogar noch verwirrenderer Befehle einzugeben. Pulaski vertippte sich mehrmals, und sein Gesicht wurde heiß. Er war wütend auf sich selbst, weil ihm Buchstabendreher unterliefen oder er einen Backslash statt eines normalen Schrägstrichs wählte.

Kopfverletzung…

»Kann ich mich nicht einfach mit der Maus nach dem Zeug umsehen, das wir suchen?«

Szarnek sagte, das Betriebssystem sei UNIX, nicht eine der benutzerfreundlicheren Varianten von Microsoft oder Apple. Daher seien lange Befehle erforderlich, die buchstabengetreu eingegeben werden müssten.

»Oh.«

Dann endlich gestattete der Rechner ihm den Zugriff. Pulaski war mächtig stolz.

»Stöpseln Sie nun das Laufwerk ein«, sagte Szarnek.

Der junge Beamte holte eine externe 80-Gigabyte-Festplatte aus der Tasche und schloss sie an den USB-Port des Computers an. Mit Szarneks Hilfe lud er ein Programm, das den leeren Festplattenbereich des Servers in einzelne Dateien umwandeln, diese komprimieren und dann auf dem externen Laufwerk speichern würde.

Je nach der Größe des freien Bereichs konnte das Minuten oder Stunden dauern.

Ein kleines Fenster öffnete sich. Das Programm teilte Pulaski lediglich mit, es »arbeite«.

Er lehnte sich zurück und scrollte durch die Kundeninformationen von der CD, die immer noch auf dem Bildschirm zu sehen waren. Das meiste davon blieb für ihn vollkommen unverständlich. Der Name des SSD-Kunden war deutlich zu erkennen, außerdem die Adresse, die Telefonnummer und die Namen der Personen, die auf das System zugreifen durften. Der Rest aber bestand überwiegend aus Verzeichnissen mit den Endungen RAR oder ZIP, offenbar die komprimierten Mailinglisten. Pulaski sprang ans Ende der Liste – Seite 1120.

Ach, du liebe Zeit… es würde sehr, sehr lange dauern, diese Datenmenge zu durchforsten und herauszufinden, ob einer der Kunden Informationen über die Opfer und…

Pulaski wurde abrupt aus seinen Gedanken gerissen, weil auf dem Flur Stimmen zu hören waren, die sich dem Konferenzraum näherten.

O nein, nicht jetzt. Er hob behutsam die kleine summende Festplatte hoch und schob sie sich in die Hosentasche. Sie gab ein klickendes Geräusch von sich. Zwar nur leise, aber Pulaski war sicher, dass man es im ganzen Raum hören konnte. Das USB-Kabel war deutlich zu sehen.

Die Stimmen kamen immer näher.

Eine gehörte Sean Cassel.

Noch näher … Bitte. Geht weg!

Auf dem Monitor das kleine rechteckige Fenster: *Arbeite …*

Verdammt, dachte Pulaski und rückte mit seinem Stuhl näher an den Tisch heran. Der USB-Stecker und das Fenster würden deutlich zu sehen sein, sobald jemand auch nur ein paar Schritte in den Raum machte.

Plötzlich steckte Cassel seinen Kopf zur Tür herein. »He, Sergeant Friday«, sagte er. »Wie sieht's aus?«

Pulaski erstarrte. Der Mann würde die Festplatte sehen. Er musste einfach. »Gut, danke.« Er stellte sein Bein vor den USB-Port, um das Kabel und den Stecker zu verdecken. Die Reaktion war bestimmt viel zu auffällig.

»Wie gefällt Ihnen dieses Excel?«

»Gut. Es gefällt mir sehr.«

»Na, excellent. Es gibt nichts Besseres. Und man kann die Dateien exportieren. Arbeiten Sie viel mit PowerPoint?«

»Nicht besonders oft, nein.«

»Nun, vielleicht später mal, Sarge – wenn Sie Polizeichef sind. Und Excel eignet sich prima für Ihre privaten Finanzen. Damit Sie nicht den Überblick über all Ihre Kapitalanlagen verlieren. Ach, und ein paar Spiele sind auch dabei. Die würden Ihnen gefallen.«

Pulaski lächelte, während sein Herz so laut klopfte wie die Festplatte surrte.

Cassel zwinkerte ihm zu und verschwand wieder.

Wenn Excel mit Spielen geliefert wird, fresse ich die CD, du arrogantes Arschloch.

Pulaski wischte sich die Handflächen an der Hose ab, die Jenny am Morgen für ihn gebügelt hatte, so wie sie das jeden Morgen tat – oder am Abend zuvor, falls er Frühschicht oder einen frühmorgendlichen Auftrag hatte.

Bitte, Gott, lass mich nicht meinen Job verlieren, betete er und dachte an den Tag, an dem er und sein Zwillingsbruder die Prüfung für den Polizeidienst abgelegt hatten.

Und an den Tag der Abschlussfeier. Oder an die Vereidigung, seine weinende Mutter, den Blick, den er und sein Vater ausgetauscht hatten. Diese Momente zählten zu den besten seines Lebens.

Würde das alles umsonst gewesen sein? Verflucht noch mal. Okay, Rhyme ist brillant, und niemand gibt sich größere Mühe bei der Ergreifung eines Täters als er. Aber ein solcher Gesetzesverstoß? Zum Teufel, Rhyme sitzt zu Hause in seinem Rollstuhl und lässt sich bedienen. Ihm wird nichts passieren.

Warum sollte Pulaski hier das Opferlamm spielen?

Dennoch konzentrierte er sich auf seine geheime Mission. Komm schon, komm schon, drängte er das Sammelprogramm. Doch es ließ sich nicht aus der Ruhe bringen und versicherte ihm weiterhin, es sei bei der Arbeit. Kein Balken, der sich allmählich nach rechts füllte, kein Countdown wie im Kino.

Arbeite …

»Was war das, Pulaski?«, fragte Rhyme.

»Ein paar Angestellte. Sie sind wieder weg.«

»Wie läuft's?«

»Ganz gut, glaube ich.«

»Sie glauben?«

»Es …« Eine neue Nachricht erschien auf dem Bildschirm: *Erledigt. Möchten Sie das Ergebnis als Datei sichern?*

»Okay, das Programm ist fertig. Es fragt mich, ob ich das Ergebnis als Datei sichern will.«

Szarnek meldete sich zu Wort. »Jetzt wird es kritisch. Machen Sie genau, was ich Ihnen sage.« Er beschrieb ihm, wie die Dateien angelegt, komprimiert und auf die Festplatte verschoben wurden. Mit zitternden Händen kam Pulaski den Anweisungen nach. Er war schweißgebadet. Binnen weniger Minuten war alles erledigt.

»Nun müssen Sie noch Ihre Spuren verwischen und alles so zurücklassen, wie es war. Damit niemand merkt, was Sie gerade gemacht haben, und Sie findet.« Szarnek lotste Pulaski zu den Protokolldateien und ließ ihn weitere Befehle eingeben. Dann hatte er auch das hinter sich.

»Das war's.«

»Okay, nichts wie raus da, Grünschnabel«, drängte Rhyme.

Pulaski legte auf, zog den Stecker der Festplatte und schob

sie sich wieder in die Tasche. Dann entnahm er die CD aus dem Computer und loggte sich aus. Er stand auf und verließ den Konferenzraum. Überrascht stellte er fest, dass der Wachmann näher gekommen war. Pulaski erkannte, dass es sich um denselben Mann handelte, der Amelia durch die Datenareale begleitet hatte, immer einen halben Schritt hinter ihr – als würde er einen Ladendieb ins Büro des Geschäftsführers bringen, um auf die Polizei zu warten.

Hatte der Mann etwas gesehen?

»Officer Pulaski. Ich begleite Sie zurück zu Andrews Büro.« Sein Gesicht war ernst, und seine Augen blieben vollkommen ausdruckslos. Er führte Pulaski den Korridor hinunter. Der Beamte verspürte bei jedem Schritt die Festplatte an seinem Bein. Sie kam ihm glühend heiß vor. Er schaute mehrmals zur Decke hinauf. Sie war mit einer Schalldämmung verkleidet; keine Spur von irgendwelchen verfluchten Kameras.

In diesem Laden musste man ja paranoid werden. Und dann noch dieses klinisch weiße Licht überall.

Als sie ihr Ziel erreichten, winkte Sterling ihn zu sich ins Büro und drehte mehrere Blätter eines Dokuments um, an dem er gerade arbeitete. »Officer, haben Sie alles bekommen, was Sie brauchen?«

»Ja, hab ich.« Pulaski hielt wie ein eifriger Schüler die CD hoch.

»Ah, gut.« Die leuchtend grünen Augen des Firmenchefs musterten ihn prüfend. »Und wie kommen die Ermittlungen voran?«

»Nicht schlecht.« Es war das Erstbeste, was Pulaski einfiel. Er fühlte sich wie ein Idiot. Was hätte Amelia Sachs gesagt? Er hatte keine Ahnung.

»Ach ja? Ist die Kundenliste hilfreich für Sie?«

»Ich habe sie nur kurz durchgesehen, um mich zu vergewissern, dass die CD sich lesen lässt. Wir nehmen sie uns im Labor genauer vor.«

»Im Labor. Das in Queens? Arbeiten Sie von dort aus?«

»Von dort und von einigen anderen Orten aus.«

Sterling hakte nicht weiter nach, sondern lächelte nur freundlich. Er war zehn oder zwölf Zentimeter kleiner als Pulaski, aber der junge Beamte fühlte sich, als wäre *er* derjenige, der aufblicken musste. Sterling ging mit ihm zurück in das Vorzimmer. »Nun, falls wir noch etwas für Sie tun können, lassen Sie es uns einfach wissen. Wir werden Sie nach Kräften unterstützen.«

»Danke.«

»Martin, bitte treffen Sie die Vorkehrungen, über die wir gesprochen haben. Dann bringen Sie Officer Pulaski nach unten.«

»Oh, ich finde schon allein hinaus.«

»Er wird Sie begleiten. Einen schönen Tag noch.« Sterling kehrte in sein Büro zurück. Die Tür ging zu.

»Es dauert nur ein paar Minuten«, sagte Martin zu dem Polizisten, nahm den Telefonhörer ab und drehte sich ein Stück zur Seite, außer Hörweite.

Pulaski schlenderte zur Tür und schaute in beide Richtungen den Flur entlang. Aus einem der Büros kam jemand zum Vorschein. Er telefonierte mit leiser Stimme. In diesem Teil des Gebäudes schienen Mobiltelefone demnach zu funktionieren. Der Mann nahm Pulaski genauer in Augenschein, verabschiedete sich von seinem Gesprächspartner und klappte das Telefon zu.

»Verzeihung, sind Sie Officer Pulaski?«

Er nickte.

»Ich bin Andy Sterling.«

Na klar, Mr. Sterlings Sohn.

Die dunklen Augen des jungen Mannes sahen Pulaski selbstsicher ins Gesicht, obwohl sein Händedruck zögerlich wirkte. »Ich glaube, Sie haben versucht, mich zu erreichen. Und mein Vater hat mir die Nachricht hinterlassen, ich solle mit Ihnen sprechen.«

»Ja, das stimmt. Haben Sie kurz Zeit?«

»Was kann ich für Sie tun?«

»Wir überprüfen, wo gewisse Leute am Sonntagnachmittag gewesen sind.«

»Ich war mit dem Wagen in Westchester, zum Wandern. Hingefahren bin ich gegen Mittag, und zurück war ich um ...«

»Nein, nein, es geht nicht um Sie. Ich möchte nur nachprüfen, wo Ihr Vater gewesen ist. Er hat gesagt, er habe Sie gegen vierzehn Uhr von Long Island aus angerufen.«

»Äh, ja, hat er. Aber ich bin nicht ans Telefon gegangen. Ich wollte meine Wanderung nicht abbrechen.« Er senkte die Stimme. »Andrew kann Arbeit und Vergnügen nur schwer trennen, und ich dachte, er würde vielleicht wollen, dass ich ins Büro komme. Ich hatte kein Lust, mir den freien Tag verderben zu lassen. Ich habe ihn später zurückgerufen, so gegen halb vier.«

»Dürfte ich wohl einen Blick auf Ihr Telefon werfen?«

»Aber ja, kein Problem.« Er klappte das Telefon auf und zeigte Pulaski die Liste der eingegangenen Anrufe. Für den Sonntagvormittag waren mehrere Gespräche verzeichnet, für den Nachmittag nur ein einziges: von der Nummer, die Sachs ihm genannt hatte – Sterlings Haus auf Long Island. »Okay, das genügt. Vielen Dank.«

Der junge Mann wirkte besorgt. »Ich habe Schreckliches gehört. Jemand wurde vergewaltigt und ermordet?«

»Ganz recht.«

»Sind Sie dem Täter dicht auf den Fersen?«

»Es gibt eine Reihe von Spuren.«

»Das ist gut. Solche Leute sollte man an die Wand stellen.«

»Danke, dass Sie sich die Zeit genommen haben.«

Der junge Mann ging. Martin tauchte auf und schaute Andy hinterher. »Bitte folgen Sie mir, Officer Pulaski.« Mit einem Lächeln, das nicht allzu herzlich wirkte, ging er zum Aufzug.

Pulaski war dermaßen nervös, dass er nur noch an die Festplatte denken konnte. Er war überzeugt, jeder könne die Umrisse in seiner Tasche erkennen. »Also, Martin«, fing er an zu plappern, »arbeiten Sie schon lange für die Firma?«

»Ja.«

»Sind Sie auch ein Computerfreak?«

Ein anderes Lächeln, auch nicht aufschlussreicher als das erste. »Eigentlich nicht.«

Sie gingen den Korridor hinunter, schwarz und weiß, steril. Pulaski hasste diese Firma. Ihm schnürte sich hier die Kehle zu, er fühlte sich eingesperrt. Er sehnte sich nach den Straßen, nach Queens, der South Bronx. Selbst die Gefahr war ihm egal. Er wollte nur noch weg von hier, einfach den Kopf senken und losrennen.

Ein Anflug von Panik.

Der Reporter hat nicht nur seinen Job verloren, sondern wurde wegen unbefugten Betretens angeklagt. Er musste sechs Monate im Staatsgefängnis absitzen.

Pulaski hatte außerdem die Orientierung verloren. Das hier war nicht die Strecke, die er auf dem Weg zu Sterlings Büro genommen hatte. Nun bog Martin um eine Ecke und öffnete eine dicke Tür.

Als Pulaski sah, was ihn dort erwartete, zögerte er: eine Station mit drei ernsten Wachmännern, einem Metalldetektor und einem Durchleuchtungsgerät. Das hier waren nicht die Datenareale, daher gab es keine Datenlöschvorrichtungen wie in dem anderen Teil des Gebäudes, aber er würde die Festplatte nicht unentdeckt hinausschmuggeln können. Als er am Morgen mit Amelia Sachs hier gewesen war, hatten sie keine solche Sicherheitsschleuse passieren müssen. Er hatte nicht mal eine gesehen.

»Beim letzten Mal sind wir aber nicht hier durchgekommen«, sagte er zu dem Assistenten und bemühte sich, möglichst beiläufig zu klingen.

»Es hängt davon ab, ob jemand für längere Zeit unbeaufsichtigt gewesen ist«, erklärte Martin. »Ein Computer führt die Einschätzung durch und teilt sie uns mit.« Er lächelte. »Nehmen Sie es nicht persönlich.«

»Ha. Natürlich nicht.«

Sein Herz klopfte, seine Handflächen waren feucht. Nein, nein! Er *durfte* seinen Job nicht verlieren. Er durfte es einfach nicht. Das war ihm so wichtig.

Welcher Teufel hatte ihn geritten, sich hierauf einzulassen? Pulaski redete sich ein, er würde den Mörder der Frau aufhalten, die fast wie Jenny aussah. Einen schrecklichen Mann, der bedenkenlos tötete, sobald es ihm in den Sinn kam.

Trotzdem, dachte Pulaski, das hier ist nicht richtig.

Was würden seine Eltern sagen, wenn er ihnen gestand, dass man ihn wegen Datendiebstahls verhaftet hatte? Und sein Bruder?

»Tragen Sie irgendwelche Daten bei sich, Sir?«

Pulaski zeigte ihm die CD. Der Mann nahm sie gründlich in

Augenschein, ging zum Telefon und drückte eine Kurzwahltaste. Sein Körper straffte sich, und er sagte etwas mit leiser Stimme. Dann lud er die CD in einen Computer an seiner Station und sah auf den Monitor. Der Datenträger stand offenbar auf einer Freigabeliste, aber der Wachmann legte ihn dennoch in das Durchleuchtungsgerät und betrachtete sorgfältig das Abbild der Plastikhülle samt der CD darin. Das Laufband beförderte sie auf die andere Seite des Metalldetektors.

Pulaski wollte weitergehen, aber ein dritter Wachmann hielt ihn auf. »Verzeihung, Sir, bitte leeren Sie Ihre Taschen, und legen Sie alle Metallgegenstände dort drüben ab.«

»Ich bin Polizeibeamter«, erwiderte er und klang dabei hoffentlich belustigt.

Der Wachmann ließ sich nicht beeindrucken. »Ihre Behörde ist einer unserer Vertragspartner und hat sich einverstanden erklärt, unseren Sicherheitsvorschriften Folge zu leisten. Die Regeln gelten für alle. Falls Sie möchten, können Sie gern telefonisch bei Ihrem Vorgesetzten nachfragen.«

Pulaski saß in der Falle.

Martin ließ ihn die ganze Zeit nicht aus den Augen.

»Alles auf das Band, bitte.«

Na los, denk nach, brüllte Pulaski sich innerlich an. Lass dir gefälligst was einfallen.

Denk nach!

Versuche zu bluffen.

Geht nicht. Ich bin nicht schlau genug.

Doch, bist du. Was würde Amelia Sachs tun? Oder Lincoln Rhyme?

Er wandte sich ab, kniete sich hin, öffnete in aller Ruhe die Schnürsenkel und zog die Schuhe aus. Dann stand er auf, stellte die polierten Schuhe auf das Laufband, leerte seine Taschen und legte alle Metallgegenstände in eine flache Schale.

Pulaski ging durch den Metalldetektor. Die Festplatte löste sofort Alarm aus.

»Tragen Sie noch etwas bei sich?«

Schluckend schüttelte er den Kopf und klopfte seine Taschen ab. »Nein.«

»Dann müssen wir Sie von Hand untersuchen.«

Pulaski trat vor. Der zweite Wachmann fing an, ihn mit einem tragbaren Detektor abzutasten. Vor der Brust des Beamten gab das Gerät ein lautes Kreischen von sich.

Pulaski lachte. »Oh, tut mir leid.« Er knöpfte sein Hemd ein Stück auf, sodass die Schutzweste zu sehen war. »Über dem Herzen sitzt eine Metallplatte. Die hatte ich ganz vergessen. Sie hält alles auf, es sei denn, der Schütze hat ein Gewehr mit Vollmantelmunition.«

»Oder eine Desert Eagle«, sagte der Wachmann.

»Ach, wissen Sie, eine Faustfeuerwaffe Kaliber 50 ist einfach unnatürlich«, scherzte Pulaski und entlockte den Wachleuten endlich ein Lächeln. Er wollte das Hemd weiter aufknöpfen.

»Schon gut. Es dürfte nicht nötig sein, dass Sie sich ausziehen, Officer.«

Mit zitternden Fingern knöpfte Pulaski das Hemd wieder zu. Die Festplatte steckte in seiner Socke; er hatte sie dort verstaut, als er in die Knie gegangen war, um die Schuhe aufzuschnüren.

Er sammelte seine Sachen wieder ein.

Martin, der den Metalldetektor umgangen hatte, führte ihn durch eine weitere Tür. Sie waren in der Eingangshalle des Gebäudes, einer weitläufigen, kargen Lobby aus grauem Marmor, in deren Wand eine riesige Version des Wachturm-und-Fenster-Logos geätzt war.

»Ich wünsche noch einen guten Tag, Officer Pulaski«, sagte Martin und machte kehrt.

Pulaski ging auf die großen Glastüren zu und versuchte, das Zittern seiner Hände in den Griff zu bekommen. Zum ersten Mal fiel ihm auf, dass die Halle mit einer Reihe von Überwachungskameras ausgestattet war. Sie kamen ihm vor wie Geier, die gelassen auf ihrem Sims abwarteten, bis eine verwundete Beute zu ihren Füßen strauchelte.

… Siebenundzwanzig

Sogar während er Judys Stimme hörte und sich unter Tränen von dem vertrauten Klang trösten ließ, musste Arthur Rhyme ständig an den tätowierten Weißen denken, den fahrigen Meth-Freak Mick.

Der Kerl redete immerzu mit sich selbst, griff sich ungefähr alle fünf Minuten in die Hose und schien fast genauso häufig Arthur anzustarren.

»Schatz? Bist du da?«

»Verzeih.«

»Ich muss dir etwas sagen«, gestand Judy.

Über den Anwalt, das Geld, die Kinder. Was auch immer es sein mochte, er würde es nicht ertragen können. Arthur Rhyme stand kurz vor dem Zusammenbruch.

»Was denn?«, flüsterte er resigniert.

»Ich habe mit Lincoln gesprochen.«

»Du hast *was*?«

»Ich hatte keine Wahl … Du scheinst dem Anwalt nicht zu glauben, Art. Das hier kommt nicht einfach von selbst wieder in Ordnung.«

»Aber … ich hab dir doch gesagt, du sollst ihn nicht anrufen.«

»Hier steht eine ganze Familie auf dem Spiel, Art. Es geht nicht nur darum, was *du* willst. Es gibt auch noch mich und die Kinder. Wir hätten das schon viel früher tun sollen.«

»Ich möchte nicht, dass er darin verwickelt wird. Nein, ruf ihn an, und sag ihm, danke, aber es ist alles gut.«

»Gut?«, rief Judy Rhyme ungläubig. »Bist du verrückt?«

Er glaubte bisweilen, dass sie stärker war als er – und vermutlich auch schlauer. Als man ihm keine Professorenstelle anbot und er daraufhin Hals über Kopf aus Princeton floh, war sie sehr wütend geworden. Sie hatte gesagt, er führe sich wie ein trotziges Kleinkind auf. Er wünschte, er hätte auf sie gehört.

»Du bildest dir wohl ein, dass John Grisham in letzter Minute vor Gericht erscheinen und dich retten wird«, sagte sie nun. »Aber das wird nicht passieren. Herrje, Art, du solltest dankbar sein, dass ich wenigstens *etwas* unternehme.«

»Das bin ich«, versicherte er hastig. »Es ist nur …«

»Nur was? Dieser Mann ist fast gestorben, nahezu am ganzen Körper gelähmt und sitzt im Rollstuhl. Und er hat sofort alles stehen und liegen gelassen, um deine Unschuld zu beweisen. Was, zum Teufel, denkst du dir? Willst du, dass deine Kinder mit einem Vater aufwachsen, der als Mörder im Gefängnis sitzt?«

»Natürlich nicht.« Erneut fragte er sich, ob sie ihm auch wirklich glaubte, dass er Alice Sanderson nicht gekannt hatte. Sie würde ihm nicht unterstellen, er habe die Frau umgebracht, da war er sich sicher; aber sie könnte annehmen, er hätte eine Affäre mit ihr gehabt.

»Ich vertraue auf das System, Judy.« Gott, klang das jämmerlich.

»Nun, Lincoln *ist* das System, Art. Du solltest ihn anrufen und dich bedanken.«

Arthur zögerte. »Was hat er gesagt?«, fragte er dann.

»Ich habe erst gestern mit ihm geredet. Er rief später an und hat sich nach deinen Schuhen erkundigt – die gehören zu dem Beweismaterial. Seitdem habe ich noch nicht wieder von ihm gehört.«

»Hast du ihn gesehen? Oder nur mit ihm telefoniert?«

»Ich war bei ihm. Er wohnt am Central Park West. Sein Haus ist wirklich hübsch.«

Ein Dutzend Erinnerungen an seinen Cousin schossen ihm in schneller Folge durch den Kopf.

»Wie sieht er aus?«, fragte Arthur.

»Ob du es glaubst oder nicht – beinahe genau wie damals, als er uns in Boston besucht hat. Na ja, eigentlich sieht er sogar noch besser aus.«

»Und er kann nicht gehen?«

»Er kann sich überhaupt nicht bewegen. Nur den Kopf und die Schultern.«

»Was ist mit seiner Ex? Haben er und Blaine noch Kontakt?«

»Nein, er ist mit einer anderen Frau zusammen. Einer Polizistin. Sie ist sehr hübsch. Groß, rothaarig. Ich muss gestehen, ich war überrascht.«

Eine große Rothaarige? Arthur dachte sofort an Adrianna. Und versuchte, die Erinnerung beiseitezuschieben. Sie ließ sich nicht verdrängen.

Warum, Arthur? Warum hast du das getan?

Ein Knurren von Mick. Seine Hand war wieder in der Hose. Seine Augen richteten sich hasserfüllt auf Arthur.

»Es tut mir leid, Liebling. Danke, dass du Lincoln verständigt hast.«

In diesem Moment verspürte er einen heißen Atem im Genick. »Yo, mach das Telefon frei.«

Ein Latino stand hinter ihm.

»Los, wird's bald?«

»Judy, ich muss aufhören. Es gibt hier nur ein Telefon. Meine Zeit ist aufgebraucht.«

»Ich liebe dich, Art…«

»Ich…«

Der Latino trat vor, und Arthur legte auf. Dann setzte er sich wieder auf seine Bank in einer Ecke des Gemeinschaftsbereiches. Dort saß er und starrte den Boden vor seinen Füßen an, die Schramme mit dem Umriss einer Niere. Er starrte und starrte.

Aber seine Aufmerksamkeit war nicht auf den abgenutzten Boden gerichtet. Er dachte an die Vergangenheit. Zu den Erinnerungen an Adrianna und seinen Cousin Lincoln gesellten sich weitere… Arthurs Elternhaus am North Shore. Lincolns Haus in den westlichen Vororten. Arthurs gestrenger König von einem Vater, Henry. Sein Bruder Robert. Und die schüchterne, brillante Marie.

Auch an Lincolns Vater dachte er, an Teddy. (Hinter dem Spitznamen steckte eine interessante Geschichte – sein Vorname war nicht Theodore; Arthur wusste, wie es dazu gekommen war, Lincoln seltsamerweise nicht, glaubte er.) Er hatte Onkel Teddy immer gemocht. Ein lieber Kerl, etwas zurückhaltend, etwas ruhig – aber wer wäre das nicht im Schatten eines älteren Bruders wie Henry Rhyme? Arthur fuhr Teddy und Anne manchmal besuchen, wenn Lincoln nicht da war. Dann saßen Onkel und Neffe in dem kleinen vertäfelten Wohnzimmer und sahen sich einen alten Film an oder unterhielten sich über amerikanische Geschichte.

Der Fleck auf dem Boden des Tombs nahm nun die Form von Irland an. Er schien sich zu bewegen, während Arthur ihn nicht aus den Augen ließ, schien sich wegzuwünschen und durch ein magisches Schlupfloch in das Leben da draußen zu verschwinden.

Arthur Rhyme war völlig verzweifelt. Und er begriff, wie naiv er gewesen war. Es gab keine magischen Auswege – und tatsächliche auch nicht. Er wusste, dass Lincoln ein Meister seines Fachs war. Er hatte alle seine Artikel in der populären Presse gelesen. Sogar einige seiner Fachaufsätze: *»Die biologischen Auswirkungen gewisser nanopartikulärer Materialien …«*

Aber Arthur erkannte nun, dass Lincoln nichts für ihn tun konnte. Sein Fall war aussichtslos, und er würde den Rest seines Lebens im Gefängnis sitzen.

Nein, Lincolns Auftritt fügte sich perfekt ins Bild. Sein Cousin – der Verwandte, der ihm während seiner Jugend am nächsten gestanden hatte, sein Ersatzbruder – sollte bei Arthurs Niedergang zugegen sein.

Mit grimmigem Lächeln blickte er auf. Und bemerkte die Veränderung.

Komisch. Es war hier plötzlich menschenleer.

Wohin waren denn alle verschwunden?

Dann hörte er etwas.

Beunruhigt wandte er den Kopf und sah, dass jemand mit schnellen, schlurfenden Schritten auf ihn zukam. Sein Freund, Antwon Johnson. Mit kaltem Blick.

Arthur verstand. Jemand wollte sich von hinten auf ihn stürzen!

Mick, wer sonst?

Und Johnson kam zu seiner Rettung.

Arthur fuhr herum … So voller Angst, dass ihm fast die Tränen kamen. Wo steckte der Blinzler?

Aber da war niemand.

In diesem Moment spürte er, wie Antwon Johnson ihm die Garotte um den Hals legte – offenbar selbst gefertigt, aus einem in Streifen gerissenen Hemd, das man zu einem Seil verdreht hatte.

»Nein, was…« Arthur wurde hochgerissen. Der riesige Mann zog ihn von der Bank. Und zerrte ihn zu der Wand, aus der der Nagel ragte, der ihm schon vorher aufgefallen war, mehr als zwei Meter über dem Boden. Arthur schlug stöhnend um sich.

»Pssst.« Johnson sah sich in dem verlassenen Winkel der Halle um.

Arthur wehrte sich, aber da hätte er ebenso gut auf einen Holzklotz oder Zementsack einprügeln können. Seine Faust landete wirkungslos auf Hals und Schultern des Mannes. Dann fühlte er, wie seine Füße den Boden verließen. Der Schwarze hob ihn hoch und hängte das Ende der provisorischen Schlinge an den Nagel. Er ließ los und wich zurück. Arthur versuchte strampelnd, sich zu befreien.

Warum, warum, warum? Er wollte diese Frage stellen, aber über seine Lippen kamen nur ein paar Tröpfchen Speichel. Johnson betrachtete ihn neugierig. Keine Wut, kein sadistisches Funkeln. Nur leichtes Interesse.

Und als sein Leib erzitterte und ihm schwarz vor Augen wurde, begriff Arthur, dass er auf einen Schwindel hereingefallen war – Johnson hatte ihn nur aus einem einzigen Grund vor den Latinos gerettet: Er wollte Arthur für sich selbst.

»Nnnnnn…«

Warum?

Der Schwarze hielt Arthurs Hände zu beiden Seiten fest und beugte sich vor. »Ich tu dir einen Gefallen, Mann«, flüsterte er. »Scheiße, in ein oder zwei Monaten hättest du das selbst erledigt. Du bist für so ein Leben nicht gemacht. Und jetzt hör auf, dagegen anzukämpfen. Lass los, gib einfach auf, verstehst du?«

Pulaski kehrte von seiner Mission bei SSD zurück und hielt die dünne graue Festplatte hoch.

»Gute Arbeit, Grünschnabel«, sagte Rhyme.

Sachs zwinkerte ihm zu. »Ihr erster Geheimauftrag.«

Er verzog das Gesicht. »So hat es sich aber nicht angefühlt, eher wie ein Schwerverbrechen.«

»Ich bin überzeugt, wir finden einen hinreichenden Tatverdacht, wenn wir genau genug hinschauen«, versicherte Sellitto.

»Legen Sie los«, sagte Rhyme zu Rodney Szarnek.

Der Computermann schloss die Festplatte an den USB-Port seines abgenutzten Laptops an und gab mit sicherer Hand eine Reihe von Befehlen ein, die Augen fest auf den Bildschirm gerichtet.

»Gut, gut …«

»Haben Sie einen Namen?«, herrschte Rhyme ihn an. »Gibt es jemanden bei SSD, der die Dossiers heruntergeladen hat?«

»Wie bitte?« Szarnek lachte auf. »So funktioniert das nicht. Es wird eine Weile dauern. Ich muss die Daten in den Großrechner unserer Abteilung laden. Und dann …«

»Wie lang ist die Weile?«, knurrte Rhyme.

Szarnek sah ihn erstaunt an, als würde er erst jetzt bemerken, dass der Kriminalist behindert war. »Das hängt vom Grad der Fragmentierung ab, vom Alter der Dateien, dem Speicherort, der Partitionierung, und dann …«

»Gut, gut, gut. Tun Sie einfach alles, was Sie können.«

»Was haben Sie sonst noch herausgefunden?«, fragte Sellitto.

Pulaski berichtete von der Befragung der beiden verbleibenden Techniker, die Zugriff auf alle Datenareale hatten. Er fügte hinzu, er habe außerdem mit Andy Sterling gesprochen. Der Eintrag in dessen Mobiltelefon beweise, dass sein Vater ihn zum Zeitpunkt des Mordes von Long Island aus angerufen hatte. Das Alibi des Firmenchefs hatte Bestand. Thom aktualisierte die Liste der Verdächtigen.

- *Andrew Sterling, Generaldirektor, Hauptgeschäftsführer.*
  Alibi: auf Long Island; überprüft. Durch Sohn bestätigt.
- *Sean Cassel, Vertriebs- und Marketingleiter.*
  Kein Alibi.
- *Wayne Gillespie, Technischer Leiter.*
  Kein Alibi.
- *Samuel Brockton, Leiter der Richtlinienabteilung.*
  Alibi: Hotelunterlagen bestätigen Aufenthalt in Washington.
- *Peter Arlonzo-Kemper, Personalchef.*
  Alibi: bei Ehefrau; von ihr bestätigt (befangen?).

- *Steven Shraeder, Cheftechniker, Tagschicht.*
  Alibi: im Büro (laut Arbeitszeitblatt).
- *Faruk Mameda, Cheftechniker, Nachtschicht.*
  Kein Alibi.
- *Kunde von SSD (?).*
  Liste von Sterling liegt vor.
- *Unbekannter Täter von Andrew Sterling rekrutiert (?).*

Demnach wusste nun jeder bei SSD, der eine uneingeschränkte Freigabe für innerCircle besaß, von ihren Ermittlungen … und trotzdem hatte der Bot, der die Akte »Myra Weinburg, Sexueller Übergriff/Mord« überwachte, keinen einzigen Zugriffsversuch gemeldet. War Täter 522 nur vorsichtig? Oder war der Plan mit der Falle schon im Ansatz falsch? Stand der Killer etwa gar nicht mit der Firma in Verbindung? Rhyme erkannte, dass die Macht Sterlings und der SSD ihnen so viel Ehrfurcht eingeflößt hatte, dass sie über andere potenzielle Verdächtige gar nicht erst nachdachten.

Pulaski zog eine CD aus der Tasche. »Hier ist die Kundenliste. Ich habe einen kurzen Blick darauf geworfen. Es sind ungefähr dreihundertfünfzig.«

»Autsch.« Rhyme verzog das Gesicht.

Szarnek lud die Daten der CD in eine Tabellenkalkulation. Rhyme überflog sie auf seinem Flachbildschirm – mehr als tausend Seiten voller Text.

»Verunreinigungen«, sagte Sachs. Sie erklärte, was Sterling ihr über die Nutzlosigkeit von Daten erzählt hatte, die fehlerhaft, zu spärlich oder zu umfangreich ausfielen. Der Technikspezialist scrollte durch diesen Sumpf von Informationen – was für Leute welche Lebensmittel und Drogerieartikel gekauft hatten, was für Versicherungsansprüche sie geltend machen wollten, welche Geldautomaten sie benutzt hatten, was für ein Auto ihnen gehörte … Zu viele Angaben. Aber dann hatte Rhyme eine Idee. »Werden Datum und Uhrzeit des jeweiligen Datendownloads genannt?«

Szarnek sah nach. »Ja, das steht hier.«

»Dann sollten wir herausfinden, wer unmittelbar vor den Verbrechen Informationen heruntergeladen hat.«

»Gut, Linc«, sagte Sellitto. »Fünf Zweiundzwanzig dürfte Wert auf möglichst aktuelle Daten gelegt haben.«

Szarnek überlegte. »Ich glaube, ich kann einen Bot programmieren, der uns die Arbeit abnimmt. Es könnte etwas dauern, aber, ja, es ist durchführbar. Sie müssen mir nur mitteilen, wann genau die Verbrechen verübt worden sind.«

»Machen wir. Mel?«

»Sicher.« Der Techniker fing an, die Einzelheiten des Münzdiebstahls, des Gemälderaubs und der beiden Vergewaltigungen zusammenzustellen.

»He, benutzen Sie auch gerade dieses Programm Excel?«, wandte Pulaski sich an Szarnek.

»Ja, stimmt.«

»Was genau ist das eigentlich?«

»Ein weitverbreitetes Tabellenkalkulationsprogramm. Anfangs wurde es hauptsächlich für die Buchhaltung oder Gewinn- und Verlustrechnungen benutzt. Aber inzwischen haben die Leute sich jede Menge andere Anwendungen dafür ausgedacht.«

»Könnte ich lernen, damit umzugehen?«

»Aber natürlich. Sie könnten einen Kurs belegen. Es gibt da verschiedene Anbieter.«

»Das hätte ich längst schon mal tun müssen. Aber ich hole es nach.«

Rhyme glaubte nun zu wissen, wieso Pulaski nur ungern noch einmal zu SSD gefahren war. »Machen Sie sich deswegen keine Gedanken, Grünschnabel.«

»Weswegen, Sir?«

»Denken Sie daran, es gibt immer Scherereien mit irgendwelchen Leuten. Gehen Sie nicht davon aus, dass die Recht haben und Sie nicht, nur weil die etwas wissen, das Sie nicht wissen. Die Frage lautet: *Müssen* Sie es wissen, um bessere Arbeit leisten zu können? Falls ja, lernen Sie es. Falls nicht, ist es bloß eine Ablenkung, und Sie können es getrost vergessen.«

Der junge Beamte lachte. »Okay. Danke.«

Rodney Szarnek nahm die CD und die externe Festplatte und packte sie gemeinsam mit seinem Laptop ein, um zur Abteilung für Computerkriminalität und deren Großrechner zu fahren.

Nachdem er gegangen war, schaute Rhyme zu Sachs, die am Telefon Erkundigungen über den Datensammler einholte, der vor einigen Jahren in Colorado getötet worden war. Rhyme konnte die Worte nicht hören, zweifelte aber nicht daran, dass Sachs sachdienliche Informationen bekam. Ihr Kopf war vorgebeugt, die Lippen feucht, und sie spielte mit einer Haarsträhne herum. Ihre Augen waren leicht verengt, der Blick aufmerksam. Die Körperhaltung sah überaus erotisch aus.

Lächerlich, dachte er. Konzentrier dich gefälligst auf den verfluchten Fall. Er versuchte, die Anwandlung beiseitezuschieben.

Es gelang ihm nicht so ganz.

Sachs legte auf. »Das war die Colorado State Police. Der Name des Klinkenputzers lautet P. J. Gordon. Peter James. Fährt eines Tages mit seinem Mountainbike los und kommt nie zurück. Man hat das verbeulte Fahrrad am Fuß einer Klippe gefunden, gleich neben einem tiefen Fluss. Die Leiche wurde etwa einen Monat später dreißig Kilometer flussabwärts angespült und durch einen DNS-Vergleich identifiziert.«

»Wurden Ermittlungen angestellt?«

»Kaum. In der Gegend gibt es ständig tödliche Unfälle mit Fahrrädern, Skiern und Schneemobilen. Auch Gordons Tod wurde als Unfall eingestuft. Aber ein paar offene Fragen sind geblieben. Zum Beispiel hatte Gordon anscheinend versucht, in die kalifornischen SSD-Server einzudringen – nicht in die Datenbank, sondern in die Firmenunterlagen und die persönlichen Dateien mancher der Angestellten. Niemand weiß, ob es Gordon gelungen ist oder nicht. Ich habe versucht, andere Leute ausfindig zu machen, die damals bei Rocky Mountain Data gearbeitet haben und uns vielleicht mehr erzählen könnten. Aber es ist niemand mehr da. Wie es aussieht, hat Sterling die Firma gekauft, sich deren Datenbank geschnappt und alle Mitarbeiter entlassen.«

»Hatte Gordon eine Familie, die wir befragen könnten?«

»Die Staatspolizei konnte keine Angehörigen finden.«

Rhyme nickte langsam. »Okay, ich hätte eine interessante Theorie anzubieten, um dein derzeitiges Lieblingsadjektiv zu gebrauchen, Mel. Dieser Gordon treibt sich auf eigene Faust in SSDs Daten herum und stößt auf etwas über Fünf Zweiundzwanzig.

Der bemerkt, dass er in Schwierigkeiten steckt und enttarnt werden könnte. Daher bringt er Gordon um und lässt es wie einen Unfall aussehen. Sachs, hat die Polizei eine Akte über den Fall angelegt?«

Sie seufzte. »Die müsste im Archiv liegen. Sie suchen danach.«

»Ich möchte gern wissen, wer von SSDs Angestellten schon damals für die Firma gearbeitet hat, als Gordon ums Leben gekommen ist.«

Pulaski rief Mark Whitcomb an. Nach einer halben Stunde meldete der sich zurück. Ein Gespräch mit der Personalabteilung habe ergeben, dass Dutzende der heutigen Mitarbeiter bereits zu jener Zeit für SSD tätig gewesen seien, darunter Sean Cassel, Wayne Gillespie, Mameda und Shraeder und auch Martin Coyle, einer von Sterlings persönlichen Assistenten.

Die große Anzahl bedeutete, dass der Fall Peter Gordon vermutlich keine grundlegenden Erkenntnisse bringen würde. Rhyme hoffte jedoch weiterhin, in der Akte der Colorado State Police eventuell auf einige Anhaltspunkte zu stoßen, die auf einen der Verdächtigen hindeuteten.

Er musterte die Liste, als Sellittos Telefon klingelte. Der Detective nahm das Gespräch an und richtete sich erschrocken auf. »Was?«, rief er und schaute zu Rhyme. »Wirklich? Was steckt dahinter? … Geben Sie mir so schnell wie möglich Bescheid.«

Er trennte die Verbindung. Seine Lippen waren schmal, und seine Stirn lag in Falten. »Linc, es tut mir leid. Dein Cousin. Er wurde in der U-Haft angegriffen. Jemand hat versucht, ihn zu ermorden.«

Sachs ging zu Rhyme und legte ihm eine Hand auf die Schulter. Er spürte, wie beunruhigt sie war.

»Wie geht es ihm?«

»Der Direktor ruft mich zurück. Arthur wurde in die Notfallambulanz dort gebracht. Bislang weiß man noch keine Einzelheiten.«

... Achtundzwanzig

»Hallo allerseits.«

Pam Willoughby, der Thom soeben die Tür geöffnet hatte, winkte den Anwesenden zu. Alle grüßten sie lächelnd, trotz der furchtbaren Neuigkeiten über Arthur Rhyme. Thom erkundigte sich nach ihrem heutigen Schultag.

»Der war prima. Echt gut.« Dann fragte sie leise: »Amelia, hast du kurz Zeit?«

Sachs sah zu Rhyme. Er nickte in Richtung des Mädchens, was heißen sollte: Was Art anbelangt, können wir ohnehin nichts tun, bis wir Näheres wissen; geh ruhig.

Sie trat mit Pam auf den Flur hinaus. Komisch, dachte Sachs, man kann den jungen Leuten alles im Gesicht ablesen. Zumindest ihre Stimmungen, wenn auch nicht immer die Ursachen dafür. Sachs wünschte sich häufig, sie hätte mehr von Kathryn Dances Fähigkeiten, um erkennen zu können, wie das Mädchen sich fühlte und was es dachte. Heute Nachmittag schien es aufrichtig glücklich zu sein.

»Ich weiß, dass du viel zu tun hast«, sagte Pam.

»Kein Problem.«

Sie gingen in das Wohnzimmer auf der anderen Seite des Korridors.

»Na?« Sachs lächelte verschwörerisch.

»Okay. Ich habe gemacht, was du gesagt hast, du weißt schon. Ich habe Stuart einfach nach diesem anderen Mädchen gefragt.«

»Und?«

»Die beiden sind *früher* mal miteinander gegangen – bevor ich ihn kennengelernt habe. Er hat mir vor einer Weile sogar mal von ihr erzählt, nachdem er ihr zufällig über den Weg gelaufen war. Die beiden haben sich bloß unterhalten. Sie hat damals schon viel geklammert, was wohl einer der Gründe war, aus denen er sich von ihr getrennt hat. Und als Emily die zwei gesehen hat, wollte die andere ihm gerade um den Hals fallen – und er hat versucht, sich loszumachen. Mehr war nicht. Alles ist wieder okay.«

»He, herzlichen Glückwunsch. Die Konkurrentin ist also definitiv keine Gefahr mehr?«

»Absolut. Er hat bestimmt die Wahrheit gesagt – ich meine, er *könnte* ja gar nicht mit ihr gehen, ohne seinen Job zu riskieren…« Pam verstummte abrupt.

Man brauchte keine Verhörspezialistin zu sein, um zu erkennen, dass das Mädchen sich verplappert hatte. »Seinen Job riskieren? Welchen Job?«

»Na ja, du weißt schon.«

»Nein, weiß ich nicht, Pam. Warum würde er seinen Job riskieren?«

Sie wurde rot und starrte den orientalischen Teppich zu ihren Füßen an. »Weil, äh, er sie dieses Jahr unterrichtet.«

»Er ist *Lehrer*?«

»Irgendwie schon.«

»An deiner Highschool?«

»Nicht dieses Jahr. Er ist an der Jefferson. Ich hatte ihn letztes Jahr. Daher ist es völlig okay, wenn wir…«

»Moment, Pam…« Sachs rief sich die früheren Gespräche ins Gedächtnis. »Du hast mir erzählt, er gehe auf deine Schule.«

»Ich habe gesagt, ich hätte ihn in der Schule kennengelernt.«

»Und der Poesieklub?«

»Tja…«

»Er war der Leiter«, sagte Sachs und verzog das Gesicht. »Und er ist der *Trainer* der Fußballmannschaft. Er spielt nicht selbst.«

»Ich habe nicht wirklich gelogen.«

Zunächst mal keine Panik, dachte Sachs. Damit wäre niemandem geholfen. »Nun, Pam, das ist…« Ja, was, zum Teufel, war es? Sie hatte so viele Fragen. Sie stellte die erste, die ihr in den Sinn kam: »Wie alt ist er?«

»Keine Ahnung. Nicht so alt.« Pam blickte auf und funkelte sie an. Sachs hatte sie schon dickköpfig, launisch und entschlossen erlebt, aber noch nie in diesem Zustand – in die Enge getrieben und defensiv, fast aggressiv.

»Pam?«

»Ich schätze, so ungefähr, na ja, einundvierzig oder so.«

Der Keine-Panik-Vorsatz geriet ins Wanken.

Was sollte sie nur machen? Ja, Amelia Sachs hatte sich schon immer Kinder gewünscht – vor allem wegen der herrlichen Erinnerungen an die Zeit mit ihrem Vater –, aber sie hatte nie viel darüber nachgedacht, wie schwierig die eigentliche Erziehungsarbeit war.

Ich muss vernünftig bleiben, dachte Sachs. Aber das zeigte bei ihr momentan in etwa so viel Wirkung wie »keine Panik«. »Nun, Pam…«

»Ich weiß, was du sagen willst. Aber *darum* geht es nicht.«

Da war Sachs sich nicht so sicher. Männer und Frauen zusammen… In gewissem Maße geht es immer *darum*. Aber sie durfte jetzt nicht über die sexuelle Komponente des Problems nachdenken. Das würde nur die Panik anheizen und die Vernunft ausschalten.

»Er ist anders. Zwischen uns gibt es diese Verbindung… Ich meine, die Jungs in der Schule interessieren sich nur für Sport oder Computerspiele. Total langweilig.«

»Pam, es gibt jede Menge Jungen, die Gedichte lesen und ins Theater gehen. Sind im Poesieklub denn nur Mädchen?«

»Das ist nicht das Gleiche… Ich kann niemandem erzählen, was ich durchgemacht habe, du weißt schon, mit meiner Mutter und so. Aber ich habe es Stuart erzählt, und er hat mich verstanden. Auch er hat Schlimmes erlebt. Als er in meinem Alter war, ist sein Vater ums Leben gekommen. Er musste sich aus eigener Kraft Schule und Studium finanzieren, mit zwei oder drei Jobs gleichzeitig.«

»Es ist einfach keine gute Idee, Kleines. Da drohen Probleme, die du dir im Augenblick nicht mal vorstellen kannst.«

»Er ist nett zu mir. Ich bin gern mit ihm zusammen. Ist das nicht am wichtigsten?«

»Das ist ein Teil, aber es ist nicht alles.«

Pam verschränkte trotzig die Arme.

»Und auch wenn er zurzeit nicht dein Lehrer ist, könnte er sehr großen Ärger bekommen.« Als Sachs das sagte, beschlich sie irgendwie das Gefühl, die Auseinandersetzung bereits verloren zu haben.

»Er hat gesagt, ich sei das Risiko wert.«

Man musste nicht Freud heißen, um daraus schlau zu werden: Ein Mädchen, das schon in sehr jungen Jahren den Vater verloren hatte und dessen Mutter und Stiefvater Terroristen waren … Pam war geradezu prädestiniert dafür, sich in einen aufmerksamen älteren Mann zu verlieben.

»Komm schon, Amelia. Ich will ihn nicht heiraten. Wir gehen bloß miteinander aus.«

»Leg doch mal eine Pause ein. Ein Monat. Verabrede dich mit anderen Jungen. Warte ab, was geschieht.« Wie erbärmlich, dachte Sachs. Sie stand auf verlorenem Posten. Und das hörte man ihr auch an.

Ein überzogenes Stirnrunzeln. »Warum sollte ich das tun? Ich will mir doch nicht einfach irgendeinen Kerl angeln, bloß damit jemand da ist – so wie all die anderen Mädchen in meiner Klasse.«

»Kleines, ich weiß, dass du etwas für ihn empfindest. Aber lass dir mehr Zeit. Ich möchte nicht, dass man dir wehtut. Es gibt so viele großartige Jungen da draußen. Die sind besser für dich, und auf lange Sicht wirst du mit ihnen glücklicher sein.«

»Ich mache *nicht* Schluss mit ihm. Ich liebe ihn. Und er liebt mich.« Sie nahm ihre Bücher und sagte kühl: »Ich muss jetzt gehen. Ich habe Hausaufgaben auf.« Nach ein paar Schritten hielt Pam inne und drehte sich um. »Als das mit dir und Mr. Rhyme angefangen hat«, flüsterte sie, »gab es da nicht auch jemanden, der gesagt hat, es sei eine schlechte Idee? Dass du jemanden finden könntest, der nicht im Rollstuhl sitzt? Dass es da draußen jede Menge ›großartige Jungen‹ gibt? Ich möchte wetten, es war so.«

Pam sah ihr kurz in die Augen. Dann wandte sie sich ab und ging. Sie zog die Tür hinter sich ins Schloss.

Ja, in der Tat, dachte Sachs. Jemand hatte genau das zu ihr gesagt, fast wortwörtlich.

Und zwar ihre eigene Mutter.

Miguel Abrera, 5465-9842-4591-0243, der »Wartungsmonteur«, wie es in der Firmensprache korrekterweise heißt, hat seinen Arbeitsplatz zur üblichen Zeit verlassen, so gegen siebzehn Uhr. Er steigt gerade in Queens aus der U-Bahn, und ich bin direkt hinter ihm, als er nach Hause schlendert.

Ich versuche, ruhig zu bleiben. Aber das fällt mir nicht leicht.

Diese Leute – die Polizisten – sind mir auf der Spur! Das hat es noch nie gegeben. In all den Jahren meiner Sammeltätigkeit, mit vielen toten Sechzehnern, vielen ruinierten Existenzen und vielen Unschuldigen, die durch mich im Gefängnis gelandet sind, ist mir noch niemand jemals so nahe gekommen. Man merkt es mir nicht an, dass ich von dem Verdacht der Polizei weiß, da bin ich sicher. Aber ich habe die Situation hektisch analysiert, die Daten durchforstet und nach dem Goldklumpen Ausschau gehalten, der mir verrät, was diese Leute wissen und was diese Leute nicht wissen. In wie großer Gefahr ich tatsächlich schwebe. Doch ich finde keine Antwort.

Die Daten sind zu unsauber!

Verunreinigt …

Ich lasse Revue passieren, wie ich mich in letzter Zeit verhalten habe. Ich bin vorsichtig gewesen. Daten können sich durchaus gegen dich wenden; sie können dich festnageln wie einen blauen *Morpho menelaus*, der nach dem Mandelparfum des Zyanids duftet und wie die anderen Schmetterlinge auf ein Stück samtene Pappe gespießt wird. Aber wir Wissenden können die Daten auch zu unserem Schutz einsetzen. Daten können gelöscht werden, modifiziert, verfälscht. Wir können absichtlich Verunreinigungen hinzufügen. Wir können Datensatz A direkt neben Datensatz X platzieren, damit A und X sich sehr viel ähnlicher sehen, als sie es sind. Oder sehr viel unähnlicher.

Wir können auf einfachste Weise tricksen. Zum Beispiel mit RFIDs. Schmuggle die Transponderkarte einer Mautbox jemand anderem in den Koffer, und es wird so aussehen, als sei dein Wagen am Wochenende an einem Dutzend Orten gewesen, während er in Wahrheit die ganze Zeit in deiner Garage gestanden hat. Oder überlegen Sie nur mal, wie einfach es ist, den eigenen Firmenausweis in einen Umschlag mit ein paar Papieren zu stecken und ihn zu sich ins Büro zu schicken, wo er dann vier Stunden liegt, bis Sie jemanden bitten, den verschlossenen Umschlag zu holen und zu Ihnen ins Restaurant zu bringen. Tut mir leid, ich hab vergessen, die Unterlagen mitzunehmen. Vielen Dank. Das Mittagessen geht auf mich… Und was besagen die Daten? Nun, dass Sie während der fraglichen Stunden an Ihrem Arbeitsplatz gewesen sind, obwohl Sie in Wirklichkeit über einer allmählich erkaltenden Leiche gestanden und Ihr Rasiermesser abgewischt haben. Dass niemand Sie an Ihrem Schreibtisch gesehen hat, spielt keine Rolle. Hier sind meine erfassten Arbeitszeiten, Officer… Wir vertrauen den Daten, nicht dem menschlichen Auge. Es gibt noch ein Dutzend weiterer Tricks, die ich perfektioniert habe.

Und nun muss ich mich auf eine der eher radikalen Maßnahmen verlassen.

Miguel 5465 bleibt stehen und schaut in eine Bar. Ich weiß genau, dass er nur selten trinkt, und falls er sich jetzt eine *cerveza* genehmigt, wird sich das zwar ein wenig auf das Timing auswirken, aber meine Pläne für diesen Abend keineswegs durchkreuzen. Doch er verzichtet auf den Drink und geht weiter die Straße hinunter, den Kopf leicht zur Seite geneigt. Es tut mir sogar leid, dass er sich kein Bier mehr gegönnt hat. Immerhin hat er nur noch weniger als eine Stunde zu leben.

... Neunundzwanzig

Endlich rief jemand aus dem Untersuchungsgefängnis Lon Sellitto an.

Nickend hörte er zu. »Danke.« Er trennte die Verbindung. »Arthur wird es überstehen. Er ist verletzt, aber nicht schwer.«

»Gott sei Dank«, flüsterte Sachs.

»Was ist passiert?«, fragte Rhyme.

»Das kann niemand sich erklären. Der Täter heißt Antwon Johnson. Er sitzt wegen staatsübergreifender Entführung im Bundesgefängnis. Man hatte ihn vorübergehend ins Tombs verlegt, weil der Prozess über die zugehörigen Anklagepunkte des Staates New York ansteht. Anscheinend ist er einfach durchgedreht und hat versucht, Arthur zu erhängen. Es sollte wie Selbstmord aussehen. Zunächst hat Johnson alles abgestritten, und dann hat er behauptet, Arthur habe sterben wollen und ihn um Hilfe gebeten.«

»Haben die Wärter ihn rechtzeitig entdeckt?«

»Nein. Das war auch verrückt. Ein anderer Häftling ist auf Johnson losgegangen. Mick Gallenta, zwei Vorstrafen wegen Meth und Heroin. Er war halb so groß wie Johnson, hat ihn angesprungen, umgehauen und Arthur von der Wand geholt. Es hätte fast einen Aufruhr gegeben.«

Das Telefon klingelte, und Rhyme sah die Vorwahl 201.

Judy Rhyme.

Er nahm den Anruf an.

»Hast du es schon gehört, Lincoln?« Ihre Stimme zitterte.

»Ja, habe ich.«

»Wieso sollte jemand so etwas tun? Wieso?«

»Ein Gefängnis ist ein Gefängnis. Eine andere Welt.«

»Aber es ist doch bloß Untersuchungshaft. Ich könnte es verstehen, wenn er mit verurteilten Mördern eingesperrt wäre. Aber die meisten dieser Leute warten noch auf ihre Verhandlung, nicht wahr?«

»Ja, richtig.«

»Warum sollte jemand seinen eigenen Fall gefährden, indem er versucht, einen anderen Häftling zu ermorden?«

»Das weiß ich nicht, Judy. Es ergibt keinen Sinn. Hast du mit ihm geredet?«

»Er durfte mich anrufen. Er kann nicht gut sprechen. Seine Kehle wurde verletzt. Aber es ist nicht allzu schlimm. Er bleibt ein oder zwei Tage auf der Krankenstation.«

»Gut«, sagte Rhyme. »Hör mal, Judy, ich wollte eigentlich noch mehr Informationen sammeln, bevor ich dich anrufe, aber … ich bin mir einigermaßen sicher, dass wir in der Lage sein werden, Arthurs Unschuld zu beweisen. Wie es scheint, steckt jemand anders dahinter. Er hat gestern einen weiteren Mord begangen, und ich glaube, wir können ihn mit dem Verbrechen an Alice Sanderson in Verbindung bringen.«

»Nein! Wirklich? Wer zum Teufel ist er, Lincoln?« Sie ließ jede Zurückhaltung fallen, achtete nicht mehr darauf, ihre Worte sorgfältig zu wählen und ja keinen Anstoß zu erregen. Judy Rhyme hatte sich im Laufe der letzten vierundzwanzig Stunden ein dickes Fell zugelegt.

»Das versuchen wir gerade herauszufinden.« Er schaute zu Sachs und wandte sich dann wieder dem Telefon zu. »Und es sieht nicht danach aus, als habe Arthur mit dem Opfer in Verbindung gestanden. In irgendeiner Verbindung.«

»Du …?« Ihre Stimme erstarb. »Seid ihr euch sicher?«

»Ja, Judy, sind wir«, warf Sachs ein.

Sie hörten sie tief durchatmen. »Soll ich den Anwalt verständigen?«

»Er kann nichts tun. Nach dem jetzigen Stand der Dinge wird Arthur vorerst in Haft bleiben.«

»Kann ich Art anrufen und es ihm sagen?«

Rhyme zögerte. »Ja, sicher.«

»Er hat nach dir gefragt, Lincoln. Vorhin am Telefon.«

»Hat er?«

Er spürte, dass Amelia Sachs ihn ansah.

»Ja. Er sagte, wie auch immer es ausgehen wird, vielen Dank für deine Hilfe.«

Alles wäre anders gekommen …

»Ich muss jetzt Schluss machen, Judy. Es gibt noch viel zu tun. Wir lassen dich wissen, was wir in Erfahrung bringen.«

»Danke, Lincoln. Und Ihnen allen dort. Gott segne Sie.«

Ein Zögern. »Auf Wiederhören, Judy.«

Rhyme nutzte diesmal nicht die Spracherkennung, sondern trennte die Verbindung mit seinem rechten Zeigefinger. Er hatte ihn zwar nicht so gut unter Kontrolle wie den linken Ringfinger, war damit aber ziemlich schnell.

Miguel 5465 hat eine Tragödie hinter sich und ist ein zuverlässiger Angestellter. Er besucht regelmäßig seine Schwester und deren Mann auf Long Island. Er schickt per Western Union Geld an seine Mutter und Schwester in Mexiko. Er ist ein guter Mensch. Ein Jahr nach dem Tod von Frau und Kind hat er mal kostbare 400 Dollar aus einem Geldautomaten gezogen, in einer Ecke von Brooklyn, die für ihre zahlreichen Prostituierten bekannt ist. Doch der Hausmeister konnte sich nicht durchringen. Am nächsten Tag hat er das Geld wieder auf sein Konto eingezahlt. Die zwei Dollar fünfzig Gebühr für die Bargeldabhebung fielen leider trotzdem an.

Ich weiß noch sehr viel mehr über Miguel 5465, mehr als über die meisten anderen Sechzehner in der Datenbank – denn er ist eine meiner Rückversicherungen.

Die ich jetzt unbedingt brauche.

Ich habe ihn ein ganzes Jahr lang zu meinem Stellvertreter aufgebaut. Nach seinem Tod werden die fleißigen Polizisten anfangen, die Puzzleteile zusammenzusetzen. Nanu, wir haben den Killer/Vergewaltiger/Kunst- und Münzendieb gefunden! In seinem Abschiedsbrief steht ein Geständnis – wie der Tod seiner Familie ihn in die Verzweiflung und zum Mord getrieben hat. Und in einer Schachtel in seiner Tasche liegt ein Fingernagel des Opfers Myra Weinburg.

Und sieh an, was wir hier noch haben: Hohe Geldbeträge, die auf seinem Konto eingegangen und unerklärlicherweise wieder verschwunden sind. Miguel 5465 hat einen stattlichen Immobilienkredit beantragt, um ein Haus auf Long Island zu kaufen, und zwar mit einer halben Million Eigenkapital, trotz seines jährlichen Gehalts von nur 46 000 Dollar. Er hat die Internetseiten von Kunsthändlern besucht und sich nach Prescott-Gemälden erkundigt. Im Keller des Mietshauses finden sich Miller-Bier, Trojan-Kondome, Edge-Rasiercreme und ein Foto von Myra Weinburgs OurWorld-Bereich. Außerdem sind dort Bücher über das Hacken von Computern versteckt. Und USB-Sticks mit Programmen zum Knacken von Passwörtern. Er war depressiv und hat erst letzte Woche sogar bei einem Beratungsdienst für Selbstmordgefährdete angerufen und sich eine Broschüre schicken lassen.

Und dann sind da noch seine erfassten Arbeitszeiten, die beweisen, dass er zum Zeitpunkt der Verbrechen nicht in der Firma gewesen ist.

Volltreffer.

Bei mir trage ich den Abschiedsbrief in seiner passabel gefälschten Handschrift – von den Kopien seiner stornierten Schecks und Darlehensanträge, die praktischerweise eingescannt wurden und online völlig ungeschützt einsehbar sind. Das Papier des Briefes entspricht der Sorte, die er vor einem Monat bei einem Laden in seiner Nachbarschaft gekauft hat, und die Tinte gehört zu einem Kugelschreibermodell, von dem er etwa ein Dutzend Exemplare besitzt.

Und da die Polizei ganz sicher keinen Wert darauf legt, ihren wichtigsten Datendienstleister SSD mit ausgedehnten Ermittlungen zu behelligen, dürfte die Angelegenheit damit erledigt sein. Er stirbt. Fall abgeschlossen. Und ich kehre in mein Refugium zurück, prüfe die Fehler, die ich begangen habe, und arbeite daran, mich in Zukunft schlauer anzustellen.

Aber ist das nicht eigentlich ein Grundsatz für unser aller Leben?

Was die Durchführung des Selbstmords anbelangt, habe ich Google Earth aufgerufen und mir mit einem simplen Programm vorausberechnen lassen, welchen Weg Miguel 5465 wohl von der U-Bahn-Station aus einschlagen wird, um nach Hause zu kommen. Die wahrscheinlichste Strecke führt durch einen kleinen Park hier in Queens, gleich neben dem Expressway. Wegen des Verkehrslärms und des Gestanks der Dieselabgase ist dort meistens nichts los. Ich werde mich schnell von hinten nähern – er soll mich nicht erkennen und misstrauisch werden – und seinem Kopf ein halbes Dutzend Schläge mit einem mit Kugeln gefüllten Eisenrohr verpassen. Dann stecke ich ihm den Abschiedsbrief und die Schachtel mit dem Fingernagel in die Tasche, zerre ihn zum Geländer und werfe ihn auf den fünfzehn Meter tiefer gelegenen Highway.

Miguel 5465 geht langsam und interessiert sich für die Schaufenster der Läden. Und ich bin zehn, zwölf Meter hinter ihm und lausche mit gesenktem Kopf ganz unauffällig meiner Musik, so wie unzählige andere Berufspendler auf dem Heimweg – aber mein iPod ist nicht eingeschaltet (Musik ist eines der Dinge, die ich nicht sammle).

Der Park ist nur noch einen Block entfernt. Ich…

Doch halt, da stimmt was nicht. Er geht nicht zum Park. Er kauft bei einem koreanischen Händler einige Blumen und biegt von der Geschäftsstraße in eine kaum bevölkerte Gegend ab.

Ich verarbeite diese neue Information, lasse das Verhalten durch meine Wissensdatenbank laufen. Die Vorhersage erweist sich als falsch.

Eine Freundin? Eine Verwandte?

Wie, zum Teufel, kann es etwas in seinem Leben geben, von dem ich nichts weiß?

Unsaubere Daten. Wie ich das hasse!

Nein, nein, das ist nicht gut. Blumen für eine Freundin passen nicht in das Profil eines selbstmordgefährdeten Killers.

Miguel 5465 geht den Bürgersteig entlang. Die Frühlingsluft duftet nach gemähtem Gras, Flieder und Hundepisse.

Ah, jetzt ist alles klar. Ich atme erleichtert auf.

Der Hausmeister geht durch das Tor eines Friedhofs.

Na klar, seine Frau und sein Sohn. Es ist alles in Ordnung. Die Vorhersage stimmt weiterhin. Es gibt lediglich eine kurze Verzögerung. Sein Heimweg wird ihn immer noch durch den Park führen. Dieser letzte Besuch bei seiner Frau ist vielleicht sogar von Vorteil. Vergib mir, dass ich in deiner Abwesenheit vergewaltigt und gemordet habe, Liebling. Ich bleibe ihm in sicherem Abstand auf den Fersen. Meine bequemen Schuhe mit den Gummisohlen sind vollkommen lautlos.

Miguel 5465 hält direkt auf ein Doppelgrab zu. Dort bekreuzigt er sich und kniet sich hin, um zu beten. Dann lässt er die Blumen neben vier anderen Sträußen in unterschiedlichen Stadien des Verwelkens liegen. Wieso sind die Abstecher zum Friedhof nirgendwo aufgetaucht?

Natürlich – er zahlt die Blumen bar.

Nun steht er auf und geht weg.

Ich gehe hinterher, atme tief durch.

Als plötzlich: »Verzeihung, Sir.«

Ich erstarre. Dann drehe ich mich langsam zu dem Friedhofswärter um, der mich angesprochen hat. Auf dem kurzen feuchten Gras konnte er sich mir ungehört nähern. Und sein Blick wandert von meinem Gesicht zu meiner rechten Hand, die ich in die Tasche stecke. Ich weiß nicht, ob er den beigefarbenen Stoffhandschuh bemerkt hat oder nicht.

»Hallo«, sage ich.

»Ich habe Sie da im Gebüsch gesehen.«

Wie soll ich darauf reagieren?

»Im Gebüsch?«

Seine Augen verraten mir, dass er gut auf seine Toten achtgibt.

»Darf ich fragen, wen Sie besuchen möchten?«

Sein Name steht vorn auf seinem Overall, aber ich kann ihn nicht deutlich erkennen. Stony? Was soll das für ein Name sein? Ich werde wütend. Das ist alles die Schuld dieser Leute, die hinter mir her sind! Die haben mich unvorsichtig gemacht. Ich bin ganz durcheinander wegen all der Verunreinigungen! Ich hasse diese Leute, hasse diese Leute, hasse …

Ich ringe mir ein liebenswürdiges Lächeln ab. »Ich bin ein Freund von Miguel.«

»Ah. Haben Sie Carmela und Juan gekannt?«

»Ja, ganz recht.«

Stony, oder vielleicht Stanley, fragt sich, warum ich noch hier bin, obwohl Miguel 5465 gegangen ist. Er verändert seine Körperhaltung. Ja, da steht Stony … Seine Hand nähert sich dem Walkie-Talkie an seinem Gürtel. An die Namen auf den Grabsteinen kann ich mich nicht mehr erinnern. Ich frage mich, ob Miguels Frau nicht in Wirklichkeit Rosa und der Junge Jose geheißen hat und ich gerade in eine Falle getappt bin.

Die Gewitztheit anderer Leute ist ja so ermüdend.

Stony schaut zu seinem Funkgerät, und als er aufblickt, steckt das Messer bereits halb in seiner Brust. Ein, zwei, drei Stöße sorgfältig am Knochen vorbei – man kann sich einen Finger verstauchen, wenn man nicht aufpasst, wie ich am eigenen Leib erfahren habe. Das ist sehr schmerzhaft.

Der erschrockene Wärter ist allerdings zäher als gedacht. Er springt vor und packt mich am Kragen, während seine andere Hand auf der Wunde liegt. Wir kämpfen, ringen und schieben und zerren und führen einen makabren Tanz zwischen den Gräbern auf, bis er mich loslässt und rücklings auf den Gehweg fällt, einen gewundenen Asphaltstreifen, der zum Friedhofsbüro führt. Stonys Hand findet das Walkie-Talkie in derselben Sekunde, in der meine Klinge seinen Hals findet.

Zack, zack, zwei leise Schnitte öffnen die Arterie oder Vene oder beide und lassen einen überraschend starken Blutstrahl emporschießen.

Ich weiche aus.

»Nein, nein, warum? *Warum?*« Er greift nach der Wunde und macht dadurch freundlicherweise den Weg auf die andere Seite des Halses frei. *Zack, zack,* ich kann gar nicht aufhören. Es wäre nicht nötig, aber ich bin wütend, richtig wütend – auf diese Leute, weil sie mich aus dem Konzept gebracht haben. Sie haben mich gezwungen, Miguel 5465 als Ablenkungsmanöver einzusetzen. Und nun haben diese Leute *mich* abgelenkt. Ich bin nachlässig geworden.

Weitere Schnitte … Dann weiche ich zurück. Nach dreißig Sekunden und etwas unheimlichem Zappeln ist der Mann bewusstlos. Nach sechzig Sekunden wird Leben zu Tod.

Ich kann nur vornübergebeugt dastehen, wie betäubt von diesem Albtraum, keuchend von der Anstrengung. Ich fühle mich wie ein armseliges Tier.

Die Polizisten – diese Leute – werden natürlich wissen, dass ich das gewesen bin. Die Daten sind alle da. Der Todesfall hat sich am Familiengrab eines SSD-Angestellten zugetragen, und nach dem

Ringkampf mit Stony gibt es hier sicherlich irgendwelche Spuren, die die cleveren Ermittler mit den anderen Tatorten in Verbindung bringen können. Mir bleibt keine Zeit, um aufzuräumen.

Diese Leute werden erkennen, dass ich Miguel 5465 gefolgt bin, um seinen Selbstmord vorzutäuschen, und dass der Friedhofswärter mich dabei gestört hat.

Nun erwacht auf einmal das Walkie-Talkie zum Leben. Jemand fragt nach Stony. Die Stimme klingt nicht beunruhigt; es geht um eine simple Erkundigung. Aber wenn niemand antwortet, wird man bald nach ihm suchen.

Ich drehe mich um und verschwinde eilig, als sei ich ein Leidtragender, den der Kummer übermannt hat und der sich bestürzt fragt, was die Zukunft wohl bringen mag.

Andererseits trifft diese Beschreibung wirklich auf mich zu.

… Dreißig

Ein weiterer Mord.

Und es bestand kein Zweifel, dass 522 ihn begangen hatte.

Rhyme und Sellitto hatten veranlasst, dass man sie automatisch über jeden Mord im New Yorker Stadtgebiet in Kenntnis setzen würde. Als das Detective Bureau sie anrief, war schon nach wenigen Fragen klar, dass das Opfer, ein Friedhofswärter, neben dem Grab von Frau und Kind eines SSD-Mitarbeiters lag. Der Täter war dem Mann vermutlich dorthin gefolgt.

Das konnte selbstverständlich kein Zufall sein.

Der Angestellte, ein Hausmeister, wurde nicht verdächtigt. Er hatte unmittelbar außerhalb des Friedhofs mit einem anderen Besucher gesprochen, als sie die Schreie des Wärters hörten.

»Gut.« Rhyme nickte. »Okay. Pulaski?«

»Ja, Sir.«

»Rufen Sie bei SSD an. Finden Sie möglichst heraus, wo die Leute auf unserer Verdächtigenliste während der letzten beiden Stunden gewesen sind.«

»Mach ich.« Wieder so ein stoisches Lächeln. Er mochte den Laden ganz und gar nicht.

»Und Sachs …«

»Ich untersuche den Tatort auf dem Friedhof.« Sie steuerte bereits die Tür an.

Nachdem Sachs und Pulaski gegangen waren, rief Rhyme bei Rodney Szarnek in der Abteilung für Computerkriminalität an und berichtete ihm von dem jüngsten Mordfall. »Ich schätze, er will unbedingt wissen, was wir in Erfahrung gebracht haben. Gab es irgendwelche Zugriffe auf unsere präparierten Daten?«

»Keine von außerhalb des Departments. Nur eine Suchanfrage. Jemand aus dem Büro eines gewissen Captain Malloy im Big Building. Er hat zwanzig Minuten in den Unterlagen gelesen und sich dann wieder ausgeloggt.«

Malloy? Rhyme lachte innerlich auf. Obwohl Sellitto den Captain weisungsgemäß auf dem Laufenden gehalten hatte, konnte der offenbar nicht aus seiner Haut als Ermittler und sammelte selbst so viele Informationen wie möglich – vielleicht weil er ihnen Vorschläge machen wollte. Rhyme würde ihn anrufen und über die Falle aufklären müssen. Die Köderdateien enthielten nichts Hilfreiches.

»Ich fand diesen Zugriff nicht ungewöhnlich und habe Sie daher nicht verständigt«, sagte Szarnek.

»Kein Problem.« Rhyme unterbrach die Verbindung. Dann musterte er lange die Wandtafeln. »Lon, ich habe eine Idee.«

»Und die wäre?«, fragte Sellitto.

»Unser Freund ist uns immer einen Schritt voraus. Wir haben uns bislang so verhalten, als sei er wie jeder andere Täter. Aber das ist er nicht.«

Der Mann, der alles weiß…

»Ich möchte mal etwas anderes ausprobieren. Dazu brauche ich Hilfe.«

»Von wem?«

»Jemandem in Downtown.«

»Downtown ist groß. Wen meinst du genau?«

»Malloy. Und jemanden im Rathaus.«

»Im Rathaus? Scheiße, wozu das denn? Wie kommst du auf die Idee, die würden auch nur deinen Anruf annehmen?«

»Weil sie müssen.«

»Ist das etwa ein Grund?«

»Du musst sie überzeugen, Lon. Wir brauchen einen Vorteil gegenüber Fünf Zweiundzwanzig. Aber du schaffst das schon.«

»Was denn eigentlich?«

»Ich glaube, wir benötigen einen Experten.«

»Welcher Art?«

»Einen Computerexperten.«

»Wir haben doch Rodney.«

»Mir schwebt da etwas anderes vor.«

Der Mann war mit einem Messer getötet worden.

Effizient, ja, aber auch überzogen: erst Stiche in die Brust, dann brutale Schnitte – vor lauter Wut, schätzte Sachs. Das war eine neue Seite an 522. Amelia kannte derartige Verletzungen von anderen Tatorten; die heftigen und schlecht gezielten Schnitte ließen vermuten, dass der Killer die Beherrschung verlor.

Für die Ermittler war das gut; gefühlsbetonte Kriminelle sind auch nachlässige Kriminelle. Sie gehen weniger verstohlen vor und hinterlassen mehr Spuren als Täter, die sich im Griff haben. Doch bei ihrer Arbeit als Streifenpolizistin hatte Amelia Sachs gelernt, dass es auch einen Nachteil gab: Solche Täter sind weitaus gefährlicher. Wer so verrückt und gewaltbereit wie 522 war, machte keinen Unterschied zwischen den beabsichtigten Opfern, unschuldigen Zuschauern und der Polizei.

Jede Bedrohung – jede *Unannehmlichkeit* – musste sofort und in vollem Umfang beseitigt werden. Und zum Teufel mit der Logik.

Das Team der Spurensicherung hatte Halogenstrahler aufgestellt und den Friedhof in unwirkliches Licht getaucht. Sachs betrachtete das Opfer, das breitbeinig auf dem Rücken lag, weil die Füße im Todeskampf verzweifelt gestrampelt hatten. Von der Leiche ragte ein riesiges Komma aus Blut quer über den Asphaltweg in den Forest Hills Memorial Gardens und bis auf den Grasstreifen am Rand.

Keiner der Beamten hatte einen Zeugen auftreiben können, und Miguel Abrera, der SSD-Hausmeister, konnte ebenfalls nichts beisteuern. Er war ziemlich mitgenommen, nicht nur, weil er ein potenzielles Ziel des Täters gewesen war, sondern auch wegen des Mordes an seinem Freund. Bei seinen häufigen Besuchen am Grab von Frau und Kind hatte er den Friedhofswärter kennengelernt. An jenem Abend war es ihm so vorgekommen, als wäre ihm jemand von der U-Bahn aus gefolgt. Er hatte sogar versucht, in diversen Schaufenstern das Spiegelbild eines eventuellen Verfolgers zu erkennen. Aber der Trick hatte nicht funktioniert – ihm war niemand aufgefallen –, und so war er auf den Friedhof gegangen.

Sachs hatte ihren weißen Overall übergezogen und leitete zwei Beamte der Spurensicherung aus Queens dabei an, den Schauplatz durch Fotos und Videoaufnahmen zu dokumentieren. Dann untersuchte sie den Leichnam und fing an, das Gitternetz abzuschreiten. Dabei gab sie sich besondere Mühe. Dieser Tatort war wichtig. Der Mord war schnell und brutal geschehen – der Wärter hatte 522 eindeutig überrascht –, und es hatte einen Kampf gegeben. Das erhöhte die Chance, hier Spuren zu finden, die ihnen mehr über den Täter und seine Wohnung oder seinen Arbeitsplatz verraten würden.

Sachs ging den Tatort erst in senkrechten, dann in waagerechten Bahnen Schritt für Schritt ab.

Auf halbem Wege hielt sie abrupt inne.

Ein Geräusch.

Es klang wie Metall auf Metall. Lud jemand eine Pistole durch? Klappte er ein Messer auf?

Sie schaute sich schnell um, sah aber nur den Friedhof in der Abenddämmerung. Amelia Sachs glaubte nicht an Gespenster und empfand Orte wie diesen normalerweise als friedlich, ja sogar tröstlich. Doch nun biss sie die Zähne zusammen, und ihre Hände in den Latexhandschuhen schwitzten.

Sie hatte sich gerade wieder der Leiche zugewandt, als in der Nähe ein Licht aufblitzte und sie zusammenzucken ließ.

Schien da eine Straßenlaterne durch die Büsche?

Oder war das 522, der mit seinem Messer immer näher kam, außer sich vor Wut?

Sie musste daran denken, dass er schon einmal versucht hatte, sie zu töten – indem er ihr in der Nähe von DeLeon Williams' Haus den Bundesagenten auf den Hals geschickt hatte. Dieser erste Versuch war gescheitert. Vielleicht war 522 entschlossen, die Sache nun zu einem Ende zu bringen.

Sachs widmete sich weiter ihrer Aufgabe. Doch kurz bevor sie damit fertig war, erschauderte sie. Schon wieder eine Bewegung – diesmal jenseits der Lichter, aber immer noch auf dem Friedhofsgelände, das von Streifenbeamten abgesperrt worden war. Amelia blinzelte in das grelle Licht. Hatte ein Baum sich im Wind gewiegt? War das ein Tier gewesen?

Sachs' Vater, der zeit seines Lebens als Polizist gearbeitet und seine Weisheiten stets großzügig mit ihr geteilt hatte, hatte einmal zu ihr gesagt: »Vergiss die Toten, Amie, die werden dir nichts tun. Achte lieber auf diejenigen, die dafür *gesorgt* haben, dass die anderen tot sind.«

Das passte zu Rhymes Mahnung: »Lass dir keine Einzelheit entgehen, aber pass auf dich auf.«

Amelia Sachs glaubte nicht an einen sechsten Sinn. Zumindest nicht als eine übernatürliche Eigenschaft. Für sie war die reale Welt so erstaunlich und unsere Wahrnehmungen und Denkprozesse dermaßen komplex und leistungsfähig, dass wir gar keine übermenschlichen Fähigkeiten brauchten, um äußerst scharfsichtige Schlüsse zu ziehen.

Sie hatte keinen Zweifel, dass dort jemand war.

Sachs verließ den unmittelbaren Tatort und schnallte sich ihre Glock um. Dann griff sie einige Male nach der Waffe, um die Bewegung einzustudieren, nur für den Fall, dass sie schnell ziehen musste. Sie kehrte an die Arbeit zurück, sammelte die letzten Spuren ein und drehte sich dann sogleich in die Richtung, aus der sie zuvor die Bewegung registriert hatte.

Die Scheinwerfer waren blendend hell, aber sie wusste genau, dass dort an der Rückseite des Krematoriums ein Mann stand und sie vom Schatten des Gebäudes aus beobachtete. Vielleicht bloß ein Arbeiter, aber sie wollte kein Risiko eingehen. Mit der Hand an der Waffe lief sie sechs Meter vor. Ihr weißer Overall gab im schwindenden Tageslicht ein gutes Ziel ab, doch Sachs ließ es darauf ankommen.

Sie zog die Glock und stieß durch die Büsche zu der Gestalt vor. Der Laufschritt ließ ihre arthritischen Beine schmerzen. Dann blieb Sachs stehen und verzog das Gesicht. Die Laderampe des Krematoriums, wo sie den Eindringling gesehen hatte, lag nun vor ihr. Verärgert schüttelte Sachs den Kopf. Der Unbekannte, dessen Silhouette sich vor einer Laterne außerhalb des Friedhofs abzeichnete, war ein uniformierter Cop; Amelia sah den Umriss seiner Mütze und erkannte die vornübergebeugte, gelangweilte Körperhaltung eines Mannes, der Wache schieben musste. »Officer?«, rief sie. »Haben Sie hier jemanden gesehen?«

»Nein, Detective Sachs«, antwortete er. »Hier war keiner.«

»Danke.«

Sie packte ihr Material zusammen und gab den Tatort für den diensthabenden Gerichtsmediziner frei.

Dann ging sie zu ihrem Wagen, öffnete den Kofferraum und

streifte den weißen Overall ab. Dabei plauderte sie mit den anderen Beamten aus der Zentrale der Spurensicherung in Queens, die ebenfalls ihre Overalls ausgezogen hatten. Einer von ihnen schien stirnrunzelnd nach etwas zu suchen.

»Hast du was verloren?«, fragte Sachs.

Der Mann nickte. »Ja. Vorhin hat sie noch hier gelegen. Meine Dienstmütze.«

Sachs erstarrte. »Was?«

»Meine Mütze ist weg.«

Scheiße. Sie warf den Overall in den Kofferraum und lief zu dem Sergeant des zuständigen Reviers, der den Einsatz leitete. »Haben Sie jemanden bei der Laderampe postiert?«, fragte sie keuchend.

»Dahinten? Nein. Das war nicht nötig. Wir hatten alles weiträumig abgesperrt und …«

Gottverdammt.

Sie machte kehrt, zog ihre Waffe und rannte zu der Laderampe. »Er war hier!«, rief sie den nahen Beamten zu. »Beim Krematorium. Schnell!«

An dem alten roten Backsteingebäude blieb sie stehen. Das Tor, das zur Straße führte, stand offen. Eine flüchtige Durchsuchung der unmittelbaren Umgebung ergab keinen Hinweis auf 522. Amelia ging weiter auf die Straße und schaute schnell nach links und rechts. Verkehr und neugierige Zuschauer – Dutzende. Er war weg.

Sachs kehrte zu der Laderampe zurück und war nicht überrascht, die Uniformmütze dort vorzufinden. Sie lag neben einem Schild: *Särge hier abladen*. Amelia hob die Mütze auf, steckte sie in eine Beweismitteltüte und gesellte sich wieder zu ihren Kollegen. Dann schickten sie und der Sergeant mehrere Beamte aus, die in Erfahrung bringen sollten, ob jemand den Täter gesehen hatte. Amelia ging zu ihrem Wagen. Mittlerweile hatte 522 sich natürlich längst aus dem Staub gemacht, aber sie konnte ihr starkes Unbehagen einfach nicht abschütteln. Das lag hauptsächlich daran, dass der Täter nicht zu fliehen versucht hatte, als er sie auf das Krematorium zukommen sah, sondern seelenruhig stehen geblieben war.

Doch am meisten ließ sie die Erinnerung an seinen beiläufigen Tonfall erschaudern – und dass er sie mit Namen angesprochen hatte.

»Sind sie einverstanden?«, fragte Rhyme ungeduldig, als Lon Sellitto von seiner Mission aus Downtown zurückkehrte. Der Lieutenant hatte mit Captain Malloy und dem stellvertretenden Bürgermeister Ron Scott über den von Rhyme so getauften »Expertenplan« gesprochen.

»Sie sind nicht glücklich darüber. Es ist teuer, und sie ...«

»Schwachsinn. Hol mir jemanden ans Telefon.«

»Moment, Moment. Sie werden mitziehen. Sie treffen gerade die Vorbereitungen. Ich sage bloß, dass sie deswegen murren.«

»Du hättest mir gleich sagen müssen, dass sie zugestimmt haben. Ob sie murren, ist mir egal.«

»Joe Malloy ruft mich dann an und gibt die Einzelheiten durch.«

Gegen einundzwanzig Uhr dreißig ging die Tür auf. Amelia Sachs kam herein und brachte die Spuren, die sie am Schauplatz des jüngsten Mordes gesichert hatte.

»Er war da«, sagte sie.

Rhyme verstand nicht, was sie meinte.

»Fünf Zweiundzwanzig. Auf dem Friedhof. Er hat uns beobachtet.«

»Allen Ernstes?«, fragte Sellitto.

»Als es mir klar wurde, war er verschwunden.« Sie hielt eine Uniformmütze hoch und erklärte, wie er sich damit getarnt hatte.

»Warum, zum Teufel, sollte er das tun?«

»Um Informationen zu sammeln«, sagte Rhyme leise. »Je mehr er weiß, desto mächtiger ist er und desto angreifbarer werden wir ...«

»Haben Sie sich nach Zeugen umgehört?«, fragte Sellitto.

»Die Kollegen vom zuständigen Revier haben das übernommen. Niemand hat etwas gesehen.«

»Er weiß alles. Wir wissen nichts.«

Sie packte die Kiste aus. Rhyme sah ihr aufmerksam dabei zu. »Die beiden haben gekämpft. Es könnte zu einer deutlichen Spurenübertragung gekommen sein.«

»Lass es uns hoffen.«

»Ich habe mit Abrera gesprochen, dem Hausmeister. Er sagt, in letzter Zeit hätten sich bei ihm einige merkwürdige Dinge ereignet. Seine Arbeitszeiten wurden falsch erfasst, und auf seinem Girokonto gab es Buchungen, die nicht von ihm gestammt haben.«

»Wie bei Jorgensen – ein Identitätsdiebstahl?«, fragte Cooper.

»Nein, nein«, sagte Rhyme. »Ich möchte wetten, Fünf Zweiundzwanzig hat ihn als seinen persönlichen Sündenbock vorbereitet. Vielleicht sollte es einen vermeintlichen Selbstmord geben. Mit einem gefälschten Abschiedsbrief… Es war das Grab seiner Frau und seines Kindes?«

»Ja.«

»Na klar. Er ist am Ende. Wird sich umbringen. Gesteht all die Verbrechen in einem Abschiedsbrief. Wir schließen den Fall ab. Aber der Friedhofswärter macht Fünf Zweiundzwanzig einen Strich durch die Rechnung. Und nun steckt unser Freund in der Klemme. Er kann das hier nicht noch einmal versuchen; wir würden einen vorgetäuschten Selbstmord nun durchschauen. Also muss er sich etwas anderes überlegen. Aber was?«

Cooper hatte mit der Untersuchung der Beweise angefangen. »In der Mütze sind weder Haare noch sonst irgendwelche Partikel… Aber wisst ihr, was ich gefunden habe? Ein wenig Klebstoff.«

»Er hat mit einem Kleberoller alle Spuren beseitigt, bevor er die Mütze zurückgelassen hat«, sagte Rhyme und verzog das Gesicht. Nichts, was 522 tat, konnte ihn noch überraschen.

»Von dem anderen Tatort – am Grab – habe ich hier eine Faser«, verkündete Cooper dann. »Sie passt zu dem Seil, das bei dem früheren Verbrechen benutzt wurde.«

»Gut! Klebt etwas daran?«

Cooper bereitete eine Probe vor und testete sie. »Okay, wir haben zwei Treffer«, sagte er kurz darauf. »Zunächst mal Naphtalin in einer kristallinen Trägersubstanz.«

»Mottenkugeln«, sagte Rhyme. Der Wirkstoff war vor einigen Jahren bei einem Giftmord verwendet worden, den er untersucht hatte. »Aber es dürften ziemlich alte sein.« Er erklärte, dass Naphtalin fast vollständig durch sicherere Materialien ersetzt worden sei. »Oder sie stammen aus dem Ausland«, fügte er hinzu. »Es gelten längst nicht überall so strenge Gesundheitsvorschriften wie bei uns.«

»Dann haben wir hier noch etwas.« Cooper wies auf den Computerbildschirm. Die ermittelte Substanz hatte die chemische Formel $Na(C_6H_{11}NHSO_2O)$. »Und sie ist verbunden mit Lezithin, Carnauba-Wachs und Zitronensäure.«

»Was zum Teufel ist das denn?«, rief Rhyme.

Sie konsultierten eine weitere Datenbank. »Natriumcyclamat.«

»Oh, künstlicher Süßstoff, richtig?«

»Genau«, sagte Cooper, der den Eintrag las. »Er wurde vor dreißig Jahren von den Gesundheitsbehörden verboten. Das Verbot wird immer noch gelegentlich kritisiert, aber seit den Siebzigern wurden mit diesem Süßstoff keine Produkte mehr hergestellt.«

Dann vollführte Rhymes Verstand einige Sprünge, analog zu seinem Blick, der von Eintrag zu Eintrag auf den Wandtafeln huschte. »Alte Pappe. Schimmel. Vertrockneter Tabak. Das Puppenhaar? Alte Limonade? Und Schachteln voller Mottenkugeln? Was zum Teufel ergibt das? Wohnt er in der Nähe eines Trödelladens? Oder über einem?«

Sie setzten die Analyse fort: geringfügige Reste von Phosphorsesquisulfid, einem Bestandteil von Überallzündhölzern, wieder Staub vom Anschlag auf das World Trade Center, und Blattfragmente einer Dieffenbachie, genauer: einer Leopardenblume. Es war eine verbreitete Zimmerpflanze.

Unter den Partikeln befand sich außerdem gelbes Notizpapier, vermutlich von zwei verschiedenen Herstellern, denn der Farbton fiel nicht einheitlich aus. Leider besaß es sonst keine charakteristischen Merkmale, die eine genauere Bestimmung des Ursprungs ermöglicht hätten. Und es gab mehr von der feurigen Substanz, die Rhyme am Griff des Messers gefunden hatte, mit dem der Münzsammler ermordet worden war. Diesmal reichte die Menge aus, um die Krümel und deren Farbe genau zu untersuchen. »Es ist Cayennepfeffer«, verkündete Cooper.

»Früher hätte das auf ein Latinoviertel hingedeutet«, sagte Sellitto. »Heutzutage gibt es Salsa und scharfe Soßen überall zu kaufen, vom Bioladen bis zum Supermarkt.«

Der einzige weitere Hinweis war ein Schuhabdruck in der Erde eines kürzlich angelegten Grabhügels unweit des Opfers. Sachs folgerte, dass er zu dem Täter gehörte, weil er von jemandem hinterlassen worden zu sein schien, der von dort aus in Richtung des Ausgangs gerannt war.

Ein Vergleich des elektrostatischen Abbilds mit der entsprechenden Datenbank ergab, dass 522 abgenutzte Skechers der Größe elf trug, ein praktisches, wenngleich nicht sonderlich modisches Schuhmodell, das vor allem bei Arbeitern und Wanderern beliebt war.

Während Sachs einen Anruf entgegennahm, trug Thom die neuen Erkenntnisse in die Tabelle ein. Rhyme diktierte ihm die einzelnen Punkte und stellte fest, dass sie inzwischen sehr viel mehr wussten als am Anfang. Trotzdem hatte es sie bisher keinen Schritt weitergebracht.

TÄTER 522

- Mann.
- Möglicherweise Raucher oder wohnt/arbeitet in der Nähe einer Tabakquelle bzw. mit jemandem, der raucht.
- Hat Kinder oder wohnt/arbeitet in deren Umfeld bzw. in der Nähe einer Spielzeugquelle.
- Interesse an Kunst, Münzen?
- Vermutlich ein Weißer, zumindest aber hellhäutig.
- Mittlere Statur.
- Stark; in der Lage, seine Opfer zu erdrosseln.
- Hat Zugriff auf ein Gerät zur Stimmmodulierung.
- Kennt sich vermutlich mit Computern aus; kennt OurWorld. Andere Internetgemeinschaften?
- Nimmt seinen Opfern Trophäen ab. Sadist?
- Wohnung/Arbeitsplatz ist stellenweise dunkel und feucht.
- Wohnt in/nahe Downtown?
- Isst Knabbergebäck/scharfe Soße.

- Wohnt in der Nähe eines Trödelladens?
- Trägt Arbeitsschuhe Marke Skechers, Größe 11.

Hinterlassene echte Spuren

- Alte Pappe.
- Haar von Puppe, Typ BASF B35 Nylon 6.
- Tabak von Zigaretten Marke Tareyton.
- Alter Tabak, nicht Tareyton, aber Marke unbekannt.
- Sporen von Schimmelpilz Stachybotrys Chartarum.
- Staub vom Anschlag auf das World Trade Center; deutet eventuell auf Wohnung/Job in Downtown hin.
- Knabbergebäck/Cayennepfeffer.
- Seilfaser; enthält:
  - Kalorienarmes Getränk mit Natriumcyclamat (alt oder ausländisch).
  - Mottenkugeln mit Naphtalin (alt oder ausländisch).
- Blattfragmente einer Leopardenblume (Zimmerpflanze, braucht Licht).
- Gelbe Papierpartikel von zwei unterschiedlichen Notizblöcken.
- Abdruck von Arbeitsschuh Marke Skechers, Größe 11.

... Einunddreißig

»Danke, dass Sie Zeit für mich haben, Mark.«

Whitcomb, der Assistent aus der Richtlinienabteilung, lächelte freundlich. Pulaski dachte bei sich, dass der Mann seinen Job wirklich mögen musste, um so spät noch zu arbeiten – es war kurz nach einundzwanzig Uhr dreißig. Dann wurde dem Cop klar, dass auch er selbst noch nicht Feierabend hatte.

»Noch ein Mord? Verübt von demselben Täter?«

»Wir sind uns ziemlich sicher.«

Der junge Mann runzelte die Stirn. »Das tut mir leid. Herrje. Wann denn?«

»Vor etwa drei Stunden.«

Sie waren in Whitcombs Büro, das wesentlich behaglicher als das von Sterling aussah. Und nicht so aufgeräumt, was es noch gemütlicher machte. Whitcomb legte den Notizblock beiseite, auf dem er geschrieben hatte, und deutete auf einen Stuhl. Pulaski setzte sich. Auf dem Tisch standen Familienfotos, und an den Wänden hingen mehrere hübsche Gemälde sowie Diplome und einige Urkunden. Der junge Beamte hatte in den stillen Fluren nach Cassel und Gillespie Ausschau gehalten und überaus erleichtert festgestellt, dass die beiden Schulhofrüpel nicht da zu sein schienen.

»Ist das da Ihre Frau?«

»Meine Schwester.« Whitcomb lächelte, aber Pulaski kannte diesen Blick. Er bedeutete, dass dies ein schwieriges Thema war. Lebte die Schwester nicht mehr?

Nein, es war die *andere* Erklärung.

»Ich bin geschieden. Hier ist immer so viel zu tun.« Der junge Mann vollführte eine ausholende Geste, die wohl ganz SSD einschließen sollte. »Für eine Familie bleibt da kaum Zeit. Aber die Arbeit ist wichtig. Wirklich wichtig.«

»Das glaube ich Ihnen gern.«

Nachdem Pulaski vergeblich versucht hatte, Andrew Sterling zu erreichen, war es ihm schließlich gelungen, Mark Whitcomb ausfindig zu machen, der einverstanden war, sich mit dem Beamten zu treffen und ihm die Arbeitszeitblätter des heutigen Tages zu besorgen – damit sie sehen konnten, welche der Verdächtigen nicht im Büro gewesen waren, als der Friedhofswärter ermordet wurde.

»Ich habe uns Kaffee geholt.«

Pulaski sah, dass auf dem Schreibtisch ein silbernes Tablett mit zwei Porzellantassen stand.

»Der schien Ihnen heute Nachmittag geschmeckt zu haben.«

»Danke.«

Der schlanke Mann schenkte ihnen ein.

Pulaski trank einen Schluck. Der Kaffee war gut. Der Beamte freute sich schon auf den Tag, an dem er finanziell besser dastehen und sich eine Espressomaschine leisten können würde. Er mochte Kaffee sehr. »Arbeiten Sie jeden Tag so lange?«

»Ziemlich oft. Für die Wirtschaft gelten überall strenge Vorschriften, aber in der Informationsbranche kommt hinzu, dass niemand so richtig weiß, was er eigentlich will. Zum Beispiel können die einzelnen Bundesstaaten viel Geld damit verdienen, dass sie die Daten ihrer Führerscheinstellen verkaufen. Hier und da gehen die Bürger dagegen auf die Barrikaden, und der Verkauf wird verboten. In anderen Staaten ist es völlig in Ordnung.

Falls jemand in die Computer einer Firma eindringt, müssen an manchen Orten die Kunden über den Datendiebstahl informiert werden, ganz gleich, worum es sich handeln mag. In anderen Staaten gilt diese Bestimmung nur bei Finanzinformationen. Und vereinzelt besteht überhaupt keine Meldepflicht. Es ist das reinste Chaos. Aber wir müssen alles im Griff haben.«

Pulaski dachte schuldbewusst an seinen eigenen Datendiebstahl bei SSD. Whitcomb war kurz zuvor bei ihm gewesen. Würde der junge Mann in Schwierigkeiten stecken, falls Sterling Wind von der Sache bekam?

»So, da wären wir.« Whitcomb reichte ihm die ungefähr zwanzig Seiten der Arbeitszeiterfassung jenes Tages.

Pulaski blätterte die Unterlagen durch und achtete besonders auf die Namen von der Verdächtigenliste. Zuerst sah er nach, wann Miguel Abrera gegangen war – um kurz nach siebzehn Uhr. Dann fiel sein Blick zufällig auf den Namen Sterling, und sein Herzschlag beschleunigte sich. Der Mann war nur Sekunden nach Miguel aufgebrochen, als würde er dem Hausmeister folgen… Doch dann erkannte Pulaski, dass ihm ein Fehler unterlaufen war. *Andy* Sterling, der Sohn, hatte zur fraglichen Zeit das Haus verlassen. Sein Vater war bereits gegen sechzehn Uhr gegangen und erst vor etwa einer halben Stunde zurückgekehrt, wahrscheinlich nach einem Geschäftstermin mit Drinks und Abendessen.

Und schon wieder war Pulaski sauer auf sich selbst. Er hatte die Daten nicht sorgfältig genug gelesen und hätte beinahe Lincoln Rhyme angerufen, als ihm die beiden fast identischen Zeiten aufgefallen waren. Na, das wäre aber peinlich geworden. Streng dich mehr an, schalt er sich erneut.

Was die anderen Verdächtigen anging, hatte Faruk Mameda – der Cheftechniker der Nachtschicht – sich zur Tatzeit im Gebäude befunden. Die Einträge des technischen Leiters Wayne Gillespie ergaben, dass er eine halbe Stunde vor Abrera gegangen, aber um achtzehn Uhr wieder zurückgekommen und mehrere Stunden geblieben war. Pulaski war ein wenig enttäuscht, dass dieser Kerl somit als Verdächtiger auszuscheiden schien. Alle anderen waren rechtzeitig gegangen und hätten Miguel zu dem Friedhof folgen oder sich dort vorab auf die Lauer legen können. Derzeit hielt sich kaum einer der Angestellten noch in der Firma auf. Sean Cassel, sah er, war den Großteil des Nachmittags unterwegs gewesen, aber vor einer halben Stunde wieder hier eingetroffen.

»Hilft Ihnen das weiter?«, fragte Whitcomb.

»Ein wenig. Darf ich die Liste behalten?«

»Ja, sicher.«

»Danke.« Pulaski faltete die Blätter zusammen und steckte sie ein.

»Übrigens, ich habe mit meinem Bruder gesprochen. Er kommt nächsten Monat her. Ich weiß nicht, ob Sie Interesse haben, aber ich dachte mir, Sie würden ihn vielleicht gern mal kennenlernen. Womöglich Sie und Ihr Bruder. Sie könnten Cop-Geschichten austauschen.« Dann lächelte Whitcomb verlegen, als sei dies das Letzte, was Polizisten tun wollten. Ganz im Gegenteil, hätte Pulaski versichern können; Cops liebten Cop-Geschichten.

»Sofern der Fall, Sie wissen schon, bis dahin gelöst ist. Oder wie nennen Sie das?«

»Abgeschlossen.«

»Klar, wie im Fernsehen bei *The Closer*... Die sagen auch immer ›abgeschlossen‹. Ich schätze, Sie dürfen mit einem Verdächtigen kein Bier trinken.«

»Sie zählen nicht zu unseren Verdächtigen, Mark«, sagte Pulaski und lachte ebenfalls. »Aber Sie haben Recht, wir sollten lieber damit warten. Und ich frage meinen Bruder, ob er auch Zeit hat.«

»Mark«, meldete sich eine leise Stimme vom Eingang.

Pulaski wandte den Kopf und erblickte Andrew Sterling, schwarze Hose, weißes Hemd, Ärmel hochgekrempelt. Ein freundliches Lächeln. »Officer Pulaski. Sie sind so oft hier, dass ich Sie auf unsere Gehaltsliste setzen sollte.«

Ein verschämtes Grinsen.

»Ich wusste gar nicht, dass Sie noch einmal herkommen wollten, Officer.«

»Ich habe Sie angerufen, bin aber nur bei Ihrer Voicemail gelandet.«

»Wirklich?« Der Firmenchef runzelte die Stirn. Dann blitzten die grünen Augen auf. »Stimmt. Martin ist heute früher gegangen. Können wir etwas für Sie tun?«

Pulaski wollte die Arbeitszeitblätter erwähnen, aber Whitcomb kam ihm zuvor. »Ron hat gesagt, es wurde noch ein Mord begangen.«

»Nein, ehrlich? Vom selben Täter?«

Pulaski begriff, dass er einen Fehler gemacht hatte. Es war dumm gewesen, Andrew Sterling zu übergehen. Dabei hatte der Beamte nicht etwa geglaubt, Sterling sei schuldig oder würde versuchen, etwas zu verheimlichen; er hatte einfach nur schnell an die gewünschten Informationen kommen wollen – und offen gesagt hatte er zudem wenig Lust verspürt, Cassel oder Gillespie zu begegnen, was durchaus möglich gewesen wäre, hätte er sich an die Chefetage gewandt.

Aber nun wurde ihm klar, dass er sich Informationen über SSD von einer Quelle verschafft hatte, die nicht Andrew Sterling hieß – eine Sünde, wenn nicht sogar ein schwerer Frevel.

Er fragte sich, ob der Geschäftsmann sein Unbehagen spüren konnte.

»Wir gehen davon aus«, sagte Pulaski. »Anscheinend hatte der Täter es ursprünglich auf einen Angestellten von SSD abgesehen, hat aber letztlich einen Unbeteiligten getötet.«

»Welcher unserer Mitarbeiter war das Ziel?«

»Miguel Abrera.«

Sterling konnte den Namen sofort zuordnen. »Von unserem Wartungspersonal, ja. Geht es ihm gut?«

»Ja. Er ist ein bisschen mitgenommen, aber er wurde nicht verletzt.«

»Warum wollte man ihn beseitigen? Glauben Sie, dass er etwas weiß?«

»Das kann ich nicht sagen«, erwiderte Pulaski.

»Wann ist das passiert?«

»Heute Abend zwischen sechs und halb sieben.«

Sterling kniff die Augen zusammen, sodass seine Fältchen sichtbar wurden. »Ich habe eine Idee. Sie sollten sich die Arbeitszeitblätter Ihrer Verdächtigen besorgen, Officer. Dann hätten zumindest einige ein Alibi und würden ausscheiden.«

»Ich …«

»Ich kümmere mich darum, Andrew«, sagte Whitcomb eilig und setzte sich an seinen Computer. »Ich besorge mir die Angaben aus der Personalabteilung.« Er sah Pulaski an. »Das dürfte nicht lange dauern.«

»Gut«, sagte Sterling. »Und lassen Sie mich wissen, was Sie herausfinden.«

»Ja, Andrew.«

Der Firmenchef trat vor, sah Pulaski in die Augen und schüttelte ihm mit festem Griff die Hand. »Gute Nacht, Officer.«

Als er gegangen war, sagte Pulaski: »Danke. Ich hätte zuerst ihn um Erlaubnis bitten müssen.«

»Ja, das hätten Sie. Ich bin davon ausgegangen. Andrew mag es nämlich überhaupt nicht, wenn man ihn im Ungewissen lässt. Sobald er über alle Informationen verfügt, ist er glücklich, auch falls es schlechte Neuigkeiten sind. Sie haben Andrew Sterling bislang nur von seiner einsichtigen Seite erlebt. Die uneinsichtige Seite *scheint* sich nicht sehr davon zu unterscheiden. Aber das ist ein Irrtum, glauben Sie mir.«

»Sie werden doch keine Schwierigkeiten bekommen, oder?«

Er lachte. »Solange er nicht herausfindet, dass ich die Arbeitszeitblätter eine Stunde *vor* seinem Vorschlag besorgt habe.«

Als Pulaski mit Whitcomb zum Aufzug ging, warf er einen Blick über die Schulter. Dort am Ende des Korridors stand Andrew Sterling und sprach mit Sean Cassel. Die beiden hatten die Köpfe gesenkt, und der Vertriebsleiter nickte. Pulaskis Herz schlug schneller. Dann ging Sterling weg. Cassel drehte sich zur Seite und sah Pulaski direkt an, während er mit dem schwarzen Tuch seine Brille putzte. Er lächelte zum Gruß und schien nicht im Mindesten überrascht zu sein, den Beamten hier anzutreffen.

Die Glocke des Aufzugs ertönte, und Whitcomb ließ Pulaski den Vortritt.

In Rhymes Labor klingelte das Telefon. Ron Pulaski berichtete, was er bei SSD über den Verbleib der Verdächtigen in Erfahrung gebracht hatte. Sachs trug die Informationen in die Liste ein.

Zur Tatzeit hatten sich nur zwei der Personen im Büro aufgehalten – Mameda und Gillespie.

»Demnach könnte es jeder der anderen gewesen sein«, murmelte Rhyme.

»Der Laden war praktisch leer«, sagte der junge Beamte. »So spät hat sich kaum jemand mehr dort aufgehalten.«

»Das war auch nicht nötig«, merkte Sachs an. »Die Computer machen die ganze Arbeit.«

Rhyme wies Pulaski an, er solle zu seiner Familie nach Hause fahren. Dann lehnte er den Kopf zurück und musterte die Tafel.

- *Andrew Sterling, Generaldirektor, Hauptgeschäftsführer.*
  Alibi: auf Long Island; überprüft. Durch Sohn bestätigt.
- *Sean Cassel, Vertriebs- und Marketingleiter.*
  Kein Alibi.
- *Wayne Gillespie, Technischer Leiter.*
  Kein Alibi.

Alibi für Mord an Friedhofswärter: im Büro (laut Arbeitszeitblatt).

- *Samuel Brockton, Leiter der Richtlinienabteilung.*
  Alibi: Hotelunterlagen bestätigen Aufenthalt in Washington.
- *Peter Arlonzo-Kemper, Personalchef.*
  Alibi: bei Ehefrau; von ihr bestätigt (befangen?).
- *Steven Shraeder, Cheftechniker, Tagschicht.*
  Alibi: im Büro (laut Arbeitszeitblatt).
- *Faruk Mameda, Cheftechniker, Nachtschicht.*
  Kein Alibi.
  Alibi für Mord an Friedhofswärter: im Büro (laut Arbeitszeitblatt).
- *Kunde von SSD (?).*
  Erwarten Liste von NYPD-Abteilung für Computerkriminalität.
- *Unbekannter Täter von Andrew Sterling rekrutiert (?).*

Aber war 522 überhaupt einer dieser Männer?, fragte Rhyme sich ein weiteres Mal. Er dachte daran, was Sachs ihm über das Konzept der »verunreinigten« Daten erzählt hatte. Stellten diese Namen bloße Verunreinigungen dar? Lenkten sie lediglich von der Wahrheit ab?

Rhyme ließ den TDX ein Stück auf der Stelle drehen und starrte wieder die anderen Tafeln an. Irgendetwas nagte an ihm. Aber was?

»Lincoln…«

»Psst.«

Etwas, das er gelesen oder gehört hatte. Nein, ein Fall – von vor vielen Jahren. Es lag ihm fast auf der Zunge. Frustrierend. Als würde sein Ohr jucken und er versuchen, sich dort zu kratzen.

Er wusste, dass Cooper ihn ansah. Das nervte noch zusätzlich. Er schloss die Augen.

Gleich…

Ja!

»Was denn?«

Offenbar hatte er es laut ausgerufen.

»Ich glaube, ich hab's. Thom, du kennst dich doch mit populärer Kultur aus, oder?«

»Was soll das denn nun wieder heißen?«

»Du liest Zeitschriften, Zeitungen. Kennst die Werbeanzeigen. Werden Tareyton-Zigaretten immer noch hergestellt?«

»Ich rauche nicht. Ich habe *noch nie* geraucht.«

»Die kann mir keiner nehmen«, verkündete Lon Sellitto.

»Was?«

»Das war der Werbespruch in den Sechzigern. Dazu das Bild von einem Kerl mit blauem Auge.«

»Daran kann ich mich gar nicht erinnern.«

»Mein Dad hat diese Marke geraucht.«

»Werden die heutzutage noch hergestellt? Das will ich wissen.«

»Keine Ahnung. Aber ich habe sie schon lange nicht mehr gesehen.«

»Eben. Und der andere Tabak, den wir gefunden haben, war auch alt. Ob unser Täter nun raucht oder nicht, wir können wohl davon ausgehen, dass er Zigaretten sammelt.«

»Zigaretten. Was soll das denn für ein Sammler ein?«

»Nein, nicht nur Zigaretten. Denk an die alte Limonade mit dem künstlichen Süßstoff. Vielleicht sammelt er auch Dosen oder Flaschen. Und Mottenkugeln, Streichhölzer, Puppenhaar. Dann der Schimmel, der *Stachybotrys Chartarum*, und der Staub vom World Trade Center. Ich glaube nicht, dass Fünf Zweiundzwanzig in Downtown wohnt. Ich schätze, er hat einfach seit Jahren nicht mehr sauber gemacht …« Er lachte grimmig. »Und mit was für einem Sammelobjekt haben wir inzwischen außerdem zu tun? Mit Daten. Fünf Zweiundzwanzig ist ein besessener Sammler … Ich vermute, er ist ein Hamsterer.«

»Ein was?«

»Er hortet Dinge. Wirft nie etwas weg. Deshalb ist so viel von dem Zeug alt.«

»Ja, von so was hab ich schon gehört«, sagte Sellitto. »Das ist unheimlich. Richtig gruselig.«

Rhyme hatte mal einen Tatort untersucht, an dem ein zwanghafter Hamsterer von einem Berg aus Büchern erschlagen worden war – nun ja, genau genommen hatten sie ihn nur verschüttet, sodass er sich nicht mehr bewegen konnte und es zwei Tage dauerte, bis er an seinen inneren Verletzungen starb. Eine »unerfreuliche« Todesursache hatte Rhyme es genannt. Er hatte sich mit diesem Phänomen nicht eingehend beschäftigt, aber immerhin erfahren, dass es in New York eine Einrichtung gab, die Hamsterern zu therapeutischer Betreuung verhalf, um sie selbst und ihre Nachbarn vor diesem zwanghaften Verhalten zu schützen.

»Lasst uns unseren Lieblingspsychologen anrufen.«

»Terry Dobyns?«

»Vielleicht kennt er jemanden vom Hamsterer-Notruf. Er soll mal mit denen sprechen. Und er soll herkommen.«

»Um diese Uhrzeit?«, fragte Cooper. »Es ist schon nach zehn.«

Rhyme ersparte sich den für solche Situationen obligatorischen Spruch: Wenn wir nicht schlafen, brauchen die anderen das auch nicht. Sein Blick reichte völlig aus, um die Botschaft zu übermitteln.

... Zweiunddreißig

Lincoln Rhyme hatte seinen toten Punkt überwunden.

Thom hatte abermals etwas zu essen serviert, und obwohl Rhyme für gewöhnlich kein besonderes Vergnügen bei der Nahrungsaufnahme empfand, hatten die Hühnchensandwiches mit dem selbst gebackenen Brot ihm gut geschmeckt. »Die Idee stammt von James Beard«, verkündete der Betreuer, wenngleich Rhyme mit dem Verweis auf den weithin geschätzten Küchenchef und Kochbuchautor nicht das Geringste anfangen konnte. Sellitto hatte ein Sandwich heruntergeschlungen und ein zweites nach Hause mitgenommen. (»Sogar noch besser als der Thunfischsalat«, lautete sein Urteil.) Mel Cooper bat für Gretta um das Brotrezept.

Sachs saß am Computer und verschickte einige E-Mails. Rhyme wollte sich gerade erkundigen, was sie da machte, als es an der Tür klingelte.

Gleich darauf führte Thom den NYPD-Kriminalpsychologen Terry Dobyns, den Rhyme schon seit Jahren kannte, in das Labor. Der Behaviorist war etwas kahler und beleibter als bei ihrem ersten Treffen – als Dobyns in der schrecklichen Zeit nach Rhymes Unfall oft stundenlang an dessen Bett gesessen hatte. Aber er hatte immer noch den gleichen freundlichen und aufmerksamen Blick, an den Rhyme sich erinnerte, dazu ein beruhigendes, unvoreingenommenes Lächeln. Der Kriminalist stand psychologischen Profilen skeptisch gegenüber und bevorzugte greifbare Spuren, aber er musste zugeben, dass Dobyns bisweilen brillante und hilfreiche Einblicke in das Verhalten der Täter geliefert hatte, die Rhyme verfolgte.

Dobyns begrüßte nun alle Anwesenden und nahm von Thom einen Kaffee entgegen, wollte aber nichts essen. Dann setzte er sich auf einen Hocker neben Rhymes Rollstuhl.

»Das mit dem Horten war ein guter Einfall. Ich glaube, du hast Recht. Ach ja, und ich habe mit der Beratungsstelle gesprochen. Die haben für mich einen Blick auf die bekannten Hamsterer der

Stadt geworfen. Es gibt nicht allzu viele, und höchstwahrscheinlich zählt der Täter nicht dazu. Da er Vergewaltigungen verübt hat, habe ich die Frauen von vornherein ausgeschlossen. Die meisten der Männer sind entweder zu alt oder anderweitig beeinträchtigt. Nur zwei von ihnen würden zu dem Tatprofil passen. Sie wohnen auf Staten Island und in der Bronx, können aber für den Mord vom Sonntag ein Alibi vorweisen, im einen Fall durch einen Sozialarbeiter, im anderen durch Familienangehörige.«

Rhyme war nicht überrascht – 522 war zu schlau, um nicht seine Spur zu verwischen. Aber der Kriminalist hatte wenigstens auf einen kleinen Anhaltspunkt gehofft und zog nun ein finsteres Gesicht.

Dobyns musste unwillkürlich lächeln. Sie hatten damals ausführlich über diesen Punkt gesprochen. Wenn es um private Angelegenheiten ging, war es Rhyme stets schwergefallen, Wut und Enttäuschung zum Ausdruck zu bringen. In beruflicher Hinsicht hatte er diesbezüglich jedoch noch nie Probleme gehabt.

»Vielleicht kann ich dir mit einigen Erläuterungen weiterhelfen. Das Hamstern ist eine Form der Zwangsstörung. Sie tritt auf, wenn jemand sich Konflikten oder Spannungen ausgesetzt sieht, die er emotional nicht bewältigen kann. Sich auf ein Verhalten zu konzentrieren, ist für ihn viel einfacher, als sich dem zugrunde liegenden Problem zu stellen. Also fängt er an, sich immerzu die Hände zu waschen oder alles Mögliche zu zählen. Oder er hortet.

Ein solcher Hamsterer ist an sich nur selten gefährlich. Es gibt gewisse Gesundheitsrisiken – Schädlingsbefall, Schimmel oder eine erhöhte Brandgefahr –, aber im Wesentlichen möchte er einfach bloß in Ruhe gelassen werden. Wenn er könnte, würde er inmitten seiner Sammlung leben und nie mehr das Haus verlassen.

Euer Freund hingegen, tja, der ist eine merkwürdige Mischung. Eine Kombination aus einer narzisstischen, gesellschaftsfeindlichen Persönlichkeit und der besagten Zwangsstörung. Sobald er etwas will – beispielsweise seltene Münzen oder Gemälde oder sexuelle Befriedigung –, *muss* er es haben. Er *muss*, ohne Wenn und Aber. Und zu diesem Zweck oder zum Schutz seiner Sammlung wird er völlig bedenkenlos töten. Ich würde sogar so weit gehen zu behaupten, dass die Morde ihn beruhigen. Andere Menschen empfindet er als Belastung. Sie könnten ihn enttäuschen oder im Stich lassen. Leblose Dinge jedoch – Zeitungen, Zigarrenkisten, Süßigkeiten, sogar Leichen – kann er an seinem Zufluchtsort verstauen; sie werden ihn garantiert *nie* hintergehen… Seid ihr womöglich an den Faktoren in seiner Kindheit interessiert, die diesen Zustand ausgelöst haben könnten?«

»Eher nicht, Terry«, sagte Sachs. Sie schaute lächelnd zu Rhyme, der den Kopf schüttelte.

»Euer Täter braucht Platz. Jede Menge. Und bei den heutigen Immobilienpreisen ist er entweder sehr einfallsreich oder sehr wohlhabend. Hamsterer wohnen bevorzugt in großen älteren Häusern. Niemals zur Miete. Sie könnten den Gedanken nicht ertragen, dass der Eigentümer das Recht hat, Zutritt zu ihrem Domizil zu verlangen. Und die Fensterscheiben sind entweder schwarz angemalt oder überklebt. Die Außenwelt muss vollständig draußen bleiben.«

»Von wie viel Platz reden wir hier?«

»Je mehr Zimmer, desto besser.«

»Manche der SSD-Leute dürften über sehr viel Geld verfügen«, spekulierte Rhyme. »Die leitenden Angestellten.«

»Da euer Täter eine so hohe Position innehat, führt er zwei Leben. Wir können sie das ›geheime Leben‹ und die ›Fassade‹ nennen. Er muss in der realen Welt existieren – um seine Sammlung zu vergrößern und zu pflegen. Daher wird er den Schein wahren. Vermutlich hat er ein zweites Haus oder zumindest einige Räume, die völlig normal wirken. Oh, am liebsten würde er nur in seinem Versteck leben. Aber das könnte Verdacht erregen. Also besitzt er außerdem ein Wohnumfeld, das jemandem in seiner sozioökonomischen Situation entspricht. Die beiden Wohnsitze können miteinander verbunden oder benachbart sein. Oder das Erdgeschoss ist normal, und die Sammlung ist in den anderen Stockwerken untergebracht. Oder im Keller.

Was seine Persönlichkeit betrifft, wird er in seinem Fassadenleben eine Rolle spielen, die seiner wahren Natur nahezu entgegengesetzt ist. Nehmen wir an, der echte Fünf Zweiundzwanzig ist höhnisch und kleinlich. Dann wird der öffentliche Fünf Zweiundzwanzig umsichtig, ruhig, reif und höflich wirken.«

»Er könnte wie ein gewöhnlicher Geschäftsmann erscheinen?«

»Oh, mit Leichtigkeit. Und er wird diese Rolle sehr, sehr überzeugend verkörpern. Weil er muss. Das ärgert ihn. Aber er weiß, dass andernfalls seine Schätze gefährdet sein könnten, und das wäre für ihn einfach nicht akzeptabel.«

Dobyns musterte die Tafel mit dem Täterprofil und nickte. »Wie ich sehe, fragt ihr euch nach Kindern. Nun, ich glaube wirklich nicht, dass er welche hat. Wahrscheinlich sammelt er bloß Spielzeug. Auch das sagt etwas über seine Kindheit aus. Ferner dürfte er Single sein. Verheiratete Hamsterer sind selten. Ihre Sammelbesessenheit ist zu stark. Sie wollen ihre Zeit und ihren Wohnraum nicht mit einer anderen Person teilen – und ehrlich gesagt ist es zudem ziemlich schwierig, einen Partner zu finden, der eine solche Situation hinnimmt.

Nun zu dem Tabak und den Zündhölzern. Er hortet Zigaretten und Streichholzbriefchen, aber ich bezweifle sehr, dass er raucht. Die meisten Hamsterer besitzen gewaltige Mengen von leicht entzündlichen Papieren und Zeitschriften. Dieser Täter ist nicht dumm. Er würde niemals ein Feuer riskieren, denn es könnte seine Sammlung zerstören. Oder wenigstens seine Tarnung auffliegen lassen, sobald die Feuerwehr anrückt. Und ich vermute, dass er sich nicht besonders für Münzen oder Kunst interessiert. Er sammelt um des Sammelns willen. *Was* er sammelt, ist zweitrangig.«

»Demnach wohnt er wohl nicht in der Nähe eines Trödelladens?«

Dobyns lachte auf. »Genau so müsst ihr euch seine Behausung vorstellen. Aber natürlich ohne die Kunden… Tja, mehr fällt mir dazu nicht ein. Ich kann nur noch betonen, wie gefährlich er ist. Ihr habt ihn anscheinend schon mehrere Male aufgehalten. Das macht ihn fuchsteufelswild. Er wird jeden töten, der seinem Schatz zu nahe kommt – und zwar ohne mit der Wimper zu zucken. Ich kann euch gar nicht genug vor ihm warnen.«

Sie bedankten sich bei Dobyns. Er wünschte ihnen viel Glück und machte sich auf den Heimweg. Sachs glich das Täterprofil dem neuen Stand der Erkenntnisse an.

TÄTER 522

- Mann.
- Vermutlich Nichtraucher.
- Vermutlich unverheiratet/ohne Kinder.
- Vermutlich ein Weißer, zumindest aber hellhäutig.
- Mittlere Statur.
- Stark; in der Lage, seine Opfer zu erdrosseln.
- Hat Zugriff auf ein Gerät zur Stimmmodulierung.
- Kennt sich vermutlich mit Computern aus; kennt OurWorld. Andere Internetgemeinschaften?
- Nimmt seinen Opfern Trophäen ab. Sadist?
- Wohnung/Arbeitsplatz ist stellenweise dunkel und feucht.
- Isst Knabbergebäck/scharfe Soße.
- Trägt Arbeitsschuhe Marke Skechers, Größe 11.
- Hamsterer. Leidet an Zwangsstörung.
- Führt ein »geheimes Leben« und ein »Fassadenleben«.
- Die öffentliche Persönlichkeit ist das Gegenteil seiner wahren Natur.
- Wohnt nicht zur Miete und hat zwei getrennte Wohnbereiche: einer normal und einer geheim.
- Fenster sind abgedeckt oder übermalt.
- Wird Gewalt anwenden, wenn Sammeltätigkeit oder Sammlung bedroht werden.

»Hilft uns das weiter?«, fragte Cooper.

Rhyme konnte nur die Achseln zucken.

»Was meinst du, Sachs? Könnte das einer der Leute sein, mit denen du bei SSD gesprochen hast?«

Auch sie zuckte die Achseln. »Ich würde sagen, Gillespie kommt der Beschreibung am nächsten. Der war wirklich seltsam. Andererseits schien Cassel mit allen Wassern gewaschen zu sein – im Hinblick auf eine glaubhafte Fassade. Arlonzo-Kemper ist verheiratet und scheidet laut Terry damit aus. Die beiden Techniker habe ich nicht gesehen. Das war Ron.«

Begleitet von einem elektronischen Trillern, öffnete sich auf dem Monitor ein Fenster mit der Kennung eines Anrufers. Es war Lon

Sellitto, der sich von zu Hause meldete. Offenbar arbeitete er immer noch an dem Expertenplan, den Rhyme und er sich ausgedacht hatten.

»Kommando, Telefon, Abheben… Lon, wie steht's?«

»Es ist alles bereit, Linc.«

»Wie weit sind wir?«

»Schau dir die Spätnachrichten an, und sieh selbst. Ich gehe jetzt zu Bett.«

Rhyme trennte die Verbindung und schaltete den Fernseher ein, der in der Ecke des Labors stand.

Mel Cooper verabschiedete sich. Er packte soeben seine Aktentasche, als sein Computer einen Piepton von sich gab. Cooper sah hin. »Amelia, hier ist eine E-Mail für Sie.«

Sie kam und setzte sich.

»Ist das die Colorado State Police wegen Gordon?«, fragte Rhyme.

Sachs antwortete nicht, aber er sah, wie sie eine Augenbraue hochzog, während sie den umfangreichen Text las. Ihr Finger verschwand unter dem langen roten Haar, das sie zu einem Pferdeschwanz zusammengebunden hatte, und grub sich in ihre Kopfhaut.

»Was ist denn?«

»Ich muss weg«, sagte sie und stand auf.

»Sachs? Was ist los?«

»Es hat nichts mit dem Fall zu tun. Ruf mich an, falls du mich brauchst.«

Und mit diesen Worten eilte sie zur Tür hinaus. Zurück blieb der Schatten eines Geheimnisses, so subtil wie das Aroma der Lavendelseife, die Sachs seit einiger Zeit bevorzugte.

Der Fall 522 kam schnell voran.

Und doch müssen Cops sich stets auch um andere Aspekte ihres Lebens kümmern.

Was der Grund dafür war, dass Amelia nun verunsichert vor einem hübschen, freistehenden Haus in Brooklyn stand, nicht weit von ihrer eigenen Wohnung. Es war eine angenehme Nacht. Eine sanfte Brise hüllte sie in den Duft von Flieder und Mulch. Es wäre schön, jetzt einfach auf dem Bordstein oder einer Veranda sitzen zu können, anstatt zu tun, was Sachs vorhatte.

Was sie tun *musste*.

Gott, wie ich das hasse.

Pam Willoughby kam an die Tür. Sie hatte einen Jogginganzug an und das Haar zu einem Pferdeschwanz zusammengefasst. Sie sprach gerade mit einem der anderen Pflegekinder, ebenfalls eine Halbwüchsige. Die Gesichter der beiden stellten den verschwörerischen und gleichzeitig unschuldigen Ausdruck zur Schau, den Mädchen dieses Alters so selbstverständlich wie Make-up tragen. Zwei Hunde spielten zu ihren Füßen: Jackson, der winzige Havaneser, und ein sehr viel größerer, aber ebenso ausgelassener Briard namens Cosmic Cowboy, der Pams Pflegefamilie gehörte.

Sachs kam gelegentlich hier vorbei, um das Mädchen abzuholen und mit ihm ins Kino, zu Starbucks oder zum Eisessen zu fahren. Normalerweise hellte Pams Gesicht sich auf, sobald sie Amelia sah.

Diesmal nicht.

Sachs war aus dem Wagen gestiegen und lehnte an der warmen Motorhaube. Pam nahm Jackson auf den Arm und gesellte sich zu ihr.

»Tut mir leid, dass ich so spät noch stören muss.«

»Schon in Ordnung.« Das Mädchen war vorsichtig.

»Was machen die Hausaufgaben?«

»Die sind, wie sie sind. Manche gut, andere beschissen.«

Das war heutzutage nicht anders als zu Sachs' Schulzeit.

Amelia streichelte den Hund, den Pam besitzergreifend umklammerte. Das machte sie oft so bei ihren Sachen. Niemals durfte jemand anders ihre Büchertasche oder eine Einkaufstüte für sie tragen. Sachs vermutete, das Mädchen hatte in seinem Leben schon so viele Verluste hinnehmen müssen, dass es nun festhielt, was immer es konnte.

»Also. Was gibt's?«

Amelia fiel keine Möglichkeit ein, das Thema schonend zur Sprache zu bringen. »Ich habe mit deinem Freund geredet.«

»Freund?«, fragte Pam.

»Stuart.«

»Du hast *was*?« Durch die Blätter eines Ginkgobaumes fiel Licht auf einen Teil ihrer bestürzten Miene.

»Ich musste.«

»Nein, musstest du nicht.«

»Pam… ich hab mir Sorgen um dich gemacht. Ein Freund beim Department, der auf Sicherheitsüberprüfungen spezialisiert ist, hat ihn für mich durchleuchtet.«

»Nein!«

»Ich wollte herausfinden, ob er irgendwelche Leichen im Keller hat.«

»Du hattest kein Recht, das zu tun!«

»Stimmt. Aber ich hab es trotzdem gemacht. Und vorhin habe ich per E-Mail eine Antwort erhalten.« Sachs spürte, wie ihr Magen sich zusammenzog. Einem Mörder von Angesicht zu Angesicht zu begegnen, mit zweihundertsiebzig Kilometern pro Stunde zu fahren… das alles war gar nichts im Vergleich zu dem, was sie hier tat. Ihre Knie wurden weich.

»Und jetzt willst du mir erzählen, er sei ein Verbrecher?«, herrschte Pam sie an. »Ein Serienkiller? Ein Terrorist?«

Sachs zögerte. Sie wollte das Mädchen am Arm berühren. Und tat es nicht. »Nein, Kleines. Aber… er ist verheiratet.«

Sachs sah, wie Pam sie in dem Spiel aus Licht und Schatten verständnislos anstarrte.

»Er ist… verheiratet?«

»Es tut mir leid. Seine Frau ist auch Lehrerin. An einer Privatschule auf Long Island. Und er hat zwei Kinder.«

»Nein! Das ist nicht wahr.« Pam hatte die freie Hand dermaßen fest zu einer Faust geballt, dass es sich um einen Muskelkrampf handeln musste. Ihr Blick zeugte von Zorn, aber kaum von Überraschung. Sachs fragte sich, ob Pam gerade ihre Erinnerungen Revue passieren ließ. Vielleicht hatte Stuart gesagt, er habe keinen Festnetzanschluss, nur ein Mobiltelefon. Oder er hatte sie gebeten, nicht seine übliche E-Mail-Adresse zu benutzen, sondern eine andere.

Bei mir zu Hause herrscht das blanke Chaos. Es wäre mir peinlich, wenn du das siehst. Du weißt doch, ich bin Lehrer. Wir sind immer so zerstreut … Ich muss mir unbedingt eine Haushaltshilfe besorgen …

»Du irrst dich«, rief Pam. »Du verwechselst ihn mit jemand anderem.«

»Ich bin gerade bei ihm gewesen. Ich habe ihn gefragt, und er hat es mir gesagt.«

»Nein, das bist du nicht! Du denkst dir das bloß aus!« Die Augen des Mädchens funkelten, und sein kaltes Lächeln traf Sachs wie ein Messer ins Herz. »Du machst genau das Gleiche wie meine Mutter! Wenn der etwas an mir nicht gepasst hat, hat sie mich angelogen! So wie du.«

»Pam, ich würde nie …«

»Andauernd will man mir etwas wegnehmen! Aber das wird dir nicht gelingen! Ich liebe ihn, und er liebt mich, und du wirst ihn mir nicht ausreden!« Sie fuhr herum und lief mit ihrem Hund zurück zum Haus.

»Pam!«, rief Sachs mit erstickter Stimme. »Bitte, Kleines …«

Als das Mädchen hineinging, drehte es sich noch einmal kurz um, mit wirbelndem Haar und stocksteifer Haltung. Amelia war froh, dass sie dank des Lichts im Hintergrund Pams Gesicht nicht erkennen konnte. Sie hätte es nicht ertragen, den Hass zu sehen, der, wie sie wusste, in diesem Moment auf Pams Zügen lag.

Die Schmierenkomödie auf dem Friedhof brennt immer noch wie Feuer.

Miguel 5465 hätte sterben müssen. Hätte auf ein Stück samtene Pappe gespießt und von der Polizei begutachtet werden sollen. Dann hätten diese Leute den Fall für abgeschlossen erklärt, und alles wäre gut gewesen.

Aber so war es nicht gekommen. Der Schmetterling war entwischt. Nun kann ich nicht noch einmal versuchen, jemandes Selbstmord vorzutäuschen. Diese Leute haben etwas über mich erfahren. Diese Leute haben ihr Wissen vergrößert …

Ich hasse diese Leute, hasse diese Leute, hasse diese Leute, hasse diese Leute …

Ich stehe so kurz davor, mein Rasiermesser zu nehmen und nach draußen zu laufen und …

Be … ruhige … dich. Aber das fällt mir immer schwerer, je mehr Jahre ins Land ziehen.

Ich habe heute Abend auf gewisse Transaktionen verzichtet – ich wollte eigentlich den Selbstmord feiern – und betrete nun mein Refugium. Es hilft, von meinen Schätzen umgeben zu sein. Ich schlendere durch die wohlriechenden Räume und drücke mehrere Gegenstände fest an mich. Trophäen der verschiedenen Transaktionen des letzten Jahres. Das vertrocknete Fleisch, die Fingernägel und das Haar an meiner Wange zu spüren, ist ein so tröstliches Gefühl.

Doch ich bin erschöpft. Ich setze mich vor das Harvey-Prescott-Gemälde und schaue zu ihm hinauf. Die Familie schaut zurück. Es ist wie bei manchen Porträts – ihre Blicke folgen dir überallhin.

Beruhigend. Aber auch irgendwie unheimlich.

Vielleicht ist einer der Gründe, aus denen ich Prescotts Arbeit so liebe, die Tatsache, dass seine Figuren ohne Vergangenheit sind. Sie werden von keinerlei Erinnerungen geplagt, die sie kribbelig machen, die ganze Nacht wach halten und hinaus auf die Straße treiben, wo sie dann Schätze und Trophäen sammeln.

Ach, Erinnerungen:

Juni, fünf Jahre alt. Vater setzt sich mit mir hin, steckt sich die unangezündete Zigarette hinter das Ohr und erklärt mir, dass ich nicht sein Kind bin. »Wir haben dich in die Familie aufgenommen, weil wir dich unbedingt wollten, und wir haben dich lieb, auch wenn du nicht unser leiblicher Sohn bist, das verstehst du doch, oder?« Eigentlich nicht, nein. Ich starre ihn fragend an. Mutter knetet ein Papiertaschentuch zwischen den feuchten Fingern. Sie platzt damit heraus, dass sie mich wie ihr leibliches Kind liebt, nein, sogar noch mehr. Ich begreife nicht, wie das gehen soll. Es klingt wie eine Lüge.

Vater geht zu seinem Zweitjob. Mutter kümmert sich um die anderen Kinder und lässt mich mit meinen Gedanken allein. Ich komme mir vor, als habe man mir etwas weggenommen. Aber ich weiß nicht, was. Ich sehe aus dem Fenster. Es ist schön hier. Berge und viel Grün und kühle Luft. Aber ich bin am liebsten in meinem Zimmer, und dahin gehe ich jetzt auch.

August, sieben Jahre alt. Vater und Mutter streiten sich schon wieder. Lydia, die älteste von uns, weint. Geh nicht, geh nicht, geh nicht… Ich hingegen rechne mit dem Schlimmsten und decke mich mit Essen und Pennys ein – Pennys vermisst niemand. Nichts kann mich davon abhalten, sie zu sammeln, insgesamt einhundertvierunddreißig Dollar in Kupfermünzen, manche glänzend, andere matt. Ich verstecke sie in Schachteln in meinem Wandschrank…

November, sieben Jahre alt. Vater kommt nach einem Monat zurück, in dem er »dem flinken Dollar hinterhergejagt« ist, wie er oft sagt. (Lydia und ich lächeln dann immer.) Er fragt, wo die anderen Kinder sind. Mutter sagt ihm, sie habe es allein nicht mehr geschafft. »Rechne es dir selbst aus«, sagt er. »Was, zum Teufel, hast du dir dabei gedacht? Schnapp dir das Telefon, und ruf die Stadt an.«

»Du warst nicht hier«, weint sie.

Lydia und ich sind verwirrt, aber wir wissen, es hat nichts Gutes zu bedeuten.

In meinem Schrank sind zweihundertzweiundfünfzig Dollar in Pennys, dreiunddreißig Dosen Tomaten, achtzehn Dosen anderes Gemüse und zwölf Dosen Spaghetti mit Soße, die ich nicht mal mag, aber ich habe sie. Das ist alles, was zählt.

Oktober, neun Jahre alt. Mutter hat bei der Stadt angerufen. Noch mehr Notunterbringungen von Pflegekindern. Im Augenblick gibt es hier neun von uns. Lydia und ich helfen. Sie ist vierzehn und kann sich um die kleineren Kinder kümmern. Lydia bittet Vater, den Mädchen Puppen zu kaufen – denn sie selbst hatte nie eine, und es ist wichtig –, aber er sagt, wie sollten sie vom Geld der Stadt leben, wenn sie es für solchen Mist aus dem Fenster werfen?

Mai, zehn Jahre alt. Ich komme aus der Schule zurück. Es hat mich große Überwindung gekostet, aber ich habe einen Teil der Pennys genommen und eine Puppe für Lydia gekauft. Ich bin so sehr auf ihre Reaktion gespannt. Aber dann sehe ich, dass ich einen Fehler begangen und die Schranktür offen gelassen habe. Vater ist drinnen und reißt die Schachteln auf. Die Pennys liegen da wie tote Soldaten auf einem Schlachtfeld. Er füllt sich die Taschen und nimmt die Schachteln mit. »Du hast sie doch selbst geklaut, also jammere nicht.« Weinend erzähle ich ihm, ich hätte die Pennys gefunden. »Gut«, sagt Vater triumphierend. »Und jetzt habe ich *sie gefunden, daher gehören sie* mir*… Nicht wahr, junger Mann? Da bleibt dir die Spucke weg, was? Herrje, fast fünfhundert Dollar.« Und er nimmt die Zigarette, die hinter seinem Ohr klemmt.*

Wissen Sie, wie sich das anfühlt, wenn jemand kommt und Ihnen Ihre Sachen wegnimmt, Ihre Soldaten, Ihre Puppen, Ihre Pennys? Halten Sie sich bei geschlossenem Mund die Nase zu. So fühlt sich das an, und man kann es nicht allzu lange aushalten, bis etwas Schreckliches geschieht.

Oktober, elf Jahre alt. Lydia ist weg. Ohne eine Nachricht zu hinterlassen. Die Puppe nimmt sie nicht mit. Das Jugendamt schickt uns den vierzehnjährigen Jason, der bei uns wohnen soll. Er kommt jede Nacht in mein Zimmer. Er will mein Bett (denn das ist trocken und seines nicht). Ich schlafe in seinem nassen Bett. Einen Monat lang, jede Nacht. Ich beschwere mich bei Vater. Er sagt mir, ich solle die Klappe halten. Sie bräuchten das Geld, und es gebe eine Zulage für SG-Kinder wie Jason und… Er redet nicht weiter. Wollte er sagen und mich*? Ich weiß nicht, was SG bedeutet. Noch nicht.*

Januar, zwölf Jahre alt. Blinkende rote Lichter. Mutter schluchzt, die anderen Pflegekinder schluchzen. Die Verbrennung an Vaters Arm sei schmerzhaft, sagt der Feuerwehrmann, aber zum Glück habe das Feuerzeugbenzin auf der Matratze sich nicht schnell entzündet. Wäre das echtes Benzin gewesen, wäre er tot. Als sie Jason wegbringen, mit dunklen Augen unter dunklen Brauen, schreit er, er habe keine Ahnung, wie das Feuerzeugbenzin und die Streichhölzer in seine Schultasche gekommen seien. Er habe das nicht getan, er sei es nicht gewesen! Und er habe in seinem Klassenzimmer auch keine Fotos von Leuten aufgehängt, die bei lebendigem Leibe verbrannt seien.

Vater schreit Mutter an: »Sieh nur, was du angerichtet hast!«

Sie schreit zurück: »Du wolltest ja unbedingt die Zulage!«

Die SG-Zulage.

Was für »seelisch gestört« steht, wie ich inzwischen weiß.

Erinnerungen, Erinnerungen … Ach, manche Sammlungen würde ich am liebsten weggeben oder auf den Müll werfen, wenn ich nur könnte.

Ich lächle meiner stummen Familie zu, den Prescotts. Dann widme ich mich wieder dem aktuellen Problem – der Polizei.

Ich bin jetzt ruhiger und nicht mehr so kribbelig. Und ich bin zuversichtlich, dass meine Verfolger – diese Leute – bald ebenso tot und begraben sein werden wie mein verlogener Vater, wie der panische Jason Stringfellow, der von den Beamten abgeführt wurde, und wie die Sechzehner, die den Höhepunkt einer Transaktion mit ihren Schreien versüßt haben. Dann kann ich bis ans Ende meiner Tage mit meiner zweidimensionalen Familie und meinen Schätzen hier in meinem Refugium glücklich sein.

Meine Truppen, die Daten, sind bereit, in die Schlacht zu ziehen. Ich bin wie Hitler in seinem Berliner Bunker, der dem nahenden Feind die Waffen-SS auf den Hals geschickt hat. Seine Soldaten sind gestorben, meine sind unbesiegbar.

Ich bemerke, dass es Zeit für die Spätnachrichten ist. Mal sehen, was diese Leute über den Todesfall auf dem Friedhof wissen und was nicht. Ich schalte den Fernseher ein.

Man überträgt live vom Rathaus. Der stellvertretende Bürgermeister Ron Scott, ein vornehm aussehender Mann, verkündet soeben, die Polizei habe eine Sonderkommission gebildet. Untersucht werden sollen ein kürzlich begangener Mord samt Vergewaltigung sowie ein weiterer Mord, der heute Abend auf einem Friedhof in Queens verübt wurde und mit dem früheren Verbrechen in Verbindung zu stehen scheine.

Dann stellt Scott einen NYPD-Beamten namens Joseph Malloy vor, der »nun auf die Einzelheiten eingehen wird«.

Aber das tut er nicht, nicht wirklich. Er zeigt ein Phantombild des Täters vor, das mir auch nicht ähnlicher sieht als ungefähr 200 000 anderen Männern im Stadtgebiet.

Ein Weißer, zumindest aber hellhäutig? Oh, bitte.

Er rät der Bevölkerung zur Vorsicht. »Wir glauben, dass der Täter sich unter Anwendung von Methoden des Identitätsdiebstahls seinen Opfern genähert hat. Um sie in Sicherheit zu wiegen.«

Er fährt fort, man solle vor Unbekannten auf der Hut sein, die

Kenntnisse über das eigene Kaufverhalten besäßen, über Bankkonten, Urlaubspläne und Verkehrsdelikte. »Auch über Kleinigkeiten, denen Sie normalerweise keine Beachtung schenken würden.«

Die Stadt habe sogar einen Experten der Carnegie Mellon University einfliegen lassen. Dr. Carlton Soames, ein Fachmann für Informationsmanagement und -sicherheit, werde den Ermittlern die nächsten paar Tage zur Seite stehen und sie zum Thema Identitätsdiebstahl beraten, was man für die erfolgversprechendste Möglichkeit halte, den Täter aufzuspüren.

Soames wirkt mit seinem widerspenstigen Haar wie ein typischer Kleinstadtjunge aus dem Mittelwesten, der etwas klüger war als all die anderen. Ein unbeholfenes Grinsen. Der Anzug ein wenig verrutscht und die Brillengläser ein wenig verschmiert, wie ihr ungleichmäßiges Funkeln mir verrät. Und wie abgenutzt dieser Ehering wohl ist? Ziemlich, möchte ich wetten. Soames sieht wie die Sorte Mann aus, die früh geheiratet hat.

Er sagt nichts, sondern starrt nur wie ein nervöses Tier die Presseleute und die Kamera an. Captain Malloy fährt fort. »In einer Zeit, in der Identitätsdiebstähle immer häufiger vorkommen und bisweilen mörderische Konsequenzen haben …«

Der Schnitzer bei der Wortwahl ist eindeutig nicht beabsichtigt, aber dennoch unglücklich.

»… nehmen wir unsere Verantwortung ernst, die Bürger dieser Stadt zu schützen.«

Die Reporter überschütten den stellvertretenden Bürgermeister, den Captain und den nervösen Professor sogleich mit einer Flut von Fragen, die auch von einem Drittklässler hätten stammen können. Malloy lässt sich nicht festlegen und beruft sich dabei immer wieder auf die noch laufenden Ermittlungen.

Der stellvertretende Bürgermeister Ron Scott versichert der Öffentlichkeit, die Stadt sei sicher und es werde alles zu ihrem Schutz getan. Dann endet die Pressekonferenz abrupt.

Die normalen Nachrichten, sofern man sie so nennen kann, gehen weiter. Vergiftetes Gemüse in Texas, eine Frau in Missouri, die während einer Überflutung auf der Haube eines Lastwagens festsitzt. Der Präsident hat eine Erkältung.

Ich schalte den Fernseher aus, sitze in meinem dunklen Refugium und überlege mir, wie ich diese neue Transaktion am besten bewerkstelligen kann.

Mir kommt eine Idee. Sie ist aber so offensichtlich, dass ich skeptisch bin. Doch zu meiner Überraschung sind nur drei Anrufe nötig – bei Hotels in der Nähe der Police Plaza Nummer eins –, bis ich weiß, wo Dr. Carlton Soames untergebracht ist.

VIERTER TEIL

Amelia 7303

Dienstag, 24. Mai

Man konnte natürlich nie wissen, ob man im Augenblick gerade beobachtet wurde oder nicht. Wie oft oder nach welchem System sich die Gedankenpolizei in jede Privatleitung einschaltete, darüber ließ sich bloß spekulieren. Es war sogar denkbar, dass sie ständig alle beobachtete.

George Orwell, *1984*

... Dreiunddreißig

Amelia Sachs traf früh ein.

Aber Lincoln Rhyme war schon längere Zeit wach. Er hatte nicht gut geschlafen. Der Grund dafür waren die Pläne, die gegenwärtig anliefen, sowohl hier als auch in England. Er hatte von seinem Cousin Arthur und seinem Onkel Henry geträumt.

Sachs traf ihn im Trainingsraum an, wo Thom ihm gerade wieder in den TDX-Rollstuhl half, nachdem er acht Kilometer auf dem elektrisch angetriebenen Fahrradergometer zurückgelegt hatte. Das gehörte zu seinem regelmäßigen Übungsprogramm, um seine allgemeine Kondition zu verbessern und seine Muskeln für den Tag in Schuss zu halten, an dem sie vielleicht wieder an die Stelle der Geräte treten sollten, die derzeit einen Großteil seines Lebens bestimmten. Sachs übernahm, während der Betreuer nach unten ging, um das Frühstück zuzubereiten. Es sagte viel über die Güte ihrer Beziehung aus, dass Rhyme schon längst keine Bedenken mehr hatte, sich von Amelia bei seiner morgendlichen Prozedur helfen zu lassen, die viele Leute als unangenehm empfunden hätten.

Sachs hatte bei sich zu Hause in Brooklyn übernachtet, also brachte er sie hinsichtlich des Falls 522 auf den neuesten Stand. Aber er merkte, dass sie geistesabwesend war. Als er sie nach dem Grund fragte, atmete sie tief durch. »Es ist wegen Pam«, sagte sie und erzählte ihm, dass der vermeintliche Freund des Mädchens sich als ihr ehemaliger Lehrer erwiesen hatte. Noch dazu ein verheirateter Lehrer.

»Nein ...« Rhyme schüttelte den Kopf. »Das tut mir leid. Das arme Kind.« Seine erste Reaktion war, diesen Stuart möglichst schnell zum Teufel zu jagen. »Halt ihm deine Dienstmarke unter die Nase, Sachs. Er wird die Beine in die Hand nehmen. Oder ich rufe ihn an, falls du willst.«

Sachs jedoch hielt das nicht für den richtigen Ansatz. »Ich fürchte, wenn ich zu viel Druck mache oder ihn melde, könnte ich sie verlieren. Und falls ich gar nichts unternehme, stürzt sie sich womöglich ins Unglück. Mein Gott, was ist, wenn sie ein Kind von ihm will?«

Einer ihrer Fingernägel grub sich in ihren Daumen. Dann wurde es ihr bewusst, und sie hörte damit auf. »Falls ich von Anfang an ihre Mutter gewesen wäre, wäre alles anders. Ich würde wissen, was zu tun ist.«

»Meinst du wirklich?«, fragte Rhyme.

Sie dachte darüber nach. Dann lächelte sie. »Okay, vielleicht auch nicht«, räumte sie ein. »Dieser ganze Elternkram. Kinder sollten mit einer Bedienungsanleitung geliefert werden.«

Sie nahmen ihr Frühstück im Schlafzimmer ein. Sachs fütterte Rhyme. Genau wie unten im Wohnzimmer und im Labor war es auch hier mittlerweile wesentlich gemütlicher als bei Sachs' erstem Besuch vor vielen Jahren. Damals war alles nur kahl und zweckmäßig gewesen, und als einzigen Wandschmuck hatte es große Kunstposter gegeben, die sie bei ihrem ersten gemeinsamen Fall umgedreht an die Wand geheftet und als behelfsmäßige Tafeln genutzt hatten. Die Poster hingen wieder richtig herum, und es waren weitere hinzugekommen, von Gemälden, die Rhyme gefielen: impressionistische Landschaften und melancholische Stadtszenen von Künstlern wie George Inness und Edward Hopper.

Nun setzte Amelia sich neben Rhymes Rollstuhl und nahm seine rechte Hand, über die er seit einiger Zeit wieder ein wenig Kontrolle besaß. Er konnte Sachs' Fingerspitzen spüren, obwohl das Gefühl merkwürdig war und ein oder zwei Stufen entfernt von dem, was er an Hals oder Gesicht empfinden würde, wo die Nerven normal funktionierten. Ihre Hand war wie Wasser, das auf seine Haut tröpfelte. Er befahl seinen Fingern, sich um ihre zu schließen. Und merkte den Druck von Amelias Erwiderung. Schweigen. Aber er entnahm ihrer Körperhaltung, dass sie über Pam sprechen wollte, und sagte nichts, damit sie den Zeitpunkt selbst wählen konnte. Er beobachtete die Wanderfalken auf dem Fenstersims, aufmerksam, hellwach, das Weibchen ein Stück größer. Die beiden waren angespannte Kraftpakete. Falken jagen bei Tag, und es galt Jungtiere zu füttern.

»Rhyme?«

»Ja?«

»Du hast ihn noch immer nicht angerufen, nicht wahr?«

»Wen?«

»Deinen Cousin.«

Oh, es ging gar nicht um Pam. Ihm wäre nie in den Sinn gekommen, dass Sachs über Arthur Rhyme nachdenken könnte. »Nein, hab ich nicht.«

»Weißt du was? Ich wusste nicht mal, dass du einen Cousin hast.«

»Hab ich ihn denn nie erwähnt?«

»Nein. Du hast von deinem Onkel Henry und deiner Tante Paula gesprochen. Aber nicht von Arthur. Warum nicht?«

»Wir arbeiten zu schwer. Da bleibt keine Zeit zum Plaudern.« Er lächelte. Sie nicht.

Sollte er es ihr erzählen?, grübelte Rhyme. Nein, dachte er im ersten Moment. Weil die Erklärung nach Selbstmitleid stank. Und Lincoln Rhyme hasste Selbstmitleid. Dennoch, sie verdiente es, etwas zu erfahren. So ist das nun mal in der Liebe. Wenn die Sphären zweier unterschiedlicher Leben aufeinandertreffen und sich überschneiden, dürfen gewisse grundlegende Dinge – Stimmungen, Vorlieben, Ängste, Ärgernisse – nicht verheimlicht werden. Das ist die Abmachung.

Also erzählte er ihr nun davon.

Von Adrianna und Arthur, von dem bitterkalten Tag des Wissenschaftswettbewerbs und den Lügen danach, von der peinlichen forensischen Untersuchung der Corvette und sogar von dem potenziellen Verlobungsgeschenk – einem Betonstück vom Beginn des Atomzeitalters. Sachs nickte, und Rhyme musste innerlich lachen. Weil er wusste, dass sie dachte: Was war denn so schlimm daran? Eine Schulliebe, ein paar Lügen, ein gebrochenes Herz. Im Arsenal der persönlichen Kränkungen waren das eher kleine Kaliber. Wie konnte etwas so Banales eine so tiefe Freundschaft zerstören?

Ihr wart wie Brüder…

»Aber hat Judy nicht gesagt, du und Blaine hättet sie besucht? Das klingt doch, als sei alles wieder in Ordnung gewesen.«

»Oh, ja. Das haben wir. Adrianna war schließlich bloß mein

Highschoolschwarm. Sie war hübsch … eine große Rothaarige, um genau zu sein.«

Sachs lachte.

»Aber sie wäre es wohl kaum wert gewesen, die Verbindung zwischen Arthur und mir auf Dauer zu beenden.«

»Demnach steckt noch mehr dahinter, ja?«

Rhyme sagte eine Weile nichts. Dann: »Nicht lange vor meinem Unfall bin ich nach Boston gefahren, um auf einer internationalen Konferenz über forensische Wissenschaft einen Vortrag zu halten.« Er trank einen Schluck Kaffee durch den Strohhalm. »Als ich danach in der Hotelbar saß, kam eine Frau zu mir, eine pensionierte Professorin vom MIT. Mein Nachname war ihr bekannt vorgekommen, und sie sagte, sie habe vor vielen Jahren mal einen Studenten aus dem Mittelwesten gehabt, einen gewissen Arthur Rhyme. Ob er und ich verwandt seien.

Ich sagte, er sei mein Cousin. Da erzählte sie mir etwas Interessantes über Arthur. Er hatte seiner Bewerbung um einen Studienplatz keinen gewöhnlichen Aufsatz beigelegt, sondern eine wissenschaftliche Abhandlung. Der Text sei brillant gewesen, sagte sie. Originell, fundiert, rigoros – oh, falls du einem Wissenschaftler ein Kompliment machen willst, Sachs, dann bezeichne seine Forschungsarbeit als ›rigoros‹.« Er verstummte kurz. »Wie dem auch sei, die Professorin hatte ihn ermutigt, das Thema weiter auszuarbeiten und in einer Fachzeitschrift zu veröffentlichen. Aber das hatte Arthur während seines Studiums nie getan. Danach hatte sie ihn aus den Augen verloren und fragte sich nun, ob er auf dem Gebiet wohl jemals wieder gearbeitet habe.

Ich war neugierig und erkundigte mich nach dem Thema der Abhandlung. Sie konnte sich sogar noch an den Titel erinnern. ›Die biologischen Auswirkungen gewisser nanopartikulärer Materialien‹ … Ach, und übrigens, Sachs, diesen Aufsatz habe *ich* geschrieben.«

»Du?«

»Ja, als Projekt für einen Wissenschaftswettbewerb. Hat in Illinois den zweiten Platz belegt. Und es war wirklich eine originelle Arbeit, das gebe ich gern zu.«

»Arthur hat den Aufsatz gestohlen?«

»Ja.« Sogar jetzt noch, nach all den Jahren, kochte die Wut in ihm hoch. »Aber es wird noch schlimmer.«

»Red weiter.«

»Nach der Konferenz musste ich ständig daran denken, was die Frau mir erzählt hatte. Ich setzte mich mit dem Zulassungsbüro des MIT in Verbindung. Dort sind alle früheren Bewerbungen um einen Studienplatz auf Mikrofiche archiviert. Man schickte mir eine Kopie meines eigenen Antrags. Aber da stimmte was nicht. Das Formular war das, was ich eingereicht hatte, mit meiner Unterschrift. Aber alles, was von der *Schule* kam, aus dem Büro der Studienberatung, war verändert worden. Art hatte sich meine Highschool-Unterlagen verschafft und die Einträge gefälscht. Anstatt der Einsen, die ich in meinen Zeugnissen hatte, trug er Zweien ein. Meine Empfehlungsschreiben ersetzte er durch mittelmäßig klingende Zeilen, die wie Formbriefe wirkten. Wahrscheinlich waren das die Briefe, die *er* von seinen Lehrern bekommen hatte. Und die Empfehlung durch meinen Onkel Henry fehlte ganz.«

»Er hat sie herausgenommen?«

»Und er hat meinen Bewerbungsaufsatz durch irgendein belangloses Warum-ich-zum-MIT-will-Geschwätz ausgetauscht. Er hat sogar ein paar überaus blamable Rechtschreibfehler eingebaut.«

»Oh, das tut mir aber leid.« Sie drückte seine Hand fester. »Und Adrianna hat bei der Studienberatung gearbeitet, nicht wahr? Also hat sie ihm geholfen.«

»Nein. Zuerst dachte ich das auch, aber dann habe ich sie ausfindig gemacht und angerufen.« Er lachte humorlos auf. »Wir haben über unser Leben gesprochen, unsere Ehen, ihre Kinder, unsere Berufe. Dann über die Vergangenheit. Sie hat sich immer gefragt, warum ich mich so plötzlich zurückgezogen hatte. Ich sagte, ich dachte, sie hätte beschlossen, lieber mit Arthur auszugehen.

Sie war überrascht und sagte, nein, sie habe Arthur bloß einen Gefallen getan und ihm bei seinem Antrag auf einen Studienplatz geholfen. Er war ein halbes Dutzend Mal zu ihr ins Büro gekommen, um über Colleges zu reden und sich ein paar Beispiele für Bewerbungsaufsätze und Empfehlungsschreiben anzusehen. Er sagte, sein eigener Studienberater sei furchtbar und er wolle doch so gern auf eine gute Universität gehen. Und er bat sie, niemandem etwas zu verraten, vor allem nicht mir; es sei ihm peinlich gewesen, dass er Hilfe brauchte. Daher haben die beiden sich einige Male heimlich getroffen. Adrianna hatte nach all der Zeit immer noch Gewissensbisse, dass Art sie dazu gebracht hatte, mich anzulügen.«

»Und als sie mal zur Toilette musste oder irgendwas fotokopiert hat, hat er deine Akte geplündert.«

»Genau.«

Arthur hat in seinem ganzen Leben noch niemandem ein Haar gekrümmt. Er ist dazu gar nicht fähig…

Falsch, Judy.

»Bist du dir ganz sicher?«, fragte Sachs.

»Ja. Denn direkt nach dem Gespräch mit Adrianna habe ich Arthur angerufen.«

Rhyme konnte sich an die Unterredung nahezu wortwörtlich erinnern.

»Warum, Arthur? Verrate mir den Grund.« Ohne Gruß, direkt als Einleitung.

Eine Pause. Arthurs Atem war zu hören.

Und obwohl die Untat viele Jahre zurücklag, wusste sein Cousin sofort, was gemeint war. Er fragte nicht, wie Rhyme es herausgefunden hatte. Er versuchte nicht, es abzustreiten oder Unwissenheit oder Unschuld vorzutäuschen.

Seine Reaktion: Er ging in die Offensive. »Also gut, du willst den Grund wissen, Lincoln?«, hatte er schroff erwidert. »Den kann ich dir sagen. Es war der Preis an Weihnachten.«

»Der Preis?«, hatte Rhyme verwirrt gefragt.

»Den mein Vater dir bei dem Quiz an Heiligabend gegeben hat, in unserem letzten Highschooljahr.«

»Das Stück Beton? Aus dem Stagg-Field-Stadion?« Rhyme hatte die Stirn gerunzelt. »Wie meinst du das?« Es musste mehr dahinterstecken als der Gewinn eines Souvenirs, das nur für eine Handvoll Leute auf der Welt Bedeutung besaß.

»Das hat *mir* zugestanden!«, hatte sein Cousin geschrien, als wäre er das Opfer gewesen. »Immerhin hat Vater mich nach dem Leiter des Atomprojekts benannt. Ich wusste, dass er dieses Andenken behalten hatte. Ich wusste, er würde es mir zum Schul- oder Studienabschluss schenken. Es hätte mein Abschlussgeschenk sein sollen! Ich hatte es mir all die Jahre so sehr gewünscht!«

Rhyme war sprachlos gewesen. Da standen sie nun, zwei erwachsene Männer, und redeten wie Kinder über ein gestohlenes Comicheft oder irgendwelche Süßigkeiten.

»Er hat die eine Sache weggegeben, die mir wichtig war. Und ausgerechnet *du* hast sie bekommen.« Seine Stimme zitterte. Weinte er etwa?

»Arthur, ich habe bloß ein paar Fragen beantwortet. Es war ein Spiel.«

»Ein Spiel? ... Scheiße, was sollte dieser Mist? Es war Heiligabend! Wir hätten Weihnachtslieder singen oder uns *Ist das Leben nicht schön?* anschauen sollen. Aber nein, nein, Vater musste alles in ein beschissenes Klassenzimmer verwandeln. Das war peinlich! Es war langweilig. Aber niemand hatte den Mut, dem großen Professor mal die Meinung zu sagen.«

»Herrje, Art, das war doch nicht meine Schuld! Ich habe bloß einen Preis gewonnen. Ich habe dir doch nichts weggenommen.«

Ein kaltes Lachen. »Nein? Tja, Lincoln, ist dir nie in den Sinn gekommen, dass du mir eventuell doch etwas weggenommen haben könntest?«

»Was denn?«

»Denk doch mal nach! Vielleicht ... meinen Vater.« Er hielt inne und atmete tief durch.

»Wovon, zum Teufel, redest du da?«

»Du hast ihn mir gestohlen! Hast du dich je gefragt, warum ich mich nie für die Leichtathletikmannschaft beworben habe? Weil du die bereits mit Beschlag belegt hattest! Und in akademischer Hinsicht? *Du* warst sein anderer Sohn, nicht ich. Du hast in seinen Seminaren gesessen. Du hast ihm bei seinen Forschungen geholfen.«

»Das ist doch verrückt ... Er hat auch dich zu den Seminaren eingeladen. Das weiß ich genau.«

»Einmal hat mir gereicht. Er hat mich zerpflückt, bis ich nur noch heulen wollte.«

»Er hat *jeden* ins Kreuzverhör genommen, Art. Deshalb war

er ja so brillant. Er hat dich zum Denken gebracht, hat dich bedrängt, bis du die richtige Antwort gefunden hattest.«

»Aber einige von uns konnten ihm *nie* die richtige Antwort geben. Ich war gut. Doch ich war nicht überragend. Und von dem Sohn eines Henry Rhyme wird erwartet, dass er überragend ist. Letztlich spielte es keine Rolle für ihn, denn er hatte ja dich. Robert ist nach Europa gegangen, Marie nach Kalifornien gezogen. Und sogar dann wollte er mich nicht. Er wollte dich!«

Der andere Sohn …

»Ich habe mir diese Rolle nicht ausgesucht. Und ich habe deine Stellung nicht untergraben.«

»Ach, nein? So, Mr. Unschuldig. Du hast das Spiel nicht mitgespielt? Du bist nur zufällig am Wochenende zu uns gefahren, auch wenn ich nicht da war? Du hast ihn nicht zu deinen Wettläufen eingeladen? Natürlich hast du das. Sag mir: Welchen der beiden hättest du lieber als Vater gehabt, deinen oder meinen? Hat dein Vater sich je so um dich bemüht? Hat er dich je lautstark von der Tribüne aus angefeuert? Je beifällig die Augenbraue hochgezogen, um seine Wertschätzung zum Ausdruck zu bringen?«

»Das ist doch alles Blödsinn«, hatte Rhyme barsch entgegnet. »Du hast ein Problem mit deinem Vater, und was machst du? Du sabotierst *mich*. Ich hätte es ans MIT geschafft. Doch du hast das verhindert! Mein ganzes Leben wurde verändert. Wenn du nicht gewesen wärst, wäre alles anders gekommen.«

»Nun, ich kann dasselbe über dich sagen, Lincoln. Ich kann dasselbe sagen … Hast du es mit *deinem* Vater jemals auch nur versucht? Was glaubst du, wie er sich gefühlt hat, einen Sohn wie dich zu haben, der hundertmal schlauer war als er selbst? Und der immerzu abgehauen ist, weil er lieber bei seinem Onkel sein wollte. Hast du Teddy überhaupt je eine Chance gegeben?«

Bei diesen Worten hatte Rhyme den Hörer wütend auf die Gabel geschmettert. Das war ihr letztes Gespräch gewesen. Einige Monate darauf wurde Rhyme bei dem Tatortunfall gelähmt.

Alles wäre anders gekommen …

»Deshalb hat er dich nie besucht«, sagte Sachs.

Er nickte. »Damals nach dem Unfall habe ich im Bett gelegen und ständig gedacht, falls Art nicht meine Bewerbung verändert hätte, wäre ich am MIT angenommen worden und womöglich in Boston geblieben, entweder an der Universität oder bei der Polizei. Unter Umständen hätte es mich früher oder später auch nach New York verschlagen, aber ich wäre an jenem Tag vermutlich nicht an dem Tatort auf der U-Bahn-Baustelle gewesen und …« Seine Stimme erstarb.

»Der Schmetterlingseffekt«, sagte sie. »Eine Kleinigkeit in der Vergangenheit hat große Auswirkungen auf die Zukunft.«

Rhyme nickte. Und er wusste, dass Sachs mit Mitgefühl und Verständnis reagieren und ihn nicht mit der Frage konfrontieren würde, was ihm lieber wäre: gehen und ein normales Leben führen zu können – oder ein Krüppel und deswegen eventuell ein weitaus besserer Kriminalist zu sein … und natürlich ihr Lebensgefährte.

So ein Mensch war Amelia Sachs.

Er lächelte matt. »Aber weißt du was, Sachs …«

»Arthur hatte nicht ganz unrecht mit dem, was er gesagt hat?«

»O ja. Mein Vater schien mich nie zur Kenntnis zu nehmen. Jedenfalls hat er mich nie so gefordert wie mein Onkel. Ich bin mir *tatsächlich* wie Onkel Henrys anderer Sohn vorgekommen. Und es hat mir gefallen.« Ihm war klar geworden, dass er unterbewusst vielleicht wirklich versucht hatte, dem ausgelassenen, lebensfrohen Henry Rhyme nachzueifern. Ihm fielen auf Anhieb ein Dutzend Gelegenheiten ein, bei denen er sich für die Schüchternheit seines Vaters geschämt hatte.

»Aber das ist keine Entschuldigung für das, was Arthur gemacht hat«, sagte sie.

»Nein, das ist es nicht.«

»Dennoch«, sagte sie.

»Willst du behaupten, es sei alles schon so lange her, man solle die Vergangenheit ruhen lassen, und was geschehen sei, ließe sich sowieso nicht mehr ändern?«

»So was in der Richtung«, sagte sie lächelnd. »Judy hat erzählt, er habe nach dir gefragt. Er reicht dir die Hand. Verzeih ihm.«

Ihr wart wie Brüder …

Rhymes Blick wanderte über seinen reglosen, gelähmten Körper. Dann wieder zu Sachs. »Ich werde seine Unschuld beweisen«, sagte er leise. »Ich hole ihn aus dem Gefängnis. Ich gebe ihm sein Leben zurück.«

»Das ist nicht dasselbe, Rhyme.«

»Vielleicht nicht. Aber mehr ist nicht drin.«

Sachs wollte noch etwas sagen und womöglich weitere Argumente anführen, aber Arthur Rhyme und sein Verrat wichen in den Hintergrund zurück, weil in diesem Moment das Telefon klingelte und auf dem Computermonitor Lon Sellittos Nummer angezeigt wurde.

»Kommando, Telefon, Abheben... Lon. Was gibt's Neues?«

»Hallo, Linc. Ich wollte dir nur mitteilen, dass unser Computerexperte unterwegs ist.«

Der Kerl kommt mir irgendwie bekannt vor, dachte der livrierte Portier an der Tür des Water Street Hotels – der Mann, der ihm gerade so freundlich zunickte.

Er nickte zurück.

Der Typ hatte sein Telefon am Ohr und blieb draußen stehen, sodass die Passanten ihm ausweichen mussten. Er sprach offenbar mit seiner Frau, folgerte der Portier. Dann änderte sich sein Tonfall. »Patty, mein Schatz...« Eine Tochter. Es folgten ein paar Sätze über ein Fußballspiel, und dann war wieder seine Frau am Apparat. Seine Stimme klang bei ihr erwachsener, aber immer noch verliebt.

Der Fremde fiel in eine bestimmte Kategorie, wusste der Portier. Seit fünfzehn Jahren verheiratet. Treu, freute sich auf zu Hause – und würde eine Tüte voller kleiner, aber von Herzen kommender Geschenke mitbringen. Nicht wie manch anderer Gast – der Geschäftsmann, der mit einem Ehering am Finger hier eintraf und ohne den Ring zum Abendessen ging. Oder die angeheiterte Geschäftsfrau, die mit einem gut aussehenden Kollegen im Aufzug verschwand (Leute wie die beiden legten *nie* ihre Ringe ab; das war gar nicht nötig).

Was ein Portier eben so weiß. Ich könnte ein Buch darüber schreiben.

Aber die Frage nagte weiter an ihm: Wieso kommt dieser Kerl mir so bekannt vor?

Und dann lachte der Mann auf und sagte zu seiner Frau: »Du hast mich gesehen? Mom auch? Es lief bei euch in den Nachrichten?«

Ihn *gesehen*. Ein Fernsehstar?

Moment, Moment. Gleich hab ich's …

Ah, jetzt weiß ich wieder. Gestern in den Spätnachrichten. Na klar – dieser Typ war irgendein Professor oder Doktor. Sloane … oder Soames. Ein Computerexperte von irgendeiner tollen Universität. Ron Scott, der stellvertretende Bürgermeister oder so, hatte was über ihn erzählt. Der Professor half der Polizei bei der Untersuchung der Vergewaltigung und des Mordes vom Sonntag und irgendeines anderen Verbrechens.

Nun wurde sein Gesicht plötzlich ernst. »Natürlich, Liebling, mach dir keine Sorgen«, sagte er. »Ich passe schon auf.« Er beendete das Gespräch und schaute sich um.

»Hallo, Sir«, sagte der Portier. »Ich habe Sie im Fernsehen gesehen.«

Der Professor lächelte zurückhaltend. »Ach, wirklich?« Die Aufmerksamkeit schien ihm peinlich zu sein. »Sagen Sie, können Sie mir verraten, wie ich zur Police Plaza Nummer eins komme?«

»Das ist gleich dahinten. Ungefähr fünf Blocks von hier. Beim Rathaus. Sie können es nicht verfehlen.«

»Danke.«

»Viel Glück.« Der Portier sah eine Limousine kommen und wandte sich ihr zu. Er freute sich, einer Art Berühmtheit begegnet zu sein. Das würde er seiner Frau erzählen.

Dann rempelte ihn jemand von hinten an, fast schon schmerzhaft. Es war ein anderer Mann, der aus dem Hotel gelaufen kam und sich an ihm vorbeidrängte. Der Kerl drehte sich nicht um und entschuldigte sich nicht.

»Blöder Hund«, dachte der Portier und blickte dem Mann hinterher, der mit gesenktem Kopf in dieselbe Richtung eilte wie vorher der Professor. Aber der Portier sagte nichts. Wie unverschämt sie auch sein mochten, er musste es sich gefallen lassen. Es konnte sich um Freunde von Gästen handeln oder um die Gäste von nächster Woche. Oder sogar um Leute aus der eigenen Verwaltung, die ihn testen wollten.

Es einfach wegstecken und den Mund halten. So lautete die Regel.

Dann dachte der Portier nicht länger über den Fernsehprofessor und das rüpelhafte Arschloch nach, denn die Limousine hielt, und er trat vor, um die Tür zu öffnen. Als die Frau ausstieg, erhielt er einen ziemlich guten Einblick in ihr tiefes Dekolleté; das war besser als ein Trinkgeld, das diese Frau ihm ohnehin nicht geben würde, da war er sich hundertprozentig sicher.

Ich könnte ein Buch darüber schreiben.

… Vierunddreißig

Der Tod ist simpel.

Ich habe noch nie verstanden, wieso die Leute ihn verkomplizieren. Zum Beispiel in Filmen. Ich bin kein Fan von Thrillern, habe aber schon eine ganze Menge gesehen. Manchmal gehe ich mit einer Sechzehnerin aus, aus reiner Langeweile, um den Schein zu wahren oder weil ich sie später töten werde. Wir sitzen dann in einem Kino, was besser ist als ein Abendessen, weil man nicht so viel reden muss. Und ich sehe mir den Film an und denke: Was, um alles in der Welt, geht da auf der Leinwand vor? Wer denkt sich solche verwickelten Methoden aus, jemanden umzubringen?

Warum sollte man Kabel und Elektronik und umständliche Waffen und Intrigen benutzen, wenn man einfach zu jemandem hingehen und ihn mit einem Hammer in dreißig Sekunden totschlagen kann?

Simpel. Effizient.

Und machen wir uns nichts vor, die Polizei ist nicht dumm (und nutzt ironischerweise immer öfter SSD und innerCircle bei ihrer Ermittlungsarbeit). Je komplizierter der Plan, desto größer die Gefahr, dass es Augenzeugen gibt oder dass du etwas hinterlässt, mit dem man dich aufspüren kann.

Und meine heutigen Pläne für den Sechzehner, dem ich gerade durch die Straßen von Lower Manhattan folge, könnten gar nicht simpler sein.

Den gestrigen Fehlschlag auf dem Friedhof habe ich inzwischen verdaut und bin wieder frohen Mutes. Ich befinde mich auf einer Mission, und als Teil davon werde ich eine meiner Sammlungen erweitern.

Während ich meiner Zielperson folge, weiche ich links und rechts den Sechzehnern aus. Ach, sieh sich die einer alle an… Mein Puls beschleunigt sich. Mir wird ganz schwindlig bei der Vorstellung, dass diese Sechzehner *selbst* Sammlungen darstellen – ihrer Vergangenheit nämlich. Mehr Informationen, als wir erfassen können.

Die DNS ist schließlich nichts anderes als eine Datenbank unserer Körper und unserer genetischen Vorgeschichte über einen Zeitraum unzähliger Jahrtausende. Falls man das auf Festplatten speichern könnte, wie viele Daten wären es wohl? Dagegen sähe innerCircle wie ein Commodore 64 aus.

Atemberaubend …

Doch zurück zu meinem Vorhaben. Ich überhole eine junge Sechzehnerin und rieche ihr Parfum, das sie sich heute Morgen in ihrer Wohnung auf Staten Island oder in Brooklyn aufgetupft hat. Es war der kümmerliche Versuch, Kompetenz zu verströmen, aber herausgekommen ist bloß billige Anbiederung. Ich nähere mich meiner Zielperson und spüre den tröstlichen Druck der Pistole an meinem Leib. Wissen mag *eine* Art von Macht sein, aber es gibt auch noch andere, die fast genauso effektiv sind.

»He, Professor, da tut sich was.«

»Okay«, entgegnete Roland Bell. Seine Stimme ertönte aus den Lautsprechern im Laderaum des Überwachungswagens, in dem Lon Sellitto, Ron Pulaski und mehrere Beamte des Sondereinsatzkommandos saßen.

Bell, ein Detective des NYPD, der gelegentlich mit Rhyme und Sellitto zusammenarbeitete, war vom Water Street Hotel zur Police Plaza Nummer eins unterwegs. Er hatte seine typische Jeans, das schlichte Hemd und das Sakko gegen einen zerknitterten Anzug getauscht, denn er spielte die Rolle des fiktiven Professors Carlton Soames.

Oder, wie er es im gedehnten Tonfall seiner Heimat North Carolina ausgedrückt hatte: »Ich spiele für euren Esel die Karotte am Stock.«

»Wie dicht?«, flüsterte er nun in das Mikrofon an seinem Revers, das ebenso unsichtbar war wie der winzige Ohrhörer.

»Er ist etwa fünfzehn Meter hinter dir.«

»Aha.«

Bell stand im Zentrum von Lincoln Rhymes Expertenplan, der auf dessen zunehmenden Erkenntnissen über 522 basierte. »Unsere Computerfalle kann ihn nicht täuschen, aber er sehnt sich nach Informationen, das weiß ich. Wir brauchen eine andere Art von Falle. Um ihn aus seinem Versteck zu locken, sollten wir eine Pressekonferenz abhalten und verkünden, wir hätten einen Experten engagiert. Dazu stellen wir einen verkleideten Beamten vor die Kameras.«

»Glaubst du, er sieht fern?«

»Oh, er wird die Berichterstattung aufmerksam verfolgen, um festzustellen, wie wir die Ermittlungen angehen, vor allem nach dem Zwischenfall auf dem Friedhof.«

Zunächst hatten Sellitto und Rhyme sich an jemanden gewandt, der bis zu diesem Zeitpunkt nicht am Fall 522 beteiligt gewesen war – Roland Bell half stets gern aus, wenn gerade kein anderer Auftrag anstand. Dann hatte Rhyme einen Freund an der Carnegie Mellon University angerufen, die er von mehreren Vorträgen kannte und die für ihre Arbeit auf dem Gebiet der Hochtechnologiesicherheit berühmt war. Er erzählte ihm von den Verbrechen, die 522 begangen hatte, und die Leitung der Universität willigte ein, ihnen behilflich zu sein. Ihr Webmaster fügte der Kollegiumsliste auf der Internetseite einen gewissen Dr. Carlton Soames hinzu.

Rodney Szarnek erstellte einen gefälschten Lebenslauf für Soames und schickte ihn an Dutzende von Wissenschaftsseiten im Netz. Danach schusterte er einen glaubwürdigen persönlichen Internetauftritt des angeblichen Dozenten zusammen. Sellitto buchte dem Professor ein Zimmer im Water Street Hotel, organisierte die Pressekonferenz und wartete ab, ob 522 den Köder in *dieser* Falle schlucken würde.

Was er anscheinend getan hatte.

Bell war vor Kurzem aus dem Hotel zum Vorschein gekommen und stehen geblieben, um ein glaubwürdiges, aber vorgetäuschtes Telefonat zu führen. Dadurch verharrte er lange genug im Freien, um ganz sicher die Aufmerksamkeit der Zielperson zu erregen. Das Überwachungsteam konnte beobachten, dass ein anderer Mann direkt nach Bell hastig das Hotel verließ und ihm nun folgte.

»Haben Sie den bei SSD gesehen? Ist er einer der Verdächtigen auf unserer Liste?«, wandte Sellitto sich an Pulaski, der neben ihm saß und auf den Monitor starrte. Ungefähr einen Block von

Bell entfernt hielten sich vier Beamte in Zivil auf; zwei von ihnen trugen versteckte Videokameras.

Auf den dicht bevölkerten Straßen war es jedoch schwierig, einen Blick auf das Gesicht des Killers zu erhaschen. »Das könnte einer der Techniker sein. Oder nein, der sieht fast wie Andrew Sterling persönlich aus. Oder doch nicht, vielleicht geht er bloß so ähnlich. Ich bin mir nicht sicher. Tut mir leid.«

Sellitto, der in dem warmen Lieferwagen stark schwitzte, wischte sich das Gesicht ab. Dann beugte er sich zu dem Mikrofon vor. »Okay, Professor«, sagte er. »Fünf Zweiundzwanzig kommt näher. Er ist noch ungefähr zwölf Meter hinter dir. Dunkler Anzug, dunkle Krawatte, Aktentasche. Sein Bewegungsmuster lässt auf eine Kanone schließen.« Die meisten Cops, die ein paar Dienstjahre auf dem Buckel haben, können an der Körperhaltung und Gangart eines Verdächtigen erkennen, ob dieser eine verdeckte Schusswaffe trägt.

»Alles klar«, erwiderte sein wortkarger Kollege, der selbst zwei Pistolen trug und mit beiden Händen gleich geschickt damit umgehen konnte.

»O Mann«, murmelte Sellitto. »Hoffentlich geht alles glatt. Okay, Roland, bieg jetzt rechts ab.«

»Ja.«

Rhyme und Sellitto glaubten nicht, dass 522 den Professor auf offener Straße erschießen würde, denn dadurch hätte er nichts gewonnen. Der Kriminalist vermutete eher, dass Soames entführt werden sollte. Dann wollte der Killer ihn verhören, um herauszufinden, was die Polizei wusste. Später würde er ihn ermorden oder vielleicht ihm und seiner Familie drohen, damit Soames die Ermittlungen sabotierte. Also sah das Drehbuch vor, dass Roland Bell eine weniger bevölkerte Strecke einschlug, damit 522 seinen Zug machen und sie ihn dabei überwältigen konnten. Sellitto hatte eine Baustelle ausfindig gemacht, die sich zu diesem Zweck anbot. An ihrem Rand verlief ein langer, derzeit für die Öffentlichkeit gesperrter Gehweg, der eine Abkürzung zur Police Plaza Nummer eins darstellte. Bell würde die Absperrung ignorieren und dem Bürgersteig folgen, wo ihn die Kameras nach zehn oder zwölf Metern nicht mehr erfassen konnten. Am anderen Ende wartete ein Zugriffteam, das sich um 522 kümmern sollte.

Der Detective bog ab, stieg über das Absperrband und ging auf dem staubigen Gehweg weiter. Sein empfindliches Mikrofon übertrug das Rattern und Dröhnen der Presslufthämmer und Rammen direkt in den Überwachungswagen.

»Noch haben wir dich im Bild, Roland«, sagte Sellitto, während neben ihm einer der Beamten einen Schalter betätigte und auf eine andere Kamera umschaltete. »Siehst du auch zu, Linc?«

»Nein, Lon. Im Fernsehen läuft gerade *Let Them Dance*. Jane Fonda und Mickey Rooney sind das nächste Paar.«

»Das heißt *Let's Dance*, Linc.«

»Biegt auch Fünf Zweiundzwanzig ab?«, ertönte Rhymes Stimme aus den Lautsprechern. »Oder kneift er? ... Na los, komm schon ...«

Sellitto bewegte die Maus und öffnete durch einen Doppelklick ein zusätzliches Fenster mit dem Bild einer weiteren Videokamera des Überwachungsteams. Man sah Bell von hinten, wie er sich immer weiter entfernte. Der Detective betrachtete neugierig die Baustelle, als wäre er ein ganz normaler Passant. Einen Augenblick später tauchte in einigem Abstand 522 hinter ihm auf und schaute sich ebenfalls um, obwohl es ihm dabei eindeutig nicht um die Arbeiter ging; er hielt nach Zeugen oder der Polizei Ausschau.

Dann zögerte er, warf noch einen Blick in die Runde und beschleunigte seinen Schritt.

»Okay, an alle, es geht los«, rief Sellitto. »Er kommt näher, Roland. Wir verlieren in etwa fünf Sekunden den Sichtkontakt, also pass gut auf dich auf. Verstanden?«

»Ja«, sagte der Beamte gelassen, als würde er einem Barmann antworten, der ihn gefragt hatte, ob er zu seiner Flasche Budweiser ein Glas haben wolle.

… Fünfunddreißig

Roland Bell war nicht ganz so ruhig, wie er klang.

Er war der verwitwete Vater zweier Kinder, besaß ein hübsches Vorstadthaus und hatte in der alten Heimat eine Freundin, der er womöglich bald einen Antrag machen würde … All diese privaten Dinge waren wenig förderlich, wenn man bei einer verdeckten Operation das hilflose Opfer spielen sollte.

Trotzdem konnte der Detective nicht anders, als seine Pflicht zu erfüllen – vor allem bei einem Täter wie diesem 522, einem Vergewaltiger und Mörder, einer Sorte Verbrecher, die Bell ganz besonders verabscheute. Und um die Wahrheit zu sagen, die Anspannung bei Einsätzen wie diesem störte ihn nicht.

»Wir alle nehmen letztlich den Platz ein, der uns zukommt«, hatte sein Vater oft gesagt, und als dem Jungen klar geworden war, wie viel Wahrheit darin steckte, hatte er diese Gelassenheit zu einem Grundpfeiler seines Arbeitslebens werden lassen.

Sein Jackett war nun aufgeknöpft, und seine Hand schwebte ganz in der Nähe seiner Lieblingspistole, einem Musterbeispiel für italienische Wertarbeit. Falls nötig, konnte er in einer fließenden Bewegung ziehen, zielen und abdrücken. Er war froh, dass Lon Sellitto endlich Ruhe gab. Bell musste hören, wann sein Gegner sich näherte, und das *Bumm Bumm Bumm* der Ramme war ziemlich laut. Aber wenn er sich konzentrierte, konnte er hinter sich auf dem Bürgersteig dennoch Schritte ausmachen.

Knapp zehn Meter, schätzte er.

Bell wusste, dass vor ihm ein Zugriffteam wartete, wenngleich er niemanden sehen konnte, da der Weg eine scharfe Kurve beschrieb. Der Plan sah vor, dass die Kollegen 522 überwältigen sollten, sobald sie freies Schussfeld hatten und keine Unbeteiligten mehr gefährdet waren. Da der vordere Teil des Gehwegs sowohl von einer nahen Straße als auch von der Baustelle aus eingesehen werden konnte, hatten sie darauf spekuliert, dass der Killer erst angreifen würde, wenn Bell sich näher bei den Beamten befand. Doch 522 schien nicht so lange warten zu wollen.

Trotz allem hoffte Bell, der Mann würde sich ein paar Minuten gedulden; ein Schusswechsel an dieser Stelle wäre für die Passanten und Bauarbeiter immer noch riskant.

Dann wurde er jäh aus seinen Überlegungen gerissen, denn er hörte zwei Dinge gleichzeitig: 522 lief plötzlich auf ihn zu, und – was wesentlich beunruhigender war – zwei Frauen plauderten fröhlich auf Spanisch miteinander. Die beiden kamen aus dem Haus neben Bell, und eine schob einen Kinderwagen vor sich her. Das Sondereinsatzkommando hatte zwar den Bürgersteig abgesperrt, aber offenbar nicht daran gedacht, die Verwalter der Häuser zu benachrichtigen, deren Hintertüren auf die Straße wiesen.

Bell wandte sich um und sah, dass die Frauen genau zwischen ihn und 522 traten, der weiterhin den Detective fixierte und auf ihn zurannte. Er hatte eine Pistole in der Hand.

»Achtung! Zivilisten zwischen uns. Der Verdächtige ist bewaffnet! Zugriff!«

Bell griff nach seiner Beretta, doch eine der Frauen schrie beim Anblick von 522 und seiner Waffe auf, sprang zurück, prallte gegen Bell und ließ ihn straucheln. Seine Pistole fiel auf den Gehweg. Der Killer erschrak und blieb stehen, weil er sich zweifellos fragte, wieso ein Universitätsprofessor bewaffnet war, aber dann fing er sich wieder und legte auf Bell an, der gerade seine zweite Waffe ziehen wollte.

»Nein!«, rief der Killer. »Finger weg!«

Dem Detective blieb keine andere Wahl, als die Hände zu heben. Er hörte Sellitto sagen: »Das erste Team ist in dreißig Sekunden da, Roland.«

Der Killer herrschte die Frauen an, sie sollten abhauen, was sie sofort taten. Dann trat er vor. Seine Waffe war auf Bells Brust gerichtet.

Dreißig Sekunden, dachte der Detective atemlos.

Das war eine ganze Ewigkeit.

Captain Joseph Malloy war auf dem Weg vom Parkhaus zur Police Plaza Nummer eins und ärgerte sich, dass er noch nichts von dem

Fortgang des Einsatzes mit Detective Roland Bell gehört hatte. Er wusste, dass Sellitto und Rhyme unbedingt diesen Täter aufspüren wollten, und hatte sich widerwillig bereit erklärt, eine falsche Pressekonferenz abzuhalten, obwohl das eigentlich zu weit ging und er sich fragte, welche Auswirkungen es haben würde, falls es nicht funktionierte.

Verflucht, es würde in *jedem* Fall Konsequenzen haben. Eine der Grundregeln aller städtischen Behörden lautete: Verarsche die Presse nicht. Vor allem nicht in New York.

Er wollte gerade sein Mobiltelefon aus der Tasche holen, als er etwas an seinem Rücken spürte. Hart und entschlossen. Eine Pistole.

Nein, nein …

Sein Herzschlag beschleunigte sich.

Dann erklang eine Stimme, ganz ruhig. »Nicht umdrehen, Captain. Denn sonst sehen Sie mein Gesicht und müssen sterben. Verstanden?« Er klang gebildet, was Malloy aus irgendeinem Grund überraschte.

»Warten Sie.«

»Haben Sie mich verstanden?«

»Ja, aber …«

»An der nächsten Ecke biegen Sie nach rechts in diese Gasse ab und gehen weiter.«

»Aber …«

»Ich habe keinen Schalldämpfer auf der Waffe. Aber die Mündung befindet sich unmittelbar an Ihrem Körper, sodass niemand erkennen wird, woher das Geräusch kommt. Noch bevor Sie am Boden liegen, werde ich bereits weg sein. Und da die Kugel Ihren Leib durchschlagen dürfte, könnte in dem dichten Gedränge auch noch jemand anders getroffen werden. Das möchten Sie nicht.«

»Wer sind Sie?«

»Sie wissen, wer ich bin.«

Joseph Malloy war seit jeher Polizist. Nachdem ein Einbrecher im Drogenrausch Malloys Frau umgebracht hatte, war der Beruf ihm zur Besessenheit geworden. Er mochte inzwischen ein Bürohengst sein, aber er verfügte immer noch über das Gespür von früher, das er sich beim Streifendienst im Revier Midtown South erworben hatte. Er begriff sofort. »Fünf Zweiundzwanzig.«

»Was?«

Ruhig. Bleib ruhig. Solange du ruhig bist, hast du die Kontrolle. »Sie sind der Mann, der am Sonntag diese Frau und gestern Abend den Friedhofswärter getötet hat.«

»Was meinen Sie mit ›Fünf Zweiundzwanzig‹?«

»So nennt das Department Sie intern. Unbekannter Täter Nummer fünf zweiundzwanzig.« Gib ihm ein paar Informationen. Sorg dafür, dass auch er sich beruhigt. Fang ein Gespräch an.

Der Killer lachte kurz auf. »Eine Nummer? Das ist interessant. So, jetzt nach rechts.«

Nun ja, falls er dich ermorden wollte, wärst du schon tot. Er will einfach etwas in Erfahrung bringen, oder er entführt dich als Druckmittel. Bleib ruhig. Er hat nicht vor, dich zu töten – er will nicht, dass du sein Gesicht siehst. Okay, Lon Sellitto hat gesagt, sie nennen ihn den Mann, der alles weiß. Na, dann finde etwas über ihn heraus, das *du* benutzen kannst.

Vielleicht lässt er sich mit Worten überzeugen.

Womöglich passt er nicht auf, und du kommst nahe genug an ihn heran, um ihn mit bloßen Händen zu töten. Joe Malloy war dazu absolut in der Lage.

Kurz darauf ließ 522 ihn in der Gasse anhalten. Er setzte Malloy eine Strickmütze auf und zog sie ihm über die Augen. Gut. Eine große Erleichterung. Solange ich ihn nicht sehe, werde ich leben.

Dann wurden seine Hände mit Klebeband gefesselt, und 522 durchsuchte ihn. Er führte ihn mit fester Hand weiter und ließ ihn in den Kofferraum eines Wagens steigen.

Eine Fahrt in drückender Hitze und unbequemer Lage, mit angewinkelten Beinen. Ein Kompaktwagen. Okay, ist notiert. Kein Diesel. Und gut gefedert. Ist notiert. Kein Ledergeruch. Ist notiert. Malloy versuchte sich zu merken, wie oft sie die Richtung wechselten, aber das war unmöglich. Er achtete auf die Geräusche: Verkehrslärm, ein Presslufthammer. Nichts Besonderes. Seemöwen und das Signalhorn eines Schiffes. Tja, das hilft dir auch nicht weiter. Manhattan ist eine Insel. Such dir was *Nütz-*

liches … Moment mal – das Lenkgetriebe ist ziemlich laut. Das ist gut. Merk es dir.

Zwanzig Minuten später hielten sie an. Er hörte das Rattern eines sich schließenden großen Garagentores, dessen Gelenke oder Laufräder quietschten. Als der Kofferraum sich öffnete, erschrak Malloy und schrie unwillkürlich auf. Der Luftzug war modrig, aber kühl. Keuchend sog er durch die feuchte Wolle der Mütze Luft in seine Lunge.

»Aussteigen.«

»Ich möchte gern etwas mit Ihnen besprechen. Ich bin ein Captain …«

»Ich weiß, wer Sie sind.«

»Ich verfüge bei der Polizei über großen Einfluss.« Malloy war froh, dass seine Stimme ihm gehorchte. Er klang ruhig und vernünftig. »Wir können uns bestimmt einigen.«

»Kommen Sie mit.« 522 führte ihn über den glatten Boden.

Dann musste er sich setzen.

»Ich bin sicher, Sie haben Grund zur Klage. Aber ich kann Ihnen helfen. Verraten Sie mir, warum Sie das tun, wieso Sie diese Verbrechen begehen.«

Stille. Was würde nun geschehen? Würde sich ihm eine Gelegenheit bieten, den Täter anzugreifen?, überlegte Malloy. Oder würde er weiterhin versuchen müssen, in den Verstand des Mannes vorzudringen? Mittlerweile würde man ihn vermissen. Sellitto und Rhyme könnten erkannt haben, was passiert war.

Dann hörte er ein Geräusch.

Was war das?

Mehrfaches Klicken, gefolgt von einer blechernen Elektronikstimme. Wie es schien, testete der Killer ein Diktiergerät.

Dann folgten andere Laute: der Klang von Metall auf Metall, als würde jemand Werkzeuge aufsammeln.

Und schließlich das beunruhigende Kreischen von Metall auf Beton, als der Täter mit seinem Stuhl so nah an Malloy heranrückte, dass ihre Knie einander berührten.

… Sechsunddreißig

Ein Kopfgeldjäger.

Sie hatten einen verdammten Kopfgeldjäger erwischt.

Nun ja, korrigierte der Mann sie, einen »Spezialisten für Kautionsflüchtlinge«.

»Scheiße, wie ist das möglich?«, lautete Lincoln Rhymes Frage.

»Das überprüfen wir gerade«, sagte Lon Sellitto, der staubig und verschwitzt am Rand der Baustelle stand, wo Roland Bells Verfolger in Handschellen saß.

Der Mann war eigentlich gar nicht verhaftet, denn er hatte nichts Ungesetzliches getan: Er besaß die Erlaubnis, eine verdeckte Pistole zu tragen, und hatte lediglich das jedermann zustehende Recht ausüben wollen, einen Mann festzunehmen, den er für einen gesuchten Straftäter hielt. Aber Sellitto war stinksauer und ließ ihn fesseln.

Auch Roland Bell telefonierte gerade und versuchte herauszufinden, ob 522 sonst irgendwo in der näheren Umgebung gesehen worden war. Aber bislang hatte keines der Zugriffteams jemanden bemerkt, auf den die dürftige Täterbeschreibung zutraf. »Der könnte ebenso gut in Timbuktu stecken«, sagte Bell zu Sellitto und klappte sein Telefon zu.

»Hören Sie …«, setzte der Kopfgeldjäger vom Bordstein aus an.

»Schnauze!«, schnitt der massige Detective ihm zum dritten oder vierten Mal das Wort ab und setzte das Gespräch mit Rhyme fort. »Er ist Roland gefolgt und hat ihn gestellt. Es sah so aus, als wolle er ihn umlegen. Doch wie wir inzwischen wissen, wollte er bloß einen Haftbefehl vollstrecken. Er hat gedacht, Roland sei jemand namens William Franklin. Die beiden sehen sich ähnlich, Franklin und Roland. Der Kerl wohnt in Brooklyn und ist nicht zu seinem Prozess erschienen. Angeklagt wurde er wegen Angriffs mit einer tödlichen Waffe und illegalen Schusswaffenbesitzes. Die Kautionsagentur ist seit sechs Monaten hinter ihm her.«

»Fünf Zweiundzwanzig hat uns an der Nase herumgeführt, das weißt du. Er hat diesen Franklin im System gefunden und den Kautionsjäger auf seine Fährte gesetzt, um uns abzulenken.«

»Ich weiß, Linc.«

»Hat jemand wenigstens *irgendetwas* Hilfreiches gesehen? Wurden wir beobachtet?«

»Nein. Roland hat gerade bei allen Teams nachgefragt.«

Schweigen. Dann fragte Rhyme: »Woher hat er von der Falle gewusst?«

Obwohl das nicht der wichtigste Punkt war. In Wahrheit gab es momentan nur eine einzige Frage, die sie beantwortet haben wollten: »Was zum Teufel hat er wirklich vor?«

Halten diese Leute mich für dumm?

Haben diese Leute geglaubt, ich würde nicht misstrauisch sein?

Diese Leute wissen doch mittlerweile selbst, was Wissensanbieter sind. Dass sie das Verhalten von Sechzehnern vorhersagen, basierend auf deren früheren Entscheidungen und den Gewohnheiten anderer Personen. Dieses Konzept ist schon seit langer, langer Zeit ein Teil meines Lebens. Das sollte jeder so halten. Wie wird Ihr Nachbar reagieren, wenn Sie X tun? Wie wird er reagieren, wenn Sie Y tun? Wie wird eine Frau sich verhalten, wenn Sie sie lachend zu einem Wagen begleiten? Wenn Sie stattdessen still sind und in der Tasche nach etwas suchen?

Ich habe die Transaktionen dieser Leute von dem Moment an studiert, in dem sie angefangen haben, sich für mich zu interessieren. Ich habe diese Leute eingeordnet und analysiert. Bisweilen sind sie regelrecht brillant gewesen – zum Beispiel bei ihrer ersten Falle: Sie lassen die SSD-Angestellten und -Kunden von ihren Ermittlungen wissen und warten darauf, dass ich versuche, mir die Akten zum Fall von Myra 9834 anzusehen. Ich hätte es beinahe getan, war nur noch einen Druck auf die ENTER-Taste davon entfernt, aber dann kam mir irgendwas komisch vor. Nun weiß ich, dass ich Recht hatte.

Und die Pressekonferenz? Oh, *diese* Transaktion hat von Anfang an nach einer Falle gerochen. Sie stand im Widerspruch zu praktisch allen üblichen, vorhersagbaren Verhaltensmustern. Ich meine, die Polizei und das Rathaus treffen sich so spät am Abend noch mit Journalisten? Und auch die Gestalten auf dem Podium haben keineswegs überzeugend gewirkt.

Natürlich hätte das alles trotzdem seine Richtigkeit haben können – sogar die beste Fuzzylogic und die zuverlässigsten prädiktiven Verhaltensalgorithmen liegen manchmal falsch. Aber es war in meinem Interesse, weitere Nachforschungen anzustellen. Direkt mit diesen Leuten sprechen konnte ich nicht, nicht mal beiläufig.

Also habe ich stattdessen gemacht, was ich am besten kann.

Ich habe durch mein geheimes Fenster die stummen Daten betrachtet, habe in die Dossiers der drei Leute geschaut, die während der Pressekonferenz vor die Kameras getreten waren: der stellvertretende Bürgermeister Ron Scott und Captain Joseph Malloy – der Mann, der die Untersuchung gegen mich beaufsichtigt.

Und die dritte Person, der Dozent, Dr. Carlton Soames.

Nur dass es ihn gar nicht gab.

Er war ein Köder, ein verkleideter Cop.

Zwar erbrachte die Anfrage bei einer Suchmaschine sowohl Treffer auf der Seite der Carnegie Mellon University als auch einen eigenen Internetauftritt von Professor Soames. Und sein Lebenslauf fand sich praktischerweise gleich auf mehreren anderen Seiten.

Aber ich benötigte nur wenige Sekunden, um mir diese Dokumente in der Code-Ansicht vorzunehmen und die Metadaten zu überprüfen. Alles über den falschen Professor war erst gestern geschrieben und hinaufgeladen worden.

Halten diese Leute mich für dumm?

Falls ich mehr Muße gehabt hätte, hätte ich die wahre Identität dieses Cops herausfinden können. Ich wäre auf die Internetseite des Fernsehsenders gegangen, hätte mir aus dem Archiv die Pressekonferenz besorgt, das Gesicht des Mannes in einem Standbild eingefroren und einen biometrischen Scan durchgeführt. Den hätte ich dann einfach mit den Daten der hiesigen Zulassungsstelle sowie den Personalfotos von Polizei und FBI abgeglichen.

Aber das hätte viel Arbeit bedeutet und war unnötig. Es spielte keine Rolle, wer er war. Ich wollte die Polizei lediglich ablenken und mir etwas Zeit verschaffen, um Captain Malloy aufzuspüren, der als menschliche Datenbank über eine Fülle von Informationen über die Ermittlungen verfügen musste.

Ich fand mühelos einen offenstehenden Haftbefehl für einen Mann, der dem angeblichen Carlton Soames ein wenig ähnlich sah – ein Weißer Mitte dreißig. Dann brauchte ich bloß noch den Kautionssteller anzurufen und mich als Bekannten des Flüchtigen auszugeben. Ich behauptete, ich hätte den Kerl zufällig im Water Street Hotel gesehen, beschrieb noch schnell seine Kleidung und legte auf.

Unterdessen wartete ich unweit der Police Plaza in dem Parkhaus, in dem Captain Malloy jeden Morgen zwischen sieben Uhr achtundvierzig und neun Uhr zwei seinen karg ausgestatteten Lexus abstellt (der unbedingt mal wieder einen Ölwechsel und neue Reifen bräuchte).

Um genau acht Uhr fünfunddreißig hatte ich den ersten Feindkontakt.

Es folgte die Entführung, die Fahrt zu dem Lagerhaus an der West Side und der wohlüberlegte Gebrauch von Schmiedeeisen, um die bewundernswert tapfere Datenbank zur Preisgabe ihres Inhalts zu bewegen. Im Augenblick empfinde ich die nicht mit Worten zu beschreibende, ungemein tiefe Befriedigung, eine Sammlung vervollständigt zu haben: die der Identitäten aller Sechzehner, die mich verfolgen, sowie mehrerer angebundener Personen. Außerdem weiß ich nun, wie diese Leute an dem Fall arbeiten.

Manche der Informationen waren besonders erhellend. (Zum Beispiel der Name Rhyme. Er ist der Schlüssel für meine derzeit missliche Lage, wie ich nun weiß.)

Meine Soldaten werden bald aufbrechen und dort einmarschieren, wo die Herrschaften es am wenigsten erwarten …

Und wie ich gehofft hatte, habe ich auch einer anderen Sammlung etwas hinzufügen können, und zwar ein echtes Prunkstück, wie ich betonen möchte. Ich sollte warten, bis ich wieder in meinem Refugium bin, aber ich kann nicht widerstehen. Ich nehme das Diktiergerät, spule ein Stück zurück und drücke dann PLAY.

Ein Glückstreffer: Ich erwische genau die Stelle, an der Captain Malloys Schreie zu einem Crescendo anwachsen. Da läuft sogar mir ein Schauer über den Rücken.

Er erwachte aus einem unruhigen Schlaf voll wirrer Albträume. Sein Hals schmerzte innen und außen von der Garotte, doch am schlimmsten war sein knochentrockener Mund.

Arthur Rhyme ließ den Blick durch das schäbige, fensterlose Krankenhauszimmer schweifen. Nun ja, eine *Zelle* in einer Krankenstation des Tombs. Nicht anders als seine eigene Zelle oder dieser schreckliche Gemeinschaftsbereich, in dem man ihn fast ermordet hatte.

Ein Krankenpfleger oder Sanitäter kam herein, musterte ein leeres Bett und schrieb sich etwas auf.

»Verzeihung«, krächzte Arthur. »Kann ich einen Arzt sprechen?«

Der Mann – ein großer Afroamerikaner – schaute in seine Richtung. Arthur erschrak fürchterlich und hielt ihn für Antwon Johnson, der die Dienstkleidung gestohlen und sich hier eingeschlichen hatte, um seine Tat zu vollenden …

Aber nein, es war jemand anders. Allerdings waren seine Augen genauso kalt und würdigten Arthur Rhyme nur eines oberflächlichen Blickes, als wäre er irgendeine Pfütze am Boden. Der Mann ging wortlos hinaus.

Eine halbe Stunde verstrich. Arthur döste immer wieder kurz ein.

Dann öffnete die Tür sich erneut, und er sah überrascht, dass ein weiterer Patient hereingebracht wurde. Der Mann hatte eine Blinddarmentzündung gehabt und erholte sich nun von der Operation, folgerte Arthur. Ein Pfleger brachte ihn zu Bett und reichte ihm ein Glas. »Nicht trinken. Spülen und ausspucken.«

Der Mann trank.

»Nein, ich sage doch …«

Er übergab sich.

»Scheiße.« Der Pfleger warf ihm einige Papierhandtücher zu und verschwand wieder.

Arthur blickte ihm hinterher und durch die Scheibe in der

Tür. Draußen auf dem Flur standen zwei Männer, ein Latino und ein Schwarzer. Letzterer schaute Arthur genau ins Gesicht und flüsterte dem anderen etwas zu, der daraufhin auch kurz hinsah.

Etwas an ihrer Körperhaltung und Mimik verriet Arthur, dass sie nicht bloß neugierig waren und den Häftling besichtigen wollten, den Mick der Blinzler gerettet hatte.

Nein, sie prägten sich sein Gesicht ein. Warum?

Wollten *sie* ihn ebenfalls töten?

Wieder ein Anfall von Panik. War es nur eine Frage der Zeit, bis jemand Erfolg damit haben würde?

Er machte die Augen zu, kam aber zu dem Schluss, er dürfe nicht schlafen. Er traute sich nicht. Sie würden sich auf ihn stürzen, wenn er schlief, wenn er die Augen schloss, wenn er nicht sorgfältig auf alles und jeden achtgab, rund um die Uhr.

Und als wäre das nicht genug, hatte Judy auch noch gesagt, Lincoln könne etwas herausgefunden haben, das seine Unschuld beweise. Sie wusste nicht, worum es sich handelte, also konnte Arthur nicht beurteilen, ob sein Cousin einfach nur optimistisch war oder ob er einen konkreten Beweis für die zu Unrecht erfolgte Verhaftung entdeckt hatte. Diese vage Aussicht machte ihn wütend. Vor dem Gespräch mit Judy hatte Arthur Rhyme sich mit dem Leben in der Hölle und dem baldigen Tod abgefunden gehabt.

Ich tu dir einen Gefallen, Mann. Scheiße, in ein oder zwei Monaten hättest du das selbst erledigt… Und jetzt hör auf, dagegen anzukämpfen…

Nun jedoch, da die Freiheit plötzlich wieder erreichbar schien, verwandelte sich die Resignation in blanke Panik. Arthur sah vor sich eine Hoffnung, die man ihm wegnehmen konnte.

Sein Herz fing abermals an, wie wild zu pochen.

Er nahm den Rufknopf. Drückte ihn einmal. Dann noch mal.

Keine Reaktion. Gleich darauf tauchte ein weiteres Augenpaar hinter der Scheibe auf. Aber es gehörte zu keinem Arzt. War das einer der Häftlinge, die er zuvor bemerkt hatte? Er konnte es nicht sagen. Der Mann sah ihn direkt an.

Die Angst rann Arthur wie elektrischer Strom das Rückgrat entlang. Verzweifelt bemühte er sich, sie in den Griff zu bekommen. Er betätigte ein weiteres Mal den Rufknopf. Dann hielt er ihn dauerhaft gedrückt.

Immer noch keine Antwort.

Die Augen an der Scheibe blinzelten einmal und verschwanden.

… Siebenunddreißig

»Metadaten.«

Rodney Szarnek saß am anderen Ende der Leitung im Computerlabor des NYPD und erklärte Lincoln Rhyme soeben, wodurch 522 höchstwahrscheinlich erfahren hatte, dass der »Experte« in Wahrheit ein Polizist war.

Sachs, die mit verschränkten Armen in der Nähe stand und deren Finger an ihren Ärmeln herumspielten, erinnerte Rhyme daran, was sie bei Privacy Now von Calvin Geddes gelernt hatte. »Das sind Daten über Daten. Eingebettet in Dokumente.«

»Richtig«, bestätigte Szarnek, als er die Anmerkung hörte. »Ihm ist vermutlich aufgefallen, dass wir den Lebenslauf erst gestern Abend erstellt haben.«

»Scheiße«, murmelte Rhyme. Tja, man kann eben nicht an alles denken. Dann: Aber das *muss* man, wenn man es mit dem Mann zu tun hat, der alles *weiß*. Und nun war der Plan zu seiner Ergreifung fehlgeschlagen. Sie hatten zum zweiten Mal versagt.

Noch schlimmer, sie hatten sich in die Karten sehen lassen. Genau wie *sie* zuvor seinen Selbstmordtrick durchschaut hatten, hatte *er* nun gelernt, wie sie vorgingen, und konnte sich für die Zukunft wappnen.

Wissen ist Macht…

»Ich habe jemanden an der Carnegie Mellon University zurückverfolgen lassen, von welchen Internetanbietern seit gestern Abend auf ihre Seite zugegriffen wurde«, fügte Szarnek hinzu. »Ein halbes Dutzend Treffer stammt aus New York, aber von öffentlichen Terminals, deren Nutzer wir nicht mehr feststellen können. Zwei Zugriffe kamen von Proxy-Servern in Europa. Ich kenne die Anbieter. Sie werden nicht kooperieren.«

Natürlich.

»Und uns liegen inzwischen einige erste Informationen aus den freien Festplattenbereichen vor, die Ron uns bei SSD beschafft hat. Es wird noch eine Weile dauern. Sie waren…« Er beschloss offenbar, auf eine technisch korrekte Erklärung zu verzichten. »... ziemlich zerhackt. Aber die Bruchstücke fügen sich allmählich zusammen. Wie es aussieht, hat *tatsächlich* jemand Dossiers zusammengestellt und heruntergeladen. Wir kennen sein Pseudonym – den Namen, unter dem er sich eingeloggt hat. ›Runnerboy‹. Das ist bislang alles.«

»Gibt es einen Anhaltspunkt, um wen es sich handeln könnte? Ein Angestellter, Kunde, Hacker?«

»Nein. Ich habe einen Freund beim FBI angerufen und deren Datenbank nach bekannten Pseudonymen und E-Mail-Adressen durchsuchen lassen. Sie haben ungefähr achthundert Runnerboys gefunden. Allerdings keinen im New Yorker Stadtgebiet. Bald wissen wir mehr.«

Rhyme ließ Thom den Namen Runnerboy in die Liste der Verdächtigen eintragen. »Wir fragen bei SSD nach. Mal sehen, ob jemand den Namen kennt. Was ist mit den Kundendaten auf der CD?«

»Ich lasse sie zurzeit manuell durchforsten. Das Programm, das ich geschrieben habe, hat nur mittelmäßige Resultate erbracht. Es gibt zu viele Variablen – unterschiedliche Konsumgüter, U-Bahn-Tickets, Mautkarten. Die meisten der Firmen haben gewisse Informationen über die Opfer heruntergeladen, aber statistisch betrachtet hat sich noch kein Verdächtiger herauskristallisiert.«

»Okay.«

Rhyme trennte die Verbindung.

»Wir haben es versucht, Rhyme«, sagte Sachs.

Versucht ... Er zog eine Augenbraue hoch, was eine absolut nichtssagende Reaktion war.

Das Telefon klingelte, und auf dem Monitor wurde »Sellitto« angezeigt.

»Kommando, Telefon, Abheben ... Lon, ist ...«

»Linc.«

Etwas war nicht in Ordnung. Die Stimme, die aus dem Lautsprecher erklang, war hohl und zittrig.

»Gibt es ein neues Opfer?«

Sellitto räusperte sich. »Es hat einen von uns erwischt.«

Rhyme schaute erschrocken zu Sachs, die sich unwillkürlich zum Telefon vorbeugte und die Arme sinken ließ. »Wen? Red schon.«

»Joe Malloy.«

»Nein«, flüsterte Sachs.

Rhyme schloss die Augen und lehnte sich gegen die Kopfstütze. »Ach, na klar. Deshalb das Ablenkungsmanöver, Lon. Er hatte das alles geplant.« Er senkte die Stimme. »Wie schlimm war es?«

»Was meinst du damit?«, fragte Sachs.

»Er hat Malloy nicht einfach ermordet, nicht wahr?«, fügte Rhyme leise hinzu.

Sellittos bebende Stimme klang herzzerreißend. »Nein, Linc, das hat er nicht.«

»Sagt schon!«, rief Sachs. »Was hat er getan?«

Rhyme sah ihr in die Augen, in denen sich das gleiche Entsetzen spiegelte, das auch er empfand. »Er hat das alles inszeniert, weil er Informationen wollte. Und um sie zu bekommen, hat er Joe gefoltert.«

»O Gott.«

»Richtig, Lon?«

Der massige Detective seufzte. Dann hustete er. »Ja, ich muss sagen, es ist ein furchtbarer Anblick. Er hat diverse Werkzeuge benutzt. Und nach der Blutmenge zu schließen, hat Joe lange durchgehalten. Am Ende hat dieses Arschloch ihn erschossen.«

Sachs' Gesicht war rot vor Wut. Sie hielt den Griff ihrer Glock umklammert. »Hatte Joe Kinder?«, fragte sie angespannt.

Rhyme erinnerte sich, dass die Frau des Captains vor einigen Jahren getötet worden war.

»Eine Tochter in Kalifornien«, antwortete Sellitto. »Ich habe sie bereits angerufen.«

»Geht es Ihnen gut?«, fragte Sachs.

»Nein, geht es nicht.« Seine Stimme zitterte schon wieder. Rhyme konnte sich nicht entsinnen, den Detective je so bestürzt erlebt zu haben.

Und er hörte immer noch Joe Malloys Stimme, als dieser sie wegen der bewussten Irreführung im Fall 522 zurechtgewiesen hatte. Der Captain war alles andere als kleinlich gewesen und hatte sich hinter sie gestellt, obwohl der Kriminalist und Sellitto ihn zuvor im Unklaren gelassen hatten.

Das Ergebnis war ihm wichtiger gewesen als sein Ego.

Und 522 hatte ihn gefoltert und ermordet, weil er Informationen wollte. Gottverdammte Informationen…

Doch dann holte Rhyme von irgendwoher in seinem Innern den Stein hervor, der ein Teil seiner selbst war. Jene Distanz, die manche Leute als eine seelische Schädigung betrachteten, von der er aber glaubte, dass sie ihm ermöglichte, bessere Arbeit zu leisten. »Okay«, sagte er entschlossen. »Ihr beide wisst, was das heißt, nicht wahr?«

»Was denn?«, fragte Sachs.

»Es ist eine Kriegserklärung.«

»Bitte?« Das kam von Sellitto.

»An uns. Er wird nicht abtauchen. Er läuft nicht weg. Er teilt uns mit, wir können ihn mal am Arsch lecken. Er schlägt zurück. Und er glaubt, er kommt damit durch. Ein Mord an einem hohen Beamten? O ja. Er hat die Front eröffnet. Und er weiß nun alles über uns.«

»Vielleicht hat Joe ihm nichts erzählt«, wandte Sachs ein.

»Doch, das hat er. Er hat so lange wie möglich durchgehalten, aber letztlich hat er geredet.« Rhyme wollte sich nicht mal vorstellen, was der Captain währenddessen erlitten haben musste. »Es war nicht seine Schuld… Aber wir alle sind nun gefährdet.«

»Ich muss unsere Chefs informieren«, sagte Sellitto. »Die wollen wissen, was schiefgelaufen ist. Der Plan hat ihnen von Anfang an nicht gefallen.«

»Das glaube ich gern. Wo ist es passiert?«

»In einem Lagerhaus in Chelsea.«

»Ein Lagerhaus… perfekt für einen Hamsterer. Steht er damit in Verbindung? Arbeitet er dort? Denkt an seine bequemen Schuhe. Oder hat er irgendwo in den Daten davon erfahren? Das will ich alles wissen.«

»Ich lasse es überprüfen«, sagte Cooper. Sellitto nannte ihm die Einzelheiten.

»Und wir untersuchen den Tatort.« Rhyme sah Sachs an. Sie nickte.

Sellitto beendete das Gespräch.

»Wo ist Pulaski?«, fragte Rhyme.

»Auf dem Rückweg vom Roland-Bell-Schauplatz.«

»Lass uns bei SSD anrufen und herausfinden, wo all unsere Verdächtigen während des Mordes an Malloy gesteckt haben. Einige von ihnen dürften im Büro gewesen sein. Mich interessiert in erster Linie, wer *nicht*. Und wir müssen nach diesem Runnerboy fragen. Wird Sterling uns behilflich sein?«

»Oh, ganz bestimmt«, sagte Sachs und erinnerte ihn daran, wie kooperativ der Firmenchef während der gesamten bisherigen Ermittlungen gewesen war. Sie ging zu Rhymes Telefon und wählte die Nummer.

Einer der Assistenten meldete sich, und Sachs nannte ihren Namen.

»Hallo, Detective Sachs. Hier ist Jeremy. Was kann ich für Sie tun?«

»Ich muss mit Mr. Sterling sprechen.«

»Ich fürchte, er ist nicht abkömmlich.«

»Es ist sehr wichtig. Der Täter hat einen weiteren Mord verübt. An einem Polizeibeamten.«

»Ja, das kam in den Nachrichten. Es tut mir sehr leid. Moment bitte, gerade kommt Martin herein.«

Sie hörte eine gedämpfte Unterredung. Dann ertönte eine andere Stimme aus dem Lautsprecher. »Detective Sachs. Hier Martin. Ich habe mit Bestürzung von dem Mord gehört. Aber Mr. Sterling ist derzeit nicht da.«

»Es ist wirklich wichtig.«

»Das richte ich ihm gern aus«, sagte der ruhige Assistent.

»Was ist mit Mark Whitcomb oder Tom O'Day?«

»Ich frage nach. Bitte warten Sie kurz.«

Es dauerte eine Weile, bis die Stimme des jungen Mannes ihnen mitteilte: »Mark ist leider ebenfalls nicht im Büro. Und Tom sitzt in einer Besprechung. Ich habe jedem der beiden eine Nachricht hinterlassen. Auf der anderen Leitung wartet ein zweiter Anruf auf mich, Detective Sachs. Ich muss jetzt Schluss machen. Und es tut mir aufrichtig leid um Ihren Captain.«

»›Und du, der du in vielen Jahren von Ufer zu Ufer überfahren wirst, bedeutest mir mehr und bist mehr in meinen Gedanken, als du glaubst.‹«

Pam Willoughby saß auf einer Bank am East River und bekam Herzklopfen. Ihre Hände wurden feucht.

Sie drehte sich zu Stuart Everett um, den die Sonne über New Jersey in strahlendes Licht hüllte. Ein blaues Hemd, Jeans, ein Sportsakko, eine Ledertasche über der Schulter. Sein jungenhaftes Gesicht, das dichte braune Haar, die schmalen Lippen, umspielt von einem Lächeln, das oftmals ausblieb.

»Hallo«, sagte sie mit fröhlicher Stimme. Und war wütend auf sich selbst, denn sie wollte schroff klingen.

»He.« Er sah nach Norden zum Fuß der Brooklyn Bridge. »Fulton Street.«

»Das Gedicht? Ich weiß. Es ist ›Auf der Brooklyn-Fähre‹.«

Aus *Grashalme*, Walt Whitmans Meisterwerk. Nachdem Stuart Everett im Unterricht erwähnt hatte, dass es sich um seine Lieblings-Gedichtsammlung handelte, hatte Pam sich eine teure Ausgabe gekauft. Weil sie dachte, es würde die Verbindung zwischen ihnen irgendwie vertiefen.

»Das kam bei mir gar nicht dran. Du kennst es trotzdem?«

Pam sagte nichts.

»Darf ich mich setzen?«

Sie nickte.

Dann saßen sie schweigend da. Pam roch sein Eau de Cologne. Und fragte sich, ob seine Frau es ihm gekauft hatte.

»Deine Freundin hat bestimmt mit dir geredet.«

»Ja.«

»Ich mag sie. Gut, als sie angerufen hat, dachte ich erst, sie würde mich verhaften.«

Pams Stirnrunzeln milderte sich zu einem Lächeln.

»Sie war über den Stand der Dinge nicht glücklich«, fuhr Stuart fort. »Aber das ist gut. Sie passt auf dich auf.«

»Amelia ist die Beste.«

»Ich konnte kaum glauben, dass sie eine Polizistin ist.«

Noch dazu eine Polizistin, die meinen Freund überprüft hat.

Ungewissheit ist manchmal gar nicht so schlecht, dachte Pam; zu viel zu erfahren, konnte böse nach hinten losgehen.

Er nahm ihre Hand. Sie wollte sie zurückziehen, aber der Gedanke verschwand sofort wieder. »Hör mal, ich finde, wir sollten offen darüber reden.«

Sie behielt den Blick in die Ferne gerichtet; Stuart jetzt in die verträumten braunen Augen zu sehen, wäre das Verkehrteste, was sie hätte machen können. Pam beobachtete den Fluss und den Hafen. Es gab heutzutage immer noch Fähren, aber der Großteil des Verkehrs bestand aus Privatbooten oder Frachtschiffen. Pam setzte sich oft hier ans Ufer und schaute ihnen zu. Seit sie gezwungen gewesen war, mit ihrer verrückten Mutter viele Jahre im Untergrund zu leben, tief in den Wäldern des Mittelwestens, bei einer Horde rechtsgerichteter Fanatiker, fühlte Pam sich von Flüssen und Ozeanen magisch angezogen. Sie waren offen und frei und ständig in Bewegung. Diese Vorstellung tröstete sie.

»Ich war nicht ehrlich, ich weiß. Aber die Beziehung zu meiner Frau ist anders, als du denkst. Ich schlafe nicht mehr mit ihr. Schon seit Langem.«

War dies das Erste, was ein Mann bei einer solchen Gelegenheit sagte?, wunderte Pam sich. Sie hatte kein einziges Mal an den Sex gedacht, nur an seine Ehe.

»Ich wollte mich nicht in dich verlieben«, fuhr er fort. »Ich dachte, wir würden Freunde sein. Aber du bist anders als alle anderen. Du hast etwas in mir entfacht. Du bist schön, das kann jeder sehen. Aber du bist auch, na ja, wie Whitman. Unkonventionell. Lyrisch. Auf ganz eigene Weise eine Dichterin.«

»Du hast Kinder«, konnte Pam sich nicht verkneifen zu sagen.

Ein Zögern. »Ja. Aber du würdest sie mögen. John ist acht. Chiara geht auf die Mittelschule. Sie ist elf. Es sind wunderbare Kinder. Deshalb sind Mary und ich noch zusammen. Nur deshalb.«

Sie heißt Mary. Ich hatte mich schon gefragt.

Er drückte ihre Hand. »Pam, ich kann dich nicht gehen lassen.«

Sie lehnte sich an ihn, genoss das Gefühl, seinen Arm an ihrem zu spüren, roch den herben, angenehmen Duft und kümmerte sich nicht darum, wer das Aftershave gekauft hatte. Sie dachte: Früher oder später hätte er es mir wahrscheinlich ohnehin erzählt.

»Ich wollte es dir in einer Woche oder so erzählen. Ich schwöre. Ich war dabei, all meinen Mut zusammenzunehmen.« Sie merkte, dass seine Hand zitterte. »Ich sehe die Gesichter meiner Kinder. Ich denke, ich kann die Familie nicht verlassen. Und dann kommst du. Der unglaublichste Mensch, der mir jemals begegnet ist … Ich bin sehr, sehr lange einsam gewesen.«

»Aber was ist mit den Feiertagen?«, fragte sie. »Ich wollte an Thanksgiving oder Weihnachten etwas mit dir unternehmen.«

»Ich kann mich an einem der beiden Termine vermutlich loseisen. Zumindest für einen Teil des Tages. Wir müssen bloß rechtzeitig alles planen.« Stuart senkte den Kopf. »Hör zu, ich kann nicht mehr ohne dich leben. Mit etwas Geduld kriegen wir das schon hin.«

Sie dachte an die eine Nacht zurück, die sie zusammen verbracht hatten. Eine geheime Nacht, von der niemand wusste. Bei Amelia Sachs zu Hause, während sie bei Lincoln Rhyme gewesen war. Pam und Stuart hatten die Wohnung für sich allein gehabt. Es war magisch gewesen. Sie wünschte sich, jede Nacht ihres Lebens könnte wie jene eine sein.

Sie umschloss seine Hand noch fester.

»Ich darf dich nicht verlieren«, flüsterte er.

Er rückte näher an sie heran. Sie sehnte sich nach jedem Quadratzentimeter Körperkontakt. Sie hatte sogar ein Gedicht über Stuart verfasst und darin beschrieben, dass sie wie durch die Schwerkraft voneinander angezogen würden, eine der elementaren Kräfte des Universums.

Pam legte ihren Kopf auf seine Schulter.

»Ich verspreche, ich werde nie wieder Geheimnisse vor dir haben. Aber bitte … wir müssen uns weiterhin sehen.«

Sie dachte an die herrliche Momente, die sie gemeinsam erlebt hatten, Momente, die anderen Leuten unbedeutend und töricht vorgekommen wären.

Unvergleichlich.

Seine Nähe war wie warmes Wasser, das den Schmerz aus einer Wunde spülte.

Auf ihrer Flucht hatten Pam und ihre Mutter bei kleinlichen Männern gewohnt, die sie »zu ihrem eigenen Besten« verprügelten und die mit ihren Frauen und Kindern kein Wort wechselten, es sei denn, um sie zurechtzuweisen oder ihnen den Mund zu verbieten.

Stuart hielt sich nicht mal im selben Universum wie diese Ungeheuer auf.

»Gib mir nur ein wenig Zeit«, flüsterte er. »Es wird alles gut. Versprochen. Wir treffen uns fürs Erste so wie bisher… He, ich hab eine Idee. Ich weiß, du möchtest gern mal verreisen. Nächsten Monat findet in Montreal eine Poesie-Konferenz statt. Ich könnte dir ein Flugticket und ein Zimmer besorgen. Du könntest dir die Vorträge anhören. Und die Abende hätten wir für uns.«

»Oh, ich liebe dich.« Sie hob den Kopf zu seinem Gesicht. »Ich verstehe, warum du mir nichts erzählt hast, ehrlich.«

Er packte sie und küsste sie auf den Hals. »Pam, ich bin so…«

Da wich sie vor ihm zurück und hielt sich ihre Büchertasche wie einen Schild vor die Brust. »Nein, Stuart.«

»Was?«

Pam hatte den Eindruck, ihr Herz schlage so schnell wie noch nie. »Sobald du geschieden bist, ruf mich an, dann sehen wir weiter. Aber bis dahin können wir uns nicht mehr treffen.«

Sie hatte sich überlegt, was Amelia Sachs wohl in einer solchen Situation sagen würde. Aber konnte sie auch die gleiche *Haltung* bewahren und nicht weinen? Amelia Sachs hätte nämlich nicht geweint. Auf gar keinen Fall.

Pam setzte ein Lächeln auf und kämpfte gegen den Schmerz an, der zusammen mit Einsamkeit und Panik jedes Gefühl von Behaglichkeit vertrieb. Die Wärme erstarrte zu eisigen Scherben.

»Aber, Pam, du bist alles für mich.«

»Und was bist *du* für *mich*, Stuart? Du kannst nicht alles sein. Und ich bin nicht bereit, mich mit weniger zu begnügen.« Deine Stimme muss ruhig bleiben, ermahnte sie sich. »Falls du dich scheiden lässt, haben wir eine Zukunft… Also?«

Er senkte den verführerischen Blick. »Ja.« Ein Flüstern.

»Wann?«

»Zurzeit geht es nicht. Es ist kompliziert.«

»Nein, Stuart. Es ist ganz, ganz einfach.« Sie stand auf. »Falls wir uns nicht mehr sehen sollten, wünsche ich dir noch ein schönes Leben.« Sie eilte davon, in Richtung von Amelias Wohnung, die nicht weit von hier lag.

Okay, Amelia würde vielleicht nicht weinen. Aber Pam konnte die Tränen nicht länger zurückhalten. Heulend ging sie schnurgerade den Bürgersteig entlang und wagte es nicht, zurückzublicken – aus Angst, sie könnte schwach werden. Sie traute sich nicht mal, darüber nachzudenken, was sie getan hatte.

Obwohl es ein Detail gab, das ihr eines Tages wahrscheinlich ziemlich lustig vorkommen würde: Was hatte sie sich bloß für einen dämlichen Abschiedsspruch ausgesucht? Ich wünschte, mir wäre was Besseres eingefallen.

… Achtunddreißig

Mel Cooper runzelte die Stirn.

»Das Lagerhaus, in dem Joe ermordet wurde … Irgendein Verlag hat es gemietet, um dort Altpapier zu deponieren. Allerdings hat er es schon seit Monaten nicht mehr genutzt. Merkwürdig ist nur, dass die Eigentumsverhältnisse unklar sind.«

»Wie meinst du das?«

»Ich habe mir die Dokumente genau angesehen. Es ist an eine Kette dreier Firmen verpachtet und gehört einem Unternehmen in Delaware – und *das* wiederum gehört mehreren New Yorker Gesellschaften. Der letztendliche Eigentümer scheint in Malaysia zu sitzen.«

Doch 522 hatte das Lagerhaus gekannt und gewusst, dass man dort ungestört ein Opfer foltern konnte. Woher? Weil er der Mann ist, der alles weiß.

Das Telefon im Labor klingelte, und Rhyme schaute auf die Kennung des Anrufers. Bei unserem Fall gab es so schlimme Neuigkeiten, hoffentlich ist das hier besser. »Inspector Longhurst.«

»Detective Rhyme, ich wollte Sie nur auf den neuesten Stand bringen. Es sieht wirklich vielversprechend aus.« Ihre Stimme klang ungewohnt aufgeregt. Sie erklärte, dass d'Estourne, der französische Geheimagent des Teams, nach Birmingham geeilt sei und Kontakt zu einigen Algeriern einer Moslemgemeinde in West Bromwich aufgenommen habe, ein Stück außerhalb der Stadt. Dort habe er erfahren, dass ein Amerikaner einen Pass und Transitpapiere für eine Reise nach Nordafrika und weiter nach Singapur in Auftrag gegeben hatte. Der Mann hatte offenbar eine stattliche Anzahlung geleistet und im Gegenzug versprochen bekommen, die Dokumente würden am nächsten Abend fertig sein. Sobald er sie abgeholt hatte, wollte er nach London fahren, um den Auftrag zu erledigen.

»Gut«, sagte Rhyme und lachte in sich hinein. »Das heißt, Logan ist jetzt schon da, meinen Sie nicht auch? In London.«

»Mit ziemlicher Sicherheit«, bestätigte Longhurst. »Er wird morgen zuschlagen, wenn der Doppelgänger sich am vorbereiteten Ort mit den Leuten vom MI5 trifft.«

»Genau.«

Richard Logan hatte demzufolge die Papiere bestellt und viel Geld für sie bezahlt, um die Aufmerksamkeit des Teams auf Birmingham zu lenken. Unterdessen war er nach London gefahren, um seine Mission zu erfüllen und Reverend Goodlight zu erschießen.

»Was sagen Danny Kruegers Leute?«

»Dass an der Südküste ein Boot warten wird, um ihn nach Frankreich zu expedieren.«

Expedieren. Rhyme war begeistert. Bei uns hier reden die Cops nicht so.

Er dachte an Logans Unterschlupf in der Nähe von Manchester. Und an den Einbruch bei Goodlights NRO in London. Gab es womöglich etwas, das Rhyme aufgefallen wäre, falls er die Untersuchung der beiden Örtlichkeiten mittels der hochauflösenden Videokamera verfolgt hätte? Irgendeinen winzigen, übersehenen Hinweis, der ihnen eine bessere Vorstellung davon hätte geben können, wann und wo genau das Attentat stattfinden sollte? Falls ja, war die Chance längst vertan. Er würde einfach hoffen müssen, dass sie die richtigen Schlüsse gezogen hatten.

»Wen haben Sie vor Ort?«

»Zehn Beamte im Umkreis des voraussichtlichen Tatorts. Alle in Zivil oder getarnt.« Sie fügte hinzu, Danny Krueger, der französische Agent und ein weiteres Zugriffteam würden sich in Birmingham »dezent bemerkbar« machen. Longhurst hatte außerdem die Wachmannschaft des Reverends verstärkt; es deutete nichts darauf hin, der Killer könne Goodlights Versteck gefunden haben, aber sie wollte kein Risiko eingehen.

»Bald wissen wir mehr, Detective.«

Kaum hatten sie das Gespräch beendet, gab Rhymes Computer einen Piepton von sich.

»Mr. Rhyme?«

Die Worte erschienen vor ihm auf dem Bildschirm. Ein kleines Fenster hatte sich geöffnet. Es zeigte ein Webcam-Abbild von

Amelia Sachs' Wohnzimmer. Rhyme sah Pam an der Tastatur sitzen. Sie kontaktierte ihn per Instant Messenger.

Er antwortete ihr über seine Spracherkennungssoftware. *Hallo Pemm wie geht ess dia?«*

Verfluchter Computer. Vielleicht sollte er sich von Rodney Szarnek, ihrem digitalen Guru, tatsächlich ein neues System installieren lassen.

Aber Pam verstand problemlos, was er meinte.

»Gut«, schrieb sie. *»Und Ihnen?«*

»Bestens.«

»Ist Amelia da?«

»Nein. Sieh isst dienstlich unterwegs.«

»Mist. Wollte mit ihr reden. Hab angerufen, aber sie geht nicht dran.«

»Kann ich dia irgendwie…«

Verdammt. Er seufzte und versuchte es erneut. *»Kann ich helfen?«*

»Nein. Danke.« Eine Pause. Er sah, dass sie kurz zu ihrem Mobiltelefon schaute und dann wieder auf den Bildschirm. Sie tippte etwas ein. *»Rachel ruft an. Bin gleich zurück.«*

Sie ließ die Webcam eingeschaltet, aber drehte sich weg, während sie in ihr Telefon sprach. Dann legte sie sich ein dickes Buch auf den Schoß und blätterte darin, fand die gewünschte Stelle und nahm einige Notizen heraus. Wie es schien, las sie die Zettel laut vor.

Rhyme wollte sich schon wieder den Wandtafeln zuwenden, als ihm etwas in dem Webcam-Fenster auffiel.

Etwas hatte sich verändert.

Er runzelte die Stirn und fuhr mit seinem Rollstuhl näher heran.

Nein!

Da schien noch jemand in Sachs' Wohnung zu sein. War das möglich? Er konnte es nicht mit Gewissheit sagen, aber es kam ihm so vor, als ob… ja, jetzt sah er es: Da war ein Mann und versteckte sich in einem dunklen Korridor, nur sechs oder sieben Meter von Pam entfernt.

Rhyme kniff die Augen zusammen und beugte den Kopf so weit

wie möglich vor. Ein Eindringling, das Gesicht von einer Baseballmütze beschattet. Und er hielt etwas in der Hand. War das eine Pistole? Ein Messer?

»Thom!«

Der Betreuer war nicht in Hörweite. Natürlich, er brachte gerade den Müll nach draußen.

»Kommando, Telefon, anrufen, Sachs, zu Hause.«

Gott sei Dank befolgte die Spracherkennung den Befehl.

Er konnte sehen, wie Pam zu dem Telefon neben dem Computer blickte. Doch sie ignorierte das Klingeln; es war nicht ihre Wohnung – sie würde die Voicemail drangehen lassen. Sie sprach weiter in ihr Mobiltelefon.

Der Mann beugte sich aus dem Flur vor. Sein Gesicht wurde durch den Schirm der Mütze verdeckt, aber es war genau auf Pam gerichtet.

»Kommando, Instant Messenger!«

Das Fenster auf dem Monitor öffnete sich.

»Kommando, Schreiben: ›Pam Ausrufezeichen.‹ Kommando, Senden.«

»Pemm aus Rufer zeichnet.«

Scheiße!

»Kommando, Schreiben: ›Pam Gefahr lauf weg.‹ Kommando, Senden.«

Diese Nachricht wurde weitgehend unverstümmelt gesendet.

Pam, lies es, bitte!, flehte Rhyme stumm. Sieh auf den Bildschirm!

Aber sie war völlig in das andere Gespräch vertieft. Ihr Gesicht war nicht länger sorglos. Es ging um ein ernstes Thema.

Rhyme wählte den Notruf, und man versicherte ihm, ein Polizeiwagen werde in fünf Minuten bei Sachs' Adresse eintreffen. Aber der Einbrecher benötigte nur wenige Sekunden, um Pam zu erreichen, die sich keiner Gefahr bewusst war.

Es musste sich um 522 handeln. Er hatte Malloy gefoltert, um an Informationen über sie alle zu gelangen. Amelia Sachs sollte nun als Erste sterben. Doch es würde nicht Sachs sein, sondern dieses unschuldige Mädchen.

Rhymes Herz hämmerte wie wild, was er als heftig pochende

Kopfschmerzen wahrnahm. Er versuchte es noch einmal mit dem Telefon. Es klingelte viermal. »*Hallo, hier ist Amelia. Bitte hinterlassen Sie Ihre Nachricht nach dem Signalton.*«

»Kommando, Schreiben: ›Pam ruf mich an Punkt. Lincoln. Punkt.‹ Kommando, Senden.«

Und was würde er zu ihr sagen, falls er sie erreichte? Sachs hatte Waffen in der Wohnung, aber er wusste nicht, wo sie sie aufbewahrte. Pam war ein sportliches Mädchen, und der Eindringling schien nicht wesentlich größer zu sein als sie. Aber er hatte garantiert eine Waffe. Und da er ihr schon so nahe war, konnte er ihr eine Schlinge um den Hals legen oder ein Messer in den Rücken stoßen, bevor sie seine Anwesenheit auch nur bemerkte.

Und es würde vor Rhymes Augen geschehen.

Dann endlich wandte sie sich allmählich dem Computer zu. Gleich würde sie die Nachricht sehen.

Gut, dreh dich weiter.

Auf dem Boden am anderen Ende des Zimmers sah Rhyme einen Schatten. Kam der Killer näher?

Pam, die weiterhin telefonierte, rückte mit dem Stuhl an den Computer heran, doch sie sah auf die Tastatur, nicht auf den Monitor.

Guck hoch!, drängte Rhyme stumm.

Bitte! Lies die verfluchte Nachricht!

Aber wie alle Teenager heutzutage, brauchte Pam nicht auf den Bildschirm zu sehen, um sich zu vergewissern, dass sie einen Text korrekt eingegeben hatte. Sie klemmte sich das Mobiltelefon zwischen Wange und Schulter, schaute kurz auf die Tastatur und tippte flink etwas ein.

»muss los. tschüs mr. Rhyme. bis bald :-)«

Das Webcam-Fenster wurde schwarz.

Amelia Sachs fühlte sich nicht wohl in ihrem Tyvek-Overall mit der Kapuze und den Füßlingen. Sie kam sich eingeengt vor, und der bittere Geruch in dem Lagerhaus – eine Mischung aus feuchtem Papier, Blut und Schweiß – verursachte ihr Übelkeit.

Sie hatte Captain Joseph Malloy nicht gut gekannt. Aber er war, wie Lon Sellitto gesagt hatte, »einer von uns«. Und sie war entsetzt darüber, was 522 ihm angetan hatte, um an die gewünschten Informationen zu kommen. Die Untersuchung des Tatorts war nahezu abgeschlossen. Sachs trug die Beweismitteltüten zum Wagen und war unendlich dankbar für die halbwegs frische Luft, obwohl es hier draußen nach Dieselabgasen stank.

Sie musste an ihren Vater denken. Als kleines Mädchen hatte sie mal in das Schlafzimmer ihrer Eltern geschaut und ihn dort in seiner Galauniform sitzen gesehen, wie er sich Tränen aus den Augen wischte. Das hatte sie erschüttert; sie hatte noch nie erlebt, dass er weinte. Er hatte sie zu sich gewinkt. Herman Sachs war seiner Tochter gegenüber immer aufrichtig gewesen, und so hatte er sie neben dem Bett auf einem Stuhl Platz nehmen lassen und erklärt, ein Freund von ihm, ein anderer Polizist, sei bei der Vereitelung eines Raubüberfalls erschossen worden.

»Amie, in diesem Beruf gehört jeder zur Familie. Du verbringst mit deinen Kollegen wahrscheinlich mehr Zeit als mit deiner Frau und deinen Kindern. Immer wenn jemand in Uniform ums Leben kommt, stirbt auch ein kleines Stück von dir. Es spielt keine Rolle, ob einfacher Streifenbeamter oder hohes Tier, sie stehen dir alle nah, und es tut gleich weh, einen von ihnen zu verlieren.«

Und nun spürte sie den Schmerz, von dem er geredet hatte. Spürte ihn bis ins Mark.

»Ich bin fertig«, sagte sie zu dem Team der Spurensicherung, das neben seinem Einsatzfahrzeug stand. Amelia hatte den Tatort allein untersucht, aber die Kollegen aus Queens hatten Fotos und Videoaufzeichnungen angefertigt und sich die sekundären Schauplätze vorgenommen – die möglichen An- und Abfahrtswege.

Dann nickte Sachs der diensthabenden Gerichtsmedizinerin und deren Mitarbeitern zu. »Okay, Sie können ihn ins Leichenschauhaus bringen.«

Die Männer mit den dicken grünen Handschuhen und Overalls gingen hinein. Sachs verstaute die Beweismitteltüten in einer Kiste, um sie zu Rhyme bringen zu lassen. Dann hielt sie plötzlich inne.

Jemand beobachtete sie.

Aus einer leeren Gasse hatte sie Metall auf Metall schlagen gehört – oder auf Beton oder Glas. Ein schneller Blick. Sie hatte den

Eindruck, da versteckte sich jemand neben der schon vor Jahren eingestürzten Laderampe einer ehemaligen Fabrik.

Lass dir keine Einzelheit entgehen, aber pass auf dich auf…

Sie erinnerte sich an den Friedhof, an den Killer mit der gestohlenen Polizeimütze, wie er ihr seelenruhig zusah. Die Verunsicherung von dort kehrte ebenfalls zurück. Sachs ließ die Beweismitteltüten liegen und ging mit der Hand an der Waffe die Gasse entlang. Sie sah niemanden.

Paranoia.

»Detective?«, rief einer der Techniker.

Sie ging weiter. War da ein Gesicht hinter diesem dreckigen Fenster?

»Detective?«, ließ er nicht locker.

»Ich komme gleich.« Sie klang ein wenig verärgert.

»Tut mir leid«, sagte der Mann. »Ich habe hier Detective Rhyme in der Leitung.«

Sie schaltete vor der Untersuchung eines Tatorts stets ihr Telefon aus, um nicht abgelenkt zu werden.

»Sagen Sie ihm, ich rufe gleich zurück.«

»Detective, er sagt, es geht um jemanden namens Pam. Bei Ihnen zu Hause hat sich ein Zwischenfall ereignet. Sie werden dort umgehend benötigt.«

... Neununddreißig

Amelia Sachs rannte hinein und ignorierte den Schmerz in ihren Knien.

An der Tür standen mehrere Kollegen. Sie nickte ihnen nicht mal zu. »Wo?«

Einer der Streifenbeamten deutete in Richtung des Wohnzimmers.

Sachs eilte in den Raum ... und fand Pam auf der Couch vor. Das Mädchen blickte mit bleichem Gesicht zu ihr auf.

Amelia setzte sich neben sie. »Geht es dir gut?«

»Ja. Ich bin bloß ein wenig erschrocken.«

»Du wurdest nicht verletzt? Ich kann dich umarmen?«

Pam lachte, und Sachs drückte sie an sich. »Was ist passiert?«

»Jemand ist eingebrochen. Er war zur selben Zeit hier wie ich. Mr. Rhyme hat ihn durch die Webcam hinter mir gesehen. Er hat immer wieder angerufen, und beim fünften Mal oder so hab ich den Hörer abgenommen, und er sagte, ich solle schreien und weglaufen.«

»Und das hast du gemacht?«

»Nicht wirklich. Ich bin in die Küche gerannt und hab mir ein Messer geholt. Ich war stinksauer. Der Kerl ist abgehauen.«

Sachs schaute zu einem Detective vom zuständigen Brooklyner Revier, einem untersetzten Afroamerikaner. »Als wir hier eingetroffen sind, war er weg«, sagte er mit tiefer Baritonstimme. »Die Nachbarn haben nichts bemerkt.«

Demnach hatte sie sich den Beobachter bei dem Lagerhaus nur eingebildet. Oder vielleicht waren das lediglich ein paar neugierige Jugendliche oder Saufbrüder gewesen, die herausfinden wollten, was die Cops da machten. Nach dem Mord an Malloy war 522 hergekommen – um nach Unterlagen oder Beweisen zu suchen oder um den angefangenen Job zu Ende zu bringen: sie zu töten.

Sachs ging mit dem Detective und Pam durch die ganze Wohnung. Ihr Schreibtisch war durchwühlt worden, aber es schien nichts zu fehlen.

»Zuerst dachte ich, das könnte Stuart gewesen sein.« Pam atmete tief durch. »Ich hab mich nämlich von ihm getrennt.«

»Wirklich?«

Ein Nicken.

»Gut für dich … Aber er war es nicht?«

»Nein. Der Typ hier hatte andere Sachen an und nicht die gleiche Statur wie Stuart. Und ja, Stuart ist ein Mistkerl, aber er würde keinen Einbruch verüben.«

»Hast du ihn gesehen?«

»Nicht sein Gesicht. Er hat sich umgedreht und ist weggerannt.«

Der Detective las Pams Täterbeschreibung vor: männlich, weiß oder hellhäutiger Schwarzer oder Latino, mittlere Statur, blaue Jeans, dunkelblau karierte Jacke. Als der Beamte von der Webcam erfahren hatte, hatte er Rhyme angerufen, aber der Kriminalist hatte nicht mehr als eine vage Gestalt auf dem Flur erkannt.

Sie fanden das Fenster, durch das der Unbekannte eingestiegen war. Die Wohnung war mit einer Alarmanlage ausgestattet, aber Pam hatte sie bei ihrer Ankunft abgeschaltet.

Sachs sah sich um. Die Wut und Bestürzung, die sie angesichts von Malloys schrecklichem Tod empfunden hatte, wichen derselben Unsicherheit und Verwundbarkeit, die sie schon vom Friedhof kannte, vom Lagerhaus, in dem Malloy gestorben war, von SSD … genau genommen von *überall*, seit sie begonnen hatten, gegen 522 zu ermitteln. Wie in der Nähe von DeLeon Williams' Haus: Beobachtete er sie in diesem Moment?

Draußen vor dem Fenster bewegte sich etwas, und Licht blitzte auf … Waren das bloß Äste, die sich im Wind wiegten und den Blick auf ein benachbartes Fenster freigaben, in dem sich die Sonne spiegelte?

»Amelia?«, fragte Pam leise und schaute sich ebenfalls beunruhigt um. »Alles in Ordnung?«

Das holte Sachs auf den Boden der Tatsachen zurück. Mach dich an die Arbeit. Und zwar schnell. Der Killer war hier gewesen – noch vor Kurzem. Gottverdammt, finde gefälligst etwas Nützliches heraus. »Natürlich, Kleines. Keine Sorge.«

»Detective, soll jemand von der Spurensicherung sich hier mal umsehen?«, fragte einer der Streifenbeamten.

»Nicht nötig«, sagte sie mit Blick auf Pam und einem schmalen Lächeln. »Das erledige ich selbst.«

Sachs holte ihren Ausrüstungskoffer aus dem Wagen, und sie und Pam suchten gemeinsam.

Nun ja, Sachs übernahm das Suchen, und Pam beschrieb ihr vom Rand des Sperrbereichs genau, wo der Killer gewesen war. Die Stimme des Mädchens zitterte zwar ein wenig, aber die Angaben waren kühl und präzise.

Ich bin in die Küche gerannt und hab mir ein Messer geholt.

Da Pam hier war, bat Sachs einen der Streifenbeamten, sich im Garten zu postieren – wohin der Killer entkommen war. Allerdings linderte das ihre Bedenken nicht vollständig. Immerhin besaß 522 eine geradezu unheimliche Fähigkeit, seine Opfer auszuspionieren, alles über sie in Erfahrung zu bringen und in ihre Nähe zu gelangen. Sie wollte die Spuren sichern und Pam so schnell wie möglich von hier wegbringen.

Unter Anleitung des Teenagers untersuchte Sachs die Stellen, auf die der Täter getreten war, fand aber keinerlei Beweise. Der Unbekannte hatte entweder Handschuhe getragen oder keine aufnahmefähigen Oberflächen berührt, und die Kleberoller erbrachten keine fremden Partikel.

»Wo ist er nach draußen gelangt?«, fragte Sachs.

»Ich zeig's dir.« Pam sah ihr ins Gesicht. Offenbar konnte man dort ablesen, dass Amelia zögerte, das Mädchen weiteren Gefahren auszusetzen. »Das ist besser, als wenn ich es dir einfach nur sage.«

Sachs nickte, und sie gingen in den Garten. Dort sah sie sich sorgfältig um und fragte den uniformierten Kollegen: »Haben Sie irgendetwas gesehen?«

»Nein. Aber lassen Sie sich gesagt sein, wenn Sie glauben, dass jemand Sie beobachtet, sehen Sie auch ständig jemanden, der Sie beobachtet.«

»Ich werd's mir merken.«

Er wies mit dem Daumen auf eine Reihe dunkler Fenster jenseits der Gasse und dann in Richtung einiger dichter Azaleen und Buchsbaumsträucher. »Die hab ich überprüft. Nichts. Aber ich halte weiter die Augen auf.«

»Danke.«

Pam führte Sachs zu dem Weg, den 522 auf der Flucht eingeschlagen hatte, und Sachs fing an, das Gitternetz abzuschreiten.

»Amelia?«

»Ja?«

»Ich hab mich ganz schön arschig benommen, du weißt schon. Was ich gestern zu dir gesagt habe. Ich war bloß auf einmal so verzweifelt oder so. Voll in Panik… Ich schätze, was ich sagen will, ist: Es tut mir leid.«

»Du warst der Inbegriff der Selbstbeherrschung.«

»So hat es sich aber nicht angefühlt.«

»Die Liebe macht merkwürdige Sachen mit uns, Kleines.«

Pam lachte.

»Lass uns später darüber reden. Vielleicht heute Abend, je nachdem, wie der Fall läuft. Wir holen uns was zu essen.«

»Okay, gern.«

Sachs setzte ihre Untersuchung fort und bemühte sich, ihr Unbehagen zu verdrängen, das Gefühl, 522 sei noch da. Die Suche blieb jedoch wenig erfolgreich, trotz aller Anstrengung. Der Untergrund bestand hauptsächlich aus Kies, und sie fand keine Fußspuren, abgesehen von einer neben dem Tor, bei dem er vom Hinterhof auf die Gasse gelangt war. Der Abdruck umfasste jedoch nur den Vorderteil des Schuhs – der Täter war gerannt – und war nutzlos. Frische Reifenspuren fand Sachs nicht.

Als sie in den Garten zurückkehrte, fiel ihr im Efeu und Immergrün, das den Boden bedeckte, ein kleiner weißer Fleck auf – genau an der Stelle, an der dem Täter etwas aus der Tasche gefallen sein konnte, als er sich über das geschlossene Tor schwang.

»Hast du etwas gefunden?«

»Vielleicht.« Mit einer Pinzette hob Sachs ein kleines Stück Papier auf. Sie ging in die Wohnung, besprühte das Rechteck mit Ninhydrin, setzte eine eingefärbte Brille auf und hielt es unter eine alternative Lichtquelle. Keine Fingerabdrücke. Sie war enttäuscht.

»Hilft es euch weiter?«, fragte Pam.

»Könnte sein. Es wird uns vermutlich nicht zu seiner Haustür führen. Aber das ist meistens so.« Sie lächelte. »Wenn Spuren so eindeutig wären, würde man keine Leute wie Lincoln und mich brauchen, oder? Ich nehme mir dieses Ding noch genauer vor.«

Sachs holte ihren Werkzeugkasten und eine Bohrmaschine und verschraubte das aufgebrochene Fenster mit dem Rahmen. Dann schloss sie alles ab und schaltete die Alarmanlage ein.

Sie hatte zuvor bereits kurz mit Rhyme telefoniert, um ihn wissen zu lassen, dass es Pam gut ging, aber nun wollte sie ihn über die mögliche Spur informieren. Sachs nahm ihr Telefon vom Gürtel. Doch noch bevor sie eine Taste drückte, blieb sie am Bordstein stehen und sah sich um.

»Was ist denn, Amelia?«

Sie steckte das Telefon wieder ein. »Mein Wagen.« Der Camaro war weg. Sachs erschrak. Ihr Blick suchte beständig die Umgebung ab, ihre Hand griff nach der Glock. War 522 hier? Hatte er den Wagen gestohlen?

Der Streifenbeamte kam soeben aus dem Garten nach vorn. Sie fragte ihn, ob er etwas gesehen habe.

»Das Auto, das alte? Das war Ihres?«

»Ja, ich befürchte, der Täter hat es gestohlen.«

»Tut mir leid, Detective, ich glaube, es wurde abgeschleppt. Hätte ich gewusst, dass es Ihnen gehört, hätte ich was gesagt.«

Abgeschleppt? Vielleicht hatte sie vergessen, die NYPD-Parkerlaubnis auf das Armaturenbrett zu legen.

Sie und Pam gingen die Straße hinauf zu dem verbeulten Honda Civic des Mädchens und fuhren zum zuständigen Polizeirevier. Sachs kannte den diensthabenden Sergeant. Er hatte von dem Einbruch gehört. »Hallo, Amelia. Die Jungs haben die ganze Nachbarschaft gründlich abgegrast. Niemand hat den Täter gesehen.«

»Hör mal, Vinnie, mein Wagen ist weg. Er stand gegenüber von meiner Wohnung neben einem Hydranten.«

»Ein Dienstfahrzeug?«

»Nein.«

»Doch nicht etwa dein alter Chevy?«

»Doch.«

»Oje. So ein Ärger.«

»Jemand hat gesagt, er sei abgeschleppt worden. Ich weiß nicht mehr, ob ich meine Plakette auf das Armaturenbrett gelegt hatte.«

»Trotzdem hätten die das Nummernschild überprüfen müssen, um den Halter herauszufinden. Scheiße, so ein Dreck. Verzeihung, Miss.«

Pam lächelte. Die Worte machten ihr nichts aus. Sie hatte sie selbst schon oft genug benutzt.

Sachs nannte dem Sergeant das Kennzeichen. Er tätigte einige Anrufe und sah im Computer nach. »Nein, es hatte nichts mit Falschparken zu tun. Einen Moment noch.« Er rief mehrere andere Leute an.

Verfluchter Mist. Sachs konnte es sich nicht leisten, ohne Wagen dazustehen. Sie wollte unbedingt die Spur untersuchen, die sie im Garten gesichert hatte.

Doch aus ihrer Verärgerung wurde Sorge, als sie Vinnies Stirnrunzeln bemerkte. »Sind Sie sicher? ... Okay. Wohin hat man ihn gebracht? ... Ja? Nun, dann rufen Sie mich bitte zurück, sobald Sie es wissen.« Er legte auf.

»Was ist?«

»Hast du den Camaro auf Raten gekauft?«

»Auf Raten? Nein.«

»Das ist ja seltsam. Er wurde von einer Inkassofirma geholt.«

»Jemand hat ihn *pfänden* lassen?«

»Laut denen bist du sechs Monate mit deinen Zahlungen im Rückstand.«

»Vinnie, der Wagen ist Jahrgang neunundsechzig. Mein Vater hat ihn in den Siebzigern gekauft und bar bezahlt. Und beliehen wurde er auch nie. Wer ist denn der angebliche Kreditgeber?«

»Das wusste mein Mittelsmann nicht. Er überprüft das und ruft mich zurück. Und er findet heraus, wohin der Camaro gebracht wurde.«

»Das hat mir gerade noch gefehlt. Hast du einen fahrbaren Untersatz für mich?«

»Leider nein.«

Sie bedankte sich und ging mit Pam hinaus. »Falls er auch nur einen Kratzer abbekommt, werden Köpfe rollen«, murmelte sie. Könnte 522 dahinterstecken? Sie wäre nicht überrascht, obwohl sie sich nicht vorstellen konnte, wie er das arrangiert haben sollte.

Wieder dieses unbehagliche Gefühl, weil er ihr so nahe gekommen war und Zugriff auf dermaßen viele Informationen über sie hatte.

Der Mann, der alles weiß…

»Leihst du mir deinen Civic?«, fragte sie Pam.

»Klar. Aber kannst du mich bei Rachel absetzen? Wir wollen zusammen Hausaufgaben machen.«

»Pass auf, Kleines, wie wär's, wenn einer der Jungs vom Revier dich in die Stadt fahren würde?«

»Sicher. Aber wieso?«

»Dieser Kerl weiß bereits viel zu viel über mich. Ich glaube, es ist besser, wenn wir vorerst ein wenig Abstand halten.«

Sie gingen hinein und besorgten Pam eine Mitfahrgelegenheit. Als Sachs wieder nach draußen kam, schaute sie links und rechts die Straße hinunter. Nichts deutete darauf hin, dass jemand sie beobachtete.

Dann fiel ihr auf der anderen Straßenseite eine Bewegung hinter einem Fenster auf. Sie musste sofort an das SSD-Logo denken – das Fenster in dem Wachturm. Die Person, die nach draußen sah, war eine ältere Dame, aber das änderte nichts daran, dass Sachs ein weiteres Mal erschauderte. Sie ging hastig zu Pams Wagen und ließ den Motor an.

… Vierzig

Von einem Moment auf den anderen stellten sämtliche Systeme den Betrieb ein. Im ganzen Haus wurde es schlagartig dunkel.

»Was zum Teufel geht hier vor sich?«, rief Rhyme.

»Der Strom ist weg«, verkündete Thom.

»So weit war ich auch schon«, herrschte der Kriminalist ihn an. »Ich will den Grund dafür wissen.«

»Das GC/MS war ausgeschaltet«, sagte Mel Cooper vorsichtshalber. Er sah aus dem Fenster, als wolle er herausfinden, ob auch der Rest des Blocks ohne Strom dastand, aber da es noch nicht dämmerte, konnte man nicht erkennen, ob irgendwo Licht brannte.

»Wir können es uns nicht leisten, ausgerechnet jetzt lahmgelegt zu werden. Verflucht noch mal. Regle das!«

Rhyme, Sellitto, Pulaski und Cooper blieben in dem stillen, halbdunklen Raum, während Thom auf den Flur ging und mit seinem Mobiltelefon bei den Stadtwerken anrief. »Unmöglich. Ich bezahle die Rechnungen online. Jeden Monat. Hab noch nie eine verpasst. Ich habe Belege … Tja, die sind im Computer, und ich kann nicht ins Netz gehen, weil wir keinen Strom haben, verstehen Sie? … Geplatzte Schecks, ja, aber noch mal, wie soll ich Ihnen ohne Strom etwas zufaxen? … Nein, ich weiß nicht, wo der nächste Kopierladen ist.«

»Das war *er*«, sagte Rhyme zu den anderen.

»Fünf Zweiundzwanzig? Er hat dir den Saft abdrehen lassen?«

»Ja. Er weiß, wer ich bin und wo ich wohne. Malloy muss ihm verraten haben, dass dies unsere Leitstelle ist.«

Die Stille war unheimlich. Rhyme dachte sofort daran, wie hilflos er nun war. Die Geräte, auf die er sich verließ, waren derzeit nutzlos, und er konnte weder mit der Außenwelt kommunizieren noch die Türen verriegeln oder öffnen oder einen anderen Teil der Haustechnik nutzen. Falls der Strom gesperrt blieb und Thom die

Batterie seines Rollstuhls nicht aufladen konnte, würde Rhyme völlig bewegungsunfähig sein.

Er konnte sich nicht entsinnen, wann er sich zuletzt so verwundbar gefühlt hatte. Es tröstete ihn auch nicht, dass mehrere Leute hier waren; 522 stellte für jeden und überall eine Gefahr dar.

Und er fragte sich: Ist der Stromausfall womöglich ein Ablenkungsmanöver oder der erste Schritt eines Angriffs?

»Haltet alle die Augen auf«, sagte er. »Er könnte einen Anschlag auf uns planen.«

Pulaski sah aus dem Fenster. Cooper auch.

Sellitto nahm sein Mobiltelefon und rief jemanden in Downtown an. Er erklärte die Situation. Dann verdrehte er die Augen – er hatte es noch nie hinbekommen, gleichmütig zu wirken – und beendete das Gespräch mit den Worten: »Nun, das ist mir egal. Was auch immer nötig ist. Dieses Arschloch ist ein Killer. Und ohne den Scheißstrom können wir nichts tun, um ihn zu finden … Danke.«

»Thom, hast du was erreicht?«

»Nein«, erwiderte der Betreuer genervt.

»Scheiße.« Rhyme dachte nach. »Lon, ruf Roland Bell an. Ich glaube, wir brauchen Schutz. Fünf Zweiundzwanzig ist auf Pam und Amelia losgegangen.« Der Kriminalist nickte in Richtung eines dunklen Monitors. »Er weiß über uns Bescheid. Ich möchte Beamte vor dem Haus von Amelias Mutter haben. Vor dem Haus von Pams Pflegeeltern. Vor Pulaskis Haus, vor dem Haus von Mels Mutter. Und auch vor deinem Haus, Lon.«

»Glaubst du wirklich, er ist so gefährlich?«, fragte der massige Detective. Dann schüttelte er den Kopf. »Was, zum Teufel, rede ich da? Natürlich ist er das.« Er notierte sich die betreffenden Adressen und Telefonnummern, verständigte Bell und ließ ihn alles in die Wege leiten. Nachdem er die Verbindung getrennt hatte, sagte er: »Es wird ein paar Stunden dauern, aber er bekommt es hin.«

Ein lautes Klopfen an der Haustür ließ sie alle zusammenzucken. Thom, der immer noch sein Telefon in der Hand hielt, ging los.

»Halt!«, rief Rhyme.

Der Betreuer blieb stehen.

»Pulaski, gehen Sie mit«, sagte Rhyme mit Blick auf seine Pistole.

»Natürlich.«

Sie gingen auf den Flur. Dann hörte Rhyme gedämpfte Stimmen, und gleich darauf betraten zwei Männer in Anzügen den Raum. Sie hatten kurzes Haar und ernste Gesichter und sahen sich neugierig um. Ihre Blicke richteten sich zuerst auf Rhymes Körper und dann auf den Rest des Labors. Sie waren entweder wegen der zahlreichen wissenschaftlichen Geräte überrascht oder wegen der ausgeschalteten Beleuchtung, wahrscheinlich aber wegen beidem.

»Wir suchen nach einem gewissen Lieutenant Sellitto. Man hat uns gesagt, er sei hier.«

»Das bin ich. Wer sind Sie?«

Sie wiesen sich aus und nannten Dienstrang und Namen – es handelte sich um zwei Detective Sergeants des NYPD. Und sie kamen vom Internal Affairs Department, der Abteilung für innere Angelegenheiten.

»Lieutenant«, sagte der ältere der beiden, »wir sind hier, um Ihnen Dienstmarke und Waffe abzunehmen. Ich muss Ihnen leider mitteilen, dass die Ergebnisse bestätigt wurden.«

»Verzeihung, wovon reden Sie da?«

»Sie sind offiziell vom Dienst suspendiert. Vorläufig werden Sie nicht verhaftet. Aber wir raten Ihnen, mit einem Anwalt zu sprechen – entweder mit Ihrem eigenen oder einem Anwalt der Gewerkschaft.«

»Was, zum Teufel, ist hier los?«

Der jüngere Beamte runzelte die Stirn. »Der Drogentest.«

»*Was*?«

»Sie brauchen uns gegenüber gar nichts abzustreiten. Wir erledigen bloß die Formalitäten, sammeln Dienstmarken und Waffen ein und informieren die Delinquenten von ihrer Suspendierung.«

»Was für ein verdammter Test?«

Der Ältere sah den Jüngeren an. So etwas war ihnen anscheinend noch nie passiert.

Natürlich nicht, denn was hier gerade ablief, war von 522 eingefädelt worden, begriff Rhyme.

»Detective, ehrlich, Sie brauchen nicht so zu tun…«

»Scheiße, sehe ich etwa so aus, als würde ich irgendwie tun?«

»Nun, laut der Suspendierungsanordnung hat man Sie letzte Woche einem Drogentest unterzogen. Seit heute liegt das Ergebnis vor. In Ihrer Probe wurden erhebliche Mengen illegaler Betäubungsmittel festgestellt. Heroin, Kokain und LSD.«

»Ich habe den Test gemacht, so wie jeder andere in meiner Abteilung. Und er kann nicht positiv sein, weil ich keine Drogen nehme, verdammt noch mal. Ich habe *noch nie* irgendwelche Drogen genommen. Und… ach, Scheiße.« Der stämmige Sellitto verzog das Gesicht und wies mit ausgestrecktem Finger auf die SSD-Broschüre. »Die bieten auch Drogentests und Hintergrundüberprüfungen an. Er ist irgendwie ins System gelangt und hat meine Akte manipuliert. Die Resultate wurden gefälscht.«

»Das würde nur äußerst schwierig zu bewerkstelligen sein.«

»Tja, es *wurde* aber bewerkstelligt.«

»Und Sie oder Ihr Anwalt können das bei der Anhörung zu Ihrer Verteidigung vorbringen. Noch mal, wir brauchen wirklich nur Ihre Dienstmarke und Ihre Waffe. Und hier ist der nötige Papierkram dazu. So, ich hoffe, Sie machen uns keine Schwierigkeiten. Sie wollen sich doch nicht noch mehr Probleme aufhalsen, oder?«

»Scheiße.« Der große zerknitterte Mann händigte ihnen seine Waffe – einen altmodischen Revolver – und die Marke aus. »Her mit den Papieren.« Sellitto riss sie dem jüngeren Beamten aus der Hand, während der Ältere eine Quittung ausstellte und sie ihm dann ebenfalls reichte. Danach entlud der Sergeant den Revolver und verstaute ihn und die Patronen in einem dicken Umschlag.

»Danke, Detective. Einen schönen Tag noch.«

Nachdem sie gegangen waren, klappte Sellitto sein Telefon auf und rief den Leiter des IAD an. Der Mann war nicht da, und er hinterließ eine Nachricht. Dann wählte er die Nummer seines eigenen Büros. Die Sekretärin, die er sich mit mehreren anderen Detectives der Abteilung für Kapitalverbrechen teilte, hatte die

Neuigkeit offenbar schon gehört. »Ich weiß, es ist Schwachsinn. Die haben *was*? … Na, großartig. Ich gebe Bescheid, wenn ich herausgefunden habe, was da los ist.«

Er klappte das Telefon dermaßen lautstark zusammen, dass Rhyme sich fragte, ob er es zerbrochen hatte. Der Kriminalist zog eine Augenbraue hoch.

»Man hat gerade alles in meinem Schreibtisch beschlagnahmt«, sagte Sellitto.

»Wie, zum Teufel, soll man gegen so jemanden ankommen?«, fragte Pulaski.

In diesem Moment rief Rodney Szarnek auf Sellittos Mobiltelefon an. Der Lieutenant schaltete den Lautsprecher ein. »Was ist mit dem Festnetzanschluss los?«

»Unser Freund hat uns den Strom abgedreht. Wir arbeiten daran. Was gibt's?«

»Es geht um die SSD-Kundenliste, von der CD. Wir haben etwas gefunden. Einer der Kunden hat sich seitenweise Daten über alle Opfer und Sündenböcke heruntergeladen, und zwar jeweils am Tag vor den Morden.«

»Wer ist es?«

»Er heißt Robert Carpenter.«

»Okay, gut«, sagte Rhyme. »Was wissen wir über ihn?«

»Ich habe nur das, was in der Auflistung steht. Er hat eine eigene Firma in Midtown. Associated Warehousing.«

Warehousing? Rhyme dachte an das Lagerhaus, in dem Joe Malloy ermordet worden war. Gab es einen Zusammenhang?

»Steht da eine Adresse?«

Der Technikspezialist nannte sie ihm.

Nach dem Gespräch fiel Rhyme auf, dass Pulaski die Stirn runzelte.

»Ich glaube, wir haben ihn bei SSD gesehen«, sagte der junge Beamte.

»Wen?«

»Carpenter. Als wir gestern da waren. Er hatte eine Besprechung mit Sterling. Und er sah nicht glücklich aus.«

»Nicht glücklich? Wie meinen Sie das?«

»Keine Ahnung. Es war bloß mein Eindruck.«

»Das hilft uns nicht weiter«, sagte Rhyme. »Mel, überprüfe diesen Carpenter.«

Cooper rief mit seinem Mobiltelefon in Downtown an. Er sprach einige Minuten, ging näher ans Fenster, weil es da heller war, und machte sich Notizen. Dann trennte er die Verbindung. »Du scheinst das Wort ›interessant‹ nicht zu mögen, Lincoln, aber das hier *ist* interessant. Ich habe die Ergebnisse der NCIC- und NYPD-Datenbanken. Robert Carpenter. Wohnt an der Upper East Side. Nicht verheiratet. Und, man höre und staune, er ist vorbestraft. Wegen Kreditkarten- und Scheckbetrugs. Hat sechs Monate in Waterbury gesessen. Außerdem wurde er in einem Fall von Firmenerpressung verhaftet. Man hat die Vorwürfe später fallen gelassen, aber er ist bei der Festnahme ausgerastet und wollte einen der Beamten schlagen. Er kam nur um eine Anklage herum, weil er eingewilligt hat, sich einer SG-Therapie zu unterziehen.«

»Seelisch gestört?« Rhyme nickte. »Und seine Firma hat etwas mit Lagerhaltung zu tun. Genau die richtige Tätigkeit für einen Hamsterer ... Okay. Pulaski, finden Sie heraus, wo dieser Carpenter gewesen ist, als bei Amelia eingebrochen wurde.«

»Ja, Sir.« Als Pulaski sein Telefon hob, klingelte es. Er warf einen Blick auf das Display und nahm das Gespräch an. »Hallo, Liebl ... Was? ... He, Jenny, beruhige dich ...«

O nein ... Lincoln Rhyme wusste, dass 522 ein weiteres Mal zugeschlagen hatte.

»*Was*? Wo bist du? ... Keine Panik, das ist bloß ein Irrtum.« Die Stimme des Neulings zitterte. »Es wird sich alles aufklären ... Gib mir die Adresse ... Okay, ich bin gleich da.«

Er klappte das Telefon zu und schloss kurz die Augen. »Ich muss weg.«

»Was ist passiert?«

»Jenny wurde festgenommen. Vom INS.«

»Der Einwanderungsbehörde?«

»Sie steht auf einer Überwachungsliste der Homeland Security. Es heißt, sie halte sich illegal in den Vereinigten Staaten auf und stelle ein Sicherheitsrisiko dar.«

»Ist sie keine ...?«

»Schon unsere *Urgroßeltern* waren Staatsbürger«, rief Pulaski.

»O Gott.« Er war völlig außer sich. »Brad ist bei Jennys Mom, aber sie hat das Baby bei sich. Man bringt sie gerade ins Gefängnis – und womöglich nimmt man ihr unsere Tochter weg. Falls das geschieht … o Mann.« Die Verzweiflung war ihm deutlich anzusehen. »Ich muss gehen.« Sein Blick verriet Rhyme, dass nichts ihn davon abhalten würde, bei seiner Frau zu sein.

»Okay. Hauen Sie schon ab. Viel Glück.«

Der junge Mann lief zur Tür hinaus.

Rhyme schüttelte den Kopf. »Er nimmt sich uns einen nach dem anderen vor, wie ein Scharfschütze.« Er verzog das Gesicht. »Wenigstens wird Sachs gleich hier sein. Sie kann sich um Carpenter kümmern.«

Da klopfte es abermals laut an der Tür.

Erschrocken riss Rhyme die Augen auf. Was nun?

Aber dieser Besuch war keines von 522s Störmanövern.

Zwei Beamte aus der Zentrale der Spurensicherung in Queens kamen herein und brachten eine große Kiste, die Sachs ihnen übergeben hatte, bevor sie nach Hause gefahren war. Das mussten die am Schauplatz von Malloys Ermordung gesicherten Spuren sein.

»Hallo, Detective. Ihre Klingel funktioniert nicht.« Einer der beiden sah sich um. »Und das Licht ist aus.«

»Das ist uns auch schon aufgefallen«, sagte Rhyme frostig.

»Wie dem auch sei, hier ist Ihre Lieferung.«

Nachdem die Beamten gegangen waren, stellte Mel Cooper die Kiste auf einen Untersuchungstisch und nahm die einzelnen Beweismitteltüten sowie Sachs' Digitalkamera heraus, die Aufnahmen vom Tatort enthalten würde.

»Na, das ist aber hilfreich«, knurrte Rhyme sarkastisch und wies mit dem Kinn auf den stillen Computer und dessen schwarzen Bildschirm. »Vielleicht können wir die Speicherkarte ja in die Sonne halten.«

Er nahm die eigentlichen Beweise in Augenschein – ein Schuhabdruck, einige Pflanzenblätter, Isolierband und Umschläge mit Partikeln. Sie mussten das Material so schnell wie möglich untersuchen; da es sich nicht um untergeschobene Spuren handelte, ergab sich aus ihnen eventuell der maßgebliche Hinweis auf den

Aufenthaltsort von 522. Doch ohne ihre Analysegeräte und ohne Zugriff auf die Datenbanken konnten sie die Tüten allenfalls als Briefbeschwerer benutzen.

»Thom«, rief Rhyme. »Was ist mit dem Strom?«

»Ich hänge immer noch in der Warteschleife«, rief der Betreuer aus dem dunklen Flur zurück.

Er wusste, dass dies vermutlich eine schlechte Idee war. Aber er war fassungslos.

Und es brauchte schon eine ganze Menge, bis Ron Pulaski die Fassung verlor.

Außerdem war er wütend. Er hatte sich noch nie so furchtbar gefühlt. Bei seiner Entscheidung für den Polizeidienst hatte er damit gerechnet, hin und wieder verprügelt oder bedroht zu werden. Aber er hatte nie gedacht, dass seine Arbeit Jenny gefährden könnte, geschweige denn seine Kinder.

Also hielt er sich diesmal nicht wie Sergeant Friday an die Vorschriften, sondern nahm die Angelegenheit selbst in die Hand, ohne sich mit Lincoln Rhyme und Detective Sellitto abzusprechen – und auch nicht mit seiner Mentorin Amelia Sachs. Die drei wären wenig begeistert von seiner Absicht gewesen, aber Ron Pulaski war verzweifelt.

Und daher hatte er während der Fahrt nach Queens bei Mark Whitcomb angerufen.

»Hallo, Ron«, hatte der Mann gesagt. »Was ist los? … Sie klingen verstört. Und Sie sind ganz außer Atem.«

»Ich habe ein Problem, Mark. Bitte. Ich brauche Ihre Hilfe. Meiner Frau wird vorgeworfen, sie sei eine illegale Einwanderin. Man behauptet, ihr Pass sei gefälscht und sie stelle ein Sicherheitsrisiko dar. Das ist doch verrückt.«

»Aber sie ist amerikanische Staatsbürgerin, oder?«

»Ihre Familie lebt seit *Generationen* hier. Mark, wir glauben, der Killer, nach dem wir fahnden, hat sich Zugang zu Ihrem System verschafft. Er hat einem Detective einen falschen Drogentest angehängt und dann für Jennys Verhaftung gesorgt. Wäre das möglich?«

»Er muss ihre Akte jemandem zugeordnet haben, der auf einer

Überwachungsliste steht. Dann hat er Alarm geschlagen … Hören Sie, ich kenne ein paar Leute beim INS. Mit denen kann ich reden. Wo sind Sie?«

»Auf dem Weg zum INS-Gewahrsam in Queens.«

»Wir treffen uns in zwanzig Minuten dort vor der Tür.«

»Oh, vielen Dank, Mann. Ich weiß nicht, was ich tun soll.«

»Keine Sorge, Ron. Das kriegen wir wieder hin.«

Während er nun auf Whitcomb wartete, lief Ron Pulaski vor dem INS-Gefängnis auf und ab, gleich neben einem provisorischen Schild, auf dem stand, dass die Einwanderungsbehörde dem Department of Homeland Security unterstellt worden sei. Pulaski dachte an all die Fernsehberichte über illegale Einwanderer zurück, die er und Jenny gesehen hatten. Die Leute waren immer so verängstigt gewesen.

Was machte man in diesem Moment mit seiner Frau? Würde sie die nächsten Tage oder Wochen in einer Art bürokratischer Vorhölle feststecken? Pulaski hätte am liebsten laut geschrien.

Beruhige dich. Geh überlegt vor. Das sagte Amelia Sachs immer zu ihm.

Geh überlegt vor.

Endlich – danke, o Herr – sah Pulaski, dass Mark Whitcomb mit schnellen Schritten und überaus besorgter Miene auf ihn zukam. Er war sich nicht ganz sicher, wie der Mann ihm behilflich sein wollte, aber er hoffte, dass die Richtlinienabteilung mit ihrem guten Draht zu den Behörden bei der Homeland Security ein paar Beziehungen spielen lassen würde, um seine Frau und sein Kind auf freien Fuß zu bekommen, wenigstens bis die Angelegenheit offiziell geklärt werden konnte.

Whitcomb traf keuchend bei ihm ein. »Haben Sie noch etwas herausgefunden?«

»Ich habe vor etwa zehn Minuten angerufen. Sie sind jetzt drinnen. Aber ich habe nichts gesagt. Ich wollte auf Sie warten.«

»Geht es Ihnen gut?«

»Nein. Ich kann kaum einen klaren Gedanken fassen, Mark. Danke für Ihre Hilfe.«

»Nicht der Rede wert«, sagte Whitcomb ernst. »Es wird alles wieder gut, Ron. Keine Angst.«

»Es ist nur… meine Frau.«

»Ich glaube, ich kann da was machen.« Dann sah er Pulaski in die Augen. Dazu musste er den Kopf in den Nacken legen, denn er war kaum größer als Andrew Sterling. »Allerdings… es liegt Ihnen doch ziemlich viel daran, Jenny dort rauszuholen, nicht wahr?«

»Unbedingt, Mark. Das hier ist ein einziger Albtraum.«

»Okay. Kommen Sie mit.« Er führte Pulaski um die Ecke des Gebäudes und weiter in eine Gasse. »Ich muss Sie um einen Gefallen bitten, Ron«, flüsterte Whitcomb.

»Alles, was in meiner Macht steht.«

»Wirklich?« Die Stimme des Mannes war ungewöhnlich sanft und ruhig. Und in seinem Blick lag eine Schärfe, die Pulaski noch nicht an ihm aufgefallen war. Als hätte er eine Maske fallen gelassen und würde nun sein wahres Gesicht zeigen. »Wissen Sie, Ron, manchmal müssen wir Dinge tun, die wir nicht für richtig halten. Aber letztendlich ist es so am besten.«

»Was meinen Sie?«

»Um Ihrer Frau zu helfen, könnten Sie etwas tun müssen, von dessen Richtigkeit Sie womöglich nicht überzeugt sind.«

Pulaski sagte nichts. Ihm schwirrte der Kopf. Wohin führte das alles?

»Ron, Sie müssen dafür sorgen, dass dieser Fall verschwindet.«

»Fall?«

»Die Mordermittlung.«

»Verschwindet? Ich verstehe nicht.«

»Halten Sie den Fall auf.« Whitcomb sah sich nach allen Seiten um. »Sabotieren Sie ihn«, flüsterte er. »Zerstören Sie die Beweise. Fälschen Sie Spuren. Lassen Sie sie auf alles Mögliche zeigen, nur nicht auf SSD.«

»Ich kann nicht ganz folgen, Mark. Soll das ein Witz sein?«

»Nein, Ron. Ich meine es völlig ernst. Diese Ermittlungen müssen aufhören, und Sie können dafür sorgen.«

»Das kann ich nicht.«

»O doch, das können Sie. Falls Ihnen etwas an Jenny liegt.« Er deutete auf das Untersuchungsgefängnis.

Nein, nein… *er* war 522. Whitcomb war der Killer! Er hatte die

Passwörter seines Chefs Sam Brockton benutzt, um sich Zugang zu innerCircle zu verschaffen.

Pulaski griff nach seiner Waffe.

Aber Whitcomb war schneller. Eine schwarze Pistole erschien in seiner Hand. »Nein, Ron. Damit wäre uns beiden nicht geholfen.« Whitcomb streckte den Arm aus, zog Pulaskis Glock aus dem Holster und steckte sie sich in den Hosenbund.

Wie hatte er sich nur so irren können? Lag das an der Kopfverletzung? Oder war er einfach nur dumm? Whitcomb hatte seine Freundschaft bloß vorgetäuscht. Das empörte Ron nicht nur, es tat auch weh. Der Kerl hatte ihm Kaffee gebracht, ihn vor Cassel und Gillespie in Schutz genommen, ihm ein privates Treffen vorgeschlagen und ihm mit den Arbeitszeitblättern geholfen … alles nur aus Berechnung, um das Vertrauen des Cops zu gewinnen und ihn ausnutzen zu können.

»Es ist alles von vorn bis hinten gelogen, nicht wahr, Mark? Sie sind gar nicht in Queens aufgewachsen, oder? Und Sie haben keinen Bruder bei der Polizei.«

»Ganz recht.« Whitcombs Miene hatte sich verfinstert. »Ich habe mich bemüht, vernünftig mit Ihnen zu reden, Ron. Aber Sie wollten ja nicht hören. Verflucht noch mal! Sie hätten mit mir zusammenarbeiten können. Jetzt sehen Sie sich an, wozu Sie mich gezwungen haben.«

Der Killer stieß Pulaski tiefer in die Gasse hinein.

... Einundvierzig

Amelia Sachs schwamm im Stadtverkehr mit und ärgerte sich über den lauten und leistungsschwachen japanischen Wagen.

Das Ding klang wie eine Eismaschine. Und besaß auch ungefähr so viele Pferdestärken.

Sie hatte zweimal bei Rhyme angerufen, war aber beide Male sofort bei der Voicemail gelandet. Das kam so gut wie nie vor; Lincoln Rhyme war – wie man sich denken konnte – nur sehr selten außer Haus. Im Big Building ging zudem etwas Merkwürdiges vor sich. Lon Sellittos Anschluss war abgeschaltet worden. Und weder er noch Ron Pulaski gingen an ihre Mobiltelefone.

Hatte auch das mit 522 zu tun?

Umso mehr ein Grund, dem Anhaltspunkt, den sie bei sich zu Hause entdeckt hatte, möglichst schnell zu folgen. Er sah vielversprechend aus, glaubte sie. Unter Umständen handelte es sich sogar um den entscheidenden Hinweis, das eine noch fehlende Puzzleteil, das sie benötigten, um diesen Fall zu einem Abschluss zu bringen.

Ein Stück voraus sah sie ihr Ziel. Angesichts dessen, was mit ihrem Camaro passiert war, und um nicht auch noch Pams Wagen zu gefährden – falls 522 hinter der Pfändung steckte, wie sie vermutete –, fuhr Sachs um den Block, bis sie eines des seltensten Phänomene Manhattans fand: eine freie reguläre Parklücke.

Was sagt man dazu?

Vielleicht war das ein gutes Zeichen.

»Warum machen Sie das?«, flüsterte Ron Pulaski dem Killer zu. Sie standen in der menschenleeren Gasse in Queens.

Doch Mark Whitcomb ignorierte ihn. »Hören Sie gut zu.«

»Ich dachte, wir wären Freunde.«

»Tja, man denkt sich so manches, das sich als unwahr herausstellt. So ist das Leben.« Whitcomb räusperte sich. Er wirkte kribbelig, unruhig.

Pulaski atmete schwer. Er erinnerte sich daran, wie Sachs gesagt hatte, der Täter spüre den Druck der Ermittlungen und werde dadurch zwar nachlässiger, aber auch gefährlicher.

Whitcomb sah sich noch einmal schnell um und fixierte sofort wieder den jungen Beamten. Die Waffe lag ruhig in seiner Hand. Es war klar, dass er damit umgehen konnte. »Scheiße, hören Sie mir zu?«

»Verflucht noch mal, ja.«

»Ich will nicht, dass diese Ermittlungen fortgeführt werden. Sie müssen aufhören.«

»Aufhören? Ich bin Streifenpolizist. Wie sollte ich so etwas bewirken können?«

»Wie ich schon sagte: Sabotieren Sie den Fall. Lassen Sie Beweise verschwinden. Schicken Sie die Leute in die falsche Richtung.«

»Das mache ich nicht«, murmelte der junge Cop trotzig.

Whitcomb schüttelte den Kopf. Er wirkte beinahe entrüstet. »Doch, das werden Sie. Entweder auf die sanfte oder auf die harte Tour, Ron.«

»Was ist mit meiner Frau? Können Sie sie da rausholen?«

»Ich kann alles, was ich will.«

Der Mann, der alles weiß…

Pulaski schloss die Augen und biss die Zähne zusammen, so wie früher als Kind. Dann schaute er zu dem Gebäude, in dem Jenny festgehalten wurde.

Jenny, die Frau, die Myra Weinburg so ähnlich sah.

Da ergab der junge Beamte sich in sein Schicksal. Es war schrecklich, es war dumm, aber er hatte keine andere Wahl. Er saß in der Klemme.

»Okay«, murmelte er mit gesenktem Kopf.

»Sie machen es?«

»Das habe ich doch gerade gesagt«, erwiderte er barsch.

»Das ist klug, Ron. Sehr klug.«

»Aber Sie müssen mir versprechen« – Pulaski zögerte für den Bruchteil einer Sekunde, sah an Whitcomb vorbei und wieder zurück – »dass Jenny und das Baby noch heute freikommen.«

Whitcomb entging der Blick nicht. Er schaute schnell über die

Schulter. Dabei wich die Mündung seiner Waffe ein kleines Stück zur Seite.

Pulaskis Trick hatte funktioniert. Der junge Beamte ging zum Angriff über. Mit seiner linken Hand drückte er die Pistole beiseite, hob im selben Moment sein Bein und zog einen kleinen Revolver aus einem Knöchelholster. Amelia Sachs hatte ihn angewiesen, stets eine Reservewaffe zu tragen.

Der Killer versuchte fluchend, sich loszureißen, aber Pulaski hielt seine Schusshand eisern umklammert, schmetterte Whitcomb den Revolver ins Gesicht und brach ihm damit die Nase.

Der Mann stieß einen erstickten Schrei aus. Blut strömte ihm über das Gesicht. Er ging in die Knie. Pulaski schaffte es, ihm die Pistole zu entreißen, bekam sie aber nicht richtig zu fassen. Sie fiel wirbelnd zu Boden, während die Männer unbeholfen miteinander rangen. Dann schlug sie auf dem Asphalt auf, ohne dass sich ein Schuss löste. Whitcomb, dessen Augen vor Panik und Zorn geweitet waren, stieß Pulaski gegen die Mauer und griff nach seiner Hand.

»Nein, nein!«

Whitcomb wollte ihm einen Kopfstoß verpassen. Pulaski zuckte instinktiv zurück und musste automatisch daran denken, wie ihn vor einigen Jahren dieser entsetzliche Knüppelhieb an der Stirn getroffen hatte. Das gab Whitcomb die Gelegenheit, Pulaskis Revolver nach oben zu stoßen und mit der anderen Hand die Glock aus dem Hosenbund zu ziehen. Er richtete sie auf den Kopf des jungen Beamten.

Pulaski schickte ein stummes Stoßgebet gen Himmel und dachte an seine Frau und seine Kinder. Er wollte mit diesem Bild vor Augen sterben.

Endlich wurde der Strom wieder eingeschaltet, und Cooper und Rhyme machten sich sogleich an die Untersuchung der Beweise vom Mord an Joe Malloy. Sie waren allein im Labor; Lon Sellitto war nach Downtown gefahren und versuchte, seine Suspendierung aufheben zu lassen.

Die Fotos vom Tatort gaben nicht viel her, und die Spuren waren nicht sonderlich hilfreich. Der Schuhabdruck gehörte eindeutig zu 522 und stimmte mit dem früher gefundenen Abdruck überein. Die Blattfragmente stammten von Zimmerpflanzen: Ficus und Aglaonema, auch bekannt als Kolbenfaden. Die Partikel waren unspezifische Erde, mehr Staub vom World Trade Center und ein weißes Pulver, das sich als Kaffeeweißer herausstellte. Das Isolierband war eine handelsübliche Marke und ließ sich nicht zurückverfolgen.

Rhyme war überrascht, wie viel Blut an den Beweisen klebte. Er dachte daran, was Sellitto über den Captain gesagt hatte.

Er ist ein Kämpfer…

Trotz des anfänglichen Ärgers, den es mit Malloy gegeben hatte, war Rhyme zutiefst bekümmert über seinen Tod – und über die Brutalität des Mordes. Außerdem war er stinkwütend. Und verunsichert. Er sah immer wieder aus dem Fenster, als könne 522 sich jeden Moment anschleichen. Dabei hatte Thom bereits alle Türen und Fenster verriegelt und die Überwachungskameras eingeschaltet.

MORD AN JOSEPH MALLOY

- Arbeitsschuh Marke Skechers, Größe 11.
- Blattfragmente von Zimmerpflanzen: Ficus und Aglaonema (Kolbenfaden).
- Erde; nicht zurückverfolgbar.
- Staub vom Anschlag auf das World Trade Center.
- Kaffeeweißer.
- Isolierband, handelsüblich; nicht zurückverfolgbar.

»Trag die Pflanzen und den Kaffeeweißer in die Spurenliste seines Profils ein, Mel.«

Der Techniker ging zu der Tafel und fügte die beiden Punkte hinzu.

»Das ist nicht viel. Verflucht, das ist wirklich nicht viel.«

Dann zuckte Rhyme zusammen, denn es hämmerte schon wieder jemand gegen die Tür. Thom ging hin. Mel Cooper wich von der Tafel zurück und griff nach der schmalen Pistole an seinem Gürtel.

Doch der Besucher war nicht 522, sondern ein NYPD-Inspector mittleren Alters namens Herbert Glenn. Rhyme registrierte sofort sein selbstsicheres Auftreten. Sein Anzug mochte billig sein, aber seine Schuhe waren perfekt auf Hochglanz poliert. Hinter ihm auf dem Flur waren noch mehrere andere Stimmen zu hören.

Nachdem er sich vorgestellt hatte, sagte Glenn: »Ich fürchte, ich muss mit Ihnen über einen Beamten sprechen, mit dem Sie zusammenarbeiten.«

Sellitto? Oder Sachs? Was war geschehen?

»Er heißt Ron Pulaski«, sagte Glenn ruhig. »Sie arbeiten doch mit ihm zusammen, oder?«

O nein.

Der Neuling…

Pulaski tot und seine Frau mit ihrem Baby in der bürokratischen Hölle der Untersuchungshaft. Was sollte aus ihr werden?

»Erzählen Sie mir, was los ist!«

Glenn wandte sich um und winkte zwei weitere Männer herein, einen grauhaarigen Mann im dunklen Anzug und einen jüngeren, kleineren Kerl, der ähnlich gekleidet, dessen Nase aber dick verpflastert war. Der Inspector stellte sie als Samuel Brockton und Mark Whitcomb vor, Angestellte von SSD. Brockton stand auf der Verdächtigenliste, wusste Rhyme, wenngleich er anscheinend ein Alibi für die Vergewaltigung und den Mord hatte. Wie sich herausstellte, war Whitcomb sein Assistent in der Richtlinienabteilung.

»Was ist mit Pulaski?«

»Ich fürchte…«, setzte Inspector Glenn an, aber dann klingelte sein Telefon. Er nahm das Gespräch an und schaute während der leisen Unterredung immer wieder zu Brockton und Whitcomb. Schließlich trennte er die Verbindung.

»Was ist mit Ron Pulaski passiert? Ich verlange eine sofortige Erklärung!«

Es klingelte an der Tür. Thom und Mel Cooper führten zwei weitere Leute in Rhymes Labor. Einer von ihnen war ein stämmiger Mann mit einer FBI-Dienstmarke um den Hals, und der andere war Ron Pulaski. Man hatte ihm Handschellen angelegt.

Brockton wies auf einen Stuhl, und der FBI-Agent ließ den jungen Beamten dort Platz nehmen. Pulaski war sichtlich mitgenommen, und seine staubige, derangierte Uniform war mit Blut befleckt, aber davon abgesehen schien er nicht verletzt zu sein. Whitcomb setzte sich ebenfalls und berührte vorsichtig seine Nase. Er sah niemanden an.

Samuel Brockton zog einen Ausweis aus der Tasche. »Ich stehe im Dienst der Richtlinienabteilung des Department of Homeland Security. Mark ist mein Assistent. Ihr Beamter hat einen Bundesagenten angegriffen.«

»Der mich mit einer Schusswaffe bedroht hat, ohne sich auszuweisen. Nachdem er …«

Richtlinienabteilung? Rhyme hatte noch nie davon gehört. Aber innerhalb der komplizierten Struktur der Heimatschutzbehörde kamen und gingen untergeordnete Abteilungen wie erfolglose Detroiter Automodelle.

»Ich dachte, Sie gehören zu SSD?«

»Wir haben Büros bei SSD, aber wir sind Bundesbedienstete.«

Und was, zum Teufel, hatte Pulaski angestellt? Rhymes Erleichterung ließ nach, und sein Ärger wuchs.

Der Neuling wollte fortfahren, aber Brockton verbat ihm den Mund. »Nein, lassen Sie ihn reden«, sagte Rhyme streng zu dem Mann im grauen Anzug.

Brockton überlegte. Sein Blick zeugte von einem unerschütterlichen Gleichmut; Pulaski – oder sonst wer – konnte sagen, was er wollte, es würde Brockton nicht im Mindesten tangieren. Er nickte.

Der Neuling erzählte Rhyme von dem Treffen mit Whitcomb und seiner Hoffnung, Jenny aus dem INS-Gewahrsam befreien zu können. Der Mann habe von ihm verlangt, die 522-Ermittlungen zu sabotieren, und ihn mit einer Pistole bedroht, als er sich weigerte. Pulaski hatte Whitcomb seine Reservewaffe ins Gesicht geschlagen und dann mit ihm gekämpft.

»Was mischen Sie sich in unseren Fall ein?«, wandte Rhyme sich barsch an Brockton und Glenn.

Brockton schien erst jetzt zu bemerken, dass Rhyme behindert war. Er ließ sich davon in keiner Weise beirren. »Wir haben es gütlich versucht«, sagte er mit ruhiger Baritonstimme. »Falls

Officer Pulaski eingewilligt hätte, hätten wir nicht zu härteren Bandagen greifen müssen … Dieser Fall hat vielen Leuten eine Menge Kopfzerbrechen bereitet. Ich sollte in dieser Woche eigentlich eine Reihe von Terminen im Kongress und im Justizministerium wahrnehmen, aber ich musste alles absagen und im Eiltempo nach New York zurückkehren, um Schadensbegrenzung zu betreiben … Also gut, was ich nun sage, muss inoffiziell bleiben. Alle einverstanden?«

Rhyme nickte. Cooper und Pulaski schlossen sich an.

»Die Richtlinienabteilung nimmt Gefahrenanalysen vor und sorgt für die Sicherheit von Privatfirmen, die zu Zielen von Terroristen werden könnten. Damit sind die bedeutenden Stützen der Infrastruktur dieses Landes gemeint. Ölkonzerne, Fluglinien, Banken. Und Datensammler wie SSD. Unsere Agenten arbeiten direkt vor Ort.«

Sachs hatte gesagt, Brockton verbringe viel Zeit in Washington. Das erklärte, warum.

»Und wieso lügen Sie und geben sich als SSD-Angestellte aus?«, fragte Pulaski. Rhyme hatte den jungen Mann noch nie wütend erlebt. Bis jetzt.

»Wir müssen unauffällig bleiben«, erklärte Brockton. »Sie werden mir gewiss zustimmen, dass Pipelines, Pharmaunternehmen oder die Lebensmittelindustrie attraktive Ziele abgeben – jedenfalls aus terroristischer Sicht. Nun, dann stellen Sie sich mal vor, was man mit den Informationen anfangen könnte, die SSD hat. Sobald jemand deren Computer zum Absturz bringt, wird ein Teil unserer Wirtschaft lahmgelegt. Oder was wäre, falls Attentäter mittels innerCircle Einzelheiten über die Aufenthaltsorte von Managern oder Politikern sowie weitere persönliche Informationen in Erfahrung bringen könnten?«

»Haben Sie das Ergebnis von Lon Sellittos Drogentest ändern lassen?«

»Nein, das muss Ihr Verdächtiger – Fünf Zweiundzwanzig – gewesen sein«, sagte Inspector Glenn. »Das Gleiche gilt für die Verhaftung von Officer Pulaskis Frau.«

»Warum wollen Sie, dass die Ermittlungen aufhören?«, fragte Pulaski. »Sehen Sie denn nicht, wie gefährlich dieser Mann ist?«

Er sprach zu Mark Whitcomb, aber der starrte weiterhin zu Boden und blieb stumm.

»Nach unserer Berechnung handelt es sich bei ihm um eine Singularität«, sagte Glenn.

»Eine was?«

»Eine Anomalie. Er ist ein einmaliges Ereignis«, erläuterte Brockton. »SSD hat eine Analyse der Situation durchgeführt. Die Profilsoftware und unser prädiktives Modell haben ergeben, dass ein solcher Soziopath demnächst seinen Sättigungspunkt erreicht haben dürfte. Er wird aufhören. Er wird einfach verschwinden.«

»Aber noch ist es nicht so weit, nicht wahr?«

»Noch nicht«, sagte Brockton. »Aber bald. Die Programme irren sich nie.«

»Falls noch jemand stirbt, *haben* sie sich geirrt.«

»Wir müssen realistisch sein. Es ist eine Abwägung. Wir dürfen nicht zulassen, dass allgemein bekannt wird, was für ein lohnendes Anschlagsziel SSD wäre. Und die Existenz der Richtlinienabteilung des DHS muss ebenfalls geheim bleiben. Je weniger Aufmerksamkeit, desto besser. Eine Morduntersuchung sorgt für das genaue Gegenteil.«

»Falls Sie den konventionellen Spuren folgen wollen, Lincoln, dann nur zu. Fingerabdrücke, Augenzeugen, alles kein Problem. Aber SSD darf dabei nicht auftauchen. Diese Pressekonferenz war ein gewaltiger Fehler«, fügte Glenn hinzu.

»Wir haben mit Ron Scott aus dem Büro des Bürgermeisters und mit Joe Malloy gesprochen. Die beiden haben die Aktion genehmigt.«

»Tja, aber Scott und Malloy haben vorher nicht bei den richtigen Leuten nachgefragt. Unser Verhältnis zu SSD wurde gefährdet. Wissen Sie, Andrew Sterling ist nicht *verpflichtet,* uns mit seinen Computern zu unterstützen.«

Er klang wie der Chef der Schuhfirma, der Angst gehabt hatte, Sterling und SSD gegen sich aufzubringen.

»Also gut«, sagte Brockton. »Ab sofort lautet das oberste Gebot, dass Ihr Killer seine Informationen nicht von SSD erhalten hat. Es ist sogar das einzige Gebot.«

»Ist Ihnen eigentlich klar, dass Joseph Malloy wegen SSD und innerCircle ermordet wurde?«

Glenns Züge verhärteten sich. Er seufzte. »Das tut mir leid. Sehr leid. Aber er ist bei der Arbeit an einem Fall gestorben. Tragisch. Doch das gehört nun mal zum Berufsrisiko eines Polizisten.«

Das oberste Gebot… das einzige Gebot…

»So«, sagte Brockton. »SSD ist nicht länger Gegenstand Ihrer Ermittlungen. Verstanden?«

Ein eisiges Nicken.

»Sie können ihn jetzt losmachen«, sagte Glenn zu dem FBI-Agenten.

Der Mann nahm Pulaski die Fesseln ab. Der junge Beamte stand auf und rieb sich die Handgelenke.

»Sorgen Sie dafür, dass Lon Sellittos Suspendierung aufgehoben wird«, sagte Rhyme. »Und lassen Sie Pulaskis Frau frei.«

Glenn sah Brockton an. Der schüttelte den Kopf. »Das würde zum jetzigen Zeitpunkt einem Eingeständnis gleichkommen, dass SSD und die dort gesammelten Daten eventuell mit den Verbrechen zu tun haben könnten. Wir müssen der Angelegenheit vorläufig ihren Lauf lassen.«

»Schwachsinn. Sie wissen, dass Lon Sellitto noch nie im Leben Drogen genommen hat.«

»Und die Anhörung wird ihn entlasten«, sagte Glenn. »Damit ist die Sache für uns erledigt.«

»Nein, verdammt! Laut den Informationen, die der Killer ins System eingegeben hat, ist Sellittos Schuld bereits zweifelsfrei erwiesen. Genau wie bei Jenny Pulaski. Das alles steht in den Akten der beiden!«

»Und dabei werden wir es auch einstweilen belassen«, sagte der Inspector ruhig.

Die Bundesagenten und Glenn gingen zur Tür.

»Ach, Mark«, rief Pulaski. Whitcomb drehte sich um. »Tut mir leid.«

Der Agent war sichtlich überrascht und fasste sich an die verbundene Nase. Dann fuhr Pulaski fort: »Dass ich dir nur die Nase gebrochen habe. Leck mich am Arsch, du Judas.«

Aha, der Neuling hat also doch Mumm in den Knochen.

Nachdem die Männer gegangen waren, wollte Pulaski seine Frau anrufen, kam aber nicht durch. Wütend klappte er sein Telefon zu. »Wissen Sie, Lincoln, es ist mir egal, was die sagen. Ich gebe nicht einfach klein bei.«

»Keine Angst. Wir machen natürlich weiter. He, die können mich nicht feuern – ich bin Zivilist. Nur Sie und Mel könnten entlassen werden.«

»Tja, ich…« Cooper runzelte die Stirn.

»Bleib locker, Mel. Ich *habe* einen Sinn für Humor, ganz gleich, was alle glauben. Niemand wird etwas von der Sache erfahren – solange der Grünschnabel hier keine weiteren Bundesagenten verprügelt. Okay, nun zu diesem Robert Carpenter, dem SSD-Kunden. Holt ihn her. Sofort.«

… Zweiundvierzig

Ich bin also »522«.

Ich frage mich, wieso diese Leute sich ausgerechnet für diese Nummer entschieden haben. Myra 9834 war nicht mein fünfhundertzweiundzwanzigstes Opfer (was für ein wunderbarer Gedanke!). Keine der Adressen der Beteiligten hat diese Zahl enthalten… Halt. Das Datum. Na klar. Sie wurde letzten Sonntag getötet – am zweiundzwanzigsten Tag des fünften Monats –, und am selben Tag haben diese Leute die Jagd auf mich eröffnet.

Für diese Leute bin ich folglich eine Nummer. Genau wie diese Leute für mich Nummern sind. Ich fühle mich geschmeichelt.

Ich bin in meinem Refugium und habe den größten Teil meiner Nachforschungen abgeschlossen. Es ist später Nachmittag, die Sechzehner sind auf dem Weg nach Hause, gehen zum Abendessen, besuchen Freunde. Doch das Großartige an Daten ist, dass sie niemals schlafen. Meine Soldaten können zu jeder von mir gewählten Stunde und an jedem Ort die Hölle über jede beliebige Person hereinbrechen lassen.

Im Augenblick verbringen die Prescott-Familie und ich einige gemeinsame Momente, bis die Angriffe beginnen. Schon bald werden die Häuser meiner Feinde und ihrer Angehörigen unter Polizeischutz stehen… Aber diese Leute begreifen immer noch nicht, über welche Waffen ich verfüge. Der arme Joseph Malloy hat mir jede Menge Material geliefert.

Zum Beispiel dieser Detective Lorenzo – vielmehr, Lon – Sellitto (er hat sich wirklich bemüht, seinen wahren Vornamen geheim zu halten). Er wurde suspendiert, aber ihm stehen noch weitere Überraschungen bevor. Da gab es vor ein paar Jahren einen bedauerlichen Zwischenfall, bei dem ein Täter während der Festnahme erschossen wurde… Und nun werden neue Beweise auftauchen, die belegen, dass der Verdächtige überhaupt nicht bewaffnet gewesen ist und der Zeuge gelogen hat. Die Mutter des toten Jungen wird davon erfahren. Und ich werde in Sellittos Namen ein paar rassistische Briefe an rechtsgerichtete Internetseiten verschicken. Dann muss ich nur noch den Bürgerrechtler Reverend Al Sharpton darauf aufmerksam machen, und Sellittos Schicksal ist besiegelt. Der gute Lon wird vielleicht sogar im Knast landen.

Ich habe auch einen Blick auf Sellittos angebundene Personen geworfen. Er hat einen halbwüchsigen Sohn aus erster Ehe. Für den werde ich mir etwas ausdenken. Ein paar Drogendelikte wären nett. Wie der Vater, so der Sohn. Das gefällt mir irgendwie.

Dieser polnische Knabe, Pulaski, tja, der wird die Homeland Security letzten Endes überzeugen können, dass seine Frau keine Terroristin oder Illegale ist. Aber man stelle sich die Fassungslosigkeit der beiden vor, wenn die Geburtsunterlagen ihres Kindes verschwinden und ein anderes Ehepaar, dessen Neugeborenes vor einem Jahr aus dem Krankenhaus entführt wurde, zufällig erfährt, dass es sich bei Pulaskis Sohn in Wahrheit um ihren vermissten Jungen handelt. Das wird mindestens dazu führen, dass der kleine Kerl bei einer Pflegefamilie schmoren muss, bis die Angelegenheit nach vielen Monaten endlich geklärt werden kann. Damit ist er dauerhaft geschädigt. (Ich weiß das nur zu gut.)

Und dann kommen wir zu Amelia 7303 und diesem Lincoln Rhyme. Da ich gerade ausgesprochen schlechte Laune habe, wird Rose Sachs, die nächsten Monat am Herzen operiert werden soll, ihre Krankenversicherung verlieren, und zwar weil – nun ja, ich glaube, ich verpasse ihr ein paar frühere Betrugsversuche. Amelia 7303 ist wahrscheinlich schon ziemlich sauer wegen ihres Wagens, hat die wirklich schlechten Neuigkeiten aber noch vor sich: ihre gewaltigen Schulden. Von etwa 200 000 Dollar. Mit einem Zinssatz, der an Wucher grenzt.

Aber das sind bloß die Appetithäppchen. Ich habe erfahren, dass ihr ehemaliger Freund wegen Raubüberfällen, tätlicher Bedrohung, Diebstahl und Erpressung verurteilt wurde. Einige neue Zeugen werden in anonymen E-Mails behaupten, auch Amelia 7303 sei darin verwickelt gewesen. Ferner sei in der Garage ihrer Mutter Diebesgut versteckt. Ich werde es natürlich dort deponieren, bevor ich die Abteilung für innere Angelegenheiten verständige.

Es wird nicht zu einer Anklage kommen – wegen Verjährung –,

aber die Publicity dürfte ihren Ruf ruinieren. Hoch lebe die Pressefreiheit. Gott segne Amerika…

Der Tod gehört zu den Transaktionen, durch die deine Verfolger garantiert verlangsamt werden. Aber die nicht tödlichen Taktiken können genauso wirksam sein und sind, finde ich, wesentlich eleganter.

Und was diesen Lincoln Rhyme angeht… Tja, das ist eine interessante Situation. Mein ursprünglicher Fehler war natürlich, seinen Cousin auszuwählen. Aber ich muss gerechterweise betonen, dass ich die an Arthur 3480 angebundenen Individuen alle überprüft habe und Lincoln Rhyme einfach nicht dazugehört hat. Was seltsam ist. Die beiden sind blutsverwandt, haben in den letzten zehn Jahren aber keinen Kontakt gehabt.

Also habe ich leider schlafende Hunde geweckt. Er ist der beste Widersacher, dem ich mich je stellen musste. Er hat mich auf dem Weg zum Haus von DeLeon 6832 aufgehalten, und zwar in flagranti, was bisher noch niemandem geglückt ist. Und nach Malloys atemlosem Bericht zu schließen, kommt er mir immer näher.

Doch natürlich habe ich auch dafür einen Plan. Gegenwärtig kann ich nicht auf innerCircle zugreifen – ich muss jetzt vorsichtig sein –, aber die Presseartikel und anderen Datenquellen sind ausreichend ergiebig. Das Problem besteht darin, das Leben von jemandem wie Rhyme zu zerstören, dessen physische Existenz ohnehin weitgehend zerstört ist. Endlich fällt mir eine Lösung ein: Da er so sehr auf Hilfe angewiesen ist, werde ich jemanden aus seinem engsten Umkreis vernichten: Rhymes Betreuer, Thom Reston. Falls der junge Mann stirbt – auf eine besonders unangenehme Weise –, dürfte Rhyme sich davon kaum jemals wieder erholen. Die Ermittlungen werden im Sande verlaufen; niemand sonst ist so fähig und hartnäckig wie er.

Ich werde Thom in den Kofferraum meines Wagens verfrachten und zu einem anderen Lagerhaus fahren. Dort lasse ich mir viel Zeit mit meinem Rasiermesser der Gebrüder Krusius. Ich zeichne die gesamte Sitzung auf und schicke sie per E-Mail an Rhyme. Als der fleißige Kriminalist, der er zu sein scheint, wird er die grausige Aufnahme sorgfältig auf irgendwelche Anhaltspunkte überprüfen. Und zu diesem Zweck muss er sie sich wieder und wieder ansehen.

Ich garantiere, danach ist Rhyme für diesen Fall nicht mehr zu gebrauchen. Vielleicht wird es ihn sogar völlig zugrunde richten.

Ich gehe in Raum drei meines Refugiums und hole eine meiner Videokameras. Der Akku liegt gleich daneben. Und in Raum zwei nehme ich das Krusius aus seinem alten Kästchen. Auf der Klinge klebt immer noch eine braune Schicht aus getrocknetem Blut. Nancy 3470. Vor zwei Jahren. (Das Gericht hat soeben die letztmögliche Berufung ihres Mörders Jason 4971 verworfen. Als Grund für die beantragte Urteilsaufhebung hatte er fingierte Beweise angeführt. Sogar sein eigener Anwalt dürfte diese Behauptung absurd gefunden haben.)

Das Rasiermesser ist stumpf. Ich erinnere mich, dass bei Nancy 3470 die Rippen einigen Widerstand geleistet haben; sie hat heftiger gezappelt als erwartet. Egal. Ein wenig Arbeit an einer meiner acht Schleifscheiben, dann die Klinge an einem Lederriemen abziehen, und es kann losgehen.

Amelia Sachs wurde nun vollends vom Jagdfieber gepackt.

Die Spuren in ihrem Garten hatten sie auf einen verschlungenen Pfad geführt, aber sie hatte so ein Gefühl – Verzeihung, Rhyme –, dass ihre gegenwärtige Mission sich als äußerst nützlich erweisen könnte. Sie parkte Pams Wagen am Straßenrand und eilte zu der Adresse der nächsten Person auf ihrer Liste. Einer der Namen würde ihr hoffentlich den entscheidenden Hinweis auf die Identität von 522 liefern.

Zwei hatten sich bereits als unergiebig herausgestellt. Würde der Dritte die Antwort bringen? So in der Stadt herumzufahren, hatte etwas von einer makabren Schnitzeljagd, dachte sie.

Es war mittlerweile Abend. Sachs überprüfte die Anschrift unter einer Straßenlaterne, fand das zugehörige Haus und stieg die paar Stufen zur Vordertür hinauf. Als sie die Hand nach dem Klingelknopf ausstreckte, kam ihr etwas komisch vor.

Sie hielt inne.

War das wieder die Paranoia, die sie schon den ganzen Tag lang verspürte? Das Gefühl, beobachtet zu werden?

Sachs ließ den Blick in die Runde schweifen, sah die wenigen Leute auf der Straße, die Fenster der Wohnhäuser und die kleinen Geschäfte in der Nähe… Aber nichts davon kam ihr bedrohlich vor. Niemand schien auf sie zu achten.

Sie hob erneut die Hand zur Klingel, drückte aber auch diesmal nicht auf den Knopf.

Irgendwas stimmte hier nicht…

Was?

Dann wurde es ihr klar. Sie fühlte sich nicht beobachtet, sondern hatte einen merkwürdigen Geruch in der Nase. Und auf einmal wusste sie auch, was es war: Schimmel. Sie roch Schimmel, und zwar von genau dem Haus, vor dem sie gerade stand.

Bloß ein Zufall?

Sachs ging leise die Treppe hinunter und in die mit Kopfsteinen gepflasterte Gasse neben dem Gebäude. Das Haus war sehr groß; es sah von vorn zwar schmal aus, reichte aber weit nach hinten. Sachs ging tiefer in die Gasse hinein und kam an ein Fenster. Das von innen mit Zeitungspapier abgedeckt war. Sie musterte die ganze Gebäudeseite; ja, die Scheiben waren alle auf diese Weise blickdicht gemacht worden. Terry Dobyns' Worte fielen ihr ein: *Und die Fensterscheiben sind entweder schwarz angemalt oder überklebt. Die Außenwelt muss vollständig draußen bleiben…*

Amelia war eigentlich nur hergekommen, um Informationen zu sammeln – nach allem, was sie wussten, *konnte* das hier nicht sein Versteck sein. Aber sie mussten sich geirrt haben. Dies war zweifellos das Haus des Killers.

Sie griff nach ihrem Telefon, hörte aber hinter sich plötzlich ein Geräusch auf den Pflastersteinen. Erschrocken ließ sie das Telefon los und wollte stattdessen ihre Waffe ziehen. Sie fuhr herum. Doch noch bevor sie den Griff der Glock zu fassen bekam, rammte jemand ihren Leib mit voller Wucht gegen die Hauswand. Benommen ging Sachs in die Knie.

Sie schnappte nach Luft und blickte auf. Die Augen des Killers waren wie harte Punkte, und das fleckige Rasiermesser in seiner Hand zuckte auf Amelias Kehle zu.

... Dreiundvierzig

»Kommando, Telefon, Anrufen, Sachs.«

Aber es meldete sich nur die Mailbox.

»Verdammt, wo steckt sie? Finde sie, Mel ... Pulaski?« Rhyme wandte sich mit seinem Rollstuhl dem jungen Mann zu, der gerade telefonierte. »Was ist mit Carpenter?«

Pulaski hob die Hand. Dann beendete er das Gespräch. »Ich habe endlich seine Assistentin erwischt. Carpenter ist heute früher gegangen und wollte noch einige Besorgungen erledigen. Inzwischen müsste er zu Hause sein.«

»Ich möchte, dass jemand zu ihm fährt. Jetzt.«

Mel Cooper versuchte, Sachs' Pager zu erreichen. Als das nicht gelang, wählte er ihren BlackBerry an. »Nichts.« Er führte einige weitere Telefonate und berichtete: »Nein. Kein Glück.«

»Hat Fünf Zweiundzwanzig ihre Benutzerkonten gelöscht, so wie er uns den Strom abgedreht hat?«

»Nein, die Konten sind aktiv. Aber die Geräte nicht – sie sind entweder kaputt, oder man hat die Akkus entfernt.«

»Was? Ist das sicher?« Die Angst in ihm wuchs.

Es klingelte an der Tür. Thom ging hin und öffnete.

Lon Sellitto eilte herein. Das Hemd hing ihm halb aus der Hose, und sein Gesicht war verschwitzt. »An der Suspendierung lässt sich nichts ändern. Die passiert automatisch. Auch wenn ich mich sofort einem neuen Drogentest unterziehen würde, bliebe bis zur Untersuchung durch das IAD alles so, wie es ist. Scheißcomputer. Ich habe jemanden bei PublicSure anrufen lassen. Die wollen sich, ich zitiere, ›die Sache mal ansehen‹, und du weißt, was das heißt.« Er schaute zu Pulaski. »Wie geht es Ihrer Frau?«

»Sie sitzt weiterhin in Haft.«

»Herrje.«

»Es wird noch schlimmer.« Rhyme erzählte Sellitto von Brockton, Whitcomb, Glenn und der Richtlinienabteilung der Heimatschutzbehörde.

»Scheiße. Von denen hab ich noch nie was gehört.«

»Und sie wollen, dass wir die Ermittlungen einstellen, zumindest im Hinblick auf SSD. Aber wir haben noch ein Problem. Amelia ist verschwunden.«

»Was?«, rief Sellitto.

»Es sieht jedenfalls danach aus. Ich weiß nicht, wohin sie wollte, nachdem sie bei sich zu Hause gewesen ist. Sie hat nicht angerufen… Ach Mensch, der Strom war ja weg und die Telefone tot. Überprüf die Voicemail. Vielleicht hat sie sich doch gemeldet.«

Cooper wählte die Nummer. Und sie erfuhren, dass Sachs *tatsächlich* angerufen hatte. Aber sie hatte lediglich gesagt, sie würde einer Spur folgen, mehr nicht. Und sie bat Rhyme darum, sie zurückzurufen, dann würde sie ihm alles erklären.

Rhyme schloss frustriert die Augen.

Eine Spur…

Wohin? Zu einem ihrer Verdächtigen? Er überflog die Liste.

- *Andrew Sterling, Generaldirektor, Hauptgeschäftsführer.*
  Alibi: auf Long Island; überprüft. Durch Sohn bestätigt.
- *Sean Cassel, Vertriebs- und Marketingleiter.*
  Kein Alibi.
- *Wayne Gillespie, Technischer Leiter.*
  Kein Alibi.
  Alibi für Mord an Friedhofswärter: im Büro (laut Arbeitszeitblatt).
- *Samuel Brockton, Leiter der Richtlinienabteilung.*
  Alibi: Hotelunterlagen bestätigen Aufenthalt in Washington.
- *Peter Arlonzo-Kemper, Personalchef.*
  Alibi: bei Ehefrau; von ihr bestätigt (befangen?).
- *Steven Shraeder, Cheftechniker, Tagschicht.*
  Alibi: im Büro (laut Arbeitszeitblatt).
- *Faruk Mameda, Cheftechniker, Nachtschicht.*
  Kein Alibi.
  Alibi für Mord an Friedhofswärter: im Büro (laut Arbeitszeitblatt).
- *Kunde von SSD (?).*
  Robert Carpenter (?).

- *Unbekannter Täter von Andrew Sterling rekrutiert (?).*
- *Runnerboy?*

Hatte die Spur mit einem von denen zu tun?

»Lon, geh und überprüfe Carpenter.«

»Wie stellst du dir das vor? ›Hallo, ich war mal Cop, aber darf ich Sie trotzdem befragen, weil ich so ein netter Kerl bin und obwohl Sie nicht mit mir reden müssen‹?«

»Ja, Lon, genau so.«

Sellitto wandte sich an Cooper. »Mel, geben Sie mir Ihre Dienstmarke.«

»Meine Marke?«, fragte der Techniker nervös.

»Es kommt auch kein Kratzer dran«, murmelte der massige Mann.

»Ich mache mir eher Sorgen, dass man *mich* suspendieren wird.«

»Willkommen im beschissenen Klub.« Sellitto nahm die Marke und ließ sich von Pulaski Carpenters Adresse geben. »Ich melde mich, sobald ich was weiß.«

»Lon, sei vorsichtig. Fünf Zweiundzwanzig fühlt sich in die Enge getrieben. Er wird sich nach Kräften wehren. Und vergiss nicht, er ist …«

»Der Hurensohn, der alles weiß.« Sellitto machte sich auf den Weg.

Rhyme fiel auf, dass Pulaski die Tabellen anstarrte.

»Detective?«

»Ja?«

»Mir ist etwas aufgefallen.« Er deutete auf die Tafel mit den Namen der Verdächtigen. »Andrew Sterlings Alibi. Er hat gesagt, sein Sohn sei zum Wandern in Westchester gewesen und er habe Andy von Long Island aus angerufen. Die Telefondaten haben das bestätigt.«

»Und?«

»Nun, ich weiß noch, dass Sterling gesagt hat, sein Sohn habe den Zug nach Westchester genommen. Aber als ich mit Andy gesprochen habe, hat er behauptet, er sei mit dem Wagen dort gewesen.« Pulaski neigte den Kopf. »Und da ist noch etwas, Sir. Nach dem Mord an dem Friedhofswärter habe ich die Arbeitszeitblätter überprüft. Dabei ist mir Andys Name aufgefallen. Er hat das Gebäude unmittelbar nach Miguel Abrera verlassen, dem Hausmeister. Im Abstand von nur wenigen Sekunden. Ich habe nicht weiter darüber nachgedacht, weil Andy keiner unserer Verdächtigen gewesen ist.«

»Aber der Sohn hat doch keinen Zugriff auf innerCircle«, sagte Cooper und wies auf die Tafel.

»Nicht laut den Angaben seines Vaters. Aber …« Pulaski schüttelte den Kopf. »Sehen Sie, Andrew Sterling ist so hilfsbereit gewesen, dass wir alles, was er uns erzählt hat, für bare Münze genommen haben. Er hat gesagt, nur die Leute auf der Liste hätten Zugriff. Aber wir wissen nicht, ob das stimmt. Wir haben nie überprüft, wer sich in innerCircle einloggen kann und wer nicht.«

»Andy könnte den PDA oder Computer seines Vaters durchsucht und sich dessen Passwörter verschafft haben«, sagte Cooper.

»Gut gemacht, Pulaski. Okay, Mel, du bist hier derzeit der Boss. Schick ein Zugriffteam zu Andy Sterlings Haus.«

Sogar die beste prädiktive Analyse, durchgeführt von brillanten künstlichen Gehirnen wie Xpectation, kann nicht immer richtig liegen.

Wer hätte je geahnt, dass Amelia 7303, die nun benommen und gefesselt sechs Meter von mir entfernt sitzt, direkt vor meiner Haustür auftauchen würde?

Ich hatte mächtiges Glück, das muss ich zugeben. Ich wollte gerade aufbrechen, um Thoms Vivisektion in die Wege zu leiten, als ich Amelia 7303 durch das Fenster gesehen habe. Das scheint einer der Grundzüge meines Lebens zu sein: Als Ausgleich für meine Kribbeligkeit lächelt mir Fortuna.

Ich denke in aller Ruhe über die Situation nach. Okay, ihre Kollegen von der Polizei verdächtigen mich nicht; sie ist nur hergekommen, um mir das Phantombild zu zeigen, das ich in ihrer Tasche gefunden habe, zusammen mit einer Liste von zehn anderen Leuten. Die zwei obersten Namen sind abgehakt. Ich bin die bedauerliche Nummer drei. Mit Sicherheit wird jemand nach ihr fragen; wenn es so weit ist, werde ich sagen, ja, sie sei hier gewesen, um mir das Bild zu zeigen, und dann wieder gegangen. Und damit wird die Angelegenheit erledigt sein.

Ich habe die elektronischen Geräte zerlegt, die Amelia 7303 bei sich hatte, und verstaue sie gerade in den entsprechenden Kisten. Einen Moment lang hatte ich in Erwägung gezogen, *ihr* Telefon zu benutzen, um die letzten, zappelnden Augenblicke von Thom Reston aufzuzeichnen. Das hätte eine hübsche Symmetrie gehabt, eine gewisse Eleganz. Aber es könnte natürlich bereits irgendein Nachweis dafür existieren, dass sie zu mir wollte, also muss sie vollständig von der Bildfläche verschwinden. Sie wird im Keller zur Ruhe gebettet werden, gleich neben Caroline 8630 und Fiona 4892.

Niemand wird je wieder von ihr hören.

Das ist nicht ganz so sauber, wie ich es mir wünschen würde – die Polizei möchte stets gern die Leiche sehen –, aber ich bin zufrieden.

Diesmal werde ich mir eine anständige Trophäe holen können. Meine Amelia 7303 wird nicht bloß ihre Fingernägel einbüßen…

… Vierundvierzig

»Los, raus mit der Sprache!«, herrschte Rhyme den Neuling an.

Pulaski befand sich fünf Kilometer entfernt, an der Upper East Side von Manhattan, beim Haus von Andrew Sterling junior.

»Seid ihr drinnen? Ist Sachs da?«

»Ich glaube nicht, dass Andy unser Mann ist, Sir.«

»Sie *glauben*? Oder ist er es nicht?«

»Er ist es nicht.«

»Erklären Sie mir das.«

Pulaski berichtete Rhyme, dass, ja, Andy Sterling über seine Aktivitäten am Sonntag gelogen hatte. Aber nicht, um eine Vergewaltigung und einen Mord zu verheimlichen. Er hatte seinem Vater erzählt, er würde den Zug nach Westchester nehmen, um dort zu wandern, aber in Wahrheit war er mit dem Wagen gefahren, wie ihm bei dem ersten Gespräch mit Pulaski versehentlich herausgerutscht war.

Mit zwei ESU-Beamten und Pulaski vor sich, gestand der verschreckte junge Mann nun schließlich auch, warum er seinen Vater angelogen hatte. Andy selbst besaß gar keinen Führerschein.

Aber sein Freund hatte einen. Andrew Sterling mochte der weltweit führende Informationslieferant sein, aber er wusste nicht, dass sein Sohn schwul war, und der junge Mann hatte nie den Mut aufgebracht, es ihm zu sagen.

Ein Anruf bei Andys Freund und eine Nachfrage bei der Mautzentrale bestätigten, dass die beiden Männer zum Zeitpunkt des Mordes nicht in der Stadt gewesen waren.

»Verflucht. Okay, kommen Sie zurück, Pulaski.«

»Ja, Sir.«

Lon Sellitto ging den dunklen Bürgersteig entlang. Mist, dachte er, ich hätte auch Coopers *Waffe* mitnehmen sollen. Sich eine Dienstmarke auszuleihen, wenn man suspendiert war, hatte andererseits nicht die gleichen Konsequenzen wie eine Waffe. Falls die Abteilung für innere Angelegenheiten Wind davon bekam, würde eine Kanone die bisher nur irgendwie missliche Situation zu einem Orkan aus Scheiße anwachsen lassen.

Und man hätte einen legitimen Grund, ihn trotzdem zu suspendieren, auch wenn der zweite Drogentest ihn entlasten würde.

Drogen. So ein Dreck.

Er fand die gesuchte Adresse. Carpenters Haus stand in einer ruhigen Ecke der Upper East Side. Es brannte Licht, aber Sellitto konnte keine Personen ausmachen. Er ging zur Tür und klingelte.

Er glaubte, von drinnen Geräusche zu hören. Schritte. Eine Tür.

Dann für eine lange Minute nichts mehr.

Sellitto griff instinktiv an die Stelle, an der er sonst seine Waffe trug.

Scheiße.

Schließlich teilte sich an einem der Seitenfenster ein Vorhang und fiel wieder zu. Die Tür ging auf, und Sellitto sah sich einem stämmigen Mann gegenüber, der sich das Haar seitlich über die Glatze gekämmt hatte und nun die illegal benutzte goldene Dienstmarke musterte. Seine Augen blinzelten nervös.

»Mr. Carpenter…«

Mehr bekam er nicht heraus, denn die Unsicherheit des Mannes verschwand, sein Gesicht verzog sich zu einer zornigen Fratze, und er schrie: »Verflucht! Gottverflucht!«

Lon Sellitto hatte sich schon seit Jahren nicht mehr mit einem Täter geprügelt, und ihm wurde plötzlich klar, dass dieser Mann ihn mühelos blutig schlagen und ihm dann die Kehle durchschneiden konnte. Warum, zum Teufel, habe ich mir nicht doch Coopers Waffe ausgeliehen, ganz gleich, wie riskant das ist?

Aber wie sich herausstellte, war nicht Sellitto der Grund für den Wutausbruch.

Sondern seltsamerweise der Chef von SSD.

»Das war dieses Arschloch Andrew Sterling, nicht wahr? Hat er Sie verständigt? Er hat mich mit diesen Morden in Verbindung gebracht, von denen in den Nachrichten die Rede ist. O Mann, was soll ich nur machen? Ich bin vermutlich bereits im System, und Watchtower hat meinen Namen überall im Land auf die Listen gesetzt. Zum Donnerwetter! Was für ein dämlicher Esel ich gewesen bin, mich mit SSD einzulassen.«

Sellittos Befürchtung legte sich. Er steckte die Marke ein und bat den Mann, nach draußen zu kommen. Carpenter gehorchte.

»Demnach habe ich Recht – Andrew steckt dahinter, oder?«, knurrte er.

Sellitto antwortete nicht darauf, sondern fragte ihn, wo er sich zum Zeitpunkt von Malloys Tod aufgehalten habe.

Carpenter überlegte kurz. »Ich hatte heute mehrere Besprechungen.« Er nannte die Namen einiger Mitarbeiter einer großen New Yorker Bank und konnte auch mit ihren Telefonnummern dienen.

»Und am Sonntagnachmittag?«

»Mein Frau und ich hatten Gäste zum Brunch.«

Das ließ sich leicht nachprüfen.

Sellitto rief bei Rhyme an, um die Informationen durchzugeben. Cooper sagte, er werde sich die Alibis vornehmen. Der Detective unterbrach die Verbindung und wandte sich wieder dem aufgeregten Bob Carpenter zu.

»Er ist der rachsüchtigste Mistkerl, mit dem ich je Geschäfte gemacht habe.«

Sellitto verriet ihm, dass sie seinen Namen in der Tat von SSD erfahren hatten. Carpenter schloss kurz die Augen. Sein Zorn ließ nach, verwandelte sich in Bestürzung.

»Was hat er über mich behauptet?«

»Wie es aussieht, haben Sie im Laufe der letzten Monate jeweils kurz vor einem Mord Informationen über das betreffende Opfer heruntergeladen.«

»Das ist es, was passiert, wenn Andrew sich aufregt«, sagte Carpenter. »Er zahlt es dir heim. Ich hätte nie gedacht, dass er so weit geht …« Dann runzelte er die Stirn. »Im Laufe der letzten Monate? Diese Downloads – wann war der letzte?«

»Während der vergangenen zwei Wochen.«

»Tja, das kann ich gar nicht gewesen sein. Ich bin seit Anfang März aus dem Watchtower-System ausgesperrt.«

»Ausgesperrt?«

Carpenter nickte. »Andrew hat dafür gesorgt.«

Sellittos Telefon klingelte. Mel Cooper rief zurück. Er erklärte, mindestens zwei der Quellen hätten Carpenters Alibis bestätigt. Sellitto bat den Techniker, Rodney Szarnek zu veranlassen, die Daten der CD zu überprüfen, die man Pulaski gegeben hatte. Er klappte das Telefon zu. »Warum wurden Sie gesperrt?«, fragte er Carpenter.

»Sehen Sie, ich habe eine Firma für Datenlagerung und …«

»*Daten*lagerung?«

»Wir lagern Daten, die von Firmen wie SSD verarbeitet werden.«

»Und wir reden hier nicht von einem Lagerhaus wie für gewöhnliche Produkte.«

»Nein, nein. Das wird alles in Computern gespeichert. Auf Servern draußen in New Jersey und Pennsylvania. Wie dem auch sei, ich wurde … tja, man könnte sagen, ich ließ mich von Andrew Sterling verleiten. All sein Erfolg, das ganze Geld. Ich wollte auch damit anfangen, die Daten weiterzuverarbeiten wie SSD und sie nicht bloß zu lagern. Als Ziel hatte ich mir einige Nischenmärkte ausgesucht, in Branchen, bei denen SSD nicht besonders stark vertreten ist. Ich war kein direkter Konkurrent, und es war nicht illegal.«

Sellitto bemerkte, in welch flehentlichem Tonfall der Mann seine Rechtfertigung vorbrachte.

»Es handelte sich bloß um Kleinkram. Aber Andrew hat es herausgefunden und mich von innerCircle und Watchtower ausgesperrt. Er hat gedroht, mich zu verklagen. Ich wollte mit ihm verhandeln, aber er hat mich heute gefeuert. Nun ja, unseren Vertrag gekündigt. Ich habe wirklich nichts Falsches getan.« Seine Stimme zitterte. »Es war bloß ein Geschäft …«

»Und Sie glauben, Sterling hat die Daten verändert, damit es so aussieht, als wären Sie der Killer?«

»Nun, irgendjemand bei SSD muss dafür gesorgt haben.«

Carpenter ist also kein Verdächtiger, und das alles hier war eine verdammte Zeitverschwendung, dachte Sellitto. »Ich habe keine weiteren Fragen. Guten Abend.«

Doch Carpenter hatte eine Sinnesänderung durchlaufen. Seine Wut war vollends einer Haltung gewichen, die Sellitto wie äußerste Verzweiflung vorkam, wenn nicht gar wie Angst. »Hören Sie, Officer, bitte verstehen Sie mich nicht falsch. Ich war vielleicht etwas voreilig. Ich behaupte nicht, es sei Andrew gewesen. Ich war verärgert. Aber es war bloß eine Überreaktion. Sie erzählen ihm doch nichts davon, oder?«

Im Weggehen warf der Detective einen Blick über die Schulter. Der Mann sah tatsächlich so aus, als würde er gleich in Tränen ausbrechen.

Noch ein Verdächtiger hatte sich als unschuldig herausgestellt.

Erst Andy Sterling, nun Robert Carpenter. Cooper hatte die Alibis des Geschäftsmannes überprüft, die bestätigten, dass er nicht 522 sein konnte.

Als Sellitto zurückkam, rief er sofort Rodney Szarnek an, der sagte, er habe inzwischen herausgefunden, was falsch gelaufen sei. Nach zehn Minuten rief der Technikspezialist zurück. Das Erste, was er sagte, war: »He. Ups.«

Rhyme seufzte. »Legen Sie los.«

»Okay, Carpenter *hat* genügend Listen heruntergeladen, um an die benötigten Informationen über die Opfer und Sündenböcke kommen zu können. Aber das ist über einen Zeitraum von zwei Jahren passiert. Immer als Teil einer rechtmäßigen Marketingkampagne. Und seit Anfang März war gar nichts mehr.«

»Sie haben doch gesagt, die Informationen seien unmittelbar vor den Verbrechen heruntergeladen worden.«

»So stand es auch in der Auflistung. Aber die Metadaten zeigen, dass jemand bei SSD die Datumsangaben verändert hat. Die Informationen über Ihren Cousin hat Carpenter zum Beispiel schon vor zwei Jahren erhalten.«

»Jemand bei SSD wollte also von sich selbst ablenken und hat Carpenter vorgeschoben.«

»Richtig.«

»Jetzt die große Frage: Wer, zum Teufel, hat die Daten verändert? Das ist Fünf Zweiundzwanzig.«

»In den Metadaten sind keine weiteren Informationen kodiert«, sagte der Computermann. »Die Logs über Administratoren- und Betriebssystemzugriffe sind nicht…«

»Sie wissen es nicht. Läuft es darauf hinaus?«

»Korrekt.«

»Sind Sie sicher?«

»Absolut.«

»Danke«, murmelte er. Sie beendeten das Gespräch.

Der Sohn ausgeschlossen, Carpenter ausgeschlossen…

Wo bist du, Sachs?

Rhyme erschrak. Er hätte beinahe ihren Vornamen benutzt. Dabei bestand zwischen ihnen die stillschweigende Übereinkunft, sich gegenseitig nur mit dem Nachnamen anzusprechen. Andernfalls brachte das Pech. Als ob die derzeitige Situation noch schlimmer werden konnte.

»Linc«, sagte Sellitto und deutete auf die Tafel mit der Verdächtigenliste. »Wir müssen jeden Einzelnen von denen überprüfen, und zwar sofort. Was Besseres fällt mir nicht ein.«

»Tja, und wie stellen wir das an, Lon? Wir haben einen Inspector, der nicht mal möchte, dass dieser Fall existiert. Wir können doch wohl kaum…« Seine Stimme erstarb, und sein Blick wanderte über das Profil von 522 und die Beweistabellen.

Dann über das Dossier seines Cousins, das auf dem Umblättergerät lag.

Lebensstil

Dossier 1A. Bevorzugte Konsumgüter
Dossier 1B. Bevorzugte Dienstleistungen
Dossier 1C. Reisen
Dossier 1D. Medizinische Vorgeschichte
Dossier 1E. Freizeitgestaltung

Finanzen / Ausbildung / Beruflicher Werdegang

Dossier 2A. Ausbildung
Dossier 2B. Tätigkeiten, inkl. Einkünfte
Dossier 2C. Kreditvergangenheit, inkl. aktuellem Stand und Rating
Dossier 2D. Bevorzugte Wirtschaftsgüter und Dienstleistungen

Behördliche Eintragungen
Dossier 3A. Angaben zur Person
Dossier 3B. Wählerregistrierung
Dossier 3C. Justizielle Vorgeschichte
Dossier 3D. Strafregister
Dossier 3E. Richtlinien
Dossier 3F. Einwanderung und Einbürgerung

Die hierin enthaltenen Informationen sind Eigentum der Strategic Systems Datacorp, Inc. (SSD). Jedwede Nutzung unterliegt der im Grundlagenvertrag getroffenen Lizenzvereinbarung zwischen SSD und dem Kunden. © Strategic Systems Datacorp, Inc. Alle Rechte vorbehalten.

Rhyme überflog das Dossier mehrere Male. Dann blickte er zu einer Reihe von anderen Dokumenten, die an den Tafeln befestigt waren. Irgendetwas stimmte hier nicht.

Er rief erneut bei Szarnek an. »Rodney, verraten Sie mir: Wie viel Speicherplatz auf einer Festplatte nimmt ein dreißigseitiges Dokument ein? Eines in der Art von diesem SSD-Dossier, das ich hier habe.«

»Ha. Ein Dossier? Nur Text, keine Grafiken, nehme ich an?«

»Ja.«

»Es ist in einer Datenbank gespeichert, dürfte also komprimiert sein … Sagen wir, fünfundzwanzig Kilobyte, höchstens.«

»Das ist ziemlich wenig, richtig?«

»Ha. Ein Furz im Hurrikan der Daten.«

Rhyme verdrehte die Augen. »Und ich habe noch eine Frage.«

»Ha. Schießen Sie los.«

Ihr Kopf tat entsetzlich weh, und sie schmeckte Blut, weil sie sich bei dem Aufprall auf die Hauswand im Mund verletzt hatte.

Der Killer hatte ihr das Rasiermesser an die Kehle gehalten, ihr die Waffe abgenommen und sie durch eine Kellertür und dann über eine steile Treppe in den »Fassadenteil« des Hauses gebracht, eine moderne, sparsam möblierte Zimmerflucht, die an das schwarzweiße Dekor von SSD denken ließ.

Dann führte er sie zu einer Tür im hinteren Bereich des Wohnzimmers.

Sie gehörte zu einem Wandschrank. Der Täter drängte sich durch einige muffig riechende Kleidungsstücke und öffnete eine weitere Tür in der Rückwand. Dann zerrte er Sachs hinein und nahm ihr das Funkgerät, das Mobiltelefon, ihre Schlüssel und das Springmesser aus der Gesäßtasche ihrer Hose ab. Er stieß sie gegen einen Heizkörper, neben dem sich hohe Zeitungsstapel auftürmten, und kettete sie mit Handschellen an das rostige Metall. Amelia ließ den Blick durch das Paradies des Hamsterers schweifen. Es war gammelig, düster, stank nach Altem, stank nach Benutztem und war mit mehr Trödel und Abfall angefüllt, als sie je auf einem Haufen gesehen hatte. Der Killer trug all ihre Sachen zu einem großen, unordentlichen Schreibtisch und fing an, mit ihrem eigenen Messer ihr Mobiltelefon auseinanderzunehmen. Dabei ging er akribisch vor und schien jedes entfernte Bauteil ausgiebig zu betrachten, als seziere er die Organe eines Leichnams.

Nun saß der Killer an seinem Tisch und tippte etwas in den Computer ein. Er war von gewaltigen Zeitschriftenbergen umgeben, Türmen aus gefalteten Papiertüten, Kartons voller Streichhölzer, Glaswaren, Kisten, auf denen »Zigaretten« stand und »Knöpfe« und »Büroklammern«, alten Dosen und Schachteln von Nahrungsmitteln aus den Sechzigern und Siebzigern, Putzmitteln. Hunderten von anderen Behältern.

Aber Sachs achtete nicht auf seine Vorräte. Sie dachte schockiert darüber nach, wie er sie alle überlistet hatte. Fünf Zweiundzwanzig war gar keiner ihrer Verdächtigen. Sie hatten sich geirrt, was die rüpelhaften leitenden Angestellten anging, die Techniker, die Kunden, die Hacker oder den von Andrew Sterling beauftragten Unbekannten, der durch seine Taten der Firma weitere Aufträge bescheren sollte.

Und dennoch handelte es sich um einen Mitarbeiter von SSD.

Warum, zum Teufel, war sie nicht auf diesen naheliegenden Gedanken gekommen?

Fünf Zweiundzwanzig war der Wachmann, der sie am Montag zu einem Rundgang durch die Datenareale mitgenommen hatte. Sie erinnerte sich an sein Namensschild. John. Sein Nachname lautete Rollins. Er musste sie und Pulaski gesehen haben, als sie das SSD-Gebäude am Montagmorgen betraten und die Wachstation ansteuerten. Dann hatte er sich schnell freiwillig dafür gemeldet, sie in die Chefetage zu begleiten, und war in der Nähe geblieben, um mehr herauszufinden. Vielleicht hatte er auch schon vorher von ihrem Besuch gewusst und dafür gesorgt, dass er an dem Morgen Dienst haben würde.

Der Mann, der alles weiß…

Da er Sachs am Montag quer durch den Grauen Felsen begleitet hatte, hätte ihr klar sein müssen, dass das Wachpersonal Zutritt zu allen Datenarealen und dem Annahmezentrum erhielt. Sie wusste noch, dass man innerhalb der Areale kein Passwort benötigte, um sich in innerCircle einzuloggen. Aber sie war sich immer noch nicht sicher, wie er die Daten hinausschmuggeln konnte – sogar er war beim Verlassen der Areale jedes Mal durchsucht worden. Irgendwie war es ihm trotzdem gelungen.

Amelia kniff die Augen zusammen und hoffte, die Kopfschmerzen würden nachlassen. Das taten sie nicht. Sachs blickte auf – zu der Wand über dem Schreibtisch, an der ein Gemälde hing, das photorealistische Abbild einer Familie. Na klar. Das war der Harvey Prescott, dessentwegen er Alice Sanderson ermordet und die Tat dann dem unschuldigen Arthur Rhyme angehängt hatte.

Ihre Augen gewöhnten sich endlich an das trübe Licht. Sie musterte ihren Gegner. Bei SSD hatte sie nicht weiter auf ihn geachtet. Doch nun konnte sie ihn deutlich erkennen – einen dünnen, blassen Mann mit unauffälligem, aber gut aussehendem Gesicht. Seine tief liegenden Augen bewegten sich schnell, seine Finger waren sehr lang, seine Arme stark.

Der Killer spürte ihren Blick. Er drehte sich um und beäugte sie hungrig. Dann wandte er sich wieder dem Computer zu und tippte mit hoher Geschwindigkeit weiter. Auf dem Boden lagen noch Dutzende von Tastaturen herum, die meisten davon zerbrochen oder stark abgenutzt. Für jeden anderen wären sie unbrauchbar gewesen. Doch 522 war natürlich nicht imstande, sie wegzuwerfen. Außerdem stapelten sich hier Tausende gelber Notizblöcke, gefüllt mit kleiner, präziser Handschrift – der Ursprung der Papierpartikel, die sie an einem der Tatorte gefunden hatten.

Der Geruch nach ungewaschener Kleidung und Wäsche war überwältigend. Er muss so sehr an den Gestank gewöhnt sein, dass er ihn nicht mal bemerkt. Oder womöglich genießt er ihn sogar.

Sachs schloss die Augen und lehnte den Kopf an einen Stapel Zeitungen. Unbewaffnet, hilflos … Was sollte sie nur tun? Sie war wütend auf sich, dass sie Rhyme nicht ausführlicher hinterlassen hatte, wohin sie wollte.

Hilflos …

Aber dann kamen ihr einige Worte in den Sinn. Der Slogan des gesamten Falls 522: *Wissen ist Macht.*

Nun, dann *verschaff* dir gefälligst etwas Wissen. Finde etwas über ihn heraus, das *du* als Waffe benutzen kannst.

Denk nach!

SSD-Wachmann John Rollins … Der Name sagte ihr nichts. Er war während der Ermittlungen nirgendwo aufgetaucht. In welcher Verbindung stand dieser Mann zu SSD, zu den Verbrechen, zu den Daten?

Sachs sah sich in dem dunklen Raum um und konnte die Menge an Plunder kaum fassen.

Verunreinigungen …

Konzentriere dich. Eines nach dem anderen.

Und dann fiel ihr etwas an der gegenüberliegenden Wand auf. Es war eine seiner Sammlungen: ein großer Haufen Sesselliftickets aus Skigebieten.

Vail, Copper Mountain, Breckinridge, Beaver Creek.

Konnte es sein?

Okay, es war das Wagnis wert.

»Peter«, sagte sie selbstsicher. »Wir müssen reden.«

Bei dem Namen zuckte er zusammen und sah sie an. Einen Moment lang wirkte er verunsichert. Es war fast wie ein Schlag ins Gesicht.

Ja, sie hatte Recht. John Rollins war – was sonst? – eine falsche Identität. In Wahrheit war dies Peter Gordon, der berühmte Datensammler, der ums Leben gekommen … der seinen Tod vorgetäuscht hatte, als SSD vor einigen Jahren die Firma übernahm, für die er in Colorado tätig war.

»Dieser fingierte Todesfall hat uns Rätsel aufgegeben. Wie haben Sie das mit der DNS hinbekommen?«

Er hörte auf zu tippen und starrte zu dem Gemälde empor. »Finden Sie das nicht auch komisch?«, sagte er schließlich. »Wie wir den Daten glauben, ohne sie zu hinterfragen?« Er drehte sich zu ihr. »Wenn es in einem Computer steht, dann muss es wahr sein. Falls auch noch die DNS-Gottheit damit zu tun hat, muss es *auf jeden Fall* wahr sein. Das ist auch schon die ganze Erklärung.«

»Sie – Peter Gordon – verschwinden also von der Bildfläche«, sagte Sachs. »Die Polizei findet Ihr Fahrrad und eine verweste Leiche mit Ihrer Kleidung. Die Tiere haben nicht viel übrig gelassen, richtig? Man nimmt in Ihrem Haus Haar- und Speichelproben. Ja, die DNS stimmt überein. Kein Zweifel. Sie sind definitiv tot. Aber das waren weder Ihre Haare noch Ihr Speichel im Badezimmer, nicht wahr? Sie haben dem Mann, den sie getötet haben, einige Haare ausgerissen und in Ihrem Bad platziert. Und Sie haben ihm die Zähne geputzt, richtig?«

»Plus ein wenig Blut an der Rasierklinge. Ihr von der Polizei liebt euer Blut, oder?«

»Wer war der Tote?«

»Irgendein junger Typ aus Kalifornien. Ein Anhalter an der Interstate 70.«

Belass ihn im Unklaren – Informationen sind deine einzige Waffe. Benutze sie! »Wir haben allerdings nie begriffen, wieso Sie das getan haben, Peter. Wollten Sie verhindern, dass Rocky Mountain Data von SSD geschluckt wird? Oder war da noch mehr?«

»Verhindern?«, flüsterte er erstaunt. »Sie kapieren es wirklich nicht, oder? Als Andrew Sterling und seine Leute von SSD zu Rocky Mountain Data gekommen sind und die Firma kaufen wollten, habe ich alle nur irgendwie verfügbaren Daten über ihn und sein Unternehmen zusammengetragen. Und was ich da sah, war atemberaubend! Andrew Sterling ist Gott. Er ist die Zukunft der Daten, was bedeutet, er ist die Zukunft der Gesellschaft. Er konnte Daten finden, deren Existenz ich mir nicht mal erträumt hätte, und sie wie eine Waffe benutzen oder wie Medizin oder wie Weihwasser. Ich musste *unbedingt* ein Teil von dem werden, was er da tat.«

»Aber Sie konnten nicht als Klinkenputzer für SSD arbeiten. Nicht angesichts Ihrer Pläne, richtig? Für Ihre … *anderen* Sammlungen. Und wegen der Art, wie Sie leben.« Sie nickte in Richtung der vollen Räume.

Seine Miene verfinsterte sich, seine Augen wurden groß. »Ich wollte an SSD mitwirken. Das können Sie mir glauben. Oh, was ich alles erreicht hätte! Doch es war mir nicht vorherbestimmt.« Er verstummte und wies dann mit ausholender Geste auf die Sammlungen um ihn herum. »Glauben Sie, ich habe mir ausgesucht, so zu leben? Glauben Sie, es gefällt mir?« Seine Stimme zitterte. Er atmete tief durch und lächelte matt. »Nein, meine Existenz muss unauffällig bleiben. Nur so kann ich überleben. Vollkommen unauffällig.«

»Also haben Sie Ihren Tod vorgetäuscht und eine Identität gestohlen. Haben sich einen neuen Namen und eine Sozialversicherungsnummer von jemandem besorgt, der gestorben war.«

Sein Anflug von Wehmut war vorbei. »Von einem Kind, ja. Jonathan Rollins, drei Jahre alt, aus Colorado Springs. Es ist einfach, sich eine neue Identität zu verschaffen. Das passiert jeden Tag. Es gibt Bücher zu dem Thema …« Ein schwaches Lächeln. »Vergessen Sie nur nicht, sie bar zu bezahlen.«

»Und Sie haben eine Anstellung als Wachmann bekommen. Aber bestand denn nicht die Gefahr, dass jemand bei SSD Sie wiedererkennen würde?«

»Ich hatte keinen Mitarbeiter der Firma je persönlich getroffen. Das ist ja das Wunderbare in dieser Branche. Man kann die Daten in der Abgeschiedenheit des eigenen Refugiums sammeln.«

Dann erstarb seine Stimme. Er schien beunruhigt zu sein und darüber nachzudenken, was Sachs ihm erzählt hatte. Standen seine Verfolger tatsächlich kurz davor, die Verbindung zwischen Rollins und Peter Gordon zu erkennen? Würde noch jemand anders zu seinem Haus kommen, um weitere Nachforschungen anzustellen? Er gelangte offenbar zu dem Schluss, dass er kein Risiko eingehen durfte. Gordon nahm Pams Autoschlüssel. Er würde den Wagen verstecken wollen. Der Killer untersuchte den Schlüssel. »Billig. Keine RFIDs. Aber heutzutage scannt *jeder* die Nummernschilder. Wo haben Sie geparkt?«

»Glauben Sie, das würde ich Ihnen verraten?«

Er zuckte die Achseln und ging.

Amelias Strategie hatte funktioniert. Eine Information war für sie zu einer Waffe geworden. Natürlich hatte sie nicht allzu viel erreicht, sich aber immerhin etwas Zeit erkauft.

Aber reichte die Zeit aus, um zu tun, was sie vorhatte: an den Handschellenschlüssel zu gelangen, der tief in ihrer Hosentasche steckte?

... Fünfundvierzig

»Hören Sie gut zu. Meine Partnerin wird vermisst. Und ich muss mir einige Dateien ansehen.«

Rhyme sprach über eine hochauflösende Videoverbindung mit Andrew Sterling.

Der Firmenchef befand sich in seinem kargen Büro im Grauen Felsen. Er saß kerzengerade da, anscheinend auf einem schlichten Holzstuhl, und wirkte ironischerweise so, als würde er Rhymes steife Haltung in dem TDX nachahmen.

»Sam Brockton hat mit Ihnen geredet«, sagte Sterling leise. »Inspector Glenn ebenfalls.« In seiner Stimme lag nicht die geringste Unsicherheit. Und auch sonst keinerlei Regung, obwohl er freundlich lächelte.

»Ich möchte das Dossier meiner Partnerin sehen. Es geht um die Beamtin, die Sie kennengelernt haben, Amelia Sachs. Ihr *vollständiges* Dossier.«

»Was meinen Sie mit ›vollständig‹, Captain Rhyme?«

Dem Kriminalisten entging nicht, dass Sterling ihn mit seinem Dienstgrad angesprochen hatte, der nicht allgemein bekannt war. »Sie wissen genau, was ich meine.«

»Nein, weiß ich nicht.«

»Ich möchte ihr 3E-Richtliniendossier sehen.«

Wieder ein Zögern. »Warum? Es ist unbedeutend. Ein paar behördliche Formalien. Frei zugängliche Informationen gemäß dem Privacy Act.«

Doch der Mann log. CBI-Agentin Kathryn Dance hatte Rhyme einige Einblicke in die Kinesik – Körpersprache – und in die Analyse des menschlichen Kommunikationsverhaltens gegeben. Ein Zögern vor einer Antwort deutet oft auf eine bewusste Irreführung hin, da der Betreffende in diesem Moment versucht, sich eine glaubwürdige, aber falsche Behauptung zu überlegen. Wenn jemand die Wahrheit sagt, spricht er zügig, denn er muss sich nichts ausdenken.

»Wieso wollen Sie es mir dann nicht zeigen?«

»Es besteht einfach kein Anlass dazu… Sie hätten keinerlei Nutzen davon.«

Lüge.

Sterlings grüne Augen blieben ruhig, obwohl sie einmal kurz zur Seite huschten. Rhyme erkannte, dass Sterling zu Ron Pulaski geschaut hatte, der wieder im Labor war und hinter dem Rollstuhl stand.

»Dann beantworten Sie mir bitte eine Frage.«

»Ja?«

»Ich habe vorhin mit einem Computerexperten des NYPD gesprochen und ihn schätzen lassen, wie viel Speicherplatz das SSD-Dossier meines Cousins wohl einnimmt.«

»Ja?«

»Er sagte, dreißig Seiten Text würden ungefähr fünfundzwanzig Kilobyte ergeben.«

»Ich bin ebenso wie Sie um das Wohlergehen Ihrer Partnerin besorgt, aber…«

»Das bezweifle ich doch sehr. Und jetzt hören Sie mir zu.«

Sterling hob lediglich eine Augenbraue.

»Ein typisches Dossier entspricht fünfundzwanzig Kilobyte Daten«, fuhr Rhyme fort. »Aber in Ihrer Broschüre steht, Sie würden über mehr als fünfhundert *Petabyte* an Informationen verfügen. Das sind dermaßen viele Daten, dass die meisten Leute sie sich nicht einmal vorstellen können.«

Sterling reagierte nicht.

»Falls ein Dossier durchschnittlich fünfundzwanzig Kilobyte umfasst, würde eine Datenbank für jedes menschliche Lebewesen dieser *Erde* etwa hundertfünfzig *Milliarden* Kilobyte groß sein, wenn man großzügig rechnet. Doch innerCircle enthält mehr als fünfhundert *Billionen* Kilobyte. Was steht in dem Rest von innerCircles Speicherplatz, Sterling?«

Erneut ein Zögern. »Nun, alles Mögliche… Graphiken und Fotos, die nehmen enorm viel Platz ein. Und Verwaltungsdaten, zum Beispiel.«

Lüge.

»Und verraten Sie mir, warum es überhaupt so etwas wie

Richtliniendossiers gibt. Wer muss da welche Richtlinien befolgen?«

»Wir stellen sicher, dass sämtliche Dossiers den gesetzlichen *Richtlinien* entsprechen.«

»Sterling, falls diese Unterlagen nicht in fünf Minuten auf dem Weg zu meinem Computer sind, wende ich mich umgehend an die *New York Times* und erzähle dort, dass Sie einen Verbrecher unterstützt und begünstigt haben, der dank Ihrer Informationen vergewaltigen und morden konnte. Die Richtlinienleute in Washington werden Sie nicht vor den Schlagzeilen beschützen können. Und die Story wird auf der Titelseite stehen, das garantiere ich Ihnen.«

Da lachte Sterling einfach. Seine Miene war selbstsicher. »Ich glaube nicht, dass es dazu kommen wird. Und damit verabschiede ich mich, Captain.«

»Sterling…«

Der Bildschirm wurde schwarz.

Rhyme schloss enttäuscht die Augen. Dann fuhr er in seinem Rollstuhl zu den Tafeln mit den Beweistabellen und der Verdächtigenliste. Er starrte die Einträge in Thoms und Sachs' Handschrift an, manche schnell hingekritzelt, andere sorgfältig niedergeschrieben.

Aber es erschlossen sich ihm daraus keine Antworten.

Wo bist du, Sachs?

Er wusste, dass sie oft große Risiken einging, und hätte nie von ihr verlangt, derartige Situationen zu meiden. Doch er war wütend, dass sie ihrer verfluchten Spur gefolgt war, ohne sich abzusichern.

»Lincoln?«, fragte Ron Pulaski leise. Rhyme blickte auf. Der junge Beamte musterte mit ungewöhnlich kaltem Blick die Tatortfotos von Myra Weinburgs Leichnam.

»Was ist?«

Er sah den Kriminalisten an. »Ich habe eine Idee.«

Nun füllte das Gesicht mit der bandagierten Nase den Computermonitor.

»Sie *haben* Zugriff auf innerCircle, nicht wahr?«, wandte Ron

Pulaski sich kühl an Mark Whitcomb. »Sie haben zwar das Gegenteil behauptet, aber das stimmt nicht.«

Der Richtlinienassistent seufzte. Doch schließlich sagte er: »Sie haben Recht.« Sein Blick richtete sich nur kurz auf die Webcam und wich dann wieder aus.

»Mark, wir haben ein Problem. Und wir brauchen Ihre Hilfe.«

Pulaski erzählte ihm von Sachs' Verschwinden und Rhymes Verdacht, dass das Richtliniendossier ihnen vielleicht bei der Suche nach ihr helfen könnte. »Was steht in dem Dossier?«

»Ein Richtliniendossier?«, flüsterte Mark Whitcomb. »Es ist strengstens verboten, darauf zuzugreifen. Falls das herauskäme, könnte ich hinter Gittern landen. Und Sterlings Reaktion … die wäre schlimmer als das Gefängnis.«

»Sie waren uns gegenüber nicht ehrlich, und es sind Menschen gestorben«, herrschte Pulaski ihn an. »Wir sind die Guten, Mark«, fügte er dann sanfter hinzu. »Helfen Sie uns. Lassen Sie nicht zu, dass noch jemand zu Schaden kommt. Bitte.«

Dann sagte er nichts mehr und ließ die Stille wirken.

Gute Arbeit, Grünschnabel, dachte Rhyme, der sich damit zufriedengab, bei diesem Gespräch im Hintergrund zu bleiben.

Whitcomb verzog das Gesicht. Er sah sich nach allen Seiten um und schaute sogar zur Decke empor. Befürchtet er Abhörgeräte und Überwachungskameras?, dachte Rhyme. Offenbar ja, denn als Whitcomb antwortete, lag sowohl Resignation als auch Dringlichkeit in seiner Stimme: »Schreiben Sie sich das auf. Uns wird nicht viel Zeit bleiben.«

»Mel! Komm her. Wir loggen uns in SSDs System ein, bei innerCircle.«

»Ach ja? Oje, das klingt nicht gut. Erst entführt Lon mir meine Dienstmarke und jetzt das.« Der Techniker eilte zu einem Computer in Rhymes Nähe. Whitcomb nannte ihm eine Internetadresse. Cooper gab sie ein. Auf dem Bildschirm erschienen einige Meldungen, die besagten, dass sie sich auf SSDs sicherem Server befanden. Dann verriet Whitcomb ihnen einen vorläufigen Benutzernamen und nach kurzem Zögern drei Passwörter, die aus langen, zufällig wirkenden Zeichenfolgen bestanden.

»Laden Sie sich aus dem Fenster in der Mitte Ihres Bildschirms die Entschlüsselungsdatei herunter und betätigen Sie die Eingabetaste.«

Cooper folgte der Anweisung, und gleich darauf wurde eine weitere Nachricht angezeigt.

Willkommen, NGHF235, bitte geben Sie Folgendes ein: (1) den 16-stelligen SSD-Code der Person oder (2) Land und Nummer des Passes der Person oder (3) den Namen, gegenwärtigen Wohnort, die Sozialversicherungsnummer und eine Telefonnummer der Person.

»Tippen Sie die geforderten Angaben ein.«

Rhyme diktierte Cooper die Daten zu Sachs. Auf dem Schirm erschien: *Zugriff auf das 3E-Richtliniendossier? Ja Nein.*

Cooper klickte *Ja* an. Ein Fenster öffnete sich und fragte ein weiteres Passwort ab.

Mit einem erneuten Blick zur Decke fragte Whitcomb: »Sind Sie bereit?« Als würde gleich etwas Bedeutendes passieren.

»Wir sind bereit.«

Whitcomb nannte ihnen ein sechzehnstelliges Passwort. Cooper tippte es ein und drückte die Eingabetaste.

Der Monitor füllte sich mit Text. »O mein Gott«, flüsterte der Kriminalist verblüfft.

Und es brauchte schon eine ganze Menge, um Lincoln Rhyme zu verblüffen.

NUR FÜR DEN DIENSTGEBRAUCH!

DER BESITZ DIESES DOSSIERS ERFORDERT
EINE A-18-FREIGABE ODER HÖHER. JEDWEDE
ZUWIDERHANDLUNG IST EIN VERSTOSS GEGEN
BUNDESGESETZE.

Dossier 3E – Richtlinien
SSD Personenkennziffer: 7303-4490-7831-3478
Name: Amelia H. Sachs
Seiten: 478

INHALTSVERZEICHNIS

Klicken Sie das gewünschte Thema an. Bitte beachten Sie: Der Zugriff auf Archivmaterial kann bis zu fünf Minuten Wartezeit erfordern.

Profil

- Name/Decknamen/Spitznamen/Pseudonyme/Bezeichnungen
- Sozialversicherungsnummer
- Aktuelle Adresse
- Satellitenkarte der aktuellen Adresse
- Ehemalige Adressen
- Staatsangehörigkeit
- Rasse
- Familiengeschichte
- Nationale Herkunft
- Körperliches Erscheinungsbild/charakteristische Merkmale
- Biometrische Details
  - *Fotografien*
  - *Videoaufnahmen*
  - *Fingerabdrücke*
  - *Fußabdrücke*
  - *Netzhaut-Scan*
  - *Iris-Scan*
  - *Bewegungsmuster*
  - *Gesichts-Scan*
  - *Stimmmuster*
- Gewebeproben
- Medizinische Vorgeschichte
- Mitgliedschaft in politischen Parteien
- Berufsverbände
- Interessenverbände
- Kirchenzugehörigkeit
- Militär
  - *Dienstzeit/Entlassung*
  - *Beurteilungen Verteidigungsministerium*
  - *Beurteilungen Nationalgarde*
  - *Ausbildung an Waffensystemen*

- Spenden
  - *Politisch*
  - *Religiös*
  - *Medizinisch*
  - *Wohltätig*
  - *Fernseh-/Radioaufrufe*
  - *Andere*
- Psychologische/psychiatrische Vorgeschichte
- Myers-Briggs Persönlichkeitsprofil
- Sexuelle Vorlieben
- Hobbys/Interessen
- Klubs/Vereine

Angebundene Individuen

- Ehepartner
- Intime Beziehungen
- Nachkommen
- Eltern
- Geschwister
- Großeltern (väterlicherseits)
- Großeltern (mütterlicherseits)
- Andere Blutsverwandte, lebend
- Andere Blutsverwandte, verstorben
- Angeheiratete oder angebundene Verwandte
- Nachbarn
  - *Aktuell*
  - *Letzte fünf Jahre (archiviert, Verzögerung bei Zugriff möglich)*
- Mitarbeiter, Kunden etc.
  - *Aktuell*
  - *Letzte fünf Jahre (archiviert, Verzögerung bei Zugriff möglich)*
- Bekanntschaften
  - *Persönlich*
  - *Online*
- Personen von Interesse (PVI)

Finanzen

- Beschäftigung – aktuell
  - *Kategorie*
  - *Einkommensentwicklung*
  - *Fehltage / Gründe für Abwesenheit*
  - *Ansprüche auf Abfindung/Arbeitslosengeld*
  - *Belobigungen/Abmahnungen*
  - *Diskriminierungen wegen Rasse, Hautfarbe, Religion, Geschlecht oder Herkunft*
  - *Arbeitsunfälle/-erkrankungen*
  - *Andere Ereignisse*
- Beschäftigung – ehemalig (archiviert, Verzögerung bei Zugriff möglich)
  - *Kategorie*
  - *Einkommensentwicklung*
  - *Fehltage / Gründe für Abwesenheit*
  - *Ansprüche auf Abfindung/Arbeitslosengeld*
  - *Belobigungen/Abmahnungen*
  - *Diskriminierungen wegen Rasse, Hautfarbe, Religion, Geschlecht oder Herkunft*
  - *Arbeitsunfälle/-erkrankungen*
  - *Andere Ereignisse*
- Einkommen – aktuell
  - *Beim Finanzamt angegeben*
  - *Nicht angegeben*
  - *Ausländisch*
- Einkommen – ehemalig
  - *Beim Finanzamt angegeben*
  - *Nicht angegeben*
  - *Ausländisch*
- Vermögenswerte – aktuell
  - *Immobilien*
  - *Fahrzeuge und Boote*
  - *Bankkonten/Wertpapiere*
  - *Versicherungspolicen*
  - *Andere*

- Vermögenswerte – letzte zwölf Monate, Erlangung oder Erwerb ungewöhnlich
  - *Immobilien*
  - *Fahrzeuge und Boote*
  - *Bankkonten/Wertpapiere*
  - *Versicherungspolicen*
  - *Andere*
- Vermögenswerte – letzte fünf Jahre, Erlangung oder Erwerb ungewöhnlich (archiviert, Verzögerung bei Zugriff möglich)
  - *Immobilien*
  - *Fahrzeuge und Boote*
  - *Bankkonten/Wertpapiere*
  - *Versicherungspolicen*
  - *Andere*
- Kreditbericht/Rating
- Finanzielle Transaktionen, US-Institutionen
  - *Heute*
  - *Letzte sieben Tage*
  - *Letzte dreißig Tage*
  - *Letzte zwölf Monate*
  - *Letzte fünf Jahre (archiviert, Verzögerung bei Zugriff möglich)*
- Finanzielle Transaktionen, ausländische Institutionen
  - *Heute*
  - *Letzte sieben Tage*
  - *Letzte dreißig Tage*
  - *Letzte zwölf Monate*
  - *Letzte fünf Jahre (archiviert, Verzögerung bei Zugriff möglich)*
- Finanzielle Transaktionen, Hawala und anderer Bargeldverkehr, USA und Ausland
  - *Heute*
  - *Letzte sieben Tage*
  - *Letzte dreißig Tage*
  - *Letzte zwölf Monate*
  - *Letzte fünf Jahre (archiviert, Verzögerung bei Zugriff möglich)*

Kommunikation

- Telefonnummern – aktuell
  - *Mobil*
  - *Festnetz*
  - *Satellit*
- Telefonnummern – letzte zwölf Monate
  - *Mobil*
  - *Festnetz*
  - *Satellit*
- Telefonnummern – letzte fünf Jahre (archiviert, Verzögerung bei Zugriff möglich)
  - *Mobil*
  - *Festnetz*
  - *Satellit*
- Faxnummern
- Pagernummern
- Ein-/ausgehende Telefonate / Pagerrufe – Mobil/PDA
  - *Letzte dreißig Tage*
  - *Letzte zwölf Monate (archiviert, Verzögerung bei Zugriff möglich)*
- Ein-/ausgehende Telefonate / Pagerrufe / Faxe – Festnetz
  - *Letzte dreißig Tage*
  - *Letzte zwölf Monate (archiviert, Verzögerung bei Zugriff möglich)*
- Ein-/ausgehende Telefonate / Pagerrufe / Faxe – Satellit
  - *Letzte dreißig Tage*
  - *Letzte zwölf Monate (archiviert, Verzögerung bei Zugriff möglich)*
- Abhör-/Abfangmaßnahmen
  - *Nachrichtendienstliche Maßnahmen*
  - *Nummernspeicherung*
  - *Gerichtsbeschlüsse*
  - *Andere – Vollmachten*
  - *Andere – Kollateralfunde*
- Internettelefonie
- Internetanbieter – aktuell
- Internetanbieter – letzte zwölf Monate

- Internetanbieter – letzte fünf Jahre (archiviert, Verzögerung bei Zugriff möglich)
- Bevorzugte Internetseiten/Bookmarks
- E-Mail-Adressen
  - *Aktuell*
  - *Ehemalig*
- E-Mail-Aktivität – letzte zwölf Monate
  - *TCP/IP-Verkehr*
  - *Empfängeradressen*
  - *Absenderadressen*
  - *Inhalt (zur Ansicht ist eventuell ein Gerichtsbeschluss erforderlich)*
- E-Mail-Aktivität – letzte fünf Jahre (archiviert, Verzögerung bei Zugriff möglich)
  - *TCP/IP-Verkehr*
  - *Empfängeradressen*
  - *Absenderadressen*
  - *Inhalt (zur Ansicht ist eventuell ein Gerichtsbeschluss erforderlich)*
- Eigene Internetseiten – aktuell
  - *Privat*
  - *Beruflich*
- Eigene Internetseiten – letzte fünf Jahre (archiviert, Verzögerung bei Zugriff möglich)
  - *Privat*
  - *Beruflich*
- Eigene Blogs, Internet-Tagebücher, Einträge auf Internetseiten (Siehe Anhänge für Texte von Interesse (TVI))
- Mitgliedschaft in Internetgemeinschaften (MySpace, Facebook, OurWorld, andere) (Siehe Anhänge für Texte von Interesse (TVI))
- Avatare/andere Online-Persönlichkeiten
- Mailinglisten
- Teilnahme am Internet Relay Chat
- Internet-Surfverhalten und Suchanfragen/-ergebnisse
- Eingabeverhalten Tastatur
- Grammatik, Satzbau und Zeichensetzung bei Suchanfragen

- Paketsendungen
- Postfächer
- Eil-/Einschreibebriefe

Lebensstil
- Käufe – heute
  - *Waren mit Bedrohungspotenzial*
  - *Kleidung*
  - *Fahrzeuge und Zugehöriges*
  - *Nahrungsmittel*
  - *Alkohol*
  - *Haushaltsartikel*
  - *Haushaltsgeräte*
  - *Andere*
- Käufe – letzte sieben Tage
  - *Waren mit Bedrohungspotenzial*
  - *Kleidung*
  - *Fahrzeuge und Zugehöriges*
  - *Nahrungsmittel*
  - *Alkohol*
  - *Haushaltsartikel*
  - *Haushaltsgeräte*
  - *Andere*
- Käufe – letzte dreißig Tage
  - *Waren mit Bedrohungspotenzial*
  - *Kleidung*
  - *Fahrzeuge und Zugehöriges*
  - *Nahrungsmittel*
  - *Alkohol*
  - *Haushaltsartikel*
  - *Haushaltsgeräte*
  - *Andere*
- Käufe – letzte zwölf Monate (archiviert, Verzögerung bei Zugriff möglich)
  - *Waren mit Bedrohungspotenzial*
  - *Kleidung*
  - *Fahrzeuge und Zugehöriges*

- *Nahrungsmittel*
- *Alkohol*
- *Haushaltsartikel*
- *Haushaltsgeräte*
- *Andere*

- Bücher/Zeitschriften – online erworben
  - *Verdächtig/subversiv*
  - *Anderweitig von Interesse*
- Bücher/Zeitschriften – im Einzelhandel erworben
  - *Verdächtig/subversiv*
  - *Anderweitig von Interesse*
- Bücher/Zeitschriften – aus Bibliotheken/Büchereien ausgeliehen
  - *Verdächtig/subversiv*
  - *Anderweitig von Interesse*
- Bücher/Zeitschriften – von Flughafenangestellten/Flugpersonal beobachtet
  - *Verdächtig/subversiv*
  - *Anderweitig von Interesse*
- Andere Bibliotheks-/Bücherei-Aktivitäten
- Einträge in Präsentlisten für Hochzeiten/Jahrestage
- Kinobesuche
- Gesehene Kabel-/Pay-TV-Sendungen – letzte dreißig Tage
- Gesehene Kabel-/Pay-TV-Sendungen – letzte zwölf Monate (archiviert, Verzögerung bei Zugriff möglich)
- Abonnierte Radiosender
- Verkehr
  - *Kraftfahrzeuge*
    - *Eigene*
    - *Gemietete*
  - *Öffentlicher Nahverkehr*
  - *Taxis/Limousinen*
  - *Überlandbusse*
  - *Züge*
  - *Flüge – Verkehrsmaschinen*
    - *Inland*
    - *International*

    - *Flüge – Privatmaschinen*
        - *Inland*
        - *International*
    - *Überprüfungen durch die Verkehrssicherheitsbehörde*
    - *Einträge auf Flugverbotslisten*
- Aufenthalt an Orten von Interesse (OVI)
    - *Lokal*
        - *Moscheen*
        - *Orte verdächtiger Umtriebe (OVU)*
    - *Inland*
        - *Moscheen*
        - *Orte verdächtiger Umtriebe (OVU)*
    - *Ausland*
        - *Moscheen*
        - *Orte verdächtiger Umtriebe (OVU)*
- Aufenthalt in/Reise durch Staaten der Warnliste (SWL): Kuba, Kongo, Uganda, Libyen, Liberia, Ghana, Sudan, Südjemen, Demokratische Republik Kongo, Indonesien, Palästina, Syrien, Irak, Iran, Ägypten, Saudi-Arabien, Jordanien, Pakistan, Eritrea, Afghanistan, Tschetschenien, Somalia, Nigeria, Philippinen, Nordkorea, Aserbaidschan, Chile.

Geographisches Bewegungsmuster

- GPS-Geräte – alle Standorte, heute
    - *Fahrzeuge*
    - *Tragbar*
    - *Mobiltelefone*
- GPS-Geräte – alle Standorte, letzte sieben Tage
    - *Fahrzeuge*
    - *Tragbar*
    - *Mobiltelefone*
- GPS-Geräte – alle Standorte, letzte dreißig Tage
    - *Fahrzeuge*
    - *Tragbar*
    - *Mobiltelefone*
- GPS-Geräte – alle Standorte, letzte zwölf Monate (archiviert, Verzögerung bei Zugriff möglich)

- *Fahrzeuge*
    - *Tragbar*
    - *Mobiltelefone*
- Biometrische Erfassung
    - *Heute*
    - *Letzte sieben Tage*
    - *Letzte dreißig Tage*
    - *Letzte zwölf Monate (archiviert, Verzögerung bei Zugriff möglich)*
- RFID-Scans – ohne Mautdaten
    - *Heute*
    - *Letzte sieben Tage*
    - *Letzte dreißig Tage*
    - *Letzte zwölf Monate (archiviert, Verzögerung bei Zugriff möglich)*
- RFID-Scans – Mautdaten
    - *Heute*
    - *Letzte sieben Tage*
    - *Letzte dreißig Tage*
    - *Letzte zwölf Monate (archiviert, Verzögerung bei Zugriff möglich)*
- Fotos/Videos von Verkehrsverstößen
- Fotos/Videos von Überwachungskameras
- Fotos/Videos von genehmigten Observationen
- Persönlich vorgenommene finanzielle Transaktionen
    - *Heute*
    - *Letzte sieben Tage*
    - *Letzte dreißig Tage*
    - *Letzte zwölf Monate*
- Gebrauch von Mobiltelefon/PDA/Telekommunikation
    - *Heute*
    - *Letzte sieben Tage*
    - *Letzte dreißig Tage*
    - *Letzte zwölf Monate*
- Vorfälle im Umfeld sicherheitsrelevanter Ziele
    - *Heute*
    - *Letzte sieben Tage*

  - *Letzte dreißig Tage*
  - *Letzte zwölf Monate*

Justiz
- Straftaten – USA
  - *Verdeckte Überwachungen*
  - *Vorläufige Festnahmen/Verhöre*
  - *Verhaftungen*
  - *Verurteilungen*
- Straftaten – Ausland
  - *Vorläufige Festnahmen/Verhöre*
  - *Verhaftungen*
  - *Verurteilungen*
- Überwachungslisten
- Observationen
- Zivilprozesse
- Unterlassungsurteile
- Informantentätigkeit

Ergänzende Dossiers
- Federal Bureau of Investigation
- Central Intelligence Agency
- National Security Agency
- National Reconnaissance Organization
- National Policing Improvement Agency
- US-Militärnachrichtendienste
  - *Army*
  - *Navy*
  - *Air Force*
  - *Marines*
- Polizeibehörden auf Bundesstaats- und Kommunalebene

Bedrohungslage
- Einschätzung als Sicherheitsrisiko
  - *Privater Sektor*
  - *Öffentlicher Sektor*

Und das war nur das Inhaltsverzeichnis. Amelia Sachs' eigentliches Dossier umfasste knapp fünfhundert Seiten.

Rhyme scrollte durch die Liste und klickte mehrere Themen an. Die Einträge standen dicht an dicht. »SSD hat all diese Informationen?«, flüsterte er. »Über jeden Menschen in Amerika?«

»Nein«, sagte Whitcomb. »Für Kinder unter fünf Jahren gibt es nur sehr wenig, wie Sie sich denken können. Aber die Leute von SSD bemühen sich nach Kräften. Es wird jeden Tag ein wenig besser.«

Besser?, dachte Rhyme.

Pulaski wies auf die Verkaufsbroschüre, die Mel Cooper heruntergeladen hatte. »Vierhundert Millionen Leute?«

»Genau. Und die Zahl wächst ständig.«

»Finden die Aktualisierungen stündlich statt?«, fragte Rhyme.

»Oft sogar in Echtzeit.«

»Und Ihre Regierungsbehörde, Whitcomb, diese Richtlinienabteilung… es geht ihr gar nicht um die *Beaufsichtigung* der Daten; sie *benutzt* die Informationen, richtig? Um Terroristen zu finden?«

Whitcomb hielt inne. Aber da er bereits ein Dossier an jemanden geschickt hatte, der keine A-18-Freigabe besaß, was auch immer das sein mochte, schien er zu dem Schluss zu gelangen, dass etwas mehr Offenheit die Konsequenzen auch nicht weiter verschlimmern würde. »Ja. Und nicht nur Terroristen. Auch andere Kriminelle. SSD nutzt prädiktive Software, um zu bestimmen, wer ein Verbrechen verüben wird, zu welchem Zeitpunkt und auf welche Weise. Die Polizei und die Geheimdienste erhalten viele Tipps von anonymen Quellen aus der Bevölkerung, so scheint es. In Wahrheit sind das Avatare. Fiktive Personen. Erschaffen von Watchtower und innerCircle. Manchmal kassieren sie sogar die Belohnungen, die dann wieder in die Regierungskasse fließen, um erneut verwendet zu werden.«

»Aber wieso vergeben Sie als Behörde diesen Job an eine private Firma?«, fragte Mel Cooper. »Warum machen Sie es nicht selbst?«

»Wir *müssen* uns einer privaten Firma bedienen. Das Verteidigungsministerium hat nach dem elften September versucht, etwas Vergleichbares ins Leben zu rufen: das Total Information Awareness Programm. Es stand unter der Leitung des früheren Nationalen Sicherheitsberaters John Poindexter und eines führenden Angestellten der Science Applications International Corporation. Aber es wurde eingestellt – wegen Verstößen gegen den Privacy Act. Und für die Öffentlichkeit sah es zu sehr nach Großem Bruder aus. Doch SSD unterliegt nicht den gleichen rechtlichen Beschränkungen wie die Regierung.«

Whitcomb lachte spöttisch auf. »Und bei allem Respekt für meinen Arbeitgeber, Washington war zudem nicht besonders talentiert. SSD schon. Die beiden wichtigsten Begriffe in Andrew Sterlings Wortschatz sind »Wissen« und »Effizienz«. Und niemand kombiniert sie besser als er…«

»Ist das nicht illegal?«, fragte Mel Cooper.

»Wir bewegen uns in diversen Grauzonen«, räumte Whitcomb ein.

»Tja, kann das System uns weiterhelfen?«, fragte Rhyme. »Das ist alles, was mich interessiert.«

»Vielleicht.«

»Wie?«

»Wir sehen uns Detective Sachs' geographisches Bewegungsmuster von heute an«, erklärte Whitcomb. »Ich gebe die notwendigen Befehle ein.« Er fing an zu tippen. »In dem Fenster am unteren Rand Ihres Bildschirms können Sie verfolgen, was ich mache.«

»Wie lange wird das dauern?«

Ein Lachen, das dank der gebrochenen Nase eher gedämpft ausfiel. »Nicht allzu lange. Das System ist recht flott.«

Er hatte den letzten Satz noch nicht beendet, als auch schon Textzeilen den Monitor füllten.

GEOGRAPHISCHES BEWEGUNGSMUSTER
ZIELPERSON 7303-4490-7831-3478

Zeitparameter: Letzte drei Stunden.

- 16.32 Uhr. Telefonat. Von Mobiltelefon der Zielperson zu Festnetzanschluss der Person 5732-4887-3360-4759 (Lincoln

Henry Rhyme) (angebundenes Individuum). Zielperson befand sich in ihrer Wohnung in Brooklyn, New York.

- 17.23 Uhr. Biometrische Erfassung. Überwachungskamera, 84. Revier des NYPD, Brooklyn, New York. 95% Übereinstimmung.
- 17.23 Uhr. Biometrische Erfassung. Person 3865-6453-9902-7221 (Pamela D. Willoughby) (angebundenes Individuum). Überwachungskamera, 84. Revier des NYPD, Brooklyn, New York. 92,4% Übereinstimmung.
- 17.40 Uhr. Telefonat. Von Mobiltelefon der Zielperson zu Festnetzanschluss der Person 5732-4887-3360-4759 (Lincoln Henry Rhyme) (angebundenes Individuum). 12 Sekunden.
- 18.27 Uhr. RFID-Scan. Manhattan Style Boutique Kreditkarte. Achte Straße West Nr. 9. Kein Kauf.
- 18.41 Uhr. Biometrische Erfassung. Überwachungskamera, Tankstelle Presco Gas and Oil, Vierzehnte Straße West Nr. 546, Zapfsäule 7, Honda Civic Baujahr 2001, Amtliches Kennzeichen New York MDH 459, zugelassen auf Person 3865-6453-9902-7221 (Pamela D. Willoughby) (angebundenes Individuum).
- 18.46 Uhr. Kreditkartenzahlung. Tankstelle Presco Gas and Oil, Vierzehnte Straße West Nr. 546. Zapfsäule 7. Kauf von 55,27 Liter Normalbenzin. 43,86 US-Dollar.
- 19.01 Uhr. Nummernschild-Scan. Überwachungskamera, Avenue of the Americas und Dreiundzwanzigste Straße, Honda Civic MDH 459, Richtung Norden.
- 19.03 Uhr. Telefonat. Von Mobiltelefon der Zielperson zu Festnetzanschluss der Person 5732-4887-3360-4759 (Lincoln Henry Rhyme) (angebundenes Individuum). Zielperson befand sich Avenue of the Americas und Achtundzwanzigste Straße. 14 Sekunden.
- 19.07 Uhr. RFID-Scan. Associated Credit Union Kreditkarte. Avenue of the Americas und Vierunddreißigste Straße. 4 Sekunden. Kein Kauf.

»Okay, sie ist mit Pams Wagen unterwegs. Warum? Wo steckt ihr Camaro?«

»Wie lautet das Kennzeichen?«, fragte Whitcomb. »Schon gut, mit ihrer Kennziffer geht es schneller. Mal sehen …«

Ein Fenster öffnete sich. Sie konnten lesen, dass Sachs' Camaro vor ihrem Haus sichergestellt und abgeschleppt worden war. Über den geplanten Verwahrplatz lagen keine Angaben vor.

»Das hat Fünf Zweiundzwanzig veranlasst«, flüsterte Rhyme. »Kein Zweifel. Genau wie die Sache mit Ihrer Frau, Pulaski. Und die Stromsperrung hier. Er schlägt gegen uns alle zurück, egal wie.«

Whitcomb tippte etwas ein, und die Angaben über den Wagen wichen einer Karte, auf der die Punkte des geographischen Bewegungsmusters markiert waren. Man konnte sehen, wie Sachs von Brooklyn nach Midtown gefahren war. Doch dann hörte die Spur auf.

»Dieser letzte Eintrag, der RFID-Scan … was war das?«, fragte Rhyme.

»Ein Geschäft hat den Chip in einer ihrer Kreditkarten registriert«, sagte Whitcomb. »Aber nur kurz. Wahrscheinlich saß sie im Wagen. Zu Fuß hätte sie für eine so kurze Messung ziemlich schnell laufen müssen.«

»Ist sie weiter nach Norden gefahren?«, grübelte Rhyme.

»Das sind bislang alle Informationen. Bald kommt die nächste Aktualisierung.«

»Sie könnte die Vierunddreißigste Straße zum West Side Highway genommen und die Stadt in Richtung Norden verlassen haben«, sagte Mel Cooper.

»Da gibt es eine mautpflichtige Brücke«, sagte Whitcomb. »Falls sie dort entlangfährt, erhalten wir einen Treffer für das Nummernschild. Die Eigentümerin des Wagens – Pam Willoughby – hat keine Mautbox. Andernfalls hätte innerCircle uns das mitgeteilt.«

Auf Rhymes Anweisung hin schrieb Mel Cooper – der ranghöchste Polizeibeamte unter ihnen – Pams Honda Civic zur dringlichen Fahndung aus.

Rhyme rief das Revier in Brooklyn an, wo er lediglich erfuhr, dass der Camaro tatsächlich abgeschleppt worden war. Sachs und Pam waren kurz dort gewesen, hatten sich jedoch bald wieder auf den Weg gemacht und nicht hinterlassen, wohin sie wollten.

Als Nächstes wählte Rhyme die Nummer von Pams Mobiltelefon. Das Mädchen war bei einer Freundin in der Stadt. Pam bestätigte, dass Sachs nach dem Einbruch in ihre Brooklyner Wohnung eine Spur entdeckt hatte, ohne allerdings zu erwähnen, worum es sich handelte oder wohin sie fahren würde.

Rhyme trennte die Verbindung.

Whitcomb meldete sich zu Wort. »Wir werden die geographischen Treffer und alles, was wir über Ihre Kollegin und den Fall wissen, durch FORT laufen lassen, das Programm zur Analyse von Verbindungen. Danach durch Xpectation, die prädiktive Software. Falls es irgendeine Möglichkeit gibt, den Zielort von Detective Sachs zu ermitteln, werden wir ihn auf diese Weise erfahren.«

Whitcomb schaute abermals zur Decke und verzog das Gesicht. Er stand auf und ging zur Tür. Rhyme sah, wie er sie abschloss und einen Holzstuhl unter den Knauf klemmte. Mit mattem Lächeln setzte Whitcomb sich wieder an den Computer und fing an zu tippen.

»Mark?«, fragte Pulaski.

»Ja?«

»Danke. Und diesmal meine ich es ehrlich.«

… Sechsundvierzig

Das Leben ist natürlich ein Kampf.

Mein Idol – Andrew Sterling – und ich empfinden die gleiche Leidenschaft für Daten und wissen beide ihre Rätselhaftigkeit zu schätzen, ihre Anziehungskraft und ihre immense Macht. Aber bis ich in seinen Einflussbereich gelangt bin, war mir nicht bewusst, in welchem Ausmaß man Daten als Waffe benutzen kann, um die eigenen Pläne bis in den letzten Winkel dieser Welt auszudehnen. Alles Leben, jegliche Existenz wird auf Nummern reduziert, die sich dann zu etwas Transzendentem vereinigen.

Unsterbliche Seele …

Ich war in SQL verliebt, den leistungsfähigen Standard der Datenbankverwaltung, bis Andrew und Watchtower mich in Versuchung geführt haben. Wer hätte da widerstehen können? Die Kraft und Eleganz dieses Systems ist faszinierend. Und ich kann die Welt der Daten endlich umfassend würdigen, alles dank Andrew – wenngleich nur indirekt. Er hat mir allenfalls mal freundlich auf dem Flur zugenickt oder sich nach meinem Wochenende erkundigt. Aber immerhin hat er meinen Namen gewusst, ohne auf das Schild an meiner Brust schauen zu müssen (was für einen atemberaubenden Verstand er doch hat). Ich denke an all die Nächte in seinem Büro zurück. Gegen zwei Uhr früh, wenn SSD menschenleer war, habe ich auf seinem Stuhl gesessen, Andrews Gegenwart gespürt und mich durch seine Bibliothek der nach oben weisenden Buchrücken gelesen. Darunter befand sich kein einziges dieser pedantischen, albernen Selbsthilfebücher für Geschäftsleute, sondern nur Band um Band einer viel größeren Vision – Bücher über das Ansammeln von Herrschaftsgewalt und Territorien: die Vereinigten Staaten unter der Doktrin der »Offenkundigen Bestimmung« im neunzehnten Jahrhundert, Europa unter dem Dritten Reich, der Mittelmeerraum unter den Römern, die ganze Welt unter der katholischen Kirche und dem Islam. (Und – nebenbei bemerkt – sie alle haben um die beachtliche Macht der Daten gewusst.)

Ach, was ich alles gelernt habe, einfach weil ich zufällig eine von Andrews Bemerkungen mit anhören konnte oder weil ich genüsslich gelesen habe, was er in Entwürfen von Memos und Briefen schreibt – und in dem Buch, an dem er gerade arbeitet.

»Fehler führen zu falschen Daten. Falsche Daten sind Verunreinigungen. Verunreinigungen müssen entfernt werden.«

»Nur als Sieger können wir es uns leisten, großzügig zu sein.«

»Nur die Schwachen machen Zugeständnisse.«

»Finde entweder eine Lösung für dein Problem oder hör auf, es als Problem zu betrachten.«

»Wir sind geboren, um zu kämpfen.«

»Wer versteht, der gewinnt; wer weiß, der versteht.«

Ich überlege, was Andrew wohl von meinem Vorhaben halten würde. Ich glaube, er wäre sehr angetan.

Und nun tritt der Kampf gegen diese Leute in eine neue Phase.

Ich drücke ein weiteres Mal den Knopf auf dem Autoschlüssel, und endlich gibt eine Hupe einen leisen Ton von sich.

Mal sehen, mal sehen … Ah, da ist er. Sieh sich einer diesen Schrotthaufen an, einen Honda Civic. Natürlich geliehen, denn der Wagen von Amelia 7303 steht mittlerweile auf einem Verwahrplatz – worauf ich ziemlich stolz bin. Eine Inkassofirma zu bemühen, ist mir bisher noch nie eingefallen.

Ich denke wieder an meinen schönen Rotschopf. Hat sie geblufft, als sie andeutete, was diese Leute alles wissen? Über Peter Gordon? Das ist das Komische am Wissen; zwischen Wahrheit und Lüge liegt nur ein schmaler Grat. Aber ich darf kein Risiko eingehen und muss den Wagen verstecken.

Ich sehe sie vor mir.

Ihren wilden Blick, ihr rotes Haar, ihren Körper … Ich bin mir nicht sicher, ob ich mich noch lange zurückhalten kann.

Trophäen …

Eine schnelle Besichtigung des Wagens. Ein paar Bücher, Zeitschriften, Papiertaschentücher, einige leere Mineralwasserflaschen, eine Starbucks-Serviette, Joggingschuhe mit abgenutzten Sohlen, auf der Rückbank ein *Seventeen*-Magazin und ein Lehrbuch über Poesie … Und wem gehört dieses prächtige japanische Vehikel? Auf der Zulassungsbescheinigung steht der Name Pamela Willoughby.

Ich werde mir aus innerCircle einige weitere Informationen über sie beschaffen und ihr dann einen Besuch abstatten. Wie sie wohl aussieht? Ich schaue lieber vorher bei der Führerscheinstelle nach, ob die Mühe sich auch lohnt.

Der Wagen springt sofort an. Ich reihe mich vorsichtig in den Verkehr ein, um keinen anderen Fahrer zu verärgern. Ich will ja nicht auffallen.

Einen halben Block weit, dann in die Gasse.

Was hört Miss Pam denn am liebsten? Rock, Rock, Alternative, Hip-Hop, Talk und National Public Radio. Gespeicherte Radiosender sind überaus informativ.

Ich entwerfe bereits den Plan zu einer Transaktion mit dem Mädchen: Zunächst muss ich Pam kennenlernen. Wir treffen uns bei der Gedenkfeier für Amelia 7303 (keine Leiche, kein Begräbnis). Ich bringe mein Beileid zum Ausdruck. Amelia und ich haben uns bei dem Fall angefreundet, an dem sie gearbeitet hat. Ich habe sie wirklich gemocht. Ach, weine doch nicht, Kleines. Schon gut. Ich weiß was. Setzen wir uns doch mal zusammen. Ich kann dir all die Geschichten erzählen, die Amelia mir anvertraut hat. Über ihren Vater. Und über die spannenden Erlebnisse, die ihren Großvater in dieses Land gebracht haben. (Als ich erfuhr, dass sie herumschnüffelt, habe ich mir ihr Dossier vorgenommen. Was für eine interessante Familiengeschichte.) Wir sind gute Freunde geworden. Ich bin sehr traurig… Wie wär's mit einem Kaffee? Magst du Starbucks? Ich gehe jeden Abend hin, nachdem ich im Central Park gelaufen bin. Nein! Du auch? Was für ein Zufall.

Oh, bei dem Gedanken an Pam steigt wieder dieses Gefühl in mir auf. Wie hässlich kann sie schon sein?

Es könnte ganz schön dauern, bis sie bei mir im Kofferraum liegt… Erst muss ich mich um Thom Reston kümmern – und um ein paar andere Dinge. Aber für heute Abend habe ich wenigstens Amelia 7303.

Ich fahre in die Garage und stelle den Wagen ab – er wird hierbleiben, bis ich die Nummernschilder tausche und ihn im Croton-Reservoir versenke. Aber das hat noch Zeit. Im Augenblick interessiert mich nur die Transaktion mit meiner rothaarigen Freundin, die zu Hause in meinem Refugium wartet – wie eine Hausfrau auf ihren Ehemann, der einen echt schweren Tag im Büro gehabt hat.

Leider ist derzeit keine Vorhersage möglich. Bitte speisen Sie weitere Daten ein und wiederholen Sie Ihre Anfrage.

Trotz der weltweit größten Datenbank, trotz der hochmodernen Software, die mit Lichtgeschwindigkeit jedes Detail von Amelia Sachs' Leben unter die Lupe nahm, strich das Programm die Segel.

»Das tut mir leid«, sagte Mark Whitcomb und fasste sich an die Nase. Die hochauflösende Kamera des Videokonferenzsystems zeigte die Verletzung ziemlich deutlich. Die Nase sah schlimm aus; Ron Pulaski hatte ihn voll erwischt.

»Es sind einfach nicht genügend Einzelheiten vorhanden«, fuhr der junge Mann schniefend fort. »Was man bekommt, ist nur so gut wie das, was man hineingibt. Am besten funktioniert es bei Verhaltensmustern. Aber hier sagen die Daten uns nur, dass Detective Sachs irgendwohin will, wo sie noch nie gewesen ist, zumindest nicht auf dieser Strecke.«

Direkt zum Haus des Killers, dachte Rhyme frustriert.

Wo, zum Teufel, steckte sie?

»Moment mal. Das System wird soeben aktualisiert...«

Der Bildschirm flackerte und änderte sich. »Ich hab sie!«, rief Whitcomb. »Zwei RFID-Treffer vor zwanzig Minuten.«

»Wo?«, flüsterte Rhyme.

Whitcomb holte sie auf den Monitor. Sie lagen in einer ruhigen Gegend an der Upper East Side. »Beides sind Geschäfte. Der erste RFID-Scan hat zwei Sekunden gedauert. Der nächste war etwas länger, nämlich acht Sekunden. Vielleicht hat sie angehalten, um eine Adresse zu überprüfen.«

»Rufen Sie sofort Bo Haumann an!«, rief Rhyme.

Pulaski drückte eine Kurzwahltaste, und gleich darauf meldete sich aus dem Lautsprecher der Leiter der Emergency Services Unit.

»Bo, wir haben einen Hinweis auf Amelia. Sie war auf der Suche nach Fünf Zweiundzwanzig und ist verschwunden. Ein Computer überwacht ihre Bewegungen. Vor etwa zwanzig Minuten war sie in der Achtundachtzigsten Straße Ost, ungefähr Hausnummer sechshundertzweiundvierzig.«

»Wir können in zehn Minuten vor Ort sein, Linc. Handelt es sich um eine Geiselnahme?«

»Davon gehe ich aus. Geben Sie Bescheid, sobald Sie Näheres wissen.«

Sie beendeten das Gespräch.

Rhyme dachte an Amelias Nachricht in der Voicemail. Das winzige Bündel digitaler Daten kam ihm so zerbrechlich vor. Er hatte ihre Stimme noch immer ganz deutlich im Ohr: *»Ich habe eine Spur, eine gute, Rhyme. Ruf mich an.«*

Er fragte sich unwillkürlich, ob er zum letzten Mal von ihr gehört hatte.

Team A von Bo Haumanns Sondereinsatzkommando wartete neben der Tür eines großen Hauses an der Upper East Side: vier Beamte mit Schutzwesten, Helmen und kompakten schwarzen MP5-Maschinenpistolen. Sie hielten sich sorgfältig von den Fenstern fern.

Haumann musste zugeben, dass er in all den Jahren beim Militär und im Polizeidienst noch nie etwas Vergleichbares erlebt hatte. Lincoln Rhyme benutzte irgendein Computerprogramm, von dem Amelia Sachs in dieser Gegend aufgespürt worden war, allerdings nicht über ihr Telefon, eine Wanze oder einen GPS-Sender. Vielleicht würde so die Zukunft der Polizeiarbeit aussehen.

Das Programm hatte nicht auf den konkreten Ort verwiesen, an dem die Teams nun bereitstanden – ein privates Wohnhaus. Aber ein Zeuge hatte eine Frau vor beiden Geschäften innehalten gesehen, bei denen der Computer Sachs registriert hatte. Dann war die Frau zu diesem Haus auf der anderen Straßenseite gegangen.

Wo sie nun vermutlich von dem Täter gefangen gehalten wurde, den die Ermittler 522 nannten.

Endlich meldete sich eines der Teams von der Rückseite. »Team B an Eins. Wir sind in Position. Ich kann nichts sehen. In welcher Etage ist sie? Kommen.«

»Keine Ahnung. Wir gehen einfach rein und säubern die ganze

Bude. Beeilt euch. Sie ist schon eine Weile da drinnen. Wir klingeln, und sobald er zur Tür kommt, schlagen wir zu.«

»Roger. Kommen.«

»Team C. Wir werden in drei oder vier Minuten auf dem Dach sein.«

»Macht schnell!«, knurrte Haumann.

»Jawohl, Sir.«

Haumann arbeitete schon seit Jahren mit Amelia Sachs zusammen. Sie hatte mehr Mumm als die meisten Männer unter seinem Kommando. Er war sich nicht sicher, ob er Sachs *mochte* – sie war stur und schroff und mogelte sich oft an die Spitze eines Zugriffteams, obwohl sie im Hintergrund bleiben sollte –, aber er hatte gewaltigen Respekt vor ihr.

Und er würde sie ganz gewiss nicht einem Vergewaltiger wie diesem 522 überlassen. Er nickte einem ESU-Detective zu und schickte ihn auf die vordere Veranda – der Mann trug Anzug und Krawatte, damit der Killer nicht gewarnt war, wenn er nach dem Klingeln durch das Guckloch schaute. Sobald der Täter die Tür öffnete, würden die Beamten, die geduckt an der Hauswand warteten, aufspringen und ihn überwältigen. Der Kollege in Zivil knöpfte sein Jackett zu und nickte.

»Verflucht noch mal«, funkte Haumann ungeduldig das Team auf der Rückseite an. »Seid ihr in Position oder immer noch nicht?«

... Siebenundvierzig

Die Tür ging auf, und sie hörte, wie der Killer den stinkenden, klaustrophobisch engen Raum betrat.

Amelia Sachs kauerte mit höllisch schmerzenden Knien am Boden und bemühte sich verzweifelt, an den Handschellenschlüssel in ihrer Hosentasche zu gelangen. Doch hier inmitten der turmhohen Zeitungsstapel war es ihr bisher nicht geglückt, sich weit genug zu drehen, um in die Tasche greifen zu können. Sie hatte den Schlüssel durch den Stoff berührt und seine Form ertastet, was nur umso quälender war, aber sie schaffte es einfach nicht, die Finger in die enge Tasche zu schieben.

Sie war völlig entnervt.

Wieder Schritte.

Wo, wo?

Ein weiteres Recken nach dem Schlüssel... Fast, aber nicht ganz.

Dann kamen seine Schritte näher. Sie gab auf.

Okay, es war Zeit zu kämpfen. In Ordnung. Sie hatte seine Blicke gesehen, die Lust, den Hunger. Sie wusste, er würde jeden Moment auf sie losgehen. Sie wusste noch nicht, wie sie ihm wehtun konnte – mit auf den Rücken gefesselten Händen und den furchtbaren Schmerzen in Schulter und Gesicht, die ihr der Aufprall auf die Hauswand eingebracht hatte. Aber der Scheißkerl würde für jede Berührung teuer bezahlen.

Nur – wo steckte er?

Die Schritte hatten aufgehört.

Wo? Sachs konnte nicht den ganzen Raum überblicken. Der Korridor, durch den 522 kommen musste, um sie zu erreichen, war ein sechzig Zentimeter breiter Pfad zwischen den Türmen aus muffigen Zeitungen. Sie konnte seinen Schreibtisch sehen, die Trödelhaufen, die Zeitschriftenstapel.

Komm schon, komm doch her.

Ich bin bereit. Ich werde verängstigt tun und zurückschrecken.

Vergewaltigern geht es immer um Kontrolle. Er wird sich mächtig fühlen – und nachlässig werden –, wenn er sieht, wie ich mich ducke. Sobald er sich dann zu mir herunterbeugt, gehe ich ihm mit den Zähnen an die Kehle. Dort beiße ich mich fest und lasse nicht mehr los, was auch immer geschieht. Ich …

In dem Moment explodierte eine Bombe, und das Haus stürzte ein.

Etwas Schweres krachte über ihr zusammen, riss sie zu Boden und klemmte sie fest.

Sie ächzte vor Schmerz.

Erst nach einer Weile begriff Sachs, was er getan hatte – vielleicht weil er vorausgeahnt hatte, dass sie sich wehren würde. Er hatte einfach einige Zeitungstürme umgestoßen.

Sie konnte Arme und Beine nicht mehr bewegen, gefangen unter Dutzenden Kilo stinkenden Papiers. Brust, Schultern und Kopf lagen frei.

Die Klaustrophobie packte sie mit eisernem Griff und ließ unbeschreibliche Panik in ihr aufsteigen. Sie atmete abgehackt, schrie sogar auf. Und bemühte sich mit aller Macht, ihre Angst in den Griff zu bekommen.

Am Ende des Tunnels tauchte Peter Gordon auf. In einer seiner Hände sah Sachs die stählerne Klinge eines Rasiermessers, in der anderen ein Diktiergerät. Er musterte sie durchdringend.

»Bitte«, wimmerte sie. Das Entsetzen war nur zum Teil gespielt.

»Sie sind sehr hübsch«, flüsterte er.

Er wollte noch etwas sagen, aber die Worte wurden von einer Türglocke übertönt, die sowohl hier drinnen als auch im vorderen Teil des Hauses klingelte.

Gordon hielt inne.

Dann klingelte es erneut.

Er ging zum Schreibtisch, tippte etwas ein und sah auf den Monitor – auf dem vermutlich eine Überwachungskamera das Bild des Besuchers zeigte. Er runzelte die Stirn.

Der Killer überlegte. Er schaute kurz zu Sachs, klappte behutsam das Rasiermesser ein und steckte es in die Gesäßtasche seiner Hose.

Dann ging er zur Tür in der Rückseite des Wandschranks und schien abermals nachzudenken. Er verließ den Raum. Sachs hörte, wie er die Tür hinter sich schloss. Und wieder kroch ihre Hand näher an die Hosentasche und das winzige Stück Metall heran, das darin steckte.

»Lincoln.«

Bo Haumanns Stimme klang zögernd.

»Reden Sie«, flüsterte Rhyme.

»Das war nicht Amelia.«

»Was?«

»Die Treffer dieses Computerprogramms haben gestimmt. Aber es war nicht Amelia.« Er erklärte, dass Sachs ihrer Freundin Pam Willoughby eine ihrer Kreditkarten gegeben hatte, um Lebensmittel einzukaufen, weil sie gemeinsam zu Abend essen und über »persönlichen Kram« reden wollten. »Ich schätze, das war es, was von dem System erfasst wurde. Sie ist in einem Geschäft gewesen, hat einen kleinen Schaufensterbummel gemacht und ist dann hergekommen. Ihre Klassenkameradin wohnt hier. Die beiden haben an den Hausaufgaben gesessen.«

Rhyme schloss die Augen. »Okay, danke, Bo. Ziehen Sie Ihre Leute ab. Wir müssen wohl oder übel warten, was passiert.«

»Es tut mir leid, Lincoln«, sagte Ron Pulaski.

Ein Nicken.

Rhymes Blick wanderte zu dem Kaminsims, auf dem ein Foto von Sachs stand, die mit einem schwarzen Sturzhelm am Steuer eines NASCAR-Ford saß. Auf dem Bild daneben waren sie beide gemeinsam zu sehen, Rhyme in seinem Rollstuhl, Sachs, die ihn umarmte.

Er konnte den Anblick nicht ertragen und schaute zu den Tafeln.

TÄTER 522

- Mann.
- Vermutlich Nichtraucher.

- Vermutlich unverheiratet / ohne Kinder.
- Vermutlich ein Weißer, zumindest aber hellhäutig.
- Mittlere Statur.
- Stark; in der Lage, seine Opfer zu erdrosseln.
- Hat Zugriff auf ein Gerät zur Stimmmodulierung.
- Kennt sich vermutlich mit Computern aus; kennt OurWorld. Andere Internetgemeinschaften?
- Nimmt seinen Opfern Trophäen ab. Sadist?
- Wohnung / Arbeitsplatz ist stellenweise dunkel und feucht.
- Isst Knabbergebäck / scharfe Soße.
- Trägt Arbeitsschuhe Marke Skechers, Größe 11.
- Hamsterer. Leidet an Zwangsstörung.
- Führt ein »geheimes Leben« und ein »Fassadenleben«.
- Die öffentliche Persönlichkeit ist das Gegenteil seiner wahren Natur.
- Wohnt nicht zur Miete und hat zwei getrennte Wohnbereiche: einer normal und einer geheim.
- Fenster sind abgedeckt oder übermalt.
- Wird Gewalt anwenden, wenn Sammeltätigkeit oder Sammlung bedroht werden.

Hinterlassene echte Spuren

- Alte Pappe.
- Haar von Puppe, Typ BASF B35 Nylon 6.
- Tabak von Zigaretten Marke Tareyton.
- Alter Tabak, nicht Tareyton, aber Marke unbekannt.
- Sporen von Schimmelpilz Stachybotrys Chartarum.
- Staub vom Anschlag auf das World Trade Center; deutet eventuell auf Wohnung/Job in Downtown hin.
- Knabbergebäck/Cayennepfeffer.
- Seilfaser; enthält:
  - Kalorienarmes Getränk mit Natriumcyclamat (alt oder ausländisch).
  - Mottenkugeln mit Naphtalin (alt oder ausländisch).
- Blattfragmente einer Leopardenblume (Zimmerpflanze, braucht Licht).

- Gelbe Papierpartikel von zwei unterschiedlichen Notizblöcken.
- Abdruck von Arbeitsschuh Marke Skechers, Größe 11.
- Blattfragmente von Zimmerpflanzen: Ficus und Aglaonema (Kolbenfaden).
- Kaffeeweißer.

Wo bist du, Sachs? Wo bist du?

Er starrte die Tabellen an und wollte sie zwingen, ihr Geheimnis preiszugeben. Aber die spärlichen Fakten gestatteten Rhyme auch nicht mehr Einblicke, als die innerCircle-Daten dies dem SSD-Computer gestattet hatten.

Leider ist derzeit keine Vorhersage möglich…

... Achtundvierzig

Ein Nachbar.

Mein Besucher ist ein Nachbar, der am anderen Ende des Blocks in der Nummer 697 der Einundneunzigsten Straße West wohnt. Er ist gerade von der Arbeit nach Hause gekommen. Man hatte ihm angeblich ein Paket geliefert, aber es war nicht da. Der Absender glaubte, es sei vielleicht bei der Nummer 679 abgegeben worden, meiner Adresse. Ein versehentlicher Zahlendreher des Zustellers.

Ich runzle die Stirn und erkläre ihm, dass ich keine Pakete erhalten habe. Er solle noch mal bei dem Absender nachfragen. Am liebsten würde ich ihm die Kehle durchschneiden, weil er mein Stelldichein mit Amelia 7303 gestört hat, aber natürlich lächle ich freundlich.

Es tut ihm leid, mich belästigt zu haben. Einen schönen Tag noch, danke gleichfalls, ein Glück dass die Straßenbauarbeiten vorbei sind, nicht wahr...

Und nun denke ich wieder über meine Amelia 7303 nach. Doch noch während ich die Haustür schließe, erschrecke ich. Mir ist plötzlich klar geworden, dass ich ihr alles abgenommen habe – Telefon, Pistole, Tränengasspray und Messer –, nur nicht den Handschellenschlüssel. Er muss in ihrer Hosentasche stecken.

Dieser Nachbar hat mich abgelenkt. Ich weiß, wo er wohnt, und er wird dafür bezahlen. Doch jetzt eile ich zurück zu meinem Refugium und ziehe das Rasiermesser aus der Tasche. Schnell! Was macht sie wohl gerade? Ruft sie diese Leute an, um ihnen zu sagen, wo sie sich aufhält?

Sie versucht, mir alles wegzunehmen! Ich hasse sie. Ich hasse sie so sehr...

Amelia Sachs hatte in Gordons Abwesenheit nur in einer Hinsicht Fortschritte gemacht: Sie hatte die Panik in den Griff bekommen.

Zwar hatte sie weiterhin verzweifelt versucht, den Schlüssel zu erreichen, aber ihre Beine und Arme blieben unter den Zeitungen begraben, und sie konnte ihre Hüfte nicht so drehen, dass es ihr gelungen wäre, eine Hand in die Tasche zu schieben.

Ja, die Klaustrophobie hatte sich gelegt, aber der Schmerz trat rasch an ihre Stelle. Sachs hatte Krämpfe in den gebeugten Beinen, und eine spitze Papierecke bohrte sich in ihren Rücken.

Die Hoffnung, der Besucher könne ihre Rettung bedeuten, erfüllte sich nicht. Die Tür zum Versteck des Killers öffnete sich wieder. Und sie hörte Gordons Schritte. Gleich darauf blickte sie von ihrem Fleck am Boden auf und sah, wie er sie anstarrte. Er kam seitlich um den Papierberg herum, überprüfte, ob sie weiterhin die Handschellen trug, und lächelte erleichtert.

»So, ich bin also Nummer Fünf Zweiundzwanzig.«

Sie nickte und fragte sich, wie er von dieser Bezeichnung erfahren hatte. Wahrscheinlich während der Folterung von Captain Malloy, was Amelia nur noch wütender werden ließ.

»Ich ziehe Nummern vor, die sich in irgendeiner Form erklären lassen. Die meisten sind nur zufällig gewählte Ziffernfolgen. Es gibt im Leben viel zu viel Beliebigkeit. Dies ist das Datum, an dem Sie auf mich aufmerksam geworden sind, nicht wahr? Fünf Zweiundzwanzig. Das hat eine Bedeutung. Es gefällt mir.«

»Falls Sie sich ergeben, treffen wir eine Absprache.«

»Eine Absprache?« Er lachte, wissend und unheimlich zugleich. »Was für eine Absprache würde irgendjemand mit mir treffen wollen? Die Morde waren vorsätzlich. Ich würde lebenslang im Gefängnis sitzen. Kommen Sie schon.« Gordon verschwand kurz und kehrte mit einer Plastikplane zurück, die er vor Sachs auf dem Boden ausbreitete.

Sie starrte die mit getrocknetem bräunlichen Blut befleckte Folie an. Das Herz schlug ihr bis zum Hals. Ihr fiel ein, was Terry Dobyns über Hamsterer gesagt hatte. Gordon wollte verhindern, dass ihr Blut auf seine Sammlung spritzte.

Er nahm sein Diktiergerät und stellte es auf einen nahen Zeitungsstapel, einen kleinen, nur knapp einen Meter hoch. Ganz oben lag die *New York Times* von gestern. In der oberen linken Ecke stand eine ordentlich geschriebene Zahl: *3529*.

Was auch immer er vorhatte, er würde nicht ungeschoren davonkommen. Sie konnte ihre Zähne, Knie oder Füße einsetzen. Er würde echte Schmerzen erleben. Lock ihn nah heran. Sieh verletzlich aus, hilflos.

Lock ihn ganz nah heran.

»Bitte! Das tut so weh… ich kann meine Beine nicht bewegen. Helfen Sie mir, sie zu strecken.«

»Nein, Sie *sagen*, Sie können Ihre Beine nicht bewegen, damit ich mich Ihnen nähere, und dann versuchen Sie, mir den Kehlkopf herauszureißen.«

Ganz recht.

»Nein… Bitte!«

»Amelia Sieben Drei Null Drei… Glauben Sie, ich hätte Sie nicht überprüft? Als Sie und Ron Zweiundvierzig Fünfundachtzig gestern zu SSD gekommen sind, bin ich in die Datenareale gegangen und habe Sie durchleuchtet. Ihre Akte ist ziemlich aufschlussreich. Übrigens, Ihre Kollegen von der Polizei mögen Sie. Und scheinen gleichzeitig Angst vor Ihnen zu haben. Sie sind selbstsicher, lieben das Risiko. Sie fahren schnell, schießen gut, sind eigentlich auf die Untersuchung von Tatorten spezialisiert und haben es dennoch irgendwie geschafft, in den letzten beiden Jahren fünfmal einem Zugriffteam des Sondereinsatzkommandos zugewiesen zu werden… Daher wäre es aus meiner Sicht nicht besonders ratsam, dass ich mich Ihnen nähere, ohne Vorkehrungen getroffen zu haben, oder?«

Sie hörte ihm nur mit halbem Ohr zu. Komm schon, dachte sie. Komm näher. Na los!

Er trat beiseite und kam mit einem Taser zurück.

O nein… nein.

Natürlich. Als Wachmann verfügte er über ein ganzes Waffenarsenal. Und aus dieser Entfernung konnte er sie gar nicht verfehlen. Er entsicherte den Taser, trat vor… blieb stehen und neigte den Kopf.

Auch Sachs hatte ein Geräusch gehört. Das Tröpfeln von Wasser?

Nein. Zerbrechendes Glas, als würde jemand in einiger Entfernung ein Fenster einschlagen.

Gordon runzelte die Stirn. Er ging zu der Tür in der Rückseite des Wandschranks – und wurde von ihr nach hinten gestoßen, als sie urplötzlich aufsprang.

Ein Mann mit einem kurzen Brecheisen in der Hand stürmte herein und blinzelte, um sich in der Dunkelheit zu orientieren.

Gordon krachte auf den Rücken und verlor den Taser. Der Aufprall raubte ihm den Atem. Mit verzerrter Miene kämpfte er sich auf die Knie und griff nach der Waffe, aber der Eindringling schlug sofort mit der Metallstange zu und traf ihn am Unterarm. Der Killer schrie auf, als der Knochen brach.

»Nein, nein!« Dann verengten sich Gordons vor Schmerz tränende Augen, als er seinen Angreifer erkannte.

»Jetzt bist du nicht mehr so gottähnlich, was?«, rief der Mann. »Du Arschloch!« Es war Robert Jorgensen, der Arzt, dem man die Identität geraubt hatte und den Sachs aus dem schäbigen Hotel kannte. Er ließ das Brecheisen mit beiden Händen auf Hals und Schulter des Killers hinabsausen. Gordons Kopf schlug schwer auf dem Boden auf. Er verdrehte die Augen, kippte zur Seite und blieb reglos liegen.

Amelia sah Jorgensen erstaunt an.

Wer er ist? Er ist Gott, und ich bin Hiob…

»Sind Sie verletzt?«, fragte er und lief zu ihr.

»Räumen Sie diese Zeitungen von mir weg. Dann nehmen Sie mir die Handschellen ab und legen sie ihm an. Schnell! Der Schlüssel ist in meiner Hosentasche.«

Jorgensen kniete sich hin und fing an, die Zeitungen beiseite zu ziehen.

»Wie haben Sie hergefunden?«, fragte Sachs.

Jorgensens Augen waren weit aufgerissen, genau wie Amelia es aus dem billigen Hotel an der Upper East Side in Erinnerung hatte. »Ich folge Ihnen schon seit Sie bei mir gewesen sind. Ich habe auf der Straße gelebt. Ich *wusste*, Sie würden mich zu ihm führen.« Er wies auf Gordon, der immer noch auf dem Boden lag.

Keuchend packte Jorgensen Zeitung um Zeitung und schleuderte sie weg.

»*Sie* sind derjenige, der mir gefolgt ist«, sagte Sachs. »Zum Friedhof und zu dem Lagerhaus an der West Side.«

»Ja, das war ich. Von dem Lagerhaus bin ich Ihnen zu Ihrer Wohnung und dem Polizeirevier gefolgt, dann zu dem grauen Bürogebäude in Midtown. Schließlich hierher. Ich habe gesehen, wie Sie in die Gasse gegangen sind. Als Sie nicht wieder zum Vorschein kamen, habe ich mich gefragt, was wohl passiert sein könnte. Ich habe geklingelt, und er kam an die Tür. Ich sagte, ich wäre ein Nachbar, der ein Paket sucht. Dabei konnte ich einen Blick ins Haus werfen, habe Sie aber nicht entdeckt. Dann tat ich so, als würde ich weggehen, doch durch eines der vorderen Fenster sah ich, wie er hinter dieser Tür im Wohnzimmer verschwand und ein Rasiermesser in der Hand hatte.«

»Er hat Sie nicht wiedererkannt?«

Jorgensen lachte mürrisch auf und zog sich am Bart. »Ich schätze, er kannte mich nur von dem Foto in meinem Führerschein. Und das wurde aufgenommen, als ich mich noch jeden Tag rasiert habe und mir Friseurbesuche leisten konnte … Mann, ist dieses Zeug schwer.«

»Beeilen Sie sich.«

»Sie waren meine beste Chance, ihn zu finden«, fuhr Jorgensen fort. »Ich weiß, dass Sie ihn verhaften müssen, aber vorher möchte ich etwas Zeit mit ihm haben. Das müssen Sie mir zugestehen! Ich werde ihn dazu zwingen, jede einzelne der Qualen rückgängig zu machen, die er mir zugefügt hat.«

Sie bekam wieder Gefühl in den Beinen und schaute zu Gordon. »Hier vorn in der Hosentasche … kommen Sie an den Schlüssel?«

»Noch nicht ganz. Ich muss noch etwas mehr wegräumen.«

Weitere Zeitungen flogen auf den Boden. Eine der Schlagzeilen lautete: UNRUHEN NACH STROMAUSFALL VERURSACHEN SCHADEN IN MILLIONENHÖHE. Eine andere: KEINE FORTSCHRITTE BEI GEISELKRISE. TEHERAN BLEIBT STUR.

Schließlich konnte Amelia sich unter dem Papier hervorwinden. Sie erhob sich unbeholfen und auf schmerzenden Beinen so weit, wie die Handschellen es zuließen. Dann lehnte sie sich an einen anderen Papierturm und drehte sich ein Stück in Jorgensens Richtung. »Den Schlüssel. Schnell.«

Jorgensen holte den Schlüssel aus ihrer Tasche und griff hinter

Sachs. Mit leisem Klicken öffnete sich eine der Handschellen, und Amelia konnte aufstehen. Sie wandte sich um und wollte sich den Schlüssel geben lassen. »Schnell«, sagte sie. »Lassen Sie uns…«

Ein ohrenbetäubender Knall ertönte, und Sachs spürte, wie ihre Hände und das Gesicht mit Blut und Gewebe bespritzt wurden, als die Kugel – abgefeuert von Peter Gordon aus ihrer eigenen Waffe – Jorgensen in den Rücken traf.

Er schrie auf und kippte nach vorn, riss Sachs dabei mit und rettete sie dadurch vor dem zweiten Projektil, das nur wenige Zentimeter neben ihrer Schulter in die Wand einschlug.

… Neunundvierzig

Amelia Sachs hatte keine Wahl. Sie musste angreifen. Sofort. Also benutzte sie Jorgensens Körper als Schild, sprang auf den zusammengesackten, blutenden Gordon zu, hob den Taser vom Boden auf und feuerte ihn in die Richtung des Killers ab.

Die Sonden sind nicht so schnell wie Pistolenkugeln, und Gordon ließ sich gerade noch rechtzeitig nach hinten fallen; die Drähte schossen an ihm vorbei. Sachs packte Jorgensens Metallstange und humpelte auf Gordon zu. Der erhob sich auf ein Knie. Doch als sie nur noch drei Meter von ihm entfernt war, riss er die Waffe hoch und gab einen Schuss auf Amelia ab, die im selben Moment das Brecheisen nach ihm warf. Die Kugel schlug in Sachs' Schutzweste ein. Der Schmerz war zwar enorm, aber das Geschoss hatte sie deutlich unterhalb des Solarplexus erwischt, wo ein Treffer ihr die Luft aus der Lunge getrieben und sie paralysiert hätte.

Die Metallstange wirbelte auf Gordon zu und traf ihn mit leisem Klatschen im Gesicht. Er schrie auf, ging aber nicht zu Boden und hielt die Pistole weiterhin fest umklammert. Sachs wandte sich in die einzige Fluchtrichtung, die ihr blieb – nach links –, und lief durch eine Schlucht voller Artefakte, die diesen schaurigen Ort ausfüllten.

Es war ein regelrechtes Labyrinth. Nur ein schmaler Pfad führte durch Gordons Sammlungen: Kämme, Spielzeuge (eine Menge Puppen – von einer stammten vermutlich die Haare, die man an einem der früheren Tatorte gesichert hatte), alte, sorgfältig aufgerollte Zahnpastatuben, Kosmetika, Becher, Papiertüten, Kleidungsstücke, Schuhe, leere Nahrungsmitteldosen, Schlüssel, Kugelschreiber, Werkzeuge, Zeitschriften, Bücher … Sie hatte noch nie im Leben so viel Plunder gesehen.

Die meisten der Lampen waren ausgeschaltet, doch einige trübe Glühbirnen hüllten die Räume in einen gelben Schimmer, und von draußen drang etwas Licht der Straßenbeleuchtung durch die fleckigen Rouleaus und die mit Zeitungspapier abgeklebten Scheiben. Die Fenster waren alle verriegelt. Sachs stolperte mehrere Male, konnte sich jedoch jedes Mal fangen und fiel nicht in einen Porzellanstapel oder eine große Kiste voller Wäscheklammern.

Vorsicht, Vorsicht…

Ein Sturz wäre fatal.

Nach dem Schlag in den Magen war ihr speiübel. Sie bog zwischen zwei turmhohe Stapel *National Geographic*s ein, keuchte auf und duckte sich, weil zwölf Meter vor ihr Gordon um eine Ecke kam. Sein gebrochener Arm und der Treffer im Gesicht verursachten ihm erkennbar Schmerzen. Er entdeckte Sachs und gab mit der linken Hand zwei hastige Schüsse ab. Beide gingen fehl. Er kam auf Amelia zu. Sachs stemmte sich gegen einen der Türme und kippte ihn um, wodurch der Gang vollständig durch einen Berg aus Hochglanzmagazinen versperrt wurde. Sie rannte weg und hörte zwei weitere Schüsse.

Nummer sechs und sieben – Sachs zählte stets mit –, aber das war eine Glock, und es blieben noch zehn Patronen im Magazin. Amelia suchte nach einem Ausgang, sogar nach einem nicht verriegelten Fenster, durch das sie notfalls springen konnte, aber auf dieser Seite des Hauses gab es weder das eine noch das andere. An den Wänden standen Regale mit Statuetten und Zierrat aus Porzellan. Sachs konnte hören, wie Gordon wütend die Zeitschriften beiseitetrat und dabei vor sich hin murmelte.

Er versuchte, über den Stapel zu klettern, und sein Gesicht tauchte auf. Aber die beschichteten Hefte waren glatt wie Eis. Er rutschte zweimal aus und schrie, als er sich mit seinem gebrochenen Arm abstützte. Schließlich kroch er auf den Gipfel. Doch noch bevor er die Waffe heben konnte, erstarrte er keuchend vor lauter Entsetzen. »Nein!«, rief er. »Bitte nicht!«

Sachs hatte mit beiden Händen ein Regal gepackt, in dem alte Vasen und Figuren standen.

»Nein, nicht anfassen. Bitte!«

Ihr war eingefallen, was Terry Dobyns über die Angst vor einer Gefährdung der Sammlungen gesagt hatte. »Werfen Sie die Pistole her. Sofort, Peter!«

Sie glaubte nicht, dass er es tun würde, aber angesichts des drohenden Verlustes dachte Gordon tatsächlich darüber nach.

Wissen ist Macht.

»Nein, nein, bitte…« Ein klägliches Flüstern.

Dann veränderten sich seine Augen, wurden binnen einer Sekunde zu schwarzen Punkten, und Sachs wusste, dass er schießen würde.

Sie stieß das Regal gegen ein anderes, und neunzig Kilo Keramik zerbrachen auf dem Boden in Scherben. Der beachtliche Lärm wurde von Peter Gordons unheimlichem, primitivem Heulen noch übertönt.

Zwei weitere Regale mit hässlichen Figuren, Tassen und Tellern gingen in Stücke.

»Lassen Sie die Waffe fallen, oder ich zerstöre jedes verfluchte Teil hier drinnen!«

Doch er hatte völlig die Kontrolle verloren. »Ich bring dich um, ich bring dich um, ich bring dich um, ich…«

Er feuerte zweimal, aber Sachs war bereits in Deckung gegangen. Sie wusste, dass er sie verfolgen würde, sobald er den Berg aus *National Geographic*s bezwungen hatte, und schätzte ihrer beider Positionen ein. Amelia hatte einen Bogen zurück zu der Wandschranktür beschrieben, während er sich immer noch im hinteren Teil des Hauses befand.

Aber um die Tür erreichen zu können, musste sie an dem Eingang des Raumes vorbei, in dem Gordon – nach den Geräuschen zu schließen – in diesem Moment über die umgekippten Regale und Porzellanscherben kletterte. Dann wurde es still. Hatte er ihre missliche Lage erkannt? Zielte er auf die Türöffnung und wartete, dass sie ihm vor die Mündung laufen würde?

Oder schlich er sich gerade auf einer Strecke, die sie nicht kannte, in ihren Rücken?

Irgendwo im Halbdunkel knarrte es. Waren das seine Schritte? Oder arbeitete bloß das Holz?

Die Panik stieg wieder in Sachs auf, und sie wirbelte herum. Sie konnte ihn nicht sehen. Sie wusste, dass sie sich von der Stelle bewegen musste, und zwar schnell. Lauf! Jetzt! Leise atmete sie tief durch, ignorierte den Schmerz in ihren Knien und eilte geduckt voran, direkt an dem Berg aus Zeitschriften vorbei.

Keine Schüsse.

Er war nicht da. Amelia blieb stehen, drückte sich mit dem Rücken an die Wand und zwang sich, langsamer zu atmen.

Leise, leise …

Verdammt. Wo, wo, wo? Diesen Gang aus Schuhkartons entlang, diesen Gang aus Tomatendosen, diesen Gang aus ordentlich gefalteter Kleidung?

Es knarrte wieder. Sie konnte nicht sagen, aus welcher Richtung.

Ein schwaches Geräusch – wie ein Windhauch oder Atemzug.

Schließlich traf Sachs eine Entscheidung – renn einfach los. Sofort! Direkt zur Vordertür!

Und hoffe, dass er nicht hinter dir ist oder nicht schon vorn auf dich wartet.

Los!

Amelia stieß sich ab und lief an weiteren Gängen vorbei, an Tälern aus Büchern, Glaswaren, Gemälden, Dosen, Kabeln und elektronischen Geräten. War das die richtige Richtung?

Ja, war es. Vor ihr stand Gordons Schreibtisch, umgeben von den gelben Notizblöcken. Robert Jorgensen lag am Boden. Schneller. Schneller! Vergiss das Telefon auf dem Schreibtisch, dachte sie, nachdem sie kurz erwogen hatte, von dort aus den Notruf zu wählen.

Raus hier. Sofort raus hier.

Genau auf die Wandschranktür zu.

Je näher Sachs kam, desto größer die Panik. Sie rechnete jeden Moment mit dem Schuss.

Nur noch sechs Meter …

Vielleicht glaubte Gordon, sie habe sich hinten versteckt. Vielleicht kauerte er auf den Knien und weinte bitterlich über die Zerstörung seines kostbaren Porzellans.

Drei Meter …

Um eine Ecke, nachdem Sachs sich kurz gebückt und das Brecheisen aufgehoben hatte, an dem sein Blut klebte.

Jetzt durch die Tür.

Dann keuchte sie auf und erstarrte.

Direkt vor sich sah sie seine Silhouette vor dem Durchgang des beleuchteten Wandschranks stehen. Offensichtlich *hatte* er einen anderen Weg hierher genommen, erkannte sie verzweifelt. Sie hob die schwere Metallstange.

Im ersten Augenblick bemerkte er sie nicht, aber ihre Hoffnung, unentdeckt zu bleiben, löste sich in Luft auf, denn er drehte sich in ihre Richtung, ging in die Hocke und hob die Pistole. Sie dachte an ihren Vater, dann an Lincoln Rhyme.

Da ist sie, Amelia 7303. Ich habe sie genau im Visier.

Die Frau, die Hunderte meiner Schätze vernichtet hat, die Frau, die mir alles wegnehmen, mich all meiner zukünftigen Transaktionen berauben und der Welt mein Refugium enthüllen würde. Mir bleibt keine Zeit, um Spaß mit ihr zu haben. Keine Zeit, um ihre Schreie aufzunehmen. Sie muss sterben. Sofort.

Ich hasse sie, ich hasse sie, ich hasse sie, ich hasse sie, ich hasse sie, ich hasse sie, ich hasse sie, ich hasse sie, ich hasse sie…

Niemand wird mir etwas wegnehmen, nie wieder.

Zielen und abdrücken.

Amelia Sachs stolperte zurück. Die Waffe vor ihr feuerte.

Dann noch ein Schuss. Zwei weitere.

Als sie hinfiel, bedeckte sie den Kopf mit den Armen. Zuerst hatte sie ein taubes Gefühl, dann spürte sie den anwachsenden Schmerz.

Ich sterbe… ich sterbe…

Aber… aber der einzige Schmerz ging von ihren arthritischen Knien aus, mit denen sie hart auf dem Boden aufgeschlagen war, nicht von den Stellen, an denen sie von den Kugeln getroffen worden sein musste. Sie tastete Gesicht und Hals ab. Keine Wunde, kein Blut. Er *konnte* sie aus dieser Entfernung nicht verfehlt haben. Doch das hatte er.

Dann rannte er auf sie zu. Mit kaltem Blick und eisern angespannten Muskeln keuchte Sachs auf und packte die Brechstange.

Aber er lief an ihr vorbei und schaute nicht mal zu ihr nach unten.

Was war hier los? Ächzend stand Sachs langsam auf. Ohne das

grelle Licht des offenen Wandschranks im Hintergrund konnte sie den Mann nun deutlich erkennen. Es war gar nicht Gordon, sondern John Harvison, ein Detective vom nahen Zwanzigsten Revier, den Amelia kannte. Der Beamte näherte sich mit ausgestreckter Glock vorsichtig dem Mann, den er soeben erschossen hatte.

Sachs wurde klar, dass Peter Gordon sich von hinten an sie angeschlichen hatte und im Begriff gewesen war, ihr in den Rücken zu schießen. Dabei hatte er Harvison in dem Durchgang zum Schrank offenbar nicht bemerkt.

»Amelia, bist du in Ordnung?«, rief der Detective.

»Ja, mir geht's gut.«

»Sind hier noch andere Bewaffnete?«

»Ich glaube nicht.«

Sachs gesellte sich zu Harvison. Wie es aussah, hatten alle seine Kugeln ihr Ziel gefunden; eine war direkt in Gordons Stirn eingeschlagen und hatte zu einer hässlichen Wunde geführt. Blut und Gehirnmasse waren bis auf Prescotts Familiengemälde über dem Schreibtisch gespritzt.

Harvison war ein stets konzentriert arbeitender Mittvierziger, der für seine Tapferkeit und die Festnahme führender Drogendealer bereits mehrere Auszeichnungen erhalten hatte. Er blieb auch in diesem Moment höchst professionell und sicherte den Tatort, ohne sich von der bizarren Umgebung ablenken zu lassen. Zuerst nahm er Gordon die Glock aus der blutigen Hand, entlud sie und steckte sich Waffe und Magazin in die Jackentasche. Dann schob er auch den Taser beiseite, obwohl es hier wahrscheinlich nicht zu irgendeiner wundersamen Auferstehung kommen würde.

»John«, flüsterte Sachs und starrte den geschundenen Leichnam des Killers an. »Wie, um alles in der Welt, hast du mich gefunden?«

»Über Funk kam eine Nachricht an alle verfügbaren Einheiten, dass hier in diesem Haus gerade ein Verbrechen verübt wird. Ich war wegen einer Drogenermittlung nur einen Block entfernt, also habe ich mich gleich auf den Weg gemacht.« Er sah sie an. »Die Information stammte von dem Kerl, mit dem du arbeitest.«

»Von wem?«

»Rhyme. Lincoln Rhyme.«

»Oh.« Die Antwort überraschte sie nicht, ließ die meisten Fragen aber dennoch offen.

Sie hörten ein leises Keuchen und drehten sich um. Das Geräusch stammte von Jorgensen. Sachs kniete sich neben ihn. »Ruf einen Krankenwagen. Er lebt noch.« Sie übte Druck auf die Schussverletzung aus.

Harvison nahm sein Funkgerät und gab die Anforderung weiter.

Gleich darauf stürmten zwei Männer des Sondereinsatzkommandos mit schussbereiten Waffen zur Tür herein.

»Der Haupttäter ist ausgeschaltet«, teilte Sachs ihnen mit. »Vermutlich war er allein. Aber suchen Sie zur Sicherheit trotzdem das ganze Haus ab.«

»Geht klar, Detective.«

Harvison und der erste ESU-Cop bogen in einen der vollgestopften Gänge ein. Der andere Beamte hielt inne. »Das ist ein gottverdammtes Spukhaus«, sagte er zu Sachs. »Haben Sie so was schon mal gesehen, Detective?«

Sachs war nicht zu Scherzen aufgelegt. »Suchen Sie mir ein paar Bandagen oder Handtücher. Zum Teufel, unter all dem Krempel muss es doch mindestens ein halbes Dutzend Erste-Hilfe-Kästen geben. Ich brauche etwas, um die Blutung zu stoppen. Schnell!«

FÜNFTER TEIL

Der Mann, der alles weiß

Mittwoch, 25. Mai

Die Privatsphäre und Würde unserer Bürger wird durch bisweilen kaum wahrnehmbare Schritte immer weiter ausgehöhlt. Für sich betrachtet, mag ein solcher Schritt unerheblich erscheinen. Aber in ihrer Gesamtheit führen diese Maßnahmen allmählich zu einer Gesellschaft, wie wir sie noch nie erlebt haben – eine Gesellschaft, in der die Obrigkeit in die intimen Bereiche eines jeden Lebens eindringen kann.

William O. Douglas,
Richter am obersten Bundesgericht der USA

... Fünfzig

»Okay, der Computer hat geholfen«, räumte Lincoln Rhyme ein.

Er bezog sich auf innerCircle, das Datenbank-Management-Programm Watchtower und Xpectation. »Aber in erster Linie waren es die Beweise«, betonte er. »Der Computer hat in die *generelle* Richtung gedeutet. Das ist alles. Den Rest haben *wir* erledigt.«

Es war weit nach Mitternacht, und Rhyme sprach mit Sachs und Pulaski, die beide neben ihm im Labor saßen. Amelia war kurz zuvor vom Haus des toten 522 zurückgekehrt, wo die Sanitäter ihr versichert hatten, dass Robert Jorgensen nicht sterben würde; die Kugel hatte keine lebenswichtigen Organe und Blutgefäße verletzt. Inzwischen lag er auf der Intensivstation des Columbia-Presbyterian Hospitals.

Rhyme fuhr fort zu erklären, wie er herausgefunden hatte, dass Sachs sich im Haus eines SSD-Wachmanns befand. Er erzählte ihr von ihrem umfangreichen Richtliniendossier. Mel Cooper rief es im Computer auf, damit sie einen Blick darauf werfen konnte. Amelia scrollte durch das Dokument und wurde angesichts der Menge von Informationen aschfahl. Sogar noch während sie zusahen, flackerte der Schirm kurz auf, als die Angaben aktualisiert wurden.

»Die wissen alles«, flüsterte sie. »Ich habe kein einziges Geheimnis mehr.«

Rhyme schilderte ihr, wie das System eine Liste der Positionen zusammengestellt hatte, an denen sie nach dem Verlassen des Reviers in Brooklyn vorbeigekommen war. »Aber der Computer konnte uns nur deinen ungefähren Weg aufzeigen, ohne eine Prognose über das Ziel abzugeben. Ich habe immer wieder auf die Karte gesehen und irgendwann erkannt, dass du zu SSD unterwegs gewesen sein könntest – was sich übrigens keiner von deren *eigenen* verfluchten Computern ausgerechnet hat. Ich habe da angerufen, und der Wachmann in der Lobby sagte, du hättest gerade erst eine halbe Stunde dort verbracht und dich nach manchen Angestellten erkundigt. Doch niemand wusste, wohin du danach gefahren bist.«

Sachs legte ihm dar, wie ihre Spur sie zu SSD geführt hatte: Der Mann, der in ihre Wohnung eingebrochen war, hatte den Kassenbon eines Cafés verloren, das in unmittelbarer Nähe der Firma lag. »Der Täter musste demnach entweder ein Angestellter oder jemand aus dem direkten Umfeld von SSD sein. Pam hatte einen Blick auf die Kleidung des Kerls werfen können – blaue Jacke, Jeans und eine Baseballmütze –, und ich dachte mir, die Wachleute würden sich vielleicht erinnern, ob einer der Angestellten heute so etwas getragen hatte. Den Männern vor Ort war niemand aufgefallen, daher ließ ich mir die Namen und Adressen ihrer Kollegen geben, die schon dienstfrei hatten. Dann bin ich losgefahren, um sie zu befragen.« Sie verzog das Gesicht. »Ich habe zu keinem Zeitpunkt vermutet, Fünf Zweiundzwanzig könne einer von ihnen sein. Woher hast *du* gewusst, dass er ein Wachmann war, Rhyme?«

»Nun, ich wusste, dass du nach einem Angestellten suchst. Aber war es einer der Verdächtigen oder jemand anders? Der dämliche Computer konnte uns nicht weiterhelfen, also habe ich mir mal wieder die Spuren angesehen. Unser Täter war jemand, der unmodische Arbeitsschuhe trug und Reste von Kaffeeweißer an sich hatte. Er war stark. Bedeutete das, er leistete körperliche Arbeit und hatte in der Firma eine niedere Stellung inne? Bürobote, Verkaufsfahrer, Hausmeister? Dann fiel mir der Cayennepfeffer ein.«

»Pfefferspray«, sagte Sachs und seufzte. »Natürlich. Es ging gar nicht um irgendeine scharfe Soße.«

»Genau. Die Hauptwaffe eines Wachmanns. Und die Box zur Stimmmodulierung? Die bekommt man in denselben Geschäften, die Sicherheitsausrüstungen verkaufen. Dann habe ich mit dem Leiter der Sicherheitsabteilung von SSD gesprochen, Tom O'Day.«

»Richtig. Den haben wir getroffen.« Ein Nicken in Pulaskis Richtung.

»Er hat mir erzählt, dass viele Wachmänner nur Teilzeitjobs haben, was Fünf Zweiundzwanzig ermöglichen würde, jede Menge Zeit für sein Hobby aufzuwenden. Ich bin mit O'Day die anderen

Beweise durchgegangen. Die Blattfragmente, die wir gefunden haben, könnten von den Pflanzen im Pausenraum der Wachleute stammen. Und es gibt dort Kaffeeweißer, keine echte Milch. Ich habe O'Day von Terry Dobyns' Täterprofil berichtet und ihn um eine Liste der Wachmänner gebeten, die weder Frau noch Kinder haben. Dann hat er deren Anwesenheitszeiten mit den Morden der letzten beiden Monate verglichen.«

»Und so hast du den Mann gefunden, der jeweils nicht bei der Arbeit war – John Rollins alias Peter Gordon.«

»Nein. John Rollins hatte während aller Verbrechen Dienst.«

»Er hatte *Dienst*?«

»Natürlich. Er hat die Arbeitszeiterfassung manipuliert, um sich Alibis zu verschaffen. Ich ließ Rodney Szarnek die Metadaten überprüfen. Jawohl, Rollins war unser Mann. Und er wohnte nur etwa zehn Blocks von hier. Dann habe ich den Einsatz veranlasst.«

»Aber Rhyme, ich verstehe immer noch nicht, wie Fünf Zweiundzwanzig an die Dossiers gekommen ist. Er hatte zwar Zugang zu allen Datenarealen, aber beim Verlassen wurde jeder durchsucht, auch er. Und er besaß keinen Onlinezugriff auf inner Circle.«

»Das war der eine große Stolperstein, ja. Doch wir müssen uns bei Pam Willoughby bedanken. Sie hat mir geholfen, die Lösung zu erkennen.«

»Pam? Wie?«

»Weißt du noch, wie sie uns erzählt hat, dass man bei dieser Internetgemeinschaft OurWorld die Bilder nicht herunterladen kann, sodass die Kids einfach die Bildschirme fotografieren?«

Ach, machen Sie sich keine Gedanken, Mr. Rhyme. Die Leute übersehen oft das Nächstliegende…

»Mir wurde klar, dass Fünf Zweiundzwanzig auf diese Weise an seine Informationen gelangen konnte. Er *brauchte* die vielen Tausend Seiten Dossiers gar nicht herunterzuladen. Er musste sich bloß das aufschreiben, was er über die Opfer und Sündenböcke wissen wollte, wahrscheinlich spät nachts, wenn niemand außer ihm in den Arealen war. Denk an die gelben Partikel von Notizblöcken. Die Durchleuchtungsgeräte und Metalldetektoren an den Sicherheitsschleusen reagieren nicht auf Papier. Niemand ist auf diesen Gedanken gekommen.«

Sachs sagte, sie habe rund um den Schreibtisch in seinem Geheimzimmer mindestens tausend solcher Notizblöcke gesehen.

Lon Sellitto traf aus Downtown ein. »Das Arschloch ist tot«, murmelte er, »aber ich stehe weiterhin als gottverdammter Cracksüchtiger im System. Und alles, was man mir sagt, ist: ›Wir arbeiten daran‹.«

Aber er brachte auch ein paar gute Neuigkeiten mit. Die Staatsanwaltschaft würde alle Fälle neu aufrollen, in denen 522 anscheinend Beweise fingiert hatte. Arthur Rhyme sollte sofort auf freien Fuß kommen, und der Status der anderen vermeintlichen Täter wurde umgehend überprüft. Mit ihrer Freilassung war innerhalb des nächsten Monats zu rechnen.

»Ich habe mir mal die Besitzverhältnisse des Hauses vorgenommen, in dem Fünf Zweiundzwanzig gewohnt hat«, fügte Sellitto hinzu.

Der Bau an der Upper West Side musste viele Millionen Dollar wert sein. Mit dem Gehalt eines Wachmanns hätte Peter Gordon sich das niemals leisten können.

Aber der Detective hatte eine Erklärung. »Er war nicht der Eigentümer. Das Haus ist auf eine gewisse Fiona McMillan eingetragen, eine neunundachtzigjährige Witwe ohne enge Verwandte. Sie zahlt bis heute alle Steuern und die Rechnungen der Stadtwerke. Hat noch nie einen Zahlungstermin versäumt. Komisch ist nur, dass sie seit fünf Jahren von niemanden mehr gesehen wurde.«

»Ungefähr zu diesem Zeitpunkt ist SSD nach New York gezogen.«

»Ich schätze, er hat sich alle benötigten Informationen beschafft, um ihre Identität annehmen zu können, und sie dann ermordet. Man wird sich morgen auf die Suche nach der Leiche machen. Erst kommt die Garage dran, dann der Keller.« Der Lieutenant hielt kurz inne. »Ich bereite den Gedenkgottesdienst für Joe Malloy vor. Falls ihr auch kommen wollt, er findet am nächsten Samstag statt.«

»Selbstverständlich«, sagte Rhyme.

Sachs berührte seine Hand. »Ob einfacher Streifenbeamter oder hohes Tier, sie stehen dir alle nah, und es tut gleich weh, einen von ihnen zu verlieren.«

»Stammt das von deinem Vater?«, fragte Rhyme. »Es klingt wie etwas, das er gesagt hätte.«

»He«, rief jemand aus dem Flur. »Zu spät. Tut mir leid. Hab gerade erfahren, dass der Fall abgeschlossen ist.« Rodney Szarnek kam herein, gefolgt von Thom. Er hielt einen Stapel Ausdrucke in den Händen und sah beim Sprechen wieder mal Rhymes Computer- und Haustechniksystem an, nicht etwa einen der Menschen im Raum.

»Zu spät?«, fragte Rhyme.

»Der Großrechner ist mit der Analyse des freien Festplattenbereichs fertig, den Ron gestohlen hat. Äh, nun ja, den er *ausgeliehen* hat. Ich war hierher unterwegs, um Ihnen das Ergebnis zu zeigen, als ich hörte, dass Sie den Täter gefasst haben. Also werden Sie die Informationen wohl gar nicht mehr brauchen.«

»Nur aus Neugier: Was haben Sie denn gefunden?«

Szarnek zeigte Rhyme die mitgebrachten Ausdrucke. Sie waren für ihn unverständlich. Worte, Zahlen und Symbole, dazwischen große weiße Lücken.

»Ich kann kein Griechisch.«

»He, das ist lustig. Sie können kein Kriechisch.«

Rhyme machte sich nicht die Mühe, ihn zu korrigieren. »Worauf läuft das alles hinaus?«, fragte er.

»Runnerboy – das Pseudonym, das ich gefunden habe – hat sich *tatsächlich* insgeheim eine Menge Informationen von innerCircle heruntergeladen und dann seine Spuren verwischt. Aber es hat sich dabei nicht um Dossiers der Opfer oder anderer Personen gehandelt, die mit dem Fall Fünf Zweiundzwanzig in Verbindung stehen.«

»Kennen Sie mittlerweile den richtigen Namen von Runnerboy?«, fragte Sachs.

»Ja. Ein Typ namens Sean Cassel.«

Die Polizistin schloss die Augen. »Runnerboy … Und er hat mir noch erzählt, dass er für einen Triathlon trainiert. Ich habe nicht mal daran gedacht.«

Cassel war der Vertriebsleiter und einer ihrer Verdächtigen. Rhyme bemerkte, dass Pulaski auf diese Neuigkeit reagierte. Der junge Beamte blickte überrascht auf, sah mit hochgezogener Augenbraue zu Sachs und lächelte dabei alles andere als fröhlich. Der Kriminalist erinnerte sich, dass Pulaski nur widerwillig zu SSD zurückgekehrt war und sich dafür geschämt hatte, dass er Excel nicht kannte. Offenbar war Cassel daran nicht ganz unschuldig.

»Was hatte er vor?«, fragte Pulaski.

Szarnek blätterte in den Ausdrucken. »Das kann ich Ihnen nicht genau sagen.« Er hielt inne und zeigte dem jungen Beamten achselzuckend eine der Seiten. »Sehen Sie selbst, falls Sie möchten. Da stehen manche der Dossiers.«

Pulaski schüttelte den Kopf. »Ich kenne keinen von denen.« Er las einige der Namen laut vor.

»Moment«, rief Rhyme. »Wer war das gerade?«

»Dienko … Hier, der Name taucht noch mal auf. Wladimir Dienko. Kennen Sie ihn?«

»Scheiße«, sagte Sellitto.

Dienko – der Angeklagte bei den Ermittlungen gegen die Russenmafia, dessen Fall wegen Problemen mit den Zeugen und der Beweislage abgewiesen worden war. »Und der Name direkt davor?«, fragte Rhyme.

»Alex Karakov.«

Das war ein Informant, der gegen Dienko hatte aussagen sollen. Karakov hatte versteckt und unter falschem Namen gelebt, war aber zwei Wochen vor der Verhandlung verschwunden und seitdem verschollen. Niemand konnte sich erklären, wie Dienkos Männer ihn gefunden hatten. Sellitto nahm die Ausdrucke von Pulaski entgegen und blätterte sie durch. »Mein Gott, Linc. Adressen, Abhebungen von Geldautomaten, Fahrzeugzulassungen, Verbindungsnachweise. Alles, was ein Auftragsmörder brauchen würde, um seine Zielperson zu finden … Oh, und hör dir das an. Kevin McDonald.«

»War er nicht der Hauptverdächtige in irgendeinem Korruptionsfall, den du bearbeitet hast?«, fragte Rhyme.

»Ja. Hell's Kitchen, Waffenhandel, Verschwörung, Drogen und Erpressung. Auch er ist davongekommen.«

»Mel? Lass alle Leute auf dieser Liste durch unser System laufen.«

Von den acht Namen, die Rodney Szarnek in den wiederhergestellten Dateien gefunden hatte, gehörten sechs zu Angeklagten in Kriminalfällen der letzten drei Monate. Alle sechs Personen waren entweder freigesprochen worden oder man hatte ihre Anklagen in letzter Minute um schwerwiegende Punkte reduzieren müssen, weil unerwartete Schwierigkeiten mit Zeugen und Beweisen aufgetreten waren.

Rhyme lachte auf. »Was für eine glückliche Koinzidenz.«

»Wie bitte?«, fragte Pulaski.

»Kaufen Sie sich ein Wörterbuch, Grünschnabel.«

Der Beamte seufzte. »Was auch immer es bedeutet, Lincoln«, sagte er ruhig, »es ist vermutlich kein Wort, das ich je werde benutzen wollen.«

Alle im Raum lachten, auch Rhyme. »Touché. Ich meine damit, dass wir hier zufällig auf etwas sehr *Interessantes* gestoßen sind, wenn du so willst, Mel. Dank PublicSure befinden sich auf den SSD-Servern auch Akten des NYPD. Tja, Cassel lädt Informationen über die Ermittlungen herunter, verkauft sie an die Beschuldigten und verwischt seine Spuren.«

»Oh, das kann ich mir gut vorstellen«, sagte Sachs. »Sie nicht auch, Ron?«

»Ohne jeden Zweifel.« Der junge Beamte stutzte. »Moment mal… Cassel hat mir die CD mit den Kundendaten gegeben – er ist derjenige, der Robert Carpenter angeschwärzt hat.«

»Natürlich«, sagte Rhyme nickend. »Er hat die Daten verändert, um Carpenter zu belasten und unsere Aufmerksamkeit von SSD abzulenken. Nicht wegen des Falls Fünf Zweiundzwanzig, sondern weil er nicht wollte, dass jemand die Server überprüft und feststellt, dass Cassel Polizeiunterlagen verkauft hat. Und wen wirft er den Wölfen zum Fraß vor? Jemanden, der versucht hat, SSD Konkurrenz zu machen.«

»Ist noch jemand von SSD in die Angelegenheit verwickelt?«, wandte Sellitto sich an Szarnek.

»Nicht laut dem, was ich gefunden habe. Nur Cassel.«

Rhyme schaute zu Pulaski, der eine der Wandtafeln anstarrte, und zwar mit dem gleichen entschlossenen Blick, der dem Kriminalisten schon vorher an ihm aufgefallen war.

»He, Grünschnabel. Möchten Sie ihn haben?«

»Wen?«

»Den Fall Cassel.«

Der junge Beamte dachte nach. Aber dann schüttelte er den Kopf und lachte. »Nein, lieber nicht.«

»Sie können das hinkriegen.«

»Ich weiß, dass ich das kann. Es ist nur … Ich meine, wenn ich meinen ersten eigenen Fall leite, möchte ich sicher sein, dass ich es aus den richtigen Gründen tue.«

»Gut gesprochen, Grünschnabel«, murmelte Sellitto und prostete ihm mit der Kaffeetasse zu. »Vielleicht besteht doch noch Hoffnung für Sie … Also gut. Wenn ich schon suspendiert bin, kann ich mich wenigstens um die Arbeiten am Haus kümmern, wegen denen Rachel mir ständig in den Ohren liegt.« Der massige Detective nahm sich einen altbackenen Keks und schlenderte zur Tür hinaus. »Gute Nacht allerseits.«

Szarnek sammelte seine Unterlagen und Datenträger zusammen und legte sie auf einen Tisch. Thom unterzeichnete als Rhymes bevollmächtigter Vertreter die erforderliche Registrierkarte für Beweismittel. Dann machte der Technikspezialist sich auf den Weg. »Und wenn Sie bereit sind, im einundzwanzigsten Jahrhundert anzukommen, Detective, geben Sie mir einfach Bescheid«, erinnerte er den Kriminalisten und deutete auf die Computer.

Das Telefon klingelte – es war ein Anruf für Sachs, deren zerlegtes Mobiltelefon bis auf Weiteres nicht einsatzbereit sein würde. Rhyme entnahm dem Gespräch, dass der Anrufer sich aus dem Polizeirevier in Brooklyn meldete und dass man Sachs' Camaro auf einem Stellplatz in der Nähe ausfindig gemacht hatte.

Sie verabredete mit Pam, am nächsten Tag in deren Honda gemeinsam dorthin zu fahren. Der Wagen des Mädchens war in einer Garage hinter Peter Gordons Haus gefunden worden. Dann ging Sachs nach oben unter die Dusche, und Cooper und Pulaski verabschiedeten sich.

Rhyme verfasste eine Nachricht an den stellvertretenden Bürgermeister Ron Scott, beschrieb die Tatmethode des Killers 522 und schlug vor, aktiv nach anderen Fällen Ausschau zu halten, in denen der Mann Verbrechen begangen und sie einem Unschuldigen angehängt hatte. Im Haus des Hamsterers würde es natürlich entsprechende Hinweise geben, aber Rhyme wagte sich nicht mal vorzustellen, mit wie viel Arbeit die Untersuchung *dieses* Tatorts verbunden sein würde.

Er beendete die E-Mail, schickte sie ab und fragte sich, wie Andrew Sterling wohl darauf reagieren würde, dass einer seiner Untergebenen nebenbei Daten verkauft hatte. Das Telefon klingelte. Die übermittelte Nummer des Anrufers sagte ihm nichts.

»Kommando, Telefon, Abheben.«

Klick.

»Hallo?«

»Lincoln. Hier ist Judy Rhyme.«

»Tja, hallo, Judy.«

»Oh, ich weiß gar nicht, ob du es schon gehört hast. Die Anklage wurde fallen gelassen. Er ist draußen.«

»So schnell? Ich wusste, dass es in Arbeit war. Aber ich dachte, es würde noch etwas länger dauern.«

»Mir fehlen die Worte, Lincoln. Ich kann nur einfach sagen: danke.«

»Gern geschehen.«

»Einen Moment«, sagte sie.

Rhyme hörte eine gedämpfte Stimme. Judy hatte die Hand auf der Sprechmuschel, und er nahm an, dass sie mit einem der Kinder redete. Wie waren doch gleich ihre Namen?

Dann hörte er: »Lincoln?«

Wie seltsam, dass er die Stimme seines Cousins sofort erkannte, obwohl er sie schon seit Jahren nicht mehr gehört hatte. »Hallo, Art.«

»Ich bin in Downtown. Man hat mich gerade freigelassen. Alle Anklagepunkte wurden zurückgezogen.«

»Gut.«

Wie peinlich ist das denn?

»Ich weiß nicht, was ich sagen soll. Danke. Vielen, vielen Dank.«

»Bitte.«

»All die Jahre … Ich hätte längst anrufen sollen. Es war nur …«

»Schon okay.« Was, zum Teufel, will ich damit sagen?, fragte er sich. Arts Abwesenheit in Rhymes Leben war weder okay noch nicht okay. Dieses Gespräch war eine Farce. Er wollte auflegen.

»Du musstest nicht tun, was du getan hast.«

»Es gab ein paar Unregelmäßigkeiten. Das war eine merkwürdige Situation.«

Auch das bedeutete rein gar nichts. Und Lincoln Rhyme fragte sich außerdem, wieso er diese Unterredung torpedierte. Es war wohl irgendein Verteidigungsmechanismus, nahm er an – und dieser Gedanke war genauso öde wie die anderen. Er wollte wirklich gern auflegen. »Bist du nach dem Vorfall in der Untersuchungshaft halbwegs wieder auf dem Damm?«

»Mir ist nicht viel passiert. Es war ein schlimmes Erlebnis, aber dieser andere Häftling ist rechtzeitig gekommen und hat mir von der Wand geholfen.«

»Gut.«

Schweigen.

»Nun ja, nochmals danke, Lincoln. Nicht viele Leute hätten so etwas für mich getan.«

»Ich freue mich, dass es geklappt hat.«

»Wir sollten uns mal treffen. Du und Judy und ich. Und deine Freundin. Wie heißt sie?«

»Amelia.«

»Wir sollten uns mal treffen.« Eine lange Stille. »Jetzt machen wir uns lieber auf den Weg. Wir müssen nach Hause zu den Kindern. Okay, pass auf dich auf.«

»Du auch … Kommando, Telefon, Auflegen.«

Rhymes Blick fiel auf das SSD-Dossier seines Cousins.

Der andere Sohn …

Und er wusste, dass sie sich niemals »treffen« würden. So endet es also, dachte er. Im ersten Moment fragte er sich noch, ob mit diesem Telefonat etwas im Keim erstickt worden war, das hätte sein können. Doch Lincoln Rhyme gelangte zu dem Schluss, dass dies der einzig logische Ausgang der Ereignisse der letzten drei Tage war.

Er dachte an das Firmenlogo von SSD. Ja, Arthurs und sein Leben hatten sich nach vielen Jahren zufällig gekreuzt. Aber es war, als würden die beiden Cousins weiterhin durch ein geschlossenes Fenster getrennt. Sie hatten einander in Augenschein genommen und ein paar Worte gewechselt, doch damit hatte der Kontakt sich auch schon erledigt. Nun war es an der Zeit, dass jeder wieder in seine eigene Welt zurückkehrte.

… Einundfünfzig

Es war elf Uhr vormittags. Amelia Sachs stand auf einem dreckigen Gelände in Brooklyn und musste mit den Tränen kämpfen, als sie die Überreste sah.

Man hatte auf sie geschossen, sie hatte selbst schon in Ausübung des Dienstes getötet, und sie hatte bei Geiselnahmen mit dem vordersten Zugriffteam den Schauplatz gestürmt – doch nun war sie vor Schmerz wie gelähmt.

Sie wiegte sich vor und zurück, ihr Zeigefinger grub sich in das Fleisch ihres Daumens, Nagel an Nagel, bis ein kleiner Blutfleck erschien. Amelia blickte auf ihre Finger, sah die Wunde und hörte trotzdem nicht auf. Sie konnte nicht.

Ja, man hatte ihren innig geliebten 1969er Chevrolet Camaro SS gefunden.

Doch der Polizei war anscheinend verborgen geblieben, dass man den Wagen nicht bloß wegen ausstehender Zahlungen gepfändet, sondern zur Entsorgung verkauft hatte. Sachs und Pam befanden sich auf einem Schrottplatz, der wie der Drehort eines Scorsese-Films oder einer *Sopranos*-Folge aussah. Es stank nach altem Öl und nach dem Qualm brennenden Abfalls. In der Nähe lauerten bösartig kreischende Möwen wie weiße Geier. Amelia wollte ihre Waffe ziehen und das ganze Magazin in die Luft ballern, um die Vögel in panischem Schrecken zu verscheuchen.

Ein zermalmter Metallhaufen war alles, was von dem Wagen blieb, der seit ihrer Jugend zu ihr gehört hatte. Der Camaro war eines der drei wichtigsten Vermächtnisse ihres Vaters gewesen, neben dessen Charakterstärke und seiner Liebe zur Polizeiarbeit.

»Hier sind die Papiere. Es hat alles, Sie wissen schon, seine Ordnung.« Der verunsicherte Leiter des Schrottplatzes wedelte mit den schlaffen Computerausdrucken, die Amelias Auto in einen nicht wiederzuerkennenden Stahlwürfel verwandelt hatten.

»Vollverwertung« lautete der Ausdruck; er bedeutete, dass ein Fahrzeug um alle noch nutzbaren Teile erleichtert und dann in die

Schrottpresse geschoben wurde. Was natürlich idiotisch war; man konnte mit vierzig Jahre alten Autoteilen, die von irgendeinem dubiosen Hinterhofhändler in der South Bronx stammten, kein Geld mehr verdienen. Doch wie Sachs im Zuge dieser Ermittlungen nur allzu gut gelernt hatte, wurden die Anweisungen eines übergeordneten Computers ohne zu zögern befolgt.

»Es tut mir leid, Lady.«

»Sie ist Polizeibeamtin«, wies Pam Willoughby ihn barsch zurecht. »Ein Detective.«

»Oh«, sagte er, erwog die möglichen Konsequenzen der Situation und war nicht besonders glücklich darüber. »Tut mir leid, Detective.«

Dennoch hatte er zu seinem Schutz hier schwarz auf weiß die entsprechende Verfügung. Und es tat ihm gar nicht so leid. Der Mann blieb einige Minuten neben ihnen stehen und verlagerte sein Gewicht dabei ständig von einem Bein auf das andere. Dann ging er weg.

Der Schmerz in Amelias Innerem war weitaus heftiger als der des grünlichen Blutergusses, den das Neun-Millimeter-Projektil tags zuvor an ihrem Bauch hinterlassen hatte.

»Wie fühlst du dich?«, fragte Pam.

»Nicht gut.«

»Aber sonst bringt dich doch kaum etwas aus der Ruhe.«

Sonst nicht, dachte Sachs. Jetzt schon.

Das Mädchen wickelte sich eine der roten Haarsträhnen um die Finger, was vielleicht eine harmlosere Version von Amelias nervösem Zwangsverhalten war. Die musterte währenddessen ein weiteres Mal den hässlichen, etwa ein mal anderthalb Meter großen Metallquader, der inmitten eines halben Dutzends Artgenossen stand.

Erinnerungen stiegen in ihr auf. Ihr Vater und die halbwüchsige Amelia, die die Samstagnachmittage gemeinsam in ihrer kleinen Garage verbrachten und an einem Vergaser oder einer Kupplung arbeiteten. Sie flüchteten sich aus zwei Gründen dorthin – weil sie Spaß daran hatten, zusammen an Autos herumzuschrauben, und weil sie dem launischen dritten Familienmitglied aus dem Weg gehen wollten: Sachs' Mutter.

»Elektrodenabstand und Zündzeitpunkt?«, testete er sie spielerisch.

»Die Kerzen haben einen Elektrodenabstand von null Komma drei fünf Millimetern«, erwiderte Amelia. »Und der Zündzeitpunkt liegt bei dreißig bis zweiunddreißig Grad Kurbelwinkel vor OT.«

»Gut, Amie.«

Dann dachte Sachs an eine Verabredung in ihrem ersten Collegejahr zurück. Sie und ein Junge namens C. T. hatten sich an einem Imbiss in Brooklyn getroffen. Ihre Fahrzeuge waren für beide eine Überraschung. Sachs kam in dem Camaro – damals noch gelb mit pechschwarzen Zierstreifen – und er auf einer 850er Honda.

Sie schlangen die Hamburger und Limos schnell hinunter. Es gab in nur wenigen Meilen Entfernung einen stillgelegten Flugplatz, und ein Rennen war unausweichlich.

C. T. kam schneller vom Fleck, denn Sachs saß immerhin in einem anderthalb Tonnen schweren Gefährt, aber der Big Block des Camaro holte ihn nach nicht einmal achthundert Metern ein – er war vorsichtig, Amelia nicht. Schlitternd raste sie durch die Kurven und blieb bis zum Ziel in Führung.

Schließlich die schönste Fahrt ihres Lebens: Nach dem ersten gemeinsam gelösten Fall – mit Lincoln Rhyme, der weitgehend reglos neben ihr auf dem Beifahrersitz festgeschnallt war, die Fenster heruntergekurbelt, der Wind tosend. Sie umfasste seine Hand auf dem Schaltknüppel und schaltete zusammen mit ihm die Gänge hoch, und sie wusste noch, wie er gerufen hatte: »Ich glaube, ich kann es fühlen. Ich glaube, ich fühle es!«

Und nun war der Wagen weg.

Es tut mir leid, Lady…

Pam kletterte die Böschung hinunter.

»Was hast du vor?«

»Sie sollten das lieber sein lassen, Miss.« Der Eigentümer stand vor seinem Büroschuppen und schwenkte die Papiere wie eine warnende Signalflagge.

»Pam!«

Doch sie ließ sich nicht aufhalten, sondern ging zu dem Metallknäuel und wühlte darin herum. Sie zerrte kräftig, zog etwas heraus und kehrte zu Sachs zurück.

»Hier, Amelia.« Es war der Knopf der Hupe mit dem Chevrolet-Emblem darauf.

Sachs spürte die Tränen, drängte sie aber immer noch zurück. »Danke, Kleines. Komm, lass uns von hier verschwinden.«

Sie fuhren zurück zur Upper West Side und hielten an, um sich mit einem Eisbecher zu stärken; Sachs hatte dafür gesorgt, dass Pam für einen Tag vom Unterricht befreit wurde. Sie wollte dem Mädchen nach der Trennung von Stuart Everett etwas Ruhe gönnen, und Pam hatte sich dankbar damit einverstanden erklärt.

Sachs fragte sich, ob der Lehrer das Nein akzeptieren würde. Sie dachte an die billigen Schocker – à la *Scream* und *Freitag der 13.* –, die sie und Pam sich manchmal spätabends anschauten, bewaffnet mit Doritos und Erdnussbutter. Amelia wusste, dass Exfreunde, genau wie die Mörder in Horrorfilmen, manchmal dazu neigen, von den Toten aufzuerstehen.

Pam aß ihr Eis auf und klopfte sich auf den Bauch. »Das habe ich gebraucht.« Dann seufzte sie. »Wie konnte ich nur so dumm sein?«

Die Liebe macht merkwürdige Sachen mit uns…

In dem darauf folgenden Lachen des Mädchens – das auf unheimliche Weise erwachsen wirkte –, glaubte Amelia Sachs die letzte Schaufel Erde auf dem Grab des Killers mit der Hockey-Maske zu hören.

Sie verließen die Eisdiele und machten sich zu Fuß auf den Weg zu Rhymes Haus, das einige Blocks entfernt lag. Dabei planten sie ihren nächsten Frauenabend, zusammen mit einer weiteren Freundin von Sachs, einer Polizistin, die sie schon seit Jahren kannte. »Kino oder Theater?«, fragte sie das Mädchen.

»Oh, lieber Theater… Amelia, wann ist ein Off-Broadway-Stück eigentlich ein Off-Broadway-Stück?«

»Gute Frage. Wir sollten danach googeln.«

»Und warum heißen die Broadway-Stücke so, obwohl es am Broadway gar keine Theater gibt?«

»Ja. Sie müssten ›Beim-Broadway‹-Stücke heißen. Oder ›Gleich-um-die-Ecke-vom-Broadway‹-Stücke.«

Sie bogen in eine Querstraße ein und gingen nun genau auf den Central Park zu. Sachs bemerkte plötzlich einen Fußgänger in ihrer Nähe. Jemand überquerte hinter ihnen die Fahrbahn und ging in die gleiche Richtung, als würde er ihnen folgen.

Sie war nicht weiter beunruhigt und schob den kurzen Anflug von Sorge auf die Paranoia während des Falls 522.

Bleib locker. Der Täter ist mausetot.

Sie wandte nicht mal den Kopf.

Aber Pam drehte sich um.

Und kreischte auf einmal: »Das ist er, Amelia!«

»Wer?«

»Der Kerl, der bei dir eingebrochen ist. Das ist er!«

Sachs fuhr herum. Der Mann mit der blau karierten Jacke und der Baseballmütze. Er kam schnell auf sie zu.

Sie griff an den Gürtel, wollte die Pistole ziehen.

Aber da war kein Holster.

Nein, nein, nein…

Da Peter Gordon die Glock abgefeuert hatte, war sie nun ein Beweisstück – ebenso wie Amelias Messer – und lag bei der Spurensicherung in Queens. Sachs hatte noch keine Gelegenheit gehabt, nach Downtown zu fahren und die Formulare für eine neue Dienstwaffe auszufüllen.

Nun erkannte sie den Mann und erstarrte. Es war Calvin Geddes, der Leiter von Privacy Now. Das ergab keinen Sinn. Hatten sie sich geirrt? Steckten Geddes und 522 gemeinsam hinter den Morden?

Er war nur noch wenige Schritte entfernt. Sachs konnte nichts anderes tun, als sich schützend vor Pam zu stellen. Sie ballte die Fäuste. Der Mann kam näher und griff in eine Tasche seiner Jacke.

... Zweiundfünfzig

Es klingelte an der Tür, und Thom öffnete.

Rhyme hörte einen hitzigen Wortwechsel. Die verärgerte Stimme eines Mannes. Einen Ruf.

Stirnrunzelnd schaute er zu Ron Pulaski, der bereits seine Pistole gezogen hatte und auf den Eingang zielte. Er hielt die Waffe wie ein Experte. Amelia Sachs war eine gute Mentorin.

»Thom?«, rief Rhyme.

Er antwortete nicht.

Gleich darauf tauchte ein Mann aus dem Flur auf. Er trug eine Baseballmütze, Jeans und eine hässliche karierte Jacke und erschrak, als er in die Mündung von Pulaskis Glock sah.

»Nein! Halt!«, rief der Mann, duckte sich und hob eine Hand.

Dann kamen Thom, Sachs und Pam direkt hinter ihm herein. »Nein, nein, Ron«, sagte die Polizistin. »Schon in Ordnung ... Das ist Calvin Geddes.«

Rhyme benötigte einen Moment, bis es ihm wieder einfiel. Ah, richtig: der Mann von dieser gemeinnützigen Organisation, der ihnen von Peter Gordon erzählt hatte. »Was hat das alles zu bedeuten?«

»Er ist derjenige, der bei mir eingebrochen ist«, sagte Sachs. »Das war gar nicht Fünf Zweiundzwanzig.«

Pam nickte bestätigend.

Geddes trat ein Stück vor, griff in seine Jackentasche und zog einige gefaltete Dokumente auf blauem Papier heraus. »Gemäß der Prozessbestimmungen des Staates New York stelle ich Ihnen hiermit im Zusammenhang mit dem Fall *Geddes und andere gegen Strategic Systems Datacorp, Inc.* diese Vorladung zu.« Er streckte sie aus.

»Ich hab auch eine bekommen, Rhyme«, sagte Sachs und hielt ihr Exemplar hoch.

»Und was soll ich jetzt machen?«, wandte Rhyme sich an Geddes, der ihm immer noch die Dokumente hinhielt.

Der Mann runzelte die Stirn, sah dann den Rollstuhl und nahm erst jetzt Rhymes Zustand zur Kenntnis. »Ich, äh…«

»Er ist mein bevollmächtigter Vertreter.« Rhyme nickte Thom zu, der daraufhin die Papiere entgegennahm.

»Ich bin…«, setzte Geddes an.

»Dürfen wir das vielleicht erst mal lesen?«, fragte Rhyme säuerlich und gab Thom ein Zeichen.

Der Betreuer las laut vor. Die Vorladung verlangte die Herausgabe aller Akten, Computerdateien, Notizen und anderen Informationen, die Rhyme über SSD, deren Richtlinienabteilung und eventuelle Verbindungen zwischen SSD und jeglichen Regierungsbehörden gesammelt hatte.

»Sie hat mir von der Richtlinienabteilung erzählt.« Geddes wies auf Sachs. »Es ergab nicht den geringsten Sinn. Irgendetwas daran musste faul sein. Andrew Sterling würde niemals freiwillig die Privatsphäre der Bürger schützen. Im Gegenteil, er würde entsprechende Vorschriften mit aller Macht bekämpfen. Da habe ich Verdacht geschöpft. Für diese Abteilung muss es einen anderen Grund geben. Ich kenne ihn noch nicht. Aber wir werden ihn herausfinden.«

Er erklärte, zu den Klagepunkten zählten Verletzungen von Datenschutzbestimmungen auf Bundes- und Staatsebene sowie diverse Verstöße gegen Präjudizien und das in der Verfassung garantierte Recht auf Privatsphäre.

Rhyme dachte bei sich, dass Geddes und seine Anwälte angenehm überrascht sein würden, wenn sie die Richtliniendossiers zu Gesicht bekämen. Eines davon war zufälligerweise in einem Computer gespeichert, der keine drei Meter von Geddes entfernt stand. Und da Andrew Sterling sich geweigert hatte, ihnen nach Sachs' Verschwinden behilflich zu sein, würde Rhyme das Dossier mit Freuden übergeben.

Er fragte sich, wer wohl in größeren Schwierigkeiten stecken würde – Washington oder SSD –, wenn die Presse von dem Richtlinienprogramm Wind bekam.

Beide gleich, vermutete er.

»Natürlich wird Mr. Geddes sich hier gleichzeitig um seinen eigenen Prozess kümmern müssen«, sagte Sachs nun und bedachte ihn mit einem finsteren Blick. Sie meinte den Einbruch in ihre Wohnung, bei dem es wahrscheinlich darum gegangen war, Informationen über SSD zu finden. Ironischerweise war es Geddes gewesen, nicht 522, der den Kassenbon verloren und dadurch auf Sachs wie ein Mitarbeiter von SSD gewirkt hatte. Er bestätigte, dass er sich oft in dem Café in Midtown aufhielt, um den Grauen Felsen insgeheim zu überwachen und sich zu notieren, wann Sterling, seine Angestellten und die Kunden kamen und gingen.

»Ich werde alles tun, was nötig ist, um SSD aufzuhalten«, versicherte Geddes inbrünstig. »Was aus mir wird, ist egal. Ich stelle mich gern als Opferlamm zur Verfügung, falls wir dadurch unsere Persönlichkeitsrechte zurückerhalten.«

Rhyme respektierte seine moralische Empörung, war aber der Ansicht, Geddes solle an der Zitierbarkeit seiner Aussagen arbeiten.

Der Aktivist hatte angefangen zu reden wie ein Wasserfall – und wiederholte viel von dem, was Sachs bereits nach dem Besuch bei ihm erzählt hatte. Er warnte vor dem engmaschigen Netz, das SSD und andere Datensammler auswarfen, vor dem Ende der Privatsphäre im ganzen Land und vor der Gefährdung der Demokratie.

»Okay, Sie haben uns die Papiere ausgehändigt«, unterbrach Rhyme die ermüdende Litanei. »Wir halten kurz Rücksprache mit unseren eigenen Anwälten, und sofern die grünes Licht geben, dürfen Sie sich rechtzeitig vor Ablauf der Frist auf ein Paket von uns freuen.«

Die Türglocke ertönte. Einmal. Zweimal. Dann lautes Klopfen.

»O Mann. Ist das hier etwa die verfluchte Grand Central Station? … Was soll das?«

Thom ging zur Tür und kehrte mit einem klein gewachsenen, selbstsicher wirkenden Mann zurück, der einen schwarzen Anzug und ein weißes Hemd trug. »Captain Rhyme.«

Der Kriminalist wandte sich mit seinem Rollstuhl Andrew Sterling zu, dessen ruhige grüne Augen angesichts der Behinderung keinerlei Überraschung verrieten. Rhyme nahm an, dass in seinem Richtliniendossier ausführlich zu lesen stand, welchen Unfall er erlitten und wie sein Leben seitdem ausgesehen hatte. Und er wusste, dass Sterling nicht unvorbereitet hergekommen war.

»Detective Sachs, Officer Pulaski.« Sterling nickte ihnen zu und konzentrierte sich dann wieder auf Rhyme.

Hinter ihm folgten Sam Brockton, der Leiter der SSD-Richtlinienabteilung, und zwei weitere Männer in Anzug und Krawatte. Ordentlich gekämmt. Es hätten Mitarbeiter eines Kongressabgeordneten oder Angehörige des mittleren Managements sein können, wenngleich Rhyme nicht überrascht war, dass sie als Anwälte vorgestellt wurden.

»Hallo, Cal«, sagte Brockton mit müdem Blick auf Geddes, der wütend zurückstarrte.

»Wir haben herausgefunden, was Mark Whitcomb getan hat«, sagte Sterling leise. Mit den funkelnden Augen, der kerzengeraden Haltung und der unerschütterlich ruhigen Stimme war er trotz seiner kleinen Statur eine imposante Erscheinung. »Ich fürchte, er hat seinen Job verloren. Zunächst mal.«

»Weil er das Richtige getan hat?«, herrschte Pulaski ihn an.

Sterlings Miene zeigte weiterhin keine Reaktion. »Und ich fürchte außerdem, dass die Angelegenheit damit noch lange nicht erledigt ist.« Er nickte Brockton zu.

»Los«, wies der Richtlinienleiter einen der Anwälte an, der daraufhin eigene blaue Papiere übergab.

»*Noch* mehr von dem Zeug?«, fragte Rhyme. »Wer soll denn das alles lesen?« Er war gut gelaunt, noch immer froh, dass sie 522 aufgehalten hatten und Amelia Sachs in Sicherheit war.

Das Dokument erwies sich als Gerichtsbeschluss, der ihm verbot, Geddes jegliche Computer, Festplatten, Dokumente oder sonstige Unterlagen zu überlassen, die mit der Richtlinienabteilung zu tun hatten. Stattdessen sollte er alles in seinem Besitz befindliche derartige Material der Regierung aushändigen.

»Falls Sie sich weigern, drohen Ihnen zivil- und strafrechtliche Konsequenzen«, sagte einer der Anwälte.

»Und glauben Sie mir, wir werden alle uns zur Verfügung stehenden Rechtsmittel ausschöpfen«, drohte Sam Brockton.

»Das können Sie nicht tun«, protestierte Geddes verärgert. Sein Augen funkelten, und ihm stand Schweiß auf der Stirn.

Sterling zählte die Computer in Rhymes Labor. Es waren zwölf. »In welchem steckt das Richtliniendossier, das Mark Ihnen geschickt hat, Captain?«

»Das habe ich vergessen.«

»Haben Sie Kopien angefertigt?«

Rhyme lächelte. »Sichere stets deine Daten. Und lagere sie an einem anderen, geschützten Ort. Nicht im selben Haus. Ist das nicht die Botschaft des neuen Jahrtausends?«

»Wir besorgen uns einfach noch einen Beschluss, konfiszieren hier alles und durchsuchen sämtliche Server, zu denen Sie Daten heraufgeladen haben.«

»Doch das wird Zeit und Geld erfordern. Und wer weiß, was unterdessen passieren könnte? Die Presse erhält womöglich E-Mails oder Briefumschläge. Ganz zufällig, natürlich. Aber es könnte geschehen.«

»Die letzten Tage waren für uns alle unangenehm und anstrengend, Mr. Rhyme«, sagte Sterling. »Niemand hat Lust auf Spielchen.«

»Wir spielen kein Spiel«, sagte Rhyme ruhig. »Wir verhandeln.«

Da schien der Firmenchef zum ersten Mal aufrichtig zu lächeln. Nun war er in seinem Element. Er zog einen Stuhl heran und setzte sich neben Rhyme. »Was wollen Sie?«

»Ich gebe Ihnen alles. Ohne Schlammschlachten vor Gericht, ohne die Medien.«

»Nein!«, rief Geddes aufgebracht. »Wie können Sie klein beigeben?«

Rhyme ignorierte den Aktivisten genauso gründlich, wie Sterling das tat. »Vorausgesetzt, Sie sorgen dafür, dass die Angelegenheiten meiner Mitarbeiter geregelt werden«, fuhr er fort und erzählte von Sellittos Drogentest und Pulaskis Frau.

»Kein Problem«, sagte Sterling, als habe man ihn gebeten, einen Fernseher lauter zu stellen.

»Und Sie müssen Robert Jorgensens Leben wieder in Ordnung bringen«, sagte Sachs und schilderte, wie 522 den Mann fast vollständig zugrunde gerichtet hatte.

»Nennen Sie mir die Einzelheiten, und ich sorge dafür, dass man sich darum kümmert. Er wird eine reine Weste haben.«

»Gut. Sobald alles erledigt ist, händigen wir Ihnen das gewünschte Material aus. Und niemand wird auch nur ein Stück Papier oder eine Datei über das Richtlinienprojekt zu Gesicht bekommen. Ich gebe Ihnen mein Wort.«

»Nein, Sie müssen ihn bekämpfen!«, wandte Geddes sich verbittert an Rhyme. »Jedes Mal, wenn ein Einzelner sich nicht gegen diese Leute auflehnt, verlieren alle.«

Sterling sah ihn an. »Calvin, ich möchte Ihnen etwas erzählen«, sagte er mit einer Stimme, die nur wenige Dezibel lauter als ein Flüstern war. »Drei gute Freunde von mir sind am elften September im World Trade Center gestorben. Vier weitere haben schwere Verbrennungen erlitten und werden nie wieder so leben können wie zuvor. Und unser Land hat Tausende unschuldiger Bürger verloren. Meine Firma besaß die Technologie, um einige der Flugzeugentführer aufzuspüren, und die prädiktive Software, um ihre Pläne vorherzusagen. Wir – *ich* – hätte die ganze Tragödie verhindern können. Und ich bedauere jeden Tag aufs Neue, dass ich es nicht getan habe.«

Er schüttelte den Kopf. »Ach, Cal. Sie und Ihre schwarz-weiße Sicht der Dinge ... Begreifen Sie es denn nicht? *Darum* geht es bei SSD. Nicht um die Gedankenpolizei, die um Mitternacht Ihre Tür eintritt, weil ihr nicht gefällt, was Sie und Ihre Freundin im Bett treiben, oder die Sie verhaftet, weil Sie den Koran oder ein Buch über Stalin gekauft oder den Präsidenten kritisiert haben. Unsere Mission ist es, dafür zu sorgen, dass Sie in Freiheit und Sicherheit die Privatsphäre Ihrer Wohnung genießen und kaufen und lesen und sagen können, was immer Sie wollen. Falls ein Selbstmordattentäter Sie am Times Square in die Luft sprengt, haben Sie keine Identität mehr, die man beschützen könnte.«

»Ersparen Sie uns die Vorträge, Andrew«, wütete Geddes.

»Cal, falls Sie sich nicht beruhigen, werden Sie eine Menge Schwierigkeiten bekommen«, sagte Brockton.

Geddes lachte kalt auf. »Wir stecken bereits in jeder Menge Schwierigkeiten. Willkommen in der schönen neuen Welt ...« Er wirbelte herum und rannte hinaus. Die Haustür fiel knallend ins Schloss.

»Ich bin froh, dass Sie einlenken, Lincoln«, sagte Brockton.

»Andrew Sterling bewirkt Großartiges. Wir alle können deswegen sicherer leben.«

»Sie ahnen ja nicht, wie sehr mich das freut.«

Brockton entging die Ironie völlig. Nicht so Andrew Sterling. Er war immerhin der Mann, der alles wusste. Doch er reagierte mit Humor und lächelte selbstbewusst – als sei ihm klar, dass seine Vorträge letztendlich zu den Menschen durchdringen würden, auch wenn die im Moment noch nichts davon hören wollten. »Auf Wiedersehen, Detective Sachs, Captain. Oh, und auch Ihnen, Officer Pulaski.« Er warf dem jungen Beamten einen spöttischen Blick zu. »Es wird mir fehlen, Sie bei uns auf den Fluren zu sehen. Aber falls Sie Ihre Computerkenntnisse noch weiter vertiefen möchten, steht unser Konferenzraum Ihnen jederzeit zur Verfügung.«

»Tja, ich …«

Andrew Sterling zwinkerte ihm zu, wandte sich ab und verließ mit seinen Begleitern das Haus.

»Glauben Sie, er hat es gewusst?«, fragte der Neuling. »Dass ich die Festplattenbereiche heruntergeladen habe?«

Der Kriminalist konnte nur die Achseln zucken.

»Verflucht, Rhyme«, sagte Sachs. »Ich nehme an, der Beschluss ist rechtsgültig, aber nach allem, was wir mit SSD durchgemacht haben, musstest du da wirklich so schnell nachgeben? Mann, dieses Richtliniendossier … Ich bin überhaupt nicht glücklich, dass all diese Informationen im Umlauf sind.«

»Ein Gerichtsbeschluss ist ein Gerichtsbeschluss, Sachs. Daran können wir nichts ändern.«

Dann sah sie genauer hin und musste das Funkeln in seinen Augen bemerkt haben. »Okay, was?«

»Könntest du mir den Beschluss, den unsere Freunde von SSD gerade überbracht haben, mit deiner wunderbaren Tenorstimme noch mal vorlesen?«, bat Rhyme seinen Betreuer.

Thom erfüllte ihm den Wunsch.

Rhyme nickte. »Gut … Da muss ich doch glatt an eine lateinische Redewendung denken, Thom. Kannst du dir vorstellen, welche ich meine?«

»Ach, weißt du, Lincoln, eigentlich müsste ich das, wo ich doch hier so viele Stunden Freizeit habe, um im Wohnzimmer zu sitzen und die Klassiker zu studieren. Aber ich fürchte, ich muss leider passen.«

»Lateinisch … was für eine herrliche Sprache. Diese bewundernswerte Genauigkeit. Wo sonst findet man fünf Deklinationen des Substantivs und all diese erstaunlichen Verbkonjugationen? … Nun, der Satz, den ich meine, lautet: *Inclusio unius est exclusio alterius*. Er besagt, dass man durch die Einbeziehung einer Kategorie automatisch andere, damit verwandte Kategorien ausschließt. Bist du jetzt verwirrt?«

»Eigentlich nicht. Um verwirrt zu sein, hätte ich dir zuhören müssen.«

»Schlagfertige Erwiderung, Thom. Aber ich gebe dir ein Beispiel. Nehmen wir an, du bist ein Kongressabgeordneter und schreibst einen Gesetzentwurf, in dem steht: ›Es darf kein rohes Fleisch in unser Land importiert werden.‹ Durch diese spezielle Wortwahl erlaubst du gleichzeitig, dass der Import von gekochtem Fleisch oder Fleischkonserven gestattet ist. Verstehst du, wie das funktioniert?«

»Mirabile dictu«, sagte Ron Pulaski.

»Mein Gott, er spricht Lateinisch«, stellte Rhyme mit aufrichtiger Überraschung fest.

Der Beamte lachte. »Ich hatte in der Highschool ein paar Jahre Latein. Und aus meiner Zeit im Kirchenchor ist auch einiges hängen geblieben.«

»Worauf willst du hinaus, Rhyme?«, fragte Sachs.

»Brocktons Gerichtsbeschluss verbietet uns nur, Privacy Now Informationen über die Richtlinienabteilung zu geben. Aber Geddes hat um unser gesamtes Material zu SSD gebeten. Daher – ergo – dürfen wir ihm alles andere überlassen, was wir über SSD haben. Die Akten, die Cassel an Dienko verkauft hat, gehörten zu PublicSure, nicht zur Richtlinienabteilung.«

Pulaski lachte. Aber Sachs runzelte die Stirn. »Die werden sich einfach einen weiteren Gerichtsbeschluss besorgen.«

»Da bin ich mir nicht so sicher. Was werden das NYPD und das FBI sagen, wenn sie herausfinden, dass jemand, der für ihren Datenvertragspartner arbeitet, hochrangige Fälle sabotiert hat? Oh, ich habe so eine Ahnung, dass die Chefetage in diesem Punkt hinter uns stehen wird.« Der Gedanke zog einen weiteren nach sich. Und die Schlussfolgerung war ziemlich beunruhigend. »Halt, halt, halt … In der Untersuchungshaft – dieser Mann, der meinen Cousin ermorden wollte. Antwon Johnson?«

»Was ist mit ihm?«, fragte Sachs.

»Es hat keinen Sinn ergeben, dass er versuchen wollte, Arthur zu töten. Auch Judy Rhyme konnte sich das nicht erklären. Lon sagte, er sei ein Bundesgefangener und nur vorübergehend in der Obhut des Staates New York. Ich frage mich, ob jemand aus der Richtlinienabteilung eine Absprache mit ihm getroffen hat. Vielleicht sollte er herausfinden, ob Arthur glaubte, jemand habe seine Kundendaten benutzt, um damit ein Verbrechen zu begehen. Falls ja, sollte Johnson ihn ausschalten. Womöglich, um im Gegenzug eine Strafminderung zu erhalten.«

»Die Regierung, Rhyme? Lässt einen Zeugen ermorden? Das ist ein bisschen paranoid, meinst du nicht auch?«

»Wir reden hier von fünfhundertseitigen Dossiers, von Chips in Büchern und von Überwachungskameras an jeder Straßenecke der Stadt, Sachs … Aber okay, im Zweifel für den Angeklagten: Vielleicht hat jemand von SSD sich an Johnson gewandt. Wie dem auch sei, wir werden Calvin Geddes benachrichtigen und ihm all diese Informationen geben. Soll er doch den Kampf aufnehmen, wenn er will. Wartet aber, bis all unsere Akten bereinigt worden sind. Sagen wir, eine Woche.«

Ron Pulaski verabschiedete sich und fuhr los, um seine Frau abzuholen, die innerhalb der nächsten Stunde aus dem Gewahrsam der Einwanderungsbehörde entlassen werden würde.

Sachs ging zu Rhyme und beugte sich vor, um ihn auf den Mund zu küssen. Sie zuckte zusammen und fasste sich an den Bauch.

»Alles in Ordnung?«

»Das zeige ich dir heute Abend, Rhyme«, flüsterte sie kokett. »Neun-Millimeter-Geschosse hinterlassen interessante Quetschungen.«

»Sieht das sexy aus?«, fragte er.

»Nur wenn du violette Rorschachtests erotisch findest.«

»Das finde ich tatsächlich.«

Sachs lächelte ihm subtil zu und ging hinaus. »Komm mit«, forderte sie Pam auf, die im Wohnzimmer saß und las. »Wir gehen einkaufen.«

»Prima. Was kaufen wir denn?«

»Ein Auto. Ich brauche unbedingt einen fahrbaren Untersatz.«

»Super, was denn für einen? Oh, ein Prius wäre *total* cool.«

Rhyme und Sachs brachen beide in schallendes Gelächter aus. Pam lächelte verunsichert, und Amelia erklärte ihr, dass sie zwar in vielerlei Hinsicht ein umweltbewusstes Leben führte, der Benzinverbrauch ihres Wagens für sie dabei aber keine Rolle spielte. »Wir holen uns ein Muscle Car.«

»Was ist das?«

»Das wirst du schon sehen.« Sie schwang die Liste der Verkaufsangebote, die sie aus dem Internet heruntergeladen hatte.

»Möchtest du einen Neuwagen?«, fragte das Mädchen.

»Man darf sich niemals ein neues Auto kaufen«, belehrte Sachs sie.

»Warum?«

»Weil die Autos heutzutage bloß Computer mit Rädern sind. Wir wollen keine Elektronik. Wir wollen Mechanik. Bei Computern kriegt man doch gar kein Schmierfett an die Finger.«

»Schmierfett?«

»Du wirst ganz begeistert von Schmierfett sein. Du kommst mir wie ein richtiges Schmierfett-Mädchen vor.«

»Ehrlich?« Pam schien sich zu freuen.

»Aber sicher. Lass uns gehen. Bis später, Rhyme.«

… Dreiundfünfzig

Das Telefon klingelte.

Lincoln Rhyme schaute auf einen nahen Computermonitor. Die Kennung des Anrufers fing mit 44 an.

Endlich. Das wurde aber auch Zeit.

»Kommando, Telefon, Abheben.«

»Detective Rhyme«, sagte die Altstimme mit dem tadellosen englischen Klang. Man konnte Longhurst nie anhören, in welcher Stimmung sie sich befand.

»Reden Sie.«

Ein Zögern. Dann: »Es tut mir so leid.«

Rhyme schloss die Augen. Nein, nein, nein …

»Es gibt noch keine offizielle Verlautbarung«, fuhr Longhurst fort. »Ich wollte Ihnen Bescheid geben, bevor die Presse es erfährt.«

Demnach hatte der Killer am Ende doch Erfolg gehabt. »Reverend Goodlight ist also tot?«

»Oh, nein, es geht ihm gut.«

»Aber …«

»Aber Richard Logan hat seine eigentliche Zielperson ausgeschaltet, Detective.«

»Er hat …?« Rhymes Stimme erstarb, als die Puzzlestücke sich allmählich zu einem Bild zusammenfügten. Die *eigentliche* Zielperson. »O nein … Auf wen hatte er es in Wahrheit abgesehen?«

»Auf Danny Krueger, den Waffenhändler. Er ist tot, zwei seiner Sicherheitsleute auch.«

»Ah, ja, ich verstehe.«

»Nachdem Danny sich so plötzlich aus seinem bisherigen Geschäft zurückgezogen hatte, sind einige Kartelle in Südafrika, Somalia und Syrien offenbar zu der Ansicht gelangt, es sei zu riskant, ihn am Leben zu lassen«, erklärte Longhurst. »Ein Waffenhändler mit Gewissensbissen machte sie nervös, und sie heuerten Logan an, um ihn zu töten. Aber in London war Danny zu gut geschützt, also musste Logan ihn von dort weglocken.«

Der Reverend war lediglich ein Ablenkungsmanöver gewesen. Logan höchstpersönlich hatte das Gerücht in die Welt gesetzt, ein Killer sei hinter Goodlight her. Und er hatte die Briten und Amerikaner gezwungen, sich Hilfe suchend an Danny zu wenden, um den Reverend zu retten.

»Ich muss leider sagen, es kommt noch schlimmer«, fuhr Longhurst fort. »Er hat Dannys sämtliche Unterlagen erbeutet und kennt nun all seine Kontakte und jeden, der für Krueger gearbeitet hat – Informanten, Warlords, die die Seite gewechselt haben, Söldner, Buschpiloten, Geldgeber. Diese potenziellen Zeugen werden untertauchen. Zumindest diejenigen, die man nicht auf der Stelle ermordet. Ein Dutzend Anklagen werden zurückgezogen werden müssen.«

»Wie hat Logan das geschafft?«

Sie seufzte. »Er hat sich als unser französischer Verbindungsmann getarnt, d'Estourne.«

Der Fuchs war folglich von Anfang an im Hühnerstall gewesen.

»Ich vermute, er hat den echten d'Estourne in Frankreich auf dem Weg zum Eurotunnel abgefangen, ihn getötet und die Leiche irgendwo begraben oder auf See versenkt. Das war brillant, muss ich gestehen. Er hat sämtliche Einzelheiten über d'Estourne und den französischen Geheimdienst recherchiert. Er sprach perfektes Französisch – und Englisch mit einem perfekten französischen Akzent. Sogar seine Redewendungen haben haargenau gepasst.

Vor ein paar Stunden ist irgendein Kerl bei einem Gebäude in der von uns überwachten Zone in London aufgetaucht und hat ein von Logan aufgegebenes Paket zugestellt. Er arbeitet für den Tottenham Parcel Express; die tragen graue Uniformen. Erinnern Sie sich an die Fasern, die wir gefunden haben? Und der Killer hatte um einen ganz speziellen Kurierfahrer gebeten, den er angeblich von früher kannte – und der zufällig blond ist.«

»Das Haarfärbemittel.«

»Genau. Ein zuverlässiger Mann, sagte Logan. Deshalb wollte er unbedingt ihn. Alle waren so konzentriert auf die Operation, haben diesen Fahrer durch die Sperrzone verfolgt, nach Komplizen Ausschau gehalten und sich Sorgen wegen eventueller Sprengsätze gemacht, die er zur Ablenkung zünden könnte, dass die Leute in Birmingham nachlässig geworden sind. Der Killer hat einfach an Dannys Zimmertür im Hotel Du Vin geklopft, während die meisten von Kruegers Leibwächtern unten in der Bar ein Bier getrunken haben. Dann hat Logan sofort geschossen – mit diesen Dumdumpatronen. Die Wunden waren furchtbar. Danny und seine beiden Leute hatten keine Chance.«

Rhyme schloss die Augen. »Also gibt es auch keine falschen Transitpapiere.«

»Alles nur Ablenkung… Für uns ist das ein katastrophaler Fehlschlag, fürchte ich. Und die Franzosen – die erwidern nicht mal meine Anrufe… Ich will gar nicht weiter darüber nachdenken.«

Lincoln Rhyme fragte sich unwillkürlich, was wohl geschehen wäre, falls er weiter an dem Fall mitgearbeitet und den Schauplatz in der Nähe von Manchester mit Hilfe der hochauflösenden Videoübertragung untersucht hätte. Würde er etwas entdeckt haben, das auf die wahren Absichten des Täters hindeutete? Wäre er zu dem Schluss gelangt, dass die Spuren in Birmingham ebenfalls fingiert waren? Oder gab es etwas, das ihm womöglich verraten hätte, dass der Mieter des Verstecks – der Mann, den er so unbedingt fangen wollte – sich als der französische Geheimagent ausgab?

Wäre ihm vielleicht etwas an dem NRO-Einbruch in London aufgefallen?

»Und der Name Richard Logan?«, fragte Rhyme.

»War anscheinend nicht sein richtiger. Eine vollständig fiktive Person. Er hat die Identität eines anderen gestohlen. Das ist offenbar überraschend einfach zu bewerkstelligen.«

»Ja, das habe ich auch schon gehört«, sagte Rhyme angesäuert.

»Etwas ist allerdings merkwürdig, Detective«, fuhr Longhurst fort. »Dieses große Paket, das der Kurierfahrer zustellen sollte… Darin war…«

»…ein kleineres Paket, das an mich adressiert ist?«

»Ja, tatsächlich.«

»Handelt es sich zufälligerweise um eine Uhr?«, fragte Rhyme.

Longhurst lachte ungläubig auf. »Eine hübsche viktorianische Tischuhr. Wie, um alles in der Welt, konnten Sie das wissen?«

»Bloß so eine Ahnung.«

»Unser Räumkommando hat die Uhr auf Sprengstoff überprüft, aber nichts gefunden.«

»Nein, das ist keine Bombe … Inspector, bitte schweißen Sie die Uhr in Folie ein und schicken Sie sie mir per Eilsendung. Und ich würde gern Ihren Bericht lesen, sobald er fertig ist.«

»Natürlich.«

»Und meine Partnerin …«

»Detective Sachs.«

»Genau. Sie wird per Videokonferenz mit allen Beteiligten sprechen wollen.«

»Ich stelle ein Dramatis Personae zusammen.«

Trotz seiner Verärgerung und Bestürzung musste Rhyme über die Wortwahl lächeln. Er liebte die Briten.

»Es war mir eine besondere Ehre, mit Ihnen zusammenzuarbeiten, Detective.«

»Ich kann das Kompliment nur erwidern, Inspector.«

Er trennte die Verbindung und seufzte.

Eine viktorianische Uhr.

Rhyme sah zum Kaminsims, auf dem eine alte und ziemlich wertvolle Breguet-Taschenuhr lag, ein Geschenk ebendieses Täters. Die Uhr war hier abgeliefert worden, unmittelbar nachdem der Mann ihm hatte entkommen können, an einem eisig kalten Dezembertag vor nicht allzu langer Zeit.

»Thom. Scotch. Bitte.«

»Was ist los?«

»Nichts ist los. Es ist nicht mehr Frühstückszeit, und ich möchte einen Scotch. Ich habe meine ärztliche Untersuchung ohne jede Einschränkung bestanden, und als ich das letzte Mal nachgesehen habe, warst du noch kein Moralprediger oder abstinenter Baptist. Wieso, zum Teufel, glaubst du, es sei etwas los?«

»Weil du ›bitte‹ gesagt hast.«

»Sehr witzig. Spar dir heute deine schlauen Bemerkungen.«

»Ich werd's versuchen.« Aber er runzelte die Stirn, als er Rhyme genauer in Augenschein nahm und etwas aus seiner Miene ablas. »Vielleicht einen Doppelten?«, fragte er sanft.

»Ein Doppelter wäre ganz reizend«, sagte Rhyme mit gespieltem britischen Akzent.

Der Betreuer schenkte ihm ein großes Glas Glenmorangie ein und rückte ihm den Strohhalm zurecht.

»Trinkst du einen mit?«

Thom sah ihn ungläubig an. Dann lachte er. »Vielleicht später.« Wenn er sich recht erinnerte, war dies das erste Mal überhaupt, dass Rhyme ihm einen Drink angeboten hatte.

Der Kriminalist trank einen Schluck des rauchigen Whiskys und musterte die Taschenuhr. Er dachte an den Brief, den der Killer damals beigelegt hatte. Rhyme kannte ihn inzwischen längst auswendig.

Die Taschenuhr ist eine Breguet. Unter den vielen Uhren, die mir begegnet sind, ist sie mir die liebste. Sie wurde Anfang des neunzehnten Jahrhunderts gefertigt und verfügt über eine Zylinderhemmung mit Rubinen, einen ewigen Kalender und einen mechanischen Schutz vor starken Erschütterungen. Ich hoffe, Sie wissen die Anzeige der Mondphase im Hinblick auf unsere kürzlich erlebten Abenteuer zu schätzen. Es gibt auf der Welt nur wenige Uhren wie diese. Ich überreiche sie Ihnen voller Respekt als Geschenk. Niemand hat mich je von der Beendigung eines Auftrags abgehalten; Sie sind der Beste von allen. (Außer mir. Ich würde ja gern sagen, Sie seien so gut wie ich, aber das stimmt nicht ganz. Immerhin haben Sie mich nicht erwischt.) Ziehen Sie die Breguet regelmäßig auf (aber behutsam); sie wird die Zeit bis zu unserem nächsten Zusammentreffen zählen.

Ein Ratschlag: An Ihrer Stelle würde ich jede einzelne dieser Sekunden genießen.

Du bist gut, sagte Rhyme im Stillen zu dem Killer.

Aber ich bin auch gut. Beim nächsten Mal bringen wir unser Spiel zu Ende.

Dann wurde er aus seinen Gedanken gerissen. Rhyme wandte den Kopf, kniff die Augen zusammen und sah aus dem Fenster. Etwas da draußen hatte seine Aufmerksamkeit erregt.

Auf der anderen Straßenseite stand ein Mann in Freizeitkleidung. Rhyme fuhr mit dem TDX zum Fenster und blickte hinaus. Er trank noch einen Schluck Whisky. Der Mann stand neben einer dunkel gestrichenen Bank vor der steinernen Mauer, die den Central Park begrenzte. Er hatte die Hände in den Taschen und starrte Rhymes Haus an. Anscheinend konnte er nicht sehen, dass man ihn von jenseits des großen Fensters beobachtete.

Es war sein Cousin, Arthur Rhyme.

Der Mann trat bis zum Bordstein vor und hätte fast die Straße überquert. Aber dann hielt er inne. Er ging zurück zu einer der Bänke und setzte sich neben eine Frau im Trainingsanzug, die aus einer Wasserflasche trank und mit dem Fuß wippte, während sie ihrem iPod lauschte. Arthur zog ein Stück Papier aus der Tasche, warf einen Blick darauf und steckte es wieder ein. Er schaute erneut zum Haus.

Komisch. Er sieht aus wie ich, dachte Rhyme. Weder während ihrer Freundschaft noch in all den Jahren der Trennung war ihm das je aufgefallen.

Aus irgendeinem Grund kamen ihm plötzlich die Worte seines Cousins von vor zehn Jahren in den Sinn:

Hast du es mit deinem *Vater jemals auch nur versucht? Was glaubst du, wie er sich gefühlt hat, einen Sohn wie dich zu haben, der hundertmal schlauer war als er selbst? Und der immerzu abgehauen ist, weil er lieber bei seinem Onkel sein wollte. Hast du Teddy überhaupt je eine Chance gegeben?*

»Thom!«, rief der Kriminalist.

Keine Antwort.

Er rief noch einmal, lauter.

»Was denn?«, fragte der Betreuer. »Hast du den Scotch schon ausgetrunken?«

»Ich brauche etwas. Aus dem Keller.«

»Dem Keller?«

»Das habe ich doch gerade gesagt. Es gibt da unten ein paar alte Kartons, auf denen das Wort ›Illinois‹ steht.«

»Ach, die. Genau genommen, Lincoln, gibt es ungefähr dreißig davon.«

»Wie viele auch immer.«

»Nicht nur ein paar.«

»Du musst sie durchsuchen und etwas für mich finden.«

»Was?«

»Ein Stück Beton in einem Plastikkästchen, etwa acht mal acht Zentimeter.«

»Beton?«

»Ich möchte es jemandem schenken.«

»Na, da bin ich ja gespannt, was an Weihnachten diesmal in *meinem* Strumpf steckt. Und wann soll ich …?«

»Sofort. Bitte.«

Ein Seufzen. Thom verschwand.

Rhyme verfolgte, wie sein Cousin weiterhin das Haus anstarrte. Aber der Mann rührte sich nicht von der Stelle.

Ein großer Schluck Scotch.

Als Rhyme wieder hinsah, war die Parkbank leer.

Er erschrak – und fühlte sich verletzt –, weil der Mann so abrupt weggegangen war. Hastig fuhr er mit dem Rollstuhl so nah wie möglich an das Fenster heran.

Und sah Arthur, der gerade die Fahrbahn überquerte und auf das Haus zukam.

Für einen langen, langen Moment herrschte Stille. Dann endlich klingelte es an der Tür.

»Kommando«, sagte Rhyme eilends zu seinem aufmerksamen Computer. »Haustür, Öffnen.«

Anmerkung des Verfassers

Calvin Geddes Kommentar über eine »schöne neue Welt« bezieht sich natürlich auf den Titel von Aldous Huxleys 1932 erschienenem futuristischen Roman über den Verlust der individuellen Identität in einer vermeintlich utopischen Gesellschaft. Das Buch ist auch heute noch so beklemmend wie damals, und das Gleiche gilt für George Orwells *1984*.

Wer sich näher mit dem Thema der bedrohten Privatsphäre auseinandersetzen möchte, kann dies auf den Internetseiten der folgenden Organisationen tun: Electronic Privacy Information Center (www.EPIC.org); Global Internet Liberty Campaign (www.gilc.org); In Defense of Freedom (www.indefenseoffreedom.org); Internet Free Expression Alliance (www.ifea.net); The Privacy Coalition (www.privacycoalition.org); Privacy International (www.privacyinternational.org); Privacy.org (www.privacy.org); The Electronic Frontier Foundation (www.eff.org).

Darüber hinaus empfehle ich das hervorragende – und beängstigende – Buch, aus dem ich mir zwei Zitate zur Einleitung der Teile I und II geborgt habe: *No Place to Hide* von Robert O'Harrow jr.

Wer mehr darüber wissen möchte, woher Amelia Sachs und Pam Willoughby sich kennen, kann dies in meinen Romanen *Der Knochenjäger* (früher auch unter dem Titel *Die Assistentin* erhältlich) und *Der gehetzte Uhrmacher* nachlesen. In *Der gehetzte Uhrmacher* wird zudem das erste Zusammentreffen von Lincoln Rhyme und dem Killer beschrieben, den er und Inspector Longhurst in dem vorliegenden Buch zu fangen versuchen.

Ach, und behalten Sie unbedingt Ihre Identität im Auge. Es gibt da draußen jede Menge Leute, die nur zu gern Gebrauch davon machen werden.

Danksagung

Ich bedanke mich bei einer großartigen Truppe: Will und Tina Anderson, Louise Burke, Luisa Colicchio, Jane Davis, Julie Deaver, Jamie Hodder-Williams, Paolo Klun, Carolyn Mays, Deborah Schneider, Vivienne Schuster, Seba Pezzani, Betsy Robbins, David Rosenthal, Marysue Rucci … und natürlich Madelyn Warcholik.